20世纪中国文学研究论文选

Selected Studies of Chinese Literature
in the 20th Century

20世纪中国文学研究论文选

Selected Studies of Chinese Literature in the 20th Century

Selected Studies of Chinese Literature
in the 20th Century

20世纪中国文学研究论文选

明 代 卷

丛书主编　张燕瑾　赵敏俐

雍繁星　选编

社会科学文献出版社

SOCIAL SCIENCES ACADEMIC PRESS (CHINA)

教育部人文社会科学重点研究基地

首都师范大学中国诗歌研究中心规划项目

目 录

前　言

雍繁星

　　学术史研究已经成为当前的一个热点，伴随着新世纪的开始，林林总总的回眸、总结、展望也有不少。本书的编选自然也离不开上述背景，离不了总结评价的味道。以编者的学养功力，想要实现这个目的实在是勉为其难。"没有完美的选本"这种说法尽可以给人增添一些勇气，但还远远不够。我的想法是使这个选本尽可能地包容明代文学研究的各个问题，尽可能地反映出明代文学自身及其研究的特点。因而在选择论文时，更多地侧重从"问题"考虑，不仅仅以学术水准为唯一的尺度。下面，就简单地谈谈所选篇目的相关情况。

　　明代的学术思想、社会思潮与文学有相当密切的关系。这里我选了容肇祖的《何心隐及其思想》（《辅仁学志》第 6 卷 1、2 期合刊）一文以为代表。一个时代的文学观念和创作甚至表现技巧总是受到社会思潮的影响，明代文学尤其如此。由初期的宋明理学到后来的阳明心学，我们可以看到一个大致还算明晰的线索，那就是人的情感、欲望逐渐战胜"道"，战胜"天理"。这个线索固然有些粗率，但足以说明明代学术思潮与文学的关系问题。只要看一看明初宋濂、刘基、方孝孺等人与王门弟子（所谓的左派）、公安派的差别，我们就会发现，他们的文学观念、人生价值的差异是极为明显的。到了明代后期，无论是传统的诗文，还是新兴的小说民歌都表现出与前期相当不同的面貌。而社会思潮、学术思想在这个进程中起到了不可忽视的作用，尤其是王阳明、李贽等社会影响力较大的思想家。20 世纪出现了很多此类研究论著，比如嵇文甫、侯外庐等人的成果。

　　明代文人结社之风甚盛，其中原因相当复杂。20 世纪的学者们对这个问题也进行了有益的探讨。郭绍虞的《明代的文人集团》（《文艺复兴·中国文学研究号（上）》，1948 年）、《明代文人结社年表》（《东南日报·文史》第 55、56 期，1947 年）可以作为代表。因为明代文学的研究资料积累不多，上述二文用比较传统的方法，对明代文人的社团进行了详备的搜讨，给后人进一步研究这一问题打下坚实的基础。在因种种原因未能选入的论文中，关于党社问题的研究成果，还有李元庚的《望社姓氏考》（《国粹学报》第 71 期，上海神州国光社，宣统二年），朱倓的《明季杭州读书社考》（《国学季刊》第 2 卷第 2 号，北京大学，1919 年)、《明季南应社考》(《国学季刊》第 2 卷第 3 号，1920 年)、《明季桐城中江社考》(《历史语言研究所集刊》第 1 本第 2 分册，中央研究院，1920 年)，陈楚豪的《两浙结社考》(《浙江图书馆馆刊》第 4 卷第 1 期)，谢国桢的《明清之际党社运动考》(商务印书馆，1934 年)、《顾炎武与惊隐诗社》(《中华文史论丛》第 8 辑，1978 年) 等。①这些文章，对近年来文人党社研究的进步显然有先导作用。

流派众多，也是明代文学的一大特点。朱东润先生的《何景明批评论述评》(《文哲季刊》第 1 卷第 3 号) 一文，对复古派领袖何景明的批评理论进行了探讨。前后七子以复古而遭清人讥嘲，几乎成为"剽窃"的代名词。更兼近人崇尚创造，复古之风大受排击。实际上，"厚古薄今"乃人之恒情也，不独为前后七子之病。再者，七子所讲之"摹拟"，对初学诗文者而言实为不二法门，并非全无道理。其三，前七子与后七子虽然外表相似，不似之处亦复不少。因为这些原因，对复古派的研究还需要更为仔细的考察，进而作出符合实际情况的评价。其他流派的研究也有类似问题：即需要细密的分别辨析，从而对某个流派的成员、作品、理论主张、创作特色、历史意义等一系列问题有可靠的解释。此类研究还有夏崇朴的《明代复古派与唐宋文派之潮流》(《学衡》第 9 期，1922 年)，任访秋的《袁中郎评传》(《师大国学丛刊》第 1 卷 3 期，1932 年；《师大月刊》第 2 期，1933 年)，吴调公的《为竟陵派一辨》(《文学评论》1983 年第 3 期) 等。

俗文学体裁在明清两代逐渐盛行。这一现象也受到研究者们极大的关注，尤其是新文化运动以后，小说、戏曲、歌谣、弹词等文体的研究令人耳目一新。

戏曲方面的研究成果比较多，这里选了周贻白的《中国戏曲声腔的三大源流》，叶德均的《明代南戏五大腔调及其支流》，都是讨论声腔流传的重要文章。明代杂剧的研究成果较少，黄芝冈的《明代初、中期北杂剧的盛行和衰落》一文，对明代初、中期杂剧的流传状况进行了考察。现代的研究者们，很少有能够审音度律者，多数是只观戏文的"辞章"派。俞平伯先生通音律，且能唱昆曲，《杂谈〈牡丹亭·惊梦〉》一文，是从偏重舞台表演的角度来讨论的，因而他对汤显祖戏曲的某些特点，有极为独特的体会。汤、沈之争是明代戏曲研究领域的一个重要问题。到底存在不存在两派之争？双方在争什么问题？前因后果如何？研究者们的认识差别很大。我选了钱南扬的《谈吴江派》和邵曾祺《论吴江派和汤沈之争》，大致可以由此了解明代戏曲史上这一重要问题。

---

①参见何宗美《明末清初文人结社研究》，南开大学出版社，2003。

　　小说研究集中在"四大奇书"和"三言二拍"。胡适、鲁迅、郑振铎、孙
楷第等人是小说研究的重镇，他们奠定了小说研究的基本格局。胡适《<水浒
传>考证》、《续考》，陈寅恪《西游记玄奘弟子故事之演变》，郑振铎《西游记
的演化》，孙楷第《三言二拍源流考》，陆树崙《〈三言〉序的作者问题》，王重
民《冯梦龙之生卒年》，可作为这方面的代表作。此后的小说研究，大率不能
逾越作者考证、小说成书、故事流变、版本情况等"问题域"。王利器《〈水
浒〉英雄的绰号》则是一篇很有意思的文章。文中某些结论或可商榷，然其思
考角度则给人很大启发。吴晗《<金瓶梅>的著作时代及其社会背景》是较早运
用阶级分析法研究文学作品的代表性论文。该文比较全面地探讨了《金瓶梅》
的相关学术问题，最终落实于《金瓶梅》产生的社会历史背景。此文在方法论
方面固然偏重于阶级分析、经济决定论，但是与后来大量单纯立足于政治立场
的论文还有较大差别。

　　民歌时曲、弹词宝卷、道情笑话等是晚近以来受到学者重视的"新"文
体。郑振铎是这个领域较早的研究者，我选了他的《明代的时曲》一文。在这
方面，朱自清、顾颉刚、王利器、赵景深等人也有相关论著。因对此类文体的
研究尚不充分，故未多选。

　　面对如许老辈学者的坚实成果，真是令人感慨。原来他们已经做出了那么
大的成就！很多论著（如鲁迅《中国小说史略》）至今还是不可替代的。很多
人一生涉及的领域极多（如梁启超、胡适），他们的成绩，是近一个世纪之后
的我们仍然难以企及的。

　　尽管有如此多的成果，与汉唐文学相比，明代文学的研究仍然不够充分。
大致说来，明代文学研究具有不平衡的特征。它表现为：小说、戏曲等通俗文
学体裁研究成果远远多于传统的诗文研究；而小说、戏曲研究的成果，又集中
在"四大奇书"、《三言》、《二拍》以及汤显祖、徐渭等极少数作家作品方
面。① 造成这种状况的原因相当复杂。明代离现代不远，研究的历史自然要短于
汉唐。另外，由于明清时代教育的发达和科学技术的发展，存世的基本文献也
远远多于汉唐。唐前的著作，穷一生之力或可遍阅，宋后的著作，穷一生之力
是无法全及的。因此研究者必然要有所选择。然而这还都是表层的原因，更为
根本的原因，是明代文学的研究与中国现代化的进程有着血肉相关的联系。

　　这种侧重于通俗文体、侧重于重要作家作品的不平衡状况，大致上伴随着
20 世纪文学研究总体思潮，伴随着中国社会现代化的艰难进程。无论是 20 世

---

　　①参见周明初《二十五年来明代文学研究的一个样本分析》，以人大复印资料《中国古代、
近代文学研究》所选印论文的统计为例，《南京师范大学文学院学报》2003 年第 1 期。

纪初梁启超等人倡导的"小说界革命"、"戏曲改良运动"，还是稍后以陈独秀、胡适等为首的新文化运动，都与中国社会的重大变革有种种联系，在实际效果上也进一步强化了小说戏曲等俗文学领域研究的拓展和深入。"明代文学研究中崇俗黜雅、俗热雅冷的格局逐渐形成"①。随着这个进程，也出现了一大批重要学者及相关论著，其中有胡适、鲁迅、郑振铎、孙楷第、吴梅、王季烈、周贻白、赵景深、卢前、任二北、顾颉刚、梁乙真、任访秋等人，包括相对比较传统的学者余嘉锡等等。他们的论著中涉及的领域也包括了明代文学的各个方面。再加上各种文学通史、分体文学史、文学批评通史类著作，由点到面，基本上能够完整地勾勒出那个时代的研究状况。黄仁生称之为"开拓领域、确立格局时期"②，是比较确切的。随着新中国的成立，明代文学研究的状况也有了新的变化。"批判继承"文学遗产成为此后学术研究的主流，明代文学研究也不例外。由于单纯的社会学方法特别是阶级分析以及哲学上的反映论成为学术研究的主导，此一时期的研究要相对单调一些，但是作为一种研究的向度、作为特定时期的历史标本还是有其价值的。相关的资料整理也有不小的成绩。

无论是文献整理还是研究成果，令人瞩目的成就还要数改革开放以来的二十余年。这些成果在指导思想、研究方法、问题领域、学术影响方面都有了明显的进展③。特别是一部分综合性的研究成果如左东岭《王学与中晚明士人心态》（人民文学出版社 2000 年）、陈国球《唐诗的传承——明代复古诗论研究》（台湾学生书局 1990 年）、廖可斌《明代文学复古运动研究》（上海古籍出版社 1994 年）、黄卓越《明永乐至嘉靖初诗文观研究》（北京师范大学出版社 2001 年）等等。这些论著都能不囿于单一的视角，而是将各种文化因素结合起来，以还原历史的态度对待那个时代的文学现象。尤其是这些学者都不仅具备高度的理论素养，而且立足于文献分析，使其成果扎实而深刻。

随着新世纪的来临，明代文学研究这个相对冷僻的领域也增添了人气。其中一个重要标志，就是 2002 年明代文学学会的成立以及学会组织的几次相关学术会议：例如 2002 年的"首届明代文学国际研讨会"、2003 年的"明代文学

①黄仁生：《20 世纪的明代文学研究》，《复旦大学学报》2001 年第 1 期。
②黄仁生：《20 世纪的明代文学研究》，《复旦大学学报》2001 年第 1 期。
③参见黄仁生《20 世纪的明代文学研究》；郭英德、王丽娟：《20 世纪明代文学研究方法述评》，《人文杂志》2004 年第 1 期；邓绍基、史铁良：《明代文学研究》，北京出版社，2001。

与地域文化"学术讨论会、2004 年"明代文学国际研讨会暨明代文学学会第二届年会"等等。再加上先前的各种学术组织,如 1984 年成立的三国演义学会、1987 年成立的水浒学会、1989 年成立的金瓶梅学会,中国古代戏曲学会,还有各地的学术团体,如江苏的明清小说研究会,各种戏曲小说研究中心,等等,真是热闹。关注明代文学研究的学者也越来越多,研究成果的数量和质量都有了大幅度的增长。我们有理由相信这个研究领域在新世纪会有更大的拓展①。

徐朔方先生在《明代文学史》前言中说:"明代诗文的一个特点是作品卷帙浩繁,而说得上是文学作品的却很少。我记得在此之前,承前辈北大教授浦江清先生邀我便饭时曾和他谈到这一问题。我说这些作品恐怕只有文献价值了。承认它们的文献价值,实际上就是否定它们作为文学作品存在的价值。"② 徐先生提出了一个令人困惑的问题:明代文学的遗产数量巨大,它们的价值何在?再进一步讲,研究明代文学对现代研究者的意义何在?这恐怕是每一位文学研究者都必须面对的。徐先生认为在编写文学史之前,应当通读所要论述的全部作家的作品,这自然是非常严肃认真的态度。当前明代文学研究恰恰存在这样的问题。很多论著没有立足于全部的相关文献,甚至小部分也没有。相当数量的论著征引的材料都是人所共知的那么几条。这样得来的结论势必是不确切的,甚至是片面的。例如李贽,他的重视个性、强调童心是众所周知的,但是因此而单单强调他反封建、反传统的"叛逆"是不够的。他的思想中有着浓厚的儒家印记,"童心"中仍有道德礼教的约束。许多文学现象都是复杂多样的,我们的研究正是要把这种复杂性多样性展示出来。当前的明代文学研究还有许多问题、许多现象没有涉及,我辈后学,自应在讲究新方法、新角度的同时,兼顾实证性的专题研究。对现代研究者而言,历史文化遗产固然要有当代意义,这种当代意义,不在于能够立竿见影的"古为今用",不在于体系的建立,也不在于话语的转换,研究历史的意义在于什么?这恐怕是打开另外一个天地,发现新的研究思路的根本所在,也是值得深思的。

---

① 吴承学、曹虹、蒋寅:《一个期待关注的学术领域——明清诗文研究三人谈》,《文学遗产》1999 年第 4 期。

② 徐朔方:《小说戏曲在明代文学史中的地位——〈明代文学史〉前言》,《文学遗产》1999 年第 1 期。

何心隐及其思想

容肇祖

一　何心隐传

何心隐，本姓梁名汝元，字柱乾，号夫山，江西吉安府永丰县人。生明武宗正德十二年丁丑（公元1517），卒神宗万历七年己卯（公元1579）。

他"少补弟子员，治壁经。幼时颖异拔群，潜心经史，辄以远大自期。凡耳而目之，皆知其为伟器"（邹元标《梁夫山传》，载《梁夫山先生遗集》卷首，同治元年梁维翰刻本）。

明世宗嘉靖二十五年丙午（公元1546），他赴省试，督学蔡克廉拔为全省第一。时本邑张勉学署邑校士，得汝元卷，亦叹为天下奇才。由是汝元始在省邑知名（据邹元标《梁夫山传》）。时王守仁"良知"之学，风靡全国，传其学者有王畿、王艮等。王艮卒于嘉靖十九年庚子（公元1540），传艮学者有徐樾，樾曾事王守仁而卒业于王艮之门，后于嘉靖三十一年（公元1552）仕至云南布政使，死于元江府士酋那鉴叛变之难。从樾学者有颜钧，字山农，吉安府永新县人，号得王艮之传，汝元遂从之学。邹元标《梁夫山传》说道："及闻王心斋（艮）先生良知学，竟芥视子衿，乃慨然曰：'道在兹矣。'遂师颜山农。"黄宗羲《明儒学案》卷三二《泰州学案序》说他"从学于山农，与闻心斋（王艮）立本之旨。时吉州三四大老，方以学显，心隐恃其知见，辄狎侮之。"他以为《大学》先齐家，遂实行立学于宗族。邹元标《梁夫山传》说道：

> 爰谋于族众，捐资千金，建学堂于聚和堂之傍。设率教、率养、辅教、辅养之人，延师礼贤，族之文学以兴。计亩收租，会计度支，以输国赋。凡冠婚丧祭，以迨孤独鳏寡失所者，悉裁以义，彬彬焉礼教信义之风。数年之间，一方几于三代矣。

这是很恭维他的。黄宗羲《泰州学案序》亦说他："谓《大学》先齐家，乃构萃和堂（肇祖案：当作聚和堂）以合族，身理一族之政，冠婚丧祭赋役，一切通其有无，行之有成。"这可见他在宗族间的设施是很有效果的。

张宿编本《何心隐先生爨桐集》卷三，有《聚和率教谕族俚语》、《聚和率养谕族俚语》、《聚和老老文》三篇。这三篇文，很可以见到他在宗族间的设施，是很有条理的。《聚和老老文》开首说道：

> 伯父焕宇公届七十，七十曰老，率教茹虆，率养茹芹，辅教声雅，世华，定宇，辅养声珮，慎夫，延望，维教养明宇，辅宏，孔澜，卿耀，相欲汝元撰文以老老焉。

他将宗族编成一种组织，设率教一人，率养一人，辅教三人，辅养三人，维教养四人，共十二人。《聚和率教谕族俚语》一文，是他代率教茹虆作的。这文有说道：

> 癸丑正月，顾长少谬推率教，固辞弗获，乃勉强矢志。

癸丑即嘉靖三十二年（公元1553），梁汝元的宗族组织是这年正月实行的。他说道：

> 本族乡学之教，虽世有之，但各聚于私馆，栋宇卑隘，五六相聚则寥寥，数十相聚则扰扰，为师者不得舒畅精神以施教，为徒者不得舒畅精神以乐学，故令总聚于祠者，正欲师徒之舒畅也。……每月朔望，自率教以下十二人，同祠者相聚一堂，乐观子弟礼以相让，文以相勖，欢如翕如，而相亲相爱之念，亦皆油然而兴矣。

他是以祠堂办宗族学校的，所谓率教即校长，辅教即教员，维教即助教。他的办法，是学生一律在校食宿的，有严密的规则。《聚和率教谕族俚语》说道：

> 夫教既总矣，然各归各馔，则暑雨祁寒，子弟苦于驱驰，父兄心亦不安。故不分远近贫富，必欲总送馔，所以省驱驰以安父兄之心也。馔既送

矣，然又各归各宿，则晨出夜入，子弟袭以游荡，师长教亦不专。故不分远近长幼，必欲总宿祠者，所以防游荡，以专师长之教也。……或者父母偶感本身失调，审其轻重，处有常条；或者父母逢旬，本身初度，审其诞辰，处有常条；或者伯叔吉凶，外戚庆吊，审其亲疏，处有常条；子弟方婚聘者、婚娶者、婚毕者，既聚子祠，不许擅归，审其临期，处有常条；子弟旧业农者、工商者、僧道者，既聚于祠，不许擅往，审其缓急，处有常条。况半年之后，试子弟有生意者，为有权宜之处。三年小成，又有通变之处。十年大成，则子弟不论贫富，其冠婚衣食，皆在祠内酌处。为父兄者，勿怀浅近之虑，卑小之忧，以误子弟所学；勿听无稽之言，无根之谋，以乱师长之教；勿容闲人，私令小者，阴报家事杂词；勿狥妇人，私令婢者，潜送菓品玩好；勿纵以子弟盛饰；勿快以子弟厚味。凡一语一默，一饮一食，皆欲父兄撙节之者，所以严外访之防也。自二月一日为期，在师长亮能以此相劝，子弟可不以此相勉？父兄亦能以此相守，妻孥可不以此相顺？其在外姓父兄子弟，幸以相体，本姓决不敢以亲疏分厚薄也。

这可见他的办学的精神，是很有见解的。有职业的，则半年之后，可以权宜毕业；或者三年小成，即算毕业。至十年大成的，则冠婚衣食，皆在祠内酌处。这样的由宗族的集合，去养育人才，规则又是很严密的，在他的时代环境中，实是很可惊异的。这是宗族的学校，大约附收外姓的学生，故说"其在外姓父兄子弟，幸以相体，本姓决不敢以亲疏分厚薄也"。

宗族的率教之外，又有率养。率养所任的事又是怎样呢？他代率养茹芹作的《聚和率养渝族俚语》可以见出。这文说道：

癸丑正月，合族始聚以合。和聚于心，始知养本于君之所赐也。我有田产，不有君以统于上，则众寡相争，田产不得以相守也。今我得以守其田产者，得非君所赐欤？我有形躯，不有君以统于上，则强弱相欺，形躯不得以相保矣。今我得以保其形躯者，亦非君所赐欤？知其赐之难报也，故已设率教，又设率养，以报其赐。知其养之难率也，故另设一十二人总管粮于四季，二十四人分催粮于八节，七十二人各征粮于各候。各候完讫，类付于八节之所催者。八节完讫，类付於四季之所管者。四季完讫，类付於维养者交收，转付辅养，以俟率养之所率矣。或者各候粮有未完，则必达于各节，各节粮有未完，则必达于各季，各季粮有未完，则达于维养者，转达辅养，以达率养，以审其情，以达于率教。教之不改，然后呈于官司，俾各由渐而化。同乐于尽分以报君上之赐也。……维养者同辅养以从率养，四时相聚，不敢少逸于四时。管粮者，一人管于一月，不敢少逸于一月。催粮者，一人催于一十五日，不敢少逸于一十五日。征粮一人止征五日，五日乃可以少惰耶？

这可见他设的率养的制度，是管收及缴纳一族的钱粮。率养之下有辅养，辅养之下有维养，维养之下有每月总管，凡十二人，各人轮值管一月，其下有催粮二十四人，每人催粮十五日。其下又有征粮七十二人，一人止征五日。这是很有系统，有条不紊的。这种制度可以省各家单独缴纳钱粮的杂费与辛劳，由宗族共同交纳，故可以其余润去赒恤族中的失养者，而发达族中的共同的教育及其他的事业。这是梁汝元的宗族组织，宗族教育的计划，也就是乡村组织，乡村教育。他是乡村教育的先导者，这是很可佩服的。故邹元标说他"数年之间，一方几于三代"。黄宗羲说他"行之有成"。

嘉靖三十三年甲寅（公元1554），泰州凌儒来为永丰县知县（据乾隆修《吉安府志》卷二十二《职官表》。至嘉靖三十八年去职，陈瓒继任）。梁汝元屡有上书，规以远大，《爨桐集》卷三有《修聚和祠上永丰太尹凌梅楼书》，说道：

蒙示明哲保身之学，熟察我翁一言一动，无非学以保身，所示为不虚矣。惟谬见则以为身有在而后不容以不保，身在尊而后不敢以不保。如身在农在工在商，身在卑也，不保，未有不殒其身者也。是身有在不容以不保也。又如身在士，身曰尊矣，身之尊者，言足以兴，默足以容，信不敢不保也。今某不农不工不商，身已不在卑矣，保身何为？况又不士，何由以仕？身已不在尊矣，身不在尊，虽言不见其言，虽默不见其默，何足以兴，何足以容？虽欲保身，保身何为？某所以如痴如颠者，以身之无在也。无在而求有在之不暇矣，何暇于身之保耶？文王之不暇食，亦以身之未有在也。不然，何致羑里之囚？因其身者，似不知所以保其身也？诗美文王为"明哲保身"者，保之于身尊之后也。仲尼之席不暇煖，亦以身之未有在也。不然，何致陈蔡之厄？厄其身者，似不知所以保其身也。而仲尼独诵明哲保身之诗者，得非思保之于身尊之后耶？我翁虽时时事事尽保身之学，谓之保身于官则可矣。若谓保身如文王、如仲尼，则未也。我翁以为何如？

他这时勇于社会的事业，于一县之事，大约是敢言的，他《又书》说道：

　　《樵语》一轴，虽达鄙情，然实欲父母谋出樊笼而为大道之宗主也。若在樊笼恋恋，纵得以展高才，不过一效忠立功耿介之官而已，于大道何补？直须出身以主大道，如孔孟复生于世，则大道有正宗，善人有归宿，身虽不与朝政，自无有不正矣。大道之明，莫明于孔子。而孔子之所以明大道者，亦惟出身于春秋以与国政，于朋友之交信也。何尝恋恋樊笼？且樊笼甚窄，而又多猜多忌，纵有高才，从何以展？此在父母不可不早谋也。如谋出身为隐士，而无补于朝政，是欺君矣。欺君之人，安能主明大道？必不敢为父母设此拙谋，以蒙欺君之诛也。即欲父母出身为伯夷、为下惠，是亦为谋之拙者也。何敢欲父母为隐士耶？无非欲父母出身以主朋友之大道，而继孔子之贤于尧、舜者也。尧、舜，立政之尽善者也。孔子，设教之至善而身不与政者也，不与政而贤立政。然则出身以继孔子，以主大道之宗，其于朝政岂小补哉？伏惟并《樵语》详加察焉，不胜幸幸（《爨桐集》卷三）。

这可见他对于知县凌儒是期望很大的。据《明史》卷二百七《杨思忠传》附记及凌儒，后来是很能直谏的，说道：

　　嘉靖四十二年正月，御史凌儒请重贪墨之罚，革虚冒之兵，搜遗佚之士，因荐罗洪先、陆树声、吴岳、吴悌。帝恶其市恩，杖六十，除名。……穆宗嗣位，并复官。……儒既复御史，益发舒，亦以康事（齐康劾徐阶，樊深劾康并诋高拱）率同列劾拱，拱罢。又劾去大学士郭朴。顷之，劾罢抚治郧阳都御史刘秉仁。又以永平失事劾总督刘焘、巡抚耿随卿、总兵官李世忠罪。随卿、世忠被逮，焘贬官。隆庆二年，再迁右佥都御史，理山西屯盐。吏部追论其知永丰时贪墨，遂落职闲住。

　　凌儒在永丰时如何贪墨，是很难说的（他附徐阶，劾高拱，这年七月徐阶罢相，他被吏部追论落职，或者为此）。梁汝元上凌儒的两封书，虽是很不客气，但仍是相推重的。凌儒是泰州人，亲切王艮之学，又后来荐举罗洪先、吴悌，于梁汝元当可不致互相龃龉的。到嘉靖三十八年己未（公元1559），陈瓒为永丰县知县。《明儒学案·泰州学案序》说道："会邑令有赋外之征，心隐贻书以诮之。令怒，诬之当道，下狱中。"这时他被诬的罪状及所受的刑罚，据王之垣《历仕录》说道：

　　梁汝元，原籍江西永丰县人，以侵欺皇木银两犯罪，拒捕，杀伤吴善五等六命，初拟绞罪，后末减，充贵州卫军。著伍，脱逃各省。

所谓"赋外之征"，大概是所谓"皇木银两"。定罪后，他怎样逃脱呢？《明儒学案·泰州学案序》说道："孝感程后台（学颜）在胡总制（宗宪）幕，檄江抚出之。"这可见他不是逃脱的。邹元标《梁夫山传》说他道：

> 但资禀刚直，言论阔侃。既而辛酉（案即嘉靖四十年，公元一五六一），粤寇窃发，将抵县城，邑令暨诸缙绅，议毁近城内外居民，而公独持不可。邑令等竟莫之听，而且嗔公甚。公乃移书冯兵备，有云："未遭贼寇之害，先被御寇之惨。"辞气切直，不少假借，开罪贵势，削名被毒，欲置之死。幸宪副养白冯公、巡抚吉阳何公（案名迁）心知其诬，释重罪，改戍贵州。浙江总制梅林胡公（案名宗宪）稔知其才足以济艰拨乱，遗书黔阳，以礼聘之，赞谋帏幄，以平倭寇。功成，遂易姓号，游学南都，与太仆寺丞后台程公（案名学颜）友善。已而程公北迁，同居燕畿，聚徒讲学。因与司业江陵张公（案名居正）屡讲不合，遂构衅端。

邹元标所记大约根据不准确的传说，故多错误。这文末云"时余偕罗礼科抵明德乡……道经梁坊宿焉，见夫山书院，屹然如故，以故不得不起敬而为之传云"。这是据传闻而作传的，故此不免多有以讹传讹的地方。如说辛酉（嘉靖四十年）粤寇窃发，将抵邑城，他移书攻击权贵，这是另外在后的一件事，或者是和梁汝元无关的。黄宗羲以为"会邑令有赋外之征，心隐贻书以诮之"。大约因此邑令遂加以侵欺皇木银两的罪名，定罪戍贵州，胡宗宪移书出之于狱，这是事实。所谓吉阳何公，即何迁，案吴廷燮《明督抚年表》卷四，何迁以嘉靖三十七年任江西巡抚，三十九年四月以副都御史总督漕运。五月，江西左布政张元冲右副巡抚江西。可证邹元标所谓"吉阳何公心知其诬，释重罪，改戍贵州"，绝不能在嘉靖四十年辛酉发生的。然而辛酉，粤寇扰吉安府，又确有其事。乾隆修《吉安府志》卷三十五说道："嘉靖四十年辛酉。粤寇从西山高枧经五里龙关，入万安，流毒各都，官兵讨之，败绩。贼乘势犯龙泉境，知县何志实率兵御之，巡检王倚正奋身翼何，被擒，死之。"又卷三十六《名臣传》说道："陈瓒，常熟人，嘉靖进士，知永丰，兴学礼士，每朔望行香毕，必进诸生讲论经义，治尚恬静，以教化为本。值闽、广流寇猖獗，所过纵屠戮莫制。瓒闻变，筹划方略，战守有度，寇泊城下，相拒七日，散去，邑赖保全。"又卷二十一《职官表》，永丰知县嘉靖三十三年为凌儒，泰州人，进士，下一任三十八年至四十三年，为陈瓒。又何心隐《爨桐集》卷三，有《修聚和祠上永丰大尹凌海楼书》，及《又书》，凡两首。凌儒在官五年，或者不致和他龃龉，上面已有说及。至陈瓒到任，大约是察察为明的，虽兴学礼士，或者不喜欢王艮的一派。汝元又在凌任时，受凌的宽容，上书惯了，太不客气了。"皇木银两"之拒缴，因而拒捕，或者出于民众及梁氏之族，而汝元是民众中的敢言者，梁氏族中的领袖，自然是被指为为首之人了。这事当在嘉靖三十八年己未，适在何迁任江西巡抚时，故怜其冤。后来他说道：

> 自庚申前而汝元与郡邑乡族所讲者，此学也。凡事乎其事于郡邑乡族以事事者，亦惟事于此讲此学以事事也。自庚申后，而汝元与东西南北所讲者此学也。凡事乎其事于东西南北以事事者，亦惟事于此讲此学以事事也（《又上湖西道吴分巡书》、《爨桐集》卷四）。

庚申为嘉靖三十九年（公元1560），以前在郡邑乡族讲学，以后在东西南北讲学，可证他的入狱是在三十八年。以后由胡宗宪调用出狱，从此遂不回家乡了。邹元标说胡宗宪总督"遗书黔阳"调他，这仍是不对。《明儒学案》说"檄江抚出之"，当时已定罪，未解往贵阳，江西巡抚又是胡宗宪节制的，故此出之易易了。他在嘉靖四十年，所谓"辛酉岁，自北而南"，或者过江西省城时，适遇家乡因避寇而拆民房之事，移书冯兵备，也许是可能，不过决不是由此而得罪戍贵州的。这时永丰知县尚是陈瓒，或者因此后人误会，以两事为一事，而邹元标不考而误记，亦是可能的？防粤寇的结果，陈瓒是措置得法，很有功的，家乡的人又很崇奉着陈瓒，而汝元又以旧案故，当然不敢回县了。他因此遂同钱同文到福建，他到福建时为嘉靖四十一年壬戌（公元1652），故后来《上南安陈大府书》说"自壬戌迄于甲子，二三年间，交游于八闽"，这是很可据的。

汝元这次入狱及遭戍的释放，是靠着程学颜（字后台，湖北孝感人，官应天府推官）。程在胡宗宪总督的幕府里，檄江西巡抚何迁放出他的。据程学博《祭何心隐文》云："自嘉靖戊午，己未之年，予伯兄后台公始识先生于南。"（《梁夫山遗集》后附录）案戊午，即嘉靖三十七年（公元1558）。他在三十八年己未释放后，当由程学颜的介绍而得见胡宗宪。后来，胡宗宪告人说道："斯人无所用，在左右，令人神王耳。"（见《明儒学案·泰州学案序》）光绪修

《孝感县志》卷十五叙述他，说道："伟身美髯，高冠法服，议论风生。"从这话可以证实胡宗宪的话是实有的。至邹元标《梁夫山传》说他"赞谋帏幄，以平倭寇，功成，遂易姓号"，这纯是后来夸大的不足信的传说。

嘉靖三十九年庚申（公元1560），程学颜进官太仆寺丞，汝元与之同北上。后来他《上祁门姚大尹书》说道："自庚申北往，则其所交而同往者，则湖广孝感已故程后台其人也。其名则学颜，其官则太仆寺寺丞也。"他到京师后，与耿定向（字楚侗，号天台，湖北黄安县人）相谂，又因耿而见过张居正（字太岳，湖北江陵县人）。《上祁门姚大尹书》说道：

> 及抵北，则其所交于北以朝夕者，不一其人。……而因程（学颜）以首交程之乡同年者，则湖广麻城耿楚侗（定向）其人也。……因耿而与今之阁下张公太岳（居正）官司业时，讲学于北之显灵宫。即睹此公有显官，有隐毒，凡其所讲者即唯唯，即不与之辩学是非，而即忧其必有肆毒于今日也。且此公退即对耿言："元本一飞鸟，为渠以胶滞之。"然元即对耿言："张公必官首相，必首毒讲学，必首毒元。"耿即笑而对言："此公腰不健，未必有官显于首相也，毒何由肆？"

这是他自述与张居正会见的经过。耿定力《胡时中义田记》亦叙这事，说道：

> 嘉靖庚申，张江陵（居正）官少司成，先恭简（定向）官御史，巡视东城，尝约会僧舍中。日侍恭简，闻其奇江陵，又奇心隐也。乘会日，偕心隐突入座。心隐、恭简南面，江陵北面，大兴令吴哲与予西隅坐。恭简故令二公更相评品。江陵谓心隐"时时欲飞，但飞不起耳。"心隐气少平，谓江陵"居大学，当知大学之道"云。心隐退而抚膺高蹈，谓予兄弟曰："此人必当国，杀我者必此人也。"（见《梁夫山遗集》附录）

这是亲见二人会面的经过的叙述，是可靠的。沈德符《野获编》云："江陵最憎讲学，言之切齿，即华亭（徐阶）其所严事，独至聚讲则艴然见色，岂肯与一狂妄布衣谈道。"（卷八《邵芳条》）看耿定力所记，欲飞飞不起的话，大约是讥一语不发。而当知大学之道的话，仍是讲学家的套话。两人辞锋的不肯相下之状，显然可见。此外关于他们会见的传说，是很纷纭的，如丁元荐《西山日纪》卷上，以为"何心隐由耿楚侗谒江陵……宾主竟日相对，不发一语。临别，心隐曰：'鸿飞冥冥。'江陵曰：'飞不去。'既别，即语人曰：
'此人为宰相，必杀我。'（《涵芬楼秘笈》七集本）又赵吉士《寄园寄所寄》
卷六引《辩学遗编》云："居正未相时，访耿御史，坐席未煖而去。何从屏后
窥见，便谓此人能杀我。"盖传闻之异，不足为据的。此外他在京师和他相交
好的，有钱同文（字怀苏，福建兴化县人，曾知祁门县，时官刑部郎）、程学
博（字二蒲，学颜弟，嘉靖三十八年进士，时官工部虞衡司主事。《明儒学
案·泰州学案序》误以为学颜字二蒲）、罗汝芳（字维德，号近溪，江西南城
人，嘉靖三十二年进士，曾知太湖县，时官刑部主事，亦是颜钧的弟子，与何
心隐为同门）等。他后来《又上湖西道吴分巡书》说道：

> 有程二蒲则同怀苏官北部，于庚申亦同怀苏交汝元。于庚申而共与汝元相
> 与以讲，相与以学，相透此讲此学于庚申者，亦不怀苏相后先也。……又有若罗近
> 溪，又有若耿楚侗，亦与汝元交，其情其厚，亦不有先后也。（《爨桐集》卷四）

当时他们讲学的地方名为复孔堂（据邹元标《梁夫山传》），谭说甚辨。后来耿
定向自述的《观生纪》说道：

> 时永丰梁子汝元、秀水钱主政同文、同年孝感程同、程学颜承传心斋绪
> 言，谭说孔学匡廓，甚辨。余疑之，归以语仲（定理）。仲曰："然，有是哉，神
> 明默成，存乎其人。彼离其本矣，无成，将有灾也。"（《耿天台全书》卷八）

这也许是耿定向记述在何心隐的死后，时不大满于心隐，而故神其仲弟的先
见。李贽作《耿楚空先生传》说耿定理自述所得云："吾始事方湛一（与时），
湛一本不知学而好虚名，故去之。最后得一切平实之旨于太湖（邓豁渠），复
能收视返听，得黑漆无入无门之旨于心隐，乃始充然自足，深信而不复疑也。
唯世人莫可告语者，故遂终身不谈，唯与吾兄天台先生讲论于家庭之间而已。"
（《李氏焚书》卷四）这可见耿定向的仲弟定理原是深有得于心隐之学的。耿定
向后来所作的《观生纪》，在何心隐的死后，时仲弟亦已死，故遂出之以虚伪
的叙述了。

嘉靖四十年辛酉（公元1561），心隐尚在京师。黄宗羲《泰州学案序》说道：

> 心隐在京师，辟各门会馆，招来四方之士，方技杂流，无不从之。是时

政由严氏（嵩），忠臣坐死者相望，卒莫能动。有蓝道行者，以乩术幸上。心隐授以密计，侦知嵩有揭帖。乩神降语："今日有一奸臣言事。"上方迟之，而嵩揭至。上由此疑嵩。（《明儒学案》卷三二）

谷应泰《明史纪事本末》卷五四记严嵩用事，于这年亦说道：

方士蓝道行问辅臣贤否，道行遂诈为箕仙对，具言嵩父子弄权状。上曰："果尔，上玄何不殛之？"诡曰："留待皇帝正法。"上默然。

沈德符《野获编》卷八说道：

严氏败，亦由术士蓝道行扶乩传仙语，称："嵩奸而阶忠，上玄不诛而待上诛。"时皆云徐华亭（阶）实使之。

徐阶是出于王守仁派下聂豹之门，而与欧阳德、罗洪先为至交。王世贞《弇州史料后集》卷三十五《嘉隆江湖大侠条》记何心隐于张居正访耿定向，去后，告定向曰："分宜（严嵩）欲灭道学而不能，华亭（徐阶）欲兴道学而亦不能。兴灭者此子也。"这样看来，道行的扶乩，如果是出自心隐，不一定由于徐阶。而徐阶与心隐合谋，当然可能的。后来陈士业《答张谪宿书》很恭维他，称他为世庙时有明异人第一，说道："心隐生平所为，皆忠孝大节。即能诡托箕巫，阴去分宜之相，不烦披鳞请剑，而大奸忽尔败觉。其作用景奇，真能以忠而成其侠者。"他既授蓝道行以密计之后，即南行。他后来《上祁门姚大尹书》说道：

及辛酉，又自北而南，则与钱怀苏（同文）朝夕讲所学，且同南游福建（案钱同文，福建兴化县人，当是以假南旋）。

他这年南下，到下年才到福建的，故此他后来《上南安陈大府书》说道："自壬戌迄于甲子二三年间，交游于八闽。"（《爨桐集》卷四》壬戌即是嘉靖四十一年。

嘉靖四十一年壬戌（公元1562），这年五月，"严嵩罢，犹给岁禄，系其子世蕃诏狱，以御史邹应龙为通政司参议"（《明史纪事本末》卷五四）。《明史》卷三〇八《严嵩传》说道：

帝入方士蓝道行言，有意去嵩。御史邹应龙避雨内侍家，知其事，抗疏极论嵩父子不法，曰："臣言不实，乞斩臣首以谢嵩、世蕃。"帝降旨慰嵩，而以嵩溺爱世蕃，负眷倚，令致仕驰驿归，有司岁给米百石。下世蕃于理。嵩为世蕃请罪，且求解，帝不听。法司奏论世蕃及其子锦衣鹄、鸿，客罗龙文，戍边远，诏从之。特宥鸿为民，使侍嵩，而锢其奴严年于狱，擢应龙通政司参议，时四十一年五月也。……嵩既去，帝追念其赞玄功，意忽忽不乐。……嵩知帝念己，乃赂帝左右发道行阴事，系刑部，俾引阶。道行不承。坐论死，得释。

又《明史》卷三〇七《陶仲文传》中说道：

嵩诇知道行所为，厚赂帝左右，发其怙宠招权诸不法事，下诏狱。坐斩，死狱中。

《明儒学案·泰州学案序》说道：

御史邹应龙因论嵩，败之。然上犹不忘嵩，寻死道行于狱。心隐跟跄南过金陵，谒何司寇（迁）。司寇者，故为江抚，脱心隐于狱者也。然而嵩党遂为严氏仇心隐。心隐逸去，从此踪迹不常，游半天下。

是时他始改用何心隐名，因遂至福建。他后《上南安陈太府书》说道：

窃以梁汝元即何心隐也。自庚申前则在学姓名，乃梁其姓而汝元其名也。自庚申后则游学姓号，乃何其姓而心隐其号也。夫以何易梁姓，而以心隐易汝元名者，一则避已故严相之肆毒，一则便四方交游之称谓也。……自壬戌迄于甲子（嘉靖四十三年），二三年间，交游于八闽。共学于八闽者，非一人非一日也。而八闽之交游以共学者，如大郡之兴化，大邑之莆田，又不啻非一人已也，又不啻非一日已也。（《爨桐集》卷四）

案此，则邹元标《梁夫山传》所税"以平倭寇，功成，遂易姓号"，是传说的错误。又《上祁门姚大尹书》说道：

又自北而南，则与钱怀苏朝夕讲所学，且同游福建，访于林。其林名号不暇上于书也。而钱其名则同文，共官则刑部郎也。时与钱又与丹徒朱锡号崀泉尝官漳州教授者亦同南游，而相与讲学于林宅五十四日，即知林之所学非元所学也，即与钱，即与朱，即图旋。

以上可略见他从嘉靖四十一年至四十三年，三两年中他在福建的情形。他离开福建后的状况，《上祁门姚大尹书》说道：

又遇耿于彭泽，一宿即别。入宁国，会罗近溪（汝芳），官知宁国者。时元被已故严相（嵩）毒，即同今日密拿毒，幸罗（汝芳）、幸钱（同文），得免其所毒者。且钱以同游而又同被严毒，是同在井，谁救井中人也？不然，钱欲同避严，又同游、同学、同朝夕矣。钱乃不得已复官，而以夫马送元往耿衙。而耿又以舍人送元旋湖广孝感，同程二蒲名学博官重庆者入重庆。

他是嘉靖四十三年甲子（公元1564）仍在福建的。离福建后，所谓"遇耿于彭泽，一宿即别"，这年耿定向官督南直隶学政，耿定向的《观生纪》记嘉靖四十三年，"正月巡松江，还驻立兴，校常州、镇江二属，便校溧阳毕。……四月巡驻太平，校太平属及应天属。五月，巡驻宁国，校其属庠。耿校徽属并广德属，还京，巡驻句容校遗才，秋八月还京"。耿何时由水道至彭泽呢？江西彭泽与安庆府之宿松、池州府之东流为界，又是耿校士易到的地方，可惜耿记述不详了。至于他入宁国，会罗汝芳，案乾隆十八年宋敩修《宁国府志》卷十六职官表，罗汝芳是嘉靖四十一年任知府，四十四年沈志言继任。卷十七《名宦传》说罗汝芳以艰去。孙奇逢《理学宗传》卷二十六亦说罗汝芳"丁父忧，奔归，士民悲号不忍释去，有步随至盱江者"。大约因此何心隐不得不离宁国府，这是嘉靖四十四年（公元1565）的事。他说的"幸罗、幸钱得免其（严嵩）所毒者"可见罗汝芳是和钱同文一样的款接招留他的。钱同文的复官，大约亦在这年。这年三月，严世蕃弃市，他应该可以少些惧怕了，故此钱同文送他往耿衙（耿定向仍在南京任督学），而自己复去做官。耿又送他到湖北孝感，大约是住在孝感程学博家里的。到穆宗隆庆元年（公元1567），便随程学博到重庆府任了。

程学博是隆庆元年任重庆府知府的，据光绪八年沈用增等纂《孝感县志》卷十四《程学博传》说道：

程学博，字近约，号二蒲，嘉靖己未（三十八年）进士，授工部虞衡司主事。督修殿工成，赐白金文绮。自员外郎擢知重庆府，五日未得旨。江陵（张居正）相，忽以单刺延入内阁，与说片晌，揖之退，谓人曰："重庆得人矣。"即日命下。

案谷应泰编《明史纪事本末》卷六十一，张居正是以隆庆元年（公元1567）二月以礼部右侍郎擢为吏部左侍郎兼东阁大学士，直内阁的。程学博的知重庆府，由于张居正入相，当在这年二月。《上祁门姚大尹书》说道：

同程二蒲名学博官知重庆者入重庆，相朝夕讲学三年矣。初抵重庆，即值白莲贼发，不满一月而破一州六县，即亦不满一月而灭白莲贼，虽皆程之功，元不贪之为己力，然元亦不无一二力之与也。刻有《重庆稿》可据。程必不忍坐视坐闻元之遭毒，而必不容不出身，持《重庆稿》为元辩也。

《孝感县志》卷十四《程学博传》说道：

治重庆，清严刚直，禁馈送，革羡余，于郡治前造房数十楹，设井灶以居解犯。狱不淹时，庭无积案。白莲贼蔡百贯者，邪术惑众，博画策拒之，不数旬，尽歼其党。守重庆五年，闻父讣，即徒跣出国门……著有《重庆会稿》。

又同书卷十五《流寓传》记梁汝元，说道：

学博守重庆时，平白莲贼蔡百贯，汝元力也。语在《学博传》。

这可见他到重庆后，确能帮助程学博的。而平白莲贼，功多出于他。据邹元标《梁夫山传》以《重庆会稿》为他所著，《孝感县志》以为程学博著，这是微有异同，也许是他为程学博编的。程学博在重庆任五年，为什么他到了三年就离开重庆呢？这因是为钱同文之死而去的。隆庆三年己巳（公元1569）冬，他离开重庆，《上祁门姚大尹书》说道：

及己巳冬，闻钱（同文）去世，即往哭之。辄往杭会讲学者，便与夏见吾名道南，以官梧州金事起复，过杭而会，亦是素相与讲学人也。

他在杭州大概是住过一些时候，后来《上湖广王抚院书》说道：

> 将陈之于越，不有功于越耶？而在越之人心者，有一心隐也。一无所犯于越也。设心隐一无犯于越，而顾以心隐于越缉，则在越之人平不平于越耶？（《爨桐集》卷四）

隆庆六年壬申（公元1572），他这年及后一年的行踪，他的《上祁门姚大尹书》说道：

> 壬申春，又往道州，会旧交周合川名溪相（案应作良相，尝官扬州二守），即与周秋旋孝感。即又往黄安会耿，相朝夕以讲学几一年矣。而耿即笑言："张公（居正）果显官于首相矣。庚申所言，果有验矣。而所言所隐毒者，亮不有也？"元即复其所笑："逐日乃验，逐日乃有，今日不得。"耿未对言一笑。

他在黄安讲学的地方名求仁会馆。（据邹元标《梁夫山传》）案张居正自穆宗于隆庆六年五月卒后，六月，高拱见逐，遂褒然首相。耿定向《观生纪》记隆庆六年说道：

> 是岁秋，梁子汝元来，居之天窝。仲子（定理）与语曰："子欲如何？"梁子语已。仲又曰："如此要如何？"梁子对云云。仲曰："道二，仁与不仁而已。视子学犹缘木求鱼也。且有后灾矣。"（《耿天台全书》卷八）

这似是出于耿定向后来不满于他的补记，中间的说话未必是可靠的。他秋到黄安，几一岁，盖到万历元年癸酉（公元1573）才离开黄安的。

他离开黄安，大约都在孝感讲学。万历四年丙子（公元1567）七月，时湖广有缉何心隐的命令，他避往泰州。后来他在《上岭北道项太公祖书》中说道：

> 自丙子七月，汝元在湖广德安府孝感县乐聚友朋，以讲汝元所学。方翕然时，突尔程二蒲亲弟乘舟而来，亟报汝元，本省已差云梦高典史带兵将至

矣，遽逼汝元登渠所乘舟，即放长往。出湖广境，乃泣语汝元，典史高带兵为缉大盗犯也。盖大盗犯，不别有所指所缉也。语毕，而程亲弟乃归省应试，惟以其表兄焦茗送汝元竟抵泰州。寻二蒲为汝元致书辨于湖广两院各道。

这是他这次被缉及逃避的情形。他被缉的原因是很复杂的。《明儒学案·泰州学案序》说道：

> 江陵（张居正）当国，御史傅应祯、刘台连疏攻之，皆吉安人也。江陵因仇吉安人。而心隐故尝以术去宰相，江陵不能无心动。心隐方在孝感，聚徒讲学，遂令楚抚陈瑞捕之。

这是捕他的原因。

万历五年丁丑（公元1577），他归永丰葬父母。十月，又有第二次的缉捕，他亦逃脱，遂往祁门。他后来《上湖广王抚院书》说道：

> 继而心隐自恨无所犯而有所缉，亟归，亟葬父母，以图拼身自辩于朝，不觉筑坟三月有余。方工起，而茗父又领德安府票来，缉其子并缉梁汝元即何心隐，时则丁丑十月也。汝元与茗相泣相别，方知丙子七月缉心隐即汝元者，楚之抚院陈台下也。丁丑十月缉汝元即心隐者，亦楚之抚院陈台下也。（《爨桐集》卷四）

所谓"陈台下"即陈瑞。《明儒学案·泰州学案序》说："楚抚陈瑞捕之，未获而瑞去。"案吴廷燮《明督抚年表》卷五，陈瑞于万历五年十二月去任，王之垣代。陈瑞为张居正房考门生，故何心隐疑陈瑞为意有所授的，他后来《又与邹鹤山书》说道：

> 本府（吉安府）一傅（应祯）、一刘（台），谏于丙子春，（案即连疏攻张居正）即疑为元党，而秋即肆毒于元也。况邹进士（案名元标，吉安府永新县人）之谏于丁丑冬（案《明史》卷二十《神宗本纪》，万历五年十月，以论张居正夺情，杖进士邹元标，戍边）又疑为元邻邑亲，不啻疑为党也。乃年逐一年，月逐一月，日逐一日，而毒之肆者亦日甚，以至有今日毒难堪也。（《爨桐集》卷四）

这和《明儒学案》所说"江陵因仇吉安人，而心隐故尝以术去宰相，江陵不能无心动"很相合的。至沈德符《野获编》卷十八《妖人遁逸条》说道："时有江西永丰人梁汝元者，以讲学自名，鸠聚徒众，讥切时政。时江陵公夺情事起，彗出亘天。汝元因指切之，谓时相蔑偷擅权，实召天变，与其邻邑吉水人罗巽者同声倡和，云且入都持正议，逐江陵去位，一新时局。江陵恚怒，示其意地方官物色之。诸官方居为奇货。"又卷八《邵芳条》说道："心隐每大言欲去江陵不难，其徒皆信之，以此媒祸。"沈德符是误分梁汝元与何心隐为二人的，所说不尽可信。如捕何心隐在张居正丁忧夺情之前一年，张居正在万历五年九月丁父忧，而陈瑞在四年七月已派人捕他。虽然他有"弃身自辩于朝"的话，而第二次捕他在五年十月时，至十一月方有星变。又光绪《台州府志》卷七十一人物传四《王亮传》说："张居正夺情，吉安老儒梁汝辕投诗劝其守制，居正怒，托事擒之。"传说纷纷，疑皆出推测之辞。大约心隐大言"欲去江陵不难"，或者有之？而诸官知心隐为张居正所忌，欲捕心隐以媚张居正，则较近于事实。

万历六年戊寅（公元1578）二月二十日，心隐至祁门县胡时和家，居近一年余。他《上祁门姚大尹书》说道：

> 自戊寅二月二十日为避毒来吊祁门胡时和庐墓，至春三月，一年余矣。惟有《原学原讲》万余言，何尝有一妖言乎？

他的《原学原讲》一篇，大约作于万历七年己卯（公元1579）正月之后，三门之前。《明史》卷二十《神宗本纪》说道："七年春正月戊辰，诏毁天下书院。"当时禁讲学，故此他作《原学原讲》，说不可不学，不可不讲，并欲上书于阙下。邹元标《梁夫山传》说道："比江陵柄国，即首斥讲学，毁天下名贤书院，大索公，凡讲学受祸者以千计。"这年三月初二日，他即在祁门县被捕。他的《上岭北道项太公祖书》说道：

> 前月初二日，果不觉南安把总朱差人（案名心学。见邹元标《梁夫山传》），又领湖广抚院缉汝元票，以汝元于祁门起解。抵此地，则九百余里。至此时，六十余口。投解呼入叱出，百千万亿，其辱何胜？百千万亿，其苦何胜？（《爨桐集》卷四）

他到南安，即被囚，故《上南安陈太府书》说道："三月初旬被执于祁门，五月中旬被囚于南安。"（《爨桐集》卷四）他又有《上南安赵四府书》说道：

> 前此次汝元欲效成化间有福建陈布衣谐阙上书，并上《原学原讲》一册，以自鸣生平所事所讲所学事于朝廷于天下。不觉将北行而被执于三月初旬，被囚于五月中旬。则其所欲以自鸣者，恐未得以自鸣也。（《爨桐集》卷四）

以上可以见出他被捕后两月中的情形。他被解时是很苦的，他有《上朱把总书》说被解的路途经过，说道：

> 今则自祁门而解浮梁，自浮梁而解鄱阳，自鄱阳而解余干，自余干而解进贤，已苦于二十有余日矣。况自此地而抵南安，不下千余里，自此时而抵南安，不下月余日。不敢哀求免苦于千余里也，亦不敢哀求免苦于月余日也，亦惟哀求台下转为元恳求军门，斩元首级，以解湖广，亦台下功也。不惟有功业于边，将且为元免苦于抵湖广二千余里，为元免苦于抵湖广二月余日，是亦有功德于元也。（《爨桐集》卷四）

他《上朱把总书》又说道：

> 自祁门而解抵南安，则十有三县。又自南安转解湖广，必复下而上。又不暇于所解县计，而一县解则苦于一县，一日解则苦于一日，一月解则苦于一月。莫若哀求台下转恳蒙台，早决元于赣州，则元神气早归于天，而元躯壳早归于地，不亦愈于躯壳日围神气，而刑具日囚躯壳苦耶？

这可见他的苦况，是求死不得的。究竟他被缉的罪名是什么呢？他有《上赣州蒙军门书》道：

> 三月间，见祁门所缉汝元票，有以盗犯缉汝元也，有以逆犯缉汝元也，有以妖犯缉汝元也，竟莫知其所缉所犯者也。

又《上江西邵按院书》，说道：

> 又何期于庚申后而丙子二三年间于心隐缉乎？又何期于此二三年间而以

盗犯、又以逆犯、妖犯、奸犯，于心隐缉乎?

　　他在祁门被缉后，上书自辩，有《上祁门姚大尹书》、《上祁门顾四尹书》、《上祁门姚大尹顾大尹书》。他后来在经解地方，沿途上书。到浮梁，有《谢浮梁张大尹书》。到饶州，有《上饶州陶四府书》。到进贤，时进贤县知县为王亮，知其冤，赒以路费，给与肩舆（光绪《台州府志》卷七十一《王亮传》，说亮因此"为居正之党所嫉，六年不调"）。他有《谢进贤王大尹书》。到南昌，有《上新建张大尹书》、《上南昌李大尹书》。他又有《上湖西道吴分巡书》、《上岭北道项太公祖书》、《上南安陈太府书》、《上南安康二府书》、《上赣州蒙军门书》、《上朱把总书》、《上江西刘抚院书》、《上江西邵按院书》等。到了湖广，他有《上湖广王抚院书》及《上湖广郭按院书》。他既解抵湖广省城，他上书巡抚王之垣，即《上湖广王抚院书》，自陈履历，后来李贽所谓"千言万语，滚滚立就，略无一毫乞怜之态，如诉如戏，若等闲日子"（《与焦漪园太史书》，《续焚书》卷一）。今录其后申篇于下:

　　……且心隐即汝元者，自庚申前后所履所历，其年则六十有三矣。二三年间，则血气年老而年衰。况今年又自祁门自三月被缉解抵南安，又自南安六月转解抵楚省，里以千计而日以百计，其辱其苦，又与里与日计，而衰老之血气，又月老而月衰。以致视则十衰其三四明，听则十衰其五六聪。肌肤颜色似未与老俱衰于外，而实与老俱衰于内。所恨所少者，或病或杀，一死而已。前此欲死于水，欲死于火，欲自缢而死，欲自刎而死，欲自药而死，欲自饿而死，又恐野史书何心隐即梁汝元者，于某府县某，于某年某月，不堪被缉被解之辱且苦，乃自杀而自死也。杀不明而死不明，犹无名杀而无名死也。又思与其自杀而死于不明，莫若明明杀而死何心隐即梁汝元者于台下也。或历历知心隐果盗犯而以盗犯杀心隐，或历历知心隐果逆犯、果妖犯、果奸犯，而有大于盗犯之不容不杀，必杀之以惩天下，以杀何心隐即汝元者于台下，是以奸犯名、妖犯名、逆犯名，有大于盗犯名杀何心隐即梁汝元其人于天下，以示天下惩。则何心隐即梁汝元虽死于冤亦非死于无名，亦愈于自杀而死于不明，不堪其辱且苦，泯泯无名以死也。况朝野史相通以书，必书杀何心隐即梁汝元者，某职掌某姓名也。必书某职掌某姓名以某犯杀何心隐即梁汝元也。必书何心隐即梁汝元于己所犯者实不实也。必书何心隐即梁汝元于人所杀者当不当也。必书何心隐即梁汝元所犯所杀者，必或以朝有所议书也，必或以野有所谱书也，必或以府州县有所访书也，必或以上有所授下有所闻书也，必或以授所授闻所闻书也，必或以自有所授自有所闻书也，必历历知何心隐即梁汝元于庚申前后所履所历者，而乃历历若是书也。书于野，书于朝之秉史笔以书者，必历历垂史，共知于天下万世而不泯也。不又愈于不堪其辱、其苦，以自杀而死于不明，泯泯无名已乎？心隐即汝元者固好名而亦恶死也。第被缉矣，又被解矣，惟有死矣，奚恶？又惟有死后之名或不泯矣，容不好？脱或不名之好而必死之恶，则畏杀而贪生，必百计以求生免杀之不遑，自致神气之馁，不胜血气之衰，不激而骤毙，必激而酿疾，不骤毙于祁门，必酿疾于南安，不十其视而十衰其明，必十其听而十衰其聪，能保肌肤颜色之与老俱衰于内者，不与老俱衰于外乎？又能保转解抵楚，得于台下陈庚申前后所履所历满纸者乎？外录《原学原讲》万有余言一册，并得上陈于台下者，亦无如重名之好以轻死之恶，假之自保所致也。伏维赐阅并究研，幸万。（《爨桐集》卷四）

这可见他的被拿，确是冤枉，而他的态度尚是从容不乱，说话欹欹有理的。

万历七年己卯（公元1579）九月初二日，他被杖杀死。（案周良相祭文云："予己卯年九月初二日闻梁夫山卒于非命。"）王世贞《弇州史料后集》卷三十五《嘉隆江湖大侠条》，记他将死前的情形，说道：

见抚臣王之垣，坐不肯跪，曰："君安敢杀我，亦安能杀我，杀我者张某也。"（《明儒学案·泰州学案序》叙述他，亦说"心隐曰：'公安敢杀我，亦安能杀我，杀我者张居正也。'"）择健卒痛笞之百余，干笑而已。抵狱，门人涕泣而进酒食，亦一笑而已。途赠金者前后数十，皆不受。独受一贡士金曰："而有夙缘，可受也。"遂死。

这是叙述他在死前的倔强，大约是可信的。他究竟是否应得死罪呢？据王之垣《历仕录》道：

湖广有大奸何心隐，即何汝元、即何夫山、即何两川、即梁无忌、即梁纲一、即梁光益的名梁汝元，原籍江西永丰县人，以侵欺皇木银两犯罪，拒捕，杀伤吴善五等六命，初拟绞罪，后末减充贵州卫军，著伍，脱逃各省，及孝感县，倏往倏来，假以聚徒讲学为名，扰害地方。中间不法情罪甚多，各省历年访拿不获，俱有卷案。万历七年，新店把总朱心学于祁门县捉获。予发按察司侯廉使查卷提干连人问理。本犯在监患病身故。该司将各省恶迹刊总册，仍出示以安余党，俾改图自新。事后数年，言官尚有称冤具疏者。盖以假讲学之名，遂为所惑，不知共有各省访拿卷案也。予具疏请行勘。奉圣旨，"这有名的凶犯，原应正法，不必行勘"。迄今公论始明云。

在王之垣后来的记录，当然是护过的。他除了"侵欺皇木银两"的一项旧案罪名外，没有说出确实的罪名。据沈德符《野获编》卷十八《妖人遁逸条》说道：

今上丁丑、戊寅间（案即万历五年、六年），有妖人曾光者，不知所从来，能为大言惑众，惯游湖广、贵州土司中，教以兵法，图大事，撰造《大乾启运》等妖书，纠合倡乱。彼中大吏协谋图之，为宣慰使彭龟年所赚，并其党缚之。二省上其功于朝。黔抚何起鸣等，楚抚陈瑞等，及龟年，并俱优诏厚赏。而曾光竟遁去。上命悉诛妖党，严缉曾光，以靖乱本。时有江西永丰人梁汝元者，以讲学自名，鸠聚徒众，讥切时政。……江陵恚怒，示意其地方官物色之。诸官方居为奇货。适曾光事起，遂窜入二人姓名（梁汝元、罗巽），谓且从光反。汝元先逮至，拷死。……光既久弗获，已张大其事，不能中罢。楚中抚臣乃诡云已得获曾光，并罗、梁二人，串成谳词上之朝。江陵亦佯若不觉，下刑部定罪，俱从轻配遣，姑取粗饰耳目耳。至于曾光者，亦在爰书配发数内，然终不知其踪迹何在，真游侠之雄也。

又说道：

光狱之成在庚辰（万历八年，公元1580）之春。看这记录，可知何心隐受杖后，毙狱中，而地方官是硬把他拉入曾光的案里的。

谷应泰《明史纪事本末》卷六十一亦有同样的记述，说道：

八年春正月己未，先是永丰梁汝元聚徒讲学，吉水罗巽亦与之游。汝元扬言张居正专政，当入都颂言逐之。居正微闻其语，授指有司捕治之。已湖广、贵州界获妖人曾光，窜入汝元、巽姓名，云谋不轨。汝元、巽俱先死。湖广守臣具爰书，下法司讯之，并曾光亦非真也。第据律论罪。

这曾光的姓名，据王世贞《弇州史料后集》卷三十五《嘉隆江湖大侠条》，则作吕光，说道：

> 有吕光者，力敌百夫，相与为死友。心隐每言，天地一杀机而已。尧不能杀舜，舜不能杀禹，故以天下让。汤、武能杀桀、纣，故得天下。尝游吴兴，几诱其豪不轨。又尝与一富室子善，偕之数百里外，忽曰："天下惟子能杀我，我且先杀汝。"继之湖中，而挟使手书取其家数百金，而后纵之。……所之聚徒，若乡贡大学诸生以至恶少年，无所不心服。吕光又多游蛮中，以兵法教其酋长。稍稍闻，江陵属江西、湖广抚按密捕之。

这是将何心隐扯入曾光或吕光党羽以罪他，而却没有实据的。然而传说的心隐门人，又有一吕光午。陈士业《答张谪宿书》说道："弟又闻心隐之门人有吕光午者，浙之大侠也。其人与文之奇，不减心隐。心隐尝以金数千界光午，使走四方，阴求天下奇士。光午携蒯缑，衣短后之衣，挟健儿数辈，放浪湖海，穷九塞、历郡邑，所至凡缁衣、黄冠，与夫商贾、驵侩、傭夫、厮养，以至椎剽、掘冢之流，备一节之用，擅一得之长者，皆籍记而周旋之。以故心隐所识奇士，尽于海宇。心隐死，陈尸道旁，有二人犯相国之怒，仰天痛哭，收其遗骸，为之掩葬者，其一乃光午也。这吕光午，是否即爱书上的吕光，或罗织依傍以为曾光者，今不可考。而吕光午是否由吕光或曾光，自传说演变而来的，亦未得知，黄宗羲《明儒学案·泰州学案序》说道：

> 今之言诸公者（指颜钧、何心隐等），大概本弇州（王世贞）之《国朝丛记》（即《弇州史料》中之一部分名）。弇州盖因当时爱书节略，岂可为信？

但是我们从王世贞所记，得知当时爱书的节略，大概是罗织成罪，而仍然是"莫须有"的。故此皇皇告示，罗列他的罪状，而民众皆为他抱着不平。李贽《何心隐论》说道：

> 今观其时，武昌上下，人几数万，无一人识公者，无不知公之为冤也，方其揭榜通衢，列公罪状，聚而观者咸指其诬，至有嘘呼叱咤不欲观然者，则当日之人心可知矣。由祁门而江西，又由江西而南安而湖广，沿途三千余里，其不识公之面而知公之心者，三千余里皆然也，非惟得罪于张相（居

正）者，有所憾于张相而去然，虽其深相信以为大有功于社稷者，亦犹然以此举为非是，而咸谓杀公以媚张相者为非人也。（《李氏焚书》卷三）

这可见当日的舆论的情形。"杀何心隐以媚张居正的为非人"，大约是当日一般人的见解。当日王艮的弟子周良相，听到何心隐死后之次日，（即九月三日），即为《祭文》去祭他。很是为他呼冤的，说道：

先生始而造端乎聚和堂者，莫非中立于此身，为身乎家国天下之身，此外皆不免于乡人之身，而不敢身此身者也。莫非中立于此家，为家乎家国天下之家，此外皆不免乎乡人之家，而不敢家此者也。及偕二三子，切切偲偲于上交下交，虽未与乎辅相帝王之责，而直任独得其宗之统脉，以身乎其身，以家乎其家者，可以对越乎天地鬼神。可以无愧于天下后世者也。虽举世非议，必欲中伤，甚至流离颠沛于终岁，二三子皆性命相为依倚而不忍舍，或依栖于此，或依栖于彼，或依栖于速速，或依栖于迟迟，或遭而避，或避而遭者，经三十年，身如穷无所归之身，竟不敢移易于此身，必欲身其身于家国天下之身上，以为身者也。家如穷无所归之家，竟不敢移易于此家，必欲其家于家国天下之上，以为家者也。呜呼！古之当乱世于隐忧者，周末之统脉则然也。先生造端若此，而究竟若此。非亦治而不忘乱于隐忧之统脉乎？乃忍冤以暴行放恣者，驾祸于先生而惨其毒于死乎？呜呼！世之得闻于先生行藏者有故矣。独先生本来自旷达于天成，或大其贞于动乎险中之狂，或出入于巍巍浩浩之狂，原其心不过悯其学之异同，终不敢少贬其中立于身家之统脉，以求殉乎人，不惟举世非之而不顾，极而至于大有弗堪于人情者，亦弗之顾。凡今之各执己见，自负人品于当代，而表表杰然以自信者，孰不缘是以共愆之乎？（见《梁夫山遗集·附绿》）

周良相是湖广道州人，据《永州府志》后来是祀乡贤祠的。他是很恭维何心隐而为他呼冤。这可以代表王艮门徒的一派的公论。究竟谁杀他以媚张居正呢？直接的则为王之垣，间接的则为工部尚书李幼滋，在旁与张居正、李幼滋相厚而又熟何心隐，且心知其冤者则为耿定向。李贽《答邓明府书》论及这事，说道：

何公死不关江陵事。江陵为司业时，只与朋辈同往一会言耳。言虽不中，而杀之之心无有也。及何公出而独向朋辈道此人，有欲飞不得之云，盖

直不满之耳。何公闻之，遂有此人必当国，当国必杀我等语。则以何公平生
自许太过，不意精神反为江陵所摄，于是怃然便有惧色。盖皆英雄莫肯相下
之实，此等心肠是也。自后江陵亦记不得何公，而何公终日有江陵在念。偶
攻江陵者首吉安人，江陵遂怨吉安，日与吉安缙绅为仇，然亦未尝仇何公
者，以何公不足雠也，特何公自为仇耳。何也？以何公必为首相必杀我之
语，已传播于吉安及四方久矣，至其欲承奉江陵者，憾无有缘，闻是，谁不
甘心何公者乎？杀一布衣，本无难事，而可以取快江陵之胸腹，则又何惮而
不敢为也，故巡抚缉访之于前，而续者踵其步。方其缉解至湖广也，湖广进
揭帖于江陵。江陵曰："此事何须来问，轻则决罚，重则发遣已矣。"及差
人出阁门，应城李义河（幼滋）遂授以意曰："此江陵本意也，特不欲自发
之耳。"吁吁！江陵何人也？胆如天大，而肯姑息此哉？应城之情状可知矣。
应城于何公，素有论学之忤，其杀之之心自有。又其时势焰熏灼，人之事应
城者如事江陵，则何公虽欲不死，又安可得耶？江陵此事甚错，其原起于憾
吉安，而必欲杀吉安人为尤错。今日俱为谈往事矣。（《焚书》卷一）

这可见当日杀何心隐的实情，不必出于张居正的意旨，而为媚张居正的人所发
纵指示的。顾宪成《怀师录题辞》亦说道：

　　昔一时也，为江陵献媚者，杀永丰如杀鸡豕，盖若斯之藐也。布衣固无
如宰相何也？（《泾皋藏稿》卷十三）

沈德符《野获编》卷八《邵芳条》说道：

　　时楚人李幼滋为工部尚书，素以讲学为心隐所轻，故借江陵之怒以中
之。又耿楚侗（定向）亦厚心隐，曾劝王中丞（之垣）贷其死，而王不从。

黄宗羲《明儒学案》卷三五《耿定向传》说道：

　　卓吾（李贽）之所以恨先生者，何心隐之狱，唯先生与江陵厚善，且主
杀心隐之李义河，又先生之讲学友也，斯时救之固不难，先生不敢沾手，恐
以此犯江陵不说学之忌。先生以不容已为宗，斯其可已者耶？

总之，李贽和黄宗羲的责难耿定向不救，仍是责备贤者之意，而李幼滋是传说中的指使者，王之垣则确为罗织杀人之人。耿定向是确知梁汝元为冤的，他有《祭梁汝元文》，序说道：

> 永丰梁子，其学学孔，其行类侠，不理于世，毙于楚。余伤其无归，且惧其厉为水旱灾也。因令其徒收骸为殡，而文以招之。

文中又说道：

> 倾万金之产了不惜，犯三公之怒以为欣些。庸言庸行，孔训靡遵，舍南容，效祢衡，鸮斯之党又频频些，众恶归尔复何云，罟网四张，世路遭迍些。胡不息影，逐日奔些。三木囊，吃苦辛些。孟博（范滂字）岂无霍谞亲些？余数寓书为汝伸，有言不信，何处叩阍？……（《耿天台全书》卷十二）

《野获编》所谓"耿楚侗亦厚心隐，曾劝王中丞贷其死而王不从"，证以祭文，可证确有其事。而《明儒学案》说他不敢沾手，则是没有敢向张居正、李幼滋处排解之故，所谓"恐以此犯江陵不说学之忌"。但是耿定力则以为这案与张居正、李幼滋无关，全出于王之垣的私意。他说道：

> 隆庆辛未（五年，公元一五七一），不侫举进士，出江陵门。江陵语及心隐，曰："汝兄最称其人，然在我坐，不能出片语。"睹江陵色辞，未尝相忌相仇也。迨岁己卯（万历七年，公元一五七九），心隐蒙难，衅由王夷陵（之垣），非江陵意也。夷陵南操江时，孝感程二蒲（学博）以维扬兵备直言相忤，夷陵衔之。二蒲尝父事心隐，遂借心隐以中二蒲，而朝野舆论，咸谓出江陵意，立毙杖下，竟践心隐当国杀我之言。夷陵实江陵罪人矣。李氏《焚书》谓出应城意，则传之者误也。先是楚中丞长乐陈公（瑞）捕之亟，恭简（耿定向）正在里，走书解之。逾年，恭简入闽，中丞闻人言而中变。孝感人朱姓者，借以邀功。捕甫至而友人罗公近溪（汝芳）死之，无所用其救矣（案罗汝芳死在万历十六年，即迟此后九年。据孙奇逢《理学宗传》卷二十六《罗汝芳传》云："布衣梁汝元非罪囚楚，为鬻田往援之，有讽之者曰'梁某害道，宜置于法。'曰：'彼以讲学罹文网，予嘉其志，遑论其他乎？'"则罗汝芳确欲往援救他。何以不救呢？或因病不及往救？而耿定

力则误记以为死）时不佞以驾部郎差还京，见应城。偶报至，应城慼额相语，若恨夷陵之中程氏，且中余家也。应城不知心隐而深知吾两家，故相关如是。逾时见夷陵，夷陵扬扬谓余曰："昨闻儿曹赴省试，贵郡人士，群然詈我，谓我杀心隐，我尚未闻之相君。公知心隐否？"不佞对曰："此贱兄弟三十年故交也。往谒相君，贱兄弟实左右之，相君知之更悉，公不知耶？"夷陵为之色沮。（《胡时中义田记》，见《梁夫山遗集》附录）

这是为张居正、李幼滋辩护，而全归罪于王之垣的。邹元标《梁夫山传》亦说："巡抚夷陵惟知杀士媚权，立毙杖下，呜呼！公之冤亦惨且烈矣。当日闻之者，靡不含怒称冤焉。"王之垣既杀心隐，后来颇以为病，他的朋友冯琦寄他一帖，说道："南中缙绅，皆谓何心隐行兼三游，罪浮四凶，置之宪典，孰以为非？今中丞不辨其当罪，而以罪之者不在己，若将移事于台下者。盖季孙行父逐莒仆，而自以为于舜之功二十之一也。意在构怨，而适足归功于台下，何病为？"（王士禛《居易录》卷二六，据冯琦《北海集》录出的）这是安慰王之垣的话。大约何心隐之死，全是出于王之垣的意旨的。

何心隐在死前有《遗言孝感》，说道：

昔年如彼而遭，如彼而得避矣。今年如此而避，又不觉如此而遭矣。如之何？如之何？闻孝感为我而避者有数十，惟未如径泉随我避之远也。又闻为我而遭者有十数，亦惟未如径泉先我遭之甚也。不忍言，不忍言。幸而遭于昔年，得避于昔年者，必天令我得葬父母也。不然，昔年之遭，不减于今年之遭，能得避耶？得避而避者，固天也。不得避而避者，又非天耶？何怨何怨？一代自有一代故事。党人避遭，汉代故事也；清流避遭，唐代故事也；伪学避遭，宋代故事也。孝感于我昔年避遭故事，已不下汉，不下唐，不足言矣，且不下宋伪学。而避遭于我为今代故事者，后代不知又何言也？我又何望孝感？顾我今之避遭，又为一故事，欲为于一代者，则不敢不于孝感望也。何者？望于湖广城收我骨骸，及改兰洲，或招其魂，又改仰云，并径泉，同德崇，与台老合为一坟，于孝感是望也。设春秋祭于求仁会馆，是望也。或望收我骨骸，率会友葬江西吉安永丰，同我父母合为一坟，于梁坊夫山上，即以此避遭之言满纸者，立石于坟前山下左坪，亦设春秋祭，是望也。是望为一代故事望也。（《爨桐集》卷四）

万历十一年癸未（公元一五八三）冬，程学博和他的门人胡时和、周复、杨坦等，收他的骸骨，改葬于孝感县洪乐乡东里黄家山，与程学颜合为一茔（见《孝感县志》卷十五《程学颜传》），这是依他的遗言合葬的。程学博说道："梁先生以友为命，友中透于学者，钱同文外，独吾兄（学颜）耳。先生魂魄，应不去吾兄左右。"（见《明儒学案·泰州学案序》）他的门人胡时中、祁门人与弟时和，俱为何心隐弟子。心隐于祁门被捕，时和随侍数千里。他《上祁门姚大尹书》说道："元一朝一夕，不有和共朝夕，则元必死于朝夕矣。而和亦必于元不朝夕共，必亦于朝夕死矣。"后来他死狱中，时和葬他后，亦哀痛死。耿定力《胡时中义田记》说道："夫心隐锐志圣人之学，以天下为家。仲子，圣人之徒也。从心隐游者以千百计，独仲子殉难以死。仲子，千古义士也。伯子间关吴楚，为心隐葬祀嗣续计，以成贤弟师友之义，其高谊又奚止赡族党，名乡曲已哉！"仲子盖指时和，伯子盖指时中，这可见何心隐的身后是有些门人为他经营一切的。周复，字明所，金溪县人。后来死年八十四，亦遗言祔何心隐墓（见《金溪县志·周复传》）。《孝感县志·程学颜传》说："程与梁汝元、周明所合为一茔。"至于杨坦，则为心隐收集遗文。坦字夷思，孝感县人。《孝感县志》卷十五说道："及夫山遭诬死楚城，坦犯难百冤，求葬孝邑。海内名人高其义，歌咏而记载之，合为《怀师录》。"顾宪成《泾皋藏稿》卷十三有《怀师录题辞》，是为杨坦作的。清同治元年（公元1862），梁氏族裔孙梁维翰重印《梁夫山遗集》，原题门人杨坦、周复合刻（何子培先生有藏本，大约即是《怀师录》所辑的。何子培著有《梁夫山年谱》，见《中法大学月刊》五卷五期）。至熹宗天启五年乙丑（公元1625），蕲州张宿（字谪宿），所辑遗文更多，刻为《何心隐爨桐集》四卷（伦明先生有藏本）。此外何心隐的著作，尚有《四书究正注解》、《聚和堂日新记》（见邹元标《梁夫山传》），今不传。

何心隐死后数年，始有山东道监察御史赵崇善、礼科给事王士性及邹元标交章具奏，为之鸣冤，疏皆留中（见邹元标《梁夫山传》）。时张居正已死，之垣以户部侍郎预告家居。后来王之垣《历仕录》说：

> 事后数年，言官尚有为称冤具疏者。盖以假讲学之名遂为所惑，不知其有各省访拿卷案也。予具疏请行勘。奉圣旨，这有名凶犯，原应正法，不必行勘。迄今公论始明云。

王士禛为王之垣曾孙，跋《历仕录》说道：

万历中，御史赵崇善者，疏言其冤，且言心隐以讥江陵相夺情，江陵憾之，授意于公，为之报复云云。录中所载数年后尚有为之称冤具疏者，盖指崇善也。

王士禛《居易录》卷二十一又说道：

《万历疏钞》乃载南给事中赵崇善劾曾王父一疏，中以杀心隐为罪，而曲护心隐，谓公欲媚江陵而枉杀之。其言比于狂吠，愚尝痛心疾首于此。

王士禛所痛心疾首的，自然是曲为其曾祖讳，然亦可见公论的有在了。

关于何心隐的批评，莫详于李贽的《何心隐论》。然而与何心隐交情最深，而描写何心隐的性格最真切的，莫如程学博的《祭文》，今录其重要的一段于下：

先生之死也以讲学。先生之学，先生所自信，而世所共嫉。世人不喜讲学，亦未必不知学。而先生之学，天下后世有定论在焉，予又乌能喋喋于先生之学，以与世之人辨哉？予独为先生之为人，其纯然一念，昭昭然若揭日月以行，可以贯金石，可以质鬼神，可以考往古，可以质来今。平生精力，自少壮以及老死，自家居以至四方，无一日不在讲学，无一事不在讲学。自讲学而外，举凡世之所谓身家儿女，一切世情俗态，曾无纤毫足以呈先生之口，而入先生之心。嗟乎！此无论其为学何如也，即其为人，岂肯躁妄其心志，冥然为狂诞者哉？岂肯卤莽其趋向者哉？世之人不喜讲学者，即不讲学已尔，未必无人心在也，胡为而嫉先生若是也？嫉之亦已甚矣，胡为而辱先生以死，而又若是之惨也？呜呼伤哉！……予之与先生散而聚，聚而散者，垂二十年，先生虽不谆谆语予以学，而其箴规磨订之义，不少假借，亦莫非学。予虽未从先生同游讲学，而其不敢婢婉取容，以求无愧于立身行已者，亦莫非讲先生之学。奈之何予抱直道以归，归无何而遽见先生遭兹毒手以死？（见《梁夫山遗集》附录）

这是万历十一年程学博官云南兵备副使致仕归后，哭他的祭文，可以见他的生平的大略。

二　何心隐的思想

何心隐是王守仁门下王艮的三传弟子，即所谓泰州学派的嫡传。王艮一派的思想，是极端平民化和极端的实践派。黄宗羲《明儒学案·泰州学案序》说道："阳明先生（王守仁）之学，有泰州（王艮）、龙溪（王畿）而风行天下。"因为平民化，故推行的普遍。又说道："泰州之后，其人多能赤手以搏龙蛇。"这是论他们的实践实行的精神。又说道："传之颜山农（钧）、何心隐一派，遂复非名教之所能羁络矣。"本来"名教"是带有专制君主钳制人民的性质在内的，泰州一派既是平民化、实践化的，故此多少带有社会的革新的性质，自不免带有多少冲破礼教的精神。黄宗羲的批评是很恰当的。

王守仁一派的思想最精彩的地方，是人人皆具良知，满街都是圣人，这是他们最平民化的见解。王艮是反对"放下书本便没有工夫做"的，主张"即事是学，即事是道"（《语录》，《王心斋全集》卷二）。又以为"社稷民人固莫非学。但以政为学最难，吾人莫若且做学而后入政"（同上）。他又教人："且于师友处试之，若于人民社稷处试，恐不及救也。"（《答宗尚恩》，《王心斋全集》卷五）他是很切实的要去做人以及救世，故此他很张皇的去讲学，去交友。他最是平民化的，故此他的门徒著名的有樵夫朱恕，再传弟子有陶匠韩贞，后来又有田夫夏廷美等。而韩贞的讲学，更普遍的向民众宣传，《明儒学案》卷三十二《泰州学案》里说他："遂以化俗为任，随机指点，农工商贾，从之游者千余。秋成农隙，则聚徒谈学。一村既毕，又之一村，前歌后答，弦诵之声，洋洋然也。"这可见他们真是深入的到民间去，肩负着淑世的使命，抱着实行的精神，很像宗教家去传道，而却没有一点迷信的色彩的。这是王艮一派的好处。因为他们太平民化，太热心了，因此当时有些学者认为同道的，便结下死生之交，而不同调的，或者带着正统的知识阶级或贵族阶级的见解的，便痛骂他们，而骂得最利害的，莫若王世贞《弇州史料后集》卷三十五《嘉隆江湖大侠》，所叙颜钧（山农）的一段，兹列于下，以见当日这派所受的反宣传的见解：

> 嘉隆（嘉靖、隆庆）之际，讲学者盛行于海内。而至其弊也，借讲学而为豪侠之具，复借豪侠而为贪横之私。其术本不足动人，而失志不逞之徒，相与鼓吹羽翼，聚散闪倏，几令人有黄巾五斗之忧。盖自东越（王守仁）之变为泰州，犹未至大坏。而泰州之变为颜山农，则鱼馁肉烂，不可复支。颜

山农者，其别号也，楚人，读经书不能句读，亦不多识字，而好意见，穿凿文义，为奇衷之诙。间得一二语合，亦自洒然可听。所至，必先使其徒预往，张大炫耀其术。至则无识浅中之人，亦有趋而附者。每言人之好贪财色，皆自性生。其一时之所为，实天机之发，不可壅阏之，第过而不留，勿成固我而已。与故相赵（贞吉）为患难交，以计取其财，不遂，而弃去之。尝以罗汝芳为门人，戒且勿廷对。明年，遇之淮安，以其且廷对也，笞之十五而挟之游。罗唯唯惟命。最后至南京，挟诈人财，事发，捕之官，笞臀五十，不哀祈，亦不转侧。坐罪至戌，困囹圄且死，汝芳闻而辄救之，乞于友，为纳赃出狱。出则大骂汝芳不已，谓狱我者尚知我，而汝不知我也。罗亦唯唯。后其徒有中法者，而山农自戌归，八十尚无恙。

黄宗羲对于这派亦有不满意之处，一以为逸出名教的范围，一以为走进禅门的道路，但是他叙述颜钧、何心隐等辈，确是心平气和，去找求事实的。他说道：

> 诸公掀翻天地，前不见有古人，后不见有来者。释氏一棒一喝，当机横行，放下拄杖，便如愚人一般。诸公赤身担当，无有放下时节，故其害如是。今之言诸公者，大概本弇州（王世贞）之《国朝丛记》（《弇州史料》）。弇州盖因当时爱书节略之，岂可为信？（《泰州学案序》，《明儒学案》卷三二）

黄宗羲以为王世贞《弇州史料后集》所记的何心隐，是节略爱书，不足为信。案王士禛《居易录》卷二十一引王世贞《朝野异闻录》载何心隐事，亦云弇州所记心隐恶迹，与当日爱书吻合。可见黄宗羲的话是很对的。黄宗羲又叙述颜钧，兹录于下：

> 颜钧，字山农，吉安人也。尝师事刘师泉（邦采），无所得，乃从徐波石（樾）学，得泰州之传。其学以人心妙万物而不测者也。性如明珠，原无尘染，有何睹闻，着何戒惧？平时只是率性所行，纯任自然，便谓之道。及时有放逸，然后戒慎恐惧以修之。凡儒先见闻道理格式，皆足以障道，此大旨也。尝曰："吾门人中，与罗汝芳言从性，与陈一泉言从心，余子所言只从情耳。"山农游侠，好急人之难。赵大洲（贞吉）赴贬所，山农偕之行，大洲感之。徐波石战殁元江府，山农寻其骸骨归葬。颇欲自为于世，以寄民胞物与之志。尝寄周恭节诗云："蒙蒙烟雨锁江垓，江上渔人争钓台。夜静

得鱼呼酒肆，湍流和月掇将来。若得春风遍九垓，世间那有三归台。君仁臣义民安堵，雉兔刍荛去复来。"然世人见其张皇，无贤不肖皆恶之。以他事下南京狱，必欲杀之。近溪（罗汝芳）为之营救，不赴廷对者六年。近溪谓周恭节曰："山农与余相处三十年，其心精微，决难诈饰。不肖敢谓其学直接孔孟，俟诸后圣，断断不惑。不肖菲劣，已蒙门下知遇，又敢窃谓门下虽知百近溪，不如今日一察山农子也。"山农以戌出，年八十余。（《明儒学案》卷三二《泰州学案序》）

这里说的"世人见其张皇无贤不肖皆恶之，以他事下南京狱，必欲杀之"。可见颜钧当日张皇于社会事业和受贵族的正统的知识阶级痛恨的情形。王世贞所记，当然是诬蔑之辞多，合于事实的少，我们试拿去比较黄宗羲所记的，很可以见出来了。

何心隐就是颜钧的弟子。颜钧是"颇欲自为于世，以寄其民胞物与之志"的。何心隐在早年于宗族间发展其理想的教育和自治的计划，做成了一种共同纳税的组织，和创办了一所家族的学校。这是很有成绩的。共同纳税的办法，于地方官和鱼肉百姓的催粮吏，是不方便的。大约当时民众有拒缴加收的苛捐杂税的事情，他是民众中的敢言者，因此而"侵欺皇木银两"、"拒捕杀人"的罪名，戴在他头上，定了他充贵州军的罪，虽然有胡宗宪保出，而他在郡邑乡族间要做的事业从此打断了。这是很可惜的。这很可以见出他的"即事是学，即事是道"的实验的精神。

何心隐等对于师友间的好急人之难的精神，亦是很热烈的，这是从王艮以至颜钧以来这一派特有的精神。我们看看何心隐的朋友和他的门人对于他的热诚，很可以见出他们的实德实行，是从师友间做起的，即王艮所谓"于师友处试之"。何心隐说及朋友，以为比君臣是一样重要的，他有《与艾冷溪书》，说道：

达道始属于君臣，以其上也。终属于朋友，以其下也。下交于上，而父子昆弟夫妇之道自统于上下而达之矣。夫父子昆弟夫妇，固天下之达道也，而难统乎天下。惟君臣而后可以聚天下之豪杰，以仁出政，仁自覆天下矣。天下非统于君臣而何？故唐虞以道统统于尧舜。惟友朋可以聚天下之英才，以仁设教，而天下自归仁矣。天下非统于友朋而何？故春秋以道统统于仲尼。……君臣友朋，相为表里者也。昔仲尼祖述尧舜，洞见君臣之道，惟尧舜为尽善矣。而又局局于君臣以统天下，能不几于武未尽善耶？此友朋之道，天启仲尼以止至善者也。古谓仲尼贤于尧舜，谓非贤于此乎？且君臣之道，不有友朋设教于下，不明。友朋之道，不有君臣出政于上，不行。行以行道于当时，明以明道于万世，非表里而何？（《爨桐集》卷三）

他既注重友朋，因此注重讲学。他有《原学原讲》一篇，一万余字，都是说必学必讲，不容不学不讲的。他所以张皇讲学的原故，在他的《又与艾冷溪书》里可以见出，他说道：

　　某静夜为公细搜，天下无一空处可补，以报朝廷。惟仲尼之道，海内寥寥莫闻，诚为一大空尔。此空一补，岂小补哉？补之何如？亦不过聚英才以育之，将使英才满于下以待上用，即周子（敦颐）所谓"善人多而朝廷正，天下治矣"。（《通书》）补报亦岂小哉？（《爨桐集》卷三）

他以为讲学，作大道的宗主，是比做官为重要。他又《上永丰大尹凌海楼书》说道：

　　《樵语》一轴，虽达鄙情，然实欲父母谋出樊笼，而为大道之宗主也。若在樊笼恋恋，纵得以展高才，不过一效忠立功耿介之官而已。于大道何补？直须出身以主大道，如孔孟复生于世，则大道有正宗，善人有归宿，身虽不与朝政，自无有不正矣。大道之明，莫明于孔子。而孔子之所以明大道者，亦惟出身于春秋，以兴国政，于明文之交信也。何尝恋恋樊笼？且樊笼甚窄，而又多猜多忌，纵有高才，从何以展？此在父母不可不早谋也。如谋出身为隐士，而无补于朝政，是欺君矣。欺君之人，安能主明大道？必不敢为父母设此拙谋，无非欲父母出身以主友朋之大道，而继孔子之贤于尧舜者也。尧舜，立政之尽者也。孔子，设教之至善而身不与政者也。不与政而贤于立政。然则出身以继孔子，以主大道之宗，其于朝政岂小补哉？（《爨桐集》卷三）

这可见他的讲学，是抱着淑世的精神，去干社会教育的事业，是要做"孔子贤于尧舜"的事业的。

　　他既重师友，又抱着淑世的精神，故此行事类侠。如黄宗羲所记他的老师颜钧，说"山农游侠，好急人之难"。他的豪侠，据耿定向的祭文说他是："其学学孔，其行类侠"、"倾万金之产了不惜，犯三公之怒以为欣"的（《耿天台全书》卷十二)。李贽亦说他"人伦有五，公舍其四，而独置身于师友圣贤之间"（《何心隐论》）。至于他的思想，则以为要比侠的胸襟更为广大。他说道：

> 意与气，人孰无之？顾所落有大小耳。战国诸公之与之落意气，固也。而孔门师弟之与，曷尝非意气之落耶？战国诸公之意之气，相与以成侠者也，其所落也小。孔门师弟之意之气，相与以成道者也，其所落也大。意落于小则浓，落于大则淡。气落于小则壮，落于大则索。恒人之意气皆然也。圣贤之意气，必落于大而不落于小也。圣贤之意必诚，诚必诚其明明德于天下之诚也。诚其明明德于天下，而意与道凝矣。圣贤之气必养，养必养其塞乎天地之间之养也。养其塞乎天地之间，而气与道配矣。若战国诸公之意，亦不可谓不诚也。特诚其一己之侠之意耳。使去其所诚，而易之以明明德于天下之诚，其不淡然也乎？战国诸公之气，亦不可谓不养也。特养其一己之侠之气耳。使去其所养而易之以塞乎天地之间之养，其不索然也乎？是故战国诸公之小，惟孔门师弟之大则可以议之。苟徒议彼以落意气，宗此以不落意气，议非所议，宗非所宗者也。（《答战国诸公孔门师弟之与之别在落意气与不落意气》，《爨桐集》卷三）

他是赞成落意气，但是要以"明明德于天下"为目的的。

他是注重实行，以为有所见而是的，必须实超之而实为之。他说道：

> 农工之超而为商贾，商贾之超而为士，人超之矣，人为之矣。士之超而为圣贤，孰实超之而实为之，若农工商贾之超之为者耶？商贾之大，士之大，莫不见之。而圣贤之大，则莫之见也。农工欲主于自主，而不得不主于商贾。商贾欲主于自主，而不得不主于士。商贾与士之大，莫不见也。使圣贤之大，若商贾与士之莫不见也，奚容自主其主，而不舍其所凭以凭之耶？岂徒凭之，必实超而实为之，若农工之超而为商贾，若商贾之超而为士者矣。某之见，见人之所未见者也。某之凭，凭人之所未凭者也。则谓之见非所见，谓之凭非所凭，皆可也。未见，则非其所非矣。既见，则是其所是矣。是非者之见均也，均之不足疑也。惟自信其所见所凭之必见是于天下于万世而已。（《答作主》，《爨桐集》卷三）

这可以见他的坚决自信的精神。

黄宗羲称"心隐之学不坠影响"。他说矩，说道：

> 学之有矩，非徒有是理，而实有是事也。若衡，若绳，若矩，一也。无声无臭，事藏于理，衡之未悬，绳之未陈，矩之未设也。有象有形，理显于事，衡之已悬，绳之已陈，矩之已设也。矩者，矩也，格之成象成形者也，物也。象物而象，形物而形者，身也家也。心意知，莫非身也，本也厚也。天下国，莫非家也，厚也本也。莫非物也。莫非形象也。……仲尼十五而志学，志此矩也；三十而立，立此矩也；四十而不惑，不惑此矩也；五十而知天命，知此矩也；至于七十而始从心所欲不逾矩矣。夫圣如仲尼，自十五而七十，莫非矩以矩乎其学，学以学乎其矩。矩也者，不容不有者也。是故矩之于学也，犹衡之有轻重也，犹绳之于曲直也。莫非事理之显乎其藏，不容不有者也。（《爨桐集》卷二）

这种见解，很合于王艮"即事是学，即事是道"的见解，而非不至走入玄妙的迷途的。

他很大胆的以为周敦颐说的"无欲"是道家话，而非孔孟所说的"无欲"。案周敦颐《养心亭说》说道：

> 孟子曰，"养心莫善于寡欲。其为人也寡欲，虽有，不存焉者寡矣。其为人也多欲，虽有，存焉者寡矣"。予谓养心不止于寡而存耳。盖寡焉以至于无，无则诚立明通。诚立，贤也。明通，圣也。是圣贤非性生，必养心而至之。养心之善有大焉如此，存乎其人而已。（《周子全书》卷三，道光二十七年邓显鹤编本）

何心隐《辩无欲》说道：

> 濂溪（周敦颐）言无欲。濂溪之无欲也。其孟轲之言无欲乎？孔子言无欲而好仁，似亦言无欲也。然言乎好仁，乃己之所好也。惟仁之好而无欲也。不然，好非欲乎？孟子言无欲其所欲，亦似言无欲也。然言乎其所不欲，乃己之不欲也。惟于不欲而无欲也。不然，无欲非欲乎？是孔孟之无欲也，岂濂溪之言无欲乎？且欲惟寡则心存，而心不能以无欲也。欲鱼欲熊掌，欲也。舍鱼而取熊掌，欲之寡也。欲生欲义，欲也。舍生而取义，欲之寡也。能寡之又寡以至于无，以存心乎？欲仁，非欲乎？得仁而不贪，非寡

欲乎？从心所欲，非欲乎？欲不逾矩，非寡欲乎？能寡之又寡，以至于无，以存心乎？抑"无欲观妙"之"无"，乃无欲乎？……然则濂溪之无欲，亦"无欲观妙"之"无欲"乎？（《爨桐集》卷二）

"常无欲以观其妙"是老子的话，他是指周敦颐的话属于道家了。说欲望是不能无，而是可以寡，可以选择。寡欲与选择合理的欲望，是合于孔孟的意旨，这是他的切于事实的见解。他又有《聚和老老文》，说道：

所欲者曰欲。货色，欲也；欲聚和，欲也。族未聚和，欲皆逐逐。虽不欲货色，奚欲哉？族既聚和，欲亦育欲。虽不欲聚和，奚欲哉？……昔公刘虽欲货，然欲与百姓同欲，以笃前烈，以育欲也。大王虽欲色，亦欲与百姓同欲，以基王绩，以育欲也。育欲在是，又奚欲哉？仲尼欲明明德于天下，欲治国、欲齐家、欲修身、欲正心、欲诚意、欲致知在格物，七十从其所欲，而不逾平天下之矩，以育欲也。育欲在是，又奚欲哉？汝元亦奚欲哉？惟欲相率相辅相维相育，欲于聚和以老老焉。又奚欲哉？（《爨桐集》卷三）

这可见他是抱着不私的目的去说欲，以为"欲是不可无，而可以化私为公，变个人的为多数人的。孔子就是七十从其所欲，而不逾平天下之矩"。这是很有见解的解释。

王艮曾说过："即事是学，即事是道。人有困于贫而冻馁其身者，则亦失其本而非学也。"

何心隐是很有心计的，顾宪成《小心斋札记》卷十四说道：

何心隐辈，坐在利欲胶漆盘中，所以能鼓动得人，只缘他一种聪明，亦是有不可到处。耿司农（定向）择家童四人，每人授二百金，令其生殖。内有一人，尝从心隐问仙，因而请计。心隐授以六字。曰："一分买，一分卖。"又益以四字曰："顿买零卖。"其人尊用之，起家至数万。试思心隐两言，岂不至平易、至巧妙。以此处天下事，可迎刃而解。假令正其心术，固是一有用才也。（《顾端文公遗书》本）

黄宗羲评他"一变而为仪秦（张仪、苏秦）之学"（《明儒学案·泰州学案序》），这是骂他说欲，提出比较选择的标准。惟李贽则以何心隐为圣人（顾宪成《小心斋札记》卷十四云"李卓吾以何心隐为圣人"）。《李氏焚书》卷三《何心隐论》说道：

> 高心隐者曰："凡世之人，靡不自厚其生，公独不肯治生。公家世饶财者也，公独弃置不事，而直欲与一世圣贤共生于天地之间。是公之所以厚其生者，与世异也。人莫不畏死，公独不畏，而直欲博一死以成名。"……其又高之者曰："公诵法孔子者也。世之法孔子者，法孔子之易法者耳。孔子之道，共难在以天下为家，而不有其家；以群贤为命，而不以田宅为命。故能为出类拔萃之人，为首出庶物之人，为鲁国之儒一人，天下之儒一人，万世之儒一人也。公既为其难者，则其首出于人者以是，其首见怒于人者亦以是矣。公乌得免死哉？"……其又高之者曰："公独往独来，自我无前者也。然则仲尼虽圣，效之则为颦，学之则为步。丑妇之贱态，公不尔为也。公以为世人闻吾之为，则反以为大怪，无不欲起而杀我者，而不知孔子已先为之矣。吾故援孔子以为法，则可免入室而操戈。然而贤者疑之，不贤者害之，同志终鲜，而公亦竟不幸为道以死也。"

这论的话，很可表见何心隐的伟大的人格与精神，真是泰州（王艮）派下的一员健将，不是仪秦之学一语可抹煞的。

综而言之，泰州一派是王守仁派下最切实、最有为、最激励的一派，何心隐是这派的后起，而亦是最切实、最有为、最激励中的一人。他抱着极自由、极平等的见解，张皇于讲学，抱济世的目的，而以宗族为试验，破家不顾，而以师友为性命，所谓"其行类侠"者。卒之得罪于地方官，得罪于时宰，亦所不惜。他是不畏死的，遂欲藉一死以成名。他的思想是切实的，所谓"不堕影响"。他以为欲望是可以寡而不可以无，可以选择而不可以废，欲以张皇讲学，聚育英才，以补天下的大空。他的目的太高，而社会的情状太坏，故此为当道所忌，不免终于以身殉道了！

1937年4月8日，写于北平景山堂

原载《辅仁学志》第六卷一、二期合刊

明代的文人集团

郭绍虞

一

先从标榜风气说起。

明代文人集团的发达，从哪一方面可以看出来呢？这，即从明代文人标榜风气的发展，已可看出其端倪。大抵既有文人集团，则"七子"、"四杰"之称自会随之以兴；而一方面有了这称"七子"、"四杰"的名号，也自会促进集团的发展。所以用此测量文学风气与集团组织之盛衰，即是比较正确而便捷的尺度。标榜之风，固然古已有之，然而于明为烈。明代文人只须稍有一些表现，就可加以品题，而且树立门户。

其以地域称者，则有：

吴中四杰 高启、杨基、张羽、徐贲。（见《明史·文苑·高启传》）

广中四杰 孙蕡、王佐、黄哲、李德。（见《盛明百家诗》有《广中四杰集》）

会稽二肃 唐肃、谢肃。（见《明史·文苑·王行传》）

闽中十才子 林鸿、郑定、王褒、唐泰、高棅、王恭、陈亮、王偁、周玄、黄玄。（见《明史·文苑·林鸿传》）

东南五才子 王洪、解缙、王偁、王璲、王达。（见《静志居诗话》）

台州三学 张谷（古学）、方孝孺（正学）、王叔英（静学）。（见《全浙诗话》）

娄东三凤 张泰、陆钎、陆容。（见《明史·张泰传》）

苕溪五隐 刘麟、孙一元、龙霓、吴琉、施侃。（见《静志居诗话》，案《金陵诗征》有陆昆，无施侃）

广陵十先生　储瓘、王轼、景旸、赵鹤、朱应登、蒋山卿、曾铣、朱日藩、宗臣、桑乔。（见同上）

江北四子　景旸、蒋山卿、赵鹤、朱应登。（见《明诗综》卷三十三）

吴中四才子　徐祯卿、祝允明、唐寅、文征明。（见《明史·徐祯卿传》）

金陵三俊　顾璘、陈沂、王韦。（见同上《顾璘传》）

江东三才子　顾璘、刘麟、徐祯卿。（同上《刘麟传》及《静志居诗话》）

浙江四子　鄞张琦、海盐张宁、余姚魏瀚、嘉善姚绶。（见《全浙诗话》）

楚中三才　童承叙、张治、廖道南。（见《静志居诗话》）

锡山四友　施渐、王懋明、姚咨、华察。（见《静志居诗话》）

练川三老　唐时升、娄坚、程嘉燧。（见《明史·文苑·唐时升传》）

嘉定四先生　程嘉燧、李流芳、娄坚、唐时升。（见同上）

明州四杰　朱应龙、沈明臣、叶太叔、卢沄。（见《静志居诗话》）

云间二韩　莫云卿（廷韩）、顾斗英（仲韩）。（见《笔精》）

苕溪四子　茅维、臧懋循、吴稼竳、吴梦旸。（见《列朝诗集小传》）

吴下三高　朱鹭、王在公、赵宧光。（见《静志居诗话》）

娄东二张　张溥、张采。（见《明史·文苑·张溥传》）

南州四子　刘斯陛、李奇、邓履中、余正垣。（见徐巨源《南州四子传》）

贵池二妙　刘城、吴应箕。（见《静志居诗话》）

山阴二朗　朱士稚（朗诣）、张宗观（朗屋）。（见同上）

北田五子　何绛、陶璜、梁梿、陈恭尹、何衡。（见《广东诗粹》）

东湖三子　赵涣、吴易、史玄。（见《明诗纪事》辛签）

太仓十子　周肇、王摅、许旭、黄与坚、王撰、王昊、王忭、王曜升、顾湄、王撼。（见《梅村文集》）

云间五子　周立勋、陈子龙、夏允彝等。（见《奉贤志》）

范围缩得小一些，则以社所称之，如：

北郭十友　亦称北郭十才子高启、张羽、徐贲、王行、高逊志、宋克、唐肃、余尧臣、吕敏、陈则。（见《明史·文苑·王行传》）

南园五先生　孙蕡、王佐、黄哲、李德、赵介。（见同上《孙蕡传》）

碧山十老　秦旭、陆勉、高直、陈履、黄禄、杨理、李庶、陈懋、施廉、潘绪。（见张恺《碧山吟社记》）

东庄十友　吴爟、文征明、吴奕、蔡羽、钱同庆、陈淳、汤珍、王守、王宠、张灵。（见《静志居诗话》）

青溪四子　高近思、马承道、金子坤、金子有。（见《金陵琐事》）

南园后五先生　梁有誉、欧大任、黎民表、吴旦、李时行。（见《南园后五先生集》）

几社六子　夏允彝、杜麟征、周立勋、徐孚远、彭宾、陈子龙。（见杜登春《社事始末》）

南园十二子　陈子壮、欧必元、黎遂球、欧主遇、区怀瑞、区怀年、黄圣年、黄季恒、黎邦瑊、徐棻、僧通岸。（见《陈子壮年谱》）

浙江十四子　邵景尧、杨守勤等，其余诸人未详。（见《彭姥诗蒐》）

其以时代称者，则有：

景泰十才子　刘溥、汤胤绩、苏平、苏正、沈愚、晏铎、王淮、邹亮、蒋忠、王贞庆。（见《明史·文苑·刘溥传》）

嘉靖八才子　王慎中、唐顺之、赵时春、熊过、任瀚、陈束、李开先、吕高。（见同上《陈束传》）

以官职称者，则有：

中朝四学士　詹同、吴沈、乐韶凤、宋濂。（见《明诗纪事》甲签）

两司马　王世贞、汪道昆。（见《明史·文苑·王世贞传》）

东海三司马　范钦、张时彻、屈大山。（见《甬上耆旧集》）

三翰林　杨廷麟、倪元璐、黄道周。（见《西江诗话》）

以师门关系称者，则有：

二玄　周玄、黄玄──皆林鸿弟子。（见《明史·文苑·林鸿传》）

杨门六学士　张含、杨士云、王廷表、胡廷禄、李元阳、唐绮。（见《姚莹识小录》）

杨门七子　上述六学士外加吴懋，皆杨慎在滇时从游之士。（见同上）

以家庭关系称者，则有：

武原双丁　丁麒与弟麟。（见《明诗综》）

嘉禾二王　王镛与弟钧。（见同上）

三李　李文彬、弟文昭、子伯震。（见《明诗纪事》甲签）

山阴二王　王谊与弟择。（见同上乙签）

二朱　朱应登、朱子价。（《盛明百家诗》有《二朱诗集》）

二杭　杭济、杭淮。（《盛明百家诗》有《二杭诗集》）

二俞　俞泰、俞晖。（同上有《二俞诗集》）

二周　周祚、周沛。（同上有《二周诗集》）

二莫　莫如忠、莫文龙。（同上有《二莫诗集》）

二黄　黄省曾、黄姬水。（同上有《二黄集》）

二倪　倪峻、倪敬。（同上有《二倪诗集》）

二浦　浦瑾、浦应麒。（同上有《二浦诗集》）

二谢　谢少雨、谢承举。（同上有《二谢诗集》）

鲁藩二宗室　朱健根、朱观枢。（《盛明百家诗》有《鲁藩二宗室诗集》）

吴兴二唐　唐率与弟广。（见同上）

二苏　苏平与弟正。（见《两浙名贤录》）

双璧　沈玮与弟琛。（见《全浙诗话》）

皇甫四杰　皇甫冲与弟涍、汸、濂。（见《明史·文苑·皇甫涍传》，《盛明百家诗》有《皇甫昆季集》）

三张　张凤翼与弟燕翼、献翼。（见同上）

公安三袁　袁宗道与弟宏道、中道。（见《明史·文苑·袁宏道传》）

余杭三严　严调御与弟武顺、敕。（见《明诗综》及《余杭志》）

二虞　虞淳熙与弟淳贞。又淳熙子宗玖与弟宗瑶。（见《浙江通志》）

二盛　盛九鼎与兄旦。（见《海盐续图经》）

二袁　袁临与弟贲。（见《太仓州志》）

云间三徐　徐孚远与弟凤彩、致远。（见《华亭志》）

四公子　方以智、陈贞慧、侯方域、冒襄等四公子。（见《清先正事略》）

此外，或泛加品题，如：

四杰　李梦阳、何景明、边贡、徐祯卿。（见《明史·文苑·何景明传》）

  七才子 上四人外，加康海、王九思、王廷相。（见同上《李梦阳传》）

  十才子 上四人外，加康海、王九思、朱应登、顾璘、陈沂、郑善夫。（见同上）

  十才子 高瀫、傅汝舟等皆从郑善夫游者。（见《静志居诗话》）

  四大家 顾璘、陈沂、王韦、朱应登。（见《明史·文苑·顾璘传》）

  五子 李攀龙、王世贞、谢榛、宗臣、梁有誉。（见同上《李攀龙传》）

  七子 上五人外加徐中行、吴国伦。（见同上）

或齐名并称，如：

  三杨 杨士奇、杨荣、杨溥。（见《明史·杨溥传》）

  二王 王直、王英。（见同上《王直传》）

  二峰 林贵兆（白峰）、叶敬之（海峰）。（见《三台诗话》）

  王、唐 王慎中、唐顺之。（见《明史·文苑·王慎中传》）

  三甫 余曰德（德甫）、张佳胤（肖甫）、张九一（助甫）。（王世贞诗谓吾党有三甫）

  四甫 上三人外加魏裳（顺甫）。（见《四库总目提要》一七八）

  归、胡 归子慕、胡友信。（见《明史·文苑·归有光传》）

  钟、谭 钟惺、谭元春。（见同上《袁宏道传》）

  唐、刘、毛、蔡 唐之淳、刘绩、毛铉、蔡庸。（《见《全浙诗话》）

  刘、王、郑、李 刘绩、王谊、郑嘉、李勖。（见同上）

  平、居、陈、郭 平显、居广、陈谟、郭文。（见《静志居诗话》）

  李、何、王、李 李梦阳、何景明、王世贞、李攀龙。（见《明史·文苑·李攀龙传》）

  章、罗、陈、艾 章世纯、罗万藻、陈际泰、艾南英，亦称江西四家。（见同上《艾南英传》）

  这些都是文人标榜之例。至如讲学家之"何、黄"（何廷仁、黄弘纲）、"钱、王"（钱德洪、王畿），书画家之"二宋"（宋克、宋广）、"三宋"（上二人外加宋隧）等，还不计在内。明代文人标榜之风之盛，也于此可见了。其尤甚者如李梦阳有九子诗，皆诗文之友，李开先亦有九子诗，自称是诗文而兼经济。至如王世贞于其集中标举生平交游，有前五子，后五子，广五子，续五子，末五子，递推递衍，以及于四十子，而复于王锡爵与其第世懋称为二友，则更见其标榜之私。唐人虽亦颇有此种风气，如胡震亭《唐音癸签》所举，也不在少数，但是若与明代相比，则远不如。所以即就这一种风气而言，已可看出明代文人集团之发达。

二

明代文人集团何以会这般发达呢？

这自有其原因。我们可以从当时集团的性质，分别说明它的原因。

其一，是基于明代文人的生活态度。我在《中国文学批评史》下册讲到明代风气的时候，就曾这样说过："明代学风也是偏于文艺的，可是又不像元代这般颓废和放纵。这好似由西晋名士的狂放行为，转变而为东晋名士的风流态度。"真的，明代文人，大都风流自赏，重在文艺切磋而不重在学术研究。易言之，即大都是"清客相"而不是"学者相"。这是明、清两代学风绝不相同的一点。因此，借了以文会友的题目，而集团生活却只是文酒之宴，声伎之好；品书评画，此唱彼酬，成为一时风气。而此种风气，实在还是受了残元的影响。顾德辉之玉山佳处，其园池亭榭之盛，图史之富，暨饩馆声伎，固然冠绝一时（见《明史·文苑·顾德辉传》）。即徐一夔之聚桂文会，一时名士以文卷赴者五百余人，也可谓极一时之盛（见朱彝尊《曝书亭集·徐一夔传》）。他如曹睿之倡景德诗会，缪思恭之倡南湖诗会，亦均留唱和之集（见陈田《明诗纪事》甲签卷十一）。而方朴、郭完诸人之壶山文会尤盛于闽中（见《明诗纪事》甲签卷十五）。所以结社风气，在残元已很为流行。《明史·张简传》称："当元季浙东西士大夫以文墨相尚，每岁必联诗社，聘一二文章钜公主之，四方名士毕至，宴赏穷日夜，诗胜者辄有厚赠。"可知此风已甚普遍，不过是属临时性质并无固定的社员而已。至于当时杨维桢之生活态度，如《明史》所载："徙居松江之上，海内荐绅大夫与东南才俊之士，造门纳履无虚日。酒酣以往，笔墨横飞。或戴华阳巾，披羽衣，坐船屋上吹铁笛，作《梅花弄》；或呼侍儿歌《白雪》之辞，自倚凤琶和之。宾客皆蹁跹起舞，以为神仙中人。"（二八五卷《文苑传》）这更是明代文人的标准典型。所以风气所播，即在明初已有不少的文人集团。何况，再有许多达官贵人，也喜欢附庸风雅，于退休里居之余，以高年硕德为文坛祭酒，怡老崇雅，兼而有之，似乎也是人生一种乐趣。于是九老十老耆英之会也相继以起。所以由明人的生活态度言，是文人集团发达的一个原因。

其二，明代文人的治学态度与学术风气也不能无关系。我在《中国文学批评史》下册中又说："正因明代学风偏于文艺的缘故，于是'空疏不学'四字，又成为一般人加于明代文人的评语。由于空疏不学，于是人无定见，易为时风众势所左右。任何领袖主持文坛，都足以号召群众，使为其羽翼；待到风会迁移，而攻谪交加，又往往集矢于此一二领袖。所以一部明代文学史殆全是文人分门立户标榜攻击的历史。"为此关系，所以出奴入主，门户各立，主张互异，又形成了明代文坛空前的热闹。盖他们只在文艺上讨生活，于是也只能在文学批评上立坛坫。范景文《葛震甫诗序》云："往者代生数人，相继以起，其议如波；今则各立门庭，同时并角，其议如讼。拟古造新，人途非一；尊吴右楚，我法坚持。彼此纷嚣，莫辨谁是。"（《范文忠公文集》卷六）这真是当时整个文坛的缩影。到此地步，文坛变成了党团，只有异同，没有是非。全祖望《环堵集序》谓："其盟主几若齐、秦之欲自帝于东西，署置同事，名曰首勋；摈排异己，谓之屏放。狂惑至此，播为乱气。（《鲒埼集外编》卷二十五）在此种情况之下，不是如徐渭这般不参加集团以示消极反抗，也只有另立门户以表示积极反抗了。所以就明人的学术空气言，又是促成文人集团发达的一个原因。夏允彝《岳起堂稿序》谓："唐、宋之时，文章之贵贱操之在上，其权在贤公卿；其起也以多延奖，其合也或赞文以献，挟笔舌权而随其后，殆有如战国纵横士之为者。至国朝而操之在下，其权在能自立，其起也以同声相引重，其成也以悬书示人而人莫之能非。故前之贵于时也以骤，而今之贵于时也必久而后行。"（《陈忠裕公全集》卷首）这话，也有相当理由。正因其权在下，而"今之贵于时也必久而后行"，所以文人也不得不另想一捷径。而结社标榜，却正是当时适合环境需要的捷径。

再有，那就是结社的实用性与政治性的关系了。结社动机，假使真出于丽泽商兑，研究古学，那么，文酒风流，还不会有很多的流弊，同时，也不会起别的作用。无奈当时的集团，有的在结合之始，只为制举业的关系，那么其动机只在仕进，就不能说有很高的理想了。《明史·文苑·袁宏道传》称"宏道年十六，为诸生，即结社城南为之长"，不曾说明这是哪种性质的社；但在《公安县志》中却称其"总角，工为时艺，……年方十五六，即结文社于城南，自为社长，社友三十以下者皆师之，奉其约束不敢犯"。那么，这即是攻研时艺的集团了。当时像这类的文社，实在也不在少数，只因时起时灭，所以不为人所注意。除了一些社稿的序，见于文集中以外，其余大都是不可考的，不过这些专研时艺的文社虽不尽可考，但其量则不会很少。正因专研时艺的文社之多，所以有些与书铺有关的"坊社"，请了一班制艺名家，主持选政，揣摩风气，也会盛极一时。这些为了仕进而组织的集团，不免预先存着推挽汲引之心，由推挽汲引而结党营私，由结党营私而把持排挤，都是很自然的归束。不必说什么，即在复社也不能免此弊，何况如阮大铖这辈小人所组织的"中江社"和"群社"呢。所以当时正人有集团，即小人也有集团；恬退者有集团，躁进者也有集团。至于，有了结合以后，受到时代的激荡，不免发些正义感的呼声，于是就由学术性的团体转变而为政治性的团体。在起初，不过随便加些批评指谪，发些正义感的呼声罢了。但是正义感的呼声，总不免为有些人所忌，于是加以诬蔑，加以名目，送他一顶帽子，好为一网打尽之举。却不知名目一加，声势更盛，于是政治性的倾向反更为明显。黄宗羲《明儒学案》之《序东林学案》云："东林讲学者不过数人耳，其为讲院亦不过一郡之内耳。昔绪山二溪，鼓动流俗，江浙南畿，所在设教，可谓之标榜矣，东林无是也。京师首善之会，主之为南皋少墟，于东林无与，乃言国本者谓之东林，争科场者谓之东林，攻逆阉者谓之东林，以至言夺情奸相讨贼，凡一议之正，一人之不随流俗者，无不谓之东林。若是乎东林标榜，遍于域中，延于数世。东林何不幸而有是也，东林何幸而有是也？然则东林岂真有名目哉？亦小人者加之名目而已矣！"东林如是，号为"小东林"的复社也未尝不如是。方其初，本不成为一伟大的集团，有作用的集团，只因统治者本身起了腐蚀，引起一般人的指谪，而再意图诬蔑，加以名目，于是声势转盛，清议也发生了力量。凡是稍有正义感的都聚到一边；凡是为清议所指目的，几乎不敢同他接近或合作，这已使统治者感到很大的威胁了。不要说"秀才造反，三年不成"，文人集团到此，自会起巨大的作用。所以由结社的实用性言，热中躁进者需要有集团；由结社的政治性言，砥节厉行者也需要有集团。这更是文人集团发达的一个原因。

三

文人集团的性能既已说明，于是可再一言明代文人集团风气之演变。

我们推溯到文人集团之缘起，已可看出文人集团可能具有这几种性能。第一种是学术性。曾子谓"君子以文会友，以友辅仁"（《论语·颜渊》），可说已认识到集团组织的需要。这种集团只以取友为目的，相互作学问上的砥砺；因为不如是则离群索居，很容易陷于孤陋寡闻的。明代文人的集团组合，差不多大体都是以此为目的。至于标榜以盗取声名，推挽以攘夺禄位，乃至诋排以角立门户，那都是一种副作用。所有万历以前的文人集团，都不外这一个目标。不过，中间再有个分别；洪武以后，景泰以前，只是兴趣的结合，不管是窗下切磋用以攻文也好，或是林下逍遥用以娱老也好，总之既无党同伐异之见，更不论及国事。这是第一期，而以后各期中仍沿续着这种情形。天顺以后，万历以前，派别渐滋，门户亦立，于是始成为主张的结合。固然，因个性的关系，大同之中不能无小异，但是，各人总有共同的信条，也有共同的作风，不能算是无目的的组合了，所不同于以后一期的，只是不带政治性而已。这是第二期。然而在第三期中也依旧可以看出这种风气的持续。本来，在明太祖高压政策之下，生员是不许干政的。《松下杂钞》卷下称洪武二年诏天下立学，遂令礼部传谕，其中有一条谓："天下利病，诸人皆许直言，惟生员不许。今后生员本身切己事情，许家人报告。其事不干己，辄便出入衙门，以行止有亏革退。若纠众扛帮，骂詈官长，为首者门遣，余尽革为民。"以这样的政治压力，再加了明上的生活态度，当然只成为有闲阶级的集团，只成为消遣性质的脱离现实社会的集团。这不但是文人的集团是如此，即当时讲学家的集团也未尝不是如此。待到政治本身日见腐蚀，于是讲学家不得不发言了，文人也不得不发言了。这在以前，如后汉之党锢，差不多也有这种情形。《后汉书·党锢传序》说：

> 及汉祖杖剑，武夫敦兴，宪令宽赊，文礼简阔，绪余四豪之烈，人怀陵上之心，轻死重气，怨惠必仇，令行私庭，权移匹庶，任侠之方，成其俗矣。自武帝以后，崇尚儒学，怀经协术，所在雾会，至有石渠分争之论，党同伐异之说，守文之徒，盛于时矣。至王莽专伪，终于篡国，忠义之流，耻见缨绂，遂乃荣华丘壑，甘足枯槁，虽中兴在运，汉德重开，而保身怀方，弥相慕袭，去就之节，重于时矣。逮桓、灵之间，主荒政缪，国命委于阉寺，士子羞与为伍，故匹夫抗愤，处士横议，遂乃激扬名声，互相题拂，品核公卿，裁量执政，婞直之风，于斯行矣。

他所分的四个时期：第一期，任侠之方成其俗，虽是有组织，却不是文人。第二期，守文之徒盛于时，虽是文人的党同伐异，然而不能说有组织。第三期，去就之节重于时，虽知道对于政治的不满，然而只是消极的反抗，属狷性的而不属狂性的，是个人的行动而不是集团的表现。直到第四期，婞直之风于斯行，刚才可说有集团的组织而且也表现了集团的力量。所不同的，只是没有集团结社之名而已。所以每逢到"主荒政谬"，自然会引起"匹夫抗愤，处士横议"的，自然会"品核公卿，裁量执政"的。而在此种情况之下，则"激扬名声，互相题拂"，也属当然的情形。当时所谓"三君"、"八俊"、"八顾"、"八及"、"八厨"之称，也即因此而起。所以学术性的文人集团固可以标榜，政治性的文人集团也一样会标榜的。明代到了天启、崇祯之间，受到阉党的刺激，始于上述两种风气之外，讽议朝政，裁量人物，也就与当时实际政治不能脱离关系了。这是第三期——同时也是明代文人集团行动最值得注意的一期。

四

现在，先讲洪武至景泰间——第一期的社事。

第一期的结社，大都沿袭元季风气，文采风流，照映一世。举其著者，吴中则有北郭社，粤中则有南园社，闽中则有十子社。此外，则是老年文人的结合，大都仿白居易之香山社，文彦博之耆英社，以怡老为目的，而兴之所至，也不妨从事于吟咏。兹依次述之于后。

（一）北郭社

北郭社以高启为中心。高启，字季迪，长洲人。《明史》卷二八五《文苑》有传。启《送唐处敬序》云："余世居吴之北郭，同里之士，有文行而相交善者，曰王君止仲一人而已。十余年，徐君幼文自毘陵，高君士敏自河南，唐君处敬自会稽，余君唐卿自永嘉，张君来仪自浔阳，各以故来居吴，而卜第适皆与余邻，于是北郭之人物遂盛矣。余以无事，朝夕诸君间，或辩理诘义以资其学，或赓歌酬诗以通其志。或鼓琴瑟以宣湮滞之怀，或陈几筵以合宴乐之好，虽遭丧乱之方殷，处隐约之既久，而优游怡愉，莫不自所得也。"（《凫藻集》卷三）在这里，已把北郭社的轮廓勾勒出来了。不过，所谓北郭十友，似有几种不同的说法。《明史·王行传》以高启、张羽（来仪）、徐贲（幼文）、王行（止仲）、高逊志（士敏）、唐肃（处敬）、宋克（仲温）、余尧臣（唐卿）、吕敏（志学）、陈则（文度）为十友，而陈田《明诗纪事》则以"余尧臣与杨基、张羽、徐贲、王行、王彝（常宗）、宋克、吕敏、陈则、释道衍（斯道）为高季迪北郭十友"（《甲签》卷八），陈衍《石遗室诗话》则又以"高启、杨基（孟载）、张羽、徐贲、余尧臣、王行、宋克、吕敏、陈则、释道衍为北郭十子"（卷十八）。盖陈田之说，本高启《大全集》卷三有《春日怀十友》诗而言，而陈衍之说则又略本朱彝尊《曝书亭集》卷六三《徐贲传》而去了王彝。诸家所载不同，大抵可得三种解释：（一）结社原不止十人，至标举十子或十友云者，乃系社中之魁，举其著者以概其余，所以时代稍后便会传说不同。（二）结社虽不止十人，但以其数在十人左右，故举成数言之；后人不知，泥于十数，遂欲强指其名，转成凿说。（三）十人之中本多流寓，据高启《送唐处敬序》，知各人聚散不常，固不妨先后社集虽符十数，而人则不同，此亦属可能之事。以上三种解释，都颇近理。至或以为他们只是友谊结合，并未结社，则似不然。冯宝琳据张大复《梅花草堂集》谓："陈文度（则）少与高启、徐贲、张羽、杨基相唱和，尝赋紫菊，同社亟称之，呼陈紫菊。"以为既称同社，则当时北郭诸子，确有诗社组织，此亦确论。大约此社成立，当在洪武以前。据高启《送唐处敬序》谓"虽遭丧乱之方殷，处隐约之既久，而优游怡愉，莫不自有所得"，与张羽《续怀友诗序》所谓"故得流连诗酒间，若不知有风尘之警者"，可知他们结社之初，尚在元季群雄割据，扰攘不定之时。洪武二年，高启、王彝即以修元史被召；三年，高启放还，而唐肃又以荐召修礼乐书；四年，唐肃卒；五六年间或复修社事，所以有些记载已无唐肃之名。七年，高启、王彝均坐魏观事被诛，而社事遂亦以终结。

（二）南园社

南园诗社以孙蕡为中心。孙蕡字仲衍，广东顺德人，有《西庵集》。《明史》卷二八五《文苑》有传。孙氏之外，王佐亦极重要。佐字彦举，家世本河东，元末侍父宦南雄，遂占籍南海。孙蕡与佐结社南园，开抗风轩以延一时名士，孙氏曾有《南园歌》寄王河东彦举云："昔在越江曲，南园抗风轩，群英结诗社，尽是词林仙。……沧洲之盟谁最雄，王郎独有谪仙风。狂歌放浪玉壶缺，剧饮淋漓宫锦红。"于此诗中，独可想见常时的豪情逸兴。孙、王之外，尚有赵介字伯贞、黄哲字庸之、李德字仲修，均番禺人，今称南园五先生。《明史》均附《孙蕡传》。五先生外，据孙蕡《西庵集·琪琳夜宿与彦举联句序》谓："畴昔年十八九时，一时闻人相与友善，若洛阳李长史仲修、郁林黄别驾楚金、东平黄通守庸之、武夷王征士希贡、维扬黄长史希文、古冈蔡广文养晦、番禺赵进士安中，及其弟通判澄、征士讷、北平蒲架阁子文、三山黄进士原善，共结诗社南园之曲。"知南园社固不限此五人。所以标举五先生者，不过以此五人为翘楚耳。这是此文重要的一点。再，此文列举诸人，独不及赵介，故陈田《明诗纪事》谓"其入社较晚，故仲衍《琪琳联句序》，偶不及之"（甲签卷九），这亦很有理由。再有，洪武元年，孙蕡已三十五岁，而此序谓"畴昔年十八九时"，则知南园社成立之初，亦在元末，不过继续维持，直至明初，待赵介加入，遂有五先生之号。不仅如此，五人之中孙、王、黄、李皆仕宦，而赵则隐居不出，又所谓《临清集》者亦不传，明嘉靖时谈恺刻五先生诗，仅得孙、王、黄、李四家，以汪广洋尝为广东行省参政，因合而刻之以足五人之数（见《四库总目》卷一九二）。这也足启人赵氏未入社之疑。稍后赵逼重订《广中五先生诗选》二卷，崇祯间葛征奇巡检广东，又重刻《南园五先生集》，此《五先生集》始得传世。（见《四库总目提要》卷一九三）

(三)凤台诗社

屈大均《广东新语》云："明兴，东莞有凤台、南园二诗社，其诗颇得源流之正。"今凤台社事已不可考。

(四)闽中十子社

闽中十子社以林鸿为中心。鸿字子羽，福清人。《明史》二八六卷《文苑》有传。《明史》称其"论诗，大指谓汉、魏骨气虽雄，而菁华不足。晋祖玄虚，宋尚条畅，齐、梁以下，但务春华，少秋实，惟唐作者可谓大成。然贞观尚习故陋，神龙渐变常调，开元、天宝间声律大备，学者当以是为楷式。"这是十子社的作风与主张。实则此种作风与主张，崇安蓝仁、蓝智兄弟已为之先。仁有《蓝山集》，智有《蓝涧集》。诗皆规摹唐调。《四库总目提要》谓："闽中诗派，明一代皆祖十子，而不知仁兄弟为之开先，遂没其创始之功，非公论也。"（卷一六九《蓝山集提要》）鸿有《鸣盛集》四卷。李东阳《怀麓堂诗话》已称其"极力摹拟，不但字面句法，并其题目亦效之，开卷骤视，宛若旧本"。朱彝尊《静志居诗话》亦称其"循行矩步，无鹰扬虎视之姿"。鸿诗已为人讥议，其末流更不免为世口实，社中人物：林鸿外有陈亮字景明，王恭字安中，高棅字彦恢，均长乐人；郑定字孟宣，周玄字微之，均闽县人；王褒字中美，唐泰字亨仲，均侯官人。黄玄字玄之，将乐人；王偁字孟扬，永福人。《明史》均附《林鸿传》。这即是所谓闽中十才子。据《明史》称："浦源字长源，无锡人，慕鸿名，逾岭访之，造其门，二玄请诵所作，曰：'吾家诗也。'鸿延之入社。"则是社中固不止十人。《明史》又称："同时赵迪、林敏、陈仲宏、郑关、林伯璟、张友谦，亦以能诗名，皆鸿之弟子。"若以二玄之例推之，想或亦皆入社。明万历间，袁表、马荧同编《闽中十子诗》三十卷。（见《四库总目提要》卷一八九）

(五)鉴湖诗社

徐象梅《两浙名贤录》谓："朱纯字克粹，山阴人，博雅有儒行，以明经教授乡里，能诗，风格高古，与罗颀、张昌相结鉴湖吟社。"（卷二《儒硕》）

陈田《明诗纪事》乙签十四作鉴湖诗社。社事可考者仅此。

(六)景泰十子社

景泰十才子，本是品目之语，不指结社。但《明史·文苑·刘溥传》谓："刘溥字原博，长洲人。其诗初学西昆，后更奇纵，与汤胤绩、苏平、苏正、沈愚、王淮、晏铎、邹亮、蒋忠、王贞庆，号景泰十才子。溥为主盟。"既称主盟，则似十子之名，不仅系月旦之评。但仍可发生疑窦者，即十才子中如苏平兄弟、沈愚、王淮、蒋忠、王贞庆诸人，均布衣不仕，里籍不一，似乎无从结合。主盟云者亦只是为首之意，不必定有结盟形式。现在于此问题，只能存疑。又钱谦益《列朝诗集小传》称徐震（德重）名列景泰十子，当误。

其属怡老性质者，则有九老会等。这些会比较不重要，亦不详加考证。

(七)九老会（甲）

此为林原缙诸人之结会。原缙字居恒，太平人。《三台诗录》云："林居恒诗酒优游，不乐仕进，与邱慎余、何东阁等九人，会里之花山，修白香山故事，称花山九老，有唱和诗。

(八)九老会（乙）

此为陈亮诸人所组之九老会，实闽中十子社之别支。《明史》称："陈亮自以故元儒生，明兴累诏不出，作《陈抟传》以见志，结草屋沧洲中，与三山耆彦为九老会，终其身不仕。"今九老会中人物不尽可考，惟据黄曰纪《全闽诗儁》称"景明作草屋沧洲中，与名士王恭、高棅日相过从，以诗酒为乐。时往三山中为九老会，以此终"，则九老会之可考者，仅王、高二人。考王恭与修《永乐大典》时，年已六十余，而高棅卒于明永乐二十一年，享年七十四，均跻高年。二人与亮同里，又同在十子之列，晚年往还之密，自可推知。

(九)九老会（丙）

此为以漏瑜为中心之九老会。漏瑜，《明史》无传。朱彝尊《明诗综》云："漏瑜字叔瑜，一字大美，别号越南，会稽人。建文初，为河南道监察御史，靖难后，不复出，年八十余卒，有《石轩集》。"（卷十六）这是他的生平。又朱氏《静志居诗话》云："侍御（漏瑜）潜迹江湖，缔交耆旧，宣德中在乌墩为九老之会。时赵巇伯高年九十一，吴焕汝文年九十，赵岐伯通年八十九，孙孟吉兆桢，唐其谅年八十五，水宗达朝宗年八十二，叔瑜与壶敏中行、钱郁耀宇年皆八十余。"陶元藻《全浙诗话》云："按此九老中七为浙产。焕、巇、岐、孟吉、敏俱吴兴人。郁居临安，瑜会稽人，其谅凤阳人，宗达吴江人。"（卷三十九）

（一〇）耆德会

案周婴《厄林》卷四耆英条云："正统间，杭州亦有之。大理正郎子贞，八十一；封吏部员外郎孔希德，八十；礼部郎中蒋廷晖，七十八；处士项伯臧，九十三；孙适、郭文敏皆七十三；又有稽勋郎中邓林，布政使姚肇，以寓公与会，而年不及，见《宛委余编》。"此所言当即指耆德会，余见下条。

（一一）会文社

光绪《杭州府志》谓："硕德重望，乡邦典型，酒社诗坛，太平盛事。杭士大夫之里居者，十数为群，选胜为乐，咏景赋诗，优游自如。在正统时有耆德会，有会文社，天顺时有恩荣会，有朋寿会，弘治有归田乐会，人物皆一时之选，乡里至今为美谈。"（卷一七三）

五

天顺以后，这两种风气依旧继续维持着。而老年人的结社似乎更见风行。现在先就这方面的结社言之：

（一二）恩荣会

（一三）朋寿会

均见（一一）会文社条。

（一四）碧山吟社（甲）

碧山吟社倡于秦旭。旭字景旸，无锡人，不仕。以子夔贵，封江西布政使（据《明诗纪事》丙签卷十一，徐永言《无锡县志》二十二作中宪大夫武昌知府），有《修敬先生集》。张恺所撰《碧山吟社记》，即附载集中。成化十八年，景旸结庐惠山之麓，集邑诸高隐觞咏其中。社友十人：秦旭字景旸号修敬，陆勉字懋成号竹石，高直字惟清号梅庵，陈履字天泽号逊庵，黄禄字公禄号杏轩，杨理字叔理号听玉，李庶字舜明号缃庵，陈懋字行之号玉溪，施廉字彦清号北野，潘绪字继芳号玉林。即所谓碧山十老。十老之外，据邵宝《碧山吟社图记》称："秋林陈翁进之归自工部，冰壑盛公时望归自都台，中斋秦公廷韶（即景旸子夔）归自江藩，亦时时一至，不在恒数。"（见《修敬集》附录及《寄畅园法帖》）则是此社限于十老，他人都只是临时参加而已。

（一五）苕溪社

同治《湖州府志》谓："成化间，湖有苕溪社，诸公则教授汪翁善、侍讲陈秉中、封主事吴昂、知县汪善、巡检沈观、诗人邱吉、唐广、吴玲、沈祥、陈銮、医官李昂、医士王杰、画工毕文、布衣范浚、吴璘、史珣，每岁一月一会，皆赋诗一章。"（卷九十四）关于苕溪社的事实，可考者至此。此社是否娱老，或专事吟咏，虽未易确定，但以乐天乡社即为苕溪社之后身，而系致政诸公之所组织，故亦视同林下之社。社中人物，《全浙诗话》谓："乌程四人：曰汪翁善，曰陈秉中，曰吴昂，曰汪善；归安二人：曰邵吉、唐广。"（卷三十九）余府里不详。

(一六)乐天乡社

乐天乡社即苕溪社之后身，只因主持者易人，所以另易名称。社中如吴玲、沈祥、范浚等，均苕溪社中人。《湖州府志》复云："后有乐天乡社，乃致政诸公如主事沈政、知县陆震、知县俞叙、县丞史纪、教谕王銮，复同义官尹政、范渊、俞敞、王玭、游刚、宣宁、游观、布政张海、范浚、沈祥、马海、包敏、吴玲、陈敬中、张康、孙敞、范生辈。不数年诸公代谢，惟存张、马、范、孙诸人为耆英。"（卷九十四）

(一七)续耆英会

陶元藻《全浙诗话》谓："明时吴兴社会极盛。成化中，乌程吴璜创续耆英会，与者二十四人，见《岘山志》。"

(一八)高年诗会(甬上诗社甲)

全祖望《句余土音序》谓："甬上明之诗社，一举于洪兵部，再举于屠尚书，三举于张东沙，四举于杨沔阳，五举于先宫詹林泉之集。"（《鲒埼亭集》外编二五）此高年诗会，即全氏所谓"一举于洪兵部"者。李邺嗣《甬上耆旧诗》卷五序云："自洪、建以来，郑、李诸先生始作，斯文复归雅驯；循至成、弘之际，海内久治平，气淳俗厚，文风益高。于时名荐绅若兵部洪公常、给事卢公瑀、太仆金公湜六七人，俱解组归田，因得从高士宋弘之恢、张景心憬、先栎轩讳端诸先生相结为高年诗会，每值风日佳时，辄剪蔬供蕨，欢共为乐，逍遥散诞，里人望之若仙。"案陈田《明诗纪事》谓社中凡十八人，除上举洪常、卢瑀、金湜、宋恢、张憬、李端六人外，列举严端、宗佑、周祜、章珍、倪光、邹闾、王政、周颂、余宾、周恺、陈渭十一人，仅十七人（见乙签卷六）。据《全浙诗话》三十一引《宁波府志》谓："李端与金太仆湜、倪处士光、魏学博偶缔为诗社。"则知陈氏所遗，或为魏偶。

(一九)清乐会

嘉庆《瑞安县志》谓："任道逊字克诚，永乐中以奇童荐，历仕太常卿，弘治初致仕。……居别墅，与同邑通判吴祚，寺副蔡鼎结清乐会，唱和吟咏。"

(二〇)槜李耆英会

朱彝尊《静志居诗话》谓项忠字荩臣，嘉兴人，官刑部、兵部尚书，卒谥襄毅，有《藏史居集》。并云："襄毅以功业显，诗文罕传，其里居日，结槜李耆英之会，月一集于僧房道院中。同会者：云南布政司参议金礼敬之、四川按察司佥事梅江文渊、福建按察司佥事戴佑元吉、漳州知府姜谅用真、武冈知州伍方公矩、砀山知县包骗汝和、通判汤彦和（案《嘉兴府志》五十二，彦和名篯）、教授陈蒙福，主之者公也。会始于弘治戊午春，所赋诗文，文渊汇为一集，府学教授新淦萧子鹏序之，（案《嘉兴府志》，萧子鹏亦会中人）比于香山洛社云。"（卷七）考《明史·项忠传》称："忠致仕家居二十六年，至弘治十五年乃卒，年八十二。"（卷一七八）而是会始于弘治戊午，戊午为弘治十一年，则是会先后亦仅五年而已。

(二一)归田乐会

见前（一一）会文社条。

(二二)碧山吟社（乙）

《明诗纪事》引《碧山吟社志》云："弘、正间社会既辍之后，司徒凤山秦公归自留都，邀二泉邵公、心泉吕公、惠严顾公、松阁顾公、藕塘秦公、石村陈山人，结诗会山中，亦以碧山名社，然止就诸公之别墅，如二泉精舍、凤谷行寓、惠严小筑次第举会，盖亦慕修敬之风，而一寄意焉。"（丁签卷六）案凤山名金，字国声，时碧山吟社旧址已易主，故举会并无定址。

(二三)湖南崇雅社（《全浙诗话》卷三十九雅误作程）

湖州社集继苕溪社与乐天乡社之后，则有湖南崇雅社。《湖州府志》云："湖南崇雅社：刘南坦麟，安仁人，按察使致仕；龙西溪霓，南京人，佥事致仕；孙太白一元，陕西人；陆玉厓昆，归安人，御史致仕；吴甘泉玩，长兴人，处士。"（卷九十四）则此五人当即是所谓"苕溪五隐"。但《静志居诗话》又谓："尚书（刘麟）流寓长兴之南坦，自号坦上翁，与孙山人一元、龙佥事霓及苕中名士吴玩（《明史》作吴琬）、施侃等结诗酒社，号苕溪五隐。"（卷九，《明史》作湖南五隐）则又有施侃而无陆昆。而陈田《明诗纪事》丁签卷七又谓："坦上翁尝与太白山人孙太初、龙霓、吴充、陆昆、施侃结社于苕溪，号苕溪五隐。"则又似所谓苕溪五隐，乃指刘麟之友。此数说不同。案徐象梅《两浙名贤录》卷四十四《吴玩传》，又卷五十四《孙一元传》，所举五隐与《湖州府志》同。其后朱俊《明人诗钞》，朱绪曾《金陵诗征》皆宗之，当以此说为可信。

(二四)甬上诗社(乙)

李邺嗣《甬上耆旧诗》卷六序谓:"吾乡自兵部洪公金太仆先生宋倪诸高士首为耆旧之集,倡雅此邦;其后训导魏先生称、太保屠襄惠公滽、太子少保杨康简公守随继起,亦尝与金、倪诸先辈诗律往还。及老成渐亡,惟魏先生独称耆宿,二公因推为祭酒,与副使张公昺、按察副使黄公隆、参政镏公洪诸贤,重相燕集,唱酬历二十年,邦人重之。"则是此社即是卢、洪、金诸人结社之后身。全祖望所谓"再举于屠尚书"者即指此。又考《甬上耆旧诗·杨康简公守随传》称:"刘瑾伏诛,复公原官,台省交章论荐,公竟不复出。惟与里中诸高年结为耆会,幅巾缑履,日徜徉山水间。"则此社之成立,当在正德初年。

(二五)小瀛洲社

小瀛洲社亦称小瀛洲十老社,为海盐朱朴与同邑耆旧所组织。朱彝《明人诗钞·朱朴传》称:"嘉靖壬寅,同邑临江守钱琦、光泽令徐泰、福建右布政吴昂、龙岩令陈瀛、南昌守钟梁咸致政家居,与卫帅刘锐、天宁寺僧石林、隐士陈鉴及朴,集襄阳守徐咸之小瀛洲,称小瀛洲十老社,朴为之长。"(正集卷八)而盛枫《嘉禾征献录》亦谓:"徐咸晚岁筑园郊外,名曰余春,叠石为小东山,结小瀛洲十老社,会聚诸名流觞咏其间;同邑陈询绘其图,咸自为之记。"(卷二十五)诚为一时盛事。案《四库总目·西邨诗集提要》称:"朱朴当正德、嘉靖间与文征明、孙一元相唱酬。……以不为王世贞等所奖誉,故名不甚著;然当太仓历下坛坫争雄之日,士大夫奔走不遑。……朴独闭户苦吟,不假借嘘枯吹生之力,其人品已高,其诗品苕苕物表,固亦理之自然矣。"(卷一七二)而《樵李诗系》亦称"元素(朱朴)性耽诗,自少至老未曾一日废,兼善绘事,兴作辄作云林小幅。"则朱朴之风度可想。徐咸记中称"惟我西村(朱朴)清醇温粹,齿德俱尊",亦不尽属溢美之辞。《樵李诗系》又称"元素与钱东畲(琦)、徐丰厓(泰)、吴南溪(昂)、陈勾溪(鉴)、徐东滨(咸)、陈占厓(瀛)、刘海村(锐)、钟西皋(梁)、释石林为瀛洲十老之会,推元素为首。后更得董维石(浛)、许云村(相卿)、沈紫硖、钟彦村(案彦村疑即彦材之误。彦材即钟梁,梁有《西皋集》,西皋与彦材即一人似不应分举)及僧秋江雪江",则是此社续有增加,已不止十老之数。

(二六)碧山吟社 (丙)

碧山吟社正式的修复,是在秦旭卒后六十余年,其曾孙瀚,始复其旧。瀚字叔度,有《从川集》。徐阶《重复碧山吟社记》云:"碧山吟社在惠山之麓,其始作于封武昌太守修敬秦翁。翁殁,而据于邑豪某。后六十年,翁曾孙从川先生始克复之，葺其堂若榭，以与乡缙绅顾宪副洞阳（可久）、王签宪仲山（锡爵）、华学士鸿山（察）、王侍御石沙（璜），赋诗其中，而不敢有加焉。重修敬之旧也。"（《从川集》附录）案钱宪字国章，无锡人，正德甲戌进士，官常山知县。《明诗纪事》戊签卷十二录其秦从川邀入吟社诗，则钱氏亦碧山吟社中人，又《盛明百家诗》称："甫登凤嗜诗学，尝结会碧山吟社。"案强仕字甫登，无锡人，嘉靖辛卯举人，则强氏亦吟社中人。

（二七）岘山逸老会

岘山逸老会或称岘山社，或称逸老社。称岘山者，志其地，并志其始；称逸老者，明其结社之性质，并志其中。大抵湖州自刘麟组湖南崇雅社后，社事乃渐盛，倡之者皆名公巨卿之退休林下者，而无名寒士就无法参加了。所以此会初名岘山，迨逸老堂成乃改称逸老，据刘麟《逸老堂碑记》谓："第一会癸卯（嘉靖二十二年）秋社，唐一庵（枢）初作会于岘山，期而入者：蒋石庵（瑶）、吴我斋（廉）、施南村（佑）、陈栋塘（良谟）、韦南苕（商臣）、吴石歧（龙），凡六人。甲辰（嘉靖二十三年）春社，会于郡城西俞氏园亭，主者陈栋塘；继入者，王怡山（椿）、刘南坦（麟）、顾箬溪（应祥）、李半溪（丙）、朱云峰（云凤）；不期而会者，孙郭南（济），凡十有二人。是岁秋社，会于郡城西包氏园亭，主者朱云峰、韦南苕；不期而会者张临溪，凡十有三人。乙巳（嘉靖二十四年）春社，顾箬溪会于岘山，自是以为常；主者箬溪暨麟，继入者孙郭南，亦十有三人。是岁秋社，主者蒋石庵、施南村，不期而会者潘天泉，凡十有二人。丙午（嘉靖二十五年）春社，主者王怡山、孙郭南，不期而会者张临溪，凡十有二人。是岁秋社，主者吴我斋、李半溪，继入者蔡夷轩（杞），凡九人。丁未（嘉靖二十六年）春社，则今会也，主者蔡夷轩、唐一庵，继入者张石川（寰）、吴苕源（麟），不期而会者董浔阳以在告侍其师一庵至，蔡白石侍其翁夷轩至，凡十有三人。是日实逸老堂为会之始。嘉靖二十六年三月。"（《湖州府志》卷九四，杂缀二）可知此会组织重在逸老怡乐，而非诗文切磋之社。故顾应群《岘山十五老图记》只言："仿古乡约之制，以尽规劝之道。"又案据顾记及《静志居诗话》卷十一所载十五人，有朱怀干字子正号双桥，而无王椿字寿夫号怡山，朱云凤字瑞卿号雪峰，应据《岘山志》吴石歧所刻《雅社集》补入。徐象梅《两浙名贤录》言"蒋粹卿（瑶）年七十二引年归，居家谢迹公府，惟约同好十五人结社于岘山逸老堂"（卷三十六，清正），当即据顾记而言。又有邀请而不允入社者有赵金，字淮献，乌程人，见《静志居诗话》卷十一。

(二八)九老会（丁）

《四库总目提要》："《天山草堂存稿》八卷，明何维柏撰。维柏字乔仲，南海人。……朱彝尊《明诗综》谓其《乞休》诗云'乐事尚饶新岁月，胜游不改旧云山'，乃侍其父与乡人为九老会时所作。今考《乞休》诗，为万历丙子得旨归老之作。而和其父与九老韵七律二首则作于嘉靖戊申，乃劾严嵩后削籍归里时作。彝尊征引偶误，殆亦未见此集欤？"（卷一七七）考戊申为嘉靖二十七年，维柏坐劾严嵩，廷杖除名，在嘉靖二十四年。屈大均《广东新语》（九）《九老雅集》条谓："何端恪公维柏家居时，有馈佳味者，即白其父延里中九老宴集。九老者，达斋唐明府年九十二，沃泉邓宪副八十六，荔湾周太守八十三，狮山周明府八十二，端恪之父通议公七十七，豫斋曾金宪与虚谷江明府皆七十二，北崖辛通府与惠斋张贰府皆七十一。端恪诗：'五仙旧在三城里，八老今同一里间。春月蔬盘真率会，风流长得似香山。'时嘉靖甲寅岁也。"甲寅为嘉靖三十三年。知此会持续亦相当长久。

(二九)耆老会

周婴《卮林》卷四《耆老》条谓："隆庆己巳，莆田有耆老会。太守郑弼，年七十八；少参雍澜，七十七；太守陈叙，七十六；运使林汝永，七十五；主事柯维骐，七十四；太守林允宗，七十二；尚书康大和，年七十一。大和赋诗云：'故里重开耆老会，七人五百二十三。'后尚书林云同年六十九，亦与会。"

(三○)怡老会

万历以后，此种怡老会社比较衰歇，这也正表映着明季经济状况的不景气。中间惟万历乙酉（十三年）仁和张瀚致仕以后，约里中士大夫高年者举行的怡老会，樽罍既行，间以咏歌（见沈友儒《怡老会诗集后序》），尚属一时盛举。其社约谓："意兴所到，率意成诗，成不成，工不工，各自得也。"（《武林掌故丛编》）可知其性质不同纯粹诗社。又谓："坐间谈山川景物之胜，农圃树艺之宜，食饮起居之节，中理快心之事，若官府政治市井鄙琐自不溷及。"又可知其避免政治关系。张瀚序其事云："余归休数年，始与同乡诸缙绅修怡老会，会几二十人，一时称盛，集余嘉树里第。已而订为四会，选胜湖山，迭为主宾。"故诸人诗皆分春会、夏会，以时季为题。会中人物：为韦泉潘翌汝昭、原泉褚相朝弼、桂峰沈蕃价甫、新庵林凤文瑞、介亭顾楫良济、玉泉王体坤惟厚、初阳孙本立甫、元洲张瀚子文、敬亭陈善思敬、上湖郁鉴汝明、春城朱玑儒珍、麟洲张洵子明、蒙山饶瑞卿应之、南泉沈友儒子真、青阳吴臬宪甫、少崖许岳子峻。又案《恰老会诗集》中有金钟、张溥、钱文升诸人诗，不在上举诸人之内，盖上举诸人皆有画像，此三人则未及补写耳。

(三一)逸老续社（耆英文会、耆英胜会附）

逸老续社为万历三十年兵部侍郎许孚远所组织，集会者四十余人。姚一元（惟贞），长兴人；施峻（民表）、陆隅（无方）、孟嘉宾（萍野）、慎蒙（子正）、茅坤（顺甫）、孙铨（撰卿）、沈应登（叔良）、陆纶（理之）、钱镇（守中）、陈应和（文祥）、沈桐（时秀）、吴仕铨（公择）、陈履贤（子秀）、沈子木（汝楠）、林云龙（岩泉）、顾而行（孟先）、陈曼年（庚老）、顾诺（石林）、邹思明（汝诚）、顾尔志（仲先）、吴梦旸（允兆），均归安人；张永明（钟城）、沈塾（子居）、董份（用均）、沈节甫（以安）、王汝源（以仁）、凌迪知（雅哲）、唐知礼（敬夫）、孙梧（秋孺）、闵弘庆（原道）、卢舜治（恭甫）、韩绍（光祖）、姚舜牧（虞祖）、沈元杜（华嵩）、蔡化龙（敦临），均乌程人；徐献忠（伯臣），华亭人；许孚远（孟中），德清人；宋旭（初阳），崇德人；李乐（彦和），桐乡人。及许孚远卒，社事寻废，于是复置社田，完全成为养老的组织了。陈幼学《逸老堂社田记》云："逸老堂创于嘉靖丁未，刘司空为监主，司空殁而社时举时废。万历壬寅，许司马孚远集七邑冠盖四十余人；明年，司马捐馆，社寻废，太守问故，曰社无田，苦于合醵而莫适为主也。乃置负郭田若干亩，立籍于宝生禅院，岁征租供春秋两社会稽出纳，士大夫以齿而狷主之。"则完全成为乡社之制了。《全浙诗话》称当时"会者或不尽以诗，即作诗亦不计工拙，不可概称诗社也"。诗社到此，真已变质。万历《嘉善县志》称，万历丙申（二十四年），有耆英胜会，在其前更有耆英文会，据其记载，谓"约里中斑白知礼让者"，谓"命子弟讲礼读法，歌诗抚琴，习奢恶俭者弗与焉"，谓"市廛皆结彩列绮筵张新乐"，谓"社师率童子歌南山之章"（见《浙江通志》卷二八〇引），则完全是养老性质了。以性质不同，故不论述。

(三二)八老人社

嘉定唐时升有《记八老人社诗》。序云："南翔里有八老人，为社长者年九十四，少者年八十一，居止不一二里，耄耋相望，杯酒谈笑，日相娱乐，诚太平盛事。"

六

于是，再言另一种比较纯粹的诗社。

(三三)瀛洲雅会 (甲)

黄佐《翰林记》卷二十："弘治中,南京吏部尚书倪岳、吏部侍郎杨守阯、户部侍郎郑纪、礼部侍郎董越、祭酒刘震、学士马廷用,皆发身翰林者,相与醵饮,倡为瀛洲雅会。会必序齿。"

(三四)东庄会

《明诗综》三十八卷录邢参诗,谓:"参字丽文,吴人,有《处士集》。"《诗话》(即《静志居诗话》):"丽文狷者。……除夜有海估以百金乞墓文,峻拒之,抱膝拥衣,饥以待旦。其介如是。"明初高侍郎季迪有北郭十友,丽文亦有东庄十友:吴爟次明、文征明征仲、吴奕嗣业、蔡羽九逵、钱同爱孔周、陈淳道复、汤珍子重、王守履约、王宠履仁、张灵孟晋。故其诗云:"昔贤重北郭,吾辈重东庄。胥会诚难得,同盟讵敢忘。"东庄会可考者仅此。

(三五)瀛洲雅会 (乙)

黄佐《翰林记》:"正德二年七月,吏部尚书王华、侍郎黄珣、礼部尚书刘忠、侍郎马廷用、户部尚书杨廷和、祭酒王鏊、司业罗钦顺、学士石瑶、太常少卿罗玘复继之。(指《瀛洲雅集》)皆倡和成卷,以梓行于时。"

(三六)浮峰诗社

王守仁有《寄浮峰诗社》诗:"晚凉庭院坐新秋,微月初生亦满楼。千里故人谁命驾,百年多病有孤舟。风霜草木惊时态,砧杵关河动远愁。饮水曲肱吾自乐,茆堂今在越溪头。"案此为王氏正德年间诗。考先生年谱弘治五年先生归余姚,结诗社龙泉山寺,不知即此否。

(三七)同声社

《全浙诗话》三十九卷云:"明时吴兴社会极盛。……正德中,邵康山南创同声社,与者四十九人,见《湖录》。"

(三八)鳌峰诗社

谢章铤《课余续录》云:"明人重声气,喜结文社,季世儿、复二社,且与国运相终结,若闽之鳌峰诗社,则始于郑少谷(善夫)、高石门(濲)、傅丁戊(汝舟)。"(卷二)案《明诗综》卷三十八录高濲、傅汝舟二人诗,称"濲字宗吕,侯官人,有《霞居子集》","汝舟字木虚,一名丹,号丁戊山人,一曰磊老,侯官人,有《前丘生行已外篇》"。《静志居诗话》谓:"少谷居鳌峰北,从之游者九人,乡党目为十才子。少谷诗所云'一时贤士俱倾盖,满地萍踪笑举杯'是也。九人者:高二十二宗吕居首,傅二木虚次之。余有林九、王七、施二,其名不得而详矣。"又谓:"前丘生诗刻意学少谷子,故多崛奇语句。……弟汝楫，字木杓，亦有诗名，时号二傅。或是鳌峰九人之一乎？"此从游九人，当即为鳌峰社中人。

(三九)越山诗社 (甲)

屈大均《广东新语》谓："越山诗社，始自王光禄渐逵、伦祭酒以训。"（卷九）案王渐逵字用仪，号鸿山，番禺人，正德丁丑进士，授刑部主事，有《青萝集》二十卷。伦以训字彦式，南海人，正德丁丑第二人及第，授编修，历官国子祭酒，有《白山集》十卷。社事始末不可考。

(四〇)海岱诗社

王士禛《古夫于亭杂录》云："吾乡六郡，青州冠盖最盛。世宗时林下诸老为海岱诗社，倡和尤盛。其人则冯闾山（裕）、黄海亭（卿）、石来山（存礼）、刘山泉（澄甫）、范泉（渊甫）、杨渑谷（应奎）、陈东渚（经），而即墨蓝山北（田）亦以侨居与焉，倡和诗凡十二卷，无刊本。余近访得钞本，诗各体皆入格，非浪作者。"案是书名《海岱会集》。此社由北方文人所结合，故切实做诗，不事标榜，性质稍与南中不同。《四库总目提要》云："嘉靖乙未丙申间（十四、十五年），经以吏部侍郎丁忧里居，田除名闲住，渊甫未仕，存礼等五人并致仕，乃结诗社于北郭禅林，后编辑所作成帙，冠以社约。……八人皆不以诗名，而其诗皆清雅可观，无三杨台阁之习，亦无七子摹拟之弊。……观其社约中有不许将会内诗词传播，违者有罚一条，盖山间林下自适性情，不复以文坛名誉为事，故不随风气为转移，而八人皆闲散之身，自吟咏外，别无余事，故互相推敲，自少疵颣，其斐然可诵，良亦有由矣。"（卷一八九）

(四一)青溪社 (甲)

钱谦益《列朝诗集小传》谓："嘉靖中，顾华玉（璘）以浙辖家居，倡诗学于青溪之上，羽伯（陈凤）及谢应午（少南）、许仲贻（谷）、金子有（大车）、金子坤（大舆）以少俊从游，相与讲艺谈诗，金陵之文学自是蔚然可观。"（丙集）这似乎已有青溪结社之实。又案《金陵琐事》称："羽伯陈公评青溪社四子诗云：'高汝州近思雄壮奇拔，马国学承道博雅典则，金文学子坤清新秀朗，金孝廉子有则兼总诸长，词义双美。'夫金氏昆玉尚有诗集，若高、马二公，人且不知姓名也，况于诗乎？"则是不仅有结社之实，也且确有青溪社之名。不过被后来隆、万间的青溪社所掩，所以世人就较少论及了。又案钱谦益《金陵社集诗序》云："弘、正之间，顾华玉（璘）、王钦佩（韦）以文章立坛，陈大声（铎）、徐子仁（霖）以词曲擅场，江山妍淑，士女清华，才俊歃集，风流弘长；嘉靖中年，朱子价（曰藩）、何元朗（良俊）为寓公，金在衡（銮）、盛仲交（时泰）为地主，皇甫子循（汸）、黄淳父（姬水）之流为旅人，相与投简分题征歌选胜；秦淮一曲，烟水竞其风华，桃叶诸姬，梅柳滋其妍翠，此金陵之初盛也。"则又分初期的青溪社为两个时期，两个社集。

（四二）西湖八社

嘉靖壬戌（四十一年），闽人祝时泰游于杭州，与其友结西湖八社之会。盖以会之地八，随地立名，曰紫阳诗社，湖心诗社，玉峰诗社，飞来诗社，月岩诗社，南屏诗社，紫云诗社，洞霄诗社，总称为西湖八社。此于诗社之中，兼游赏之趣，又是诗社中之别开生面的。其社约谓："凡诗命题，即山景物，不取还拈。"大率多流连风景之作。此八社由祝时泰等七人分主之。时泰主紫阳社，刘主伯主湖心社，方九叙主玉峰社，童汉臣主飞来社及紫云社，高应冕主月岩社，沈仕主南屏社，王寅主洞霄社（均见《武林掌故丛编·西湖八社诗帖》）。此外社友，据《分省人物考》谓："张文宿遭谗落职，就西湖筑一小楼，湖中置一舫，与郡中沈青门（仕）、方十洲（九叙）辈结为诗社。"《列朝诗集小传》谓："用晦（李元昭）世袭千户，弃不就；与童侍御南衡（汉臣）、方职方十洲辈结社西湖，其诗皆明农习隐之言。"又茅坤所撰明诗人《李珠山（奎）先生墓志铭》谓："寻向所谓诗社游者，方太守公九叙、童侍御公汉臣、马纳言公三才、朱宁州公孙炎、陈太守公师、沈太仆公淮、沈郁林公诏、高光州公应冕、赵溧阳公应元、沈山人仕、刘山人子伯及千户侯施经辈相与后先投社，翱翔湖山之间。最后予以罢官归，闲过西湖诸社游，抑且并邀予，详见大雅堂碑中。诸社游数推予为祭酒，而予所最莫逆者公。"则是张文宿、李元昭、马三才、朱孙炎、陈师、沈淮、沈诏、赵应元、施经、李奎、茅坤亦皆为社中人，而茅坤且数为祭酒。疑湖上诗社除上述八社之外，或更有诗酒流连之集。故李奎《龙珠山房诗集》所举，更有孤山吟社、湖南吟社等目，或亦如八社之例，是随地命名的。

（四三）玉河社

李奎《龙珠山房集》有刘子伯、高应奎序。刘、高即西湖八社之主持者，故李氏之参加西湖社可无疑问。高氏序谓"李山人旧出游塞上十年，塞上诸名家如谢四溟、李沧溟皆交欢山人，争下之"，则李氏先曾参加七子社，归乡以后始参加西湖社的。考《龙珠山房集》卷下有《马怀玉席上留别玉河社友诗》云："乌啼宫树晓将行，握手长歌对月明。故国战余归去疾，天涯客久别离轻。秦淮冰雪三冬路，燕越云山两地情。独抱一竿江上去，相逢何日话平生。"

则此玉河社或即是高应奎序所谓塞上诸名家所结的社。《龙珠山房集》中有《玉河桥见白燕诗》，社名之起或者以此。集中又有《长安冬夜同谢茂秦吴子充周一之马怀玉施引之包庸之顾季狂集罗山甫馆诗》，疑这些人即是玉河社中人。

(四四)湖南吟社

李奎《湖上篇》有《夏日冉山王明府双桥凌太守招集湖南吟社得鱼字诗》，又有《集朱九疑湖南吟社》二首，九疑即西湖社中之朱宁州公孙炎，疑此亦西湖社集之一。又考张瀚《奚囊蠹余补遗》亦有《夏日集湖南吟社》一首，则湖南吟社亦有怡老会中人物。

(四五)孤山吟社 (甲)

李奎《湖上篇》又有《孤山吟社》四首，有"高人招结社，小隐向湖心"及"坐爱前峰好，闲来更一跻"等句，疑此亦西湖社集之一。又案张瀚《奚囊蠹余附录》卷下载《张杞结社孤屿登和靖初墓率尔志怀诗》，似此亦是孤山吟社。但杞字汝砚，号绎山，隆庆庚午举人，年辈稍后，或是别一社集。

(四六)甬上诗社 (丙)

此即全祖望所谓甬上诗社三举于张东沙者。陈豪楚《两浙结社考》云：兵部尚书张东沙时彻结社事无考。李杲堂《甬士耆旧诗》卷八《张东沙传》仅称"家有别墅在东皋曰茂屿草堂，在西皋曰武陵庄，时引上客共觞咏其间"云。(《浙江图书馆馆刊》四卷一期)

(四七)南园诗社 (乙)

岭南自孙蕡、赵介诸人结社南园，号称五先生，此后粤中社集亦相继不绝，而以欧大任等南园续社为最著。欧大任 (桢伯)、梁有誉 (公实)、黎民表 (维敬)、吴旦 (而待)、李时行 (少阶)，即世所称南园后五先生。此五人诗大都受黄佐影响，欧、梁、黎、吴皆佐弟子，故《静志居诗话》亦谓："岭南学派，文裕 (黄佐谥) 实为领袖。"(卷十一)《广东新语》述欧桢伯语云："当世宗皇帝时，泰泉先生 (佐) 崛出南海，其持汉家三尺以号令魏、晋、六朝，而指挥开元、大历，变椎结为章甫，开荒薙秽于炎徼，功不在陆贾终军下也。"(卷十三) 其论诗宗旨，与七子差近，故欧、梁至长安，王、李争相推重，而梁氏即列名七子。但梁氏在七子社中已先成家，故不染其叫嚣习气。南园诗社的作风，毕竟与七子不同。社中人物，除此五先生外，据朱孟震《玉笥诗谈》称："欧桢伯少与梁比部公实、黎秘书维敬、梁廷评彦国结社山中。"而《南园后五先生诗·欧大任传》又称："弱冠即名噪诸生间，与梁有誉、黎民表、梁绍震相友善。"案梁柱臣字彦国，广州顺德人，嘉靖丙午举人，官刑部员外。梁绍震字原东，亦顺德人，隆庆丁卯举人，官平乐同知，似二梁亦社中人。

(四八)越山诗社（乙）

越山诗社亦作粤山诗社。欧大任《虞部集·梁比部传》称："公实谢病归，闭门吟哦，罕通宾客，修复粤山旧社，招邀故人，相与发愤千古之事。"则似南园社为欧大任少时所组织，而越山社则为梁有誉与李、王结七子社后，南归始再修复粤山旧社，人物虽同，动机或异。梁氏着《雅约序》云："夫文艺之于行业，犹华稂之丹臒，静妹之绮毂。先民代作，并皆隽杰。修翮未易径凌，逸足讵能骤践；然运精至则木雕自运，凝神极则鸣蝉若掇。诚能博览锐思，时修岁积，或无恶欤？倘情致有所属，而制述无恒裁，烟煤无知，恣其点染；管札不言，任其挥霍：强欲角逐艺苑，何异执枯条以夸于邓林，吹苇籥以鸣于洞野也。"（《明诗纪事》己签卷二引）这是他们的结社宗旨，真所谓"相与发愤千古之事"。《四库总目·清泉精舍小志提要》谓："兹编乃其（黎民表）家居唱和之诗。卷首自序称友人结社于粤山之麓，讲德论义，必以诗教为首。旦夕酬酢，可讽咏者至千余篇，年祀浸远，散佚逾甚；暇日拾箧中得古近赠若干首，哀而录之云。"（卷一九二）则是此编或即是粤山诗社的社集。又《明诗纪事》戊签卷九谓："陈绍文字公载，南海人；与梁公实、欧桢伯、黎瑶石、吴而待诸人结诗社。"则陈绍文当亦是社中人，似亦不限于南园后五先生。

(四九)青溪社（乙）

钱谦益《序金陵社集诗》云："万历初年，陈宁乡芹解组石城，卜居笛步，置驿邀宾，复修青溪之社，于是在衡仲交以旧老而莅盟，幼于百谷以胜流而至止。"实则此青溪社之起，由于费懋谦、朱孟震诸人之倡导。朱彝尊《静志居诗话》云："虞山钱氏《序金陵社集》，考之未得其详。青溪社集倡自隆庆辛未（五年）而非万历初年也。朱秉器（孟震）《停云小志》云：'青溪自后湖分流与秦淮合，当桃叶淮清之间，有邀笛步者，晋王徽之邀桓伊吹笛处也。陈明府芹即其地为阁焉。俯瞰溪流，颇有幽致。岁辛未，费参军懋谦约余为诗会其上，于是地主则明府，次则唐太学资贤、姚典府浙、胡民部世祥、华广文复初、钟参军倬、黄参军乔栋、周山人才甫、盛贡士时泰、任参军梦榛。先后游而未入会者，则张太学献翼、金山人鸾、黄山人孔昭、梅文学鼎祚、莫山人公远、王山人寅、黄进士云龙、夏山人曰瑚、纪亳州振东、陈将军经翰、汪山人显节、汪文学道贯、道会、沈太史懋学、邵太学应魁、周文学时复。癸酉（万历元年）复为续会，则吴文学子玉、魏广文学礼、莫贡士是龙、邵太应魁、张文学文柱，每月为集，遇景命题，即席分韵，同心投分，乐志忘形，间事校评，期臻雅道。前会录诗若干刻之，命曰《青溪社稿》，许石城先生序其首；续会录诗若干，吴瑞谷序之。……后方民部沆，叶山人之芳入焉。'"此文纪述源流甚详。考朱孟震《玉笥诗谈》所载亦均青溪社事，社中人物与当时倡和之作，大率在是，兹不备述。

(五〇)甬上诗社 (丁)

此又全祖望所谓"甬上诗社四举于杨沔阳"者。李邺嗣《甬上耆旧诗》卷十三《知沔阳州杨公茂清传》谓："公性澹于进取，遂力请老归，家居……与戴南江诸老为耆会，日相唱酬。"茂清字志澄，号芝山。

(五一)孤山吟社 (乙)

此为张杞诸人在孤山所结之吟社，见前 (四五) 孤山吟社 (甲) 条。

(五二)午日秦淮大社

周亮工《书影》："万历戊申 (三十六年)，江南大饥，时湖郡守陈筼塘以义劝借士大夫，茅止生年十四岁，方举秀才，慨然输谷万石。……止生名元仪，初入金陵，作午日秦淮大社，赋得《午日题诗吊汨罗》，尽两岸之楼台亭榭，及河中之巨舰扁舟，无不借也，尽四方之词人墨客及曲中之歌妓舞女无不集也，分朋结队，递相招邀，倾国出游，无非赴止生之社者，止生之名遂大噪。"案此只是临时性的结合，与一般结社稍异。但可看出此种豪举，正是文人结社风气的反映。

(五三)淮南社

社创于陆弼，弼字无从，江都人，有《正始堂集》。李维桢《陆无从集序》云："己酉 (万历三十七年) 以急难侨寓广陵，始奉无从杖履。……无从独曲节下余，恨相见晚，招余入淮南社相唱酬。" (《大泌山房集》卷十三) 案《列朝诗集小传》称无从推尊王弇州几欲铸金顶礼，但弇州未以列入四十子中，又无从晚年作风亦稍转变，亦不能谓是七子社之旁支。

(五四)龙光社

《静志居诗话》谓："南昌郭外有龙光寺，万历乙卯 (四十三年) 二月豫章诗人结社于斯。宗子与者十人：知白之外，则宜春王孙谋劁文翰、瑞昌王孙谋雅考叔、石城王孙谋玮郁仪、谋圭禹锡、谋琦诚文、谋堡藩甫、谋垦辟疆、建安王孙谋谷更生、谋噩禹卿。谋划辑其诗曰《龙光社草》。" (卷一) 案知白名多熿，宁惠王第四子，其《秋日社集》诗云"蹦步出郭门，凉秋明朝日"，则是春日社集之外，亦如他社之兼有《秋日新集》。

(五五)八咏楼社

此为斯一绪主持之结社。一绪字惟武，东阳人，有《怀白山房稿》。《金华诗录》云："万历戊午（四十六年），惟武与徐伯阳、龚季良（士骧）、陈大孚、章无逸、吴赐如（之器）诸人为八咏楼社。惟武实为盟长。"

(五六)饮和社

李维桢《饮和社诗跋》云："青阳盖有九子山云。唐李供奉易之曰九华，名胜益著。余三游吴越，从舟车中望其群峭摩空，秀色可餐，意必有才俊士钟山灵而兴者，庶几一遇之而不得。……今年罗少府来治吾邑，贻余以饮和社诗一编，则青阳诸君作也。其人为吴生□（原残缺，疑系"五"字），为熊生三，为王生一，而诗若出一手，上下陶、韦、王、孟间。……余欲更易九华为九子，以彰人杰地灵之应，愧非吾家供奉，足以取重取信也。为序其诗传之，或更目曰青阳九子诗何如？"（《大泌山房集》一三一）今其人已不可考。

(五七)萍社（甲）

李维桢《萍社草题辞》云："《萍社草》者，福唐谢寓中、林昂与其犹子凡夫三人作也。……三人家福唐而为社金陵，盖汗漫之游，倏然而聚，非专用乡曲私昵，故以萍名其社云。"（《大泌山房集》卷二一九）今其人亦不可考。

(五八)橢山社

李维桢《橢山社草引》云："潘伯游太初部郎，与诸词人谈诗，选地得郡人吕姚州吉甫之橢木山房为社，而奉游太公为主，盖太公善诗云。姚州与其里曾任父文学长卿、刘文学兆隆、吕文学伯明、沔费宪使国聘、金陵僧臞鹤、新安潘文学景升，后先入社，然不能时聚，诗简往还而已。辑之为《橢山社草》。"（《大泌山房集》卷一三一）案游朴字太初，福宁州人，万历甲戌进士，累官湖广布政使，有《藏山集》。又李氏《题大吕元英册》云："伯明为茂才时，辄与父叔及四方文士为诗社，社中人逊不如。"（《大泌山房集》卷一三〇）此所谓诗社，当即指橢山社。

(五九)林泉雅集甬上诗社（戊）

是为甬上诗社戊。全祖望《鲒埼亭集》卷三十八有《林泉雅会图石本跋》谓："是会创于先宫詹公（天叙）。其同事者，周尚书（应宾）、吴光禄（礼嘉）、林金事（祖述）、陈宫允（之龙）、丁中丞（继嗣）、周观察（应治）、黄比部、屠辰州、赵比部（体仁）十人。辰州为社长，然未有图也。宫詹下世，宫允、辰州及黄比部俱相继逝，于是又参以徐、陆二廷尉（徐名时进，陆未详）、万都督（邦孚）、陆别驾、周侍御，复为十人，始为图有墨本，又有石本。其后光禄下世，又参以施都督，然石本中尚无施公，以其未入社也。"案天叙字伯典，鄞县人，万历丙戌进士，官侍读学士，天启初，追赠礼部右侍郎，有《铁庵集》。是会成立，当在万历、天启之间。又按《甬上耆旧诗》卷二十六记林泉雅集诸公共十一人，即吴礼嘉、周应宾、周应治、丁继嗣、林祖述、全天叙、万邦孚、徐时进、陈之龙、朱勋、赵体仁十一人。与全氏所记稍有出入。中有朱勋，为全氏文中所未及。

(六〇)浮邱诗社

屈大均《广东新语》谓："浮邱诗社始自郭光禄棐、王光禄学曾。" 案郭棐字笃周，王学曾字唯吾，社事始末不详。

(六一)金陵社

金陵社为万历末年曹学佺等所举之社会。钱谦益《列朝诗集小传》云："闽人曹学佺能始，迴翔棘寺，游宴冶城，宾朋过从，名胜延揽，缙绅则臧晋叔（懋循）、陈德还（邦瞻）为眉目，布衣则吴非熊（兆）、吴允兆（梦旸）、柳陈父（应芳）、盛太古（鸣世）为领袖。……此金陵之极盛也。余采诗旧京，得《金陵社集诗》一编，盖曹氏门客所撰集也。"（丁上）这是社中比较著名的人物。此外可考知者有游及远、姚旅、吴文历、黄世康、沈野诸人。《兰陔诗话》云："游元封（及远）为益藩上客，与同里姚园客（旅）、吴元翰（文历）、黄元干（世康）皆预金陵诗社。"又《列朝诗集小传》云："沈野字从先，吴人。曹能始见其诗，激赏之，延致石仓园，题其所居之室曰吴客轩。"

(六二)阆风楼诗社

此当是曹学佺在闽所组织之诗社。朱彝尊《静志居诗话》云："盘生（陈衍）与徐兴公（燉）同入曹能始阆风楼诗社，而赋才懦钝，光焰郁而不舒。"（卷十九）考谢章铤《课余续录》卷二谓："明人重声气，喜结文社，季世几、复二社且与国运相终始，若闽之鳌峰诗社，则始于郑少谷、高石门、傅丁戊，继之者徐幔亭、兴公兄弟（燧与燉）、曹能始、谢在杭（肇淛）也。"又《明诗纪事》庚签卷十七论邓原岳诗，称其"音节俊爽，长于七律，与谢在杭、徐惟和（燧）辈结社，在杭推为嘉、隆后诗人之冠"。此二文所言结社事，当即指阆风楼诗社。

(六三)读史社

此为谭昌言所组织之诗社，昌言字圣俞，嘉兴人。万历甲午乡试第一，辛丑进士。《静志居诗话》云："谭公在留都，结诗社读史社，诗爱孟襄阳，第

不多作。"（卷十六）

(六四)七子社 (五子社附)

至嘉靖之季，王世贞、李攀龙诸人七子社之组织，始使文坛牵入到门户党争的旋涡之中。在以前，洪熙、宣德、正统之间，三杨台阁体风行一时，稍后李东阳已起而矫其弊，于是作风一变，当时已有茶陵派之称。待到弘治、正德之间，李梦阳起而高唱复古，以为文必秦汉，诗必盛唐，于是作风与主张都大异往昔。何景明、徐祯卿辅之，互相遥应，遂有所谓七才子之目。然而只是相互标榜，尚不见有结社的记载。至王、李等后七子起，绍述何、李，于是旗帜益鲜明，主张益坚定，声势益浩大，而流弊也因以明显。于是反之者则有公安派，同样在反对途径，但又兼取而修正之者则有竟陵派。这些派别，虽不必复有结社之实，然而此仆彼起，其声势之足以震撼一时，远超过以前结社的情形，盖至是已不复重在怡老遣性，而是文学批评的派别的集团之争。所以七子社的集团，方其始虽也与普通的结社一样，但因主张坚定，也就产生与其他结社不一样的结果。

方王、李未盛之先，京师已有诗社，由高岱、李先芳等主持之，岱字伯宗，钟祥人；先芳字伯承，濮州人，待到王、李释褐，于是高、李等招之入社。当时参加入社者，为吴维岳、李先芳、高岱、王世贞、李攀龙、袁福征六人。这可以算是七子社之前驱。

王、李入社以后，头角渐露，羽翼渐广，而使他们所以能享盛名者，又因延揽谢榛入社的缘故。当时谢榛以援卢楠出狱事，名震京师，公卿争与交欢，所以谢榛遂以布衣入社。谢榛入社以后，第一绝大的贡献，即在决定学诗的宗主。谢榛《诗家直说》有一节记其事实云：

> 一日，因谈初唐盛唐十二家诗集，及李、杜二家孰可专为楷范……或云沈、宋，或云李、杜，或云王、孟。余默然久之，曰："历观十四家所作，咸可为法。当选其论集中之最传者，录成一轶，熟读之以夺神气，歌咏之以求声调，玩味之以裒精华，得此三要，则造乎浑沦，不必塑谪仙而画少陵也。夫万物一我也，千古一心也，易驳而为纯，去浊而归清，使李、杜诸公复起，将以予为可教也。"诸君笑而然之。

因此，造成他们兼并古人的作风，同时也扶植了王、李的声望和地位。可是，王、李之声望既高，于是第一步，摈吴维岳、高岱、李先芳诸人，而进宗臣、梁有誉于社，合谢榛而称为五子。未几，徐中行、吴国伦亦入社，乃改称七子之社。在这种意气不可一世，企图独霸的情形下面，于是对于谢榛以布衣而执牛耳，也渐渐感到不满了。而茂秦意气又极为凌厉，对于李氏作品亦时多指谪，于是遂由反目而绝交，摈之不与五子七子之列。社事自经此两度风波，于是王、李始成为主盟，阿谀日盛，意气益高，而下劣诗魔遂亦潜伏而不自知。易世以后，王、李转成攻击之的了。钱谦益《列朝诗集小传》之述李攀龙云："于鳞高自夸许，诗自天宝以下，文自西京以下，誓不污我豪素也。官郎署五六年，倡五子七子之社；吴郡王元美以名家胜流，羽翼而鼓吹之，其声益大噪。及其自秦中挂冠，构白雪楼于鲍山华不注之间，杜门高枕，声望茂著，操海内文章之柄垂二十年。"（丁上）又述王世贞云："元美弱冠登朝，与济南李于鳞修复西京大历以上之诗文以号令一世。于鳞既殁，元美著作日益繁富，而其地望之高，游道之广，声力气义，足以翕张贤豪，吹嘘才俊，于是天下咸奔走其门，若玉帛职贡之会，莫敢后至。操文章之柄，登坛设埠，近古未有。"（同上）可见二人在当时声势之盛。然二人皆狂妄负气，大言不惭，不免英雄欺人。《四库总目提要》之论元美，谓"其早年自命太高，求名太急，虚矫恃气，持论遂至一偏"，自是笃论。加以性既褊狭，不免党同伐异，以好恶为高下，于是所论又多不公。直到元美晚年，阅世日深，读书渐细，虚气消歇，浮华解驳，始悔少作之非，然而已成硬性，亦不易转变了。

(六五)南屏社

此非西湖八社中之南屏诗社，而为卓明卿诸人所组织之社。明卿字澂甫，仁和人，官光禄寺珍羞署正，有《卓光禄集》。集中有《南屏社序》序谓"夫暂淴城市，则鄙吝之心萌；一入山林，则清旷之趣惬。矧良时易失，嘉会难常"云云，则是此社也同西湖八社一样，选胜吟诗，二者相兼。此序作于万历丙戌，为万历十四年。序中又称："推司马以会盟，进下走于地主。"又《奉汪伯玉司马书》云："南屏之役，不佞奉盂，明公执耳。"故卓氏诗有"千秋骚雅堪谁主，司马登坛属上公"之句，而汪氏诗亦言："地主杯行光禄酒，天人乐奏妙高台。"据集中附录诸作，知参与是集者，除汪、卓二人外，尚有王世贞、邬佐卿、汪礼约、曹昌先、王稚登、毛文蔚、汪道贯、汪道会、屠隆、宋邦承、李自奇、徐桂、杨承鲲、潘之恒、华仲亨凡十七人。

(六六)白榆社

七子社声势正盛之际，举国风靡，于是当时零星小社，如陆弼之淮南社，也可谓是受七子社的影响，不过以其晚年稍有转变，所以不以附于七子社之后。其足为七子羽翼者，大率为汪道昆所主持之社。汪氏与王世贞本有两司马之称，所以此数社真是七子社之旁支。

李维桢《鸾啸轩诗序》云："友人潘景升弱冠善举子业，厌之，为古诗，有《兼葭馆草》；已而里中汪司马先生解组归，首执贽问奇，因与其诸弟若四方词人游新安者为社，有《白榆社草》。"（《大泌山房集》卷二十二）则是此社是汪氏归里以后，由潘景升诸人所组织。吴之器《娈书》云："元瑞才高气雄，其诗鸿邑瑰丽，稍假以年，将与日而化。元瑞之重以弇州，弇州殁，入白榆社。白榆者，汪司马社也。"则是王世贞以后，即由汪氏主持文柄。钱谦益《列朝诗集小传》（丁下）论俞安期诗，谓："尝以长律一百五十韵投赠王元美，元美为之倾倒。已而访汪伯玉于新安，访吴明卿于下雉，皆与结社。"当亦是指白榆社而言。

(六七) 丰干社

《四库总目提要》一七八卷："《方建元诗集》，明方于鲁撰。……于鲁初以制墨名，后与汪道昆唱和，遂投入丰干社中，然世终称其墨也。"案提要语本朱彝尊《静志居诗话》，今丰干社事无考。

八

天启以后，怡老之会社不复举行，除纯粹诗社外，颇多专研时文之社。此风气创自万历间，而明末尤盛。即当时好作政治活动之结社，亦多自时文社蜕变的。这二者是启，祯间的新风气。

现在，先述纯粹的诗社。

(六八) 白门社

此为黄居中弟子们所组织之诗社。居中字立父，一字明立，晋江人，万历乙酉举人，除上海教谕，历南国子监丞，迁黄平知州，不赴，有《千顷斋集》。李维桢《黄明立集叙》云："今国子先生晋陵黄明立者，致谕上海，擢助教，迁监丞，三仕不离皋比席，然皆德选，非常除左官比。……明立门下多名士，顷日留京诸郎数十人为白门社。"（《大泌山房集》卷十）陈田《明诗纪事》庚签卷十四下亦有黄氏《闰冬社集永庆寺因登谢公墩》诗。

(六九) 北山诗社

此为许樵诸人所结之诗社。樵字岩长，莆田布衣。郑王臣《兰陔诗话》云："岩长与同里吴元翰、张隆父、林希万、黄汉表、卢元礼、高彦升、陈肩之、林彦式诸君结北山诗社。"《明诗纪事》庚签卷三十上有许樵《社期阻雨有怀远游诸丈》诗。

(七〇)海门社

此为阮自华等组织之社。自华字坚之，万历戊戌进士，历官庆阳邵武知府，有《雾灵集》。钱谦益《列朝诗集小传》称其为人跌宕疏放，晚为郡守，不视吏事，宾客满堂，分简赋诗，有风流太守之号。《怀宁县志·文苑传》："大铖从祖阮自华，始迁怀宁，与吴应钟、刘钟岳等结海门社。"

(七一)鸳 社

鸳社之集，起于谭贞默。贞默字梁生，号扫庵，昌言子。崇祯戊辰进士。沈季友《檇李诗系》云："当万、天间，风雅衰落，经生有不知四声者；贞默创立鸳社，集里中诸名士，岁时征咏，共相切劘。"（卷二十）惜此社鲜知名士，故不久即烟消云散，为世所忘。朱彝尊《静志居诗话》云："鸳社之集，谭梁生偕会嘉（李肇亨）和之，先后赋诗者三十三人，事未百年，而闾阎故老已莫能举姓氏。"又云："鹿柴先生（王廷宰）占籍嘉兴，注名鸳水诗社。"案《明诗综》卷七十一录项真《社集分赋得竹林》诗，谭贞和《社集分赋得金谷》诗，考真字不损，秀水儒学生，贞和字闻仲，昌言次子，疑此二人亦鸳水诗社中人。

(七二)竹西续社

此为梁于涘诸人所组织。于涘字饮光，一字湛至，江都人，崇祯癸未进士。《扬州府志》谓："于涘少有诗名，与郑元勋（超宗）、郑为虹（天玉）等结竹西续社。元勋影园开黄牡丹，远近征诗，以番禺黎遂球诗第一，于涘次之。"案梁郑亦名列复社，是否此竹西社并入复社，无明文记载，不可考。此社在江都，一时寓贤大率入社。即黎遂球黄牡丹诗，据其题为《扬州同诸公社集郑超宗影园即席咏黄牡丹》），则知系一时社集之作，非关征赋。杨廷撰《一经堂诗话》谓："士修薄游广陵，时南海欧桢伯主竹西坛坫，士修奉之为师。"案士修姓葛名幼元，南通州人。又《明诗纪事》辛签卷八下：李待问字存我，松江华亭人，崇祯癸未进士，有《广陵同郑超宗诸子郊外宴集》诗。知欧大任、葛幼元、李待问诸人均皆入社。梁于涘有《竹西亭》诗，竹西之名当取义于此。

(七三)南园诗社（丙）

南园诗社自两度修举后，至明季，又由陈子壮诸人修复之。子壮字集生，南海人。万历四十七年以进士第三人授翰林编修，天启四年，典浙江乡试，以忤魏忠贤削籍。崇祯以后，以故官起用，嗣后历事福王、唐王等，事败被戮。结社之举，盖在天启削籍以后。屈大均《广东新语》谓："诃林净社始自陈宗伯子壮，而宗伯复修南园旧社，与广州名流十有二人倡和。"据李健儿《陈子壮年谱》谓："崇祯十一年戊寅，公四十三岁。公既辟雪涝别墅，寄情诗酒，徜徉于山水之间。先是公尝修禊南园。至是公与弟子升，门人黎遂球，友人欧主遇、僧通岸等十二人复修南园旧庄，世号南园十二子。"则是天启削籍以后曾两度举社。又案佚名氏《陈文忠公行状》云："公既归，辟云涂别墅于城北白云山中，寄情诗酒，复修南园旧社，一时诸名流，区启图名怀瑞，曾息庵名道唯，高见庵名赍明，黄石佣名圣年，黎洞石名邦瑊，谢雪航名长文，苏裕宗名兴裔，梁纪石名佑达（一作佑逵），区叔永名怀年，黎美周名遂球，及公季弟名子升，共十二人，称南园后劲。"此文附《胜朝粤东遗民录》中。但《胜朝粤东遗民录》于《欧主遇传》又称："崇祯己卯（十二年）主遇与陈子壮、子升兄弟及从兄必元，区怀瑞、怀年兄弟、黎遂球、黎邦瑊、黄圣年、黄季恒、徐荣、僧通岸等十二人修复南园旧社，期不常会，会日有歌伎侑酒。后吴越江楚闽中诸名流亦来入社，遂极时彦之盛。"（卷二）二文所记人名，稍有出入，当系传闻之误。《陈子壮年谱》谓："曾道准、高赍明、谢长文、苏兴裔、梁福逵五人，不见欧主遇《忆南园旧社诸子》诗中，盖后加入者。"所见亦是。

（七四）山茨社

此为杨麓诸人所结之社。麓字出云，南通州人，诸生，有《竹柳堂》、《西林社》、《自怡》等集，杨廷撰《一经堂诗话》谓："斗云与里中范十山、孙皆山、胡麟分结社山茨。其诗钩棘索隐，沾染钟、谭习气。"又案《明诗纪事》庚签卷三十上："汤有光字慈明，南通州人，有《慈明集》。慈明入范异羽山茨社，近体时有警动之作。"案范凤翼字异羽，亦南通州人。又辛签卷二十九："凌潞庚字季元，南通州人，诸生，有《郑圃草》。"并引《山茨社诗品》云："《郑圃草》如市中贾客，无物不有，不必皆希世之珍。"大约此社皆南通人。

（七五）雪社

张瀚《奚囊蠹余·附录》下录张垮诗，有《余缔雪社于湖上，汪然明建白苏祠成，同社合赋，兼邀然明入社》诗。案垮字幼青，仁和诸生，崇祯庚午恩贡，癸酉顺天副榜。

（七六）陶社

《海昌艺文志》卷四谓："余懋学字士雅，号敏公，由廪生副榜官当涂县丞。归构不亩园，吟咏其中，与郭浚、葛征奇等结社号陶社。"案葛征奇字无奇，号公龛，崇祯戊辰进士，有《芜园诗集》六卷，《四库存目提要》称其颇有闲适之致。

(七七)星社

周亮工《书影》谓："庚午（崇祯三年）秋，吴众香开星社于高座寺，时社惟予与余姚黄太冲、桐城吴子远，年皆十九（案周亮工万历四十年生，黄宗羲万历三十八年生，似非同年）。若抚（林云凤字若抚，长洲人）赋诗赠予辈曰："白社初开士景从，同年同调更难逢。谁家得种三株树，老我如登群玉峰。书寄西池非匹鸟，席分东溪有全龙。慈恩他日题名处，十九人中肯见容。"星社社事可知者仅此。

(七八)萍社（乙）

萍社为钱光绣诸人所组织。《海昌艺文志》卷二十三引《黛云馆赘语》云："《萍社诗选》一册，系刊本。乐府古今体诗并诗余计八卷。前有王辽东（思任）、陈木叔（函辉）两先生序，刊于崇祯丁丑（十年）。诗以体分，人以齿序。萍社为明宁国太守钱岂尘先生寓居于硖，其长君蛰庵执牛耳者。其凡例有云，尚拟举一大社，以花朝重阳为期，一日专课帖括，一日兼试诗古文词，一日校习骑射，亦足见其情兴之豪已。"案是社凡十九人，海宁则周璇、郭濬、查继佐、吴惟修、郜鼎，嘉兴则李明岳、王翃、王庭、郑雪舫，秀水则陆钿、蒋之翘，崇德则周九罴，鄞则钱肃乐、钱光绣、张嘉昺，沁水则张道浚，蒲田则刘复，吴中则浮屠大皛、浮屠林璧。（见《甬上续耆旧诗》卷五十二）

(七九)沧鸣社

(八〇)彝社

(八一)遥通社

(八二)介社

(八三)广敬社

(八四)澄社

(八五)经社

(八六)碾绿社

吴山嘉《复社姓氏传略》："邹质士字孝直，与高克临、刘雪符等结碾绿社，逍遥琴樽杖席之间。"案事见黄宗羲《高克临墓表》。

(八七)淮臻诗社

吴山嘉《复社姓氏传略》:"秦德滋字以巽,无锡人,崇祯癸酉副贡生,工诗,与华淑、黄传祖辈结淮臻诗社。"(见《无锡金匮志》)

全祖望《钱蛰庵征君述》:"公讳光绣,字圣月,晚号蛰庵。先生少负异才,随侍其父侨居硖石,因尽交浙西诸名士,已而随侍游吴中、宛中、南中,尽交江左诸名士。是时社会方殷,四方豪杰俱游江、浙间,因尽交天下诸名士,先生年甫及冠也,而宿老俱重之。硖中则有澹鸣社、萍社、彝社,吴中有遥通社,杭之湖上有介公社,海昌有观社,禾中有广敬社,语溪有澄社,龙山有经社,先生皆预焉。"(《鲒埼亭集·外编》卷十一)案这些社的性质很难考知,萍社知为诗社,观社知为文社。此外以未能确定,姑附于萍社之后。

九

上述各社,都是能举其名的社,此外,还有许多仅知其结诗社而不能举其名,现在亦依次叙述之。

(八八)俞允诸人之结社

俞永初名允,字嘉言,松江华亭人。洪武甲戌进士,有《春曹诗稿》。《松江府志》:"嘉言少好学,与袁海叟、陶京仪、陆达夫、陈主客伯仲结诗社,呼为小友。"案此社或在元季。

(八九)凌云翰诸人之结社

云翰字彦翀,钱塘人,《明诗综》卷十四录其《清江文会诗为崔驿丞赋》:"清江之水如练澄,盍簪此地皆良朋。一钱尚怀会稽守,二松好效蓝田丞。忘机鸥鸟偶到座,入馔鲈鱼还可罾。兰亭陈述在图画,新诗莫惜传溪藤。"

(九〇)江敬弘诸人之结社

江敬弘字斐然,休宁人,有《斐然集》。程敏政《新安文献志》:"斐然师赵东山,博学能诗,洪武初以吏谪濠梁,时会稽唐肃、钱塘董喆、吴中王端、临川元瓒、甬东王胄、天台梁楚材、刘昭文,皆谪居濠上,相与结诗社,后免归。"

(九一)聂大年诸人之结社

聂大年字寿卿,临川人,宣德末用荐为仁和训导,迁常州教谕,景泰初征入翰林,有《东轩》、《洽斋》二集。案《东轩集·补遗》有《社集湖楼》一首云:"往时秋未半,裙屐集高楼。挈钵催诗句,折花传酒筹。主人扶大雅,余子足风流。不觉夕阳暮,刺舟清夜游。"(《武林往哲遗著》本)

(九二)王弼诸人之结社

弼字存敬，黄岩人，成化乙未进士，官兴化知府，有《南郭集》。钱谦益《列朝诗集小传》丙："存敬早有诗名，为郎时与杨君谦结社。"

(九三)魏时敏诸人之结社

时敏字竹溪，蒲田人。黄仲昭《未轩集》："其在无锡及家居，皆倡一时名胜为诗社。年八十余犹未尝一日废吟事也。"

(九四)汤琮诸人之结社

汤琮字磐庵，金齿卫人。袁文典《滇南诗略》："磐庵正统间与同郡陶宁、张志举、程广、曹遇结诗社。"

(九五)刘储秀诸人之结社

刘储秀字士奇，咸宁人，正德甲戌进士，官户部兵部尚书。《明诗纪事》戊签卷六："尚书为部郎时，与僚属薛君采（蕙）、胡承之（侍）、张孟独（治道）倡和为诗社，都下号西翰林。"

(九六)陆光宙诸人之结社

《静志居诗话》卷十四："陆光宙字与尝，平湖人，隐居郊园，与宋旭初旸、璩之璞君瑕辈一十八人结文酒之社。晚梦一道士持陶靖节小像索题，谛视之即己也。题云：'在晋为渊明，躬耕辞五斗。昔以节自持，今惟义自守。千载复归来，春风吹五柳。曾识白莲人，远公是吾友。'盖十八人中有白莲道人如本也。"

(九七)叶春及诸人之结社

春及字化甫，归善人，嘉靖壬子举人，官户部郎中，有《絅斋集》、《明诗综》卷四十八录其《访詹思亭先生巢云书院兼呈社中诸友》二首。

(九八)魏学礼诸人之结社

朱孟震《玉笥诗谈》下："魏学礼字季朗，长洲人，以贡入太学，初与刘侍郎子威（凤）游，结社相倡和，有《比玉集》。"案魏氏加入青溪社在其后。《静志居诗话》称"子威局守唐无古诗一语，叹为知言，其诗襞积篡组，节节俱断"，与青溪社作风亦不同。

(九九)邵景尧诸人之结社

邵景尧字熙臣，象山人，万历戊戌第二人及第，授编修，迁左谕德有《邵太史集》。倪劼《彭姥诗搜》："谕德少有才名，与甬上杨守勤等结社赋诗，号浙东十四子。"案守勤字昆阜，疑此与甬上诗社有关。

(一〇〇)朱大启诸人之结社

大启字君舆，别字广源，为朱彝尊之伯祖。《静志居诗话》云："先伯祖晚爱结方外社，与秋潭、萍踪、雪峤诸法侣游，更唱迭和，故《曼寄轩集》禅诵之言居多。"

(一〇一)安绍芳诸人之结社

安绍芳字茂卿，无锡人；国子监生，有《西林集》二十卷。案《西林集》未见，《明诗纪事》庚签卷二十七录其《月夜社中诸子饮余水阁，因诵唐人淮水东边旧时月，夜深还过女墙来，遂用为韵，得时字》诗。诗云："六代兴亡地，千秋绝妙词。与君重对酒，怀古有余思。恨逐寒潮尽，欢留夜月迟。不须商女唱，已是断肠时。"则此社似在金陵。

(一〇二)朱统铚诸人之结社

朱统铚字梦得，中尉谋玮子；崇祯甲戌进士，官行人。有《滕王阁留别同社》诗云："春风吹雁过南天，又促孤踪远入燕。高阁喜从名士饮，轻装仍附贾人船。江花伴我程千里，云树添君赋几篇。只有诗情元不隔，相思能到彩毫边。"

(一〇三)朱珵圻诸人之结社

《列朝诗集小传》："恬烷子辅国将军珵圻，与珵�、珵瑠、珵墭四人结社，日课以诗，藩国于是称多才矣。"案珵圻字京甫，有《怡真亭稿》；珵瑠字纯甫，有《玉田集》；珵埮号玉溪，珵墭号龙州。

(一〇四)姚宗昌诸人之结社

宗昌字临初，长洲县学生，有《鸣螀草》。《明诗综》卷七十六录其《兰皋社集诗》。

(一〇五)路泽农诸人之结社

泽农字安卿，曲周人。《明诗综》卷八十六录其《立冬日洞庭山社集看菊》诗。

(一〇六)余集生友夏诸人之集社

方苞《石斋黄公逸事》云："黄冈杜苍略先生客金陵，习明季诸前辈遗事，尝言崇祯某年，余中丞集生与谭友夏结社金陵，适石斋黄公来游，与订交，意颇洽，黄公造次必于礼法，诸公以响之而苦其拘。"（《望溪先生文集》卷九)

(一〇七)吴酚诸人之结社

吴山嘉《复社姓氏传略》："吴酚字众香，住城南（按指安徽歙县）委巷，举文社于天界寺，集者近百人，拈题二首，未午而罢。"案此当是临时结合，与一般社集不同。

类此诸例，恐亦不在少数，可惜明人诗文集比较难得，参考不便，假使能遍读明人诗文集，一定可有更多的材料。

十

自万历以后专门研究八股文的文会始逐渐盛行。有不能举其名的，如：

(一〇八)袁宏道诸人之结社

见《明史·文苑·袁宏道传》及《公安县志》。

(一〇九)郝惟顺李维桢诸人之结社

见李维桢《大泌山房集》卷二十六《奇正篇序》。

(一一〇)陈瑚诸人之结社

王流《鉴舟园稿》称："先生年十五，与同志陆桴亭（世仪）、盛寒溪（敬）、江药园（士韶）结文会。年二十五，始与三人约为圣贤之学。"案陈瑚生于万历四十一年，年十五时，为崇祯元年。

此外，比较早一些的则有：

(一一一)邑社（甲）

陆世仪《复社纪略》卷一谓："粤稽三吴文社最盛者，莫如顾文康公之邑社，社友十一人，如方奉常、魏恭简辈后皆为名臣。"案顾文康公名鼎臣，字九和，昆山人，弘治十八年与魏恭简（校）同年成进士。

(一一二)恽日初诸人之结社

缪荃孙《艺风堂文漫存·乙丁稿》四："《逊庵先生文录跋》：'武进单仲升先生名日初，号逊庵，又号黍庵。崇祯癸酉副榜，与苏州杨廷枢、钱禧等共结文社，负盛名。'"

(一一三)南社（甲）

(一一四)北社

《复社纪略》一谓："嗣后归熙甫有光为南、北二社，一时文学之士霞布云蒸。"

在万历间则有：

(一一五)知社

《复社纪略》一："陈晋卿（允升）、许公旦（承周）、顾茂善改为知社，而其后顾实甫（绍芳）、王幼文（炳璿）继之，后先增美。"

(一一六)颍上社

见李维桢《大泌山房集》卷一三三《颍上社草后语》。社凡六人，知名者有潘之恒，字景升，歙人。

(一一七)芝云社

见同上《芝云社稿序》。社在杭州，潘之恒游杭时，亦入其社。

(一一八)谈成社

见《大泌山房集》卷二十六《谈成社草序》。

(一一九)江阴四子社

见同上《江阴四子社稿序》。

(一二〇)十六子社

松江旧有十六子社，董其昌、唐文献等入社，此在几社前，见《静志居诗话》。

(一二一)正心会

赵南星《正心会示门人稿后序》云："经义，发明吾儒之道者也，今所言者，非吾儒之道而释氏之道也。……诸生不以余为迂拙，就予会文……是故名其会曰正心，盖窃取孟子距杨墨之意。"

(一二二)汝南明业社

见罗万藻《此观堂集》卷四《汝南明业社序》。

(一二三)持社

见同上《持社序》。

(一二四)平远堂社

见艾南英《天佣子全集》卷三《平远堂社艺序》。

(一二五)因社

(一二六)广因社

见同上《国门广因社序》。

(一二七)瀛社

见同上卷四《瀛社初刻序》。

(一二八)素盟社

见倪元璐《倪文贞公文集》卷十六《题素盟社刻》。

(一二九)聚星社

见鹿善继《认真草》卷六《寄社中友》。文谓："聚星一社颇为人口脍炙，即生所藉诸友以重者，宁直雕龙绣虎之辞章，黄甲青云之名位，唯是言有坛宇，行有坊表，往常所与诸友反覆而谈者，期无相负。"

(一三〇)辅仁社

见鹿善继《三归草》卷一《辅仁社草初集、二集序》。

(一三一)丹白社

见同上《丹白社草序》。

(一三二)观社

(一三三)晓社

(一三四)旦社

沈起孟《查东山继佐年谱》："崇祯己卯（十二年），海昌诸君子稍稍有异同。在邑则范文白、朱近修选观社；龙山则徐邈思、沈闻大亦有晓社之选；先生自吴门归欲平意见，乃合诸公之文而归于一，名旦社，而两社之刻遂止。"案《海宁志》云："张华字书乘，号瑶圃，少与邑中诸文士结观社，操觚角艺，名噪两浙。"

(一三五)昌古社

黄宗羲《南雷余集·两异人传》："诸士奇，字平人，姚之诸生也。崇祯间，与里人为昌古社，效云间几社之文。"案诸士奇即明亡后遁迹日本之朱之瑜。

尤其特别的，则为随社。

(一三六)随社

艾南英《天佣子集》卷二《随社序》云："麻城王岊生自黄州入南昌，上广信，至临川，梓其征涂所录，名曰随社，而以弁言见属。"此只是沿途结交选文，而亦称为社，那真离结社的形式更远了。

十一

诗社与文社有根本不同的一点，即是诗社多不问政治，而文社则多干预政治。陆世仪《复社纪略》云："令甲以科目取人，而制义始重。士既重于其事，咸思厚自濯磨，以求副功令，因共尊师取友，多者数十人，少者数人，谓之文社，即此以文会友，以友辅仁之遗则也。好修之士以是为学问之地，驰骛之徒亦以是为功名之门，所从来旧矣。"这正说明了文社的性质与特征。所以在诗社发达的时候，大家躲在象牙之塔，不问世事，至如西湖八社及怡老会等更以谈俗务为禁，因此也决不会引起政治问题。至于文社一发达了，很自然的会牵涉到政治运动，因为入社动机，本以是为功名之门。至于明代社事，所以由诗社而转变到文社，也自有其政治上或经济上的原因。明季政治，一天天的向黑暗道上走去，日趋于腐蚀，所以稍有天良，稍有远见的诗人，也就不能安于象牙之塔，不得不与现实政治相搏斗了。明太祖洪武二年诏天下立学，当时即颁订戒条，命礼部传谕。其中有一条，即是不许生员干政："天下利病，诸人皆许直言，惟生员不许。"（见《涵芬楼秘笈》本《松下杂钞》卷下）所以明代的秀才们也是最驯良的。可是驯良也得有个限度，待到政治腐蚀得不堪设想，只要有一二分正义感的人自然也会看着忿激。所以明代竭力想压制生员干政，而结果因于政治自身的腐化，反激成了秀才的造反。由经济言，在这种"万税"的政治之下，经济也只有日趋于崩溃，再要想如以前之流连诗酒，逍遥林下，也为事实上所不可能。所以到后来，逸老会的组织要置社田了。而这种风气，在万历以后也就不大听到了。经济条件也不得不使结社风气，由诗社转变到文社。在此种条件之下，即文社也很难保持它以文会友的本色，而不得不加速度地转变到热辣辣的政争与党争中去。

文人也多意志薄弱之流，在当时，有正义感而奋起的人固然不少，而只顾一己利益，迎合阉党的也未尝没有。因此，君子有社，小人亦有社。只因君子之社，是堂堂之阵，正正之旗，是正义的呼声，故其政治行动为一般人所周知。而小人之社，则为鬼为蜮，结党营私，常有不可告人之隐，所以他们的组合，虽也想与敌党对抗，但是一切行动，总觉暧昧一些，所以这些集团，由表面看来，反同纯粹文人的结社一样，看不出他们政治上的意见与行动。

（一三七）中江社

朱倓《明季桐城中江社考》云："中江社之首领，为桐城阮大铖。明季社党之争，都置国事于不顾，内忧外患，熟视无睹。大铖始与东林党为难，而北都以亡；终与复社为难，而南都以亡。中江社之设，殆与东林党暗争以后，又与小东林党之复社暗争者也。此社记载寥寥，殆以阮大铖为明季奸臣，清初贰臣，入其社者，人皆讳之。"（《历史语言研究所集刊》一本二分）只就"人皆讳之"一点而言，就可知当时社党之争，是非黑白之所在。固然，复社方面也不是没有贰臣如钱谦益之流，也不是没有小人如潘映娄之流，不过就大体言之，千秋论定，总觉得复社是站在正义的立场，这是无可否认的。执政者尽管如何滥用权势，摧残正类，然而清议自在，公道不灭，只可取胜于一时，不可取信于后世。假使执政者在迷梦既醒之余，当亦自悔其失策。然而此迷梦不到无可挽回的时候，总是不易醒的，人间的悲剧所以不绝于历史上者以此。

中江社的人物，据桐城人钱秉镫少子扬禄所撰《先公田间府君年谱》云："壬申（崇祯五年），邑人举中江大社，六皖知名士皆在。"则可知中江社虽带些地方性，但也极一时之盛。社中首事为潘映娄字次鲁号复斋，方启曾字圣羽号侨伻。潘为阉党汝桢子，方则大铖门人；此二人初亦列名复社，后遂加入大铖之社。此外，则钱秉镡、秉镫兄弟亦入其社。秉镡字幼安，秉镫字幼光号田间，更名澄之，字饮光。饮光后以方以智之劝戒，始脱离中江社而入复社（见《田间年谱》）。但于《留都防乱公揭》则未曾列名。

朱倓谓："中江社有明文可考者，仅阮大铖及上列四人；所谓六皖名士及六皖以外之人必尚多。《咏怀堂·戊寅诗卷》下，为同社豹叔钱文蔚校，诗中称豹叔者亦多，其为中江社，抑为群社，不可知矣。阮之门人入社者，方启曾外必亦有之。如《咏怀堂·辛巳诗》为门人齐惟藩价人、钱二若次倩校；《辛巳诗序》为夏口门人张福乾撰；其时南海邝露亦为其门人，《咏怀堂诗》首四卷为其所校，且有序，而大铖亦有《邝公露从岭南相访感赋》一首，中有句云'乐是陬隅谣，避此螳蛄地，万里就芦中，吟觞籍相媚'，则邝露殆亦中江社中人乎？"

(一三八)群社

中江社是阮氏在皖时所组织，此时阮氏殆想借诗社之名，以掩盖自己的前愆，以掩护自己的劣迹。群社则是阮氏在南都时所组织。此时阮氏颇想作政治活动，羽翼既丰，门庭若市，所以引起了复社诸人之注意。阮大铖《咏怀堂诗》有《群社初集共用群字》一首。群社之事迹更不可考，大约为时甚暂，自《留都防乱公揭》发表以后，阮既自知敛迹，群社遂亦无形涣散了。

十二

复社，是明季许多文社的大结合，所以在论述复社以前，先须把这些小集团叙述清楚，然后可知其并合之迹。复社的中心组织是应社，而应社本身已经吸收了若干小集团。论到复社最初的结合，是燕台社；而复社最近所受的影响，则是拂水山房社。

(一三九)燕台社

燕台社亦称燕台十子社，是张溥赴京时所组织。杜登春《社事始末》云："是时娄东张天如先生溥，金沙周介生先生钟，并以明经贡入国学，而先君子登辛酉贤书，夏彝仲先生允彝亦以戊午乡荐偕游燕市，获缔兰交，目击丑类猖狂，正绪衰息，慨然结纳，计立坛坫，于是先君子与都门王敬哉先生崇简，倡燕台十子之盟，稍稍至二十余人。□□（案据《明诗综》卷七十六当作宛平）米吉士先生寿都、闽中陈昌箕先生肇会、吴门杨维斗先生廷枢、徐勿斋先生汧、江右罗文止先生万藻、艾千子先生南英、章大力先生世纯、朱子逊先生健、朱子美先生徽、娄东张受先先生采——即天如之弟（案此误）、吾松宋尚木先生存楠后改名征璧者，皆与焉。"则是燕台社组织之动机，已是对于污浊政治之反抗。此后的牵涉政治问题，无宁谓为当然的了。

（一四〇）拂水山房社（甲）

（一四一）拂水山房社（乙）

拂水山房社为应社之前驱。陆树楠《三百年来苏省结社运动史考》、朱倓《明季南应社考》，均以应社为受拂水社的影响。案拂水社事初由瞿汝说主持。其子式耜谓："岁甲申（万历十二年）补博士弟子员，时吴下相沿为沓拖腐滥之文；府君与执友邵君濂、顾君云鸿、瞿君纯仁，结社拂水，创为一家言，以清言名理相矜尚。"（《瞿忠宣公集》十）而李延昰《南吴旧话录》则谓："范文若字更生，万历丙午（三十四年）举于乡，美姿容，以风流自命，与常熟许士柔、孙朝肃、华亭冯明玠、昆山王焕如五人为拂水山房社。"（卷二十四）二书所记社事主持者与年代均不同。窃以为瞿氏所组织之社重在时文，而范氏所组织或兼重诗。二者性质不同，但不知究竟有没有先后连续的关系。现在，瞿汝说主持之社，可考的材料较多。范文若所主持的，已不尽可考了。

瞿汝说字星卿，号达观，顾云鸿字朗仲，学者私谥为孝毅先生（《明诗纪事》庚签卷十九称为昆山人），瞿纯仁字元初，均见杨振藻《常熟县志》。县志并谓："纯仁大父依京，钱宗伯谦益表其墓，所称瞿太公者也。太公布衣节侠，奇纯仁才，构精舍数楹，直拂水岩下，资以薪水膏火，俾纯仁读书。取友如瞿汝说、顾云鸿、钱谦益、邵濂辈，皆乐与纯仁游处；拂水文社遂甲吴下。"（卷二十《文苑》）则似社中尚有钱谦益。实则钱氏并未加入其社。钱氏《初学集·瞿元初墓志铭》云："君讳纯仁，字曰元初。祖曰南庄翁，布衣节侠，奇君之才以为能大其门，买田筑室，庀薪水膏火以资士之与君游处者。君所居北山面湖，有竹树水石之胜，而其所取友曰瞿汝说星卿、邵濂茂齐、顾云鸿朗仲，皆一时能士秀民。……故拂水之文社遂秀出于吴下。"（卷五十五）县志所言即据此文，而忽羼入钱氏之名，所以有此误会。钱氏复谓："君等之擅场者，独以时文耳；呜呼，今之时文有不与肉骨同腐朽者乎？君等之名，其将与草亡木卒渐尽而已乎？"可知瞿汝说所主持之社确重时文；只惜范文若所主持的拂水社，性质如何，不可考耳。

(一四二)匡社

匡社亦为时文之结社。陆世仪《复社纪略》云："先是贵池吴次尾应箕，与吴门徐君和鸣时，合七郡十三子之文为匡社，行世已久。"（卷一）后来匡社合于应社，应社再合于复社。

(一四三)南社（乙）

江北之南社，为万应隆诸人所组织。洪亮吉《泾县志》云："万应隆字道吉？……与贵池吴应箕、宣城沈寿民、芜湖沈士柱等，倡文会名南社。"（卷十八）赵知希《泾川诗话》云："余曾祖维生公（司直）当明季时，与同邑万道吉、宣城沈眉生（寿民）及家雪度（初浣）等倡为南社，复合于吴为应社，又谓之复社。"（卷上）社中人物除上举各人外，尚有邵璜字其星、王徽字慎五、徐贞一字俶子、梅朗中字朗三、沈寿国字治先，均见沈寿民《万道吉稿序》（《姑山遗集》卷四）又万应隆吴麻沈合传云："麻三衡字孟璿，宣城诸生。……社事盛，予辈攀援之，令狎主齐盟，未或不沾沾自喜，然亦不甚逐逐也。"（《三峰传稿》）则麻氏似为社中人。万氏入清，尝一应会试，未终场而出；此后虽不仕，然亦不复敢结社以广声气了。其《七十初度》一律有云"晚知此道能亡国，何敢今时尚署门"，则对以前种种且有悔意了。

(一四四)应社
(一四五)广应社

应社之起，本只注重时文。朱彝尊《静志居诗话》云："诗流结社，自宋、元以来代有之。迨明庆、历间，白门再会称极盛矣。至于文社始天启甲子（四年），合吴郡金门檇李，仅十有一人：张溥天如、张采受先、杨廷枢维斗、杨彝子常、顾梦麟麟士、朱隗云子、王启荣惠常、周铨简臣、周钟介生、吴昌时来之、钱旃彦林，分主五经文字之选。而效奔走以襄厥事者，嘉兴府学生孙淳孟朴也。是曰应社。"（卷二十一）案张溥《五经征文序》云："五经之选，义各有托，子常、麟士主《诗》，维斗、来之、彦林主《书》，简臣、介生主《春秋》，受先、惠常主《礼》，溥与云子则主《易》。"（《七录斋集》一）是应社初起亦重在操持选政。后来声誉日隆，吴昌时与钱旃谋推大之，讫于四海，于是有广应社（见《七录斋集》卷一《广应社序》及《再序》），而万应隆等也都来参加了。大抵应社之广，以得南社之力为多。故计东《上吴伟业书》亦云："大江以南主应社者，张受先、西铭、介生、维斗，大江以北主应社者，万道吉、刘伯宗、沈眉生。"社中人物，自广应社后，始网罗各方才杰，除上举各人外，长洲有徐九一（汧），丹阳有荆石兄（艮），吴江有吴茂申（有涯）、松江有夏彝仲（允彝）、陈卧子（子龙），江西有罗文止（万藻）、黎友岩（元宽），福建有陈道掌（元纶）、蒋八公（德璟）。（均见《复社纪略》）所以《静志居诗话》又说：“声气之孚，先自应社始也。”

此外重要的社集则为几社与登楼社，而几社也是由小集团蜕变而来的。

（一四六）昙花五子社

（一四七）小昙花社

杜登春《社事始末》云："先是，吾松文会有昙花五子，先王父与张侗初先生溥、李素我先生凌云、莫涵甫先生天洪，暨我伯祖十远公讳林者，同砚席，齐名一时，为松人所矜式。"这是所谓昙花五子之社。杜氏又云："涵甫子寅赓先生俨皋，与先君子（杜麟征）有小昙花之约。陈无声先生所闻——即卧子之父、唐尹季先生允谐、章少章先生闇、吴澹人先生桢、朱宗远先生灏、唐名必先生昌世、唐我修先生昌龄、俞彦直先生竑、焦彦宏先生维藩、王默公先生元，皆出侗初宗伯之门，并以课业称祭酒。"这又是所谓小昙花社的情形。

（一四八）几社

几社为夏允彝诸人所组织。应社之广，夏氏与陈子龙本亦列名其中，而夏与张溥又一同参加燕台社，所以几社与复社之关系最密。但是几社虽参加复社，而作风与复社不同，又常保持其独特的性质。假使说复社是政治性的，则几社是文艺性的；假使说复社是文艺性的，则几社又可说是学术性的。杜登春《社事始末》云："丁戊之际（天启七年崇祯元年），杨维斗以太学生上言魏忠贤配享文庙一事，几堕不测。戊辰会试，惟受先（张采）、勿斋（徐汧）两先生得隽，先君子（杜麟征）仅中副车，与诸下第南还，相订分任社事，昌明泾阳之学，振起东林之绪，以上副崇祯帝崇文重道，去邪崇正之至意。于是天如、介生有复社国表之刻；复者，兴复绝学之意也。先君子与彝仲有几社六子会义之刻；几者，绝学有再兴之几而得知几其神之义也。两社对峙，皆起于己巳之岁（崇祯二年）。余以是年生，生之时作汤饼，两郡毕贺，社事之有大会，自贺余生始也。娄东、金沙两公之意主于广大，欲我之声教不讫于四裔不止；先君子与会稽先生之意，主于简严，惟恐汉宋祸苗，以我身亲之，故不欲并称复社自立一名，尽取友会文之实事，几字之义于是寓焉。"这是几、复二社不同的地方。所以国表之刻，则尽合海内名流，而几社会义，则只限于夏允彝（彝仲）、杜麟征（仁趾）、周立勋（勒卣）、彭宾（燕又）、徐孚远（闇公）、陈子龙（卧子）六人。他们切实治学，既不预闻朝政，而又无虚矫习气，不欲树立门户。所以《社事始末》又说"六子自三六九会艺、诗酒唱酬之外，一切境外交游，澹若忘者；至于朝政得失，门户是非，谓非草茅书生所当与闻，而以中原坛坫，悉付之娄门、金沙两君子，吾辈偷闲息影于东海一隅，读书讲义，图尺寸进取已尔。"这是应社初起时的态度。不仅如此，后来再转变方向，研究古学，但是依旧保持以前严肃的态度，绝不旁骛及于政事。王沄《春藻堂燕集序》谓："崇祯四年，夏、陈诸人始肆力为古文辞。"而五年所选刻的，就有《几社六子诗》与《几社壬申文选》，不限于举业了。陈子龙《壬申文选•凡例》谓：

> 文史骚赋，异轨分镳；临邛龙门，未兼两制。自兹以后，备体为难；典则之篇，尤穷时日。何得藉口壮夫，呵为小道。文当规摹两汉，诗必宗趣开元；吾辈所怀，以兹为正。至于齐梁之瞻篇，中晚之新构，偶有间出，无访斐然。若晚来之庸沓，近日之俚秽，大雅不道，吾知勉夫！
>
> 文人浮薄，古今所疑。轻毁前贤，非轧侪辈；吾党深绝，实鲜其人。寥寥余子之言，卿当第一之语，虽以一时所快，终非雅士所宜。若乃千玄纂向秀之书，延清攘希夷之句，事同盗侠，匪独轻浮。巧者勿矜，拙当自勉。
> (《陈忠裕全集》卷三十)

即此已可看出他们态度之严肃。但是时事日亟，国事日非，使这辈严肃治学的人也不得不转变其态度。大抵愈是治学严肃的人，其处事也比较认真。所以他们不仅广声气，反比复社要更进一步，参加实际的工作。东林党魁顾宪成本已这样说过："官辇毂，念头不在君父上；官封疆，念头不在百姓上；至于山间林下，三三两两，相与讲求性命，切磨德义，念头不在世道上；即有他美，君子不齿也。"（见《明儒学案》卷五八）所以几社中人，即由讲求学问，一变而为讲求事功。夏允彝《序陈李唱和集》谓："二人（陈子龙、李雯）皆慨然以天下为务，好言王伯大略。"而他自己也尝谓："坐论节概，好同恶异，不知救时之策，后世论成败者将与小人分谤。"（见侯元涵《夏允彝传》）黄节《徐孚远传》论到社事，谓："方明之季，社事最盛于江右，文采风流往往而见，或亦主持清议，以臧否为事；而松江几社独讲大略。时寇祸亟，社中颇求健儿侠客，联络部署为勤王之备。主其事者，夏允彝、陈子龙、何刚与孚远也。"（《国粹学报》三十三期）崇祯十一年，徐孚远与陈子龙、宋存楠辑《皇明经世文编》五百四卷，亦可见他们用心所在。至弘光元年，清豫王兵至南京，六月行薙发令，夏、陈、徐诸人遂起兵，虽事终不成，然而气节之盛，就为他社所不及。这也由于他们作风一向严肃的缘故。

以这样严肃的态度结社，社务当然日臻发达，由六人而至百人，由尘封坊间的几社会义，至三省贾人以重赀请翻刻，所以杜登春《社事始末》说："复社之大局虽少衰，而吾松几社之文则日以振。"可惜他们的发展，不重在广通声气，规定非师生不同社。在当时已有人不满，指为朋党之渐，谓苟出而仕宦，必覆人家国（见李延昰《南吴旧话录》）。《社事始末》中论及他们选刻社集的情形，亦谓："非游于周、徐、陈、夏之门不得与也。"这固然促成了他们发展的因素，同时也成为促成他分化的因素。于是先有求社、景风社的分裂。

（一四九）求社

（一五〇）景风社

《社事始末》云："求社、景风，两路分驰，似有不能归一之势。……于是谈公叙、张子固、唐欧冶兄弟、钱荀一，有求社会义之刻，以王玠石、名世二公评选之。李原焕、赵人孩、张子美、汤公瑾，有几社景风初集之刻，仍托阎公名评选。……骎骎乎有求社与几社并立之势矣。"然而分化的情形还不止于此。

（一五一）雅似堂社

《社事始末》云："壬午（崇祯十五年）之冬，周宿来先生茂源与陶子冰修恽、蒋子驭阂雯阶、蔡子山铭岘、吴子日千骐、计子子山安后改名南阳，集西郊诸子为一会，有雅似堂之刻。此景风之分枝也。"

（一五二）赠言社

《社事始末》云："彭燕又先生率其徒顾子震雉镛，即改名大申字见山者，举赠言社，亦有初集之刻，似乎求社之分枝，而实几社之别派。"

（一五三）昭能社

《社事始末》云："何我抑率其徒，有昭能社之刻。"

（一五四）野腴楼社

《社事始末》云："盛邻汝先生率其徒，为野腴楼小题之刻。"

（一五五）东华社

《社事始末》云："王玠石先生率其徒韩子友一范、闵子山纤崚，有《小题东华集》之刻。"

（一五六）西南得朋会

《社事始末》云："癸未（崇祯十六年）之春，余与夏子存古完淳，有西南得朋之会，为几社诸公后起之局。"在此种社局分蜕的情况之下，几社精神大非昔比，甚至投降满清者也大有人在。即因有许多人只知在时艺中讨生活，根本不了解中国文化的固有精神，所以只图进取，而不知夏、陈诸公所提倡的王霸大略与气节了。这种分化情形一直至清初犹未已，不过从另一方面看来，慷慨就义视死如归的还是以几、复二社的人为多。

由登楼社言之，也是由几个小集团蜕变而成。

(一五七)小筑社

小筑社为读书社之前身。朱倓《明季杭州读书社考》云："小筑社之名起于严氏之小筑山居。嘉庆《余杭县志·严武顺传》云：'兄弟自相师友，力追正始，撰都人士，订业小筑山居，武林社事之盛，实自此始。'据此，则小筑同社之人必多，惜不可考矣。惟严氏兄弟三人必为小筑社之创始者无疑。"（《北京大学国学季刊》二卷二号）今案严调御字印持，武顺字讱公，敕字无赦，一时有三严之目。（《明诗综》七十七录《严敕吾家三兄弟》一首）三严交游，据朱倓《读书社考》有闻子将（启祥）、杨兆开、邹孟阳诸人，或即社中人物。（惟钱谦益《初学集》卷六十有《邹孟阳墓志铭》，不言其结社。）朱氏又据严武顺有《己酉仲春访杨兆开、闻子将二兄于云居晚眺》诗，己酉为万历三十七年，因推知小筑社起于万历之季，或当不误。武顺有月会约，疑即小筑社之规章。约云："迭为宾主，莫如兄弟；人共四姓，会作三班。三邹三会，三严三会，三闻并谶西共三会。相间而举，相续不断。"据是，则不仅闻子将、邹孟阳在小筑社，即闻子将弟兄子有（启桢）、子与，邹孟阳弟兄孝直、叔夏，也都入社了。谶西，疑即杨兆开之号。又据月会约有李流芳疏云："诸君里闬之集，来往无时；而余萍海之踪，交臂可惜。与为别后无益之思，何如只今相对之乐。干糇以愆，虽非所任；伊蒲之供，我亦能设。是用暂假名山之灵，权为一日之主。"是李氏亦参加入社。以是类推，则与武顺相知最契之西安方孟旋、虞山王季和或亦入社。又严武顺启云："况渡侄礼始三加，是五六人中忽又添一冠者。"知严渡也曾入社的。

(一五八)读书社

朱彝尊《静志居诗话》云："杭州先有读书社，倡自闻孝廉子将、张文学天生（元）、冯公子千秋（延年）、余杭三严。后乃入于复社，而登楼社又继之。文必六朝，诗必三唐，彬彬盛矣。"（卷二十一）黄宗羲《郑玄子先生述》云："崇祯间，武林有读书社，以文章气节相期许，如张秀初（歧然）之力学，江道闇（浩）之洁净，虞大赤（宗玫）、仲皜（宗瑶）之孝友，冯俨公（惊）之深沈，郑玄子（铉）之卓荦，而前此小筑社之闻子将、严印持亦合并其间。"（《南雷文案》卷四）则读书社之人物，犹约略可考。大抵读书社受东林影响，故尚气节。丁奇遇《读书社约》云："社曷不以文名而以读书命，子舆氏所称文会，正读书也。今人止以操觚为会，是犹猎社田而忘简赋，食社饭而忘粢盛，本之不治，其能兴乎？"故其约：一定读书之志，二严读书之功，三征读书之言，四治读书之心。而其大端曰养节气，审心地。这是读书社的一种特征。可是，因为又受公安影响，加以武林胜地，环境移人，所以虽主复古，而自有韵致。萧士玮《读书社文序》谓："予至武林，闻子将出读书社诸君子文与予视之，脱口落墨，不堕毫楮，独留一种天然秀逸之韵，倏忽往来，扑人眉端，如山岚水波，风烟出入。"（《春浮园集》上）这也是读书社的一种特征。有此二种关系，所以读书社中人，虽合于复社而并不激烈。黄宗羲讥其"徒为释氏之所网罗"（见《南雷文定后集》卷三《陈夔献墓志铭》），亦属事实。厉鹗《东城杂记》称："东里有报国院，在庆春门城隅，旧为香林廨院，天启初重建。《仁和钱宫赞谦之受益碑记》云：'余与闻子将、严印持诸公，结社其中，即读书社旧地也，'复社名流数丁阳九，标榜太盛，婴马、阮之怒，几罹党祸，而数君子蝉蜕自全，龙潜不见，多以山水禅喜为托，比之申屠蟠、郭林宗有足多者焉。"这自是读书社诸人的态度，然而不免有趋于消极之嫌了。社中人物，详见朱倓《明季杭州读书社考》及陈豪楚《两浙结社考》。至读书社之并入复社，当以严渡之力为多。计东《上太仓吴祭酒书》云："迨戊辰（崇祯元年）西铭先生（张溥）至京师，与严子岸（渡）定交最欢。子岸归，始大合两浙同社于吴门。"

（一五九）登楼社

朱倓《明季杭州读书社考》谓："综合杭州社事观之，小筑社盖起于万历三十七年左右。钱谦益谓'万历中，子将以一书生，握文章之柄'，其明证也。至天启末，始改为读书社。崇祯二年，一方加入复社，一方仍保持其独立态度；崇祯十年，闻启祥、严调御卒，社事似为严渡主持。崇祯十五年，复社大会于苏州之虎邱，杭州登楼社诸子皆与其会，而以严渡为首（见杜登春《社事始末》）。则读书社之改为登楼社，殆在崇祯十年至十五年之间。登楼社亦一方加入复社，一方保持其独立态度，此当时社事皆然。如几社等对外则称复社，对内仍称几社。杭州读书社与登楼社亦同此例耳。"则以登楼社为创于严渡。惟全祖望《陆丽京先生事略》则称："讲山先生陆圻，字丽京，杭之钱塘人也。知吉水县运昌子，兄弟五人，而先生为长。与其弟大行、培，并有盛名。……大行举庚辰进士（崇祯十三年）。当是时，先生兄弟与其友为登楼社，世称为西陵体。"（《鲒埼亭集》二十六）则是登楼社创于陆圻兄弟。而

《浙江通志》又称："张右民于书无所不读，然耻为章句儒，天、崇间舆龙门诸子创为登楼文社。"则又似为张右民所创。案杜登春《社事始末》所举武林登楼诸子有"严子岸先生灏（案当作渡）、严子间先生津、严子餐先生沆、吴锦雯先生百朋、陆丽京先生圻、陆鲲庭先生培、陈元倩先生朱明、吴岱观先生山涛"，独无张右民名，亦不可解。

此外，合于复社的，都是一些不甚可考的小社。

（一六〇）端社

（一六一）邑社（乙）

（一六二）超社

（一六三）庄社

（一六四）质社

陆世仪《复社纪略》一："是时江北匡社、中州端社、松江几社、莱阳邑社、浙东超社、浙西庄社、黄山质社、与江南应社，各分坛坫，天如乃合诸社为一。"

（一六五）闻社

（一六六）则社

（一六七）席社

（一六八）云簪社

（一六九）羽朋社

（一七〇）匡社（乙）

（一七一）大社　一作朋大社

《静志居诗话》："于时云间有几社，浙西有闻社，江北有南社，江西有则社，又有历亭席社，昆阳云簪社，而吴门别有羽朋社、匡社，武林有读书社，山左有大社，佥会于吴，统合于复社。"又称："赵士喆，字伯浚，掖人，贡生；倡山左大社以应复社。"

十三

并合于复社的许多文人集团既已说明，于是可以一讲复社之始末。

（一七二）复社（甲）

（一七三）复社（乙）

（一七四）国门广业社

由复社本身言，实在也曾经过一度蜕变。最初的复社为吴翙诸人所发起。《静志居诗话》云：“崇祯之初，嘉鱼熊开元宰吴江，进诸生而讲艺。于时孟朴（孙淳）里居，结吴翙扶九、吴允夏去盈、沈应瑞圣符等肇举复社。”（卷二十一）又云：“扶九居吴江之荻塘，藉祖父之赀，会文结客，与孙孟朴最厚，倡为复社。既而思合天下英才之文甄综之，孟朴请行，出白金二十镒，家谷二百斛以资孟朴。阅岁，群彦胥来，大会于吴郡，举凡应社、匡社、几社、闻社、南社、则社、席社，尽合于复社。”（同上）则是复社最初组织之时为吴翙诸人。待到张溥举应社以合之而声势始壮。应社之起在先，复社之起在后。计东《上吴伟业书》云：“始庚午之冬，因鱼山熊先生（开元）自崇明宰吾邑，最喜社事，孙孟朴乃与我妇翁（吴翙）尝怀刺谒杨先生（维斗），再往不得见，呵之曰：‘我社中未尝见此人。’我社者，应社也。盖应社之兴久矣。时天下但知应社耳。”考庚午为崇祯三年，应社五经文字之选，孟朴即效奔走之役，而此时已在举行尹山大会之后，维斗不应不识，而呵之为“我社中未尝见此人”，是必吴、孙诸人与应社中人发生意见，故有此情形，而吴、孙等之另立组织，亦必因彼此感情之不相投（见《江苏研究》一卷三期陆树楠《三百年来苏省结社运动史考》）。陆世仪《复社纪略》谓：“吴江令楚人熊鱼山开元，以文章经术为治，知人下士，慕天如名，迎至邑馆，巨室吴氏、沈氏诸弟子，俱从之游学。”当必张溥从京归来之后，以应社主盟资格，而又与吴、沈诸人之关系调剂其间，始合而为一，于是人遂只知复社为张氏所创了。实则复社之兴，必藉吴氏之赀力与张氏之组织，而孙氏复奔走其间，始得有第一次的尹山大会。而复社的基础，始得奠定。这样的复社，已不是地方性的复社，而是全国性的复社了。所以《静志居诗话》谓：“复社始于戊辰，成于己巳。”戊辰是崇祯元年，己巳则是崇祯二年，举行所谓尹山大会之后。大会之时，天如为之立规条定课程曰：“自世教衰，士子不通经术，但剧耳绘目，几幸弋获于有司，登明堂不能致君，长郡邑不知泽民，人材日下，吏治日偷，皆由于此。溥不度德，不量力，期与四方多士共兴复古学，将使异日者务为有用，因名曰复社。”又申盟词曰：“毋从匪彝，毋读非圣书，毋违老成人，毋矜己长，毋形彼短，毋巧言乱政，毋干进辱身。嗣今以往，犯者小用谏，大者摈。”（均见《复社纪略》卷一）这真是一大规模的党团了。天如又于各郡邑中，推择一人为长，司纠弹要约，往来传置。声气之广，组织之密，亦为前所未有。

此后第二次在崇祯三年有金陵大会，第三次在崇祯六年有虎丘大会。《复社纪略》云：“癸酉春，溥约社长为虎邱大会，先期传单四出。至日，山左、

江右、晋、楚、闽、浙，以舟车至者数千余人，大雄宝殿不能容，生公台千人
石，鳞次布席皆满，往来丝织，游于市者，争以复社会命名，刻之碑额，观者
甚众，无不诧叹，以为三百年来从未一有此也。"（卷二）真可算是一时盛举
了。此后，崇祯十四年，张溥暴卒，复社遂失一领袖，虽于翌年壬午又大集于
虎邱，由维扬郑元勋、松江李雯为之主盟，然而此后也就没有大举的集合了。
直至弘光初年，南都新立，有秀水姚瀚北岩者，英年乐于取友，尽收质库所有
私钱，载酒征歌，大会复社同人于秦淮河上，几二千人，聚其文为国门广业
（见吴翌凤《镫窗丛录》一）。黄宗羲因称之为国门广业社（见《陈定生墓志
铭》）。但是这也只能称是一时豪举，却并无甚大的意义。

　　复社组织既如此庞大，声气既如此广通，于是读书会文之社，一变而为势
利之场，也自不能免的。《复社纪略》云：

　　　　复社声气遍天下，俱以两张为宗，四方称谓不敢以字。天如曰西张，居
　　近西也；于受先曰南张，居近南也。及门弟子则曰南张先生、西张先生，后
　　则曰两张夫子。溥亦以阙里自拟；于是好事者指社长赵白、王家颖、张谊、
　　蔡伸为四配，门人吕云孚、周肇、吴伟业、孙以敬、金达盛、许焕、周群、
　　许国杰、穆云桂、胡国鼎为十哲，溥之昆弟十人张浚、张源、张王治、张
　　樽、张涟、张泳、张哲先、张潗、张涛、张应京为十常侍。又有依托门下效
　　奔走展时币者，若黄、若曹、若陈、若赵、若陶，则名五狗。而溥奖进弟子
　　亦不遗余力，每岁科两试，有公荐，有转荐，有独荐。……所以为弟子者争欲
　　入社，为父兄者亦莫不乐其子弟入社。迨至附丽者多，应求者广，才俊有文倜
　　傥非常之士虽入网罗，而嗜名噪进逐臭慕膻之徒亦多窜于其中矣。（卷二）

　　社集至此，已不免变质。杜登春《社事始末》云："娄东（张溥）、金沙
（周钟）之声教，日盛一日，几于门左千人，门右千人，为同心者所忧，异己
者所嫉矣。"迨至为异己者所嫉，于是社务纠纷，遂因此不已。第一件是陆文
声事。《明史·文苑传》称："里人陆文声者，输赀为监生，求入社不许，采
又尝以事抶之。文声诣阙言风俗之弊，皆原于士子溥、采为主盟，倡复社，乱
天下。温体仁方杋国事，下所司。迁延久之，提学御史倪元珙、兵备参议冯元
飏、太仓知州周仲连，言复社无可罪，三人皆贬斥，严旨穷追不已。"第二件
是周之夔事。《明史》又云："闽人周之夔者，尝为苏州推官，坐事罢去，疑
溥为之，恨甚。闻文声讦溥，遂伏阙言溥等把持计典，已罢职实其所为，因及

复社恣横状。章下，巡抚张国维等言，之夔去官无预薄事，亦被旨谯让。至十四年，薄已卒而事犹未竟。"他如温育仁之著《绿牡丹传奇》，以轻薄态度讥诋复社，甚或托名徐怀丹作十大罪檄文，以声讨态度排斥复社，可知当时另一辈人，对于复社是如何的忌嫉了。

由于忌嫉复社，于是给他带顶帽子，加以"小东林"之号。关于这，一般人都替他开脱，甚至如容肇祖的《述复社》一文也以为"不必混为一谈"。实则加以名目者固然别有用心，而替他开脱也大可不必。本来，东林之称也是小人者所加的名目，既有一股正义感，就何忌何惮，何必再顾到别人所加的名目。《社事始末》说："慨自熹宗之朝，阉人焰炽，君子道消，朝列诸贤，悉罹惨酷，老成故旧，放弃人间。时有锡山马素修先生世奇者，新举孝廉，有心世道，痛东林旧学久闭讲堂，奋志选文，寄是非邪正于《澹宁居》一集。"这正说明了复社选文，也自有其宗旨。东林寄是非邪正于讲学，复社寄是非邪正于选文，也正是异途同归。复社一方面是操文章之柄，一方面即执清议之权。所以燕台社的组织为"目击丑类猖狂，正绪衰息"。而复社的组织也正为了"昌明泾阳之学，振起东林之绪"（均见《社事始末》）。小人道长，实在也因为丑类猖狂得太不像样了，所以不得不一伸正义。《复社纪略》称张溥、张采驱逐魏忠贤余党顾秉谦的檄文，脍炙人口；二称张令门人制檄文驱逐吴郡司理周之夔的事实，都是与东林同一立场的。到后来《留都防乱公揭》事情起，而一时最痛快的伸张正义之幕，遂大白于天下。《留都防乱公揭》之起因，即由于东林被难诸公之遗孤，听说阮大铖欲对他们不利，于是大会同难兄弟于桃叶渡（见冒襄《同人集·往昔行跋》）。此后草《留都防乱公揭》的是吴应箕，而列名首唱的是顾杲，杲即顾宪成之孙，本是东林子弟。所以称复社为小东林，在复社本身，不必引为嫌忌。

东林人士，讲身心性命之学，本置死生于度外，复社多文人，虽不能以此相期，然而明室既亡，守土死义孤忠殉义的毕竟也不少，这还是东林之余风遗韵。由这一点言，称复社为小东林，也正是复社之荣。只可惜如钱谦益、吴伟业之流不免降清，文章气节，扫地以尽，还当不起"小东林"之称。但是比了阮大铖这般降清以后，为清室卖力的丑态，已经相差不可以道里计了。盖棺论定，忠佞贤奸，是非黑白，应当大白于天下，然而清初有些人还迎合统治阶级的心理，以为明代之亡，亡于东林、复社门户朋党之争。我真不懂，到底是这些污浊的奄党摧残了正士，还是这些无拳无勇的名士倾覆了明室？

复社诸人的结果，也可谓惨极了。张采曾被奸人用大锥乱刺，周镳曾被马士英诬陷下狱赐死，周铨为惩治上虞土豪陈某被诬陷谪官；到最后，陈贞慧入狱，吴应箕亡命，侯朝宗也出走，而马、阮再起用周之夔于废籍，特命巡按苏松，预备造成一次的大屠杀。正义不张，到处只见凶恶的魔手，在逞他作恶的威力。我们且引方其义《党祸》一诗，作复社的结束：

> 北都既陷贼，南都新立帝。
> 宵人忽柄用，朝野皆短气。
> 魑魅登庙廷，欲尽杀善类。
> 忮者立斋粉，媚者动高位。
> 麒麟逢鉏商，豺虎遂得势。
> 手翻钦定案，半壁肆罗织。
> 萧遘反被诬，赵鼎亦受詈。
> 直以门户故，忠邪竟倒置。
> 可怜士君子，狼狈窜无地。
> 我家为世雠，甘心何足异。
> 冤死不必悲，所悲在国事。
> 先帝儿难保，我辈合当毙。
> 仰首视白日，吞声一洒泪。（《明诗综》卷八十）

十四

那么，复社诸人有没有他的缺点呢？有的，书生之意气、文人之浪漫，这都是以前旧文人所很难避免的。没有受过团体生活的训练，则意气用事，虽在讲学家也犹且不免。并不出身于劳苦群众，而再忽略了讲学家的严肃生活，则浮薄之举也不能免。《明史·黄尊素传》称："东林盈朝，自以乡里分朋党：江西章允儒、陈良训与（魏）大中有隙，而大中欲驳尚书南师仲恤典，秦人亦多不悦。"（卷二四五）而《魏大中传》亦称："大中尝驳苏松巡抚王象恒恤典，山东人居言路者咸怒；及驳浙江巡抚刘一焜，江西人亦大怒。"（卷二四四）这在讲学家犹且不免感情用事，何况文人。鹿善继《寄社中友书》云："讲学论道之朋，作攘臂裂眦之状，坏自己之行止，借他人之口实。"（《认真草》卷六）书生之逞意气，有时反比平常人为烈，所以几社之一再分裂，复社之排斥艾南英，而陈子龙甚至以手批其颊，乃至如黄宗羲诸人之以阮大铖为谈资（见《吾悔集》卷一《陈定生墓志铭》），这都是过甚之举。尤其使阮难堪的，是召了阮大铖家中所蓄的歌者，而诸人赏曲，且骂且称善（见陈维崧《冒辟疆寿序》）。这些，在现代人看来，都觉得越出了党争之常轨，而在当时则时代所限，竟不曾检点及此。至于当时私人生活的放浪，又毋庸讳言。吴昌时则赃私狼籍，以事见法，稍高一些的，也以狎妓为风流，唱曲为本务，所以像黄道周这样以礼饬躬，拘谨自守，当时便以为难能了。有此二因，所以复社本身也有些不健全，不免归于失败。尽管《明诗综》称："孙淳于贤士大夫必审择而定衿契，然后进之于社。"但鱼龙混杂，势所难免。

此外，尚有一些集团似与复社不发生关系的，如：

(一七五)雪苑社

侯方域、吴伯裔、佃胤、徐作霖、刘伯愚等所结的社，见侯方域《壮悔堂集·徐作霖张渭传》及《雪苑六子社序》。

(一七六)听社

吴德旋《初月楼闻见续录》卷九："无锡顾修远名宸，明崇祯中举人，少以文受知于郑圭阳、艾千子，继与钱湘灵、唐采臣诸人结听社，名日益高。"

至于此后，清初的文人结社，并未稍衰；但是性质与以前不同；或则不敢正视现实，避免政治问题了；或则为了民族复兴，变成秘密结社了。因为性质不同，将另为一文述之。

又在于明代，尚有其他的结社，如讲学家的团体，也往往订有会约，这与文人集团颇有连带的关系，不过也因性质不同，不能在此文论述。

1948 年《文艺复兴·中国文学研究号（上）》

明代文人结社年表

郭绍虞

最近写《明代的文人集团》一文，因复据其年月可考者作为此表，借窥一时文人活动之迹。当时讲学家与书画家之结社，以性质不同，不列表内。

明太祖洪武元年　戊申　一三六八年

北郭诗社之成立当在是年以前。据高启《送唐处敬序》："虽遭丧乱之方殷，处隐约之既久，而优游怡愉，莫不自有所得。"又张羽《续怀友诗序》："故得流连诗酒间，若不知有风尘之警者。"可知社之成立，正在风云扰攘之际。是岁高启三十三岁，张羽三十六岁，唐肃四十一岁，王行三十八岁，姚广孝三十四岁。

南园诗社之成立，当亦在是年以前。据孙蕡《琪琳夜宿与彦举联句序》称："畴昔年十八岁时，一时闻人相与友善……共结诗社。"考是年孙蕡三十五岁，知此社成立亦在元末。

洪武四年　辛亥　一三七一年

唐肃卒，年四十四。案《明史·文苑传》称六年谪濠梁，卒时谪濠梁者，有江敬弘、董嘉、王端、元瓒、王胄、梁楚村、刘昭文等，相与结诗社。（见《新安文献》）

洪武七年　甲寅　一三七四年

知苏州府魏观被诛。高启、王彝连坐，俱被诛。启年三十九。时唐肃、杨基已先卒，北郭社人物凋零殆尽。

洪武二十二年　己巳　一三八九年

孙蕡谪戍辽东，已大治蓝玉党，谕死，年五十六。是年赵介坐累逮赴京，卒于南昌舟次。南园社人物亦多不获善终。

洪武三十一年　戊寅　一三九八年

东莞有凤台诗社（见屈大均《广东新语》），闽中有十子社（见《明史·文苑传》），均当在洪武年间。

成祖永乐二十一年 癸卯 一四二三年

高棅卒，年七十四。陈亮与王恭、高棅等为九老会（见《明史·文苑传》及黄日纪《全闽诗俊》），当在是年以前。

永乐二十二年 甲辰 一四二四年

朱纯、罗颀、张昌等结鉴湖诗社（见《明诗纪事》乙签卷十四），当在永、洪年间。

宣宗宣德十年 乙卯 一四三五年

漏瑜、赵巘、吴焕、赵岐、孙孟吉、唐其谅、水宗达、壶敏、钱郁等为九老会（见朱彝尊《静志居诗话》），当在宣德年间。

聂大年于宣德末为仁和训导，有社集湖楼诗。（见聂大年《东轩集补遗》）

英宗正统十四年 己巳 一四四九年

杭州有耆德会，有会文社，均在正统年间。（见光绪《杭州府志》）

汤琮、陶寄、张志举、程广、曹遇等结诗社。（见袁文典《滇南诗略》）

英宗天顺八年 甲申 一四六四年

杭州有恩荣会及朋寿会，均在天顺年间。（见光绪《杭州府志》）

宪宗成化十八年 壬寅 一四八二年

秦旭、陆勉、高直、陈履、黄禄、杨理、李庶、陈懋、施廉、潘绪等十人组碧山吟社于无锡惠山之麓，号碧山十老。（见张恺《碧山吟社记》）

成化二十三年 丁未 一四八七年

湖州有苕溪社，为汪翁善、陈秉中、吴昂、汪善、沈睹、邱吉、唐广、吴玲、沈祥、陈銮、李昂、王杰、毕文、范浚、吴瑞、史珣诸人所组织。（见同治《湖州府志》）在苕溪社之后，又有乐天乡社，为沈政、陆震所组织，亦有苕溪社中旧人，如吴玲、范浚等。（亦见《湖州府志》）

乌程吴璂等又创续耆英会，与者二十四人（见《岘山志》）。亦在成化年间甬上洪常、卢瑞、金湜等组高年诗会（见李邺嗣《甬上耆旧诗》），时在成、弘之际。

孝宗弘治十一年 戊午 一四九八年

项忠、金礼、梅江、戴祐、姜谅、任方、包褘、汤篦、陈蒙福等组槜李耆英会。（见《静志居诗话》）

弘治十五年 壬戌 一五〇二年

项忠卒，年八十二。案槜李耆英会忠为主盟，此后当不复举行。

弘治十八年　乙丑　一五〇五年

任道逊与吴祚、蔡鼎等结清乐会（见嘉庆《瑞安县志》），当在弘治年间。

杭州有归田乐会（见光绪《杭州府志》），时在弘治年间。秦金、邵宝等结吟社，亦号碧山吟社，时在弘治正德间。（见《碧山吟社志》）

武宗正德九年　甲戌　一五一四年

吴维岳、李攀龙生。

正德十六年　辛巳　一五二一年

杨守随、屠潗、魏称等结甬上诗社，案在刘瑾伏诛之后，当在正德初年。（见《甬上耆旧诗》）

吴贤、邵南创同声社，与者四十九人（见《湖录》），时在正德年间。

刘麟、龙霓、孙一元、陆昆、吴琉等组湖南崇雅社，时号苕溪五隐。当在正德年间。

邢参与吴爟、文徵明、吴奕、蔡羽、钱同爱、陈淳、汤珍、王守、王宠、张灵等结东庄会，称此十人为东庄十友。（见《静志居诗话》）

粤中有王渐达、伦以训所结之越山诗社（见屈大均《广东新语》），当在正德、嘉靖之间。

闽中有郑善夫、高瀲、傅汝舟诸人所结之鳌峰诗社，当在正德、嘉靖之际。（见谢章铤《课余续录》）

刘储秀为部郎时，与僚属薛蕙、张治道等倡和为诗社（见《明诗纪事》戊签），当亦在正德、嘉靖之际。

世宗嘉靖五年　丙戌　一五二六年

王世贞生。

嘉靖十四年　乙未　一五三五年

时陈经以吏部侍郎丁忧里居，蓝田除名闲居，石存礼、冯裕、黄卿、刘澄甫、杨应奎并致仕，刘渊甫尚未仕，相与结海岱诗社。（见《四库总目·海岱会集提要》）

嘉靖二十一年　壬寅　一五四二年

海盐朱朴与同邑耆旧钱琦、徐泰、徐咸、吴昂、陈瀛、钟梁、刘锐及僧石林、陈鉴等结小瀛洲十老社。（见朱琰《明人诗钞》）

碧山吟社自秦旭卒后，为邑豪某所据，后六十余年，旭曾孙瀚始修复之，集乡大老会如初，当在是年以后。（见《从川集·附录·徐阶重复碧山吟社记》）

嘉靖二十二年　癸卯　一五四三年

岘山逸老社第一次举行秋社，主之者唐枢。（见《湖州府志·刘麟逸老堂碑记》）

嘉靖二十三年　甲辰　一五四四年

岘山逸老会举春社于湖州西俞氏园亭，主之者陈良谟；举秋社于包氏园亭，主之者朱云凤。

李攀龙成进士，授刑部主事，与李先芳、谢榛、吴维岳结诗社。（见《明史·文苑傅》）

嘉靖二十四年　乙巳　一五四五年

是岁岘山逸老会举春社于岘山，自是以为常。主之者顾应祥及刘麟。主秋社者蒋瑶、施佑。

嘉靖二十五年　丙午　一五四六年

是岁岘山逸老会主春社者王椿、孙济，主秋社者吴廉、李丙。

嘉靖二十六年　丁未　一五四七年

是岁逸老堂成，刘麟为之记。是岁春社，为逸老堂为会之始，主者蔡玘、唐枢。

王世贞成进士，李先芳等招入社当在此时，自是世贞始与攀龙定交。（见《明史·文苑传》）

嘉靖二十七年　戊申　一五四八年

何维柏有和其父与九老韵七律六首，作于是岁。（见《四库总目提要》）

李先芳出为外吏。（见《明史·李攀龙传》）

嘉靖二十九年　庚戌　一五五〇年

宗臣、梁有誉、徐中行、吴国伦皆于是岁成进士。宗、梁先入社是为五子，未几，徐、吴继入社，成为七子。（见《明史·文苑传》）

欧大任与梁有誉等组南园诗社，当在是年以前。

嘉靖三十三年　甲寅　一五五四年

何端恪公维柏家居时，有馈佳味者，即白其父延里中九老宴集。端恪诗："五仙旧在三城裏，五老今同一里间。春日蔬盘真率会，风流长得似香山。"时嘉靖甲寅岁。（见屈大均《广东新语》）

梁有誉谢病归，修复粤山旧社（见欧大任《虞部集》）。案《明史·文苑传》："有誉除刑部主事，居三年，以念母告归。"则粤山社之修复当在是年。

嘉靖四十一年 壬戌 一五六二年

闽人祝时泰游于杭州，与其友结社西湖上，凡会吟者八：曰紫阳社，曰湖心社，曰王岑社，曰飞来社，曰月岩社，曰南屏社，曰紫云社，曰洞霄社，时泰与高应冕、方九叙、童汉贤、王寅、刘子伯、沈仕分主之。（见《西湖八社诗帖》）

嘉靖四十五年 丙寅 一五六六年

李奎《湖上篇》有《夏日冉山王明府双桥凌太守招集湖南吟社得鱼字》诗，又《集朱九疑湖南吟社》二首。案李奎亦曾参加西湖八社，其《龙珠山房诗集》有刘子伯、高应奎序，疑此亦湖上诗社之一，当亦在嘉靖年间。

李奎《湖上篇》又有《孤山吟社》四首，其性质当与《湖南吟社》同。

李奎《龙珠山房诗集》有《马怀玉集上留别玉河社友》诗，考李奎亦曾参加七子社，疑此即七子社之旁支，当亦在嘉靖年间。

穆宗隆庆四年 庚午 一五七○年

李攀龙卒，年五十七。

隆庆五年 辛未 一五七一年

费懋谦、陈芹、朱孟震、唐资贤、姚浙、胡世华、复初、钟倬、黄乔栋、田方甫、盛时泰诸人组青溪社，刻青溪社稿，许谷序其首。（见朱孟震《停云小志》）

神宗万历元年 癸酉 一五七三年

青溪社复为续会，吴子玉、魏学礼、莫是龙、邵应魁、张文柱诸人均加入。社稿由吴瑞谷序之。（见同上）

万历十二年 甲申 一五八四年

常熟瞿汝说与邵濂、顾云鸿、瞿纯仁等"结社拂水"，以吴下相沿为沓拖腐烂之文。（见瞿式耜《瞿忠宣公集》）

万历十三年 乙酉 一五八五年

仁和张瀚以吏部尚书致仕，归隐武林，约里中诸缙绅修怡老会。参与者潘翌、诸相、沈蕃、林凤、顾楫、体坤、孙本、陈善、郁鉴、朱玑、张洵、饶瑞卿、池友儒、吴臬、许岳诸人。（见《武林掌故丛编·怡老会诗集》）

万历十四年 丙戌 一五八六年

是年秋卓明卿在湖上结南屏诗社，推汪道昆为主盟，参加者有王世贞、邬佐卿、汪礼约、曹昌先、王稚登、毛文蔚、汪道贯、屠隆、宗邦承、汪道会、李自奇、徐桂、杨承鲲、潘之恒、华仲亨等。（见《卓光禄集》）

万历十八年　庚寅　一五九〇年

王世贞卒，年六十五。案《婺书》称王氏殁后，胡应麟入汪道昆所结之白榆社，则社之成立，当在是年左右。社中有白榆草。潘之恒亦参与入社。（见李维桢《大泌山房集·曹啸轩诗序》）

万历三十年　壬寅　一六〇二年

德清许孚远组逸老续社，参与者姚一元、陆隅、慎蒙、茅坤、吴梦旸、凌迪知、姚舜牧等凡四十余人。（见《湖州府杂掇》）

万历三十一年　癸卯　一六〇三年

许孚远卒，逸老社事寻废，此后因置社田。（见同上）

万历三十四年　丙午　一六〇六年

范文若与许士柔、孙朝肃、冯明玠、王焕如结拂水山房社，此社诗文兼重。（见李延昱《南吴旧话录》）

万历三十七年　己酉　一六〇九年

严调御、武顺、敕兄弟三人，与闻启祥等于其小筑山房结小筑社，当起于是年左右。（见朱偰《明季杭州读书社考》）

李维桢侨寓广陵，入陆无从淮南社。（见《大泌山房集·陆无从集序》）

万历四十三年　乙卯　一六一五年

豫章诗人结社于南昌龙光寺，宗子与者十人。（见《静志居诗话》）

万历四十六年　戊午　一六一八年

东阳斯一绪与徐伯阳、龚秀良、陈大孚、章无逸、吴赐如诸人为八咏楼社。（见朱偰《金华诗录》）

万历四十七年　己未　一六一九年

曹学佺、臧懋循等组金陵社，当在万历之季。有《金陵社集诗》。（见钱谦益《列朝诗集小傅》）

光宗泰昌元年　庚申　一六二〇年

谭贞默、李肇亨等创鸳社（见沈南疑《樵李诗系》），时在万历、天启之际。

熹宗天启四年　甲子　一六二四年

张溥、张采、杨廷枢、杨彝、顾梦麟、朱聪、王启荣、周铨、周钟、吴昌时、钱旆等分主五经文学之选，始定应社。（见《静志居诗话》）

天启七年　丁卯　一六二七年

闻启祥、严调御诸人之小筑社，至天启末，改为读书社。社址在杭州庆春

门城隅报国院。 （见朱倓《明季杭州读书社考》及厉鹗《东城杂记》）

庄烈帝崇祯元年　戊辰　一六二八年

张溥以选贡生入都，与夏允彝等创燕台十子之盟，其后稍稍至二十余人。（见《明史·文苑传》及杜登春《社事始末》）

艾南英取张溥所选表经诋毁之（见陆世仪《复社纪略》），与陈子龙等燕集彝州山园，艾酒酣论文，仗气骂座，子龙不能忍，直前殴之。（见陈子龙《自撰年谱》及吴伟业《复社纪事》）

崇帧二年　己巳　一六二九年

读书社加入复社，但一方仍保持其独立态度。（见朱倓《明季杭州读书社考》）

夏允彝、杜麟征、周玄勋、彭宾、陈子龙、徐孚远诸人倡为几社，有几社六子会义之刻。（见《社事始末》）

吴江令熊开元慕张溥名，迎至邑馆，巨室吴氏、沈氏诸弟子俱从之游学，于是为尹山大会，苕霅之间名流毕至。（见《复社纪略》）

崇祯三年　庚午　一六三〇年

吴众香开星社于高座寺。（见周亮工《书影》）

是岁乡试，诸宾与者咸集金陵，复社又为金陵大会。（见《复社纪略》）

崇祯四年　辛未　一六三一年

夏允彝、陈子龙肆力为古文辞。（见王沄《春藻堂宴集序》）

张溥参温体仁，缮稿授吴伟业，伟业不敢应。时温之主持门户操握线索者，德清蔡奕琛为最，伟业乃取参体仁疏增损之，改坐奕琛。体仁、奕琛由此侧目溥。（见《复社纪略》）

崇祯五年　壬申　一六三二年

桐城文人举中江大社，以阮大铖为首领。（见钱扢禄《田间府君年谱》）

几社刻《几社六子诗》、《几社壬申文选》。（见《社事始末》）

崇祯六年　癸酉　一六三三年

张溥约社长为虎邱大会，山左、江右、晋、楚、闽、浙以舟车至者数千余人，见《复社纪略》。

崇祯七年　甲戌　一六三四年

张溥令门人制檄文驱逐知府周之夔。（见《复社纪略》）

崇祯八年　乙亥　一六三五年

周之夔草复社或问一编，以攻复社。（见《复社纪略》）

魏学濂至南京应乡试，初恐为阮大铖所算，避杨良弼家；嗣从冒襄言，大会东林同难兄弟于桃叶渡。（见冒襄《同人集·往昔行跋》）

崇祯九年 丙子 一六三六年

监生陆文声疏论复社，奉官着倪元珙查究惩饬。（见《复社纪略》）

周之夔希阁臣意，亦墨经诣阙，复讦奏张溥等树党扶持。（见同上及《静志居诗话》）

崇祯十年 丁丑 一六三七年

倪元珙具疏回奏："陆文声挟私憾抵欺瞒，故奏事不以实，荧惑上听。"时社局中人疏参温体仁无虚日，蔡奕琛促文声更上第二疏，文声不应。（见同上）

海宁周璇、郭璿、查继佐、吴惟修、郜鼎、李明岳、王翃、王庭、郑雪舫、陆钿、蒋之翘、周九晟、钱肃乐、钱光绣、张嘉易、张道璿、刘复、浮屠大昷、林璧等十九人结萍社，刊《萍社诗选》，王思任、陈函辉为之序。（见《甬上续耆旧诗》及《海昌艺文志》）

闻启祥、严调御卒，读书社似为严渡主持，读书社之改为登楼社，殆在崇祯十年至十五年之间。（见朱倓《明季杭州读书社考》）

崇祯十一年 戊寅 一六三八年

吴应箕属稿，顾杲首唱，严留都防乱公揭以攻阮大铖。（见陈贞慧《书事七则·防乱公揭本末》。徐孚远与陈子龙、宋存楠辑《皇明经世文编》五百四卷）

崇祯十二年 己卯 一六三九年

陈贞慧、吴应箕等举国门广业之社，侯方域、黄宗羲等每燕集常咀嚼阮大铖以为笑乐。（见黄宗羲《吾悔集·陈定生墓志疏》）

欧主过与陈子壮、子升兄弟及从兄必元，区怀瑞、怀年兄弟，黎遂球、黎邦瑊、黄圣年、黄季恒、徐棻、僧通岸等十二人修复南园旧社。（见《胜朝粤东遗民录》）

时海昌文人稍有意见，在邑则范文白、朱近修选观社，龙山则徐邈思、沈闻大选晓社，查继佐乃合诸公之文名旦社，而两社之刻遂止。（见沈起《查东山年谱》）

崇祯十三年 庚辰 一六四〇年

侯方域、吴伯裔、伯胤、徐作霖、刘伯愚等结雪苑社。（见侯方域《壮悔集·徐作霖张渭传》及《雪苑六子社序》）

崇祯十四年　辛巳　一六四一年

五月张溥卒，年四十。

庚辰辛巳间，几社分裂为求社与景风社。（见《社事始末》）

崇祯十五年　壬午　一六四二年

复社又大集于虎邱，由郑光勋、李雯为主盟。是年登楼社亦合入复社。（见《社事始末》）

几社中景风社又分出雅似堂社，由周茂源、陶愫诸人主持之；彭宾等又由求社分立赠言社，何我抑又别结昭能社，盛隣汝为野腴楼社。（见同上）

崇祯十六年　癸未　一六四三年

几社中夏完淳等别有西南得朋会之组织。（见同上）

福王弘光元年　乙酉　一六四五年

姚瀚大会复社同人于秦淮河上。（见吴翌凤《镫窗丛录》）

案复社自立会后，马士英、阮大铖执政，修复旧怨，复社名流或死或亡，又值清兵南下，社事遂告中止。

1947年《东南日报·文史》第55、56期

何景明批评论述评

朱东润

　　文学与文学批评，截然两事，其成就之先后，各有历史。在文学批评，当然不能脱离文学而独立，然两者之盛衰，初无连带之关系。中国批评时期，在梁代极盛，其时文学上之兴趣虽浓，而文学上之成绩，较之前代，未见超绝。初唐、盛唐在唐代文学史上放一特采，而文学批评之成熟，反迟至中晚以后。两宋批评意趣更觉浓厚，除文学批评外，更及其他艺术，如书法、画法等，在宋人题跋中，皆章章可考。而大胆的批评精神，直至明代始见卓越，在号称复古之四子中为尤甚。常人持论，对于明代每加菲薄，倘就文学批评之观点论之，不能不为之惊异也。

　　何景明，字仲默，号大复山人，与李梦阳、徐祯卿、边贡等称为明四子，在弘治、正德年间声名最盛。惟一般人推重之者，不过在彼辈之复古。乔世宁论何景明云："国初时尚袭元习，宣、正以来，骎骎如宋矣。至弘、正间，先生与诸君子一变趋古，起千载之衰，屹然为一代山斗。"杨慎论李梦阳云："空同梦阳字献吉，号空同以复古鸣弘、德间，观其乐府，幽秀古艳，有铙歌、童谣之风；古诗缘情绮靡，有徐、庾、颜、谢之韵。"王世贞云："献吉天授既奇，师法复古，手辟草莱，为一代词人之冠。"王士禛总论诸人云，"明弘治间，李、何崛起中州，吴有昌谷祯卿为之羽翼，相与力追古作，一变宣、正以来流易之习，明音之盛，遂与开元、大历同风"。至于后人诋为食古不化，诋为假古董者，更不待举。总之无论毁誉何若，景明以及同时诸人之为复古，已成定谳，似更无待复论。

　　其实所谓复古者，与守旧不同，在动机方面，尤有天渊之别。守旧者蹈常习故，保持一切传统的思想文字，综其步趋，非至渐灭殆尽不止。在此时期之中，有豪杰之士不安于传统之束缚，出其死力，不顾一世之唾骂，打破当前之障碍，其"狂者进取"之精神，实足以唤起无限之同情。其人若生于欧西，当然成为文学革命家，若在中国，则往往成为复古之文人。何则？新起之时，神感所兴，有所自来，独弦哀歌，必求同调，其势则然，无可讳也。吾国在文学上之孤立，除中间几度佛教经典翻译以来，盖数千年于此。欲求革新，神感不外于故籍，同调必求之先贤。自非西洋文学之上则远溯希腊、罗马，旁则声气通于列国者可比。故以批评的目光论之，复古恒与革新相为表里，而与守旧格不相入。在中国文学史上，如陈子昂、李白之诗，韩愈、欧阳修之文，其精神皆如此。即在事业方面，可举之例证亦甚多。故以复古二字遽执为何、李诸人之罪状，其难平允，概可想见。至于彼等在文学上之成就何若，此为另一问题，今兹所述，仅在其批评论。

举何、李二人言之，何之革新精神，尤在李上。梦阳晚岁，断断以摹古自诩，反见其意趣之薄弱。今先论李，然后更进而论何。

梦阳对于诗歌本体的认识，具见于其《诗集自序》一篇，其言得之曹县王叔武。首云："夫诗者天地自然之音也。今途咢而巷讴，劳呻而康吟，一唱而群和者，其真也，斯之谓《风》也。孔子曰'礼失而求之野'，今真诗乃在民间，而文人学士顾往往为韵言，谓之诗。"即此一节，具见（一）诗为天地自然之音；（二）《风》为真诗，而真诗乃在民间；（三）文人学士之诗，虽强名为韵言，其实不能为诗。梦阳对于诗之认识，实有一般人所不能梦见者。近人言一切新文学之来源，出自民间，而李梦阳在四百年前已有此论，其见解之卓绝，诚可惊叹。序中又申论诗之所以为真诗，在情之为真情，而不在词语之雅俗。"真者音之发而情之原也，非雅俗之辨也"。此则探究诗之核心，推翻一切文人学士之壁垒。序中又更进一步而分析文人学士之所以不如途巷蠢蠢之夫者：

> 王子曰："诗有六义，比兴要焉。夫文人学士，比兴寡而直率多。何也？出于情寡而工于词多也。夫途巷蠢蠢之夫，固无文也，乃其讴也咢也，呻也吟也，行咕而坐歌，食呐而寤嗟，此唱而彼和，无不有比焉兴焉，无非情焉，斯足以观义矣。"

"情寡词多"一语，直将文人学士之所以不能为真诗处道破。故最后梦阳自称其诗曰："李子闻之惧且惭曰，'予之诗非真也，王子所谓文人学士韵言耳，出之情寡而工之词多者也'。……每自欲改之以求其真。"读此序时，所当注意者，即梦阳所言，虽得之王叔武，其实处处为梦阳所欲言。故《空同集·缶音序》言："夫诗比兴错杂，假物以神变者也。难言不测之妙，感触突发，流动情思。故其气柔厚，其声悠扬，其言切而不迫。故歌之者心畅而闻之者动也。……孔子曰'礼失而求之野'，予观江海山泽之民，顾往往知诗，不作秀才语，如《缶音》是矣。"此中江海山泽之民，即前者途巷蠢蠢之夫，而秀才乃当前者之文人学士，其论诗之流动情思，尤与前合。故推定李氏对于诗之认识如此。

景明少梦阳九岁，交谊极笃，其所以推重梦阳者亦甚至。《六子》诗中《李户部梦阳》一首云："李子振大雅，超驾百世前，著书薄子云，作赋追屈原，新章益伟丽，一一鸾凤骞。华星错秋空，爝火难为然，摘文固无匹，扬义罕比肩。"正德三年梦阳因言事下狱，景明与康海等极力为之营救，乃得释，后李与何书云："仆交游遍四海，赤心朋友，惟世恩、德涵与仲默耳。"二人交谊之深，概可想见。其后二人因论文龃龉，几至绝交，为当时批评界中之轩然大波，二人论辩，见于集中往复诸书，不待详列。

景明天资绝高，乔世宁《何大复先生传》云："生有异质，颖纪殊绝。八岁时即能赋诗为文章，诸老先生见者，争传诵，称为神童。"其论诗诸文，著眼极高。《汉魏诗集序》云："汉兴不尚文而诗有古风，岂非风气规模，犹有朴略宏远者哉？继汉作者，于魏为盛，然其风斯衰矣。晋逮六朝，作者益盛而风益衰。"《王右丞诗集序》云："自汉魏后而风雅浑厚之气，罕有存者。"景明在此等处以朴略宏远、风雅浑厚推尊汉魏，此则犹多人云亦云之常谈，虽为至论，尚不足以抒其独到之见解。在《海叟集序》始大胆地举其学诗程序言之。

> 景明学诗，自为举子历宦，于今十年，日觉前所学者非是。盖诗虽盛于唐，其好古者自陈子昂后，莫如李、杜二家，然二家歌行近体，诚有可法，而古作尚有离去者，犹未尽可法之也。故景明学歌行近体有取于二家及唐初、盛唐诸人，而古作必从汉魏求之。

在此序中，景明对于李、杜二家，尚推其歌行近体，称为诚有可法，至《明月篇序》则更进一步而对于杜甫歌行，加以明显之批判。

> 仆始读杜子七言诗歌，爱其陈事切实，布辞沉著，鄙心窃效之，以为长篇圣于子美矣。既而读汉魏以来诸诗，及唐初四子者之所为，而反复之，则知汉魏固承三百篇之后，流风犹可征焉，而四子者虽工，富丽去古远甚，至其音节往往可歌。乃知子美辞固沉著而调失流转，虽成一家语，实则诗歌之

变体也。夫诗本性情之发者也，其切而易见者，莫如夫妇之间，是以三百篇首乎雎鸠，六义首乎《风》，而汉魏作者义关君臣朋友，辞必托诸夫妇，以宣郁而达情焉，其旨远矣。由是观之，子美之诗，博涉世故，出于夫妇者常少，致兼《雅》、《颂》而风人之义或缺，此其调反在四子下焉。

在景明诸诗中，学步少陵之踪迹，可见者极多，然学诗为一事，评诗又为一事。其评少陵歌诗者：（一）调失流转，（二）风人之义或缺。此两项中，第一项为果，而第二项为因。故名为二者，实则一途。从文学史上论之，少陵之诗自成一宗，不特与初唐四子风气各异，即对于整个的唐诗，亦备具独有之风调。叶适《徐斯远文集序》论宋诗宗派云："嘉祐以来，天下以杜甫为师，始黜唐人之学，而江西宗派章焉。"此处以唐人之学与杜甫对举，其分野已显然。惟景明认杜甫歌行为在四子之下，此则独抒己见，足以引起后人之惊猜。就其主张言之，诗必本诸性情而后为风，而后为上，与梦阳所谓真者契合，此则何、李二人所见，如出一辙。

对于景明此论，王士禛《戏仿元遗山论诗绝句》云："接迹风人《明月篇》，何郎妙悟本从天，王、杨、卢、骆当时体，莫逐刀圭误后贤！"又《七言凡例》云："大复《明月篇序》，谓初唐四子之作，然遂以概七言之正变，则非也。二十年来，学诗者但取王、杨、卢、骆数篇，转相仿效，肤词剩语，一唱百和，是岂何氏之旨哉！"此则一面恐其遗误后人，一面复为之出脱。《论诗绝句》又云，"藐姑神人何大复，致兼《南》《雅》更《王风》"，则极力推崇矣。大抵渔洋论诗，阳夺而阴予，如此类者正多。赵执信《谈龙录》直攻其隐云："阮翁酷不喜少陵，特不敢显攻之，或举杨大年'村夫子'之目以语客。"观此则士禛之于杜诗，其意见亦可想象。实则就诗论诗，景明在同辈中，与徐祯卿最近，陈卧子已言之，而士禛之私淑于二人者正自不少。其论祯卿及其所著《谈艺录》云，"天马行空脱羁靮，更怜《谈艺》是吾师"，故刀圭贻误之评，非王氏定论也。

景明《与李空同论诗书》，发扬踔厉，为目空一切之论。二人之步趋乖离，至是遂以确定，其论古诗古文之法云：

仆尝谓诗、文有不可易之法者，辞断而意属，联类而比物也。上考古圣立言，中征秦、汉绪论，下采魏、晋声诗，莫之有易也。夫文靡于隋，韩力振之，然古文之法亡于韩；诗溺于陶，谢力振之，然古诗之法亦亡于谢。比空同尝称陆、谢矣，仆参详其作，陆语俳，体不俳也，谢则体语俱俳矣，未可以其语似，遂得并例也。

　　景明论诗文必不可易之法，其见极隘，不足以当梦阳之一击。梦阳驳之曰："假令仆即今为文一通，能使辞不属，意不断，物联而类比矣，然于中情思涩促，语险而硬，音生节拗，质直而粗，浅谫露骨，爱痴爱枯，则子取之乎？故辞断而意属者，其体也，文之势也。联而比之者事也。"在此种反问之下，景明实无从置词。然梦阳对于景明之所以论韩愈、陶、谢者，置而勿论。其后黄省曾《与梦阳书》云："何大复号称名流，而乃为夸论曰'文靡于隋，其法亡于退之。诗溺于陶，其法亡于灵运'。嗟夫嗟夫！是何言者？隋不足论，至于陶、谢，亦可稍宽宥矣。……前薪见凌，势固宜然，来彦无穷，不可欺也。"梦阳得书，欣然答曰："昔李白遇司马子微，谓可与神游八极，遂赋大鹏以见志。吾子固希有之鸟也，所惭仆非图南翼耳。"此中引为同调，踌躇满志之态，溢于言表。

　　"文靡于隋"一语，久成为世人之通论。至于韩愈，举世方认为文章正宗，景明遽加贬词，诚足以骇人听闻。然后世如顾炎武，亦昌言文当为经术政理之大者而作，不当止为一人一家之事，韩愈如但作《原道》、《原毁》、《争臣论》、《平淮西碑》、《张中丞传后叙》诸篇，而一切铭状概为谢绝，始足为近代之泰山北斗云云。其言盖亦不满于韩。近世论文于韩更多贬削。时代既迁，毁誉迭见，过情之论，常在意内，欲求持平，固亦难矣。然谓韩愈之文，与前此之所谓古文者，体制不一，自韩愈出而文体为之一变，此则质之百世而不惑者。何氏虽放言高论，不为无所见也。

　　诗溺于陶，古诗之法亡于谢二语，实为何氏批评论中最易引起攻击之点。然李梦阳闻黄省曾之论，虽为之称快，而不复引伸其说者，则以李氏之于陶潜，亦不尽满故也。梦阳《刻陶谢诗序》云："李子乃顾谓徐生曰，子亦知谢康乐之诗乎？是六朝之冠也。……夫五言不祖汉，则祖魏，固也。乃其下者，即当效陆、谢矣。所谓刻鹄不成，尚类鹜者也。"言下盖已不知有陶。大抵国人受儒教影响至深，评论诗文，辄及其人之身世。陶潜之所以受人景仰者，在其人品之高，不尽在其诗也。《诗品》称为"笃志真古，辞兴婉惬，每观其文，想其人德"，然而列之中品，推崇犹有未尽。后世白居易《与元九书》："渊明高古，偏放于田园。"苏轼论陶诗："外枯而中膏，似淡而实美。"黄庭坚论为"巧于斧斤者多疑其拙，窘于检括者辄病其放"。此则皆在赞颂之外，隐隐有未尽善之意，呼之欲出。盖震于渊明之高名，不敢复有所贬斥耳。何氏之论，殆有所激而发也。

灵运之诗，惨淡经营，探幽钩深，性情渐隐，声色大开。沈归愚《说诗晬语》认为诗运一大转关。论其地位，固自卓然，而衡之古诗，变异实多。萧道成《报武陵王晔书》云："康乐放荡，作体不辨有首尾，安仁、士衡，深可宗尚，颜延之抑其次也。"新旧二途，迹象顿殊，对于灵运，颇致讥贬。后世刘克庄云："诗至三谢，如玉人之攻玉，锦工之机锦，极天下之工巧组丽，而去建安、黄初远矣。"明陆时雍《诗镜总论》云："谢康乐诗佳处有字句可见，不免硁硁以出之，所以古道渐亡。"清汪师韩《诗学纂闻》于谢诗尤多所牴牾，至于摘章寻句，索诘疵颣，其言不无过苛，而终之以"何仲默谓古诗之法亡于谢，洵特识也，特不当谓诗先溺于陶耳"。故知景明论谢，责以古法沦亡，言之有物，同调正多，而持语俳体俳之说，分析陆、谢同异，其语尤为精到。

何、李二人同以趋古得名，何则进而求能变古，李则退而但知摹古，中道歧途，区以别矣。梦阳《驳何氏论文书》云："守之不易，久而推移，顺势融溶而不自知，……故不泥法而法常由，不求异而其言人人殊。"斯时犹有因势推移之说。至《再与何氏书》则更昌言"夫文与字一也，今人模临古帖，即太似不嫌，反曰能书，何独至于文而欲自立一门户耶。"此则因缘比附，敢为悠谬不经之谈者矣。临摹不嫌其似，固也。然自古宁有寄人篱下不立门户而能成为书家者？书犹如此，更何论于诗、文？宜夫景明诋为古人影子也。朱熹《跋病臂先生诗》云："余尝以为天下万事，皆有一定之法，学之者须循序而渐进。如学诗则且当以此等为法，庶几不失古人本分体制。向后如能成就变化，固未易量，然变亦大难事，果然变而不失其正，则纵横妙用，何所不可，不幸一失其正，却反不若守古本旧法以终其身之为稳也。"此种笃守古本旧法处，皆所以为李梦阳一流人立言，其欲前又却之精神，实足以代表多数文人之见解。终身不敢立一门户，不敢踏出稳字一步，于是遂成为古人影子，为摇鞭擎铎何氏诋梦阳语，而犹悻悻然责人之放肆自欺，野狐外道，诚可叹也。

景明在批评论中，最能占一地步者，即在此脱空一切依傍，力求新生命之论调。《与空同论诗书》云：

> 空同子刻意古范，铸形宿镆，而独守尺寸。仆则欲富于材积，领会神情，临景结构，不仿形迹。

后此复推论古来诗文不必相同之故云：

> 曹、刘、阮、陆，下及李、杜，异曲同工，各擅其时，并称能言。何
> 也？辞有高下皆能拟议以成其变化也。若必例其同曲，夫然后取，则既主
> 曹、刘、阮、陆矣，李、杜即不得更登诗坛，何以谓千载独步也？……今为
> 诗不推其极变，开其未发，泯其拟议之迹，以成神圣之功，徒叙其已陈，修
> 饰成文，稍离旧本，便自杭陧，如小儿倚物能行，独趋颠仆，虽由此即曹、
> 刘，即阮、陆，即李、杜，何以益于道化也？

景明本主学古，更进一步而求变古。"推极变，开未发"，在在足以见其
勇往直前之气。至言成神圣之功，对于诗境之伟大，尤能认识真切。姜夔《白
石道人诗集自序》云："学即病，顾不若无所学之为得。"又云："作者求与
古人合，不若求与古人异。求与古人异，不若不求与古人合而不能不合，不求
与古人异而不能不异。"其言似与景明之说默合。然姜夔之论，犹不免搬弄话
头之习，不若景明之目无全牛，气吞猛虎也。

综景明批评论观之，在传统的环境中，敢为打破一切之议论，对于历来认
为宗主之陶、谢、杜、韩诸公，皆不恤与之启衅，纵所言者未必尽为定论，其
气势之壮阔，自非随声附和之辈，所能望其项背矣。至于由学古而更求变古，
文学之所以能光景常新者，此本为进程中所应有之现象，虽有百千梦阳，訾毁
其后，固无伤也。明人承宋、元之余，道学家左右文学批评之势力，既成弩
末，而文风屡变，杂体并出，林林总总，蔚为大观，重以明代士气之盛，为中
国有史以来所仅见，在此期中，有突起之批评论出，要皆为时势之当然，不足
怪也。至于景明之诗，当时亦名动宇内，易代以后，声誉顿减。考其原因：一
则景明殁时年仅三十九，未及成熟，遽就殂谢，天赋虽优，终为功力所限；次
则景明误认属词比类为法，对于诗体，未能别开新路，局趣辕下，不能竟其变
古之功故也。若后世论者，撷拾其文字之短长，齮龁其持论之得失，此则终非
恕道，适足以自见其不广耳。

原载《文哲季刊》第 1 卷第 3 号

中国戏曲声腔的三大源流

周贻白

不久以前，本人曾写过一篇中国戏剧的上下场，其开首一段，谈起"中国的戏剧，在声腔上可以分作三大源流，即昆曲、弋阳腔（一名高腔，又作京腔）、梆子腔"。并且说到"梆子的发源地是陕西，亦即所谓秦腔"。当然，我决不敢轻于自信这一看法就完全是对的，其真实的发展情况究竟是怎样的，则必须经过大家的研讨，才能够确实明了它的根源及其如何流变。不过，本人所持"昆曲、弋阳腔、梆子腔三大源流"之说，以及"梆子腔发源于陕西，亦即秦腔"之谓，率笔写来，立论虽未免失之笼统，但亦非全无根据，然在未予详加阐述之前，以现实情况而论，在读者方面至少有两种怀疑。第一，是握有中国戏剧枢纽的"皮黄剧"；第二，是现方盛行的绍兴"的笃班"　（即越剧）。皮黄剧的娘家，属于徽汉二调，姑无论徽调出自汉调，或汉调传自徽调，在源流上似乎便不当属于昆、弋、梆子的这三条路线。而的笃班来自民间，声调单纯，完全是一种野生艺术。论源流，应当是"绍兴高调"的变体，与昆、弋、梆子，亦似无直接渊源。因此，我这个三大源流之说，显而易见地有点出之臆测。至于"梆子发源于陕西，亦即所谓秦腔"。其最易引起异议的，即梆子腔这一名目，有一个时期曾成为"乱弹"的代名词，几乎除了昆山腔和弋阳腔，其他声调皆属之。若以梆子专名秦腔，或有未妥。同时，秦腔虽有梆子腔之称，但其伴奏的器乐，主要者为一种名叫"呼呼"胡琴，其下端为椰子壳所制，马彦祥同志曾在一九三二年的《燕京学报》撰有《秦腔考》一文，认为椰子系南方产物，由此推测，"梆子腔大概是起源于南方，后来渐渐流入北方"。于是，我这"梆子发源于陕西"之说，根本上就站不住脚。然则我又怎样会有此一说呢？为了把我倡为此论的理由说得较为清楚一点，惟有不嫌词费地向研求此道的同志们作更进一步的就正。

（一）弋阳腔

中国的歌曲，向分"徒歌"与"相和歌"两种，徒歌属于"谣"，相和歌属于合乐之"曲"。《诗经》，《魏风·园有桃》："我歌且谣"，《毛传》云："曲合乐曰歌，徒歌曰谣。"正义云："谣既徒歌，则歌不徒矣。故曰：'曲合乐曰歌'，乐即琴瑟。"这就是说：没有伴奏器乐的叫做"谣"，有琴瑟相合的才能叫"歌"，郭茂倩《乐府诗集》分作"徒歌"与"相和歌"，其相和歌下注云"丝竹更相和"。亦即有伴奏器乐之意。徒歌虽无伴奏，但仍具有节拍，进一步便成为一人唱而由众人帮腔。帮腔最初的起源，或谓系由原始民族在空谷或原野唱叫时的回声，但最早民谣之有帮腔而见诸记载者，当为《续汉书五行志》所录"平中京都歌"，《乐府诗集》归入清调曲一类，其词云：

> 承乐世，董逃；游四郭，董逃；蒙天恩，董逃；带金紫，董逃；行谢恩，董逃；整车骑，董逃；垂欲发，董逃；与中辞，董逃；出西门，董逃；瞻宫殿，董逃；望京城，董逃；日夜绝，董逃；心摧伤，董逃。

"董逃"之说，旧有三种解释：一为以逃为桃，以董贤如弥子分桃事；一谓为王母赐汉武桃，命董双成吹笙，故曰董桃；一为认此歌系后汉游童所作，终有董卓之乱，卒以逃亡，故曰"董逃"。按汉应劭《风俗通义》云："卓以董逃之歌，主为己发，大禁绝之，死者千数。"然则以上三说，当以第三说为有据了。据《乐府诗集》云，其唱法为一人唱"承乐世"，而由众口以"董逃"，董逃二字，不管他所指为谁，究竟为逃为桃，但"董"字之音，实象鼓声，"逃"字之音，亦近锣钹，也许只是一种打击乐的音声模仿吧？因为这种一唱众和的形式，还有更较原始的说法，如往昔劳动人民的邪许之声，便当属于此类。汉刘向《淮南子》云："今夫举大木者，前呼邪许，后亦应之。"即为实证；又今尚存在的所谓"打夯歌"，所唱之调为"太平年"。其最初的起源，即筑墙打桩的工人所唱，李家瑞《北平俗曲略》夯歌条云："你要到建筑旧式房屋的场所，可以看得许多工人，各用一条绳子，合拉一块轮石，一下一下的往地上砸，旁边站立一个工头，口唱'丁郎寻父'，或'四贝上工'等故事，唱到每一段之末，声音忽然提高，全体工人和以'太平年'一句，工头再补唱故事本文一句，全体工人再和之以'年太平'一句，这就是夯歌本来的情形。"据此，一唱众和之起于劳动呼声，现仍有其例证。而"董逃歌"则为仿效其体的一种民谣。到唐代，诗体中有所谓竹枝词，亦出自巴渝的民谣竹枝歌，由刘禹锡采为近体，似七言绝句而平仄略拗，其每一上句之后，有"竹枝"二字，每一下句之后，有"女儿"二字，皆属和声，亦即唱时的他人帮腔。至于参以故事而扮演的歌舞，则有所谓"踏摇娘"。唐崔令钦《教坊记》载：

> 踏摇娘：北齐有人姓苏，齁鼻，实不仕，而自号为中郎。嗜饮酗酒，每醉，辄殴其妻，妻衔悲诉于邻里。时人弄之。丈夫着妇人衣，徐步入场行歌，每一叠，旁人齐声和之云："踏摇和来，踏摇娘苦和来。"以其且步且歌，故谓之踏摇，以其称冤，故言苦。及其夫至，则作殴斗之状，以为笑乐。

这种歌舞的形式，已颇接近于后世的戏剧的扮演，自来治中国戏剧史者，皆不曾放过此段材料，但是，此一段材料的重点，一方面在其所唱的声腔，一方面则在其扮演的形式。因为所谓"每一叠，旁人齐声和之"云云，溯而上之，实可联系到"董逃歌"及"邪许"之类，同时的民谣，当为巴渝的"竹枝歌"。及至发展成为戏剧的声腔，则明代的弋阳腔，正是这种路子。当然，由唐代到明代，其间尚隔着宋元两朝，而这两朝，恰好又是中国戏剧具体形成和发扬光大的两个阶段。然则从"踏摇娘"到"弋阳腔"，这里面究竟还有一些怎样的过程呢？比方宋代的杂剧，据今日所能获见的材料，大抵是一些"谈言微中"的丑脚滑稽剧，即令有时也唱起来，而其声腔若何，现已无法明白。又如元代杂剧，则明著宫调，显然有器乐随腔伴奏，与"一唱众和"的路子似不相符。同时，"踏摇娘"是北方的产物，以后又如何传到江西而成为弋阳腔，这也是无法寻得材料而把这个问题搞通的，如果要勉强地将其联系起来，则只有清乾隆时人严长明在《秦云撷英小谱》小惠条作了如下的一种说法：

> 演剧昉于唐教坊梨园子弟，金元间，始有院本，一人场内坐唱，一人场上应节赴焉。今戏剧出场，必扮天官引导之，其遗意也。院本之后，演而为曼绰（原注：俗称高腔，在京师者称京腔），为弦索。曼绰流于南部，一变而为弋阳腔，再变为海盐腔。至明万历后，梁伯龙魏良辅出，始变为昆山腔；弦索流于北部，安徽人歌之为枞阳腔（原注：今名石牌腔，俗名吹腔）；湖广人歌之为襄阳腔（原注：今谓之湖广腔）；陕西人歌之为秦腔，自唐宋元明以来，音皆如此。后复间以弦索。至于燕京及齐、晋中州，音虽递改，

不过即本土所近者少变之，是秦声与昆曲体固同也。

　　这项说法，如果不究事实地随便看去，好像是颇有依据的一篇精纯之论，其实，溯之中国戏剧的源流，和各种声腔的相互比较，其间实多待商之处。比方他说"金元间始有院本，一人场内坐唱，一人场上应节赴焉"。实则金院本为"行院之本"的杂剧，元代始与杂剧分属两项体制（见《辍耕录》）。其表演方式，重念做而务于滑稽，与宋代杂剧略同，至于坐唱与应节而动作之分属两人，实为金时的一种所谓"连厢词"（见毛奇龄《西河词话》），"曼绰"一词，未明出处，或谓即"蒜酪"，明何良俊《四友斋丛说》："高则诚才藻富丽，如《琵琶记》'长空万里'是一篇好赋，岂词曲能尽之？然既谓之曲，须要有蒜酪，而此曲全无，正如王公大人之席，驼峰熊掌，肥腻盈前，而无蔬笋蚬蛤，所欠者风味耳。"然则蒜酪实指曲子的率真或本色之处，严氏乃以之借指高腔，不知何据。且高腔实出弋阳腔，兹乃谓"曼绰流于南部，一变而为弋阳腔"，难道其所称"曼绰"，也是"一人唱众人和"的路子吗？然而，弋阳腔之变为海盐腔，却不甚可靠。因为弋阳腔与海盐腔，在明代是同时并在，其本源同出南戏而各趋一途，其间最显明的分别，便是前者只有节拍而无伴奏；后者则兼有丝竹相和（见《金瓶梅词话》）。而且，海盐腔起于南宋末年，创自张镃字功甫者（见明李日华《紫桃轩杂缀》），而弋阳腔于明代始见记载，创兴虽或在海盐腔之前，其间恐无直接关系。至于海盐腔之变为昆山腔，则人所共知。假令严氏之说可靠，则昆山腔中当亦有弋阳腔的成分了。弋阳腔首见于记载者，为明汤显祖所作《宜黄县戏神清源师庙记》一文，略谓："自江以西为弋阳，其节以鼓，其调喧。至嘉靖而弋阳之调绝，变以乐平，为徽、青阳。我宜黄谭大司马纶闻而恶之，自喜得治兵于浙，以浙人归范其子弟，能为海盐声。"据此，弋阳腔在其出生地江西一带，实曾一度为海盐腔所代替，严氏之认"弋阳"变为"海盐"或即据此，殊不知谭纶所恶者为弋阳以后之乐平、徽、青阳，乃倡为海盐腔以变其俗，并非由弋阳直变为海盐，彰彰明甚。而弋阳腔之"其调喧"，当为一唱众和，似无可疑，另据明顾起元《客座赘语》载：

　　南都万历以前，公侯与缙绅及富家，凡有宴会小集，多用散乐……大会则用南戏。其始止二腔，一为弋阳，一为海盐。弋阳则错用乡语，四方士客喜阅之；海盐多官语，两京人用之。后则又有四平，乃稍变弋阳，而令人可通者。今又有昆山，较海盐又为清柔而婉折，一字之长，延至数息……

据此，弋阳再变，实为四平。四平原出徽调，即今之四平调。乐平、徽、青阳，当即其类。其说与汤显祖之庙记一文若合符节。复据清李渔《闲情偶寄》论音律云："弋阳、四平等腔，字多音少，一泄而尽，又有一人启口，数人接腔者，名为一人，实出众口。"然则弋阳与四平，直至清代初年，仍相连属，则汤显祖庙记所谓"至嘉靖而弋阳之调绝"，恐怕只是指公侯与缙绅及富家的所谓"大会"吧？然而，弋阳腔之一人唱众人和的形式，更于此得一复证。但据清刘廷玑《在园杂志》云：

> 旧弋阳腔，乃一人自行歌唱，原不用众人帮合，但较之昆腔，则多带白作曲，以口滚唱为佳。而每段尾声，仍自收结，不似今之后台众和，作哟哟罗罗之声也。江西弋阳腔，海盐浙腔，犹存古风，他处绝无矣。近今且变弋阳为四平腔、京腔、卫腔，甚且等而下之，为梆子腔、乱弹腔、巫娘腔、琐哪腔、啰啰腔矣，愈趋愈卑，新奇迭出，终以昆腔为正音。

其谓旧弋阳腔无众人帮合，不知何据。证以汤显祖庙记"其调喧"之语，如系"一人自行歌唱"，又何"喧"之有呢？其实"弋阳腔之带白作曲，以口滚唱"，系变为乐平、徽、青阳以后的情形，即所谓"滚调"是也（见傅芸子《白川集》释滚调）。当时容或不用帮合，但既为变体，则不得谓为"旧弋阳腔"了。何况，这种一唱众和的声调，迄今尚多流传，在中国戏剧的声腔上，是一个源头（详说见后），其流变的程序虽不必即为刘氏所列诸腔的次第，但其间或多或少地都不无一些渊源。据明徐渭《南词叙录》载："今唱家称弋阳腔，则出于江西。两京、湖南、闽广用之。"这话很可信。现在的湖南，仍有高腔，其唱法即为一唱众和的路子。又福建闽侯，亦有此种腔调，其用他人帮和之腔，谓之"驮岭"，其自行拖腔而不用他人帮和者，谓之"自驮岭"（见闽剧《紫玉钗》剧本序例）。另据清李调元《雨村剧话》云：

> 弋腔始弋阳，即今高腔，所唱皆南曲，又谓秧腔，秧即弋之转声，京谓京腔，粤俗谓之高腔，楚蜀之间，谓之清戏。向无曲谱，只沿土俗，以一人唱而众和之。

这话也是不错的，适可与《南词叙录》互为印证。如今之四川，固仍有高腔，楚虽兼指两湖，而湖北之花鼓戏（今名楚剧），旧日亦为一人唱而众和之

（予藏有旧日花鼓戏名脚小宝宝之《十二想》及《吃醋》等唱片，仍有帮腔）。广东今日虽无帮腔之戏，但旧日伶工俱为湖南祁阳人，所习亦为湖南戏，其大锣大钹以及大段数唱，似仍有高腔痕迹。惟南京一处，现既无其本地之戏剧，遂无往迹可资寻索。但北京旧日盛行之高腔，亦即所谓京腔，其起源却另有其说，清震钧《天咫偶闻》云：

> 京师士夫好尚，月异而岁不同。国初最尚昆腔戏，至嘉庆中犹然，后乃盛行弋腔，俗呼高腔，仍昆腔之辞，变其音节耳。内城尤尚之，谓之得胜歌。相传国初出征得胜归来，于马上歌之，以代凯歌，故于请清兵等剧，尤喜演之。

其说之谬，固不待一辩。但高腔亦即弋腔，自为事实；因其流行于北京，故一名京腔。清王正祥《十二律京腔谱》例言云："弋腔之名何本乎？盖因起自江右弋阳县，故存此名。犹昆腔之起于江左之昆山县也。"准此以观，弋阳腔自明迄清，初则行于两京、湖南、闽广等地，嗣乃推而至于楚蜀一带，而浙江之"绍兴高调"，安徽之"高拨子"，虽或有帮合，或无帮合，按其声调，固皆同一系统。至少，高拨子是与四平腔有关的。不宁唯是，即其他民间小戏，如绍兴之"的笃班"，其初亦有帮合，今之越剧，虽皆一人自行歌唱，而其伴奏乐器之随腔，每至尾句过门，辄即尾句之重复，亦即旧日有帮合之遗迹（湖北之楚剧，亦复如是）。湖南之高腔，固仍不绝如缕，而民间流行的花鼓戏，实亦与湖北的楚剧同源，在昔谈湖南花鼓戏或采茶戏者，皆未知此，仅就花鼓中之大筒各剧而言（其伴奏之二胡，下端之筒甚大，故名），剧目如《张三反情》、《李四复情》、《张四姐下凡》、《富公子嫖院》皆属之。而正宗之湖南花鼓戏，实亦高腔变体，仅有锣鼓铙钹以按节拍，并无伴奏，剧目有《清风亭》、《教辖儿》等。李调元《雨村剧话》谓弋腔为秧腔一音之转，虽昧其来处，但徒歌发自天籁，其言亦有未可厚非者。综上各说，弋阳腔在中国戏剧的声腔上的源流，其直接系统，应如下表：

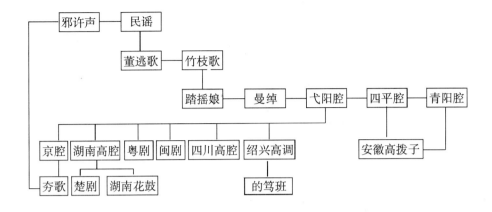

（二）昆山腔

昆山腔，即今之所谓昆曲，因其所唱为南北曲，故有此称。创兴于明代中叶时昆山，由当地曲师魏良辅就旧有之海盐腔改变而来（见前段所引《客座赘语》），其本源则为宋元南戏。余怀《寄畅园闻歌记》云：

> 南曲盖始于昆山魏良辅，良辅初习北音，绌于北人王友山，退而缕心南曲，足迹不下楼十年。当是时，南曲率平直无意致，良辅转喉押调，度为新规，疾徐高下清浊之数，一依本宫，取字唇齿间，跌换巧掇，恒以深邈助其凄唳；吴中老曲师如袁髯，尤驼者，皆瞠乎自以为不及也。

据此，魏良辅之创为昆山腔，实因其所唱北曲不能见赏于人有激而然，而其本人的唱曲经验，当亦含有北曲的成分。至所谓"南曲率平直无意致"，似即指"海盐腔"，但当时通行于南方的声调，尚有所谓"余姚腔"，《南词叙录》云："今唱家……称余姚腔者，出于会稽，常、润、池、太、扬、徐用之；称海盐腔者，嘉、湖、温、台用之。惟昆山腔止行于吴中，流丽悠远，出乎三腔之上。听之最足荡人。"证以前引《客座赘语》："今又有昆山，较海盐又为清柔而婉折"，亦相吻合。明沈宠绥《度曲须知》云：

> 我吴自魏良辅为昆腔之祖，而南词之布调收音，既轻创辟，所谓"水磨腔"、"冷板曲"，数十年来，遐迩逊为独步。至北词之被弦索，向来盛自娄东，其口中嬝娜，指下圆熟，固令听者色飞，然未免巧于弹头，而或疏于字面……

说明娄东（昆山）曾盛行北曲，亦说明魏良辅之创昆腔，虽造成南北曲声调之对立，而事实上却使我们知道昆腔的出生是从北曲和海盐腔，或余姚腔甚至弋阳腔的各个方面（袁髯、尤驼，或即此类声腔的老曲师），辩证地创造出来的。现在看来，他是用"清柔婉折，一字之长，延至数息"加工于腔调，一方面是一种提高或进步，另一方面却是迎合了当时的一般士大夫的口味。进而乃有梁伯龙为之推波助澜。据明张元长《梅花草堂笔谈》载：

> 魏良辅别号尚泉，居太仓之南关，能谐声律，转音若丝，张小泉、季敬坡、戴梅川、包郎郎之属，争师事之唯肖，而良辅自谓勿如户侯过云适，每有得必往咨焉。过称善乃行，不即反复数交勿厌。时吾乡有陆九畴者，亦善转音，愿与良辅角，既登坛，即愿出良辅下。梁伯龙闻，起而效之，考订元剧，自翻新作，作《江东白苎》，《浣纱》诸曲，又与郑思笠精研音理，唐小虞、陈梅泉五七辈杂转之，金石铿然，谱传藩邸戚畹。金紫熠爚之家，而取声必宗伯龙氏，谓之"昆腔"。

根据这段记载，可以征知昆山腔的成功，其客观条件之一便是为当时贵族们所爱好，梁伯龙之作《浣纱记》（谱吴越春秋事，有六十种曲本；《江东白苎》为散曲集，有暖红室本），显然含有迎合性质。其间最值得注意的，是魏良辅"每有得必往咨焉"的过云适。说不定魏氏之创为昆山腔，这位过云适实隐操其间之枢组，至少，这人也必是一个熟娴音律的老曲师。然则，创兴昆山腔者，实不当归功于魏良辅一人，除了过云适和梁伯龙，就连张小泉、季敬坡、戴梅川、包郎郎等都得算上。盖无过之是正，与梁之景从，固不能使昆山腔打定基础，若无张、季、戴、包等人，也许不能立时流行。不宁唯是，便在北曲方面，王友山自是激发魏良辅创辟昆腔的一人，而魏良辅在另一关系上，却仍获得一个精于北曲的人的帮助。清陈其年诗云："嘉隆之间张野塘，名属中原第一部，是时玉峰魏良辅，红颜娇好持门户，一从张老来娄东，两人相得说歌舞"。按张野塘为寿州人，以北曲擅场，系魏良辅之婿。陈诗"红颜娇好持门户"，指魏女，然则魏良辅于创兴昆山腔，亦曾得力于素精北曲的张野塘。

昆山腔之创兴，因"以深邈助其凄唳"，造成字少声多的靡靡之音，而博得当时士大夫们的欣赏。配合这种腔调，其余伴奏的器乐上，也另作了一种"助其凄唳"的加工，《南词叙录》云："今昆山以笛管笙琵，按节而唱南曲者，字虽不应，颇相谐和，殊为可听"，又沈德符《顾曲杂言》云："今吴下皆以三弦合南曲，而又以箫管叶之，此唐人所云'锦袄上着蓑衣'。"又《弦索辨讹》云："初时虽有南曲，只用弦索官腔。至嘉隆间，昆山有魏良辅者，乃渐改旧习，始备众乐器，而剧场大成。至今遵之。"这些话都是很实在的，而其间主要的关键，还是以弦索改为笛、笙、箫、管。因此，深邃者，属于声腔，而凄唳则当归功于伴奏。但是，我们为什么要说他是"靡靡之音"呢？这看法也不是现在才如此的。《南词叙录》云："南曲则纡徐绵眇，流丽婉转，使人飘飘然丧其所守而不自觉，信南方之柔媚也。"然则昆山腔自始即是当时的统治者手下那些贵族阶级的庭院中的东西，唯其如此，它便由这班人的支持，随着流宦各地的士大夫们的足迹，由东至西，从南到北，遍行于各地。而事实上却是把大众所爱的戏剧，从剧本到声腔，引向所谓"高雅"的途径，离开人民大众愈来愈远了。刘廷玑《在园杂志》谓"终以昆腔为正音"，便代表了当时一般旧士大夫的看法。在浙江一带，固不必说，从明代到清代，都是昆腔的大本营，明陆容《菽园杂记》云："嘉兴之海盐，绍兴之余姚，宁波之慈溪，台州之黄岩，温州之永嘉，皆有习为倡优者，名曰戏文子弟，虽良家子不耻为之。"又清钱泳《履园丛话》艺能篇："余七八岁时，苏州有集秀、合秀、撷芳诸班，为昆曲中第一部"（笔者按：其时约为清代乾、嘉年间）。在北京方面，士大夫们也能会两下子，《履园丛话》云："近士大夫皆能唱昆曲，即三弦、笙、笛、鼓板，亦娴熟异常，余在京师时，见盛甫山舍人之三弦，程香谷礼部之鼓板，席子远、陈石士两编修，能唱大小喉咙。"因此，流入北方的昆曲，因别于南方起见乃有"北昆"之称。旁及其他各地，如四川现仍有能唱昆曲者（曹黑娃灌有《林冲夜奔》唱片），湖南在同、光之间，亦尚有普庆班专唱昆曲，他如安徽班名宿程长庚，亦为唱昆曲出身（京师竹枝词咏程氏有"字谱昆山鉴别精"语），即远至陕西、福建，亦莫不有昆曲的流播，然而，其流播原因，仍只是随着那些流宦各地的士大夫们作其庭院演出，初不必即为一般大众所娴习。反之，一般大众自有其各地的民间小戏，如花鼓、秧歌之类，虽然在艺术上或者粗糙一点，但其所表现的，大抵为现实生活的反映，不比属于当时统治阶级的昆曲。其故事取材，除了才子佳人一类的风月闲情外，大多数为历史或小说的翻版。而词句则务于雕琢，声腔则极其柔婉，甚至连昆腔出生地的江浙一带，一般大众都感到昆曲的声腔词句和他们太隔阂了。于是，先从词句和声腔入手，别出一种方式与之争长。那便是源出昆曲，而趋于通俗的所谓"滩黄"。

滩黄，亦作滩王，又作弹黄，初起于清代乾隆年间，当时刊行的《霓裳续谱》（有乾隆六十年序文）其中有弹黄三种，又《履园丛话》云："演戏如作时文，无一定格局。只须酷肖古圣贤人口气……近则不然，视《荆钗》、《琵琶》为老戏，以乱弹滩王小词为新腔"，近人程徐瑞《湖阴曲》初集序云：

> 在皮黄未兴之前，所有唯一戏剧则昆曲足也。顾其文辞典雅，音节繁缛，非一般社会所能倾略，江浙之间，有演为浅俗白话，如苏沪滩黄等，大都白多唱少，调极简单，仅起落稍佐琴弦……

又《杭俗遗风》云："滩簧以五人分生旦净丑脚色，用弦子、琵琶、胡琴、鼓板，所唱亦系戏文，不过另编七字句，每本五六出。"按滩黄之由来，其为就昆曲所演故事及排场，而改变声腔与词句，这是事实。尤其是苏州滩黄，其唱词虽改成七字句，而其说白则仍为昆曲剧中所有，其剧目如《牡丹亭》之《劝农》，《琵琶记》之《赏荷》，《水浒记》之《借茶》、《活捉》，《白兔记》之《养子》、《出猎》，《南西厢》之《游殿》、《寄柬》，《占花魁》之《受吐》、《独占》（以上各种，笔者均有藏本），殆无一不系就昆曲本改成，这类戏目，在苏州滩黄中，谓之"前滩"，即较前上场之正戏。另有所谓"后滩"，则大抵为一丑一旦的玩笑戏，如《卖草囤》、《捉垃圾》、《卖青炭》、《打斋饭》之类，多为随意打诨，临时抓哏，然而最为一般观众所欢迎的，也就是"后滩"。近年唱苏州滩黄者日少，不但是前滩，就连后滩也只能在上海游艺场偶一见之。不过，以其剧本而论，以其地域接近昆曲而论，滩黄最早出生的地域，应当就是苏州。他如上海滩黄（旧名本滩，一名东乡调，近则改称沪剧），无锡滩黄（一称无锡文戏），常州滩黄（或连无锡而并称常锡文戏），这都是根据苏州滩黄而沿着京沪线发展的。扬州有文戏，实亦滩黄之类，则由长江流播过去，杭州的滩黄，早与苏州并行，似由苏嘉线而传去，宁波亦有滩黄，则明为受杭州的影响及上海滩黄的参合。此类滩黄之剧目，如申、锡、常州所演，多为后滩一类，间亦排演取材弹词及民间唱本的连台剧，扬州、宁波，则多属男女相悦，调情打趣的喜剧，惟杭州旧有前滩之剧，如《古城记》之《训子》、《单刀》之类，即苏州滩黄亦有所未能。

滩黄虽把昆曲简易而通俗化了，但并不能因此而代替昆曲。因为在剧本取材方面，实已陷入绝症。所以"前滩"不兴，乃转向"后滩"发展，今上海的沪剧，已开始与盛极一时的越剧进行竞赛，其勇于改进之处，实亦不容忽视。

昆山腔在中国戏剧的声腔上，因有本身的改革和士大夫们的支持，操了二百多年的霸权（起于明之嘉隆间，约当于一五六六年顷，于清之乾、嘉间逐渐衰落，约当于一七九六年顷）。在横的方面，几乎遍及各省，在纵的方面，则今日许多的地方戏剧，仍不免受其影响，声腔和词句，固不必仍皆依其范畴，但排场、伴奏、服装、科介，实犹存其绪余。比方皮黄剧，除了腔调不同，其念"上韵白"之剧，还是用中州韵的反切，如"知"念"支依"，"箫"念"西鏖"，"更"念"肌英"，而场子上需用牌子时，则几乎全属昆曲，甚至即唱昆曲某一出的原词。如班师回朝用"五马江儿水"："虎将亲承凤诏"出《鸣凤记·辞阁》，简单一点的，用"一江风"、"一官迁，白下孤云断"，则出《百顺记·召登》。这类例子，真是不一而足。不但皮黄剧如此，就是陕西的秦腔，也没有脱离这个圈子。如行军用"普天乐"，坐帐用"水龙吟"，登殿用"朝天子"，都是昆曲中出来的。他如汉剧、湘剧、川剧、滇剧、乃至桂剧、粤剧，其排场、伴奏、服装、科介，都深受昆曲的影响。又福建之泉漳一带有所谓"御前清音"，其声调较昆曲尤为绵远，但只作零曲唱出，不复能粉墨登场了。当然，昆曲有二百多年历史而遍行各省，而况有当时的知识分子为之撑腰，凡属高台大戏，其表演形式，或多或少地皆与之有一些关系，除非是那些来自民间的三小土戏（小生、小旦、小丑），他们才不去理会这些炫人耳目的成规，甚至举起反帜，自搞一套。然而，以皮黄剧为例，溯源于始，不管是西皮或二黄，最初也是来自民间的土戏，及至进入都会，被征到当时统治者的辇毂之下，才一步一步地踵事增华。为了适应当前的环境，因而仍继承了一部分昆曲的绪余。综上所述，或有未明，仍列表如次：

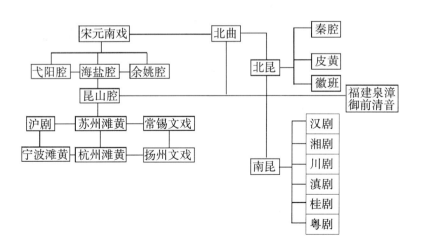

（三）梆子腔

梆子腔，属弦索调。除鼓板之外，另用枣木为梆以按节，故有此称。李调元《雨村剧话》云：

> 俗传钱氏《缀白裘》外集，有秦腔。始于陕西，以梆为板，月琴应之，亦有紧慢，俗呼梆子腔。蜀谓之乱弹。

今本《缀白裘》，以梆子腔诸剧，编作第十一集，乾隆丁未年嘉兴博雅堂刊本，则以第十一集分作"万方同庆"四册，然则陕西之盛行梆子腔，至迟亦当在清代乾隆年间，如洪亮吉《七招》 云：

> 北部则枞阳襄阳，秦声继作。芟除笙笛，声出于肉。枣木内实，篾笆中凿。（原注：今时称梆子腔，竹用篾笆木用枣。）啄木声碎，官蛙阁阁，声则平调侧调，艺则东郭西郭。（原注：东郭西郭，见孙明经芍药本事诗）

洪氏为清代乾、嘉间人，其《七招》中尚有"请歌南部：曼绰弦索，院本是祖。五声清脆，节之以鼓。弋阳海盐之调，良辅伯龙之谱"等语，与前引严长明《秦云撷英小谱》中所述声腔源流，大致相同，似即概括严氏之说。然秦腔源出北曲，其祖祢当即金元诸宫调杂剧之类，而近亲则为明代弋阳腔，但已不遵宫调，而另以七字句出之，似即当时民间小戏由附庸蔚为大国。因其用枣木为梆以按节，收有"梆子腔"之俗称，亦以借示其不属诸所谓"大雅"。然而，这并不能说明梆子腔即发源于陕西。反之，枣木的产地，在河北山东一带，而河北山东一带，又都有与其类似的梆子腔，安知不是由河北或山东先有此腔而传播到陕西去的？比方马彦祥同志所猜度的，其"呼呼"用椰子壳为筒，其实是槟榔壳，但槟榔亦产自南方。的确，广东也有梆子腔，其由南方传至北方，亦非全不可能的事，不过，照梆子腔的声调而论，其用枣木为梆，是为着在鼓板之外，增助其音节的高亢。明为高台广场的演出而造成，若以中国各地语音相比较，从黄河流域到长江流域，由高渐低，至滨海一带，则又较长江流域为低。故南音绵远而低，北音急促而高。广东的梆子音调极低，决用不着那种声如爆竹的枣木为梆，而只在鼓板之外加用木鱼就够了。然则梆子之称，当因有那个枣木梆，才获得这一俗称的。顾名思义，其重点就不在"呼呼"上面了。设令真是南方梆子在先而传到北方去，以粤剧为例，则粤剧实源出徽剧及湘剧，而湘剧与汉剧同源，在年代上似乎不至早于秦腔。而况，秦腔的出生，虽不必如《秦云撷英小谱》所云："秦腔自唐宋元明以来，音皆如此。"但既已在清乾隆年间盛行，其形成的年代必当较乾隆年间更早一点。由乾隆年间上溯到清初，再上溯而为明末，这时期，正是李闯王起义的当口，在清初陆次云所撰的《圆圆传》中，便有这么一段：

> 李自成据宫掖……进圆圆。自成惊且喜，遽命歌，奏吴歈，自成蹙额曰："何貌甚佳，而音殊不可耐也。"即命群姬唱西调，操阮筝琥珀，已拍掌和之，繁音激楚，热耳酸心，顾圆圆曰："此乐何如?"圆圆曰："此曲只应天上有，非南部之人所能及也。"自成甚嬖之……

圆圆姓陈，本为女优，以饰《西厢记》红娘擅场（见清邹枢《十美词纪》），又能唱弋腔（见《影梅庵忆语》），其所谓"吴歈"，即指昆曲。李自成来自陕西，其所谓"西调"，虽或为《霓裳续谱》中所收"西调鼓儿天"那一类小曲，但如所奏器乐为阮（即今之月琴）、筝、琥珀（即火不思，一作浑不似）而又"繁音激楚，拍掌和之"，显然是一种颇为高亢的声调，假令唱的是某剧的一段，则无疑是属于"秦腔"了。当时尚无"胡琴"或"呼呼"，而胡琴或呼呼，实亦由"火不思"衍变而来。槟榔壳当然产自南方，但不必即制成呼呼而后传播过去，犹之琴弦有广线苏线两种，便很不容易断定其声调究将谁属。若依笔者的揣度，槟榔壳之制为呼呼，只是器乐上一种配置。何况，秦腔的主要伴奏，实为类似古之奚琴的"二弦"，其弦以皮为之，发音高锐，适与枣木梆相应（见近人王绍猷《秦腔纪闻》）。在李自成的当时，即以器乐源流而论，"琥珀"即为今之"二弦"，其拍掌以和，即有如枣木为梆。不过，秦腔虽统称梆子，但在西安而言，则实为"同州剧"（或连朝邑而称同朝剧）之专称，其音高亢，较西安尤甚，而西安反自称"乱弹"，而直名同州剧为"同州梆子"。同州在陕西东路（即今大荔）故又名东路梆子，西安为陕西的西路，其声腔实系由同州传来，因较同州梆子略低，故一名西路梆子，其二弦为"合尺"弦，与二簧调胡琴和弦法相同。同州则为"四工"弦，较西安梆子为高，即等于西皮调的和弦法。同州与山西蒲州接壤，因而蒲州梆子亦为世所称，其声调似即由同州流传过去，造成有名"倒了牙"的山西梆子。河南之有梆子，亦为同州梆子系统（河南之东北角与同州接近）。山东以曹州梆子为代表，则系由河南传去，至于河北梆子，或谓系秦腔到北京以后，才逐渐兴盛起来。刘献廷《广阳杂记》云："秦优新声，有名乱弹者，其声甚散而衰。"其以秦腔直名"乱弹"，当即西安的梆子。刘为康、雍间人，足见清初已有秦腔了。其至北京，大抵为乾隆、嘉庆间事，戴璐《藤阴杂记》载：

> 京腔大人班盛行已久。戊戌己亥时，尤兴王府新班。湖北江右公宴，鲁侍御赞元在座，因生脚来迟，出言不逊，手批其颊，不数日，侍御即以"有玷官箴"罢官，于是缙绅相戒不用王府新班，而"秦腔适至，六大班伶人失业，争附入秦班觅食，以免冻饿而已。"

戊戌、己亥为乾隆四三至四四年（1778~1779年），可见秦腔已先徽班而入京，但河北梆子实源山西北路梆子，系蒲州梆子推行至崞县、忻县一带，故称"北路"，其音高亢，与同州梆子相近。同治《都门纪略》竹枝词云：

> 几处名班斗胜开，而今梆子压"春台"， 演完三出充场戏，绝妙优伶始出来。

又《天咫偶闻》云："光绪初，忽竞尚梆子腔，其声至急而繁，有如悲泣，闻者生哀。"这是同光间北京梆子腔盛行的情况，但这种梆子实为河北梆子（一作直隶梆子），如今尚健在的刘喜奎，便属此类。当时曾与皮簧同台演唱，俗称"两下锅"，名脚如侯俊山（十三旦）、田际云（想九霄）皆此中佼佼。他如"老梆子"及"喝喝腔"，滦州的"蹦蹦"（即今评剧），定县的"秧歌"，乃至东北的"地蹦子"，山东的"肘鼓子"，至于乾隆间在京红极一时的魏长生、陈银官，虽多起自农村，但于声调上多受梆子影响。杨掌生《梦华琐簿》谓其师徒"相继作秦声以媚人"。其实，魏为四川金堂人，所唱声调为西秦腔，吴太初《燕兰小谱》云："蜀伶新出琴腔，即甘肃调，名西秦腔，其器不用笙笛，以胡琴为主，月琴副之。工尺呕哑如语，旦色之无歌喉者，每借以藏拙焉。"其所谓"甘肃调"，殆因甘肃南部有"西秦"之称，但事实上魏长生所唱似为四川梆子，其源当出西安梆子，故音调不甚高亢，且已有了一些变化。论者谓"西皮调"即由此而来，语虽有据，但"西皮"决非由四川梆子脱胎，按之地域，实系由陕西从白河经襄阳而入武汉。如今之云南的滇剧，其西皮则仍名"襄阳调",亦即所谓"湖广调"。他如汉剧、湘剧(名"北路",示来自汉剧)、赣剧、桂剧(皆湘班传去)、粤剧(仍名梆子,其始亦传自湘剧)皆系循此路线而发展。至于京剧(则皮黄剧)其西皮调则传自汉剧,初名"楚调"。栗海庵居士《燕台鸿爪集》云:"京师尚楚调,乐工中如王洪贵、李六,以善为新声称于时"(按此为道光八年至十二年事)。据道光二十五年本《都门纪略》载:王洪贵隶"和春班",所擅剧目为《让成都》刘璋,《击鼓骂曹》祢衡。李六隶"春台班",所擅剧目为《醉写吓蛮书》李白,《扫雪》刘子忠。皆属西皮剧(《扫雪》或有唱二黄者,但此剧亦源出秦腔)。又同书载有汉籍伶工余三胜,亦隶"春台班",所擅剧目为《定军山》黄忠,《探母》杨四郎,《当锏卖马》秦琼,《双进忠》李广,《捉放曹》陈宫,《碰碑》杨令公,《琼林宴》范仲禹,《战樊城》伍员,亦以西皮剧居多(除《碰碑》、《琼林宴》及《捉放曹》的宿店外,其余皆为西皮)。据此,当时所谓"新声"者,实即"西皮调",盖"二黄调"在乾隆五十五年已早入京,其有名旦色为高朗亭,一名月官,小铁笛道人《日下看花记》云:"月官,姓高字朗亭,年三十岁,安徽人,本宝应籍,现在三庆部掌班,二黄之耆宿也。"《日下看花记》有嘉庆八年癸亥(1803年)自序,距道光十二年(1832年)已三十年,若王、李所唱为二黄,似不应认之为"新声"吧?皮黄剧之西皮调脉络既明,然则"二黄调"又将何属呢?

二黄调,自昔以"起于湖北之黄冈黄陂"之说,为一定之根据,且引及"京师尚楚调"等语,愈以为至少当来自湖北,偶有知二黄实源出徽调者,则亦以为曾经汉剧之陶冶,甚至有人以二黄之"黄"字或作"簧"字,认作系两种声调,又有人以"二"字的江浙音读作"宜",疑其出自"宜黄",凡此诸说,虽不必全为风影之谈,但按之源流,据笔者所知,实不敢贸然随和。惟欧阳予倩先生的《谈二黄戏》一文(载《中国文学研究——小说月报》十七卷号外)以其实地经验而作声腔上之比较,始渐明其端绪,据谓:"有人说二黄本于徽调的高拨子(高拨子出于桐城)……由高拨子到二黄,当是平板二黄为之过渡。平二黄与属于"弋阳腔"之"咙蓤调"极相近,说是从"咙蓤调"(又称梆子调,又称吹腔)脱胎,想来不错。按二黄本于徽调,自是不刊之论,高拨子为弋阳腔的支流,与属于"弋阳腔"之"咙蓤调"自亦有其渊源。则"平二黄"不出"高拨子",即出"咙蓤调","咙蓤调"者,应为"陇东调"之音讹,"陇东"为陇省之东,陇为甘肃,"陇东调",在西安言之,谓之"西凉调",亦即"甘肃梆子",其声调与"西安梆子"略同,惟吐字发音为甘肃土味，实亦秦腔系统。而另一"陇东调"，则为环县之"道情"，其尾句用众人帮和，实为道地之"陇东调"，当与"弋阳腔"为近亲。但甘肃一带称"西凉调"为"高腔"，则亦似与"弋阳腔"具有渊源了。至"又称梆子调"，当指"甘肃梆子"。又称"吹腔"，则或因辗转流传，浸至以笛子为伴奏主乐之故。如今尚传唱之《贩马记》——剧（一名《奇双会》）其声调即为"吹腔"，其剧本来源为徽班老路，据清焦循《剧说》载：

> 近安庆梆子腔剧中，有"桃花女与周公斗法"、"沉香太子劈山救母"等剧，皆本元人。（按：元人指元人杂剧）

按《剧说》有"嘉庆乙丑谷雨日记"字样，乙丑为一八〇五年，则此时的徽调仍有"梆子腔"之称。故"又称梆子调，又称吹腔"，说亦不悖。而"平二黄"之出自"吹腔"，则确凿凿不移。最显明的证据，便是四川的"平二黄"，现仍用笛子随腔，如《乌龙院》等剧，与"吹腔"完全一致。准此以观，"平二黄"既与"咙礜调"相近，同时又系由"吹腔"变化而来。而"咙礜调"则属于"弋阳腔"，是"二黄"亦当为弋阳腔系统了。但弋阳腔的规律，为有节拍无伴奏，而且有众人帮和，其废去帮和而改加伴奏，虽不乏其例，但照平二黄的发展路线看来，恐怕不是最近的事。根据"咙礜调"或为"陇东调"的音讹来看，则平二黄颇有出自"西凉调"或"环县道情"的可能。其旁证便是清代嘉庆年间的安庆还是"梆子腔"，至少这时候的安徽已有"梆子腔"，或谓"安庆梆子"即今之所谓"南梆子"，而"南梆子"实即"秦腔"的变格，于此更可证明徽调必与梆子腔有其渊源。再说，现在西安、泾阳、三原一带及商雒五属，尚有所谓"本地二黄"，或名"土二黄"，有人认为是二黄源出徽调，再传播到西北一带去的。这一说也有可信。那便是礜调源出梆子，由徽调变成二黄，然后，流传到西安一带。这就等于北京的皮黄剧，本来源出徽汉二调，而今之安徽、湖北又流行着京调是一样的。

旧日剧本选集《缀白裘》一书，其第六集及第十一集均收有梆子腔零出。第六集分"共乐升平"四本，收有下列诸剧：

> 《买胭脂》，《落店偷鸡》，《花鼓》，《途叹、问路、雪拥、度叔》，《探亲、相骂》，《过关》，《安营、点将、水战、擒么》。

第十一集"万方同庆"四本，收有下列各剧：

> 《堆仙》，《上街、连厢》，《杀货、打店》，《借妻、回门、月城、堂断》，《猩猩》，《看灯、闹灯、抢甥、瞎混》，《请师、斩妖》，《闹店、夺林》，《缴令、遣将、下山、擂台、大战、回山》，《戏凤》，《别妻》，《斩貂》，《磨坊串戏》，《打面缸》，《宿关、逃关、二关》。

以上均据乾隆丁未刻本，其所收各剧，今日之皮黄班偶有见诸舞台者，如《落店偷鸡》即《巧连环》，《花鼓》即《打花鼓》，《途叹》等四出，为《蓝关雪》（小三麻子有此剧），《探亲相骂》今仍唱"银纽丝"。《过关》一剧，湘剧有之，名《婊子过关》。《安营》等四出，为《洞庭湖》（麒麟童有此剧），《堆仙》为喜庆剧，昆曲班亦有之。《上街连厢》即《打连厢》，汉剧丑脚大和尚有此剧，《杀货打店》即《十字坡》（《杀货》一出，皮黄不演，汉剧名《卖皮弦》）。《借妻》等四出，即《一匹布》，《猩猩》一剧，今已不传。《看灯》等四出，即《瞎子逛灯》，《请师斩妖》即《青石山》，《闹店夺林》即《快活林》。《缴令》等六出，即《神州擂》，《戏凤》即《梅龙镇》，《别妻》旧名《丑别窑》（湘剧与《平贵别窑》隔场演出，谓之《双别窑》），《斩貂》即《斩貂蝉》（已故之林树森有此剧），《磨坊串戏》即《十八扯》，《打面缸》今仍有演者，《宿关》等三出，即《查头关》，但已不带二关。

上列各剧，在《缀白裘》虽均列入梆子腔一类，但不一定都作秦腔或其他各地的梆子腔的唱法，甚至明著牌调或另标声腔，如《买胭脂》一剧，固然是梆子腔，但已没有人唱了，而《落店偷鸡》，《缀白裘》上则标作三调，一为"吹腔"，二为梆子"驻云飞"，三为梆子"皂罗袍"。今则改吹腔为昆曲"粉孩儿"，唱词则为《长生殿·埋玉》："匆匆的宫闱珠泪洒"，如《打花鼓》原为《红梅记》中一折，今则不先上丫头朝霞及曹公子，故亦不唱梆子。又《蓝关雪》，在湘剧则唱"高腔"，京剧或唱"二黄"，或唱"徽拨子"，但这都是现在的情况，其间当然已有了许多变化。可是，《探亲相骂》在《缀白裘》上亦明作"跟纽丝"，何以亦归入梆子腔呢？还有《洞庭湖》四出。其第一出"安营"，为点绛唇、醉太平、普天乐；第二出"点将"，为朝天子、普天乐、朝天子、普天乐、尾；第三出"水战"无唱词；第四出"擒么"，为朝天子、尾。这明明是南北曲，何以亦作梆子腔呢？他如《借妻》有"乱弹腔"，《打面缸》有"包子带皮鞋"（按即"包子令"带"赵皮鞋"，为南曲犯调，天柱外史

《皖优谱》引论，以为包子即拨子转音，误），今则唱"南罗"（一作啰啰），《缴令》六出中有"批子"，"吹调"，而又有属于北曲的"点绛唇"，"四边静"，"尾"。准此以观，当时梆子腔的范围，实在是无所不包，清李斗《扬州画舫录》云："两淮盐务，例蓄花雅两部，以备大戏。雅部即昆山腔；花部为京腔，秦腔，弋阳腔，梆子腔，罗罗胜，二黄调，统谓之乱弹。"据此，乱弹实为诸腔各调之总称。《缀白裘》以乱弹腔属之梆子腔，而《雨村剧话》亦有"俗呼梆子腔，蜀谓之乱弹"之语，至少，乱弹腔与梆子腔必有其类似之处；至于梆子有"驻云飞"、"皂罗袍"，乃至大套或单支的南北曲，这却毫不足异。如今之陕西，尚有所谓"迷胡"，中有月调（即越调）曲牌如"满江红"，"混江龙"，"黄龙滚"，"罗江怨"，皆即南北曲的原调。其源当来自弦索，殆因简易通俗之梆子腔既臻兴盛，此类曲调反成为其全局的一部了。此外，其戏剧以"乱弹"名者，有扬州戏（一名香火戏），江淮戏，绍兴戏，潮州戏，皆就其本省之"乱弹"而作其土音之演唱，而实为戈阳腔系。上述头绪过于纷杂，兹再以表解之：

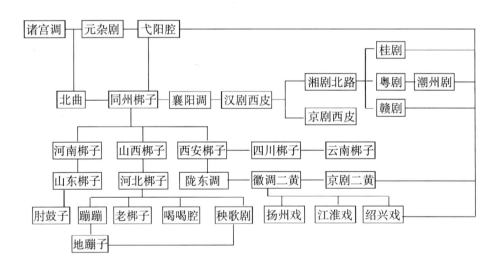

综上所述各节，即本人对于中国戏剧声腔上的三大源流的看法，而梆子源出陕西，亦即秦腔，也附带地加以说明。但中国地域广大，各省语音不同，个人见闻有限，不能尽知尽睹，上述各项戏种，仅就所知者举其荦荦大者而言。知而未见者尚多，如山西的上党戏，中有梆子、西皮及二黄等，云南的花灯戏，因未及详知其声调，不敢随便附入。而非属登台扮演之剧种，如河北之滦

州影及牵丝傀儡，福建泉州之掌中班，湖南、四川等地的皮影戏及竿头傀儡，虽各有声腔，皆不予参列。至上述三大源流，在音乐伴奏上有值得补明的一点，即弋阳腔系统，大抵为有节拍而无伴奏（高阳弋腔之有伴奏，系按昆曲路子的一种配置，如《纳书楹曲谱》中《借靴》一剧，即其显例）。昆山腔系统，其伴奏之主要器乐，大抵为管乐（滩黄系改用弦乐），梆子腔系统，其伴奏之主要器乐，大抵为弦乐（或有加用笛子者）。其与声腔之发展，具有极大关系。假令以三大源流汇合而言，则梆子系之"平二黄"，姑无论咙鼙调属于弋阳腔与否，而"平二黄"旧有"四平调"之称，亦似与弋腔系之"四平腔"不无相当关系。昆山腔每值数人同场，有合唱曲尾之例，其为出自弋腔之帮合，极为显明。然则中国戏剧虽分三大源流，而弋阳腔自为其间之总脉，溯源于始，则凡属歌唱，莫非起自劳动呼声之"邪许"了。

　　本文所叙，杂乱已甚，错误必所不免，尚祈研求此道的同志们不吝赐教，幸甚！

明代南戏五大腔调及其支流

叶德均

一　明代五大腔调

中国最早出现的正式戏曲，是宋代产生于温州（永嘉）的南曲戏文（简称南戏）。南戏萌芽于北宋的宣和间（1119~1125），南渡时（约1127~1130年左右）开始盛行，到绍熙间（1190~1194）已有较为成熟的《赵贞女》、《王魁》了①。从南宋绍兴初年到庆元元年（1131~1195）的六十多年间，温州是对外贸易的通商口岸之一②。南戏就是在这个商业发达城市的经济基础上产生和发展的地方戏。它流传到手工业和商业极为发达的大城市——行在临安(杭州)以后，得到更大的发展。到了咸淳四、五年间（1286~1269）连知识分子的太学

①明祝允明《猥谈》说："南戏出于宣和之后、南渡之际，谓之温州杂剧。"徐渭《南词叙录》又说："南戏始于宋光宗朝，永嘉人所作《赵贞女》、《王魁》二种实首之。……或云宣和间已滥觞，其盛行则自南渡，号曰永嘉杂剧。"这三种南戏起源年代的不同说法，从最早的宣和间到最晚的光宗绍熙间，中间相距七八十年。这不同的说法并不矛盾，只是看的重点各不相同。南戏最初只是用"里巷歌谣"歌唱的较原始形态的地方戏，等它发展到产生较为成熟的《赵贞女》、《王魁》等戏曲时，需要相当长的一段时间。因为这些南戏具有感人的力量，深为人民所爱好；然后才会被统治阶级的赵闳夫榜禁（见《猥谈》）。由于榜禁的事才引人注意，因而就有人以为南戏始于光宗时的《赵贞女》了。这样，在《赵贞女》之前，南戏还有一段发展过程。因此，"宣和间（1119~1125）已滥觞"的说法是有理由的，然而那时只是南戏的萌芽时期。到了南渡时（约1127~1130年左右）才开始流行。绍熙间(1190~1194)已有比较成熟的《赵贞女》、《王魁》了。

②见宋宋濂等撰《宝庆四明志》卷六。

生黄可道也采取这种流行于民间的新形式，编撰《王焕》戏文了①。 元代南戏虽然还不能和风行全国的北曲杂剧抗衡，但它始终不失为南方的地方戏。在天历到至正（1328~1367）的四十年间，还产生大批南戏作品，在《九宫正始》中保存着许多剧名和残文。②

南戏在宋元时，唱法还是简单、朴素的，到了明初洪武间，才开始有变化。明陆采《冶城客论刘史二伶》条写道：

> 国初教坊有刘色长者，以太祖好南曲，别制新腔歌之，比浙音稍合官调，故南都至今传之。近始尚浙音，伎女辈或弃北而南，然终不可入弦索也。③

徐渭《南词叙录》记载这次变化的具体情况是：

> （太祖）日令优人进演（《琵琶记》），寻患其不可入弦索，命教坊奉銮史忠计之，色长刘杲者遂撰腔以献。南曲、北调可于筝、琶被之，然终柔缓、散戾，不若北之铿锵入耳也。

这种由教坊乐曲伎师创制的新腔，是南戏正式用唱北曲乐器的筝、琵琶做伴奏的开始。《冶城客论》所说"终不可入弦索"，并不是说南戏不能用弦索伴奏，而是说南戏虽用弦索伴奏，但不合弦索的音阶，并且始终是柔缓、散戾的。而南曲是如王骥德所说："南人第取按板，然未尝不可收入弦索。"④就说明南曲、南戏可以用弦索伴奏的。这种用筝、琵琶伴奏的南曲，就是所谓"弦索官腔"。⑤后来南、北两京教坊就用这弦索官腔唱南曲。弦索官腔的应用范围很狭小，它主要是用于统治阶级的宴乐和其他方面。而适应广大的人民需要的南戏，在明代中叶以前基本上还是不用弦索伴奏的（详下）。

在明代初年，南戏仍然是流行南方一隅的地方戏，那时北曲杂剧在全国范

---

①见元刘一清《钱塘遗事》卷六。

②钮少雅《南曲九宫正始》首《臆论》写道："兹选俱集大（天）历、至正间诸名人所著传奇、套数。"正始所收一百多种南戏虽然不全是那时所作，大体都是元末的作品。

③据一九四七年金陵秘笈征献楼刻本。

④见明王骥德《曲律》卷三《论过搭》。

⑤明沈宠绥《弦索辨讹》说："初时虽有南曲,只用弦索官腔。"

围内还占着支配地位。南戏开始传入北方，约在天顺年间（1459~1464）。陆采在他所辑的《都公谈纂》中写道：

> 吴优有为南戏于京师者，锦衣门达奏其以男装女，惑乱风俗。英宗（朱祁镇）亲逮问之。优具陈劝化风俗状，上令解缚，面令演之。一优前云"国正天心顺，官清民自安"云云。上大悦曰："此格言也，奈何罪之？"遂籍群优于教坊。群优耻之，上崩，遁归于吴。

按《明史》卷三百零七《门达传》，门达用事在英宗朱祁镇复辟以后。这时南戏开始传入北方，统治阶级看了还不习惯，才假借卫道名义逮捕演员们。那时昆腔还没有产生，吴优是演唱南戏的苏州伶人，所唱并不是昆腔。

南戏的兴盛是在明代中叶成化、弘治间（1465~1505）。此后它在全国范围逐渐地占着支配地位，压倒了北杂剧。陆容在《菽园杂记》卷十记浙江南戏流行情况写道：

> 嘉兴之海盐、绍兴之余姚、宁波之慈溪、台州之黄岩、温州之永嘉皆有习为优者，名曰"戏文子弟"，虽良家子亦不耻为之。

陆容是成化二年进士，曾任浙江右参政，他所说的事，大致是根据他在浙江的见闻，是成化中、末叶（约1476——1487）两浙戏文流传的盛况。其中除慈溪、黄岩两地情况不明外，温州、海盐、余姚三个地方都是明代流行腔调的发源地。又祝允明《猥谈》（陶珽《说郛续》卷四十六）歌曲条写道：

> 数十年来，所谓"南戏"盛行，更为无端。于是声音大乱。……盖已略无音律、腔调。愚人蠢工徇意更变，妄名余姚腔、海盐腔、弋阳腔、昆山腔之类。变易喉舌，趁逐抑扬，杜撰百端，真胡说也。若以被之管弦，必至失笑。

他是从重音律、管弦的保守观点出发，不明白民间创造新腔调的趋势，因此产生这样歪曲的结论。所谓"若以被之管弦，必致失笑"，可以说明那时民间演唱南戏基本情况仍然是不被之管弦的。按《明史》卷二百八十六，祝允明是卒于嘉靖五年（1526）。假定著《猥谈》的最晚年代算是嘉靖初年，上推二十年也是弘治末到正德初年（1506~1515）。但是"数十年"并不是确定年代，而各种腔调产生先后也不一致，像昆腔就是产生于正德间（详下）的最晚出现的一种。这里姑且用最晚的年代计算，视为正德间的事。在这时已经有四种腔调流行了。

这四种腔调到了嘉靖间（1522~1566）一般都得到很大的发展。徐渭在嘉靖三十八年（1559）著成的《南词叙录》中写道：

> 今唱家称弋阳腔，则出于江西，两京、湖南、闽、广用之。称余姚腔者，出于会稽（绍兴），常（常州，今武进）、润（润州，今丹徒）、池（池州，今贵池）、太（太平，今当涂）、扬（扬州，今江都）、徐（徐州，今铜山）用之。称海盐腔者，嘉（嘉兴）、湖（湖州，今吴兴）、温（温州，今永嘉）、台（台州，今临海）用之。惟昆山腔止行于吴中，流丽悠远，出乎三腔之上，听之最足荡人；妓女尤妙此。如宋之嘌唱，即旧声而加以泛、艳者也。

这四种腔调的地域分布情况是：流传最广的是弋阳腔，它从发源地的江西向四周发展：东至南京，西到湖广省南部，南至福建、广东两省，北到北京。其次是余姚腔，分布于南直隶的六府。再其次是海盐腔，只流行于浙江省内。最后是昆山腔，那时还局限于苏州一隅之地。然而，徐渭所说是静态的，不全面的，实际各种腔调在嘉靖间已经有了很大的变化（详下）。发展到后来，情况就完全不同了。

以上是明代各种腔调流行的基本情况，下面分别叙述五大腔调和它的支流。五大腔调是指嘉靖中叶各种支流未流行以前的五大主流，即：温州腔、海盐腔、余姚腔、弋阳腔和昆山腔。

(一)温州腔

宋代产生的南戏最初只是流行于温州的地方戏。它最初当是用温州地方的腔调来演唱的。到了明代成化间温州的永嘉还有"习为优者"，至少那时温州腔还在当地流行。宋代南戏音乐、歌曲的特色，在徐渭《南词叙录》有简单的说明。《南词叙录》论南戏的情况写道：

> 其曲则宋人词而益以里巷歌谣，不叶宫调，故士大夫罕有留意者。

另一条又写道：

> 永嘉杂剧（南戏又一称谓）兴，则又即村坊小曲而为之，本无宫调，亦

罕节奏，徒取其畸（畴）农、市女顺口可歌而已。谚所谓"随心令"者，即其技欤？间有一二协音律，终不可以例其余。

概括起来只有下面的两点：

第一是乐曲。南戏的歌曲是用当时流行的"里巷歌谣"、"村坊小曲"的民间曲调和宋代流行的词调为主的。在宋元南戏和明清人编撰的南曲谱中，都有"村坊小曲"的明显遗迹可寻，如产生于温州的《东瓯令》和产生于温州邻近地区的《台州歌》、《福州歌》、《福清歌》①都是民间流行的小曲。至于宋人的词调，在各种南曲谱更有不少的明显的证据。这类民间歌曲是人民大众共同创造的，所以那时的农民、妇女们都能"顺口可歌"随心出腔。这样，所有的歌谱，不是存在于纸面上的东西，而是存在于人们脑中的东西。因而这类歌曲，就不能以严格的节奏、音律来限制它。这不仅仅是原始南戏具有这种特质，而且一直到明代初、中叶还保存这种特质。明代中叶景泰、成化间邱濬作的《五伦全备》戏文第一出说白有这样的话：

今世南北歌曲，虽是街市子弟、田里农夫，人人晓得唱念。

这足以说明明代南曲戏文并不是如人们想象那样：一开始就像昆腔流行以后那样注意声调格律。南戏虽然沿用宋代词调（词牌）很多，然而决不可能采用宋人唱慢词的方法来唱南曲，否则，"畴农市女"如何能够"顺口可歌"？

第二是宫调。初期南戏的音乐是南宋民间音乐，它和源出隋唐燕乐的北曲是各不相属的两个系统。南曲既是民间音乐，最初和燕乐并没有关系，也不可能采取燕乐系统的宫调。所谓"不叶宫调"，正是因为它本来就没有宫调的缘故。它虽然大量采用宋代流行的词调，那只是采取或借用燕乐的曲子用民间清乐（这清乐不一定就是六朝的清商乐）来歌唱的。南戏采用词调的主要原因，是由于南戏本身曲调相当贫弱，在它发展过程中为了丰富自己的曲调而采用的。这种本无宫调的南曲，到了元代天历间《南九宫十三调谱》出现后，才开始宫调化了。

地方戏，特别是地方戏发展的最初阶段，为了适应人民大众的要求，必定

①《张协状元》有《台州歌》、《福州歌》、《福清歌》，《杀狗记》第十六出有《福清歌》，《荆钗记》第十四出有《福青歌》，第三十六出有《东瓯令》(明叶氏刊本)。《九宫正始》有《东瓯令》、《福清歌》。

要使人民大众听得懂；而大众如果自己会唱，才更容易接受。要是这样，演员和观众才能打成一片。这类"顺口可歌"不合宫调的歌曲，正是那时人民大众听得懂也会唱的曲子。当南戏还没有产生职业演员以前，只是作为农村、城市业余演出的时候，音乐、歌曲不可能有充分的发展，也只能采用"畸农市女顺口可歌"的曲调来演唱。

南戏在宋代是它发展的初期，固然为宋代"士大夫罕有留意"。就是到了南戏得到很大发展的明代，由于封建士大夫集团既不明白南戏发展的倾向，又过分重视北曲的宫调，就产生了歪曲和否定南戏的论调。如祝允明《怀星堂集》卷二十四《重刻中原音韵序》写道：

> 不幸又有南宋温浙戏文之调，殆禽噪耳，其调果在何处？

南曲没有宫调，正和明清小曲、牌子曲的情况相同，是民间音乐的特色之一。明代的封建士大夫由于偏嗜北曲和轻视人民的创造，反而把人民大众创造的南戏认为是"不幸"是"胡说"，这显然是有意的歪曲和诬蔑。但他所说"温浙戏文之调"，却证实了有温州腔调的存在。

南戏的唱法问题，至今还没有完全解决。这里根据近人的一些研究[1]并参己意提出两点说明。

第一，早期南戏也和后来弋阳腔相同，原有"帮合"唱，至少一部份曲子是帮唱的。南戏中一部分曲文的后段，有注明"合"、"合前"、"合同前"或"合头"的，就是"帮合"唱的主要证据。以前的人们都根据后来昆腔的众人同场大合唱的情形来解释"合前"，以为这也是所有的当场人物的合唱。姑且认为这种解释是对的，也只能说明一部分情况，就是在当场人物较多的时候，还可解释为当场人物合唱曲文的后几句。但是有些戏文中的一出或半出只有一角当场，也还有注"合"和"合前"的，这类"合"和"合前"以下的几句曲词由谁和当场人物合唱？这类例证在宋元南戏中也有不少，如嘉靖本《琵琶

---

[1]这是 1951 年春天和友人商谈的结果，并参证 1952 年 11 月 13 日《光明日报》一篇有关川戏的短文。

记》卷上《吃糠》一出①的前半是：

> （旦上唱）【山坡羊】乱荒荒不丰稔的年岁，远迢迢不回来的夫婿，急煎煎不耐烦的二亲，软怯怯不济事的孤身己。衣典尽，寸丝不挂体。几番要卖了奴身己，争奈没主公婆，教谁管取！（合）思之，虚飘飘命怎期？难捱，实丕丕灾共危！
>
> ◎（原书以◎表现前腔）滴流流难穷尽的珠泪，乱纷纷难宽解的愁绪，骨岩岩难扶持的病体，战钦钦难捱过的时和岁！这糠呵！我待不吃你，教奴怎忍饥？我待吃呵，怎吃得？（哭介）苦！思量起来不如奴先死，图得不知他亲死时。（合前）

下面是旦说白，又唱《孝顺歌》三首，然后才是外扮蔡公、净扮蔡婆上场。上面两首《山坡羊》是旦扮赵五娘一人当场独唱，并没有其他角色，这第二首的"合"和第二首的"合前"分明不是同场别人所唱。

又如《白兔记》卷下第六出《挨磨》②，旦扮李三娘一人当场，先唱《于飞乐》一首，说白一段，下面又唱：

> 【五更转】恨命乖遭折挫，爹娘知苦么？哥哥嫂嫂你好横心做！赶出刘郎，罚奴挨磨。叫天不应地不闻，如何过！（合）奴家那曾——那曾识挨磨，挑水辛勤，只为刘大。
>
> 【前腔】向磨房愁眉锁，受劳碌也是没奈何。爹娘在日，把奴如花朵；死了双亲，被哥嫂凌辱。爹娘死，我孤单如何过！（合前）
>
> 【前腔】挨几肩头晕转，腹膝遍疼腿又酸。神思困倦挨不转。欲待缢死在房中，恐怕甦阁智远。寻思起泪满腮，如何过！（合前）
>
> 【前腔】腹内疼欲分娩，有谁人来看管？阴空保佑——保佑奴分娩。但愿无虞，早得夫妻相见。思量起，我孤单如何过！（合前）
>
> 奴家神思困倦，不免就在磨房打睡片时。（丑上）好人不肯做，只要嫁刘大。刘大不回来，情愿去挨磨。（叫介）……

---

① 据陆贻典抄校明嘉靖刊本，不分出，相当于通行本第二十一出《糟糠自厌》（古本戏曲丛刊初集影印本，以下各书同）。

② 所引《白兔记》均据《汲古阁》刊本。

这四首《五更转》是旦角一人唱，当场也无别人。唱完以后，丑角李洪一妻才上场。这里的"合"和"合前"自然不会是同场人物所唱。又卷上第十二出《看瓜》，先演刘智远在瓜园降怪，后来旦扮李三娘上场时，刘智远已经隐藏起来，到李三娘唱完四首《醉扶归》后，他才出面。当旦唱《醉扶归》时，场上也只有一人，这"合"和"合前"也不会是刘智远合唱。《荆钗记》第十一出。[①]旦扮钱玉莲唱《玉交枝》二首，也有"合唱"和"合前"，唱完后外扮钱流行、丑扮张姑才出场。由此可知，这类"合"和"合前"、"合同前"决不是同场人物的大合唱，而是后行的合唱。当南戏发展的初期阶段，可能还有台下观众的合唱。上面所说的合唱，就是"帮合"唱（借用《在园杂志》卷三语），也就是现在地方戏中的"帮腔"、"接后场"。

这种帮合唱，还不仅用于一角当场，而且也用于许多人物同场的演出中。这些例证在南戏中是相当普遍存在的，这儿只举出一个显著的例证。《张协状元》戏文最后《团圆》的一出，先由生扮张协、丑扮王德用、外（旦）扮王夫人、后扮野方养娘、旦扮贫女先后登场，然后才是"净作李大婆上唱"：

> 【红绣鞋】状元与婆婆施礼，（合）不易！（生）婆婆忘了你容仪，（合）谁氏？（净）李大公那婆婆，随娘子去，弃了儿女施粉朱，来到此处，如何认不得？

下面是旦唱《越恁好》。这里合唱的"不易"和"谁氏"两处，如果认为是当场人物合唱的冷语，除了丑角以外，和别人的身份、口吻都不符合；如果认为是后行的帮合唱，恰好符合第三者的身份、口吻。这在现在还保存着帮腔唱法的地方戏中，也存在同样情形。由此可知，早期南戏的大同场也用着帮合的唱法。因此可说，南戏中全部的"合"和"合前"，不只是同场人物的合唱，而且还有后行的帮合唱。

《永乐大典》本戏文三种，是见存南戏作品中保存本来面貌最多的几种，它们在许多地方也保存了帮合的唱法。《宦门子弟错立身》注"合"唱的只有三处，《遭盆吊没兴小孙屠》却有四十五处。最多的是《张协状元》，注"合"的有一百二十一处，而确实知道是同场合唱的十处并不包括在内。这一百六十

---

①明姑苏叶氏刊《新刻原本王状元荆钗记》，无出目。

九处的"合",也是帮合。由此可见,宋元南戏帮合的唱法,不仅是确实的事实,而且是广泛的应用。除了上述一百六十九处帮合后段以外,还有帮合中间唱句的腹部帮合。在《张协状元》中,有一些曲文中间的两三句,也注着"合"的,如《上堂水陆》四首,《浆水令》三首,《滴漏子》、《金牌郎》、《金莲花》、《鹅鸭满渡船》、《越恁好》各二首,犯樱桃花、夜游湖、林里鸡、红绣鞋各一首。这二十一处的特别形式的"合"唱,说明了当时后行帮合的频繁。这类腹部帮唱,在现在川戏的高腔戏中还继续保存着,这又是南戏腹部帮合最好的佐证。明代戏文和经过明人修改过的元代戏文,经常是在唱两支、四支同一曲牌的时候,才有"合"与"合前",形式是整齐划一的。但在宋元南戏中还不是划一的,如《张协状元》中就有一首也用帮合(《薄媚令》、《卜算子》等)或几首中只帮合一部分(《上马踢》、《浆水令》等),这也正是南戏帮合的本来面貌。

帮合的唱法,到了明代,除弋阳腔外,都逐渐废除了。在昆腔戏中连少数的"合"和"合前"也改为同场合唱,只是保存着帮合唱的暗淡的痕迹。

第二,早期南戏是以干唱为主。《猥谈》说:"若以被之管弦,必致失笑。"杨慎在嘉靖写成的《升庵诗话》卷九也说:"南方歌词不入管弦。"可知明代初、中叶南戏基本上还是不合管、弦乐的。崇祯间沈宠绥在他著的《度曲须知》上卷《弦律存亡》条写道:

> 慨自南调繁兴,以清讴废弹拨,不异匠氏之弃准绳。

这是说:自从各种南曲声腔兴盛以后,清唱代替了用弦索伴奏的北曲,他以为这是废弃了规矩准绳。我们的看法,"清讴"就是干唱。如果昆腔以前的清唱也和昆腔一样用箫管,就和实际情况不符合了(详后)。三人所说虽是指明代的情况,而明代以前南戏唱法的基本情况,也可据此看出它的轮廓。又王世贞《艺苑卮言》(嘉靖三十七年,1558年自序)卷九附录(一)写道:

> 北宜和歌,南宜独奏。北气易粗,南气易弱。[①]

————————

①明人刊印的丛书有改名为《曲藻》的,即《艺苑卮言》的附录。这条后来又收入魏良辅《曲律》中。

按和歌有两种解释，就是众人合唱的和歌及有乐器伴奏的和歌。元代北曲的基本情况是一人独唱，经常不用众人合唱的办法，可知这不是指合唱，是指有乐器伴奏的而言。这种和歌，也和六朝的相和歌一样。宋郭茂倩《乐府诗集》卷二十六说《相和歌》是"丝竹更相和"，就是指有伴奏的和歌。又引陈释智匠《古今乐录》的记载："凡相和，其器有笙、笛、节歌、琴、瑟、琵琶、筝七种。"由此可知，这里的和歌正是指伴奏的和歌，和元代唱北曲用筝、琵琶的具体情况也是一致的。元夏庭芝《青楼集》《于四姐传》说："尤长琵琶，合唱为一时之冠。"又《金儿传》说："挢筝合唱，鲜有其匹。"元人所谓"合唱"也是由配合乐器歌唱而得名。夏庭芝所谓"合唱"，王世贞所谓"和歌"，虽然使用的名称不同，实际都是指配合乐器的歌唱。和歌是这样，独奏又是什么？

独奏也有两种意义，就是单独用一种乐器的演奏（如琵琶独奏之类）和干唱两种解释。按照明代两项用乐器伴奏唱南曲的情况来考察，弦索官腔是用筝和琵琶等唱南曲（详下海盐腔项），昆腔是用箫管等唱南曲。所以这里的"独奏"并不是指琵琶独奏的那一类情况。它是指没有乐器伴奏的干唱，就是明人沈德符《野获编》卷二十五所说的"单喉独唱"。不用乐器伴奏的干唱，本是南曲唱法的特色之一。到了昆腔产生以后，虽用管、弦乐器伴奏，但是还很重视这种单喉独唱。《野获编》卷二十五有一条记载说明这件事，大意是：开始学唱昆腔时如果用管乐伴奏，以后再离开乐器干唱就有不谐音律的毛病。他主张先学干唱的方法，到了"学唱将成"时再"教以箫管"。这说明昆腔重视独唱是继承南曲干唱传统的。这样，就可了解王世贞、魏良辅强调"独奏"，是基于历史条件而产生的见解。

根据上面的解释，王世贞的意思是：由于北曲用弦索伴奏，曲调严格，所以说"宜和歌"。它能以歌声配合乐声，有相得益彰的好处；但由于北曲拍子紧凑，唱得快，不免流于粗豪。由于南曲单靠干唱，纯是人声自然的音律，不受伴奏乐器的限制（鼓板只是节拍），较为自由，所以说"宜独奏"。它能够发挥声乐的长处；但也由于无器乐伴奏，单靠人的歌喉，气力容易衰弱。

总结上文，原始南戏的唱法是"清讴"、"独奏"、"不被之管弦"的，所以才能"顺口可歌"，虽是街市子弟、田里农夫，人人都晓得唱念。如果早期南戏不是干唱，上面几项文献资料就无法说明了。这里所说并不是结论，只是个人的看法，这自然还有待于进一步的深入探讨。

虽然早期南戏基本上是干唱的，但也不是完全没有管弦乐伴奏的，事实刚刚相反，南戏确有用管弦伴奏的。《张协状元》末白：

　　但咱门（们）虽宦裔，总皆通弹丝品竹，那堪咏月与嘲风。若会插科使砌，何吝搽灰抹土，歌笑满堂中。

这是明有管弦伴奏的。又生上场后问答有：

　　后行子弟，饶个《烛影摇红》断送。（众动乐器，踏场调数）

下面生又唱《烛影摇红》曲。这是生上场后踏歌时，由后行子弟吹或弹奏《烛影摇红》，作为"断送"（赠送）之用，也可见有管弦伴奏。但这个仅见的例子只是"宦裔子弟"演出的情况，并不是所有南戏的演出都是这样，这个别例证并不影响南戏干唱的基本情况的说明。

　　南戏既然出于温州，所以从宋代到明代都有温州演员。现存最早的戏文《张协状元》开场时末白说道："状元《张协传》，前回会演，汝辈搬成。这番书会，要夺魁名，占断东瓯盛事。"东瓯原是温州旧名。这些正是温州演员自我表扬的口吻。他们所唱是用地方腔调，就是祝允明所说的"温浙戏文之调"。据《菽园杂记》的记载，在明代成化间温州还有"习为优者"，那时温川腔至少还在当地流行。到了嘉靖间各种腔调盛行以后，温州腔就湮没无闻，连温州当地也唱海盐腔了[①]。

（二）海盐腔

　　海盐在宋元时曾经几度为通商口岸，海盐所属的澉浦在元至元十四年（1277）就设立对外贸易的市舶司机构[②]。元代澉浦杨氏就是以海运起家的豪门。海盐又是浙江重要产盐区之一。所以海盐也是商业和手工业发达的地区。宋元时海盐地方就以善唱歌曲著名。明李日华《紫桃轩杂缀》卷三写道："张镃字功甫，循王（张俊）之孙，豪侈而有清尚。尝来吾郡海盐，作园亭自恣，令歌儿衍曲务为新声，所谓海盐腔也。"南宋中、晚叶海盐张镃歌童们所唱歌曲（唱慢词可能性为最大），和明代流行海盐腔曲调中间虽没有直接关系，但就音乐、歌曲的传承来说，南宋传唱的歌曲，至少也是后来海盐腔的先行条件之一。

---

　　①见《南词叙录》。

　　②《宝庆四明志》卷六载南宋绍熙元年以前曾经有番舶到澉浦,绍熙元年禁之。这是由于澉浦未设立市舶司,还未成为法定的通口岸的缘故。但那时事实上已有商舶出入了。元代设立市舶,始于至元十四年,见《元史》卷九十四《食货志》(二)。

海盐在宋代既然以善唱歌曲著名；到了元代，随着南北曲的流行，又以善唱南北曲著名于当时。元姚桐寿《乐郊私语》（至正二十三年，即1363年自序）写道：

> 州（海盐）少年多善乐府，其传出于澉川杨氏。当康惠公梓存时，节侠风流，善音律，与武林阿里海涯之子（应作孙）云石交。云石翩翩公子，无论所制乐府、散套，骏逸为当行之冠；即歌声高引，可彻云汉。而康惠独得其传。……其后长公国材、次公少中复与鲜于去矜（名必仁）交好，去矜亦乐府擅场。以故杨氏家僮千指，无有不善南北歌调者。由是州人往往得其家法，以能歌名于浙右云。

按海盐歌曲发达的原因，是在手工业和商业发达的社会基础上产生的，并不是单由于杨氏的家乐。由于社会的需要，才形成"州少年多善乐府"。另一方面，海盐在宋代既以歌曲著名，到元代"以能歌名于浙右"，正是进一步的发展。杨梓是著作《敬德不伏老》等三种杂剧的元代戏曲作家。他的家世是世以海运为业：杨梓的父亲杨发是"于番邦博易珠翠、香货等物"以富商而为蒙古统治者的福建安抚使兼两浙市舶总司事。杨梓曾为杭州路总管，也因海运关系在海外做过事。他的次子杨枢是松江等处海运千户，航海贸易一直到波斯的忽鲁模思[①]。这样的富商、豪门才能养着数以百计的家僮。元代海盐人唱南、北曲，虽然不是单纯受了杨氏家乐的影响，但也产生客观效果，就是杨氏歌僮的"家法"对海盐歌曲的发达也有一定的作用，即是推进海盐南、北曲的发展。姚桐寿记杨家度曲的事，是指至正十年（1357）杨元坦卒前的情况，这时海盐少年已经是"以能歌名于浙右"。明代海盐腔最晚在成化中、末叶已经流行（见前），上距元至正十年，虽有一百二、三十年之久，然而两者不可能没有历史渊源。清王士禛《香祖笔记》卷一在引《乐郊私语》后写道："今世俗所谓海盐腔者，实发于贯酸斋，源流远矣。"他把创造海盐腔归功于贯云石个人，显然是不恰当，也不符合事实。但他从历史渊源来说明海盐腔的萌芽时代，确可注意（谈迁《枣林杂俎》和集《南曲》条说略同）。元代海盐流行的南、北曲和明代海盐腔的具体关系，由于史料不足难以说明。即使由于历史发

---

① 杨发事见《元史》卷九十四《食货志》（二）及《乐郊私语》，杨梓事见《元文类》卷四十一引《经世大典》，杨枢事见《金华黄先生文集》卷三十五《杨君墓志铭》。

展两者有所不同，但元代海盐的南、北曲和海盐腔必有血缘关系，不妨视为海盐腔最近的来源。因此，海盐腔的萌芽时代，可以上推到元至正间。

明代成化间海盐腔已经流行，到了嘉靖间得到重大的发展，成为当时流行的三大腔调之一，据《南词叙录》的记载，那时它流传嘉兴、湖州、台州、温州各地。其实还不仅如此。杨慎《丹铅总录》（明刊本有嘉靖三十三年梁佐序）卷十四《北曲》条写道：

> 近日多尚海盐南曲，士大夫禀心房之精，从婉娈之习者，风靡如一。甚者北土亦移而耽之，更数十（年）北曲亦失传矣。（此条又见杨氏《词品》卷一）

又顾起元《客座赘语》卷九《戏剧》条写道：

> 南都万历以前，公侯与缙绅及富家，凡有宴会小集，多用散乐，或三、四人，或多人唱大套北曲。……大会则用南戏，其始止二腔：一为弋阳，一为海盐。弋阳则错用乡语，四方士、客喜阅之。海盐多官语，两京人用之。

足见当时不仅流行于两浙，而且流行于南、北两京和北方一带。在万历以前，它和弋阳腔是对峙的两种南戏剧种。但在社会上却远不及弋阳腔势力雄厚；因为它是以封建统治阶级的官僚、士大夫为服务的主要对象。

到了万历间（1573~1619）又有很大的变化。一方面，当时的南方由于昆腔的兴盛，海盐腔的地位就被昆腔代替了。《客座赘语》卷九记载那时南京的情况是"见海盐等腔已白日欲睡"。王骥德《曲律》（万历三十八年自序）卷二也写道："旧凡唱南调者，昔日海盐。今海盐不振，而曰昆山。"可见它在南方的地位是一落千丈了。另一方面，它在北方还保持着一定地位。万历间成书的《金瓶梅词话》记载那时海盐子弟演戏和清唱南曲的就共有八处。沈德符《野获编补遗》卷一记那时内庭演唱南戏，有弋阳腔、海盐腔、昆山腔三种。可见它在北方地位还没有被昆腔代替。但它基本上已趋于衰亡了。

海盐腔的唱法，近人论著中涉及的虽然不少①，但结论还不一致。这里姑

---

①《中国近世戏曲史》一六八页推论海盐腔"除鼓板外，疑或用笛，然尚未见可据之明文。"《中国戏曲论丛》三十四页据《金瓶梅词话》断定是"兼有丝竹相和"。《中国戏剧史》三七二页以为是"所用皆为弦乐"。关于后面两书立论依据是否可靠，详见 141 页注①。

就已经发现的资科，考察这个问题。前引祝允明《猥谈》说余姚、海盐等四种腔调 "若以被之管弦，必致失笑"。他的说法显然有夸大的地方，如昆腔就是有管弦伴奏的，并不是所有各种声腔的戏曲都不用伴奏。可是明代初、中叶民间演唱南戏不用管弦乐伴奏，基本是可信的。海盐腔是否也有管弦伴奏呢？明林希恩《诗文浪谈》（《说郛续》卷三十三）论集诗用唱曲做比喻道：

> 集诗者概以其句之骈丽而耦之，自以为奇矣。虽云双美，其如声之不相涉入何哉？不谓之海盐、弋阳之声而并杂于管弦之间乎？

这是说：集前人成句为诗，即使词句骈丽，但格律未必吻合，也正如把海盐、弋阳两腔的唱法夹在有管弦伴奏的歌曲中难于合律一样。按照他的意思，海盐、弋阳两腔也是无伴奏的干唱，这就和《猥谈》的说法相同了。弋阳腔是无管弦乐伴奏的，早经成为定论。海盐腔的唱法如何，单凭这两条记载还不够说明，必须有具体例证才有足够的说服力。《金瓶梅词话》记海盐子弟唱曲的共有八处，可分为两类：一是拍手清唱散曲和戏曲，如第四十九回的情况是：

> 西门庆交海盐子弟上来递酒，蔡御史分付："你唱个《渔家傲》我听。"子弟排手（拍手）在旁唱道：……（下面清唱《渔家傲》"别后杳无书"一套）

又第三十六回西门庆宴蔡状元、安进士，苏州戏子苟子孝和书童先后拍手清唱《朝元歌》、《锦堂月》各二首（前二首见《香囊记》第六出，后二首见第二出），及《画眉序》二首（见《玉环记》第十三出）。（按这回虽说苟子孝是苏州戏子，但没有指明唱昆腔。而第七十四回又说苟子孝是海盐子弟。疑苟子孝是唱海盐腔的苏州籍贯的伶人。）第七十四回记安郎中宴蔡九知府，海盐子弟清唱《宜春令》一套（《南调西厢记》第十五折），但未拍手。

另一类是演唱戏曲，用锣、鼓、板打击乐器，如第六十三回李瓶儿首七晚演戏的情况是：

> 叫了一起海盐子弟，搬演戏文。……下边戏子打动锣鼓，搬演的是《韦皋玉箫女两世姻缘玉环记》。……不一时吊场，生扮韦皋，唱了一回下去。贴旦扮玉箫，又唱了一回下去。……下边鼓乐响动，关目上来。生扮韦皋，净扮包知木，同到拘栏里玉箫家来……西门庆令书童催促子弟，快吊关目上

来，分付拣省热闹处唱罢。须臾，打动鼓、板，扮末的上来（向）西门庆请问："小的《寄真容》的那一折唱罢？"西门庆道："我不管你，只要热闹。"贴旦扮玉箫唱了一回。……那戏子又做了一回。（第六十四回记次日晚继续演唱，也是"打动鼓、板"。）

第六十四回海盐戏子演《刘智远红袍记》是"子弟鼓板响动，递上关目揭帖"。第七十六回海盐子弟唱《四节记》是"下边戏子锣鼓响动，搬演《韩熙夜宴邮亭住（佳）遇》"。此外第七十四回海盐子弟演《双忠记》及第七十六四海盐子弟演《装（装）晋公还带记》二处，却未明说用鼓、板（其他非海盐子弟演唱戏曲都未列入）。以上几处只是说明用鼓、板或锣、鼓、鼓乐，没有一处说到管弦伴奏。也许有人提出这样问题：这会不会原有管乐或弦乐伴奏，作者略去不说呢？或者说用锣、鼓等只是开场前的情形，中间或许还有管弦伴奏的？对于第一个问题的回答是：全书还有十八处用弦索伴奏唱南曲的弦索官腔（详下）和许多处用弦索唱北曲、都说明所用的乐器，为什么单独略去海盐子弟清唱和演唱的伴奏乐器呢？书中所以不说伴奏乐器，正是由于没有伴奏，只用拍手或鼓、板来节拍。关于第二个问题的说明是：全书记载演唱戏曲的共计十一处，全部没有说明伴奏乐器，内中非海盐子弟演唱的六处[1]连鼓、板节拍的说明也没有，而记载海盐子弟演唱的还有三个地方指明是用鼓、板，这正说明用鼓、板是海盐腔特色的缘故。总之，截至现在为止，还没有发现海盐腔用管乐或管、弦乐伴奏的可靠的记载[2]，最低限度是：暂时的小结可以说海盐腔是无伴奏的干唱。

海盐腔的唱法是用拍板或拍手节拍。汤显祖《玉茗堂文集》卷七《宜黄县戏神清源师庙记》写道："南则昆山之次为海盐，吴浙之音也。其体局静好，

---

①除海盐子弟演唱五次外，还有其他伶人演唱六次：三十二回教坊演四折《升仙记》，四十二回王皇亲家乐演《西厢记》，四十三回演《留鞋记》四折（未演前有"鼓乐响动"），五十八回演《升仙会》，六十五回教坊演《还带记》，七十八回王皇亲家乐演《半夜朝元记》，都没有伴奏的记载。至于清唱戏曲概不列入。

②明人著述中说到南曲用管弦的虽然很多，但多数是指昆腔，如臧懋循《元曲选序》第二篇，沈德符《野获编》卷二十五的三条。何良俊《四友斋丛说》卷三十七论南北曲写道："管笛稍长短其声，便可就板。弦索若多一弹，少一弹，则徒拍矣。"何氏所说是嘉靖间事，这里用管笛的南曲，未知所指。

以拍为之节。"又顾起元《客座赘语》卷九《戏剧》条记万历以前南京宴会清唱写道："后乃变而尽用南唱，歌者祇用一小拍板，或以扇子代之，间有用鼓、板者。今则吴人益以洞箫及月琴。"按"今则吴人益以洞箫及月琴"，是指昆腔，上文的"南唱"是指海盐腔。下文又有昆腔较海盐腔更为清柔的话，那个用鼓板或拍板的，明是指海盐腔了。探索顾氏的意思是：清唱时以用拍板或扇子为主，用鼓、板是偶然的事。演唱戏曲时要面对较多的听众和适应演出需要，小拍板或扇子都不适用，就非用鼓、板不可了。上面所引《金瓶梅词话》三次演唱都用鼓、板，正是这个缘故。

　　清唱时也可不用拍板或扇子，改用手拍，像上面所引词话两处所说那样。此外还有拍手唱南曲的记载：第三十五回书童拍手唱《玉芙蓉》四首，第四十九回书童拍手唱《玉芙蓉》四首（以上散曲），第六十七回春鸿拍手唱《驻马听》二首，第二十七回西门庆排手（即拍手，见第十二回）众人齐唱《梁州序》一套（以上清唱戏曲）。这些虽然未指明是唱海盐腔，但拍手唱南曲也和海盐腔的节拍方法相同。其中第四个例子，除拍手外，还用琵琶、月琴伴奏，显然和上面干唱三个例子不同，但这不是海盐腔，而是"弦索官腔"。

　　为了免除误会，简单说明一下海盐腔和弦索官腔的区别①：

　　《词话》中除拍手干唱外，还有不少用弦乐伴奏清唱南曲和南北合套的。所用乐器有筝、琵琶、阮、月琴、弦子、瑟（？）六种；以琵琶独用的为最多，其次是筝和琵琶（或加入其他弦乐）合奏。其中没有一处用管乐，可证绝对不

---

　　①最早误会的是近人姚华，他在《菉漪室曲话》卷三写道："弦索官腔虽无确名，大抵海盐、弋阳两调皆是。"弋阳是既不用管乐也不用弦乐伴奏的干唱，无待说明。海盐腔用弦索伴奏，迄至现在也还没有发现可靠的明人记载。《曲话》的结论是想当然的推断（这条不可靠的说法已引起写剧种调查人们的误会）。《中国戏曲论丛》虽据《金瓶梅词话》立论，但没有引证实例，大约是根据全书所有南北曲的概括推论。就《词话》全书所有记载海盐子弟唱曲的八处考察，没有一处有丝竹相和的明文。书中虽然有用弦索伴奏唱南曲，但那是"弦索官腔"，并非海盐腔。至于用管乐的仅有两处：一是李惠等小优儿用琵琶、箫、管唱北曲小令（五十四回），一是阶下（戏子）用弦乐和笙、箫、管、笛吹打，唱南曲《画眉序》一套（四十三回），都不是海盐子弟所唱。《中国戏剧史》说海盐腔全是用弦乐，也显然是把弦索官腔和海盐腔混而为一。而所引例证又和事实不符。书中所举的"叫了一起海盐子弟"和"又预备下四名小优儿"，是准备宴蔡九知府的，见《词话》七十二回（正式宴会在七十四回）。下面接着又引邵铭等小优用筝、琶在席前弹唱，是替孟玉楼上寿的家宴，见七十三回。两件事分见前后三回，并不是一事。小优儿弹唱的陈铎《集贤宾》套是北散曲，非南曲，更不是海盐子弟所唱。

是昆腔。这种例子全书中共有十八处，计：伎女和小优儿唱的九处[1]，民间歌女、家庭妇女（包括使女）九处。下面摘录第四十三回一段，以见一斑：

> 李桂姐、吴银儿、韩玉钏儿、董娇儿四个唱的，在席前锦瑟（？）、银筝、玉面琵琶、红牙象板，弹唱起来，唱了一套"寿比南山"。（按：原书未引全文，据首句即南曲《春云怨》套，《雍熙乐府》卷十六题《庆寿》。）

在原书中李桂姐等人都是属于教坊司三院的伎女，李铭等小优儿也是隶属于教坊司的小乐工，这两种人所唱的都是流行于北教坊的弦索官腔的唱法。它既是教坊传唱的弦索官腔，因此也就不难理解书中伎女、小优儿们唱南曲和南北合套都用弦索伴奏的原因了。教坊所唱的弦索官腔影响社会以后，民间歌女和家庭妇女也就采用这种唱法。这种用弦索伴奏唱南曲，也就是冯惟敏所说的"南词北唱"[2]。

上面十八处用弦索官腔唱南曲和南北合套的都不是海盐子弟，海盐子弟清唱散曲和戏曲及演唱戏曲的八处，也没有一处用弦索或管、弦合奏的。由此可知，《金瓶梅词话》中的弦索官腔和海盐腔是不同的两种唱法，虽然所唱的都是南曲。总之，直到现在，我们还没有发现海盐腔用管、弦乐伴奏的记载或具体例证。

海盐腔具有清柔的特色，正适合封建地主、官僚们的口味，为他们所爱好（见上引《丹铅总录》）。所以，海盐腔是以地主阶级为服务的主要对象。如嘉靖间大官僚谭纶厌恶乐平腔、徽州腔，喜欢海盐腔，特地从浙江把唱曲的人带回他的故乡宜黄，教当地子弟唱海盐腔[3]。就是一个具体例子。唱海盐腔的伶人为了适应他们的需要，在南京、北京就用官话（见上引《客座赘语》）。海盐腔之所以为官僚、地主所爱好，除了歌曲本身具有清柔特色的原因之外，还有另一方面的恶劣原因。我们从上引《丹铅总录》所说的"士大夫禀心房之精，

---

[1] 伎女所唱的七处是：四十三回二处，四十四、五十二、五十九、七十四、九十六回各一处；小优儿所唱的二处是：四十六、七十三回；民间歌女唱的四处是：四十六、七十五回各一处，六十一回二处；家庭妇女和使女所唱五处是：二十七回二处，二十一、三十、三十八回各一处。

[2] 见《海浮山堂词稿》卷三《玉抱肚赠赵今燕》之二。

[3] 见《玉茗堂文集》卷七《宜黄县戏神清源师庙记》。

从婉娈之习者，风靡如一"已经略知轮廓。又明姚士麟《见只编》卷中写道："吾盐有优者金凤，少以色幸于分宜严东楼（世蕃）侍郎。东楼昼非金不食，夜非金不寝也。"① 在词话第六十四回中，更有露骨的说明。这是封建统治阶级玩弄、侮辱艺人的最恶劣的行为。而这种恶劣现象的产生，是和那时具体的社会情况和历史条件分不开的②。

后来由于"较海盐又为清柔而婉折"③ 的昆腔盛行，海盐腔就一蹶不振了。昆腔继承海盐腔清柔婉折的特色，发展为更婉转、清细的"水磨调"又配合了管、弦乐，终于代替了较朴素的海盐腔。海盐腔后来也受了流行"滚唱"等腔调的影响，采用滚唱的办法。清刘廷玑《在圆难志》（康熙五十四年，即一七一五年自序）卷一写道："旧弋阳腔……则多带白，作曲以口滚唱为佳。……江西弋阳腔、海盐浙腔，犹存古风。"可见在清康熙间弋阳、海盐两腔都还保存着滚唱的古风。然而这时已经是海盐腔的尾声。康熙以后，它就湮没无闻了。

（三）余姚腔

余姚腔的产生时代，现在还不明白。据前面征引陆容、祝允明的记载，它在成化、正德间（1465~1521）已经流行，其起源当在成化以前。清顾景星《白茅堂诗文全集》卷三十五《传奇丽则序》写道：康陵初（武宗朱厚照），变余姚为弋阳。但顾氏序文所说各种腔调流行的年代很不可靠，如说海盐腔是万历间流行的"新声"，就和事实显然不符。再据前引《南词叙录》所说，余姚腔在嘉靖间还流行于常州等地，而在正德初年已经为弋阳腔代替的说法，更不符合事实。但顾氏的口吻是意味着余姚腔的流行早于弋阳腔，这和现在获得的史料是一致的，因为在成化间余姚已有"习为优者"而弋阳腔的出现是在正德间。

在嘉靖间海盐、弋阳腔对峙的情况下，余姚腔虽然分布于长江南北的常州、润州、池州、太平、扬州、徐州六府，但不及弋阳腔传布广远。也就在嘉靖间，连原来流行余姚腔的池州、太平两地也产生了新的腔调（详后）。此后仅

---

① 清人《因树屋书影》卷九、《香祖笔记》卷二、《坚瓠广集》卷三、《茶余客话》卷十八、《剧说》卷六所载，并出此书。

② 主要原因是统治阶级以艺术、艺人为玩物来摧残它；而狎优的历史又和宣德间禁官伎后兴"小唱"的事有关。

③ 见《客座赘语》卷九《戏剧》条。

一见其名目于明末的著述中。《想当然》传奇①首茧室主人《成书杂记》写道：

> 俚词肤曲，因场上杂白混唱，犹谓以曲代言，老余姚虽有德色，不足齿也。

这种"杂白混唱"就是指曲文中夹着许多以七字句为主的"滚白"，用流水板迅速地快唱，它又叫"滚唱"或"滚调"。这是从嘉靖到崇祯间（1522~1644）的一百二十多年在各个地区广泛地流行的唱法，为当时人民大众最喜爱的戏曲。唱老余姚腔的对于"杂白混唱"既有德色，那么两者必有相同的地方，才能引起共鸣。这就间接说明余姚腔在明末一段时间也用滚唱。问题是它从什么时候用滚唱。如果它原来确用滚唱，池州、太平两地本是余姚腔流行地区，池州腔、太平腔的滚唱正是从余姚腔蜕化而也出；而余姚腔是首创滚唱的。但这项资料还是只能说明明末的情况。因此，在余姚腔史料还很缺乏的情况下，暂时还不能下断语。

余姚腔用通俗的滚唱，而流水板又有明快的特色，人人都能听懂，成为当时人民大众爱好的戏曲之一。相反的是封建统治阶级，他们认为余姚腔是粗鄙的东西。张牧《笠泽随笔》②写道："万历以前，士大大宴集，多用海盐戏文娱宾客。……若用弋阳、余姚，则为不敬。"这两种被他们鄙视的戏曲，正是多数的人民所喜悦的。余姚腔和弋阳腔虽同是人民的戏曲，但弋阳腔由于传播广远和历史悠久，还保存一部分资料，而余姚腔由于历史较短和流传范围不大，连基本情况都还不明白，这是戏曲史上很大的损失。近年来在浙江绍兴发现的"调腔"戏，论者以为它就是余姚腔③，但由于余姚腔后半段历史非常模糊，中间又牵涉到崇祯间流行的"本腔"、"调腔"戏的问题，因此，且留到下节再谈。

(四)弋阳腔

弋阳腔是明代流传最广，最受各地广大人民欢迎的戏曲。它本是江西的地方戏，后来才传到南北各省。据祝允明的记载，它在正德间（1506~

---

①《想当然》题卢相作，祁彪佳在崇祯间《作曲》品中已经怀疑是"近时人笔"。清周亮工《书影》卷一就指明是他的门人扬州王光鲁所作，托名于卢相的。

②张牧《笠泽随笔》保存了明代成化间《百二十家戏曲全锦目录》，是有关戏曲的一部重要笔记。书为吴县潘氏所藏，后不知下落。本文所据《剧学月刊》第四卷第五期佟晶心《通俗的戏曲》一文转录，卷帙不详。

③见《华东戏曲剧种介绍》第五集《从余姚腔到调腔》。

1521）已经流行，其起源最晚也是那个时候。《南词叙录》说它在嘉靖间（1506~1566）就流传于南、北两京和湖广（今湖北、湖南）、福建、广东三省。流传地域既很广阔，可证它必有相当长久的历史和广大的群众基础。

在嘉靖间，弋阳当地已有"四方流民寓其间"的横峰窑。明代嘉靖前后造磁业基地的浮梁县景德镇是：有官私窑二三百座，其容量较元代扩大三、四倍，主客籍的人口"无虑十万余"，市肆有十三里许的巨镇。在万历间雇佣工人不下数万人，佣工是来自乐平等地的[1]。弋阳腔本是以农民和其他劳动人民为服务的主要对象，而劳动人民自己也会歌唱[2]。它在省内很可能是以景德镇为发展的基地。这里只是把问题提出，留待以后证实。

汤显祖《玉茗堂文集》卷七《宜黄县戏神清源师庙记》写道："自江以西为弋阳，其节以鼓，其调喧。"所谓："其调喧"是说这种一人唱众人和的帮合唱具有喧哗的特色。如果是一人独唱没有别人帮合还有什么喧哗可说呢？何况后二句一是指乐器，一是指唱法，并非都指乐器。这种帮合唱是像清李渔《闲情偶寄》卷一《音律》所说那样："一人启口，数人接腔者，名为一人，实出众口。"（按李渔所指是清初弋阳腔的具体情形。因为弋阳腔本身变化不止一次，这里只是借用。）

弋阳腔也是不用管、弦乐伴奏的干唱，上引《诗文浪谈》曾间接说明。又杨慎《升庵诗话》卷九写道："南方歌词，不入管、弦，亦无腔调，如今弋阳腔也，盖自唐、宋已如此。"如果第一节所说早期南戏用帮唱、干唱没有错误，弋阳腔用帮唱、干唱正是继承早期南戏原有的唱法。这不只是弋阳腔独有的特色，而是弋阳腔多保存一些早期南戏原有的成分而已。明冯梦龙增订四十回本《三遂平妖传》首张誉序写道："如弋阳劣戏，一味锣鼓了事。"它既是用锣、鼓帮衬和以鼓节制，就具有金鼓喧阗的特色。帮合唱已经很热闹了，再加上锣、鼓，更加强了喧阗、热闹的气氛。这正适合面对多数观众的广场演出，而喧阗、热闹的气氛又正是广大人民所喜悦的。弋阳腔在清代又叫高腔，清严长明《秦云撷英小谱》说当时高腔是"七眼一板"（最快的），这或是沿袭明代弋阳腔原有的办法。七眼一板是行腔迅速的八拍子的快曲子，比四拍子曲子要

---

[1]《历史研究》一九五五年第三期《中国资本主义生产因素的萌芽及其增长》，第六期《明末城市经济发展下的初期市民运动》，《史学》双周刊第七十九号《从明代景德镇磁业看资本主义因素萌芽》，上海人民出版社《鸦片战争以前中国若干手工业部门中的资本主义萌芽》。

[2]明袁中道《珂雪斋文集》卷八《采石度岁记》记舟人少年"能唱弋阳胜者，亦自流利可喜。"

快得多。唱的时候，每句都听得清楚，这又有明快的特色。

下面根据弋阳腔几项特色考察它的起源。

第一是帮合唱。帮合唱是起源于劳动歌。当人们从事共同劳动的时候，特别是规模较大的劳动，经常是一面劳动一面唱着歌。先是由一人领头唱一句或一段，然后众人帮和。如各地的吆号子、打夯歌、船夫歌等等劳动歌，都是这样唱法。在古代也是这样；《淮南子·道应训》写道："今夫举大木者，前呼'邪许'，后亦应之，此举重劝力之歌也"。明王三聘《古今事物考》卷七写道："今人举重出力者曰'人倡'，则为号头，众人和之，曰'打号'。"这类劳动歌都是用一人唱众人和的方式。作为劳动歌之一的秧歌，也是如此。弋阳腔的帮合唱法，就是导源于劳动歌，但它不是渊源于打号子一类的歌，而是源出秧歌。秧歌的一唱众和的具体情况，可用四川秧歌为例：四川的秧歌唱法，每当到了末尾，众人帮唱着"儿郎乐"的和声①。其他地方也有帮唱着歌辞的。从一般唱秧歌的基础发展到秧歌队舞、秧歌戏的形式以后，经常是继续保存帮合唱的方式。秧歌队舞的帮合唱，人们的记忆犹新，无待赘述。秧歌戏的帮合唱的例子如：河北定县的秧歌戏在它发展的初期原有帮合唱，后来虽然废除，还保存帮合唱的残余痕迹，就是：末句最后三字本是帮唱人唱的，后来废除了帮合唱，就应该由当场的人单独唱才对；可是当场人也不唱，末句就只剩了四个字的不完整的句子了②。由浙江嵊县的秧歌发展到"的笃戏"（又称小歌戏）的戏曲形式时候，还保留着秧歌的帮合唱的"接后场"；当它发展到大都市快接近现在越剧形式时，才废除了帮合唱。弋阳腔的基本性质，和这类秧歌戏相同。它们发展过程的基本规律是：（一）先有秧歌，然后在秧歌的基础上发展为集体歌舞的秧歌队舞（名称不一定都叫秧歌）；再由秧歌队舞发展为秧歌戏；（二）或是由秧歌直接发展为秧歌戏。弋阳腔戏曲的形成，也不出这两项规律以外。弋阳地方的秧歌形成正式戏曲以后除一度用滚唱外（详后），基本上是保持帮合唱，传入城市和大都会以后也没有完全改变它的性质（后来部分地区的改变不在此范围以内）。

第二是锣、鼓帮衬。当农民集体在田中插秧合唱秧歌时，一般是用锣、鼓节歌、送歌，经常是不用管、弦乐器。因此，锣、鼓和秧歌有不可分割的联

---

①见黄芝岗《从秧歌到地方戏》。
②见李效庵《定县秧歌》，刊《文艺复兴与中国文学研究专号(中)》。

系；而且在往日农村的具体环境中，用锣、鼓的打击乐器才能把音响传到远方，使参加插秧的人们都听到响亮的声音。由秧歌发展到秧歌队舞时，仍然用锣、鼓（它的形式和数量可以改变）节制舞蹈的动作，它和锣、鼓的关系还是非常密切。到了形成秧歌戏以后，情况就不一致了。在农村演高台戏时，锣、鼓的节奏仍然是主要的，不论有无管、弦乐伴奏。它流入了城市后，一般情况是锣、鼓的地位有显著的改变，而管、弦却占了主要地位，因为单纯的打击乐器不能满足城市的市民们音乐需要。这是一般秧歌戏的基本情况，然而弋阳腔的情形却不相同。它发展为正式戏曲进入城市后，还继续用锣、鼓，不加入管、弦乐器，因而也就继续用干唱方式。总之，它是没有改变原始面貌，这是它的特点，也是它主要的缺点。所以，后来清代的京腔和一部分高腔就不得不改弦易辙，加入了伴奏乐器。

根据上面的考察，虽然阐明了弋阳腔的本质，但它是否真出于秧歌呢？回答是肯定的。最显著的是：弋阳腔流传到清代乾隆间还保存"秧腔"的别名。清李调元《剧话》①卷上写道："弋腔始弋阳，即今高胜，所唱皆南曲。又谓'秧腔'，'秧'亦'弋'之转声。这解释并没有解决问题。如果只是一声之转而毫无意义的关系，为什么秧腔和弋阳腔都用干唱、帮合唱和锣、鼓节奏呢？既然两者具有共同的特质、不可能是完全独立的、各不相关的两种东西。而弋阳腔正是从秧歌和它的唱腔（秧腔）发展变化而来，才能有"秧腔"的别名。李调元的解释，是从封建地主阶级的轻视那不登大雅之堂的秧歌的观点出发，企图抹煞了两者共同的特质和弋阳腔起源于秧歌的客观事实，因而采用极其形式的解释掩盖事物的真象。又《缀白裘》第十一编首载乾隆三十九年（一七七四）许道衡序，序文写道："然则戏之有'弋阳梆子秧腔'，（按这是指昆腔化的弋阳腔，故又名昆弋腔，它和'乱弹梆子'是对待的两种名称，见乾隆三十五年刊《缀白裘》六编凡例。）即谓戏中之变、戏中之逸也，亦无不可。"这是相当承认弋阳腔的价值。其实"秧腔"就是"秧歌腔"的简称，从它的来源和唱腔而得名。既然弋阳腔有秧腔的别名，更可说明它是导源于秧歌。总之，从它的本质和现象两方面考察，都可证明弋阳腔源出于秧歌。

弋阳腔在嘉靖间虽然很发达，也就在那时就有了不小的变化。汤显祖《宜黄县戏神清源师庙记》写道：

---

① 《剧话》收于乾隆四十七年原刻本《函海》中，嘉庆、道光、光绪本《函海》均不收。《新曲苑》所收即从原刻本《函海》出，但改名为《雨村剧话》，易与《雨村曲话》相混。

> 至嘉靖而弋阳之调绝，变为乐平、为徽、青阳。

这里的"弋阳之调绝"，曾经引起近人不少的误会，其中最显著的是青木正儿《中国近世戏曲史》所说"弋阳腔在嘉靖间成绝响"（172页）。这说法显然和事实不符。弋阳腔在明代始终没有绝响，从后面征引的明代文献可以得到充分证明，这里暂不一一列举。可是，弋阳腔在嘉靖间并不是没有改革，而是确有不小的变化。按汤显祖的原文是说这时乐平腔等声势浩大，弋阳腔也就有变化，原来的旧调就绝响了（详下）。这时全部情况是：在江西省内有新兴的乐平腔、宜黄腔（详后）；省外也有新生的徽川腔、青阳腔等；而老腔调中的昆山腔正逐渐发展着，余姚腔虽开始没落还有一定的影响，和弋阳腔对峙的海盐腔这时还有相当雄厚的力量。在这样客观形势下，那简单朴素的弋阳腔就有一蹶不振之势。它为了生存，就非改革不可了。它是如何改革呢？范濂《云间据目钞》卷二《风俗》记松江演戏情况写道：

> 戏子在嘉、隆交会时（约为嘉靖四十一年至隆庆六年，即1562~1572的十年间），有弋阳人入郡（松江）为戏。一时翕然崇高，弋阳人遂有家于松者。其后渐觉丑恶，弋阳人复学为太平腔、海盐腔以求佳，而听者愈觉恶俗。故万历四、五年（1576~1577）来，遂屏迹，仍尚土戏。

明代中、晚叶松江府是棉纺织业的中心，有棉布号几百家。所产棉布远销秦、晋、京、边各地。富商到松江贩布的，少则万两，多则十万两[①]。在这手工业和商品经济发达的城市中，手工业作坊主人、商人及手工业的劳动者等市民阶层的人们都有娱乐的需要，因而松江地方的戏曲就相应的繁荣了。由于弋阳腔具有通俗的特色，正适合劳动人民和商人、作坊主人的兴味，所以弋阳腔才能够在松江流行。弋阳的伶人最初在松江是唱弋阳腔，后来为适应当时具体情况，也就非改革不可。一方面，由于松江和海盐接壤，为适应地区的情况，就改唱海盐腔。一方面，由于弋阳腔本身有单调的缺点，不能适应那时城市的需

---

①见清顾公燮《销夏闲记摘钞》及叶梦珠《阅世编》卷七《食货》五。

要，也就改唱新兴的太平腔。海盐腔暂不论。他们改唱太平腔，就非用太平腔的唱法不可。太平腔的唱法，据王骥德《曲律》卷二《论板眼》条所说是：

> 今至弋阳、太平之衮唱，而谓之流水板，此又拍板之一大厄也。

《曲律》有万历三十八年（1610）自序，可证那时弋阳腔是用滚唱。但它用滚唱并非始于万历中叶，而最晚也是如范濂所说的"嘉隆交会时"。在嘉靖间产生的徽州、青阳、太平等新腔都是用滚唱，旧弋阳腔采用这些新剧种滚唱的办法是很自然的。因为新兴的各种滚唱的戏曲势力相当雄厚，它们和弋阳腔同是以劳动人民和市民为服务的主要的对象，弋阳腔如果不能适应社会的客观情况的变化，还是保持固有的唱法，就有被淘汰的可能。弋阳腔为了适应客观情况的变化，保存自己，争取观众的目的，就改用滚唱。当它改革以后，那原有的简单朴素的旧调子、旧唱法就湮没了。汤显祖所说的"弋阳之调绝"，不是说弋阳腔完全灭亡，而是说弋阳之旧调绝。由于它改用滚唱，就和徽州、青阳、太平等腔趋于一致，所以汤显祖说"变而为乐平，为徽、青阳"。据汤氏所说这种变化是在嘉靖间，由此可知，弋阳腔改用滚唱还不是始于"嘉隆交会"，而是要提早到嘉靖间的。

弋阳腔加滚唱的实例，见于万历二十三年至三十八年间（1595~1610）叶宪祖作的《鸾鎞记》[①]第二十二出：

> （丑）他们都是昆山腔板，觉道冷静。生员将驻云飞带些滚调在内，带做带唱何如？（末）你且念来看！（丑唱弋阳腔带做介）［下曲词略］（末笑介）好一篇弋阳！文字虽欠大雅，到也热闹可喜。

所唱滚调，不说它是太平腔、青阳腔，而说是弋阳腔，可见滚调也成为弋阳腔特色之一。由于弋阳腔吸收流行的新兴腔调，才能继续发展。到了天启间

---

①黄宗羲《南雷续文案·吾悔集》卷一《六桐叶公改葬墓志铭》记叶氏万历二十三年中乡试，至四十七年始成进士，《鸾鎞》借贾岛以发二十余年公车之苦"；但此记已著录于万历三十八年成书的吕天成《曲品》中，由此推知，当作于二十三年至三十八年之间。

(1621~1627) 还能深入昆腔发源地的昆山①。

弋阳腔除吸收滚唱外；又吸收了北曲做它的附庸。嘉靖以来，北曲的杂剧在南方虽渐渐消沉，但北曲仍然是存在着的。因此，弋阳腔也兼演唱北杂剧，和万历间陈与郊《义犬记》杂剧第一出记弋阳伶人演"旧杂剧"有《鸿门宴》、《仪凤亭》、《黄鹤楼》三种，就是明证。清李渔《闲情偶寄》卷一《音律》记清初弋阳伶人还能兼唱《西厢记》杂剧，清孔尚任《桃花扇》续四十出《余韵》用弋阳腔唱北曲《双调新水令》"山松野草带花挑"一套，都是继承明代兼唱杂剧和北曲的遗风。由于北曲和弋阳腔同是行腔迅速，两者容易接近，所以用弋阳腔唱北曲也能胜任。

总之，弋阳腔在嘉靖间的变化是：主要为吸收了滚唱，可能在一些地区演出曾一度废除帮合唱（见下），可是始终没有加入管、弦乐改变干唱方式。

到了明末清初，又有第二次的变化。清刘廷玑《在园杂志》（康熙五十四年，即一七一五年自序）卷三写道：

> 旧弋阳腔乃一人自行歌唱，原不用众人帮合；但较之昆腔则多带白作曲，以口滚唱为佳。而每段尾声仍自收结，不似今之后台众和作"哟哟啰啰"之声也。江西弋阳腔、海盐浙腔犹存古风，他处绝无矣。

那种不用帮合唱而由一人带白滚唱，刘氏称它为"旧弋阳腔"，就是指明代嘉靖以来弋阳腔改革后的唱法，这时是用滚唱。在清代康熙间还保存在江西当地。滚唱的办法到清代初年已经基本衰亡，只有少数地区还保存着，所以刘廷玑视为"古风"。至于明代弋阳腔是否完全废除帮合唱，却值得考虑，可能是在某些地区演出曾一度废除。所谓"今之后台众和作'哟哟啰啰'之声"，是指弋阳腔在清初（约1844~1715）滚调基本衰亡以后，弋阳腔也不用滚唱，又继续用原有的帮合唱时的情况。这第二次的变化，就是取消了滚唱，继续用帮合唱。

概括以上所说，明代弋阳腔发展的历史是：（一）弋阳腔起源于秧歌，后来才发展成戏曲，最晚在正德间（1506~1521）已经流行。它只用锣、鼓节制，不用管、弦乐。又继承秧歌一唱众和的帮合唱，由后行众人帮和。（二）当嘉靖间青阳、太平等腔滚唱兴盛时，弋阳腔随着也用滚唱，因而得到发展。这一阶段约起于嘉靖中叶到崇祯末（1547左右到1644）的一百年。（三）后来由于滚唱衰微，它又继续用帮合唱。这阶段约开始于清初（1644左右）直到现在的

———————————

　　①见明张大复《梅花草堂笔谈》卷十四。

高腔戏，共约三百年。它虽经过两次变化，除了清代后期以外，基本上都没有改变干唱方式。

弋阳腔发展到清代，由于它的声音高亢，被称为"高腔"。从清初到乾隆末（1644~1795）的一百五十年间，它普遍地流行于全国各地，是和昆腔对峙的两大剧种。又从康熙中叶到嘉庆末（约1684~1820）约一百四十年间，弋阳腔传入北京以后产生的一个支派，改称京腔，还继续用滚唱。

高腔在现在虽然不是独立的剧种，可是在若干地方戏中还保存着高腔的成分，有的还是重要成分。这类地方戏中的高腔和弋阳腔确有历史渊源的有：川戏、江西饶河戏和乐平班、湘戏长沙班及祁阳班、山东梆子戏的高腔成分，和浙江东阳三合班中的侯阳高腔、衢州三合班中的西吴高腔。至于河北高阳的高腔班（兼演昆剧），大致可视为京腔的一个支派。其中一部分，由于受了其他剧种影响，已经改变了干唱方式，如侯阳高腔加入了笛子、二胡等伴奏。这有四百五十年历史的弋阳腔，它不仅是现在地方戏中起源较早的一种，而且是各个时代为广大人民所喜爱的戏曲。

（五）昆山腔

昆山腔（简称昆腔）的起源年代，过去一般说法是据《度曲须知》断定在嘉靖、隆庆之间，由曲师魏良辅所创造。据上引《猥谈》，它在正德间（1506~1521）已经开始流行，不会迟到嘉靖、隆庆才产生。近人对于昆腔起源年代的探讨，已经证实《度曲须知》说法不确，结论也相常接近[1]。魏良辅的年代虽然不很清楚，但轮廓是：其人约生于正德间，嘉靖间已成名，万历初大约还在世[2]，嘉靖、隆庆间是他主要活动时期。在他之前已经有许多前辈。明张大复

---

[1]《文史杂志》第四卷第十、十一期合刊，钱南扬《戏剧概论》："应在嘉靖之前，弘、正之际。……隆庆间乃始盛行，故后人误以为起于嘉、隆也。"其说较允。又同一杂志第六卷第一期同人的《跋汇纂元谱南曲九宫正始》又以为："祝氏卒于嘉靖五年，昆山腔之起当早于此。魏良辅盖为弘治、嘉靖间人。"但还没有把魏氏年代和昆腔起源分别开来。《中国戏剧史》以为魏氏是嘉、隆间人，说"早在魏良辅生前已渐流行"。赵景深的《魏良辅创始昆曲的商榷》也以为魏良辅生前昆腔已渐流行。

[2]清叶梦珠《阅世编》卷十《纪闻》记张野塘在太仓和魏良辅相会时，魏氏年已"五十余"，《本事诗》卷十二引陈其年诗说张野塘和魏氏相遇是"嘉隆之间"。由此可知，魏氏约生于正德间（约1506~1517）。李开先在嘉靖末成书的《词谑、词乐》中已有关于魏氏的记载，那时他已成名。毛奇龄《西河词话》卷二说魏氏于万历间在洞庭山还能奏提琴"一月不辍，提琴以传"，如所说是事实，他在万历初还存在，那时已六七十岁。

《梅花草堂笔谈》卷十二写道:"良辅自谓勿如户侯过云石,每有得必往咨焉。过称善,乃行;不,即反复数校勿厌。"清余怀《寄畅园闻歌记》(《虞初新志》卷四)写道:"吴中老曲师如袁髯、尤驼者,皆瞠乎自以为不及也。"这三人既是他的先辈,魏良辅不过是后起之秀。和魏氏同时的吴中歌人有昆山陶九官、苏州周梦谷、滕全拙、朱南川(上见《词谑》、《词乐》)、张小泉、季敬坡、戴梅川、包郎郎、陆九畴(上见《笔谈》卷十二)、宋美、黄问琴(上见潘之恒《亘史》)、周梦山、潘荆南(上见《闻歌记》)。又围绕在梁辰鱼左右的有郑思笠、唐小泉、陈梅泉五七辈,和以张新为首的昆腔别派有赵瞻云、雷敷民(并见《笔谈》卷十二)。魏良辅在二十多人中是有创造性的成功人物,所以潘之恒称他为"曲之正宗"。在他之前及和他同时吴中既有许多歌人,足见吴中歌曲之盛。而在天顺间吴中既有演南戏的伶人(见上引《都公谈纂》卷下),又说明吴中戏曲之盛是有历史渊源的。昆腔的产生决不是偶然,而是具有历史条件的。昆腔的创始和许多像袁髯、尤驼之类的不知名的前辈歌人有十分密切关系,是他们集体创造,不能完全归功于魏良辅个人。魏氏的特长虽是"能喉啭音声"①,但也不是他个人独有的,据《笔谈》卷十二说同时的歌人陆九畴是"亦善转音",不过技巧不及魏氏精深而已。魏良辅是在吴中歌曲发达的历史条件下和正德间已经流行的昆腔基础上,大力地创造了一套完整的新唱法,产生了婉转曲折的"水磨调",大大推进了昆腔的发展,然而他决不是唯一的昆腔创造者。

当正德间昆腔产生时,其他三腔都相当兴盛了。到嘉靖时,余姚腔还流行,弋阳、海盐两腔占着重要地位,而新兴的各种滚唱的腔调刚刚露头角。昆腔和它们的关系是怎样呢?这主要是和海盐腔的关系。海盐腔本来就以婉转曲折见长。而昆腔是如《客座赘语》卷九所说那样:

> 今则吴人益以洞箫及月琴,益为凄惨,听者殆欲堕泪矣。……今又有昆山,较海盐又为清柔而婉折;一字之长,延至数息。士大夫禀心房之精,靡然从好,见海盐等腔已白日欲睡。

它是继承海盐腔"清柔婉折"的特色,又发展了一步。从而,它又以绝对优势

---

①见清朱彝尊《静志居诗话》卷十四。

压倒了海盐腔。所以到万历间昆腔流行范围扩大以后，海盐腔在南方就衰微了。这时其他的南曲，如《寄畅园闻歌记》所说是"平直无意致"，像弋阳腔就是这样。而魏良辅又是如《九宫正始自序》所说"厌海盐、四平等腔，而自制新声"，因而就针对着它们少曲折的缺点，向婉转的一方面发展。最后是像《静志居诗话》卷十四所说："变弋阳、海盐故调为昆腔"①。总之，它是继承了其他南曲腔调的一面，也扬弃了别一方面。

昆腔和南方流行的北曲支派的"弦索"有极其密切的关系。据余怀《寄畅园闻歌记》，魏良辅曾学过北曲，而绌于北人王友山，但这还不是主要的。重要的是：从嘉靖、隆庆间起，以江南太仓为中心创造了一种昆腔化的北曲弦索，从而又反转过来影响昆腔。这种北曲支流的南方弦索的产生，先是通过双方曲师关系，然后形成的。清叶梦珠《阅世编》卷十《纪闻》记载：

> 考弦索之入江南，由戍卒张野塘始。野塘河北人（《野获编》卷二十五谓寿州人），以罪谪发苏州太仓卫；素工弦索。既至吴，时为吴人歌北曲，人皆笑之。昆山魏良辅者，善南曲，为吴中国工。一日至太仓闻野塘歌，心异之，留听三日夜，大称善，遂与野塘定交。时良辅五十余，有一女亦善歌……至是遂以妻野塘。吴中诸少年闻之，稍稍称弦索矣。野塘既得魏氏，并习南曲，更定弦索音，使与南音相近。并改三弦之式……名曰弦子。其后杨六者（均按：即杨仲修）创为新乐器，名提琴。……提琴既出，而三弦之声益柔曼婉扬，为江乐名乐矣。……分派有三：曰太仓、苏州、嘉定。……太仓近北，最不入耳；苏州清音可听，然近南曲，稍失本调；惟嘉定得中。

这是弦索北曲在南方衰微后产生的别派。它是为适应江南人歌唱而大加改革，就与"南音相近"。后来得到发展，是由于江南人也应用这种新北曲。最后的

---

① 文献中所说各种声腔的"变"有几种不同情形，主要的是：(一)是同一系统的两种腔调的"变"，就是从旧腔中变化出另一种新腔，如《客座赘语》卷九所说："后则又有四平，乃稍变弋阳而令人可通者。"因为四平腔和弋阳腔确有血缘关系，可以确定是系统性的变化。(二)是非系统性的，只是演唱现象的变化，就是新剧种、新腔调在演出、歌唱上代替了旧剧种、旧腔调，而两种东西并没有血缘关系，如本文所引昆腔是"变弋阳、海盐故调"。因为昆腔和海盐腔虽同具有清柔特点，但并非一个系统，和弋阳分别更大，不能认为是系统性的变化。这儿"变"的意义是指改变了以前唱弋阳、海盐的情况，而以昆腔来代替它们，这并不是"从海盐腔变出"的。

结果是如《度曲须知》上卷《弦索题评》条所说："皆以磨腔规律为准"（即昆腔规律），及《曲运隆衰》条所说："以字清腔径之故，渐近水磨，转无北气"了。这种"北词之被弦索，向来盛自娄东（太仓）（同书《弦索题评》）的新弦索，它不但是昆腔化了的北曲，而且是依附着昆腔流传的。据清毛奇龄《西河词话》卷二所说，新弦索伴奏乐提琴的流行，也和魏良辅提倡有关系，更可阐明它和昆腔的关系。它产生以后，昆腔也采用三弦、提琴伴奏①。昆腔所唱的北曲，也就是采用这种新唱法的北曲。由于相互影响，昆腔和昆腔化了的南方新弦索就更加接近和融洽了，虽然新北曲弦索仍然保持七音阶的特色。这种弦索北曲又是和昆腔相始相终，没有断过关系。

嘉靖间，昆腔虽创造成功，但流行地域还不广。徐渭在嘉靖三十八年（1559）成书的《南词叙录》中写道：

> 惟昆山腔止行于吴中。流丽悠远，出乎三腔（弋阳、余姚、海盐）之上，听之最足荡人。

它的盛行和推广要到隆庆至万历初年（1567~1577）。徐树丕《识小录》卷四《梁姬传》写道：

> 吴中曲调，起魏氏良辅。隆、万间精妙益出。四方歌曲必宗吴门，不惜千里重资致之，以教其伶、妓，然终不及吴人远甚。

由于它本身的改进，收到了"精妙益出"的效果，因而得到更大的发展，就推广到吴中以外的各地去。万历元年（1573）刊行、汝川（临川）黄文华编选的《鼎镌昆池新调八能奏锦》，是池州腔和昆山腔的戏曲选本。它把昆、池两腔并列，又选录昆腔的第一部戏曲作品《浣纱记》二出。由此可知，在万历元年以前，昆腔就发展到吴中以外的其他地区了。沈宠绥《度曲须知》作于崇祯间，他不明白昆腔发展历史，误以嘉、隆间昆腔开始兴盛时期为昆腔创始时期。后来论昆腔起源的又据沈氏说法，断定昆腔创始于嘉、隆之间，显然是不恰当的。

昆腔最初只用于清唱散曲和戏曲。张牧《笠泽随笔》记万历以前宴会时唱曲情况写道："间或用昆山腔，多属小唱。"那时的优童小唱是清唱戏曲和散

---

① 见明沈德符《野获编》卷二十五，清姜绍书《韵石斋笔谈》卷下《晚季音乐》条。

曲，而非演唱。魏良辅创造的"水磨调"，本是专供清唱之用。沈宠绥《度曲须知》上卷《曲运隆衰》特别指出这一点：

> （良辅）生而审音，愤南曲之讹陋也，尽洗乖声，别开堂奥。调用水磨，拍捱冷板。……功深镕琢，气无烟火。启口轻圆，收音纯细。所度之曲，则皆"折梅逢使"、"昨夜春归"诸名笔。采之传奇，则有"拜新月"、"花阴夜静"等词。要皆别有唱法，绝非戏场声口。腔曰昆腔，曲名时曲。

上面所举四套曲的首句，前两种是散曲，后二种是戏曲①，都是采用传唱较久的著名曲文，用缓慢的水磨调唱法清唱的，所以和唱得较快的"戏场声口"迥别。把昆腔水磨调的清唱方法应用到戏曲上去，第一个是梁辰鱼，他为了用水磨调唱戏曲而创作《浣纱记》。这样，就把昆腔应用范围大大扩充了，奠定了用昆腔唱戏曲的基础。此后到万历间，昆腔又获得更大的发展。

昆腔的特色，主要是在音乐、歌唱两方面：（一）是音乐，昆腔所用的伴奏乐器，最初只有笛、管、笙、琵琶，从嘉、隆间起又加入了三弦、提琴和筝、阮②，成为众乐合奏，其中笛子是主乐。昆腔以前的南曲，多半是不用管、弦乐伴奏的干唱，昆腔用管、弦伴奏，就大大地加强了南曲的音乐力量，也改变了弦索官腔以弦乐为主体的情况。（二）是唱法，它特别注重抑扬顿挫，具有清柔、曲折、婉转的特色；而用喉转音到细若游丝的地步，更是精致、细腻。咬字又分为几个音节，就是顾起元所说的"一字之长，延至数息"。由于它特别重视音节、旋律，唱得更加缓慢。这样，它又改变了以前南曲平直少曲折的情况。这种缓慢的水磨调是它的优点，也是它致命的缺点。当它刚产生时就潜伏着后来死亡的因素（关于昆剧的人民性、舞蹈从其表演艺术的特点，暂不涉及）。

---

① "折梅逢使"是《石榴花》套首句，《吴骚集》四卷、《南音三籁》散曲上卷并题梅禹金（鼎祚）作，何大成编《六如居士集》卷四属唐寅之作。"昨夜春归"是《步步娇》套首句，《词林摘艳》乙集、《吴骚合编》卷四并属无名氏作，《吴骚集》二卷题王雅宜（宠）作（以上散曲）。"《拜新月》"是拜月亭第三十五折《二郎神》套首句。"花阴夜静"为《雁过沙》套首句，《南音三籁》戏曲上卷题《南西厢》，今崔李本《南调西厢记》、陆采作《南西厢记》无此套，疑《三籁》误以其他传奇为《南西厢》（以上传奇）。

② 笛等四种见《南词叙录》，三弦等二种见《阅世编》卷十及《韵石斋笔谈》卷下，筝、阮见《亘史》。

昆腔用笛子做主要伴奏，笛子是可以随着歌声的长短而长短，事实上可以随着歌声往后延长，这就造成慢唱的有利条件。又单纯追求旋律、音节、咬字，唱时格外迂缓，使听众感到有声无字，广大的人民都听不懂。由于这些情况，使昆腔的发展受到极大限制，也因此不得不趋于衰亡。然而这只是它衰亡的表面原因。

昆胜衰亡的根本原因是：它以那时官僚、地主为主要对象，一切都要适合他们的兴趣，因此，它的发展是有一定限度，终于不得不衰亡。据下述的具体事实可以得到证明。

昆腔是起源于昆山、太仓，而以苏州府属为主要根据地。明代苏州，一方面是丝、棉纺织业和商业的中心；另一方面，由于强豪侵占官田、民田的结果，到了明代中、晚就成为江南大地主集中地区。昆腔最初是清唱，清唱主要是为适应官僚、地主宴会的需要而流行的，虽然清唱不是始于明代。由清唱发展到戏曲的演唱，它的服务对象并没有改变。由此可知，昆腔从刚产生时，就以地主、官僚、贵族为基本听众、观众。张大复《梅花草堂笔谈》卷五记昆腔推广者梁辰鱼事写道：

> 艳歌清引，传播戚里间。白金、文绮、异香、名马、奇技淫巧之赠，络绎于道。

同书卷十二又写道：

> 谱传藩邸、戚畹、金紫熠爚之家，而取声必宗伯龙氏（辰鱼字），谓之昆腔。

这班贵族、官僚所以重视昆腔，不惜重资馈赠种种贵重礼物，正是因为昆腔适合他们府邸的需要。明代的贵族、官僚、大地主们本有家乐，昆腔流行以后，他们的家乐也多半能唱昆腔。如万历间首辅王锡爵，退休御史钱岱都有唱昆腔的家乐①。而传播和推广昆腔的，也正是这班官僚、地主们。如昆腔别派——"南马头调"的创始者太仓张新，就是万历五年进士，官工部都水司郎中②。不

---

① 王锡爵家乐，见清朱彝尊《静志居诗话》卷十五；钱岱家乐，见明无名氏《梦笔叙》。
② 见《野获编》卷二十四，参证《梅花草堂笔谈》卷十二、钮少雅《九宫正始》自序。

仅这样，万历间一般昆腔的戏曲作者，多数也是地主阶级，他们作曲是为了自己或别人家乐演唱；同时，他们自己也能度曲。如《青衫记》等戏曲作者顾大典，官至福建提学副使，钱谦益《列朝诗集》丁集卷八说他："妙解音律，自按红牙度曲。今松陵（吴江）多蓄声伎，其遗风也。"《红拂记》等戏曲作者张凤翼是苏州的老举人、老缙绅，《列朝诗集》同卷说他："好度曲，为新声。"又《鸾镜记》等戏曲作者余姚叶宪祖是广西按察副使，黄宗羲《续南雷文案·吾悔集》卷一《六桐叶公改葬墓志铭》说他是："花晨月夕，征歌按拍。一词脱稿，即令伶人习之，刻日呈伎。"正因为昆腔适合他们的需要，他们为了自娱和娱人，才度曲、作曲。由此更可证实，昆腔是以地主阶级的官僚、贵族、知识分子为服务的主要对象。昆腔的低回婉转的音调，"一字之长延至数息"和一唱三叹的度曲法，正适合他们的兴趣，结果是如顾起元所说："士大夫禀心房之精，靡然从好。"这种低音调和缓慢的度曲法，不能适应较大的场面演出，只能用于府邸的厅堂。这婉转曲折的音调，又配合典雅、纤巧的曲文，更适合他们口味。一部分骈俪派的作品，不仅曲文对仗工稳，一句一典（如《玉合记》、《水浒记》），音律和谐、铿锵；甚至于连脚色上场的说白也用骈文，这也是为了适应他们的需要和迎合他们兴趣的。这样，昆腔的戏曲就成为地主阶级厅堂艺术和他们的欣赏品。从昆腔开始到衰亡，一直没有改变它的性质。由于这样，就和人民大众有极大的距离，也就决定它必然失败的命运。

当万历间昆腔还是兴盛的时候，已经暴露出它的主要缺点。冯梦龙《双雄记自序》论南曲（专指昆腔）之弊写道：

> 余独以为不然，北音幸而衰，南音不幸而盛也！……今箫管之曲反以歌者之字为主，而以音肖之，随声作响，共曲传讹，虽曰无箫管可也。然则箫管之在今日，是又南词之一大不幸矣！

冯氏所说的"反以歌者之字为主，而以声肖之，随声作响"，就是上面所说的笛子随着人声的长短而长短。既然伴奏的乐器不能节制歌声，反被歌声所牵制，这就予昆腔向慢唱发展以便利条件，逐渐形成越唱越慢的趋势。不用说，这就是那时地主、官僚、知识分子欣赏的一唱三叹的度曲法。冯梦龙所说虽是从现象出发，但他也确实看到昆腔的危机了。

另一方面，产生于嘉靖间的各种滚唱腔调，它们在万历间汇合为一条巨大的洪流，成为风行全国的戏曲。由于它们有广大的群众基础，昆腔只拥有少许"上层"人物的听众，无法和它们对抗。王骥德《曲律》卷二《论腔调》条写道：

> 今则石台、太平梨园几遍天下，苏州（昆腔）不能与角什之二三。……
> 而世争膻趋痂，好靡然和之，甘为大雅罪人。

当时的梨园演唱太平腔等滚唱腔调的戏占十分之七、八，而演唱昆腔戏的还不足十之二、三，这是鲜明的对比。以前一般认为万历间是昆腔最兴盛时期，只是指它在那时"上层社会"狭小范围内流行的情况，不能代表万历间戏曲发展的全貌。然而就在昆腔兴盛的时候，连昆腔发源地的昆山县也曾被弋阳腔、四平腔侵入。《梅花草堂笔谈》卷十四说昆山当地情形写道：

> 腔右昆山，有声容者多就之。然五十年来伯龙（梁辰鱼字）死，沈白他徙，昆腔稍稍不振。乃有四平、弋阳诸腔，先后擅场，然自新安汪姬、上江蔡姬而后，寥寥矣。

《笔谈》所记虽只是天启间（1621~1627）昆山一隅的情况，但昆腔发源地既然如此，其他各地更可想而知。这一个例子是有代表性的。这现象产生也决非偶然。因为昆腔即使在根据地的苏州府属也是以封建地主阶级为主要对象，而人民大众并不一定爱好它，他们需要自己能够欣赏的别的东西，这就是弋阳等腔能够深入昆腔根据地的主要原因。它们有了群众基础，才能够向东发展到苏州、松江等地。弋阳腔传到苏州以后，包括作坊主人、商人和手工工业的劳动者的市民阶层，也很欢迎这种通俗戏曲，因此，弋阳腔才能在苏州发展。这样，就使唱昆腔的职业伶人、歌女，有时也要兼唱弋阳腔。冒襄《影梅庵忆语》记崇祯十四年（1641）在苏州观女伶陈姬演唱弋阳腔《红梅记》，就是明显例证。这些重要例证说明了：从万历以来，不论在苏州或其他各地，昆腔都不能和弋阳腔抗衡。

　　如上所述，昆腔在万历间的兴盛，只是局限于"上层社会"的狭小范围以内。那么，以前一般听说，从明万历到清代乾隆（1573~1795）二百二十年的昆腔鼎盛时期，事实上也是极其表面的。因为就在那二百二十年间，它还不及弋阳腔等势力雄厚，拥有多数观众。

　　昆腔虽然传播范围局限于"上层社会"，很早就显露出它主要缺点，无力和弋阳等腔抗衡并争取观众；然而它在明代并没有衰亡，到了清代还继续流行约一百三十年，直到乾隆中叶（约在1775前后）各地地方戏汇合以后，它才基本衰亡。它在明代没有衰亡的主要原因是：尽管它是以地主阶级为服务的主要对象，但究竟还拥有一些观众，虽然为数不多；而它本身也还没有到连封建知识分子都不易了解的地步。

小　结

明代南戏的五大腔调都是明代以前和明代的人民创造的。温州、海盐二腔是由明代以前的歌曲、戏曲发展、变化而来，余姚、弋阳、昆山三腔是明代人的创造。除温州腔消灭很早外，余姚、弋阳两腔是当时人民大众，首先是劳动人民，最喜爱的戏曲，特别是弋阳腔有深厚的群众基础。海盐、昆山具有婉转、曲折的特色，是以封建地主阶级为服务的主要对象。因此，形成人民大众戏曲的余姚腔、弋阳腔和以地主阶级为主要对象的海盐腔、昆山腔两个壁垒。

它们变化的情况是以万历前后为分水岭：当正德、嘉靖间（1506~1566）是四腔并存，主要是形成弋阳、海盐两腔对峙的局面，而昆腔还局限于苏州一隅之地。到了万历间（1573~1620）海盐腔开始衰亡，这时是弋阳腔和其他滚唱的戏曲与昆腔对峙的局面，而滚唱的戏曲占绝对优势。滚唱的各种腔调兴起于嘉靖间（1522~1566），后来弋阳、余姚、海盐三腔受了它的影响，也先后用滚唱。到了清初，滚唱基本衰微以后，弋阳腔又取消了滚唱。

二　各种滚唱腔调的戏曲

明代中叶以来，沿江、沿海一带地区，特别是江南各地的城、镇，以丝织业、棉织业、陶瓷业等为主的手工工业空前发达。在手工工业的作坊、工场中已经产生了资本主义因素的萌芽，就是：一方面是拥有生产资料、生活资料和商品的剥削者的作坊或工场主人，另一方面是被剥削得一无所有、靠着出卖劳动力的手工工业的雇佣工人。这种新的生产关系，个别地区早在成化间已经开始了；而普遍的出现是在正德、嘉靖间，到了万历、崇祯间更为显著。随着手工工业的发达而来的是，国内市场扩大和发展了，海外市场开拓，商品经济、货币经济的繁荣。早在宣德间形成的三十三个工商业的城市，这时更加繁荣了。在一些重要城市中，手工工业的作坊主人、工场主人，各种商业资本家和若干雇佣劳动者都出现了。这些市民等级中的各个集团的人们都有了不同程度的物质生活和文化生活的要求，特别是那些工场、作坊主人们和商人们的享乐、娱乐的要求，也更为提高。由于他们的倡导，社会风习就起了很大的变化，这就是正德、嘉靖间的风尚由朴素而趋向浮华、奢侈的主要原因。到了万历间又得到进一步的发展。表现在文化娱乐方面的格外清晰，如音乐、歌曲的发达，各种新调时曲的产生和风行，新的剧种的产生，都是明证。明陈与郊《隅园集》卷十三《安国寺重建大悲阁记》写道：

> 吾邑（浙江海宁）其地僻，不通商贾。……正德、嘉靖间……而里巷亦无优伶之音。世降俗移，犹不改其俭。

由于海宁地方偏僻不通商贾，才没有"优伶之音"。反过来看，其他手工工业和商业发达的通都大邑，戏曲发达可想而知。在文化娱乐的需要高涨的情况下，戏曲繁荣是必然的现象。因此，在嘉靖间不仅旧剧种海盐、余姚等腔流行，在长江以南的江西东部、浙江东部、南直隶南部还产生许多新剧种。它们产生的地区，正是那时城市经济发达的地方，两者关系显然可见。这些新剧种主要是下面将要说明的徽州腔、池州腔等八种，此外在嘉靖间福建泉州和广东潮州已有潮泉调①，万历间湖广省有楚调②。那些产生于嘉靖间，流行于嘉靖至明末的一百二十余年的新剧种，除了声腔、方言、方音等差别外，其中有代表性的徽州、池州、太平等腔，有一个共同特点——用通俗词句的滚唱。这些剧种汇合以后成为一条巨大的洪流，迫使旧剧种的弋阳腔也采取滚唱；它们和有深厚基础的弋阳腔结合以后，力量就更为雄厚了。它们所以采取通俗词句的滚唱，正是为了适应劳动人民和工商业的资本家的需要，针对着他们理解力的缘故。这是明代戏曲发展史上一个重大变化，变化开始于嘉靖，到了万历间迫使那时保守的知识分子也不得不承认这项显著的变化。王骥德《曲律》卷二《论腔调》条写道：

> 世之腔调，每三十年一变。由元迄今，不知经几变更矣。

———————————

①《北平图书馆馆刊》第十卷第五期向达《瀛涯琐志》记牛津大学藏明余氏新安堂刻本《重刊五色潮泉插科增入诗词北曲勾栏荔镜记戏文全集》，书尾题："……□寅年。"日本薄井恭一《明清插图本图录》记日本藏本书尾末五字是："嘉靖丙寅年"（四十五年），可知嘉靖间已有潮泉调的戏曲。

②明袁中道《游居柿录》卷十记万历四十三年秋在江陵观剧，有用"楚调"唱的《金钗》（南戏《刘孝女金钗记》？）。

从"每三十年一变"的结论中反映出：嘉靖到万历的约一百年间各种戏曲的变化、消长极其迅速的事实。由于这一事实才引导出王氏的结论。至于元代到明嘉靖间的变化并没有嘉靖以后那样重要和复杂，王氏的臆测是没有根据的。

据汤显祖《宜黄县戏神清源师庙记》说，嘉靖间已有乐平腔、徽州腔、青阳腔三个新剧种产生。此后又陆继产生了一些新的地方戏。《曲律》卷二《论腔调》条写道：

> 数十年来，又有弋阳腔、义乌、徽州、乐平诸腔之出。今则石台、太平梨园几遍天下，苏州不能与角什之二三。其声淫哇妖靡，不分调名，亦无板眼。又有错出其间，流而为"两头蛮"者，皆郑声之最。

《曲律》有万历三十八年（1610）自序，这"数十年来，"参证汤显祖《庙记》所说嘉靖间弋阳变为乐平、徽州、青阳三腔的话，以五十年计算，大致是嘉靖末到万历初情况。又崇祯间沈宠绥《度曲须知》上卷《曲运隆衰》总论南曲写道：

> 腔则有：海盐、义乌、弋阳、青阳、四平、乐平、太平之殊派，虽口法不等，而北气总已消亡矣。

综合各书记载，这类新兴的地方戏计有乐平腔、徽州腔、青阳腔、太平腔、四平腔、义乌腔，见于其他书籍的还有宜黄腔、越调，共计八种。至于石台，今江西、安徽无此地名①，殆即石埭之讹。石埭隶池州，"石台梨园"所唱当以池州腔、青阳腔本地腔调为主。这八种支派产生于嘉靖间的为多，晚于海盐、余姚、弋阳等腔；而且直接、间接和弋阳、余姚两腔有血缘关系。这样，它们事实上是弋阳等腔干流的支派，虽然它们在明代后一百二十年声势浩大。它们主要的特色是滚唱，因此用滚唱来概括。这些支流是：

（一）乐平腔　产生于江西饶州府乐平县。汤显祖《庙记》说弋阳腔在嘉靖间"变为乐平"，虽然史料缺乏，不明白具体变化情况，但乐平和广信府

---

① 查李贤等纂《大明一统志》卷之十五、十六南直隶太平、池州各府，卷之四十九至五十八江西省各府都没有石台地名。

的弋阳是近邻，而这"变"又意味着系统性的变化，乐平新腔和弋阳旧调之间必有血缘关系。它和徽州、青阳并肩，也是那时人民喜爱的通俗性的戏曲之一。以后除《曲律》和《度曲须知》曾一涉及其名外，未见其他记载。现在江西赣戏的乐平班还保存着高腔成分，两者有无历史渊源，还有待于进一步证实。

（二）宜黄腔　产生于江西抚州宜黄县。汤显祖《玉茗堂文集》卷七《宜黄县戏神清源师庙记》写道：

> 至嘉靖而弋阳之调绝，变为乐平，为徽、青阳。我宜黄谭大司马纶闻而恶之，自喜得治兵于浙，以浙人归范其乡子弟，能为海盐声。

又明郑仲夔《冷赏》卷四《声歌条》写道：

> 宜黄谭（大）司马纶，殚心经济，兼好声歌。凡梨园度曲皆亲为教演，务穷其妙，旧腔一变为新调。至今宜黄子弟咸尸祝谭公惟谨，若香火云。

这种新调就是宜黄腔。谭纶是嘉靖间和戚继光共同抵抗倭寇侵略的将领。据谭纶生平事迹推知，他从浙江回宜黄"以浙人归范其乡子弟"，约在嘉靖四十年至四十二年间（1561~1563）[①]，也就是宜黄腔创始的年代。谭纶把唱海盐腔的伶人带到故乡宜黄去，是由于他厌恶流行的乐平、徽州等通俗戏曲，而爱好清柔婉折的海盐腔，而海盐腔也正适合官僚们的兴味。他主观上虽是为了声色之娱，但客观上对宜黄腔戏曲的形成有一定的推动作用。宜黄腔虽是源于海盐腔，但经过宜黄子弟传唱，就会和原有海盐腔有出入。而早在江西本省流行的弋阳腔、乐平腔和它也不可能完全绝缘。最初只是谭纶家乐演唱，可以不必顾虑一切，等到宜黄子弟唱出以后，如果不和当地流行戏曲相结合，就很难得到发展。从万历间它盛行的情况考察，宜黄子弟是以海盐腔为基础，和结合当地弋阳等腔而创造为新戏曲。宜黄县是"处在万山之中，不通商贾，亦别无物产

---

①谭纶在嘉靖三十四年(一五五五)任浙江台州知府，三十七年(一五五八)以抵抗倭寇功，升浙江按察副使，三十九年(一五六〇)任浙江参政，四十年(一五六一)丁父忧归里，是年冬即起复原职理江西军事，至四十二年始至福建巡抚任。此后任四川巡抚、两广总督，终兵部尚书，未尝为官于浙。以此推知，"以浙人归"约在四十年至四十二年之间。以上据《明史》卷二百二十二《谭纶传》，参欧阳祖经《谭襄敏公年谱》。

可以贸迁"①的地方，因此它后来的发展是在省内临川和省外地方。

宜黄腔的盛行是在万历中叶。汤显祖《庙记》说："大司马死二十余年矣，食其技者殆千余人。"谭纶死于万历五年（1577）②，二十多年后是万历三十年（1602）左右。从嘉靖间创始时起，到这时只有四十年，宜黄子弟已发展到一千人，可见它发展的迅速和有一定的观众基础。

明代戏曲作家汤显祖的作品，在当时就被人用昆腔的尺度来衡量，说他的曲辞不合规律，唱起来会拗折人们的嗓子。又有根据这说法推测他是按弋阳腔唱法谱曲③，这显然和事实不符。明范文若《梦花酣传奇》序写道：

> 且临川（按指显祖）多宜黄土音，腔、板绝不分辨，衬字、衬句凑插乖舛，未免拗折人嗓子。④

虽然也是以昆腔标准批评，但他确实看到汤显祖和宜黄腔的关系。按汤氏《玉茗堂全集》涉及宜黄子弟的至少有六处。他曾替宜黄伶人的祖师祠写庙记，两次介绍宜黄演员给别人⑤。重要的是：《玉茗堂尺牍》卷六《与宜伶罗章二》，嘱咐他演《牡丹亭》要依原本；《诗集》卷十五《寄生脚张二恨吴迎旦口号》二首是寄给唱《紫钗记》的两个宜黄伶人；又卷十五《唱二梦》：

> 半学侬歌小梵天，宜伶相伴酒中禅。缠头不用通明锦，一夜红氍四百钱。

由此可知，汤氏《牡丹亭》等"四梦"是供宜黄演员演唱的脚本，也是按照他们唱南曲具体情况作曲、度曲的，这自然和昆腔的唱法不同。《牡丹亭》经过吕玉绳、沈璟、钮少雅几次改订，才能供昆腔演唱，它在演出方面的推广，主要还是靠着昆腔。

据范文若所说，宜黄腔的特色是：行腔迅速，拍子较快，又多衬字、衬句

①见谭纶与《江西抚台止高安县分派书》，原文指宜黄、乐安两县而言。又《宜黄县新城记》说宜黄是我"其地僻"，"人不知商贾末作"。上两文并据《谭襄敏公年谱》引《遗文汇集》。

②见《明史》卷二百二十二《谭纶传》。

③见明凌濛初《南音三籁》首附载自著《谭曲杂札》。

④见崇祯博山堂原刻本（影印《古本戏曲丛刊》第二集）。

⑤《玉茗堂诗集》卷十六《遣宜伶汝宁为前宛平令李襄美郎中寿》，卷十八《九日遣宜伶赴甘参知永新》。

和土音，和青阳腔情况相同，可能在明代已经用滚唱了。

它在清初康熙间还流行于浙江。清若耶野老徐冶公《香草吟》传奇（书成于康熙十七年左右）第一出《纲目》眉批道：

> 作者惟恐入俗伶喉吻，遂堕恶劫，故以"请奏吴歈"四字先之。殊不知是编惜墨如金，曲皆音多字少。若急板滚唱，顷刻立尽。与宜黄诸腔，大不相合。吾知免夫。

这是说：《香草吟》专供昆腔演唱的作品，所以音多字少。如果用宜黄腔等流水板的滚唱，立刻就唱完了。可证宜黄腔至少在清初是用滚唱的。《二簧来源考》①转述清枕月居士《金陵忆旧集》，证明宜黄腔在清代曾盛行于江浙一带。据清昭梿《啸亭杂录》卷八所记，知道在他著书时的嘉庆间，宜黄腔还存在。

（三）徽州腔　（四）池州腔（青阳腔）　徽州腔产生于徽州府（今歙县）。池川腔产生于池州府（今贵池）。青阳县隶池州府，池州可以概括青阳，正如苏州可以概括昆山一样。汤显祖《庙记》说："弋阳之调绝，变为乐平，为徽、青阳。"徽、池两腔也是由弋阳变化而来的两种新戏曲。当嘉靖间弋阳旧调兴盛时，远到北京、湖广、福建、广东各地，它传入距离江西较近的徽川、池川、太平一带有很大的可能。就是它向北发展到徽州，向东发展到池州、太平。由于各个地区情况不一，和当地流行的戏曲结合或多或少，地方演员也有不同的加工创造，因而声腔和其他各方面都会有一些变化，就和原有弋阳腔不同。不久，这些地方就各自形成新的剧种、新的声腔了。弋阳和余姚两腔都具有通俗性的特质，彼此原有融洽可能。当弋阳旧调传到余姚腔流行地区的池州、太平两地，两者互相结合，再经过加工创造，于是产生了不同于弋阳、余姚的新腔。弋阳、徽州、池州三腔都是行腔迅速，具有明朗、通俗特性的戏曲，弋阳和青阳又同是干唱。基于这两项理由，可以证明徽、池两腔是由弋阳变化而来的新戏曲。它们和太平腔与原有弋阳腔也有所不同，就是增加了流水板的滚唱(见下)。

徽、池两腔都产生于嘉靖间（见《曲律》和《庙记》）。到了隆庆至万历初，青阳腔得到很大的发展。万历元年（1573）福建书林叶志元已刻成青阳戏

---

① 《剧学月刊》第三卷第八期。

曲选本《新刻京板青阳时调词林一枝》，可见那时传播的速度，而青阳腔至迟在嘉靖末已开始流行。

徽、池两腔在万历间（1573）发展最迅速，从两腔戏曲选本流行，可以窥见一斑。徽州腔的选本有万历三十九午（1611）刊行、龚正我辑《新刊徽板合像滚调乐府官腔摘锦奇音》。徽、池腔的合选本有：程万里、朱鼎臣辑《鼎锲徽池雅调南北官腔乐府点板曲响大明春》，熊稔寰辑《精选天下时尚南北徽池雅调》，都编、刊于万历间。而池州腔（青阳腔）力量特别强大，当万历初昆腔兴盛时，青阳腔能够和它并肩。万历元年刊行、黄文华辑《鼎镌昆池新调乐府八能奏锦》，万历初刊行、黄儒卿辑《新选南北乐府时调青昆》，都是昆腔和池州腔合选本，可以证明。事实还不仅如此，由于池州腔具有通俗的特质深为人民大众所爱好，它的发展还大大超过昆腔。到了万历中、晚叶，池州的石埭（石台）和太平的梨园"几遍天下"，占了全国戏曲的领导地位。

《摘锦奇音》题"滚调"，《词林一枝》题"海内时尚滚调"，《大明春》题"徽池滚唱新白"，书内一部分或大部分曲文加了滚白，可知两者同用滚唱。青阳腔也是无伴奏的干唱，明龙膺《纶滪全集》卷二十二《诗谑》有句说：

> 何物最娱庸俗耳？敲锣打鼓闹青阳。

这两种腔调都有通俗、明快、热闹的特色，最适合人民大众的需要，才得到他们的支持和爱好。而徽州伶人又以杂技、武技擅长[1]，更为人民所爱好，因而也更能吸引多数观众。

青阳腔到清代虽然不见踪迹，但它并未死亡，直到现在山东曲阜一带流行的柳子戏中还保存青阳腔的成分，保留十一个单独唱青阳腔戏目及一些高腔和青阳腔混合的戏目，但其中一部分戏已加入三弦、笛、笙伴奏。[2]

（五）太平腔　明代南直隶有太平府，太原、台州、宁国三府又各有太平县[3]。清刘銮《五石瓠》记农民革命领袖李自成的部队占领洛阳时，福王（朱常洵）妹随太平府伶人逃亡。由此可知，太平腔是产生于太平府（今当涂），而非其

---

①见明张岱《陶庵梦忆》卷六《目连戏》条。
②见《华东戏曲剧种介绍》第四集《柳子戏介绍》。
③见《明史》卷四十、卷四十一、卷四十四《地理志》（一）、（二）、（五）。

他太平县。《云间据目钞》说在嘉靖、隆庆间在松江的弋阳伶人已唱太平腔，那么，太平腔最晚在嘉靖间已经产生了。和弋阳、余姚两腔也有渊源，是弋阳系统的一个支派。到了万历中、晚叶得到很大的发展，和池州腔的梨园"几遍天下"，占了极重要的地位。《曲律》卷二说："今至弋阳、太平之衮唱，而谓之流水板"，证明也是唱滚调的。

（六）四平腔 据现在仅存的几种接近原始形态四平腔调查的结果，证实是由节拍得名，"四平"是指格律较宽、速度较快、句尾落四拍子的板式[1]。顾起元《客座赘语》卷九《戏剧》记万历以前南京戏曲写道：

> 其始止二腔：一为弋阳，一为海盐。……后则又有四平，乃稍变弋阳，而令人可通者。

四平腔在嘉靖、隆庆间已经由发源地传入南京，最晚也是嘉靖间的产物。它和青阳等腔产生时代大致相同，而晚于弋阳腔。清刘廷玑《在园杂志》卷三也说："近且变弋阳腔为四平腔、京腔、卫腔。"两人都认为四平腔是由弋阳腔变化而来。根据近年调查所得的结果是：四平腔确是源出弋阳，增加伴奏的笛子，唱腔变得活泼自然[2]。由于加伴奏和改变唱腔，就和弋阳腔稍有不同，使顾起元认为"令人可通"。

四平腔在清初还保持着原有唱法，李渔《闲情偶寄》卷一《音律》写道："弋阳、四平等腔，字多音少，一泄而尽；又有一人启口，数人接腔者，名为一人，实出众口。"这两种都是行腔迅速，"字多音少"，又同用帮合唱的腔调。四平腔到了清代发生两次变化：先是取消了帮唱，加入小过门，形成徽调声腔主要骨干的"吹腔"[3]，仍旧用笛子伴奏，声调委婉，接近昆腔。这变化约在乾隆末叶以前，因为乾隆末李调元《剧话》卷上曾说："又有吹腔，与秦腔相等，亦无节凑(奏)、但不用梆而和以笛为异耳。此调蜀中甚行。"乾隆末既传入四川，吹腔产生当早于此。后来吹腔的一部分曲调变化为四平调，改川胡琴伴奏，如皮簧戏的四平调就是。少数的还用笛子，如川戏四平调就是[4]。所

---

① 见《华东戏曲剧种介绍》第二集《婺剧》，第三集《徽戏的成长和现状》。
② 见《徽戏的成长和现状》。
③ 见《徽戏的成长和现状》。
④ 见《徽戏的成长和现状》。

以，后来皮簧戏的四平调和明代四平腔是有历史渊源和血缘关系的两种不同的唱腔。

现在也还保存着接近原来形态的四平腔：浙江衢州流行的"西安高腔"，又叫"四平高腔"，全部用笛子、二胡伴奏，有帮腔，少数地方有小过门，曲调委婉又多变化，接近高腔，也近昆腔①。其中弦乐伴奏和少数小过门是后起的。浙江绍兴一带的调腔戏中也保留四平腔的成分，用笛子（吹孔和膜孔较接近，与昆腔用的笛子不同）、板琴伴奏，一部分戏有帮合唱，即只帮最后一个字，它比高腔柔和，较昆腔简单②。此外浙江、江西的目连高腔也有四平的成分。

（七）义乌腔 产生于金华府义乌县。仅一见其名于《曲律》，情况不明。据《曲律》所说年代推算，也约产生于嘉靖间。

（八）越调 产生的时代不详，明末的杂剧中曾经涉及到越调。崇祯十五年傅一臣作的《苏门啸》杂剧集卷二《卖情札囤》第三折《阻约》，叙述河内桃枣客人尹栢亭(净) 和广西药材客人余淛水（丑）在京师妓丁惜惜家唱曲事道：

> （丑）栢亭兄我和你各把土腔唱一曲，满浮大白而散何如？ （下略）
> （丑）做便免做。我你总是越调，不比昆腔。取音律全要腔板紧凑，唱和接换，锣鼓帮扶，最忌悠长清冷。我唱你接，你唱我接。
> （净）劳小惜打一打板，拿锣来，我打锣。

这种用"土腔"唱的越调明是一种腔调，而非南北九宫调的"越调"。它是用"锣鼓帮扶"，以板节拍，没有管弦乐伴奏的干唱，又用"唱相接换"的帮合唱，基本和弋阳腔相同。全书曲牌都按昆腔唱法点板，只有《驻马听》二首未点板，眉批说："此中吕调用越腔唱，故不拘板之正。"可见越腔或越调也是行腔迅速、拍子紧凑的唱腔，所以不能用昆腔唱法点板。它只有帮合唱，无滚唱，与青阳等腔不同。据说清初襄阳调的产生和宜黄腔、越调有关，因此越调的产地和渊源尚有待其他史料证实。

（附调腔） 从明末崇祯间起，调腔就流传于绍兴。张岱《陶庵梦忆》卷四《不系园》条写道：

①见《华东戏曲剧种介绍》第二集《婺剧》，第五集《从余姚腔到调腔》。
②见《华东戏曲剧种介绍》第二集《婺剧》，第五集《从余姚腔到调腔》。

> 是夜彭天锡与罗三、（杨）与民串本腔戏，妙绝；与（朱）楚生、（陈）素芝串调腔戏，又复妙绝。

又卷五朱楚生条：

> 朱楚生女戏耳，调腔戏耳。其科白之妙，有本腔不能得十分之一者。……虽昆山老教师细细摹拟，断不能加其毫末也。

骤然看来，"本腔"好像就是昆腔，仔细思考就不然了。因为直到现在为止，谁也没有见到昆腔又称"本腔"的记载。即使退一步承认它就是昆腔，可是为什么只有明末一段时期而又只有在绍兴一个地方称昆腔为"本腔"呢？因此，就很难断定"本腔"便是昆腔。上面两个例子都是以"本腔"和"调腔"对举，可知是两个对待的名称。先看"调腔"是什么。清姚燮《今乐考证·缘起》说："越东人呼弋阳腔曰调腔。"这是说绍兴一带的人早经称弋阳腔为调腔（虽然《陶庵梦忆》卷七《及时雨》条另有弋阳腔，但两个名称可以同时使用）。《清稗类钞》戏剧类也称调腔为"高调戏"。现在绍兴当地也以"调腔"为"高腔的俗称"[①]。因此，可以说调腔是声高调戏用假嗓唱的腔调。现在某些地方戏中称用本腔唱的叫"本腔"，称用假嗓唱的叫"二本腔"。张岱所指的"本腔"，大致也是指用本嗓唱的曲调。如所说不误，调腔也是弋阳腔的一个支派，本腔可能就是余姚腔，这远有待于进一步探讨。现在绍兴、新昌一带，还保存着调腔，但其中已夹有昆腔和四平腔的成分。它的帮合唱（接后场）较为细致、复杂。但现在也只剩一个职业剧团，维系着调腔的一线生命。[②]

小　结

以上八种新腔调、新剧种，除越调年代不明外，其余都是产生在：城市手工工业、商业发达，国内外市场巩固和加强，资本主义因素萌芽已经显著的时期，为适应城市市民阶层文化娱乐的需要，它们在嘉靖间就先后形成新的地方戏。到万历间，徽州、宜黄、四平、池州、太平腔几种发展成为重要剧种，特

---

① 见《华东戏曲剧种介绍》第一集《绍兴乱弹简史》。

② 见《从余姚腔到调腔》。

别是后二种在万历中、末叶成为全国戏曲的重心。

它们的历史渊源和系统，除义乌腔、越调二种不明外，大致是：（一）直接属于弋阳腔系统的是乐平、四平、徽川、池州、太平五种，而池州、太平两腔和余姚腔也有渊源；（二）弋阳腔等和海盐腔结合后产生的宜黄腔。这些直接间接都和弋阳腔有关，应属于弋阳系统。越调虽别有来源，但它和弋阳同用干唱、帮合唱，也是弋阳系统。

它们的伴奏是：四平腔用管乐，青阳腔和越调是无伴奏的干唱，其他的几种干唱的可能性较大。

唱的方式是：四平腔和越调用帮合唱，徽州、青阳、太平三腔都用滚唱，宜黄腔至少在后期也用滚唱，乐平、义乌两腔虽然不清晰，大抵也不出帮合唱、滚唱两种唱法以外。滚唱是这些新兴剧种主要的特色。

滚唱是产生于嘉靖间的各种新戏曲所创造的新唱法，为了发抒剧情、加强演唱效果，适应听众理解力而创造的。它们除了创作一部分新作品外，主要是在传唱很久深为人民大众所喜悦的各种戏文的曲辞中间或后面增加滚唱的句子，就是在长短句的曲文中加入了以七字句为主的唱辞。它具有发挥剧情，解释原有曲辞的作用；特别是对原有深奥难懂的曲辞用通俗的七言句来解释，又用近于朗诵的流水板唱，使听众容易理解，就产生很大的作用，加强演出的效果。这种明朗、通俗的滚唱，受到人民广泛的欢迎，不久它们就发展为流行"几遍"全国的戏曲了。各种滚调的戏曲，当它们在发展的初期，是各自独立发展的。稍后，这许多各自发展的支流汇合起来就形成一条巨大的洪流。

当滚唱在嘉靖间产生时，可能不止是一两种剧种、声腔使用。由于史料本身的片段性，现在知道应用滚唱较早的是青阳腔（池州腔），在万历元年就出现了戏曲选本，可证不会晚于嘉靖以后。徽州腔、太平腔采用可能也不太晚。当许多剧种用滚唱以后形成一道洪流时，就影响了以前的旧剧种。首先是弋阳腔，它在嘉靖间滚唱各腔调力量开始壮大时，就采用滚唱。后来余姚腔、海盐腔也采用了（见前）。就是以音律谨严、节拍固定著名的昆腔，个别曲调也采用滚唱。如反对滚唱最激烈的昆腔戏曲作家王骥德，他在《韩夫人题红记》中为了加强场面热闹的气氛也用滚唱三次①，这是最突出的例证。由于滚唱力量

---

① 《韩夫人题红记》第二十六场得胜后场面的《黄龙滚》、第三十三出结婚场面的《节节高》、第三十六出封官场面的《大环着》三曲，牌名下都注明"众滚"，是为增加热闹场面的气氛，由众人按滚唱办法大合唱的。

的壮大，才会产生这许多影响。由嘉靖起到崇祯为止（1522~1644）的一百二十年间是滚唱的各腔调兴盛时代，特别是嘉靖到万历（1522~1620）的一百年间是它的黄金时代。就是清代初年在部分地区还继续流行一百四十年（约1684~1820左右）。其中四平腔等对清代地方戏，特别是徽调有显著影响。皮黄戏中个别剧目也还有用滚唱的。

万历间是明代南戏发展的高峰，这时形成了两个敌对的壁垒：一方面是以弋阳腔为首的各种用滚调的人民大众的戏曲，另一方面是以地主阶级为服务主要对象的昆腔。而最后结果是人民大众的滚调戏曲战胜了从属于地主阶级的昆腔，取得了池州石埭和太平的梨园"几遍天下"的辉煌战果。

附 明代南戏声腔源流系统表

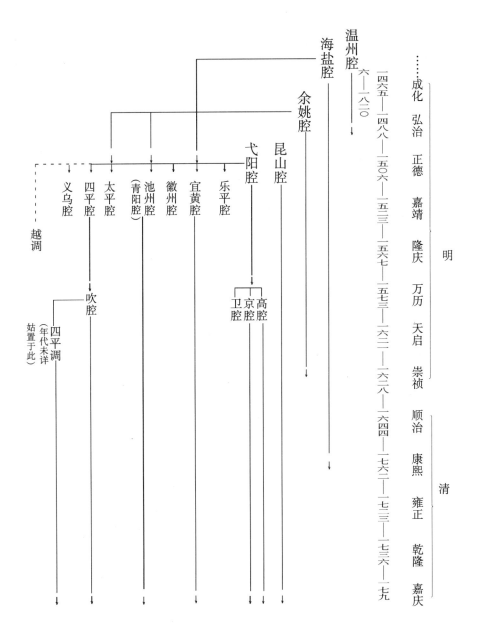

原载叶德钧《戏曲小说丛考》

明代初、中期北杂剧的盛行和衰落

黄芝冈

一 明代初、中期北杂剧盛行和衰落的一般情势

明初戏文和北杂剧同时盛行。据《大明律》："凡乐人搬演杂剧、戏文，不许妆扮历代帝王后妃忠臣烈士先圣先贤神像，违者杖一百；官民之家，密令妆扮者与之同罪。"可知当时"官家"，"民家"演出"戏文"，也同时演出"杂剧"。据朱权《太和正音谱》所列举的明初北杂剧作者，计有王子一、刘东生、王文昌、谷子敬、蓝楚芳、陈克明、李唐宾、穆仲义、汤舜民、贾仲名、杨景贤、苏复之、杨彦华、杨文奎、夏均政、唐以初等共十六人。贾仲名《录鬼簿续篇》说："谷子敬，明洪武初戍源时。"又说："汤舜民，文皇帝在燕邸时宠遇甚厚；永乐间，恩赏常及。"又说："杨景贤，永乐初与舜民一般遇宠。"又说："杨彦华，洪武辛巳（建文三年，1401）以明经擢濮阳令。"又说："贾仲名，尝传文皇帝于燕邸，甚宠爱之。每有宴会应制之作，无不称赏。"这一些北杂剧作者从洪武到永乐初年都很有声名。李开先《西野春游词序》说："国初如刘东生、王子一……诸名家，尚有金元风格。"由此，就不能说北杂剧和作者们在明初早销声匿迹，而且，也不能说北杂剧在明初就已经失去了元代的旧风格了。

从《录鬼簿续篇》可看出朱棣这位皇帝是一位北杂剧的爱好者。他父亲朱元璋是南戏《琵琶记》的知己，但他却嫌这本戏"不入弦索"，一定要使教坊奉銮史忠设法改为"北调"。朱元璋既赶走了蒙古统治者，他就在南京设立了教坊司，并把蒙古大姓籍没入坊，充当乐户。明代南教坊的北曲乐工，有顿姓、傅姓、沙姓、脱姓，南教坊著名的北曲乐工，如顿仁、傅寿以及后来的沙嫩、脱十娘等原都是元季蒙古大姓的后裔，因知明初南教坊里，是能由这些蒙古乐工保存着元杂剧的真面目的。朱元璋要巩固他的封建统治，因决计杀戮功臣，他先后兴起了胡党、蓝党两次大狱，将文武功臣一网打尽了。他将这些功臣冤杀以后，就将他们妻女也没入教坊。到后来他四子朱棣夺去他长孙允炆的

帝位，对那些反对他的旧臣也一概大加杀戮，并将他们妻子没入教坊，充当乐户。明嘉靖时，权相严嵩的家被朱照熜所抄没。儿子世蕃被杀以后，严世蕃的妻女也没入大同、泾州安置，成为当时乐户。当朱元璋杀戮功臣，并将功臣妻女没入教坊的时候，儒臣解缙也曾进谏，但朱元璋却认为是迂腐之谈。到后来，这种残酷的政治设施，竟成了明代的法律制度了。

当时北方一带，如甘肃泾州、河南怀庆、直隶宣化和山西全省全都是安置乐户的地方[①]。这一类的乐户人家，我们从朱有燉的几本杂剧里就能够看出他们生活的真的面貌；如再从他们在北方一带大小城市的分布现象来看，也能看出当时的北杂剧在北方发展的趋势来的。朱有燉在《香囊怨》里写了个汴梁乐户，在《复落娼》里写了个汴梁宣平巷的乐户，在《烟花梦》里写了个开封府阳武县的乐户，在《桃园景》里写了个保定府在城乐户。他写这些戏曲故事也正像《继母大贤》写清河县的故事一样，全都是就地取材。《香囊怨》的刘盼春是末泥色刘鸣高的女儿，《复落娼》的刘金儿是乐工楚五的妻子，《桃园景》的李咬儿是名旦色橘园奴的儿子，但橘园奴却因为臧家的桃儿“做的好杂剧”，搀夺了她家衣饭，想谋娶作咬儿的媳妇。她向桃儿说：“你是乐人，不嫁俺行院，那个良人肯娶你。”从这里就说明乐户人家只能自相嫁娶，儿女们也只能操乐户生计，和良人是不相等的。她们都由教坊色长管领，或是“迎官员，接使客”，或是“应官身，唤散唱”，或是“着盐客，迎茶客”，或是“坐排场，做勾栏”。她们扮演杂剧各种脚色，如刘金儿是副净色，橘园奴是名旦色，“妆旦的穿一领销金衫子，踏爨的着两件彩绣时衣，捷讥的办官员穿靴戴帽，副净的取欢笑抹土搽灰”，并熟习许多杂剧，如刘盼春“记得有五六十个杂剧”都是。她们也并非甘愿这种生计，有一些能“守志”的乐户如《复落娼》的钧州乐户刘佳景，只是她虽能“守志”，名字也还在乐籍。另有一些乐户把“从良”当她的出路，只是她离开了花门柳户，也只有做人家姬妾的另一条出路。

在《香囊怨》这本戏里，刘盼春向客人陆源、周恭数她所记得的“清新传奇”，她数出来的北杂剧共有三十二种。已收入《元曲选》的计有《王鼎丞风雪渔樵记》、《薛仁贵衣锦还都》、《李亚仙花柳曲江池》、《半夜雷轰荐福碑》、《鲁大夫秋胡戏妻》、《沙门岛张生煮海》、《临江驿潇湘夜雨》、《孟德耀举案齐眉》、《黑旋风双献功》（“黑旋风”的戏名很多，可能是另一种）、《杜蕊娘智赏金线池》、《王月英元夜留鞋记》共十一种。其他如《崔莺莺待月西厢记》、《关大王独赴单刀会》、《李太白贬夜郎》、《苏子瞻醉写赤壁赋》、《守贞节孟母三移》、《施仁义刘弘嫁婢》、《董秀英花月东墙记》，或是常见剧作，或有流传剧本的共计七种。现在无流传剧本的如王实甫的《苏小卿月夜贩茶船》，关汉卿的《姑苏台月夜进西施》、《终南山管宁割席》、《汉匡衡凿壁偷光》，白仁甫的《薛琼琼月夜银筝怨》，张时起的《霸王垓下别虞姬》，吴昌龄的《浪子回回赏黄花》，无名氏的《诸葛亮挂印气张飞》、《包待制双勘丁》、《黄鲁直打到底》、《楚金仙月夜杜鹃啼》、《双斗医》，明初作家杨景贤的《感天地田真泣树》和《香囊怨》，自称是"新近老书会先生做的"《吕云英风月玉盒记》共十四种。她数出的这些名目，在我们的眼前展开了朱有燉的当时，北方大小城市乐户所可能记得的北杂剧的本数，让我们看出当时北方大小城市所流行的北杂剧，从旧作到新作，从有名剧作到无名剧作，从经见作品到现在已不见流传的许多作品，任何人也不能轻看这些名目或忽视这些北杂剧在当时北方发展的实际情况。

李开先《张小山小令后序》说"洪武初亲王之国，必以词曲一千七百本赐之。对山（康海）高祖名汝楫者，曾为燕府长史，全得其本。传至对山，少有存者。"康海的父亲名镛，祖父名健，曾祖名爵，高祖名汝楫，汝楫曾任北京行部左侍郎，行部是朱棣取得南京以后所设，当时朱棣长子朱高炽留守北京，行部侍郎是辅佐掌握北行政的官②，从此就可知康汝楫全得燕府所赐词曲的事是十分靠得住的。朱元璋怕他身死以后，子孙会自相火并，因此，他对于分封的藩王，就想使他们留心词曲来消磨他们的政治野心，并想用词曲里的封建说教使他们能安于藩位，巩固他万世一统的基业。在明初，不但亲王之国，赐与词曲，而且还赐与乐户，如建文四年（1402）补赐诸王乐户，宣德元年（1426）赐朱权乐人二十七户，都曾见于谈迁《国榷》的历史记载。

朱元璋给亲王词曲，康汝楫收藏燕府词曲和朱棣对北杂剧的爱好，以及他对汤舜氏、杨景贤、贾仲名等北杂剧作者的宠爱都是分不开的。朱有燉的父亲朱橚，洪武十一年（1378）改封周王，十四年就藩开封，朱允炆即皇位后，有人告他谋反，谪迁云南蒙化，再召回南京看管，直至永乐元年（1403）朱棣即皇位后才复封开封，他儿子朱有燉，也就在朱橚复封以后，开始从事北杂剧的撰作。朱橚和朱棣在建文时是同患难的兄弟，但到了朱棣做皇帝后，情况又不同了。当朱橚复国的时候，曾加禄五千石，赐钞一万锭，并拨给河南见储米二万石作复国用度，朱棣封这位兄弟总算是恩礼有加。但朱橚就藩以后，对朱棣就只能深自韬晦，奉事惟谨。同时周府享用也很丰赡，朱橚父子就只好把岁月消磨到文宴和词曲里来。洪熙元年（1421）朱橚死后，朱有燉册封周王，直到正统四年（1439）朱有燉死，在这段岁月里他都在安享逸乐的环境里度过。他所制的北杂剧，据《也是园书目》计有三十种，据钱牧斋《列朝诗集》说，他这些北杂剧曾"流传内府"，到明末，"中原弦索"也还歌唱这些杂剧。因知朱有燉的杂剧撰作和朱元璋的词曲颁赐，朱棣的杂剧爱好都有关系，对当时北方一带的北杂剧的发展也自然是有作用的。

和朱有燉同时，对北杂剧有撰作的藩王，更有一位朱权。朱权是朱元璋的儿子，与朱棣和朱梿为异母兄弟，洪武二十四年（1391）封宁王，二十七年（1394）就藩大宁。朱允炆即皇位后，因怕他和朱棣合谋，召他来京朝见，朱权不肯应召，坐此削三护卫。同年，朱棣起兵。朱权被朱棣诱执，使他在军中草檄。大宁是辽时的中京，辽以后的北方重镇，明初建卫设藩，为的是屏障燕蓟，建文时，这地方对朱允炆和朱棣都势在必争，但朱权却终被朱棣所执。永乐元年二月，朱权改封南昌，朱棣制诗送行，但他对这位兄弟却不免内怀猜忌。不久，就有人告朱权巫蛊诽谤，朱棣密探无验，因此，朱权就只能更深自韬晦，在宫里筑精庐一区，以鼓琴、著书消磨他晚年的岁月。他在朱有燉死的前一年就死去了。他时常和文士往来，因此留心戏曲。他所著有《太和正音谱》，写成在洪武三十一年（1398），是他的早期著作，对研究北曲是一部重要的书。他所著的北杂剧计有十二种，但现存的只有两种。明代自洪武、建文、永乐以来，防止藩王造反，法禁非常严密，但对藩王略取民田妇女、随意杀人一类情事，却又概不深究。对藩王的严密法禁和赐给词曲、乐户是相辅而行的两种政策，目的是只让藩王坐食生子，不许他们有政治野心。因此，明代藩王或是坐食生子，或是荒淫无道，"贤王"如朱有燉和朱权等以文宴著述、谈玄慕道，消磨岁月，就算是很难得了。至北词和北杂剧的演唱，却应当是明代藩王宫廷的主要生活，当时王府乐户都习唱北词。隆庆二年（1568），辽王宪㸅以罪废为庶人，辽国就从此亡了。钱希言《辽邸记闻》记辽亡后的情况说："至此章华台前老妓，半属流落宫人，犹能弹出箜篌弦上，一曲伊州泪万行也。"荆州是辽王封地，自从辽国亡后，乐户都流落民间，以唱北曲为生③。由此，也可见当时各地藩王宫廷，北杂剧盛行情况的一斑了。

明朝皇帝爱好北曲，在朱棣以后有朱见深、朱厚照两人。李开先《张小山小令后序》说："人言宪庙（朱见深）好听杂剧及散词，搜罗海内词本殆尽。又武宗（朱厚照）亦好之，有进者即蒙厚赏，如杨循吉、徐霖、陈符所进不止数千本。"杨循吉字君谦，吴县人。徐霖字子仁，南京人。他两人在朱厚照巡幸南京的时候，由亲信的乐工臧贤荐引，使他们填写新曲，因此得到宠遇。朱厚照即民间有名的正德皇帝，当他即皇位的第三年，即命"天下选乐工送京师"；正德十三年（1518）他巡幸大同，在偏头关更大索太原女乐，并爱上了晋王府乐户杨腾的妻子，刘良的女儿刘氏④。他巡幸南京在正德十四年(1519)，从当年十二月到第二年闰八月，他都在南京居住，他在同年十二月回到北京，第三年三月里就死去了。李开先所记载的应当是朱厚照在南京的事情。南京从朱元璋建十六楼安置官妓，接待四方商贾，并不禁士大夫用官妓后，就已经替这个新的国都打下了北杂剧的都市基地。永乐十八年（1420）改北京为京师，但南京却仍是陪京，十六楼的繁盛情形仍不减于洪武年代。一直到明万历时，十六楼的十五楼虽只存基础，但南市楼却依然存在，并成为"屠沽市儿"的游乐场所⑤。因此，从永乐到正德，南京的士大夫都好尚北杂剧，征歌撰妓，竟成了他们的日常生活。徐霖少年就以词曲自放，能自度曲为新声，所填南北词曲，娼家都极为崇奉，到后来更在南京城东建筑快园，极游观声妓之乐。和徐霖同时但比他稍前一些的人更有陈铎。陈字大声，也在南京住家。他是个"牙板随身"的世袭指挥官，以词曲驰名当时。所写作的北杂剧见著录的有《纳锦郎》、《好姻缘》两种，当时教坊子弟都称他为"乐王"。徐霖、陈铎在弘治、正德两朝，是两位最有名的词曲家。和他们同时人除杨循吉外，更有陈所闻和史忠也都长于词曲。陈字尽卿，南京人。工于乐府，和徐、陈不相上下。史字庭直，南京人。他不但自己妙解音律，更使两京琵琶圣手教爱妾何白云挡弹，他自称"古今知音者不过数人"，他乘兴填写新曲，每下笔就填成五六十曲或至百曲，虽徐、陈两人也叹服他的敏捷。当时这些词曲家和锦衣黄美之、尚书顾璘两家常有宴集往来。顾璘在南京居住，"每四五日必一张宴"，每宴必用"教坊乐工以筝琶佐觞"。黄美之是黄太监的侄子，是南京有名的富家。当时南京正值盛时，"仕宦者夸为仙都，游谭者指为乐土"。从士大夫的风尚相高，就可以看出北杂剧在南京盛行，并不是偶然的事⑥。

后来到嘉靖年间，何良俊任南京翰林院孔目，他移疾辞官以后，仍买宅寓居南京。何字元朗，华亭人。他家祖父、父亲都爱好北杂剧，因此，"箫鼓琵琶"就成了他少年时的习染。他能"躬自度曲，分刌合度"，对北曲有精深的研究。他寓居南京以后，往来于苏州、南京一带，文酒丝竹，极一时之盛。他家里有北杂剧的女班一部，他说："余家小鬟记五十余曲，而散套不过四五段，其余皆金元人杂剧词也，南京教坊人所不能知。"当时南京北杂剧已不如正德全盛时代，因此，他以有这个女班自豪。这女班的教师即正德年间的南教坊乐工顿仁，朱厚照巡幸南京，他曾随他回到北京，学得了这些北杂剧。他"怀之五十年"，后才被何家聘为家乐教师，使他能将这些戏曲教给女班。这一位老教师不能不感慨系之地说："不意垂死，遇一知音。"当时南京北杂剧已不能和正德时代同日而语，就由此可以见了。

梅禹金《顿姬坐谈正德南巡事》诗注说："顿之先有顿仁弹琵琶，及角妓王宝奴俱见幸。"可知顿仁在正德年间也是一位琵琶能手。何良俊说："老顿于《中原音韵》、《琼林雅韵》终年不去手，故开口、闭口与四声、阴阳字八九分皆是。"可知他是一位辛勤力学的北杂剧艺人。他对于当时南京南戏盛行、北杂剧衰落的情势是深感不满的。他称南戏做"时曲"，又称它做"唱调"。他说："供筵所唱皆是'时曲'，此等辞（杂剧词）并无人问及。"又说："南曲箫管，谓之'唱调'，不入弦索，不可入谱。"他对他所辛勤获得的杂剧词是何等尊重，如认为他老年守旧，就对他这种说法轻率加以否定，却是不相宜的。

朱元璋嫌《琵琶记》"不入弦索"，使奉銮史忠改为"北调"。据徐渭《南词叙录》所说："色长刘杲者，遂撰腔以献；南曲北调，可于筝琶被之。然终柔缓散戾，不若北之铿锵入耳也。"徐渭对这件"改调"的事，估计并不很高。顿仁对何良俊也谈到这件事情。他说："伯喈曲某都唱得，但此等皆后人依腔按字打将出来；正如善吹笛者，听人唱曲，依腔吹出，谓之'唱调'，然不按谱，终不入律。"他认为"琵琶"改调虽说能被之"筝琶"，但实质却还是南曲"唱调"，不是标准北调。《明珠记》的作者陆采，也同是嘉靖间人。他在《冶城客论》里说："国初教坊有刘色长者，以太祖好南曲，别制新腔歌之；比浙音稍合宫调，故南都至今传之。"他也说这种北调，实质是"比浙音稍合宫调"的一种曲调。"浙音"指当时南曲"海盐"，"稍合宫调"是指这种曲调不尽和"北九宫"相合，反是和"海盐腔"相近似的一种北调。

在当时的南京不但南戏日见盛行，北杂剧日见衰落，而且，北杂剧的声腔还渐和南戏接近，成为一种新的北调，不再全依老法度了。祝允明经历过弘治、正德、嘉靖三朝，他是个长于北曲的文学家，他对于当时南方北杂剧的衰落和蜕变也不免深致不满。他在《猥谈》里说："自国初来，公私尚用优伶（教坊乐工）供事，数十年来，所谓南戏盛行，更为无端，于是声乐大乱。"他认为当时的这种变迁是"声乐大乱"，因此，他更大骂南戏，说是："歌唱愈缪，极厌观听。盖已略无音律腔调。愚人蠢工，徇意变更。……变易喉舌，趁逐抑扬，杜撰百端，真胡说耳。若以被之管弦，必致失笑。"祝允明原是个玩世自放的人，他并从当时士大夫的观点来论南曲，也正和后来的昆曲家对民间弋阳腔的看法一样，他的这种论点对民间戏腔长足进展的必然趋势是毫无损伤的。他的话更代表嘉靖时的南京士大夫如何良俊等的一般见解，有力地说明了北杂剧在当时南京的难于阻遏的衰落趋向。

但北杂剧的生命力却不是短时期就能够衰落和死亡的。如认为这时候北杂剧已无人顾问，或认为由何良俊的提倡，就因此能挽回它一时的衰落和死亡也并不合于事理。在当时除何良俊外，更有一位金銮，是南京有名的北曲家。金字在衡，原籍陕西，在南京住家。他往来淮、扬、两浙，交结四方豪士。何良俊说："南都自徐髯仙（霖）后，惟金在衡最为知音。善填词，嘲调小曲极妙；每诵一篇，令人绝倒。"可知当时南京仍能见正德时代北杂剧盛行的流风余绪。在当时南教坊著名乐工除顿仁琵琶外，更有李节等歌。何良俊对李的弹筝品为"第一人"，并送他一首诗说："汩汩寒泉泻玉筝，泠泠标格映清冰；愁中为鼓秋风曲，不负移家住秣陵。"他认为听了李节弹筝，自己移家南京，就全不亏了。可知当时南教坊的老乐工，保存了北曲挡弹的高深艺术的也还大有人在⑦。

提到南京北杂剧的盛行和衰落，就不能不提到安徽寿州。寿州是凤阳府的属州，从陆路到南京仅四百七十里地。它位居淮水南岸，从南京到河南是一条水运通路，就同时也成了一条戏路。朱元璋在南京定都以后，因为他的家乡凤阳人丁消减，就移徙江南富户加以充实。只是这些富户，平时既习于游惰，既迁到凤阳这十年九荒的地方来后，每逢荒年就抛弃田产，流亡到别的地方，因此，这地方的居民，流动性是非常大的。这些富户都各有他们的娱乐好尚。同时，凤阳又是个安置有罪宗室的地方，朱元璋就曾将他从孙朱守谦安置在凤阳七年。弘治五年（1492），宗室镇国将军朱恩鑶有罪，也在凤阳安置。朱恩鑶是一位北曲作者，对音律也深有研究⑧，由于他和当地富室的交往，也可能在凤阳奠立了北杂剧的基础。钟秀之是寿州正阳镇人，以琵琶、三弦⑨绝技驰名远近；嘉靖时徽州人查八十，以琵琶游江湖，他曾亲到寿州拜钟为师，何良俊在《四友斋丛说》里详载了他拜师的经过。黄姬水《听查八十弹琵琶歌》说："寿州钟郎善琵琶，国工敛手咸咨嗟。阮、朱绝艺那能续，不惜千金传一曲。八十从师庐子城，五年技尽六弹成，抑扬按捻擅奇妙，从此人间第一声。"何良俊说查八十"至正阳访"钟，黄姬水说钟将琵琶传查，地点却在庐州；何良俊说查"留处数月，尽钟之技"，黄姬水却说是"五年技尽"：这只是传说上有些出入，关系是不大的。总之，在嘉靖年间，钟秀之把他的琵琶绝技传给查八十，却是当时寿州一件故实。张祐《听查八十琵琶》诗注说："查曾应诏教内人，如唐之贺老。晚年流落江湖，人多题赠，亦如开元之感也。"张祐年代比何、黄稍晚，他所记的却又是查八十的晚年事了。和查先后同时更有张野塘，魏良辅曾将女儿嫁给了他，他对魏的新腔创制是也有他一定的劳绩的。沈德符《顾曲杂言》说："而吴中以北曲擅场者，仅张野塘一人，故寿州产也。"在嘉靖、隆庆的一段时间，寿州地方前有钟秀之，后有张野塘，一个是独步一时的挡弹家，一个是承先启后的歌唱家，同时除钟、张两人以外，凤阳能琵琶的更有高朝玉，能北曲的还有张周①，因知寿州这个地方在当时是北杂剧的一个重镇。

明代当弘治、正德年间，北方剧作者专力北曲的有王九思和康海。李开先《西野春游词》说："自陈大声正德丁卯年（正德二年，1507）没后，惟王渼陂为最。"沈德符《顾曲杂言》说："康对山、王渼陂二太史，俱以北擅长，并不染指于南。"李开先《乔龙溪词序》说："康对山每赴席稍后，座间方唱南词，或扮戏文，见其入，即更之。"可知正德初年，北方的王九思已经继南京的陈大声为一时的北曲泰斗，他当时所专力的还不失弘、正间的北曲典范。他和康海都专力北曲，但都不留心南曲；康海对北曲更有癖好，因此，当时官场演戏，对他的这种癖好，就不免多所迁就。康海对当时北曲的专力和癖好，并不是偶然的事。康海曾祖康爵就在南京寄居，祖父康健和兄长康阜都生长南京①，当北杂剧在南京盛行的时候，这地方却成了他的第二故乡，他家里又历代珍藏燕府词曲，这一些对他癖好北杂剧都深有关系。更由此可证明他高祖康汝楫所得到的燕府词曲都是教坊北曲，即当时官场和南词、戏文同演出的也还是这些北曲。康海字德涵，陕西武功人；王九思字敬夫，陕西鄠县人。稍后当嘉靖年间，从事北曲的剧作者冯惟敏，字汝行，山东临朐人，李开先字伯华，山东章丘人。沈德符《顾曲杂言》说："本朝能杂剧者不数人，自周宪王以至关中康、王诸公稍称当行，其后则山东冯、李亦近之。"可知这个时候，能称"当行"或近于"当行"的北曲作者全都是北方的人；更可知这些作者都产生北方，因造成当时北曲在北方盛行的一种趋势和永乐元年后朱有燉开始从事大量北曲撰作的事，也是不无关系的。

当时康海家藏燕府词曲虽说已少有存者，但据李开先在《改定元贤传奇序》里所说，他自己所私藏的"元词"仍多至"千余本"，和燕府所藏词曲卷数也不相上下。更据李开先《宝剑记序》和《后序》，他自称他家里有一个由僮仆所组成的戏班，并有一位七十高龄的老教师替这个家庭戏班排演南北词曲。再据张萱《西园闻见录》说："康德涵六十，邀名伎百人为百年会。既会毕，了无一钱，第持笺命诗，送王邸处置。"钱牧斋《列朝诗集》也提到这件事情，但他却说："……酒阑，各书小令一阕，命送诸王邸，曰，此差胜锦缠头也。"且不论康是做诗也好，作曲也好，我们从这件事情可看出当时西安民间乐户官身常被当地官绅唤取，也常被秦邸诸王唤取，当地民间乐户和王府关系既很密切，因此，康海就用自己诗或小令赏赐他所唤取的乐户，叫她们拿到王府换赏钱使用。当时民间乐户和王府的关系密切，当不但西安一处地方如此，凡是北方安置乐户的地方，同时是王府的所在地，不论是甘肃、山西、河南、直隶也应该都是这样。由以上所列举的，就更可知当时北曲盛行北方一带是具有它各方面的客观原因的了。

从前面所叙说的只谈到明代的封建君主和他们所封的藩王对北杂剧的好尚，和当时富家世族、文人学士对北杂剧的相习成风，因形成北杂剧在南、北各地盛行的一种趋向。同时，也提到明代的乐户以及从乐户出身的著名乐工，他们是当时上流社会看不起的，但他们和一些爱好北杂剧的文人却掌握了北杂剧的命运，对当时北杂剧的盛行和衰落都痛痒相关。我们当重视这些乐工对艺术的不断努力和加意维护，但我们更不能不提到北杂剧的民间艺人，即那些穿州过府、流落他乡的路歧人，因为，他们在北杂剧衰落以后，是真能使它们脱胎换骨转变为民间的新剧种的人。只是在文字的记载上，想获得这一类的材料是不会多的；张谊《宦游纪闻》写嘉靖二十八年（1549）的一段故事，在这里到值得提到。这段故事说：

> 嘉靖己丑，有游食乐工乘骑者七人至绵州，未详何省人。其所携服饰，整洁鲜明，抛戈掷瓮，歌喉宛转，腔调琅然，咸称有遏云之态。适余宪副至，举城士大夫商贾无不忻悦，以为奇遇，搬作杂剧，连宵达旦者数日。久而情洽。一日，浼众曰："今日改作杂剧，以新视听。"遍索富室，陈列珍玩器具，衣着织金彩服，乃令绵城乐工代司鼓乐。至夜阑人静，催迫鼓乐喧震，作《鸡鸣度关》。七人以次入瓮，久之寂然。破瓮索之，无所得。骗银至数百两。惟司鼓乐者枉受刑罚而已。

这故事所说的虽说是江湖骗术，但和当时北杂剧的民间发展却大有关系。绵州是四川成都府的属州，从剑阁到成都，它是条必经的路，因此，它成了西川的重地。这七位"乘骑"的"游食乐工"，是经由陕西汉中到成都去的，他们所走的路和清代陕西秦腔入川的戏路完全相同。这七位"乐工"是"搬作杂剧"的路歧人，他们所演出的戏如《鸡鸣度关》是元代初期作家庾天锡的一出杂剧，由此可知他们"通宵达旦数日"所"搬作"的那些"杂剧"也全都是北杂剧了。从这段故事可澄明清代陕西秦腔是北杂剧衰落后在北方民间的生命延续，近人的这种推断是不错的。

顾起元《客座赘语》说："南都万历以前，公侯与搢绅及富家，凡有宴会，小集多用散乐，或三四人，或多人唱大套北曲；若大席则用教坊打院本。后乃变为尽用南唱，大会则用南戏。"因此，祝允明就大叹"所谓南戏盛行，更为无端"。祝是嘉靖五年丙戌（1526）死的，可知在这年以前，北曲和南曲更替的阶段就已经在南方开始。这中间再经过昆曲的形成，如沈德符《顾曲杂言》所说："自吴人重南曲，皆祖昆山魏良辅，而北词几废。"但沈书却又说："今惟金陵尚存此调。"沈书写作年代在万历三十四年丙午（1606），从嘉靖五年到这个时候，相隔八十年来，北杂剧在南京的绪余却还是不中绝的。同书又说："顷甲辰年，马四娘以生平不识金阊为恨，因挈其家女郎十五六人来吴中，唱北西厢全本。其中有巧孙者，故马氏粗婢，貌甚丑而声遏云，于北词关掞窍妙处备得真传，为一时独步，他姬曾不得其十一也。四娘还曲中，即病亡，诸姬星散，巧孙亦去为市媪，不理歌谱矣。"甲辰是丙午前两年，即万历三十二年（1604）；马四娘虽不能和前述的游食乐工相比，但她是当时的乐户，她家里并义养了十五六个女郎，她率领她们到苏州演戏，也是一种流动演出；不过她这个流动剧团，尤其是演员巧孙，却轰动苏州城了。演戏是乐户家的衣食，如社会上对北杂剧已经没有需要，马四娘也决不会义养这十五六位女郎来从事这种活计。从这段记载就可见万历末年，北杂剧在南方一带，还不是全无地盘，只是衰落的趋势却已经是无可挽回了。

北曲和南曲的更替，在北京的情况怎样虽不得而知，但当万历二十五年丁酉（1597）到三十年壬寅（1602），北京仍有些琵琶能手在公侯搢绅家里教授北曲。有一部叫《北雅》的书，内容就是宁王权的《太和正音谱》，刻书的黛玉轩主人有一篇万历壬寅的序，说明他改名刻书的经过情况。这序说他在万历丁酉到北京会试，"时邻媪琵琶有能度曲为诸王侯屏后师者"，他的爱妾便从这位北曲教师学习琵琶；只是这位主人却嫌她的教师"本领既带邪声，所歌之词又多俚语"，因访得《太和正音谱》，先使这位教师学好，再教给她的学生。教学过程是很良好的。序说："媪既明腔，儿尤识谱。四手如一，两音复谐。既鲜戾弦，亦微涩嗓。凡两阅月，一声不失，而是书之落者缀，误者刊，即周郎复出，无烦顾矣。"他认为由于这次教学，校正了《太和正音谱》的一些失误，虽不免过甚其辞，但他敢于刻这部书，就可见对原书是另有它的独到处的。这位刻书人，这一科好像是中了进士，并在北京做了几年官。他曾经一度移病回家；万历三十年再回北京，他的爱妾却在随他进京的路上死了。因此，他刻了这部书作为纪念。序前有冯梦祯壬寅序，冯是万历丁酉会元，当是他的同年。沈德符《顾曲杂言》称"山坡羊"北词说："今京师妓女惯以此充弦索北调"，正是万历年的北京情况。"本领既带邪声，所歌之词又多俚语"，正说明了受到这种情况的濡染。由此可见当时北曲，在南方和南曲"唱调"合流，渐趋向柔缓散戾；在北方和"时尚小令"合流，兼带着邪声俚语，这一些全都是乐曲向民间进展的必然变化，并不足引以为异。

二 从曲调、音乐、文词、故事内容
看北杂剧衰落的必然性

从洪武到万历，北杂剧由盛行到衰落乃是必然的趋势。从经济的原因说，这时期北杂剧盛行地区也同时是商业繁荣地区。朱元璋定都南京，建十六楼安置官妓，就为的是吸收商业资本来繁荣这个新都，因此，南京在明代初年就已经是一个百万人口的大城。他同时以开封为北京，不但是从形势上控制西北，从朱有燉的一些杂剧里更能够看出江西茶商乘黄河春涨运茶到开封贩卖的一些情形，可知这个陪都在明初也同时是一个商业新都。到朱棣定都北京以后，北京城再恢复元都"汗八里大城"的商业繁荣；"四方之货，不产于燕而毕集于燕"，从弘治到万历，北京城的人口也已经由八十多万发展到近百万人了。运河在当时是贯穿南北的商业通路，山东临清州是运道的咽喉，因此，它成了南北都会，和济宁州、德州都是当时商业重点，这条运道也同时成了一条戏路。再如山西太原府、平阳府、蒲州等地也同是北方商业重镇，明政府在这些地方都设有抽税的钞关。不能以为明代商业都市偏重东南一带，就忽视西北地区的商业繁荣。明代的北杂剧盛行在以上的这些地区，和当地的商业繁荣都是有极深的关系的。

再从政治原因说，明代的藩王分封，赐予词曲、乐户是造成各王府所在地北杂剧盛行的一种原因；尤其是朱棣封朱樉、朱权的复国、改封，恩赐极厚，更使周、宁两府的戏曲繁荣，走上了当时北杂剧的两个高峰。乐户是明代的一种制度，在西北各省，凡是安置乐户的地方也都和当地商业繁荣有一定关系。乐户是官妓，有教坊色长管领，并征取她们的税收。但社会上经常会发生一些变化，官妓也经常会脱离官家，变为私妓，如马四娘家戏班就是一个例子；有一些乐人更开始走向路歧人的道路，专在民间到处植根，变成游食乐人，就因为有这一些人，北杂剧在衰落以后，就又能在民间改头换面，得到新的延续。

再要谈的就是明代的搢绅、富家和当时的士大夫了。明代士大夫和元代士大夫有显然的阶层性的区别，元代的士大夫是更倾向于当时被压迫的市民阶层的，他们能作为这群人的代言者，并能在情感上和他们息息相关。明代的士大夫从享受、生活一直到他们的思想、感情，却都是和搢绅、富家搅在一起的，他们同搢绅、富家同流合污，却不和人民同生活，同苦乐。当朱元璋统一中国以后，一面大兴文字狱，一面不许士大夫逃避做官，同时又不次迁升一些"秀才"作为钓饵。自从他采用八股取士，士大夫更以此为升官发财的阶梯，到洪武以后，科场弊端百出，士大夫幸得中式，不论才学与否，都只向上面爬，生活由安适到腐化，把民间疾苦都丢在脑后，终日结交王侯、搢绅和贵家，参与宴会演戏，有些人也从事戏曲写作，或是讲求音律，熟悉两件乐器，再就是登场扮演，博取王侯、搢绅、富家一场欢笑。他们的剧作和元杂剧作者能结合当时市民感情，和他们在一道悲伤、一道欢笑的精神是根本不相同的。他们的音律主张也只是遗弃剧作内容，或以音律为主，使内容从属音律的一种主张，和元杂剧的音律能掌握在广大人民手里，并随意发挥他们的感情，以及它在元杂剧作者手里能如心之使臂，臂之使指，也根本是不相同的。因此，明代的北杂剧，包括藩王、搢绅作品和士大夫的作品在内，如拿来和元杂剧相比，就可就是用不同的两种面貌出现的两种北杂剧。当然，也还有特殊的例子，如康海、王九思、徐渭的一些作品，但它们的最高成就也局限于发挥他们个人或他们本阶层的一些牢骚，能够像元杂剧作者代表广大市民阶层的呼声，这一类的剧作，在这些北杂剧里毕竟是极其难找的。

明代北杂剧的衰落，主要的原因是这种戏曲命脉，掌握在宫廷、藩邸、搢绅、富家，尤其是和它们相接近的士大夫阶层手里，使它在这个狭窄的范围里找不到和民间精神相适应的出路，因此，它就只有脱胎换骨，转变为民间的新的剧种。今且先从北杂剧的曲调、音乐来说。依一般的说法，北杂剧的曲调是以筝、琵弹挡为准则的。在一段曲词里，首先是要考虑它音调的准确，即考虑它的字音、节奏能不能和筝、琵弹挡两相吻合。曲词的每一个字先应当看成是一个个连续的、高低的音，也即是说，要用字来合音，不当用音来从字。作曲家是不能离开这个准则的，更主要的是还要活用这个准则来发挥曲词作者立意、遣词的更广泛的自由。作曲和做诗、填词都不相同，它应当同时是音乐的语言，又同时是人民的语言，即民间的通常语言。钟继先在《录鬼簿》方今已亡和方今相知的才人名士名字下面各写了一首吊词，明初北杂剧作者贾仲名更在《录鬼簿》前辈才人名字下面各写了一首吊词，我们从那些吊词里面不但能感到本词的生动新鲜，而且也感到他们所吊挽的那些才人，尤其是那一些前辈才人，一个个都具有做子弟的全副本领。贾仲名吊关汉卿词说："珠玑语唾自然流，金玉辞源即便有，玲珑肺腑天生就。"因此，关汉卿就运用他这种家常便饭的音乐语言来自由表达广大人民的冤苦愤怒；其他的不同时期的元杂剧作者，也应当是或多或少地具有和他相同的本领的。为什么这些作者会同具有这种本领，那就是他们的生活情感，能和广大人民很相接近。

钟继先把赵敬夫、张国宾、花李郎、红字李二等当代艺人作家和关汉卿、郑廷玉……等士大夫作家同编入《录鬼簿》里，贾仲名替他们所写吊词更不曾把赵、张……等艺人作家和当代的士大夫作家，在地位上分出轩轾。这更是元代、明初杂剧作者的一种公道，到以后的明代杂剧作者手里是万难办得到的。因此，也就可以看出元一代直到明初，杂剧作者和艺人间的关系是怎样的一种关系。花李郎和红字李二是刘耍和的女婿，是艺人和艺人间的关系。顺时秀称杨显之做伯父，李时中、马致远和花李郎、红字李二曾同在一个书会并合撰了《黄粱梦》杂剧，却又能从此说明当时的士大夫杂剧作者和艺人、艺人作者间的关系是何等地亲密无间。这种亲密关系在明代乐户制度下却又是无论如何也无法成为事实的。

就明朱权《太和正音谱》说，已经和《录鬼簿》完全是两种面貌了。他列举的"乐府群英"将赵敬夫、张国宾、花李郎、红字李二都屏斥在"群英"以外。他在条目里说："娼夫不入群英者四人。"他依据元代胜国王孙赵子昂的道理来作为他的说明。他说："子昂赵先生曰：'娼夫之词，谓之绿巾词。'其词虽有切者，亦不以乐府称也。故入于娼夫之列。"他更将《录鬼簿》赵敬夫字改为"赵明镜"，张国宾字改为"张酷贫"，他的理由是，娼夫"异类托姓，有名无字"，故"止以乐名称之，亘世无字"。难道说钟继先所列举的赵、张两人的字，全都是杜撰的么？朱权和赵子昂同是宗室，他两人是同一鼻孔出气的人，两人所说的话同属于最标准的封建统治者的阶级语言，因此，朱权更引用了赵子昂的"行家生活"，"戾家把戏"的一段道理，说杂剧都是"鸿儒硕士、骚人墨客所作"，这些人是应当和"娼优"分清界限的。他更引了关汉卿的一段话，认为杂剧是"我家生活"，杂剧艺人"不过为奴隶之役，供笑献勤，以奉我辈"，但又说他的话是出于"戏言"。用关汉卿本人和当时的戏曲生活作为证明，关汉卿是不会说这段话的。如他说关认为"子弟所扮，是我一家风月"。难道说和关同时的士大夫作者李时中、马致远同花李郎、红字李二等艺人作者合撰《黄粱梦》的具体事实也真能说成为"是我一家风月"么？

明初藩王对北杂剧有深造的如朱权、朱有燉等，他们把官家所颁赐的乐户和王府所在地的官妓都看成是音乐奴隶，不能像元代杂剧作者一样，对这些人采平等态度，是一件毫不足怪的事。明代的士大夫如康海、王九思、冯惟敏、李开先、何良俊……等都出身大地主、大官宦人家，他们或掇巍科，或负一代文名，就他们的官爵而论，也各有一时通显。他们所结纳的不是藩王，就是高官贵族。就中如康海免官以后，生活虽比较穷困，但他家却蓄有四名歌妓，他并常和她们同跨一驴，使人捧琵琶随后，在家乡到处游走，就这样度完他三十多年的隐居生活⑬。李开先罢官后却较为充裕，他家里藏北曲三千本，内杂剧共千余本，蓄艺人四十人，内女伎二人，女僮数人⑭。就他们的出身、地位说，既已和元代杂剧作者有天壤之别；就他们的生活、思想、感情说，也自然是和元代杂剧作者无法能相通的。

康海和王九思是当代北杂剧的有名作者，他两人都熟悉琵琶弹挏。康海是精于琵琶的人，他曾对陆俨山、杨庭仪弹琵琶，并曾用他的弹挏来奏演王九思的新曲。王九思写北杂剧，被别人批评为不合音律，他就用三年时光闭门学按琵琶、三弦，三年后再提笔写作，因此就成名了。但他的名剧《游春记》写成以后，就在他家里试演，李开先却说他开场的"赏花时"脚韵错入"桓宽"；又说他"寄生草"的"唐明皇走出益门镇"，"益"字当用平声。王九思三年闭门，却仍被李开先指摘为失声走韵⑮。像这种寻声摘韵的批评方式，在元代杂剧作者间却也是很少见的，但明代的北杂剧作者却每好从这些地方耗费精力。他们过于重视曲调音律，就说明他们对戏曲的内容和戏曲的语言解放，注意都很不够，却从这种曲调第一性的戏曲风气里把元代杂剧作者的内容第一性的人民的健康风格都放弃掉了。

元代杂剧作者也并非不重视曲调音律，他们能够编曲，也就能够唱曲。"唱一篇小曲儿宫调清"，"信口里小曲儿编捏成"，是元代做子弟的本领，也同时是元代杂剧作者的作曲风格。元代杂剧艺人虽离不开筝琶弹挏，但那些路歧人穿州过府，却不能不借"播鼓筛锣"来招徕观众。他们向音乐的高处发展，也同时向低处走他们的民间普及的路。何良俊《四友斋丛说》谈到嘉靖年代"江以北"的"士大夫家"，"闺壸女人皆晓音乐"，"扬州人言，朱射陂夫人琵琶绝高"，从这里就可见当时北方士大夫对北杂剧的曲调音律和元人所走的是怎样不同的一条道路。当时琵琶名手钟秀之、查八十所擅长的是"清弹琵琶"；李开先《词谑》说："长于筝者，归德府林经，古北词清弹六十余套。"林所弹的也就是"清弹"的筝。当时除了"清弹"更有"单唱"。《词谑》说徐州人周全在酒肆唱"赏花时"，被知音老贾倾倒的事；并说周在昏夜授徒，用炷香做发音指挥，却并不借助筝琶。因知周的歌唱乃是一种"单唱"⑯。李开先在《词谑》里说："人有弦索上学来者，单唱则窒；善单唱者，以应弦索则不协。清弹亦然。今世能兼擅者，实难其人。"当时有许多国工，除钟、查以外，如顿仁琵琶，李节筝歌，且不论他们是"清弹"与否，但他们的筝、琶技能越高，也就离舞台演奏越远；至于"清弹"，"单唱"，其更是脱离舞台的纯音乐的个人发展，却又不待言了。当时士大夫单方面重视曲调音律，专从一声一韵细加推敲，以及他们家里女人都成了筝、琶挡弹能手，这种风气和当时艺人们的音乐歌唱专走提高的路，离开元代勾栏走向唐时教坊，离开舞台演奏走向个人发展，关系是很不浅的。因此，明代士大夫单方面重视曲调音律和艺人们的音乐技能离开舞台走向个人发展就成了使北杂剧衰落的因素之一。

吕天成说李开先"熟于北剧"，他对于当代北杂剧作者的批评，应当值得我们重视。他在《西野春游词序》里说："国初如刘东生、王子一、李直夫诸名家，尚有金、元风格，乃后分而两之；用本色者为词人之词，否则为文人之词矣。自陈大声正德丁卯年没后，惟有王渼陂为最；陈乃元词之下者，而王乃文词之高者也。可为等剂，有未易以轩轾者。若兼而有之，其元哉。其犹诗之唐而不可尚者哉。"他认为形神俱完是元杂剧作者所同具的优良风格，他们的曲词既同时是"文词"的，"音乐"的语言，又同时是"本色"的民间通常语言，因此，他们能掉臂游行，自由表达广大人民的生活情感。这种优良风格在明初北杂剧作者的作品里也还是存在着的。以后就分成了"词人的词"、"文人的词"。所谓"词人的词"是保存了元曲词的"本色"，却遗弃了它表达的广大人民的生活情感；所谓"文人的词"却并连元曲词的"本色"也全都遗弃掉了。因为当时北杂剧作者和元杂剧作者所代表的阶层是彼此不相同的，他们对广大人民和当时市民阶层的苦乐已经非常隔膜，他们不但没有人民感情，而且没有市民情调，他们所能有的只是些士大夫个人的牢骚不平和他们的那一些清高风雅乃至于颓废享乐的生活要求。陈大声是睢宁伯陈文的曾孙，因世荫袭金带指挥，从他的出身成份说却等于元杂剧里的"衙内"，只是他这个"衙内"却"耽于吟咏"，而且爱好杂剧，在他的袖子里常藏有一副牙板，因此被魏国公徐辉祖所斥，说他"不与朝廷做事，牙板随身，何其卑也"。像陈大声这种人，一生不离谈宴歌唱，他的曲词被李评为"元词之下者"，也就是说和元人曲词貌合神离，是再适当也没有的。王九思出身地主家庭，他祖父曾做过知县，他父亲曾做过教官，他曾中弘治九年（1496）进士，考选庶吉士，授翰林院检讨。他在当时很有文名。他在罢官以后，写《游春记》骂时相李东阳，这时候，他方才留心北词，由文人一变而兼曲家。从《游春记》的政治情调说，在明代北杂剧里是值得赞扬的。有人说，他骂李东阳是为了私恨，只是明代中期、末期的那些时相，谁又不该骂呢？现在只从曲词来估价他这篇剧作，我认为李开先说他的剧作是"文词之高者"，也就是说，他这类的曲词只能供当代的士大夫骚雅自赏，这说法也还是很适当的。

如果从明代士大夫的观点，从曲调、文词来估价王九思的《游春记》，也还是有它的独特点的。因此，这部剧作写成以后就能够"流传关陇，群相附和"，并被何良俊推许为"虽金、元人犹当北面"。只是这部剧作虽然是好曲调、好文词，但不能说它是好排场、好关目。在这部剧作里有一种悲愤唏嘘的政治情调，很合于诗人杜甫的政治情调，但曲词如"叶心润带蝴蝶粉，花片香归燕子巢"，却不是在作曲，而是在追踪老杜七律的炼词琢句。因此，这部剧作从明代士大夫的观点来看，可称得起是一篇好赋，一首好的长诗，但从广大人民的观点来看，却不能说它是一部好戏。从曲词说，这部戏的曲词应当是当代的士大夫都能够听得懂的，而且在他们心情上能引起共鸣，并产生相当的政治影响。但广大人民却没有这许多学问来理解曲词的奥妙，并没有那种情感和剧作者的悲愤唏嘘取得心的共鸣。这剧作的故事内容是具有先天的贫薄性的。它只是用杜甫《曲江》第二首诗的前四句："朝回日日典春衣，每日江头尽醉归；酒债寻常行处有，人生七十古来稀。"敷衍成这一部戏。他在第一折里写杜甫准备到城南游春；第二折写杜甫在曲江池上沽酒游春；第三折写岑参邀杜甫到渼陂庄上游赏；第四折写岑、杜在渼陂泛舟，却有使命宣杜甫回朝升官，杜甫随使命往朝门谢恩去了。在结尾的时候，杜甫却辞了宰相房琯的推引，他说："我子要沽酒再游春，乘桴去过海。"说出了剧作者的怀抱。就这种故事情调说，当时的士大夫如康海、何良俊等，一般都是能够熟知的。康海在小令里说："从今后花底朝朝醉，人间事事忘。"也就能抵得上这一部戏。但这些士大夫们在免官罢职以后，都怀着满肚皮的不平，今天这里游，明天那里玩，他们这种生活又岂是那些勤苦力作的广大人民所能够领略的呢？这戏的故事情调，在当时的士大夫们虽认为是很充实的，但不属于这一阶层的劳动人民，却只能看成是一种空虚，而且还空虚得太无聊了。

王九思和康海对词曲是深有造诣的。何良俊《四友斋丛说》说："康对山词迭宕，然不及王蕴藉。"王世贞《曲藻》说："敬夫与康德涵俱以词曲名一时，其秀丽雄爽，康大不如也。"他两人的词曲造诣在当时士大夫的中间也已经各有定评。但他们的词曲造诣却不能离开当时复古文风孤立来看。从李梦阳倡言"文必秦汉，诗必盛唐"，高举起当时文坛复古运动的旗帜，他就和顾璘、康海、王九思等号称"十才子"，并和康海、王九思等号称"七才子"，也就是我们所称的"前七子"。顾璘在南京时，对北杂剧深有爱好，前面已经谈过，因知复古文风和北杂剧的爱好并不是无关联的。王、康的诗虽较多率直的作品，就作品的内容说也比较关切民间疾苦，但由于当时文人把眼光局限在"秦、汉、盛唐"的小圈子里，专讲究摹拟古作，取貌遗神，已成为一种风气，因此，王、康的北杂剧无论是"迭宕"也好，"蕴藉"也好，但他们和元杂剧作家所走的就不能是同样的路。王世贞在当时文坛复古运动里和李梦阳、何景明、李攀龙并称为四大家，他在《曲藻》里说："评者以敬夫声价不在关汉卿、马东篱下。"从《游春记》来估价这个评语，就可知他说的话，也正如何良俊所说，"虽金、元人犹当北面"，全都是不实在的。

如再从汪道昆四种杂剧，《高唐梦》、《五湖游》、《远山戏》、《洛水悲》来谈这个问题，就更可知当时文坛复古运动给北杂剧的曲词和内容的伤害是怎样的大。汪道昆字伯玉，歙县人，和王世贞、张居正同中嘉靖二十六年(1547)进士。万历初年，张居正已身居相位，他父亲做七十生辰，朝士们都献词称寿，但张却看中了汪道昆的那篇文章。王世贞迁就张的意旨，在《艺苑卮言》里写道："文繁而有法者于鳞（李攀龙），简而有法者伯玉。"汪的文名就从此大起。汪在王世贞的品题里有"后五子"的称号，只是他的文章却都从李梦阳、王九思剿袭而来。等到他有了文名，就更加放言高论，至说"苏轼文章一字不通"。他所著的杂剧称《大雅堂四种》。《高唐梦》写楚襄王会巫山神女的事；《五湖游》写范蠡载西施游五湖的事；《远山戏》写张敞替他夫人画眉的事；《洛水悲》写曹植在洛川和甄后梦中相见的事。这四种杂剧都只有一折，他就在每折戏里把四件简单故事都如实敷衍一番。故事既非常单薄，写作更不加剪裁，也谈不到有什么情感寄托。汪道昆和楚王、曹植既没有什么相干，更谈不上范蠡、张敞，他为什么要采用这些故事，目的是不明确的。只是他《谒白岳》诗说："圣主若论封禅事，老臣才力胜相如。"或者他在诗里自夸才胜相如，在他这几种戏里也想用宋玉、曹植来自拟吧；因此，他把《高唐赋》、《洛神赋》都整段抄到戏里来了。他这些戏既谈不到故事，也谈不到情感，更谈不到戏曲性，如果说是四篇文章倒还是可以说的，但谁也无从想到，他的这些文章还应当麻烦艺人们在台上演出。或许，当时的士大夫们还爱好这些戏吧，但我们却谁也无从想像，这些戏在台上演出时还会有人来看。徐翔在《盛明杂剧序》里说："若康对山、汪南溟……诸君子胸中各有磊磊者，故借长啸以发舒其不平。"汪道昆的四种杂剧又怎能和康海的《中山狼》相比拟呢，如果说汪道昆的胸中还其有什么不平，到不如说他成名以后真有些大言欺世，他在梦想他真有了宋玉、曹植的才和范蠡、张敞的适意生活，他这种飘飘然的情感寄托，在他的四种戏里却实在是极卑陋的。汪道昆的杂剧写作，虽说在文词上还好像有些长处，但比起王九思的《游春记》却缺少的是文词的光焰，这光焰是应当从情感内含来说明它的。由此可见，汪道昆的四种杂剧，只能是每况愈下。而在当时文坛复古运动里，北杂剧的曲词和内容被伤害到那步田地，从汪道昆的四种杂剧来说，也够称得起是最标准的例子了。

明代的北杂剧在士大夫骚雅自赏的情势下，只讲求曲调文词，造成了情感空虚、故事单薄的一种倾向，它们就渐从元杂剧四折一楔子的体制走向单折短剧。它们用一折戏谱一件简单故事，如《昭君出塞》、《文姬归汉》、《渔父寻源》、《兰亭修禊》、《赤壁泛舟》、《龙山落帽》、《南楼赏月》……等，这些故事都深合士大夫的胃口，而且容易敷衍，只依照故事写出，再加上一点感慨，就可以大做文章，大讲声韵，凡是当时名家作品都离不开这条道路。但今天不见流传的无名氏的许多杂剧，却沿着元、明间无名氏的杂剧道路，更走向故事充实，形神俱完的历史戏和时事戏的架子、武工的道路。总之，在当时士大夫骚雅自赏所造成的这种倾向，并不能看成是明代北杂剧的全面倾向，还应当看到它脱胎换骨，转变为民间新剧种的另一面的进步倾向。

明代北杂剧放弃了元曲曲词的"本色"，走向"文人之词"的狭窄道路，当时文坛复古运动也并非始作俑者；这种文风在初明朱权、朱有燉的许多剧作里就早已开了端了。反之，如康海的《中山狼》、王九思的《游春记》，倒还有些牢骚抑郁的反抗精神，比那些用粉饰封建礼教做内容的初明杂剧却要高出一等。现在，且再从故事内容来探讨北杂剧的衰落吧。就朱有燉的剧作说也不是没有它的长处，那就是他爱用民间故事写戏。如《清河县继母大贤》，据叶盛《水东日记》所说，却是明初"北人喜谈"的当地民间实事。这故事说的是：清河县有一位姓李的继母，大儿子王谦是她丈夫前妻所生，二儿子王义却是她亲生儿子。王谦对继母尽孝，王义却被两个歹人引诱，前往莒城县经营商业。王义在酒店打死了店小二，恰好王谦来寻他的弟弟，却被两个歹人指为凶手。随后李氏也来了，因扯到公堂去告状。两个坏人诬证王谦是凶手，王谦也招称是他打死了人，但李氏却坚称打死人的是王义，不是王谦。问官疑心王义是李氏的过房儿子，等到他问清原委以后，才封赠了李母、王谦，赦免了王义，坐罪了两个歹人，说他们妄告不实。这故事最适合于初明的封建礼教，因此，朱有燉就将他大加煊染，写成戏了。到后来在丘濬《五伦记》第五出《一门争死》里，又将同一故事改头换面，硬加在伍伦全、伍伦备、安克和三兄弟和继母范氏头上，作为一段戏曲情节。

朱有燉也写了些妓女戏，但是他这些戏和元作者用同样题材所写的那些戏却恰好是一种鲜明的对比。关汉卿的《谢天香》写官妓的社会生活和她们受官府压迫都很真切。谢天香是一位机智的妓女，她具有善良的品质和一定的斗争性格，她不羡慕荣贵，只愿脱去官府羁縻；她说："这天香不想在艳阳天气开。"她在关汉卿笔底下是这样一个具有反抗精种并由此而取得姻缘成就的典型人物。但朱有燉所写的那些妓女，她们的最高愿望也只是"立妇名，成家计"，嫁个知心客人，脱去烟花名字。如果所嫁的人死了，她就替他守节，像刘佳景守寡四十年，半生来都依着"本份"，或是为了"夫妇正理"，就宁肯一死殉节，像刘盼春为周子敬自缢身死，他认为这类妓女才是极为难得。《刘盼春守志香囊怨》原是当时河南民间实事，据《元明杂剧》本《香囊怨》宣德八年（1433）自序，这事情就发生在前一年。有一位乐工的女儿刘盼春许配了良民周子敬，周家父母不许儿子和乐工女儿来往，刘家父母却逼迫女儿接待富商。周子敬托人致书他的情人，劝她勉从父母之命，不要为他所累；刘盼春却用香囊藏了这封信，佩在身上自缢而死。朱有燉在这部戏里，借白婆婆的口来评论这事情说："你每院里人只知道迎新送旧，留人接客，是你每的衣饭。那三纲五常的大道理，如何得知？你女儿既将一个身子伴了个男子汉，他不肯又与别人相伴，正是她有羞耻，有志气，生成知道三纲五常的人，与你院中其他妓女不同，怎生说她死的不是？"他在自序里也提到这"三纲五常之理"，认为"良家之子"为夫死节，却是"常理"；"构肆中女童而能死节于其良人"，却更为难能可贵。刘盼春这个人物也不是没有她反抗官妓生涯的一面，但朱有燉却强调她服从封建礼教的一面。他认为谢桂英"二十为娼，三十自尽"，她比起刘盼春来，"死有什么稀罕"？他就是这样以无视反抗精神、一味鼓吹封建礼教，作为他的妓女戏的主要的特点。

到康海写《王兰卿贞烈传》的时候，却又变本加厉，把这位乐户女儿写成个更富于封建性的人物典型。王兰卿是盩屋县乐户王锦的女儿，她所嫁的是当地的举人张于鹏。张于鹏选了青州推官，他父母却将兰卿取过门来。兰卿服事翁姑，"孝顺勤谨"，不幸于鹏父亲死了，于鹏奔丧回家，葬父以后，就致仕家居六年，和兰卿同奉养他的母亲。不想于鹏又患病死了，临死时嘱咐兰卿改嫁，兰卿却立志不嫁，只陪着于鹏母亲度日。有一位富家郎想谋娶兰卿，于鹏母亲已经肯了。兰卿折变一些头面，沽酒劝她婆母，自己却私吞信石，当筵毒发身死。兰卿死后，上司曾有旌表，也曾与她盖了节妇牌坊。在康海的笔底下把这位妓女写成一位贞姬，看不出半点烟花习气，这不是康海不会描写妓女，却是在故事进展里不能把王兰卿服事翁姑、帮助丈夫都写成妓女行径。据梅禹金《青泥莲花记》，这事情发生在正德中，隔嘉靖时代也并不很远。和康海同时的王九思也曾有"南吕一枝花"吊唁这位妓女，王九思在这首套曲里说："他胜似刘盼春守志香囊。"⑰ 可知这件事情也并非康海虚构。康海罢官以后，他曾经在盩厔县置有几顷田地⑱，因知他对当地民间实事深感兴趣，也不是没有原因。嘉靖六年（1527），康海的儿子康栗和杨见山的季女结婚，婚后两年，康栗死了，杨氏吞砒霜殉节。康海"与王敬夫"书，详述她殉节经过，却大致和王兰卿殉节相同⑲。是康海写了这部杂剧，因此而造成他媳妇的死因，或者是因为他媳妇的死，才写了这部杂剧，虽无法加以揣想，只是这类事情却不能认为偶然。吃人的封建礼教尤其是在士大夫家庭之间既浸得很深很透，和王兰卿同样的事发生在康海家里，就也是毫不足奇的一件事情了。

永乐十八年（1420），山东省连年水旱，老百姓靠草根树皮活命，因此在蒲台地方发动了唐赛儿的农民起义。虽然说就在当年，朱棣用暴力镇压了这场起义，但他却把饥荒留在民间，农民起义就随时能继续爆发。宣德五年（1430）僧明本在文登县再发动农民起义，只是这场起义没有发动成功，就早被官方镇压了⑳。山东省有梁山泊英雄聚义的光荣历史，这种光荣传统长远留在民间，虽然说在明初严密的封建统治下，但统治阶级对这种英雄聚义的民间宣扬也还是不能不提心吊胆。因此，朱有燉在宣德八年（1433）连写了《黑旋风仗义疏财》、《豹子和尚自还俗》两部水浒杂剧㉑，他的观点立场就不能不和元杂剧的水浒戏两相背驰了。《仗义疏财》的前半部写李逵关心救助贫农，殴打害民赃官，原不失元杂剧的本色，但后半部一提到"招安"，李逵的英雄性格就完全变了。他心里吞了个"巡检"小官的香饵，就不惜和方腊两相火并。他说："从今后贼见贼不相饶。"他不但自认是"贼"，而且还认为以"贼"攻"贼"是为的"酬恩报本"。用一副标准的奴才相换去了前半部李逵的英雄形象，这对于黑旋风当然是一个极大的歪曲。而这一个急转弯正说明剧作者心里的险恶企图非急于从笔下写出不可，因此就如同戏词所说："揭了盖头，见了丑形"了。

《豹子和尚》和山东省两次农民起义都用民间宗教作为号召的革命方式深有关联；剧作写成年代和僧明本起义失败相隔只有四年。这剧作把"三拳打死镇关西"的鲁提辖写成个"幼年戒行不精"的莽和尚，他因被师父嗔责，下山还俗，娶妻生子以后，又带着他的母亲到梁山泊落草。他在山寨又"擅自杀害平人"，被宋江打了四十大棍，因又一气下山，跑到清溪港清静寺里再做和尚。

剧作者有意把鲁智深的英雄性格贬低，说明他在梁山做"贼"是胡作非为，背叛梁山出家到反是改邪归正。宋江使李逵"唤他回来，依旧做贼"，李逵见了他却对他说："你跟俺去来，俺做贼的有金银，好男子，白着手得人财物。""俺做贼的十分快乐，趱家私，干衣食，又不犯本钱，我只说俺做贼的好。"把一个"替天行道"的梁山泊英雄，把一位顶天立地的黑旋风都写成一副"贼"相；但这位皈了正的鲁智深却既怕"带沉枷"，又怕"上杻床"，心里只是怕死，口里又不肯服输。剧作者用"行凶放党"来诬蔑梁山，用"白得人财"来诬蔑梁山英雄，用"持斋吃素"、"不惹是非"来歪曲那"醉打山门"的英雄形象。李逵劝鲁智深不转，宋江再使鲁的妻儿来劝；妻儿也劝他不转，又再使鲁的母亲来劝。鲁向他母亲说："那做贼的官司里挈将去，吃不过拷问，索招了贼脏，拿去号令，带个沉枷，向那大街上，三棒鼓间一声锣，狱吏刽子，两边监押着……妳妳呵，那其间连你也哭哭啼啼。"这还像鲁智深说的话么？虽然说戏的收场是鲁智深再上山入伙；但他在临上山时却说："不在清溪住，径往梁山去。如今我睚着胸脯，睚着胸脯，还把贼来做。便还俗，便还俗，一任旁人笑取。"这又像鲁智深说的话么？剧作者对梁山英雄已使尽他诬蔑、谩骂的一切能事，就从此能看出明代的北杂剧掌握在上层人士手里，从故事内容的阶级性说，是怎样的庸劣反动，完全和广大人民要求两相背驰。只是他们这些剧作也只好自欣自赏，人民对这些剧作既不感兴趣，就朱有燉的那些杂剧和他的两部水浒戏说，虽然说《诚斋乐府》能够"流传内府"，但民间的水浒戏的演出和"黑旋风"、"花和尚"两个英雄形象在民间的塑造，却仍然是元杂剧的光明的路。

明代初期的封建统治精神使南戏的故事内容离开了生龙活虎的民间道路，走向封建礼教宣传的路，从《香囊记》到《五伦记》，这条路就走绝了。明代的北杂剧掌握在上层人士手里，所走的也没有第二条路，如《继母大贤》、《香囊怨》、《王兰卿》等，全都和当时南戏的"风化"精神融合无间，可称是同一内容的两种戏曲。他如《仗义疏财》、《豹子和尚》等就更其是变本加厉，揭开了"风化"的道学面具，露出了统治阶级的恶毒的嘴脸。从以上所列举的北杂剧的衰落因素，如曲调、文词等，这一些还全都是较次要的因素，更主要的一种因素却是故事内容的封建性。就由于它这种封建性隔绝了它自己通向民间的路，到头是使自己在上层人士手里走向穷途末路。

———————————

① 关于乐户参见雷琳《渔矶漫钞》、酿花主人《花间笑语》。

② 据《康对山集》卷十四《先平阳府君夫人张氏行状》和《明史·成祖本纪》"永乐二

年二月，设北京留守行后军都督府行部"的记载。

③《辽史记闻》说辽王"安置凤阳"，实指弘治五年辽府发生变乱后，宗室镇国将军朱恩钿的事情。辽国国除在隆庆二年，废王朱宪㸅无"安置凤阳"的事。"一曲伊州泪万行"当指辽废王国除后说。参见《明史·诸王二》，沈德符《野获编》卷四，《辽封真人》、《辽废王》、《辽王贵烙罪恶》各条。

④据《明史·江彬传》，并据焦循《剧说》，邱炜菱《五百石洞天挥尘》等。

⑤据周晖《金陵琐事》卷一《咏十六楼集句》，《续金陵琐事》上卷《不禁官妓》、《宴南市楼诗》，《二续金陵琐事》、《十六楼基地》各条。参见《洪武实录卷二百三十四》"洪武二十七年八月庚寅，新建京师酒楼成。诏赐百官钞，命会于醉仙楼"的记载。

⑥以上据周晖《金陵琐事》。

⑦以上据何良俊《四友斋丛说》。

⑧据《明史·诸王二》和《野获编》，朱恩钿是松滋王府宗人、镇国将军，不是辽王。

⑨李开先《词谑》说："三弦则凤阳钟秀之。"

⑩⑪据周晖《续金陵琐事》上卷，《地出状元》，《修坟》各条。

⑫北京图书馆善本阅览室藏。

⑬据何良俊《四友斋丛说》，冯梦龙《情史》卷五《情豪类》。

⑭据雪蓑渔者《宝剑记序》，姜大成《宝剑记后记》，何良俊《四友斋丛说》。

⑮据李开先《词谑·驳渼陂词》。

⑯李开先《词谑》举出了长于琵琶、三弦、筝等拨弹的艺人若干人，但说他们"然皆不以歌名"。更举出能歌的艺人并魏良辅在内，共若干人，却又说他们"皆长于歌而劣于弹"。"弹"和"唱"在当时已各分领域，因此而造成"清弹"、"单唱"，成为一种趋势。

⑰见王九思《碧山乐府》卷二《挽王兰卿》。

⑱《对山集》卷二十二《与何粹夫》："十年前於盩屋彭麓买田数顷，得一干仆力作，颇足衣食。"

⑲见《对山集》卷二十二《与王敬夫》。

⑳永乐十八年，唐赛儿起义。十九年邹缉上疏说："今山东、河南、山西、陕西水旱相仍，民至剥树皮、掘草根以食，老幼流移，颠踣道路，卖妻鬻子，以求苟活。"疏里所说山东灾荒，是这次起义的主要因素。洪熙元年（一四二五）有德州、济宁州、邹县、滕县等处灾荒，宣德元年（一四二六）有青州府的灾荒，当时青州百姓向河北枣强县移徙，宣德三年已达到二百多户，因此有宣德五年僧明本起义的事。以上据《明史·邹缉传》、谈迁《国榷》卷十七至二十一。

㉑据郑振铎插图本《中国文学史》第五十二章，七七二页。

原载《中华文史论丛》第 4 辑
中华书局1963 年 10 月版

谈吴江派

钱南扬

一 吴江派的代表人物和它的阵容

在明朝末叶，有一个曲学流派，因为它的首脑人物沈璟是吴江人，所以称为吴江派。这里不过随便谈谈，说不上研究，所以称"谈吴江派"，不敢用"研究"或"评论"之类的字眼。

沈璟，字伯英，晚年更字聃和，号宁庵，又号词隐生。曾祖汉，正德十六年（1521）进士，官刑科给事中。祖嘉谋，汉第三子，官上林苑署丞。父侃，嘉谋第三子，母秀水卜氏。沈璟，万历二年（1574）进士，授兵部职方司主事。十年（1582），历官吏部验封司员外郎；丁父忧，回家。十三年（1585），服满，仍补验封。次年，上疏请立太子，并为王恭妃请封号，触怒了皇帝朱翊钧，降职为行人司司正①；奉使顺道返里。十六年（1588），还京，迁光禄寺丞，充顺天乡试同考官。十七年（1589），辞职回乡。三十八年（1610）卒，年五十八。所作传奇，有《属玉堂传奇》十七种，流传的仅《红蕖》、《埋剑》、《双鱼》、《义侠》、《桃符》、《坠钗》、《博笑》七种；散曲有《情痴㾠语》、《词隐新词》、《曲海青冰》，及选本《南词韵选》、《北词韵选》；曲谱有《增定查补南九宫十三调曲谱》②；此外尚有《遵制正吴编》、《唱曲当知》等书。（《沈氏家谱》、《家传》、《乾隆吴江县志》、王骥德《曲律·杂论》第三十九下）

沈璟自从结束了他的政治生活，家居二十余年，专心词曲，提出了自己的主张，复有不少人从而附和之，虽没有什么组织，无形中遂成为一个曲学流派。但是吴江派究竟有多少人？谁是？谁不是？没有人通盘考查过③。现在先

①司正，《家谱》作"司副"，今据《家传》、《县志》、《曲律》。

②沈璟曲谱，简称《南九宫词谱》、《南词全词》。

③青木正儿《中国近代戏曲史》虽曾涉及这个问题，然很简略。

看看他们流派中人自己的话，沈自晋《望湖亭传奇》第一出《临江仙》云：

> 词隐登坛标赤帜，休将玉茗称尊。郁蓝（吕天成）继有榆园（叶宪祖）人；方诸（王骥德）能作律；龙子（冯梦龙）在多闻。　香令（范文若）风流成绝调；幔亭（袁于令）彩笔生春；大荒（卜世臣）巧构更超群；鲰生何所似？颦笑得其神。

这里所举，连沈自晋自己共八人；我们再加上和沈璟直接或间接有些关系的顾大典、史槃、汪廷讷、沈自征、吴炳、胡遵华六人；吴江派的主要人物，大致差不多了。现在把他们分别简介于下：

顾大典，字道行，一字衡宇，吴江人。隆庆二年（1568）进士，授绍兴府教授[①]。万历二年（1574），入为刑部主事，屡迁吏部郎中。十二年（1584），升山东按察副使；改福建提学使。坐吏议，降职禹州知州，遂辞官回里。家居七八年，卒。顾大典和沈璟两家，都有家乐，彼此交往甚密，时作诗酒之会。所作有《清音阁传奇》四种，流传的仅《青衫记》一种。此外尚有《清音阁集》等书。（《光绪震泽县志》、《曲律·杂论》第三十九下、吕天成《曲品》卷下）明徐复祚《三家村老委谈》云：

> 自此吴江顾大典有《义乳》、《青衫》、《葛衣》等记，皆起[②]流派，操吴音以乱押者。清俊峭拔处，各自有可观，不必求其本色也。

这里虽说"不必求其本色"，然本色正是沈璟所提倡的，顾氏作品能接近本色一路，多少是受了沈璟的影响。

王骥德，字伯良，一字玉阳，号方诸生，又号秦楼外史，会稽人。诸生，尝师事同里徐渭。沈璟修曲谱，王氏实怂恿之，并为其作序。天启三年（1632）卒。所作传奇四种，仅《题红记》流传；杂剧五种，仅《男王后》流传；尚有《方诸馆乐府》、《曲律》等书。（《曲律·杂论》第三十九下、毛以燧《曲律跋》、宝敦楼旧藏《传奇汇考标目》）祁彪佳《明剧品·雅品·金屋招

[①] 绍兴府教授，《列朝诗集小传丁集》卷中作"会稽教谕"，《明诗纪事庚集》卷九作"山阴教谕"，俱误。今据县志。

[②] 起，谓张凤翼伯起。

魂》下云：

> 方诸生遵词隐功令，严于法者也。

史槃，字叔考，会稽人。徐渭之门人，长于填词。卒年九十余。所作传奇十五种，仅《樱桃》、《鹣钗》、《吐绒》①流传；杂剧三种及散曲《齿雪余香》，也都不传。（黄宗羲《思旧录》、《曲律·杂论》第三十九下、《远山堂明曲品》、《明剧品》）《明曲品·能品·檀扇》下云：

> 幸其词属本色。

又《青蝉》下云：

> 深得词隐作法。

吕天成，字勤之，号棘津，别号郁蓝生，余姚人。诸生。父胤昌，舅祖孙镶，表伯孙如法，都懂声律，他的曲学是有渊源的。平生最佩服沈璟，一变绮丽之风，渐趋本色。沈璟也很契重他，把未刻稿件托他代为刻行。约卒于万历末，距生于万历八年（1580），年未四十。所作有《烟鬟阁传奇》十六种，都不传；杂剧八种，仅《海滨乐》流传。此外尚有《曲品》二卷。（《曲律·杂论》第三十九下、杨志鸿钞本《增订曲品》附《词隐先生寄郁蓝生双调词套》②、《传奇汇考标目》）

卜世臣，字蓝水，号大荒逋客，秀水人。事迹不详，当是沈璟母属；而世臣又有一姊妹，嫁与沈璟从弟沈珂之子，辈分应小于沈璟。所作传奇四种，仅《冬青记》流传。此外尚有《玉树清商》、《乐府指南》等书。（《光绪嘉兴府志》、沈自晋《南词新谱·古今入谱词曲传剧总目》、《传奇汇考标目》）《曲律·杂论》第三十九下云：

---

① 《吐绒》，《明曲品·能品》作《吐红》。

② 《词隐先生寄郁蓝生双调词套》，作于万历三十一年（一六〇三）。而《园林带俉俉》下原注云："邓禹二十四岁封高密侯，周瑜二十四岁破曹，吕君之年如之。"故知其生于万历八年。

自词隐作词谱，而海内斐然向风。衣钵相承，尺尺寸寸守其矩矱者二人：曰：吾越郁蓝生；曰檇李大荒逋客。郁蓝《神剑》、《二娎》等记，并其科段转折似之；而大荒《乞麾》，至终帙不用上去叠字；然其境益苦而不甘矣。

继志斋本《义侠记》郁蓝生序云：

> 松林词隐先生表章词学，直剖千古之迷，一时吴越词流，如大荒逋客、方诸外史、桐柏中人，遵奉功令唯谨。

叶宪祖，字美度，号六桐，又号桐柏、槲园居士，余姚人。万历四十七年（1619）进士，授新会知县。历工部主事，以不附魏忠贤，革职。崇祯三年（1630），起补南刑部主事①。官至四川参政；改广西按察使，不就，归。十四年（1641）卒，年七十六。所作传奇七种，仅《鸾鎞》、《金锁》、《四艳》流传；杂剧二十种，仅《使酒骂座记》、《易水离情》、《金翠寒衣记》等八种流传。（黄宗羲《南雷文定前集》卷五《外舅广西按察使六桐叶公改葬墓志铭》、《曲品》卷下、《远山堂明曲品》、《明剧品》、《传奇汇考标目》）《曲品》卷下《双卿》下云：

> 景趣新逸，且守韵调甚严，当是词隐高足。

案：叶氏之与沈璟不过私淑而已，未必亲炙。

汪廷讷，字无如，一字昌朝②，号坐隐先生、无无居士，休宁人。加例盐提举。所作传奇有《环翠堂乐府》十六种③，仅《狮吼》、《种玉》、《天书》、

---

① 主事，《明诗综》卷六十一、《乾隆绍兴府志》俱作"郎中"，今据《墓志》。
② 昌朝，《传奇汇考标目》作昌期，今据《明诗综》。
③ 汪廷讷传奇，大都把他人之作，窃为己有。明周晖《周氏曲品续集》卷下云："陈荩卿所闻……尚有八种传奇：《狮吼》、《长生》、《青梅》、《威凤》、《同升》、《飞鱼》、《彩舟》、《种玉》，今书坊汪廷讷皆刻为己作。余怜陈之苦心，特为拈出。"顾起元《客座赘语》也云："顷友人陈荩卿所闻，亦工度曲，与二公（徐霖、陈铎）相上下。而穷愁不称其意气，所著多冒他人姓氏，甘为床头捉刀人以死，可叹也！"

《三祝》、《投桃》、《彩舟》、《义烈》流传;杂剧六种,仅《广陵月》流传。此外尚有《环翠堂集》等书。(《明诗综》卷五、《康熙休宁县志》、《传奇汇考标目》、《远山堂明曲品》、《明剧品》)《明曲品·能品·投桃》下云:

> 惟守律甚严,不愧词隐高足。

恐也未必亲炙。

　　冯梦龙,字犹龙,一字子犹、耳犹;别号甚多,如龙子犹、墨憨斋主人、顾曲散人、詹詹外史等;吴县人。崇祯时,以贡选寿宁知县,不久即归。唐王隆武元年 (1646) 卒,年七十三。所作有《墨憨斋定本传奇》十五种,大都改编别人的作品,己作仅《双雄记》、《万事足》二种;曲谱有《墨憨斋词谱》;曲选有《太霞新奏》。此外尚有《中兴伟略》、《七乐斋诗稿》等书。并编订了许多歌谣小说,从略。(《光绪苏州府志》、沈自晋《南词新谱凡例续纪》)冯梦龙《方诸馆曲律序》云:

> 余早岁曾以《双雄》戏笔,售知于词隐先生。先生丹头秘诀,倾怀指授。

可见他确曾受过沈璟的指点。

　　沈自晋,字伯明,又字长康,号西来,晚号鞠通生。沈汉四子嘉绩之曾孙,璟之从子。诸生。清康熙四年 (1665) 卒,年八十三。所作传奇三种,《望湖亭》、《翠屏山》有传本;散曲有《赌墅余音》、《黍离续奏》、《越溪新咏》、《不殊堂近草》;并增订沈璟谱为《南词新谱》①。(沈自友《鞠通生小传》②、《沈氏家谱》)

　　沈自征,字君庸。沈汉次子嘉谟之曾孙,璟之从子。国子监生。崇祯十三年 (1640),以贤良方正召,不赴。次年卒,年五十一。自征少任侠,喜谈兵。尝造渔船千艘,藏匿太湖中,将有所作为,事未集而卒。明亡,他的兄弟自炳、自驷遂收其船,招集义兵以抗清。所作杂剧四种,《霸亭秋》、《簪花髻》、《鞭歌妓》流传,合称《渔阳三弄》。此外尚有《沈君庸先生集》等书。

---

① 《南词新谱》,全名《广辑词隐先生增定南九宫词谱》。

② 《鞠通生小传》,附见《南词新谱》末。

（邹漪《沈文学传》①、《沈氏家谱》、徐鼒《小腆纪年》卷十）

吴炳，字石渠，号粲花馆主人，宜兴人。万历四十四年（1616）进士，授蒲圻知县。崇祯中，历官江西提学副使。清兵陷江西，流寓广东，永明王朱由榔以礼部②右侍郎授之。永历元年（1647），相从至桂林，命以本官兼东阁大学士。又从至武冈，清兵进逼，由榔仓皇出走，命吴炳随太子逃奔城步。城步已为清兵所据，遂被执。送至衡州湘山寺，不食死。所作传奇有《绿牡丹》、《疗妒羹》、《画中人》、《情邮记》、《西园记》，总称《粲花馆五种》。此外尚有《说易》、《雅俗稽言》等书。（《小腆纪年》卷十四、《明史》卷二百七十九、《传奇汇考标目》、《光绪宜兴荆溪新志》）《南雷文定·六桐叶公改葬墓志铭》云：

> 吴石渠、袁令昭，词家名手。石渠院本，求公诋诃，然后敢出。

范文若，初名景文，字更生，一字香令，号吴侬荀鸭、荀鸭檀郎，上海人。万历四十七年（1619）进士，授汶上知县。历南兵部主事，坐吏议降职。稍移南大理寺评事，以丁忧回里。崇祯中卒，年四十八。所作《博山堂传奇》十五种，仅《花筵赚》、《梦花酣》、《鸳鸯棒》流传。散曲有《博山堂乐府》；曲谱有《博山堂北曲谱》。（《上海县志》、《南词新谱·凡例续纪》、《传奇汇考标目》）范氏守律极严，如《花筵赚·凡例》云：

> 一，韵悉本周德清《中原》，不旁借一字。 一，记中每龆③一官，终始不敢出入。 一，曲中凡系“监咸”、“廉纤”、“侵寻”闭音，悉明注于首。

而且非常推崇沈自晋和袁于令。如《南词新谱·凡例续纪》载其《勘皮靴》及《生死夫妻》末出卷场诗，有“新推袁沈擅词场”、“幸有钟期沈袁在”之句，可见他对袁沈向往之殷了。

袁于令，初名晋，字韫玉，又字令昭、白宾，号凫公，又号箨庵、幔亭仙

---

① 《沈文学传》，附见《沈君庸先生集》。

② 礼部，《明史》作“兵部”，今据《小腆纪年》。

③ 龆，徐渭谓今之“龆”字，当是“龀”字之误，见《青藤山人路史》。这里作“龆”，乃“龀”的异体字。其实徐说出于想当然，殊不足信。

史、吉衣道人，吴县人。诸生，因事褫革。福王弘光元年（1645），清兵南下，苏州绅士投降者，降表出袁于令之手，叙功任荆州知府。后因得罪监司，被参落职，流寓南京。康熙十三年（1674）卒，盖年八十余。所作传奇有《剑啸阁传奇》九种①，仅《西楼记》、《鹔鹴裘》、《珍珠衫》流传；杂剧《双莺传》一种。此外尚有《留研斋稿》等书。（《顾丹五笔记》、董含《三冈识略》卷七、高奕《新传奇品》、《传奇汇考标目》、《光绪苏州府志》）《南雷文定·六桐叶公改葬墓志铭》云：

> 令昭，则檇园弟子也。

胡遵华，字里事迹都不详。《远山堂明曲品·逸品》载其《杏花记传奇》一本，并云：

> 乃其词一遵词隐功令，又何其婉而切也。

尚有沈氏一门，及亲戚朋友，有作品见于《南词新谱》的，有三、四十人之多，当然都受到吴江派的影响，自应从属于吴江派。约略言之：沈氏一门，如沈璟兄弟辈，有胞弟瓒，从弟珂等；沈璟子侄辈，有季女静专，从子自继（自征兄）等；沈璟孙辈，有孙绣裳，从孙永馨（瓒孙），永隆（自晋子），永乔（自晋侄），永启（自继子），永令（从弟瑾孙），蕙端（珂孙女）等。亲戚，如梅正妍（自晋婿），顾来屏（珂孙婿）等。朋辈，如杨弘、赵宽、蒋麟征、吴溢、高鸿、顾伯起（大典从孙）、吴享、尤本钦等。他们所作大都是散曲，现在仅把曾作传奇诸人，略述如下：

沈永乔，字树人，一字友声，号冷庵。明亡不仕。所作传奇有《丽乌媒》、《玉带城》。（《传奇汇考标目》）

沈永令，字闻人，号一枝。顺治五年（1648）举人，官至潼关道副使。康熙三十七年（1698）卒，年八十五。所作传奇有《桃花寨》。（同上）

顾来屏，字鸣凡，昆山人。妻沈蕙端，为珂孙女，卜世臣外孙女。所作传奇有《摘金园》，散曲有《耕烟集》。（《传奇汇考标目》、《南词新谱·古今入谱词曲

---

①袁于令传奇，各书著录共十种，今以《金锁记》属叶宪祖，故仅九种。

传剧总目》)

杨弘，字景夏，号脉望子，青浦人。所作传奇有《认毡笠》、《后精忠》。（同上）

蒋麟征，字西宿，乌程人。所作传奇有《白玉楼》。（《南词新谱·古今入谱词曲传剧总目》、《曲海总目提要》卷十）

吴溢，字千顷，吴江人。所作传奇有《双遇蕉》。（《南词新谱·古今入谱词曲传剧总目》）

尤本钦，字伯谐，吴江人。所作传奇有《琼花馆》。（同上）

自万历十七年，沈璟辞官回里，提出了他的作曲主张，至最后一个主要人物袁于令之逝世，前后八十余年，历时不算不长；拥护沈璟主张的，约略计之，当在五六十人以上，人物不为不众；也可见吴江派的兴盛了。

二 吴江派的主张

沈璟所提出的主张有二个，现在先说第一个主张，严守格律。沈璟论曲之作，《曲律·杂论》第三十九下说他有《二郎神》一套，《莺啼序》一套。现在仅见《二郎神》一套，附刻在他的《博笑记》卷首，题作《词隐先生论曲》，备录于下：

〔二郎神〕何元朗（良俊），一言儿启词宗宝藏。道欲度新声休走样，名为乐府，须教合律依腔。宁使时人不鉴赏，无使人挠喉捩嗓。说不得才长，越有才，越当着意斟量。

〔前腔换头〕[1]参详，含宫泛徵，延声促响，把仄韵平音分几项。倘平音窘处，须巧将入韵埋藏。这是词隐先生独秘方，与自古词人不爽。若遇调飞扬，把去声儿，填他几字相当。

〔啭林莺〕词中上声还细讲，比平声更觉微茫。去声正与分天壤，休混把仄声字填腔。析阴辨阳，却只有那平声分党。细商量，阴与阳，还须趁调低昂。

〔前腔〕用律诗句法须审详，不可厮混词场。《步步娇》首句堪为样，又须将《懒画眉》推详。休教卤莽，试一比类当知趋向。岂荒唐？请细阅，《琵琶》字字平章。

---

①原缺"换头"二字，今补。

〔啄木鹂〕《中州韵》，分类详，《正韵》也因他为草创。今不守《正韵》填词，又不遵中土宫商。制词不将《琵琶》仿，却驾言韵依东嘉样。这病膏肓，东嘉已误，安可袭为常？

〔前腔〕北词谱，精且详，恨杀南词偏费讲。今始信旧谱多讹，是鲰生稍为更张。改弦又非翻新样，按腔自然成绝唱。语非狂，从教顾曲，端不怕周郎。

〔金衣公子〕奈独力怎堤防？讲得口唇干空闹攘，当筵几度添惆怅。怎得词人当行，歌客守腔？大家细把音律讲。自心伤，萧萧白发，谁与共雌黄？

〔前腔〕曾记少陵狂，道细论诗晚节详。论词亦岂容疏放？纵使词出绣肠，歌称绕梁，倘不谐律吕也难褒奖。耳边厢，讹音俗调，羞问短和长。

〔尾声〕吾言料没知昔赏，这流水高山逸响，直待后世钟期也不妨。

从这套曲子里，说明两点：第一，他继承了何良俊的主张，作曲必须首先严守格律，而文辞次之。案：何良俊在他的《四友斋丛说》卷三十七《词曲》条曾云："夫既谓之辞，宁声叶而辞不工，无宁辞工而声不叶。"而沈璟乃变本加厉地说："宁协律而词不工，读之不成句，而讴之始叶，是曲中之工巧①。"何良俊仅说"不工"，沈璟却说可以"不工"到"读之不成句"，可说重视格律达到极点了。

第二，提出了格律的三点具体内容：一、四声阴阳；二、句法；三、用韵。在他所编的《南九宫词谱》中，再三注意的也无非此三点，二者相互表里。套曲是理论，曲谱是实例。实例更其具体，更能看到他要求的严格。譬如说四声，在《曲谱》中，他不嫌烦琐地逐句注着"某某上去声甚妙"、"某某去上声妙甚"这类的话。稍有出入，即受批评。不要说别的，明人一向认为"词曲之祖"的《琵琶》记②，也所不免。如《曲谱》卷一引《琵琶记》三十六出③《解三醒》"叹双亲"、"比似我"两曲，下注云：

此曲之病，在欲用"黄金屋"、"颜如玉"两句成语，遂成拗体。而《香囊记》沿而用之，今遂牢不可破。……南曲之失体，惟此调为甚，安得不力正之！

---

①此四句据《曲品》卷上所载。也见《曲律·杂论》第三十九下，末句作"是为中之之巧"，疑有误夺。

②见焦循《剧说》卷二引《道听录》。

③出数据陆贻典钞《元本琵琶记》，下同。

又卷八引二十五出《驻马听》"书寄乡关"曲，下注云：

> 用韵甚杂，不可为法，但取其协律耳。

沈璟这个严守格律的主张，得到同派中人的一致拥护。如王骥德《曲律·杂论》第三十九下云：

> 其于曲学，法律甚精，泛滥极博。斤斤返古，力障狂澜。中兴之功，良不可没。

《曲品》卷上也云：

> 嗟曲流之泛滥，表音韵以立防；痛词法之蓁芜，订全谱以辟路。

虽然在上节里提到过，王骥德因为吕、卜二人守律太严，认为"其境益苦而不甘"，似乎他是不会钻牛角尖的。然而试看他的《题红记例目》：

> 一、……"更清"之于"真文"，"廉纤"之于"先天"，间借一二字偶用，他韵不敢混用一字。
> 一、每出各过曲并随引曲，首尾止一韵，亦本古法。
> 一、……传中诸调，务穷原谱，以取宫徵谐和，阴阳调适。

可见他守律未尝不严。不但如此，他有时反嫌沈璟不守格律。如《曲律·杂论》第三十九下云：

> （词隐）生平，于声韵宫调言之甚悉。顾于己作，更韵更调，每折而是。良多自恕，殆不可晓耳。

他的批评吕、卜，不过五十步笑百步罢了。所以祁彪佳说他"严于法者"，是完全正确的。

　　至于吕、卜二人，吕氏作品虽不流传，然在他的《曲品》中，对沈璟推崇备至，不难想象他们志同道合，莫逆于心，尺尺寸寸遵守沈璟的矩矱，乃意中事。这且勿论。再看卜氏，幸有《冬青记》流传，其《凡例》云：

一、 宫调按《九宫词谱》，并无混杂。间或一出用两调，乃各是一套，不相联属。

一、每出韵不重押，偶重一二字，亦系别调。

一、填词大概取法《琵琶》，参以《浣纱》、《埋剑》。其余佳剧颇多，然词工而调不协，吾无取矣。

一、"侵寻"、"监咸"、"廉纤"三韵，皆当闭口，演者宜知。

不必说他用韵之严，其所取法者，《九宫词谱》、《埋剑记》，都是沈璟所编撰；而《琵琶》、《浣纱》之协律，又为沈璟所肯定。虽则上文曾提到沈璟曲谱也批评过《琵琶记》，这是个别现象，从整体看来，还是肯定多而批评少。否则的话，《琵琶记》就够不上称"词曲之祖"了。卜氏写作，不但完全取法于沈璟，完成之后，还经过他的审核。《冬青记》末附《谈词》云：

> 吴郡词隐先生阅是编，谓意象音节，靡可置喙。间有点板用调处，尚涉趋时，宜改遵旧式。

可见王骥德的话是完全对的。

此外，范文若的严守格律，第一节里已提到过。但他并非一味遵从，也有他自己的见解，如《花筵赚·凡例》云：

> 入韵，周德清北词派作平、上、去音。南词，松陵于平声窘处，用入韵埋藏。而词中入韵仍作入唱，非也，还应照平、上、去为是。大约迎头入字，俱可借作平音唱；唯句中应用仄字，而偶用入字，系《中原》作平音者，仍以入唱。

冯梦龙，也是推崇沈璟的。在他所编的《太霞新奏》中，选录沈璟散曲，多至三十七套，又把其《论曲二郎神套》，冠于卷首以代序；并在《自序》中云：

> 先辈巨儒文匠，无不兼通词学者。而法门大启，实始于沈铨部《九宫谱》之一修。于是海内才人，思联臂而游宫商之林。

但他也并非一味遵从，在他所编的《墨憨斋词谱》中，改正沈璟谱的错误不少。我别有《墨憨斋词谱辑佚》，这里不赘。总之，改正错误，是为了把严守格律的主张，贯彻得更好，并不是表示反对。所以说这个严守格律的主张，同派中人是一致拥护的。

沈璟第二个主张，是崇尚本色。这个主张，他系统的理论虽未见流传。从他的曲谱中，就可见到一些端倪。他对宋元戏文特别赏识，称赞不已。兹摘录若干条如下：

> 此曲质古之极，可爱！可爱！——卷一引《卧冰记》、《古皂罗袍》
>
> 句虽少，而大有元人北曲遗意，可爱！——卷四引《王焕》、《蔷薇花》
>
> 用韵虽杂，然词甚古雅。——卷五引《锦香囊》、《湘浦云》
>
> 《杀狗记》此调末二句云："守着你卖不得吃不得，那些一字直千金？"妙甚！——卷八引《冤家债主》、《石榴花》下注
>
> 此曲极佳，古本元自如此。——卷八引《拜月亭》、《剔银灯》
>
> 此下二曲虽甚拙，然自是不可及。——卷十二引《江流记》、《缠枝花》、《贺新郎充》
>
> 此曲名《针线箱》，即用"针线箱儿"四字在内，妙甚！妙甚！——卷十二引《东墙记》、《针线箱》
>
> 此曲音律俱协，词又不深不浅，妙甚！妙甚！——卷十八引《孟月梅》、《渔父第一》

我们晓得戏文只有本色一派，徐渭《南词叙录》云："然有一高处，句句本色语，无今人时文气。"所以他的称赞戏文，就意味着在提倡本色。他原来也是典丽一派，其早期作品《红蕖记》，《曲品》卷下评云：

> 着意著词，曲白工美。……先生自谓："字雕句镂，正供案头耳。"此后一变矣。

明《曲品·艳品》也云：

> 此词隐先生初笔也。……字字有敲金戛玉之韵，句句有移宫换羽之工。至于以药石、曲名、五行、八音及联韵、叠句入调，而雕镂极矣。先生此后，一变为本色。

其所以变本色之故，盖因雕镂之作，仅供案头，不宜于演唱。

沈璟这个主张，同派中人的见解很不一致。如顾大典、叶宪祖、卜世臣等

的作品，比较质实，多少受了本色主张的影响。其时沈璟改削了汤显祖的《牡丹亭》，引起了一场争论。吴江派中部分人，并没有帮着沈璟，群起而攻击汤显祖，他们是主张折中调和的。如吕天成，《曲律·杂论》第三十九下说他："后最服膺词隐，改辙从之，稍流质易。"可见是赞成本色的。可是《曲品》卷下却说：

> 不有光禄，词硎不新；不有奉常，词体孰扶。倘能守词隐先生之矩矱，而运以清远道人之才情，岂非合之双美者乎？

并不反对修辞。至于王骥德是反对本色的，他曾公开批评过沈璟，《曲律·杂论》第三十九下云：

> 曲以婉丽俏俊为上，词隐谱曲，于平仄合调处，曰"某句上去妙甚"，"某句去上妙甚"，是取其声而不论其义，可耳。至庸拙俚俗之曲，如《卧冰记》、《古皂罗袍》"理合敬我哥哥"一曲，而曰："质古之极，可爱！可爱！"《王焕传奇黄蔷薇》[①] "三十哥央你不来"一引，而曰"大有元人遗意，可爱！"此皆打油之最者，而极口赞美。其认路头一差，所以己作诸曲，略堕此一劫，为后来之误。

所以对于汤、沈之争，自然不会偏袒沈氏的。同书又云：

> 临川之于吴江，故自冰炭。吴江守法，斤斤三尺，不欲令一字乖律；而毫锋殊拙。临川尚趣，直是横行，组织之工，几与天孙争巧；而屈曲聱牙，多令歌者咋舌。
> 词隐之持法也，可学而知也；临川之修辞也，不可勉而能也。大匠能与人规矩，不能使人巧也。其所能者，人也；所不能者，天也。
> 临川汤奉常之曲……使其约束和鸾，稍闲声律，汰其剩字累语，规之全瑜，可令前无作者，后鲜来喆。

对汤氏文辞，可说推崇备至了。然王骥德在《曲律·论家数》第十四曾云："大抵纯用本色，易觉寂寥；纯用文词，复伤雕镂。"似乎他也并不反对本色，岂不与上面的话相矛盾了么？原来他的本色标准，和沈璟不同。《曲律·杂论》

---

① 《黄蔷薇》，为《蔷薇花》之误。

第三十九下又云：

> 何元朗……以为《西厢》全带脂粉，《琵琶》专弄学问，殊寡本色。夫本色尚有胜二氏者哉？至《南柯》、《邯郸》二记……其掇拾本色，参错丽语境往神来，巧凑妙合，又视元人别一蹊径。

他忘记了老师徐渭的教导，俚俗就是本色[①]。却故意把俚俗排斥在本色之外，缩小范围，一定要象《西厢》、《琵琶》、《南柯》、《邯郸》等等，才够得上称本色。他对沈璟所作传奇，独欣赏其《红蕖记》，《曲律·杂论》第三十九下云："词隐传奇，要当以《红蕖》称首。"可见他实在是雕镂一派。

吕、王都是主张文词格律应该并重，所谓合则双美。当时吴炳、范文若等遂专向这个方向努力。而冯梦龙又提出异议。《南词新谱·凡例续纪》载其批评范文若语云：

> 人言香令词佳，我不耐看。传奇曲只明白条畅，说却事情出便够，何必雕镂如是？

冯氏又评自己的作品，《太霞新奏》卷十《有怀套》云：

> 子犹诸曲，绝无文彩，然有一字过人，曰"真"。

由此看来，他似乎是个赞成本色的人了。然在他的《太霞新奏自序》中又云：

> 当行也语或近于学究，本色也腔或近于打油。……词肤调乱，而不足以达人之性情，势必再变而之《粉红莲》、《打枣干》矣。

也把俚俗的民歌排斥于本色之外，与王骥德同一毛病。而沈自晋又反对冯氏之论，《南词新谱·凡例续纪》又云：

> 噫！此亦从肤浅言之，要非定论。愚谓以临川之才，而时越于幅，且勿

———————————

①徐渭《南词叙录》论戏文云："其余皆俚俗语也，然有一高处，句句是本色语。""俚俗"与"本色"互文，可见意义是相同的。

论。乃如范如王，以巧笔出新裁，纵横百变，而无逾先词隐之三尺。固当多取芳模，为词坛鼓吹。

由此可见对于崇尚本色的主张，同派中人种种不同的态度了。而沈璟本人，也以格律为重，而本色次之。如对卜世臣的《冬青记》，因为"点板用调处尚涉时趋"，特别提出"宜改遵旧式"。而对吕天成的《戒珠记》、《三星记》，态度完全不同。这二本传奇虽已失传，《明曲品》都把它们列入"艳品"，决非本色，可以断言。当时吕天成寄给沈璟，请他批评。沈璟回信①说："《戒珠记》，王谢风流，足供挥洒；而词白工整，局势未圆。……他如《三星记》，自写壮怀，极工极丽。"不但没有批评它不本色，而且还在称赞它工丽。所以吴江派虽说有两个主张，而重点还在严守格律。

三　对吴江派主张的看法

当十六世纪中期，朱明王朝政治危机渐趋和缓，社会经济也渐见好转。尤其是江南一带，手工业、商业都相当发达，在某些生产部门中，已经出现了资本主义的萌芽。而在本世纪初期，由海盐腔基础上产生出来的昆山腔，也获得了进一步发展的物质条件，渐渐走向全盛时期。大概因为昆山腔的"体局静好"②，适合于文人学士的胃口，所以他们写作剧本的也就多起来了。

文人学士，他们有较高的文学修养，当然也有好的作品出现。但一般说来，他们究竟和宋元时代编写戏文的书会才人不同，容易犯两种毛病：第一，不合格律。书会才人，接近艺人，都深通格律，富于舞台经验，所作没有不能上演的剧本。而文人学士恰恰相反，故所作大都成为案头之曲。如李开先编撰《宝剑记》成，自负不浅，问王世贞道："比《琵琶记》如何？"王世贞答道："公文辞之美不必说，但教吴中曲师十人唱过，逐腔逐字改订妥善，然后可以传世③。"李开先是比较著名的曲家，尚且如此，其他可知了。第二，追求文雅。宋元戏文原只本色一家，而文人学士是喜欢典雅的，嫌戏文俚俗，不屑一顾，别创文词一派。上也者，卖弄才情，大套细曲过多，不适宜于演唱；下也者，雕章琢句，堆砌典故，开饾饤之门。如邵璨《香囊记》，以《诗经》杜诗

---

① 信见杨志鸿钞本《曲品》附载，词隐先生《致郁蓝生书》。
② 体局静好，汤显祖语，见《玉茗堂文集》卷七《宜黄县戏神清源师庙记》。
③ 见王世贞《曲藻》。

语句匀入曲中，道白也是文语，又好用故事作对子。自以为文雅，而徐渭批评他说："直以才情欠少，未免辏补成篇①。"真是一语破的，切中其病。

在这样一个情况之下，沈璟提出了他的两个主张：严守格律，崇尚本色，可说是对症下药，完全正确的。但可惜的是沈璟在贯彻这两个主张的过程中，都没有做得很好。大概因为他才情方面，限于天赋，正如王骥德所说"毫锋殊拙"；治学方面，又犯了明代一般文人的习气，粗枝大叶，不求深入；所以成绩都不够理想。

沈璟的提倡崇尚本色，影响不大，同派中人就有部分不同意，尤其是王骥德，提出了苛刻的批评。自己反对戏文的俚俗，更不容他人赞好。徐渭论作传奇说得好："吾意与其文而晦，曷若俗而鄙之易晓也②？"所以沈璟能够提倡本色，总是好的。本色，无论如何总要比堆砌雕琢，晦涩难解，以致脱离群众，要高明得多。所以沈璟这个崇尚本色的主张，成绩虽不见佳，我们不应苛求，可以把它完全肯定。

下面想着重谈谈沈璟的严守格律主张。沈璟对于格律是很自负的，同派中人也一致拥护，似乎确实是个精通格律的人。实在并不如此。他所编的《曲谱》，当时汤显祖看了，便提出批评，《玉茗堂全集·尺牍》卷三《答孙俟居》云：

> 曲谱诸刻，其论良快。久玩之，要非大了者。……其辨各曲落韵处，粗亦易了。……且所引腔证，不云"未知出何调"、"犯何调"，则云"又一体"、"又一体"，彼所引曲未满十，然已如是，复何能纵观而定其字句音韵耶？

意谓用韵之类是容易懂的事，不必琐琐。而对于曲调的流变：某调出自何调，某调所犯何调；一调数体，那是正体，那是变体；倒应该加以考核。否则，自己还没有弄清楚，怎能示人以准则呢？又《尺牍》卷四《答吕姜山》云：

> 寄吴中论曲，良是。唱曲当知，作曲不尽当知也。此语大可轩渠！

盖作曲与谱曲、唱曲不同。一般说来，作曲者，除了每句末了二字，必须照规律分清四声外，其余的字只要合乎平仄就行。而且曲子可加衬字，有些地方字数可以不拘，所以平仄也可以不拘。而谱曲、唱曲则不然，必须逐句逐字辨别

---

①徐渭语，见《南词叙录》。

②徐渭语，见同上。

其四声阴阳。沈璟曲谱却把种种规律谆谆告诫作曲者，未免弄错了对象。故汤氏云云。我们觉得汤氏的话，都是很正确的。

当然，沈璟曲谱也不是一无是处。有些地方确是下过一番考订工夫的，但究竟是少数。后来钮少雅编撰《九宫正始》，纠正它的错误，多至数百条。约略言之，不外三端：

第一，奉坊本俗钞为秘籍，以讹传讹，不知辨正。如卷一引《江流记》"崎岖去路赊"一段，题作《拗芝麻》，不知其中实为《应时明近》、《双赤子》、《画眉儿》、《拗芝麻》四曲。又如卷二十二引《东墙记》"两情浓非容易"一段，题作《薄媚曲破》，不知此是全套总名，其中实为《入破》、《破第二》、《衮第三》、《歇拍》、《中衮第四》、《煞》、《出破》七曲。退一步说，仅题总名，当它不误。但卷十六又另收有《琵琶记》的《入破》至《出破》七曲。同一曲调，题上不同名称，分入不同宫调，这种错误，是无可推托的了。

第二，不尊重客观材料，粗心大意，任意删改。如卷十四引《拜月亭·降黄龙》："做夫妻，相呼厮唤，怎生恁消。"案："恁"乃"任"字之误。世德堂本《拜月亭》第二十五出作"任消"；《九宫正始》册一引元传奇《拜月亭》同。《正始》并案云：

> "任消"二字，有元刘时中北调《一枝花曲》云："着小生怎生来有福消任？"又王元鼎元调《后庭花》云"要你消任。"但只见有"消任"，而无见有"任消"，今拜月亭或倒耳。按：古本拜月亭，与元谱[①]及《蒋谱》皆然，而《时谱》独作"恁消"，必由坊本而来者也。

任消，同义叠用，谓任受、消受。这里为了协韵，故作任消。凡同义叠用之字，均可倒用，与"跷蹊"作"蹊跷"同例。大概沈璟不解"任消"之义，悍然改作"恁消"，不一定来自坊本。又如卷十五引《卧冰记·秃厮儿》末句云："娘打骂怎生当！"案：此曲《蒋谱》卷六、《九宫正始》册七《越调》，下面都还有一句"打骂怎生当"叠句，沈璟无端把它删去，本曲遂少了一句。

第三，不穷源竟委，但逞胸臆，凭空武断。如卷四引《张协状元·醉太平》

---

① 《九宫正始》称《元谱》，是编谱时所依据的元天历间刻本《九宫》、《十三调》二谱；《蒋谱》，是明蒋孝《旧编南九宫谱》，《玄览堂丛书三集》影明本；时谱，是沈璟《南九宫十三调曲谱》、明文治堂刻本。

"明日怎地"一曲，凭空把它分成两支，注云："此别是一调，当以《小醉太平》目之。"所谓"小"者，就是说它不过是《醉太平》之支流余裔，一变再变者。殊不知《张协状元》乃戏文初期的作品，试问曲调之古，更有古于此者吗？不说是《醉太平》之祖调，而反以"小"目之，岂非本末倒置？又如卷八引明散套《风月两无功》一曲，题作《好事近》，注云：

> 旧谱及旧戏曲皆无此调，惟谱中《东野翠烟消》一曲，旧题曰《好事近》，实则《泣颜回》也，今既正之矣。详查旧板戏曲，皆以《泣颜回》为《好事近》，而《好事近》本调独有此曲，及陈大声《兜的上心来》一曲，不知何所本也？窃谓《泣颜回》既有本名，不必又名为《好事近》；而此调又无别名，只宜以《好事近》名之耳。

案：此《风月两无功》曲，《九宫正始》册四《中吕》引，题作《泣刷天灯》，谓《泣颜回》犯《刷子序》、《剔银灯》、《普天乐》，是犯调而非正曲；并按云："元人凡遇承应之词，如用《泣颜回》者，必易名为《好事近》，盖讳其名耳，然实无《好事近》本调也。"今沈璟谱引此曲，也注着《泣颜回》犯《刷子序》、《普天乐》，虽漏去《剔银灯》，足见沈璟也明知其为犯调。犯调应用犯调的名称，岂能用《好事近》这个正曲名称硬加在上面。冯梦龙知其不妥，故在《太霞新奏》中改称《颜子乐》。至说《泣颜回》既有本名，就不准它更有《好事近》这个别名，尤为武断。试问《泣颜回》还有一个别名叫《杏坛三操》，将如何处理？

沈璟谱后来虽经沈自晋重加增订，然改正错误的地方不多，而且有些地方愈改愈错，兹不赘。

现在再来看看沈璟的《论曲散套》。他所注意的几点：四声阴阳方面，不过说叠用平声须分阴阳，叠用仄声须分上去，入声可代平声；句法方面，不过说须注意顺句和拗句，不可随意变乱；用韵方面，不过说须遵守《中原音韵》和《洪武正韵》。正如汤显祖所说"粗亦易了"，无甚深义。以一个学派的领袖，且素以精通声律自负的人来说，仅仅停留在这样粗浅的常识上，是远远不够的。譬如说字的分阴阳，古人早已知道，不过未有专书。如《分门集注杜工部诗》卷十三《咏怀古迹》云："群山万壑赴荆门。""千山万壑"是常语，为何不用，而改为"群山"呢？正因为"千山"二字，都是阴平，觉得轻飘无力，把"千"改为阳平"群"，读起来就觉得有力量了。直到元人周德清《中原音韵》才把平声阴阳详细分画，而上去仍没有分。《中原音韵》专为北曲而设，故只有三声。四声阴阳都从平声起，平声已分，再进一步就不难调得上去入的阴阳。如"宗"为阴平，以四声调之，宗、总、纵、足，不难得出其他三声的阴声；又如"戎"为阳平，以四声调之，戎、冗、诵、族，也不难得出其它三声的阳声。而沈璟并此常识都没有，沿袭前人谬说，以为"析阴辨阳，却只有那平声分党。"就是说上、去、入是没有阴阳的。况且其时吕天成的舅祖孙镵，和他的侄儿孙如法，早在研究这个问题，而且已有相当成就。吕天成、王骥德都曾得到孙镵 他们的传授，故吕天成《曲品》卷上云："又进而有八声阴阳之学，吹以天籁，协乎元声。"就是指此事。而沈璟枉然与吕、王知交，故步自封，一无所知。又如说："北曲谱，精且详。"当是指朱权的《太和正音谱》，因为当时除此之外，更没有其他的北曲谱了。这部书错误百出，后来李玉编《北词广正谱》，指出它的毛病：或正衬混淆，或误一调为二调，或收僻格而舍常格等等。这样一部书，而曰"精且详"，向人推荐，岂不自误误人！可见他治学态度的粗枝大叶，不求深入了。

凡是一种艺术，总有它的一套程序，戏剧自然不能例外。从编写剧本方面讲，首先应该知道曲牌性质的粗细，节奏的缓急，搭配的方式，声情的哀乐等等，以与变化不定的剧情相配合；而曲调的四声阴阳、句法、用韵，还在其次。沈璟不但斤斤于后者，满口古式古戏，不过叶公之好龙，犹未见真龙，怎能示人以作曲的准绳呢？格律应该服务于内容，不应牺牲内容以迁就格律。而沈璟恰恰相反，为了协律，文章甚至可以"读之不成句"。《玉茗堂全集·尺牍》卷四《答吕姜山》云：

> 凡文以意、趣、神、色为主，四者到时，或有丽词俊音可用，尔时能一一顾九宫四声否？如必按字摸声，即有窒滞迸拽之苦，恐不能成句矣。

这才是切合实际的话。

总之，沈璟这个严守格律的主张，基本上是可以肯定的，但是在方法上存在着不少错误，必须改正。而吴江派中有些人提出的看法，以为汤显祖工于词而疏于律，沈璟精于律而拙于词，至今还有不少人承袭这种看法。从上文看来，沈璟律既不精；汤显祖对他的批评都十分中肯，又何尝疏呢？这种不正确的看法，似应有所改变了。

原载《中华文史论丛》第3辑，中华书局1963年5月出版

论吴江派和汤沈之争

邵曾祺

《中华文史论丛》第三辑有钱南扬先生的《谈吴江派》。钱先生的态度很谦虚，认为只是随便谈谈，实际有很多启发人的地方。但读了之后，也感觉到有些问题，主要是材料与观点如何相结合的方面，似有不足之处。这里只谈一下个人见解，作为阅读后的心得。

一 吴江派究竟应包括哪些人？

以吴江派与临川派对提，作为戏曲创作上两大流派，似始自吴梅。初在《顾曲麈谈》中创立此说，继又在《中国戏曲概论》中加以补充，把明以后作家分为三派。他所谓临川派是"以临川之笔，协吴江之律"的吴炳、孟称舜，其后又有"李玄玉一人永占，直可追步奉常"①，再加以"粲花、百子之词，专学玉茗之秾艳，而各成一特别景象，百子尖颖，粲花蕴藉，皆成名而去。藏园亦学玉茗而变其貌。倚晴尤从藏园中讨生活，是不啻玉茗之云礽矣"②。因此，吴梅所谓临川派，是指吴炳、孟称舜、阮大铖、李玉以及后世的蒋士铨、黄燮清诸人，不仅是明末而兼及后世。所谓吴江派是"以宁庵之律，学若士之词"的吕天成、卜世臣、王骥德、范文若，对明以后作家未提。吴梅又把学梁辰鱼《浣纱记》的称为昆山派。"有明曲家作者至多，而条别家数，实不出吴江、临川、昆山三家。惟昆山一席不尚文字，伯龙好游，家居绝少，吴中绝技，仅在歌伶"③。于是明人曲派，实存吴江、临川两派。

其后，青木正儿据此，摘出沈自晋在《望湖亭》中的［临江仙］ 曲词，定"临川派"为阮大铖、吴炳、李玉，"吴江派"为沈璟、顾大典、叶宪祖、卜世臣、吕天成、王骥德、冯梦龙、范文若、袁于令、沈自晋。吴江派顿然增加了一大批作者④。

现在钱南扬先生又把吴江派的圈子再扩大一些，把史槃、汪廷讷、沈自征、吴炳以及沈璟的子孙、亲友都包括在内，吴江派的声势就更加浩大了。

但是，这种分类法是否恰当呢？我看还值得考虑。凡是文学史、艺术史上的一种流派，都应该有其共同艺术特色，否则即不成为派。吴江派在艺术上的特点是什么呢？照钱南扬先生所说是，（1）严守格律，（2）崇尚本色。因此，如顾大典"用韵不甚严格，然文词质实，接近本色一路"，所以是吴江派；如范文若虽"落入雕章琢句一途"但能"严守格律"，所以也是吴江派；其至如吴溢、尤本钦诸人，作品今尚未见，是否能守律，是否能本色，一概未知，也都算入吴江派。这样，吴江派未免漫无标准，失之过泛。最明显的例子如吴炳其人，吴梅和青木都把他归入临川派，从文字风格来看，似也比较恰当，但钱先生因他与叶宪祖有关，叶宪祖又与沈璟似乎有关，于是把他也算入吴江派内，这种牵扯攀连的办法，实在有些问题。譬如说汤显祖和吕玉绳、孙如法都是朋友，吕孙又都和沈璟是至交，那么是否也可以因此把汤显祖也算作吴江派呢？又如明末清初的李玉、张大复、朱素臣、冯梦龙、沈自晋等人，辗转交游，都有一定的关系，其作品也大都能音律谐调，是否也可把这些人都算入吴江派呢？

我个人的意见，吴江（沈璟）和临川（汤显祖）两派。作为明万历时两种戏曲理论的论争的两方面是可以的，但在这场论争之后，戏曲界的意见已趋统一，明末作家大抵都企图"以清远道人之才情，合词隐先生之矩矱"。被划归临川派的吴炳、阮大铖诸人，其坚守曲律并不在沈自晋、冯梦龙之下，而划归吴江派的王骥德、范文若诸人，也都在文词上兼学汤临川，很难严格把他们划分为哪一派。必欲分为两派，则照吴梅先生之意，参合钱先生之说，吴江派以严守曲律为主，范围也应大大缩小，如吴炳、袁于令等人，固应剔除，即如王骥德、范文若诸人，似也可重行考虑。钱先生所提诸作者，如均据其现存作品，具体分析，再归入吴江或临川派，可能更恰当些。

二　替沈璟说几句话

钱先生在这篇文章里虽肯定了沈璟的"严守格律"，但又认为他的曲学并不高明，"见解肤浅，错误累累，虽满口古式古戏，不过叶公之好龙，犹未见真龙，怎能示人以作曲的准绳呢"？钱先生以《九宫正始》与沈璟曲谱对照，指出沈不明古典之处，这是对的，但因此得出结论，认为沈的曲学不高，成就不大，则恐尚可商榷。

论断古人成就，要把古人还到他当年的时代里，根据其时代背景、历史条件、政治、文化、经济水平、立场观点等等来衡量，这是我们今天大家都懂得的道理。我们也都知道不能以今天的标准要求古人，不能把今人做得到的事要求古人都做得到，不能因为古人不懂得今天众所周知的道理就责备古人浅薄。同样地对于历史上不同时代的人物也应该有个不同的尺度，不能以对后人的尺度来要求前人。例如戏曲理沦方面，我们不能因为今天有了详密的理论就否定了李笠翁的《闲情偶寄》的成就，同样的也不能因李笠翁的成就而否定王骥德《曲律》的成就。但钱先生恰恰忽略了这一点，因此认为沈璟的曲谱，成就不如后来的冯梦龙曲谱，冯谱又不如后来的钮少雅的《九宫正始》。要知沈璟曲谱成书约在明万历二十八年（1600年）左右⑤。冯谱约作于明亡（1644年）左右⑥。《九宫正始》成书在清顺治八年（1651年）⑦。从明万历到清顺治，是戏曲理论蓬勃发展的时代，三谱的距离虽仅五十年，但这五十年中戏曲界有很大的变化发展。从王骥德的《曲律》发展到李渔的《闲情偶寄》就是极好的证明。因此，既不能责备沈璟未见过钮少雅所见到的许多珍贵曲籍如《大元九宫十三调曲谱》、《乐府群珠》、《歌楼格》等书⑧，因而"奉坊本俗钞为秘籍，以讹传讹，不知辨正"；更也不应要求他在那个时代，达到冯梦龙、钮少雅的戏曲理论水平。沈璟的曲谱，确较前人有突出的进步。过去王古鲁曾详举蒋孝旧编《南九宫谱》与沈璟《南九宫十三调曲谱》的不同，指出"沈谱较蒋谱进步之点，最显著者，即在于分别正衬，并署平仄音律，既示作家以正确之准绳，而曲谱之形式亦于焉备"⑨。没有沈璟的曲谱，也就没有后来的冯梦龙、沈自晋、钮少雅许多人的曲谱，不能因为后人的成绩赶上并超过沈璟，就抹煞沈璟在这方面的成就。这一点在当时人倒还搞得清楚，所以在好与前人争辩的《九宫正始》中，对沈璟的评论也还是毁誉参半，而同时的戏曲理论家如冯梦龙、徐复祚、沈宠绥等，提起沈璟都极其推崇。如果沈璟确如钱先生所说的那样"粗枝大叶"、"错误累累"，那么，这些人为什么不群起而攻之？而沈璟在当时又何以克享盛名，都无从索解了。

其次，沈璟的南曲谱和《九宫正始》性质基本不同，比较两者的高下，也应该考虑到这一点。真正好的曲谱，诚如钱南扬先生所说："首先应知道曲调声情的哀乐、性质的粗细、节奏的缓急、搭配的方式等等，以与变化不定的剧情相配合。"可惜的是，直到现在尚未见到过合乎这样标准的曲谱，因此沈谱也还未可厚非。特别是在他那个时代。沈璟有多年的实践经验，他的曲谱是作为供给一般人按谱制曲，便于演唱时所用。因此谱中只是简单扼要地介绍每个曲牌的基本体式，指出其中重要的四声不可移动之处，以便于歌唱时四声和谐，更能发挥音乐上的美，不过多地使用繁琐考证，"某调出自何调，某调所犯何调；一调数体，那是正体，那是变体"。这固然是由于他知识所限，但主要是为了适应一般剧作者的要求，这一点应该是沈谱的长处。但钱先生由于过分喜爱《九宫正始》，因此不仅忘了上面所说的好曲谱的标准，并要求沈谱能做到象《九宫正始》那样。《九宫正始》自有其优点，在分析曲调源流方面远较沈璟详确，但终是为专家使用的书，对一般作者的作用不大。而且它把常用的曲牌〔急三枪〕分为〔犯朝〕、〔犯衮〕、〔犯欢〕、〔犯声〕，把常用的〔解三醒〕改为〔针线箱〕带〔解三醒换头〕，把一个曲子割裂为许多小块，支离破碎，有类乎拼七巧板。这种地方都是好为哗众取宠之论，过于标奇立异，而且都是从字面、板式上的理解问题，如从乐调上推敲，则未必能自圆其说[⑩]。这种曲谱实在使初学填曲者望而却步，所以后来讲求实用的曲谱如《南词定律》、《九宫大成》都不用这种繁琐考证的制谱方法。《南词定律》里对此并有较公允的批评。沈璟的谱也是为大众实用的，所以不应该从这个标准上否定他，说他不如《九宫正始》。同样的道理，沈璟的《论曲散套》把繁复的理论，简单扼要的归纳为三大注意，便于一般人的理解，这应该说也是沈璟的创造。对这种地方，我们只应问它是提得正确还是不正确，而不应问它是否太浅显。普及的东西正是要浅显。但钱先生却只是要求沈璟的戏曲理论高深，不仅评得他的曲谱一钱不值，对他的《论曲散套》，也只认为是粗浅常识，用三个"不过"就抹倒了。我觉得这种批评是不大公平的。为专家使用的专门性曲谱和高深的理论研究书籍固然重要，供一般使用，浅显的曲谱和常识理论也是重要的，从实际效果来看，可能后者的功用还更大一些。论述沈璟的曲学，如果不考虑到他的为推广戏曲音乐，便于一般人制曲的目的，考虑到它的效果，却责备他不作高深的理论，恐怕不太合乎实际。

第三个问题，钱先生批判沈璟："虽满口古式古戏，不过叶公之好龙，犹未见真龙，怎能示人以作曲的准绳呢?"这话的用意就是，如果把真龙（古式古戏）拿出来，就是作曲的准绳了。这一点恰和我的意见相反。我认为沈璟的戏曲理论中，最大的缺点倒是他的复古保守思想，因此谈到古式、古谱的地方较多，而且总以为古体比近体好（但他在实践中并未全这样做，这应该说是他的好处）。对于这些地方，我们应该加以批判。但钱先生却好象与此相反，觉得沈璟在这方面做得还不够。因此认为钮少雅胜于冯梦龙，冯梦龙又胜于沈璟。钱先生说：

当然，冯梦龙见识比较高明，又得了一部分徐于室论古曲的稿件，眼界大了，自然能见到沈璟谱的错误。而同时修谱的还有沈自晋，却始终跳不出沈璟谱的范围，和冯梦龙大不相同。后来冯谱和徐稿都归沈自晋，但他的见识远在冯梦龙之下，自己也说，不懂得徐于室论古的意义，所以虽然掌握了这些材料，对他是起不了什么作用的。

先让我们看看沈自晋的见识是否远在冯梦龙之下。钱先生所引的一段话，原文是：

> 来籍中得华亭徐君所录古曲若干，辨论颇析。予虽不甚解徐君论古意义，然亦间取其合格而可备用者，入谱以资今云。

紧接着下面就是这一段话：

> 大抵冯则详于古而忽于今，予则备于今而略于古。考古者谓不如是则法不备，无以尽其旨而析其疑；从今者谓不如是则调不传，无以通其变而广其教。两人意不相若，实相济以有成也。

沈自晋的态度很明白，他的曲谱是为了"广其教"、"通其变"、"传其调"，"录古"是以"资今"，而且提得比较全面，并不是单纯的否定考古的价值。这种见解应该是在冯梦龙之上，而不是在其下。但钱先生对这种态度却似乎不大欣赏，所以认为他不如冯氏。就是在这种思想指导之下，也批判了沈璟古得不够，古得不精确。不但把沈璟的缺点当作优点，还嫌他做得不够。这种批评似乎也不太恰当的。

三　关于临川与吴江之争

明末汤显祖和沈璟在戏曲理论上的一场大论战，是当时戏剧界的一件大事，一般称为临川与吴江之争，临川派和吴江派之名，实源于此。关于此事的前因后果和是非得失，许多戏曲史文学史上都有所论述。钱先生在文中也曾提到汤对沈的批判。但综观各家文字，似尚有可补充之处。今就管见所及，补谈一两个问题。

第一个问题是论争的起源。一般文中归纳为两点，即汤显祖批判了沈璟的声律论、沈璟改动了汤显祖的《牡丹亭》。这两点都是重要的因素，但基本原因尚不在于此。实际讲来，论争之出现于万历时代，自有其必然性，表现为两家之争，只不过是一种特殊的表现形式而已，所谓《牡丹亭》事件，也不过是个导火线，没有这件事发生，论争也会通过其他人、其他事件而爆发。因此，谈到真正构成论争的动力，我以为至少要提到两点。第一是戏曲界的大发展。我们知道，明代传奇戏和各种声腔，在嘉靖时期已有很大发展，此所以李开先、梁辰鱼都有作品问世，徐文长则写了著名的《南词叙录》。万历经过张居正的执政，经济上一度出现繁荣，这就为戏曲事业的进一步发展创造了条件。各种声腔剧种如昆腔、弋阳腔、青阳腔、徽调、四平腔都在欣欣向荣，看当时的各种戏曲选本如《八能奏锦》、《词林一枝》、《玉谷调簧》以及王骥德的《曲律》的记载可知。在这种形势下，戏曲界不仅要求创作的繁荣，也要求表演艺术、戏曲音乐等各方面的与之相应的提高与发展，戏曲理论研究的兴起就是在这个基础上出现的。此所以沈璟的南曲谱、王骥德的《曲律》、吕天成的《曲品》等都出现于这一时代。在这种形势下，也必然有许多创作上的、演出上的和音乐上的等等问题以及彼此间的矛盾问题被发现、被提出而引起研究和争辩。汤沈之争就是这种形势下的产物。这是第一点。其次，万历时代又是中国思想领域内的新旧思想斗争得极激烈的时代，不仅表现在经济、政治、哲学诸方面，在文艺思想上也不例外，最显著的例子如文学中的公安、竟陵与复古旧派之争。戏曲理论是文艺思想的一支，自然也受到激荡。汤显祖与沈璟的争论，表面上是守律不守律的问题，实际上是新旧思想也即革新与保守、进步与落后意识在曲律中的斗争。看不到这一点，就忽略了这场斗争的本质。

汤显祖与沈璟在思想上的对立，在剧本创作上表现得极清楚。汤显祖的代表作《牡丹亭》是提倡个性解放、反对封建制度给人心灵上的损害的作品。他的《邯郸梦记》，借卢生的一梦，强烈地揭发出封建官场的丑恶面貌，自然也是有为而发。两者都代表当时新兴力量对旧思想旧制度的冲击。沈璟的作品则明显的提出对封建道德的维护主张，他自己在传奇里说，"吾以愧夫末世之浇漓甚"⑪，吕天成在《义侠记》序里也说："先生（指沈璟）诸传奇命意皆主风世。"⑫试看《属玉堂传奇》中的《红蕖》、《埋剑》、《双鱼》、《义侠》、《桃符》、《坠钗》、《博笑》七个现存剧本，哪个剧本里没有大量的忠孝节义思想，而这些思想又往往是原故事所未有，是沈璟为了阐发其写作目的而加进去的。所以汤沈两人同是不满于当时社会，但是从不同的立场出发，汤是从反封建的角度出发，把社会上的罪恶归之于旧制度的束缚，因此在剧本里提出反封建的思想；沈则站在维护旧礼教的方面，认为社会上的罪恶是由于人们不遵守封建的忠孝节义道德，因此在剧本里大力提倡旧道德，企图"挽回世道人心"，实际是挽救封建社会的灭亡。评价两人的成就，首先要从这一点来观察。这是最重要的。如果说汤显祖是重内容而轻形式，沈璟是重形式而轻内容，那么，从上面所述来看，沈璟又何尝轻内容呢？

汤显祖的反对封建制度的束缚，提倡个性解放，因此他在文艺理论上就有个一贯地反对摹古、反对格律的主张，如他论绘画："苏子瞻画枯株竹石，绝异古今画格，乃愈奇妙。若以画格程之，几不入格。"⑬这一论点应用于戏曲上，即成为曲律的反对派。汤对曲律的看法是："凡文以意趣神色为主。四者到时，或有丽词俊音可用，尔时能一一顾及九宫四声否？如必按字摸声，即有窒滞迸拽之苦，恐不能成句矣。"⑭实际上南北曲曲律，特别是南曲，对作家确有一定的束缚作用。吴梅曾讲过："作曲者为音律所拘缚，左支右绌，求一套之中无支离拙涩之语，已是十分难事，而欲文字之工，足以与古作者相颉颃，不且难之又难哉？"⑮吴梅的曲学造诣，是大家公认的，在他的口里尚且如此说，可知此中确有难于两全之处，汤显祖的意见，是可以言之成理的。所谓意趣神色，其实就是作者的思想情感、创作意图。汤显祖要求这方面有充分自由，能够淋漓尽致地发挥自己的思想，随心所欲的不受到阻碍。这自然与他的要求个性自由相吻合，但实际也是新内容与旧形式的矛盾。在汤的作品里，无论是歌颂新兴力量的《牡丹亭》或是揭露反动腐朽的《邯郸梦》，在当时都是异军突起，具有较强烈的战斗性，向旧的封建力量冲击。剧本中的事件、人物、思想、感情都是过去戏曲中所没有的，因此就必然要求一种新的、生动有力的、活泼的，能与内容相适应的曲律，在描绘新生事物方面要能活泼生动，在揭露旧事物的腐朽丑恶方面要锋利尖锐，在文字方面要流畅自然、清新奔放，能够更强烈地、更有力地协助作者完成他的创作意图。这样，格律拘谨板滞的南曲曲律就不足以承担这种任务了。例如〔尾声〕这个曲牌是南曲最常用的，照曲律规矩是："尾声三句，或十九字至二十一字止，多即不合式。"⑯但汤显祖为了贯彻自己的意趣神色，有时就打破了这种成规，如在《邯郸梦》第十七出的〔尾声〕："满辕门擂鼓回军乐，拥定个出塞将军入汉朝，休要忘了俺数载功劳，把一座有表记的名山须看的好。"共四十字，写卢生在边塞立功勒石，充分地显示出他那种踌躇满志，期望把自己姓名永远刊印在人们的脑中的名利思想，大吹大擂的自我夸耀姿态。这些地方，如只用南曲那个十九字或二十一字的死程式，必然不能淋漓尽致地表现出这类人的复杂的、丑恶的内心思想，也不能表现出汤显祖对朝贵的深恶痛绝情感。因此连作为曲谱标准的《九宫大成谱》也在反对改本：“如四大梦传奇之〔尾声〕，有三十多字，度曲者不顾文义，删落字眼，遵依〔尾声〕格式击板，两失之矣。”⑰ 这就无怪汤显祖自己说：“虽是增减一二字以便俗唱，却与我原作的意趣大不同了。”⑱ 所以汤显祖的反对曲律，归根结底是要创造一种新的曲律形式，这种形式可以给作者高度的写作自由，在作品里充分发挥他的创作企图，使它具有更高的文学性，更强烈的感染力，所谓意趣实际就是他向旧制度、旧思想冲击的思想意识。明确了这一点，就可以看出所谓反对曲律的斗争，实际就是新的内容要求新的形式的斗争。

对于沈璟，我的看法是也要把他的文艺思想联系到他的政治思想。上面谈过沈的重大缺点是保守和复古。如果孤立地看这个问题，也好象是与一般的保守复古没有多大区别，是任何时代常有的事，也许是个人的缺点，但如果联系到那个时代的特殊背景，联系到沈璟的在创作上维护封建道德，联系到有那么一批人拥护他成为吴江派，就可以看出这是一个不平常的现象，是当时旧思想在文艺理论上的反映。这场冲突正是当时新旧思想冲突在文艺界的具体表现，正是那个时代的特殊产物。明确了这一点，也可以使我们明白，为什么反曲律与守曲律之争不迟不早恰在这个时代发生。

第二是这场论争的是非问题。汤沈论争在当时是件大事，双方都是当时文艺界著名人物，对立的形势很鲜明，态度又都很坚决，于是引起了许多人的注意和讨论。不久大家都看出，汤沈两人一个说：“余意所至，不妨拗折天下人嗓子。”⑲ 一个说：“宁协律而不工，读之不成句而讴之始叶。”⑳ 实际上都是不能在实践中完全行得通的理论。这在汤沈两人，在实践过程中也都感觉到了。因此汤有“伤心拍遍无人会，自揣檀痕教小伶”的诗㉑，沈就有“自心伤，萧萧白发，谁与共雌黄”的曲㉒。在两人作品中，也都或多或少地违反了自己的理论。例如汤的《牡丹亭》里真正全不合律的曲牌，约占总数七分之一㉓。沈的作品中不仅“更韵更调，每折而是，良多自恕”㉔，并常常使用他所不赞成的“近体”曲牌㉕。于是，不久之后就产生一种新论调。这种论调可以吕天成为代表，他在《曲品》中说：

余谓二公譬如狂狷，天壤间应有此两项人物。不有光禄，词硎不新；不有奉常，词髓孰抉。倘能守词隐先生之矩镬，而运以清远道人之才情，岂非合之两美者乎？

从此，这句话成了历来作曲家的共同准则。直到最近，还有人肯定这种说法，认为是"形式与内容的统一结合"。对此，我又有些不同的意见。

我认为吕天成的这种提法，是不够正确的。应看出他没有指出这场论争的基本是非。当然，双方的说法是各有缺点，但缺点的程度与性质不同。历来各种学术争论，都是复杂的。有些理论中正确的成份是基本的，但也包含错误的成份；有些理论中错误的成份是基本的，但也不妨碍其包含一些合理的内容。对这种情况，我们必须仔细研究，不能含混的说双方各有优缺点，更不能把双方等量齐观。对汤沈两人的争辩，我们也应该这样去分析。上面已经详述过，汤显祖的戏曲理论，一方面是反对格律，主张新内容要有新形式，一方面也是他创作实践的心得。所以总的看来，不仅带有很大的进步性而且基本是正确的。问题是他把这个理论提得偏激了一点。戏曲规律之中有一些是通过多年舞台实践结果的总结，是不能由剧作家的个人主观见解就轻易地推翻了的。由于汤显祖的过分强调创作自由，他有时候就把一些必须遵守的规律也一并推翻了。这样就不仅使他的剧本中有些地方，为当时人所诟病，而且在后来，也无法原样上演。例如每一出戏里使用多少曲牌，每个曲牌有多少句，是要受一定的限制，太多了就唱不动，这是和演员的生理条件有关，不能够凭居作者的高兴，无限度的延长。这多少是有些不以个人意志为转移的情况。但汤显祖在《牡丹亭·冥判》一出里，只顾发挥个人的"意趣"，不仅在前面的［混江龙］曲牌中，一气增加了四十句，又在后面的［后庭花滚］曲牌中，增加了四十二句。这就使得任何天才的演员，也无法照本演唱。所以后来制曲家叶堂，对《牡丹亭》全剧都制了新谱，但对此［混江龙］一曲则说："此曲才大如海，把读且不易穷，岂能一一按歌。故仅照时谱派定。"⑳ 而后来戏曲演员上演此折，无一不是大加删易。这种地方就不能怪旁人的改动了。但是我们对于汤显祖的这种缺点，应当看作不是他理论中的主要部分，而且他在当时要革掉南曲曲律的拘束，建立新的、与创作相适应的曲律，也非大刀阔斧的干不可。但是，由于当时戏曲音乐界没有出现一些杰出的制曲家，能够创作出与此相适应的曲调，使汤氏的曲词能原封不动地搬到舞台上，如钮少雅的《格正牡丹亭》与叶堂的《临川四梦》曲谱，因此汤的大胆突破愿望没有能够实现。所以应该说汤显祖的理论，优点是主要的，缺点是次要的。

另外，沈璟的曲律学也是从实践中所得出来的，他积累了二三十年家居演戏的经验，得出许多结论，如他在曲谱中所写的"去上妙""此曲腔甚可爱"等等，以及论曲心得诸说，都是从音乐角度上有一定价值的结论，所以汤显祖虽说得他一文不值，但却不能推翻他在当时戏曲界的地位。也就因此沈才能得到当时许多人的推崇，称为词隐先生。他所提出作曲文字应本色，更是针对万历年间骈俪派通病的救时良药。汤显祖和沈璟在创作上，早年都走过一段弯路，受过骈俪派的影响，后来两人都从这种文体中解放出来，走上正路。而沈璟能提出具体"本色化"主张，似乎在这点上比汤显祖更进一筹。因此我觉得不应该抹煞沈璟在戏曲上的功绩，攻击他为形式主义者。戏曲是要通过演出而完成其艺术使命的，衡量戏曲史上人物的成就，不应单纯从文学角度来要求。沈璟的文学造诣不高，思想封建保守，但从戏曲音乐的成就来看，功绩似不能一笔抹煞。他的戏曲理论中有合理的部分。但他根据这些理论（大部是技术性的理论），再结合他的落后保守思想向前发展一步，得出来的结论就是错误的了。他过多地强调唱曲技术的重要性，不适当地把曲文的四声平仄等规律的重要性放在第一位，认为是剧作者的主要任务，而把曲文的思想性和文学性放在次要地位，这就很容易引人走向只重技术不重内容的形式主义道路上。另外，他把自己的创造发现定为金科玉律，劝人必须"严守"这套曲律，这就在很大程度上限制了作家的自由发展。至于他曲谱曲论中的是古非今，拉着人向后倒退的说法，那就更是反动落后，是他的封建思想在文艺思想中的反映了。

所以，吕天成的说法，既没有指出汤显祖的理论是内容基本正确但又包括一些错误，也没有指出沈璟的理论是内容基本错误但又包括一些正确部分的区别。而且他的话貌似公允，但把"清远道人之才情"限制在"词隐先生之矩矱"里，实际是先沈而后汤，这在他自己也不讳言㉗。他所提出作曲者既要有超妙的词采，又要遵守当时剧场上实际通行的曲律，就当时的情况，原有其一定的理由，但从另一方面来看，忽略了曲律上的革新。他看到了"才情"与"矩矱"的矛盾，看到这两者的必须统一，这是对的，但是没有正确地看出这是由于当时曲律革新的工作，落后于进步作家的要求，因此首要的任务是曲律革新的迅速赶上去。所以他在提出作家要注意演出的同时，就没有提出曲律革新的问题。从这些地方来看，我觉得吕天成的说法，还不是无可非议的。

第三，如果我们从这场论争的思想实质，结合时代戏曲音乐的要求，查考一下哪方面是进步的，哪方面是落后的，哪方面是推动了戏曲史前进等问题，更可以说明谁是谁非。临川、吴江之争，实是曲律上革新与保守思想之争。这是否只由于汤沈两人思想上矛盾所造成的呢？不是的。前面讲过，万历时代是戏曲界的大发展、大繁荣时代，出现了许多声腔剧种，戏曲音乐有很大的变化。王骥德在《曲律·论腔调第十》里有这样一段话：

世之腔调，每三十年一变。由元迄今，不知经几变更矣。……旧凡唱南调者皆曰海盐，今海盐不振而曰昆山。昆山之派，以太仓魏良辅为祖。今自苏州而太仓、松江以及浙之杭、嘉、湖，声各小变，腔调略同。……然其腔调故是南曲正声。数十年来，又有弋阳、义乌、青阳、徽州、乐平诸腔之出。今则石台、太平梨园，几遍天下，苏州不能与角什之二三。其声淫哇妖靡，不分调名，亦无板眼。又有错出其间流而为两头蛮者。皆郑声之最。而世争膻趋痂好，靡然和之，甘为大雅罪人。世道江河，不知变之所极矣。

这话讲得很清楚，腔调不断地在变，从旧的南北曲变为新的弋阳、义乌等腔，再变为石台、太平等腔，"将来"还不知道要变成什么样。南北曲本身就是不断变化，不断前进的东西，魏良辅的昆山腔，就是从旧昆山腔变化出来的。没有变化（或者叫做发展），也就没有魏良辅的昆山腔。昆山腔时兴了一些时候，到了万历时，又到了应该变化的时候了。这在沈璟和吴江派诸人都有同样感觉，沈璟自己在论曲的〔二郎神〕散套里说："宁使时人不鉴赏，无使人挖喉挠嗓。"吕天成也说："挽时之念方殷，悦耳之教宁缓也"，他在这里所谓"时"，和王骥德所谓"世道"是一个东西，就是当时的大势所趋、人心所向的时代潮流。曲必有律，不以规矩不能成方圆，但曲律是要随着时代前进而前进，不是一成不变的。如果象沈璟那样，把已成的规律看做是不可违反的东西，只许遵守，不许打破，那就势必阻碍了戏曲音乐的发展。吕天成原似已体会到这个道理，所以把汤沈并提，但他后面又一转，右沈而左汤，这就把基本方向摆错了。从万历年间戏曲音乐的迫切要求来看，当时创作上的进步较大，这就需要戏曲音乐改革迅速地赶上去，这正是要求音乐上要打破旧格律，创造新格律，从而造成戏曲音乐发展的时代精神，汤显祖的曲律革新提法，基本是与此相符合的，是推动戏曲音乐前进的。而沈璟诸人的提法，则与此相反，要求复古，要求保守，这是与时代背道而驰的，是违反当时戏曲界的要求，在一定程度上阻碍了戏曲音乐的前进。另外，从当时南北曲诸腔分布的形势来看，当时基本可分为两大派，一派是"南曲正声"，即戏曲音乐的正统派，也即以苏州、昆山为中心，旁及太仓、松江和浙江的杭、嘉、湖等地分布地段较小的昆山腔。另一派是当时的弋阳、义乌、石台、太平等腔调，分布地区较为广大。此外还有些介乎两者之间的"两头蛮"。南北曲本来源出民间，是人民群众所创造出来的，但后来被统治阶级所欣赏，篡夺过去，虽然在技术上有相当地提高，但也增添了不少毒素，在曲调的思想感情上却起了某些变化，成为与统治阶级气息相通，而与人民群众思想感情距离较远的腔调。于是人民群众起而对它加以改革。弋阳诸腔，从曲调格式看来，基本还是从旧的南北曲变化出来的东西[28]，是民间音乐家对旧南北曲的发展改革，但这种粗犷、豪迈曲调的出现，必然不为统治阶级所喜爱。统治阶级要维护他们所喜爱的腔调，打击这类腔调，必然要提倡"正声"，反对"郑声"。这种斗争，也可以说是戏曲音乐里面的阶级斗争。沈璟诸人的提倡曲律，表面上好象只是提倡曲必有律，提出一些要大家遵守的规律，实际是把昆山腔的规律，定为曲中正宗，作曲家必守的准绳，这不仅是妨碍戏曲音乐的创新，且借此而打倒当时的其他腔调。这就是沈璟等人的封建思想在戏曲音乐中的表现。汤显祖在这方面似乎没有这样浓厚的封建正统思想。

第四，汤显祖一方面向大家提出曲律必须革新，可以打破，使一般作曲家并不把曲律看作一个牢固而不可违反的东西；另一方面又以具体作品实现他的理论。汤的《临川四梦》虽然在当时受到许多曲律家的攻击，但由于内容进步，文字优美，却得到绝大多数人的拥护。即如王骥德，这是个沈璟的忠实追随者，但从王对汤沈两人的评论，却可看出他对汤显祖的敬意似乎更高些[29]。因此，在清代初年就出现了不改动原曲文而使之合律的钮少雅的《格正牡丹亭》，若干年后又出现了叶堂的《四梦全谱》。叶堂批评《长生殿》"词极绮丽，宫谱亦谐，但性灵远逊临川。转不如四梦之不谐宫谱者，使人能别出新意也"[30]。有才能的戏曲音乐家，是欢迎汤显祖的这样剧作家为他们开辟新路径，使他们能发挥他们的创作才能的。另外，汤也创造了一些新的曲体，后来也成为曲中正格，为曲调增加新财富，例如《邯郸记·西谍》[31]。这些都证实了汤显祖的见解，推动了戏曲音乐的发展。沈璟和吴江派的曲律家，从理论上来讲，实际是阻碍了戏曲革新的。在汤显祖的时代，没有出现与他相配合的戏曲音乐家，未必不是由于沈璟诸人的论调之影响。当然，后来戏曲音乐的发展和繁荣，不能全都归功于这场论争。没有汤沈的事件，论争也会通过其他人，其他事件而发生，同样我们也可说，没有汤显祖的曲律革新主张，没有《牡丹亭》，曲律的革新和发展，也必然会产生的。

1966 年作于上海

---

① 吴梅《中国戏曲概论·清人传奇》。

② 吴梅《顾曲麈谈·论曲》。

③ 吴梅《中国戏曲概论·明人传奇》。

④ 青木正儿《近世中国戏曲史》第九章、第十章。

⑤ 沈自晋《南词新谱·凡例》中说："先生（沈璟）定谱以来，又经四十余载。"此文成于顺治丙戌（一六四六年），上溯四十余年，当在一六〇〇年左右，即万历二十八年左右。

⑥ 《南词新谱·凡例续记》中说："甲申冬杪，子犹（冯梦龙）送安抚祁公至江城，即谆谆以修谱促予。"《沈自南序》中记冯梦龙之言是："余即不敏，容作老蠹鱼其间，敢为笔墨佐。"冯氏起意作谱，或当在此时。也可能稍早。

⑦ 《南曲九宫正始》钮少雅自序。

⑧ 同前。

⑨ 王古鲁《蒋孝旧编南九宫谱与沈璟南九宫十三调曲谱》附于其所译《近世中国戏曲史》后。

⑩ 杂见《南词定律》中［针线箱］、［急三枪］诸曲牌后记。如再从乐谱比较，合［风入松］前半与［归朝欢］后半曲调，并不等于［急三枪］，可知钮谱不过从字面平仄板式推定，未从音乐方面推敲也。

⑪ 沈璟《埋剑记·对泣》。

⑫ 吕天成《义侠记序》。

⑬ 汤显祖《玉茗堂文集·合奇序》。

⑭ 汤显祖《玉茗堂尺牍·答吕姜山》。

⑮ 吴梅《顾曲麈谈·原曲》。

⑯ 《九宫大成南北词宫谱·南词谱例》。

⑰ 同前。

⑱ 汤显祖《玉茗堂尺牍·与宜伶罗章二》。

⑲ 王骥德《曲律·杂论三十九下》。

⑳ 同前。

㉑ 汤显祖《玉茗堂诗集·七夕醉答君东》。

㉒ 沈璟［二郎神］散套（载《太霞新奏》）。

㉓ 试以叶堂的《牡丹亭全谱》与朱元镇、茅暎、王思任诸本对照，可发现全剧四百余曲牌中，约三百六十支基本未动，真正改为集曲或更易牌名的仅有五十余支。

㉔ 王骥德《曲律·杂论三十九下》。

㉕ 沈自晋《南词新谱》［一江风］曲牌眉批："此，［一江风］近体也。凡先词隐传奇，皆用此格。"

㉖ 叶堂《牡丹亭全谱·凡例》。

㉗ 吕天成《曲品》沈璟汤显祖合条注："余之首沈而次汤者，挽时之念方殷，悦耳之教宁缓也。"但此下又补两句掩饰语："略具后先，初无轩轾。"

㉘ 明代弋阳腔等杂调剧本，用北曲而加以变化的极多，如《金貂记》《升仙记》《古城记》等，特别是《古城记》有借用旧曲，有改编，有创造颇值得注意。

㉙王骥德《曲律·杂论第三十八下》："临川汤春常之曲……技出天纵，匪由人造。使其约束和鸾，稍闲声律，汰其剩字累语，规之全瑜，可令前无作者，后鲜来哲，二百年来，一人而已。"又："吴江诸传，如老教师登场，板眼场步略无破绽，然不能使人喝采。"

㉚叶堂《纳书楹曲谱》正集卷四，《长生殿》案语。

㉛吴梅《顾曲塵谈·原曲·论北曲作法》越调套数例："《长生殿》此套纯仿若士《邯郸》，故通篇字句与旧谱不合者正多。惟时俗相沿，此套反居正格之列。学者须照此填词，始能谐合丝竹耳。"但吴未能正确理解此套曲来源，以为是越调 [看花回]，实误。《邯郸梦·西谍》是学《拜月亭·结盟》。而《拜月亭·结盟》又是以北曲 [点绛唇] [混江龙] [油葫芦] [天下乐] 四曲为基础发展变化而出，但曲牌名改为 [北绛都春] [混江龙) [油葫芦] [混江龙后] 就蒙混了许多人。如细心核对，仍可看出相同处。而汤学《拜月亭》有变化发展，沈学汤则只是照搬而已。

附　　记

收到《中华文史论丛》编辑部寄来旧稿，百感丛生，爰书数语，以志心境。

首先要向《论丛》编辑部同志致以诚心的感谢。"文化大革命"以来，各种刊物，纷纷停刊退稿，我有几篇稿子，也如此稿一样，原已备用，后都退回。当时对于"文化大革命"很不理解，唯恐留在手边，将来一旦抄家，必成为批判斗争的罪证，因此全部付之一炬。有些未完成的稿子，也都同此命运。这篇文章如当时退还给我，必然也同样对待。它在今天能同读者见面，应该深深感谢编辑部同志的。

其次，编辑同志要我再看看，有无新意。十余年来，此道荒芜已久，不复能再增益。旧日看法，亦无大转变。这可以说明我在这十余年里进步不大，但也由于这一时期里，关于古代戏曲研究的园地，几乎是"白茫茫大地真干净"，毒草倒似乎没有，香花也没有了。一个人的进步，自己的努力是重要的，社会因素也是重要的。报刊杂志上没有文章，不仅使人缺乏进步的助力，而且研究的兴趣也大大地打了折扣了。

第三，十余年来，马齿加增，七十之数，飒焉已至。此一二年来曾与一些搞戏曲史的同志闲谈，大家都有"昔日戏言身后事，今朝都到眼前来"之感。因此颇有两个希望：其一是希望在大学任教的同志，设法培养一些年青的接班人，原因是我们所认识或者知道的同志，大半都在中年以上，现在还能靠他们撑撑场面，但时间是不饶人的，不久就后继无人了。另一点是希望象我们这样年岁的，看来是来日无多了，大家趁干得动的时候，少搞些零碎的应景文章，扎扎实实地把自己几十年的心得，写出些有分量的文章，给社会主义建设添上一砖一瓦也好。人生一世总要留下点东西，别把它带走罢。

1978年10月于上海

原载《中华文史论丛》1979年第2辑

杂谈《牡丹亭·惊梦》

俞平伯

（一）关于"游园"一般的看法

习惯上都说"游园惊梦"。"游园"，歌舞虽很美妙，如果单演，则场子太短，戏剧性也不很突出。大家知道"游园"只是"惊梦"的一部分，它的前奏曲，是不可分割，不能独立的。话虽如此，一般的曲谱都把"游园惊梦"分成两折了①。昆曲中类似这个情形很多，本不足为奇。现在我们如只说"惊梦"，便好像不连上边"游园"似的。

但"游园"的不宜独立，并不仅仅在是否应该遵照原书，或者它缺少些戏剧因素；用这个名称标题，我就觉得不大妥当。翻成白话就是小姐丫环逛花园。真逛了没有呢？至少，她们并不曾畅游。深一步说，"游园"这个名目不能表现这一场戏的主题，而且还引起若干的误会。这是基本的。

虽然作者在《闺塾》、《肃苑》两折上极力渲染将要游春，又在俗称"游园"的前半段作了许多梳妆打扮的准备，似乎真要大逛而特逛了，我们看到后文的宾白曲子，着笔寥寥。〔皂罗袍〕曲，只是一味的感叹；〔好姐姐〕曲，看了一些晚开的花，听了一些莺声燕语，如此而已，好像很不过瘾。实际上用了虚实互换的笔法；为下面《惊梦》、《寻梦》以至《拾画》等折留出地步，从章法上说来也是正确的。

他为什么要这般写，当不仅仅有关于笔法或结构的问题，而牵涉到本折的主题思想和主角的性格、心情、环境等等。她在惆怅，而不在欢笑。她是伤

---

① 1921年上海出版之《牡丹亭曲谱》及刘、王合编之《集成曲谱》、《游园》折均首有花郎吊场（系从原本《肃苑》折折出），殆亦因场子太短等原故，添了这一段。花郎念白两本不同。《集成》数花名，从《冥判》折曲文折下。坊本《牡丹亭曲谱》系老曲师殷溎深本子。花郎念白，骈偶句法，描写花园景致，即此可见《游园》不曾实写什么园景，老辈艺人早已看到了。

春，而不是游春。原文不及备引，只就〔皂罗袍〕一曲略加诠表，作为一个例子。

开头她叹息着"原来姹紫嫣红开遍，似这般都付与断井颓垣"。虚神笼罩，已总摄惆怅情怀的全面了。接着提起古语所谓"良辰美景"、"赏心乐事"来；然而于"良辰美景"，则曰"奈何天"也；于"赏心乐事"，又道"谁家院"也。可见这儿没有啥可赏可乐的。于是接唱："朝飞暮卷，云霞翠轩，雨丝风片，烟波画船，锦屏人忒看的这韶光贱。"这意思大同于"尼姑思凡"所谓"见人家夫妻们洒乐，一对对着锦穿罗"，不过说得格外风流蕴藉罢了。有人解释"锦屏人"为杜丽娘自谓，大误。她多么珍重爱惜这韶光，何尝轻看呢。

"游园"的表演，从总的方面说，这一场戏需要表出丽娘、春香的同异来，——同中有异，异中有同的关系来。如旦贴同台，合盘身段，对称的表现，而一是五旦，一是六旦，又分出家门来。表情方面，春香天真活泼，像娇鸟离笼似的快活，而杜女却无端惆怅。同一境界，而身分心情不同，已觉难办。——而且，说杜丽娘一味的惆怅罢，也不。深闺愁闷中，忽嫣红姹紫，蓦在眼前，若不欣快，岂近人情。她是欢喜之中带着惆怅哩？我对戏剧本是十足的外行，只觉得这场戏的表演，要恰合乎理想。所谓作者之意，原是很难的。若一般的演出，借歌舞表现出三春的气氛，佳人的姿态，自然也就可以了。

（二）杜丽娘怎样醒的

《惊梦》里有个小问题，似乎前人很少谈到：杜丽娘这个梦是怎样醒的？照现在唱法（原本也是这样的），花神下场，杜、柳同唱〔山桃红〕前腔后，还有一段对白，才接杜母上场，是两人幽欢以后又说了好一会话方才醒的。另一方面呢，似乎不是这样。《牡丹亭》里有几处：

（一）《惊梦》本折：花神白："咱待拈片落花儿惊醒他。"向鬼门丢花科。

（二）《寻梦》折〔豆叶黄〕曲："怎一片撒花心的红影儿吊将来半天。敢是咱梦魂儿厮缠？"（引今本）

（三）《冥判》折：净（判官）"花神，这女鬼说是后花园一梦，为花飞惊闪而亡。可是？"末（花神）"是也。他与秀才梦的绵缠，隅尔落花惊醒。"（按：上文明说花神丢花去惊醒她，这儿却说"偶尔"，似乎在那儿抵赖着，一笑）

既然一片花飞，她就醒了，岂非戏台上花神丢花这一霎，即丽娘梦觉之时，如何后来又唱又做又说呢？

如说这样表演错了。却亦不见得。花神于丢花之后，原本今唱都有这么一段道白。文字略异，引原本：

> 秀才才到的半梦儿。梦毕之时，好送杜小姐仍归香阁，吾神去也。

何谓"半梦儿"？难道梦中有梦，还是一梦接着一梦呢？我们不明白。况且，牡丹亭、芍药栏，是梦遇，非魂游。梦中万里之遥，醒来当下即是，何劳柳生送回香阁？我看临川自己怕也有些"梦魂儿厮缠"了[1]。

这些灵怪胭粉自为小说的本色，深求核实，未免太痴。但情节上有些矛盾也总是事实，就记在这里。

（三）唱演方面修改的商榷（其一）

《惊梦》折现在的唱演有好些不合原本的地方。原本自并非全不可移动，但也得看有无必要，改得好否等等。这可以分为两部分：（1）从前工师们改的；（2）现在人改的。本节谈第一部分。大体说来，经过多次修改，距离原本渐远，却也有极少个别的地方，最近又改回来了。

工师传习，改变原本，不知起自何年，我们现在的唱演大都照这个样子。是否合理？在舞台表演上可能为另一问题。从文义上看并不这么恰当。以下略举较有关系的五点：

（1）把"借春看"的道白改为"惜春看"。——原本春香念白："已分付催花莺燕借春看。"现在"借"字都改念作"惜"。较正规的曲谱如《集成》等虽仍作"借春看"，而通常不用。有的老艺人主张念作"借春看"，却也不普遍。"惜春看"在文义上不妥当，自以作"借春看"为是。而且"分付催花莺燕借春看"，意谓春时已晚，故莺燕催花，却嘱咐他们留着一点儿，"码后"一些儿，等咱们来看。字面作"借春"，通会全句，意义上正是"惜春"。若明

---

[1] 再检原本，好像的确不止一梦。杜女梦醒后自述曰："欢毕之时，又送我睡眠，几声将息。正待自送那生出门，忽值母亲来到，唤醒将来，我一身冷汗，乃是南柯一梦。"叙述很明，且与所唱(绵搭絮)"无奈高堂唤醒"之说相合。

点出"惜"字反而不妥当，非特于文义欠通，莺莺燕燕也不懂得什么爱惜春光的呵。

（2）把丽娘唱的〔醉扶归〕首两句改为春香唱。——这个变动较大，却自来都这样，没有照原本唱的，至少我没有听见过。如《集成曲谱》以喜欢复古，改工师的基本为曲友们所不惬的，在这里也不曾改正。这就可见这个唱法相传甚久了。我们都不去轻易变动它。

试引原本与通行唱法于下，改本不妥是很显明的。

（贴）今日穿插的好。（旦唱〔醉扶归〕）你道翠生生出落的裙衫茜，艳晶晶花簪八宝填，可知我一生儿爱好是天然。——影印明刊本

（贴）小姐（唱〔醉扶归〕）你道翠生生出落的裙衫儿茜，艳晶晶花簪八宝填。（旦）春香（接唱）可知我一生儿爱好是天然。——《集成》、《遏云》等谱

原本丽娘说"你道"，"你"者，春香；"道"者，指春香上文那句夹白。今改为春香，则丽娘在上文本没有说到关于穿着打扮，则春香云云便落了空。不妥之点一。春香以"你"称呼杜丽娘，在旧式封建家庭，丫鬟对小姐不可能这样你啊你的，看《红楼梦》第五十五回，凤姐和平儿对话就很分明。不妥之点二。"你道……""可知我……"上下相承，语气一贯；今"你道"贴唱，"可知我"旦唱，分为两段。春香说："你说你打扮得这么好阿"，丽娘回答："你可知道爱好是我的天性哩。"好像在那边驳辨。不妥之点三。既然这样的不妥，为什么当初要改，后来又为什么大家不去校正它。这个理由不大明白，大概为了场上丽娘独唱太多，春香冷落之故。这也未尝全无理由，我也并不主张硬改，不过说明在文义上的不妥当罢了。

（3）把游园将毕，丽娘说要回去改成春香发动。——这点变动也很大，自来不受人注意。亦将两本分列于后，加旁点的是相异之处。上接唱词"呖呖莺歌溜的圆"。

（旦）去罢。（贴）这园子委是观之不足也。（旦）提他怎的。（行介）——原本

（贴）小姐，这园子委实观之不足。（旦）提他怎么。留些余兴，明日再来耍子罢。（旦）有理。——今本

上删下增，就把丽娘要回改成春香说走，无论从丽娘或春香方面看都是不妥的。就丽娘说，这和本文第一节说她无心真个游园相关。她听了紫燕黄莺，双双唝巧，不由得惆怅说："回去罢。"春香呢，一个小孩子家，而且好不容易出来一荡，本来没有玩够，听小姐说要回去，便说："这园子委是观之不足也。"丽娘答道："提他怎的。"是小姐要回，丫环不要回，原本很明白，和剧情、角色身分亦相合。若如今本，虽仍旧着丽娘"提他怎么"这句话，但丽娘总未说要回，春香何得说出"明日再来耍子"？她又何必说呢？由春香口中宣布游园散会，不特不合剧中她的身分，且亦违反她曾在《闺塾》、《肃苑》等折再三表示的意愿。所以这样颠倒是错误的。

话虽如此，今本确也有些好处不可抹杀。原本丽娘的神情——特别她对于春香，似乎过于冷淡了。今本春香"留些余兴"的说法固系散会之词，却有留连不舍之意，说得很委婉。杜丽娘早已兴尽了。何以知之？她说："去罢"，一也。说"提他怎的"，二也。唱〔隔尾〕末句："到不如兴尽回家闲过遣"，三也。其为兴尽固甚明，然而春香既这般婉转地说着，丽娘不忍过拂心爱的丫环的意思，只得回答道："有理。"这"有理"二字虽和下面唱词明白地矛盾着，但两人一番问答，很能传神，无怪歌场舞榭这般唱演了。

因此我主张糅合两本之长，有如下式：

（旦）春香，我们回去罢。（贴）这园子委实观之不足。（旦）提他怎么。（贴）留些余兴，明日再来耍子罢。（旦）有理。

这样，对今日的演法，变动不大，而改进却很多。

(4) 把〔山桃红〕前腔的"合头"首句改换。——凡叠用前腔，合头照例不动，所谓"合前"是也。《惊梦》两只〔山桃红〕，合头并作："是那处曾相见？相看俨然。早难道好处相逢无一言。"这正和《红楼梦》第五回宝玉初见黛玉的说法相似。以有夙缘，故似曾相识。后人大约以为杜、柳初见时说这个可以，在幽欢以后再唱什么"是那处曾相见"，未免于情事不合；所以于第一曲合头不动，于第二曲合头，却把其中第一句改为"我欲去还留恋"。这从曲律或文义来看都是错的。因之有些坊本老谱，如清光绪二十二年的《霓裳文艺全谱》就把〔山桃红〕前腔的合头移后，移到末句"早难道好处相逢无一言"上面去，也就是说，把这"我欲去还留恋"不算它合头。这办法当然也不对，却可以表出工师老辈很知道在合头里改词是不妥当的。

在这地方，喜爱复古的《集成》等谱，照例要改从原本。事实上恐也不曾发生多大效果，就我自己说，三十年前曾在曲会里照《集成》谱唱过一次，弄得"陪"我唱的前辈曲家很有些尴尬。我至今回想起来很惭愧，后来自然也不这么唱了。

若问既然错了，改回来有什么不好？我可回答不上来。但却另有一种看法。何谓曲文的本色？好比吊桶脱了底一般。所谓"西山朝来，致有爽气"，实一语道破。"我欲去还留恋"固然粗糙，且违反曲律，却直直落落，大家懂得。"是那处曾相见"固深刻美妙，用在第二只〔山桃红〕上合前，得叫人想一想方能体会过来。多了一曲，虽不至于别扭，却总有些粘皮带骨。况且表演方面，杜、柳再上场时，还作似曾相识的姿态否耶？怕也有些问题。所以这个改动是似误非误的一个变例。

（5）把〔尾声〕之前春香重上念白删去。——各谱大都这样。依原本，无所谓"游园"，《惊梦》为一整出，春香出场，虽中间暂下，自必须终场；依通行本，〔隔尾〕下有"去去就来"之说，何以去而不来呢？也失了照应，都可以说删得不对。从另一方面看，"游园"、"惊梦"事实上早已分开；饰春香的要扎扮着等很长的"惊梦"唱完，或者还有"堆花"；而且，上来呢，也没有什么事；再说，甫在昼眠，就说熏着被窝，请小姐安寝，时间也不大对头，也可以说删得恰当。最近在这点上又有恢复原本演出的。就作意剧情说来，这点的关系并不小，见下。

旧日工师移动原本处，大概有以上这五点。此外还有一些，如添梦神，见下。如原本丽娘在梦前梦后各有一段很长的独白，从来没有照它念的，念起来怕太冗长。因之在开首结尾各只留剩两三句，以外都删了去。我想，这一删节大约非常早，也是必要的。不过丽娘经过这样奇梦，迄未倾吐她的心事，含蓄有余，醒豁不足，在表演上容易显得有些"瘟"，总不为全美也。

（四）唱演方面修改的商榷（其二）

本节谈关于现在人修改本折的得失，大都对于旧本的修改（即对于晚近的通行唱法）。若仍旧改原，已在上节说过了。大致的倾向，改旧则离原本愈远，虽有个别的例外。这些改变有见于曲谱的，如下边的（2）；有曲谱未载，实际上已在唱演的，如（1）、（3）、（4）、（5）。这里提到一点最近上海戏曲学校的改本。

（1）在唱〔步步娇〕曲里，春香为丽娘梳妆换衣服，显得时间很局促，于是把换衣裳这一行动给删了去，也有两式：（甲）索性把上面的道白改了。如旦白："取镜台衣服过来。"改为"取镜台过来"；贴白："镜台衣服在此。"改为"镜台在此"。（乙）上边的白口不动，说有镜台衣服，而春香只取镜台，不取衣服。很显明，这两个办法都不好，甲式为尤甚。

如压根不提衣服，那么何以解于春香念的"罗衣欲换更添香"？而且下文〔醉扶归〕曲所谓"翠生生出落的裙衫儿茜"，就指着这件粉红衣裳说的。若丽娘叫取镜台衣服过来，春香也说镜台衣服在此，事实上偏没有衣服。这又很像"皇帝的新衣"了。

我曾看韩世昌先生演这戏。梳妆换衣，采用"老路子"，也并不显得过于匆忙，不过春香动作较多，唱得较少而已。依我的外行看法，既然在舞台上问题不大，改词颇妨文义，不改词，说有衣服却偏没有，会使观众糊涂，倒不如不改。

此外还有一个扩展时间的办法，即上海戏曲学校的改本。旦贴对白不动，梳妆换衣都不删减。在"摇漾春如线"下面加了一大段"过门"。注曰："贴与旦更衣梳头动作。笛停，其它乐器奏过门。"下接"停半晌，整花钿"。昆曲本没有"过门"的，或者有人不赞成加。我以为如在台上收效果很好，加添"过门"也未为不可。我们正不必死抱着昆曲的清规戒律来束缚自己。

（2）在〔好姐姐〕曲首句，特别在"遍青山"这一部分加了介白。《好姐姐》曲原本介白很少，后来艺工以传唱需要，逐渐增添，如《遏云》、《集成》等谱，添得还算妥当，现在越添越多了。我认为"遍青山"的"贴介"，不但没有必要。而且是错误的。

（贴介）这是青山。（旦连）遍青山，（贴介）那是杜鹃花。（旦连）啼红了杜鹃。（贴介）这是荼蘼架。（旦连）那荼蘼外烟丝醉软。（《粟庐曲谱》上，上海戏曲学校改本略同。）

这里的错误有好几点：（甲）"遍青山啼红了杜鹃"应是一整句，现在却把它分成两段。（乙）青山者，远山①，我们不能眺望青山同时又看见山中的

———————————

①明刊本作"春山啼红了杜鹃"，亦是虚说。

杜鹃花。若说花开在园内,不在山中,那一句更成为两橛了。(丙)春香说"这是青山",丽娘就唱"遍青山",春香说"那是杜鹃花",丽娘就接"啼红了杜鹃";春香又说"这是荼蘼架",丽娘又接唱"荼蘼外烟丝醉软";杜丽娘什么都不懂得,全靠春香一一告诉她,好像南方人所谓"呆大"。(丁)南安太守衙门望见青山否不得而知。从"晓来望断梅关"句来看,可能望得见的。但山为庞然大物,丽娘岂看不见,要等春香来指引呢?所以这一句介白比以下各句更觉不妥。

再略谈这句的文义。他说"遍青山啼红了杜鹃",不说"青山开遍了杜鹃",鸟啼则实,花开是虚。映山红开花,正值杜鹃啼血的时候,花遂因鸟而得名。本句虽说鸟啼,兼指花开,下文借了瓶插"映山紫",明照园内有这样的花,语意双关,似虚似实,耐人寻味。旧谱只有一句介白:"杜鹃花开得好盛吓"。补足唱词之意,这原是比较妥当的,今添上"这是青山"一句,便把下文本来不坏的介白,也显得呆板了。

(3)删去睡魔神的出场。这还不见于曲谱,在舞台上有这样删减的。上海戏曲学校的改本已没有睡魔神了。按说:原本也无睡魔神,则如此删节,似可以说为"从原"。事实上也不尽然。传奇的原本科介场面写得非常简单,并非就可照此上演。本预备艺工们去添的。它不写上,并不等于没有。明刊本《牡丹亭》于杜女唱后只写着"睡科"、"梦科",固不曾有梦神上场,但怎样入梦没有硬性规定。增添睡魔神,也不必违反作者的意思。

睡魔神出场,留着它可以使醒梦的界画分明;删去这个并没有什么好处。若为破除迷信,花神难道不是?下文的判官难道不是?进一步说,《还魂记》故事的重点,人死了三年还会重活,何尝不是荒唐无稽之谈。稍改,不管事;彻底的改,那就取消了《牡丹亭》。

(4)把丽娘于梦中叫"秀才",依下文杜母所闻,缩为一个"秀"字。这不见于曲谱,直到近来上海的改本才写上。这也是错误的。梦中什么话不可说。原本比这"秀才"两字还要多得多哩,写道:

秀才,秀才,你去了也。

梦中的话语不妨缠绵,而真在嘴里念叨自然成为片段,只剩得一个字,而为杜母所闻,丽娘还可以用同音来掩饰。前后文的情况既不同,不得依后文来统一前文。曲谱上虽不载,而在唱客演员口中已相当普遍了。

　　以上四点，如今所改，我个人认为至少没有改的必要。第五点初见于舞台演出，近又见于上海戏曲学校的改本，春香在剧末又上，恢复了原本，使《惊梦》全折比较完整，这倒是没有问题的。在上节提到，于昼寝之后，即接春香白："晚妆销粉印，春润费香篝，小姐，熏了被窝睡罢。"时间上未免稍早了一些。这不仅是过场小节，实与作意相关①。作者这样写，当然有一种原故。杜丽娘思寻前梦，故道："那梦儿还去不远。"与后来到花园去找梦的痕迹，虽然找法不同，其为寻寻觅觅则一，实已暗逗下文《寻梦》一折了。

　　关于上海戏曲学校的改本，上面已提到的，不再赘说。在"惊梦"、"堆花"部分。文词改动得很多。把〔山桃红〕两曲色情语改了去，在昆剧的普及上，也有相当的方便。但有些地方实在无须改得，实亦不胜其改。"梦儿里相逢，梦儿里合欢"（见〔双声子〕曲），既是剧中主要的情节，替他遮饰自属徒劳。关于唯心的观点亦然。个别字句，改文有错误处，例如"心悠步躭"改为"心忧步躭"之类，这里也不列举了。

　　《牡丹亭》一剧，明、清两代曾经不断的修改；当作者生前已有这样的情况，作者对它深表愤慨，见《王茗堂尺牍》，到今天咱们还在大改而特改，对原作的功罪，实在很难说了。这篇短文，只讲到一些文词和唱演的关系，供戏剧界同好参考。其他如唱念字音曲子旁谱，文词解释等等，恐过于繁琐，都不曾谈到。

1957 年 5 月 10 日
原载《戏剧论丛》1957年第3辑

---

　　①春香上场念白，实为上下曲文照应，其功用等于夹白。杜唱〔尾声〕"香熏绣被眠"即复述春香语，却加上"也不索"三字便灵活了。她不说要睡，也不说不要；似乎要睡，又似乎不，虚空摹拟，妙笔传神，真能够写出梦魂颠倒茶饭不思的实况来，逗起下文无数情事。这〔尾声〕的作用既并不限于总结"游园惊梦"，时间早晚，故无关本意耳。

《水浒传》考证

胡　适

一

　　我的朋友汪原放用新式标点符号把《水浒传》重新点读一遍，由上海亚东图书馆排印出版。这是用新标点来翻印旧书的第一次。我可预料汪君这部书将来一定要成为新式标点符号的实用教本，他在教育上的效能一定比教育部颁行的新式标点符号原案还要大的多。汪君对于这书校读的细心，费的工夫之多，这都是我深知道并且深佩服的；我想这都是读者容易看得出的，不用我细说了。

　　这部书有一层大长处，就是把金圣叹的评和序都删去了。

　　金圣叹是十七世纪的一个大怪杰，他能在那个时代大胆宣言，说《水浒》与《史记》、《国策》有同等的文学价值，说施耐庵、董解元与庄周、屈原、司马迁、杜甫在文学史上占同等的位置，说："天下之文章无有出《水浒》右者，天下之格物君子无有出施耐庵先生右者!"这是何等眼光！何等胆气！又如他序里的一段："夫古人之才，世不相沿，人不相及：庄周有庄周之才，屈平有屈平之才，降而至于施耐庵有施耐庵之才，董解元有董解元之才。"这种文学眼光，在古人中很不可多得。又如他对他的儿子说："汝今年始十岁，便以此书（《水浒》）相授者，非过有所宠爱，或者教汝之道当如是也。……人生十岁，耳目渐吐，如日在东，光明发挥。如此书，吾即欲禁汝不见，亦岂可得？……今知不可相禁，而反出其旧所批释脱然授之汝手。"这种见解，在今日还要吓倒许多老先生与少先生，何况三百年前呢？

　　但是金圣叹究竟是明末的人。那时代是"选家"最风行的时代；我们读吕用晦的文集，还可想见当时的时文大选家在文人界占的地位（参看《儒林外史》）。金圣叹用了当时"选家"评文的眼光来逐句批评《水浒》，遂把一部《水浒》凌迟碎砍，成了一部"十七世纪眉批夹注的白话文范"！例如圣叹最得意的批评是指出景阳冈一段连写十八次"哨棒"，紫石街一段连写十四次"帘子"，和三十八次"笑"。圣叹说这是"草蛇灰线法"！这种机械的文评正是八股选家的流毒，读了不但没有益处，而且养成一种八股式的文学观念，是很有害的。

这部新本《水浒》的好处就在把文法的结构与章法的分段来代替那八股选家的机械的批评。即如第五回瓦官寺一段：

> 智深走到面前那和尚吃了一惊

金圣叹批道："写突如其来，只用二笔，两边声势都有。"

> 跳起身来便道请师兄坐同吃一盏智深提着禅杖道你这两个如何把寺来废了那和尚便道师兄请坐听小僧

圣叹批道："其语未毕。"

> 智深睁着眼道你说你说

圣叹批道："四字气忿如见。"

> 说在先敝寺……

圣叹批道："说字与上'听小僧'本是接着成句，智深自气忿忿在一边夹着'你说你说'耳。章法奇绝，从古未有。"

现在用新标点符号写出来便成：

> 智深走到面前，那和尚吃了一惊，跳起身来便道："请师兄坐，同吃一盏。"智深提着禅杖道："你这两个如何把寺来废了！"那和尚便道："师兄请坐，听小僧——"智深睁着眼道："你说！你说！"——说："在先敝寺……"

这样点读，便成一片整段的文章，我们不用加什么恭维施耐庵的评语，读者自然懂得一切愤怒的声口和插入的气话；自然觉得这是很能摹神的叙事；并且觉得这是叙事应有的句法，并不是施耐庵有意要作"章法奇绝，从古未有"的文章。

金圣叹的《水浒》评，不但有八股选家气，还有理学先生气。

圣叹生在明朝末年，正当"清议"与"威权"争胜的时代，东南士气正盛，虽受了许多摧残，终不曾到降服的地步。圣叹后来为了主持清议以至于杀身，他自然是一个赞成清议派的人。故他序《水浒》第一回道：

> 一部大书七十回将写一百八人……而先写高俅者，盖不写高俅便写一百八人，则是乱自下生也。不写一百八人先写高述，则是乱自上作也。……高俅来而王进去矣。王进者，何人也？不坠父业，善养母志，盖孝子也。……横求之四海，竖求之百年，而不一得之。不一得之而忽然有之，则当尊之，荣之，长跽事之，——必欲骂之，打之，至于杀之，因逼去之，是何为也？王进去而一百八人来矣。则是高俅来而一百八人来矣。
>
> 王进去后，更有史进。史者，史也。……记一百八人之事而亦居然谓之史也，何居？从来庶人之议皆史也。庶人则何敢议也？庶人不敢议也。庶人不敢议而又议，何也？天下有道，然后庶人不议也。今则庶人议矣。何用知天下无道？曰，王进去而高俅来矣。

这一段大概不能算是穿凿附会。《水浒传》的著者著书自然有点用意，正如楔子一回中说的"且住！若真个太平无事，今日开书演义，又说着些甚么？"他开篇先写一个人人厌恶不肯收留的高俅，从高俅写到王进，再写到史进，再写到一百八人，他著书的意思自然很明白。金圣叹说他要写"乱自上生"，大概是很不错的。圣叹说，"从来庶人之议皆史也"，这一句话很可代表明末清议的精神。黄梨洲的《明夷待访录》说：

> 东汉太学三万人，危言深论，不隐豪强，公卿避其贬议。宋诸生伏阙捶鼓，请起李纲。三代遗风惟此犹为相近。使当日之在朝廷者，以其所非为非是，将见盗贼奸邪慑心于正气霜雪之下，君安而国可保也。

这种精神是十七世纪的一种特色，黄梨洲与金圣叹都是这种清议运动的代表，故都有这种议论。

但是金圣叹《水浒》评的大毛病也正在这个"史"字上。中国人心里的

"史"总脱不了《春秋》笔法"寓褒贬，别善恶"的流毒。金圣叹把《春秋》的"微言大义"用到《水浒》上去，故有许多极迂腐的议论。他以为《水浒传》对于宋江，处处用《春秋》笔法责备他。如第二十一回，宋江杀了阎婆惜之后，逃难出门，临行时"拜辞了父亲，只见宋太公洒泪不已，又分付道，你两个前程万里，休得烦恼"。这本是随便写父子离别，并无深意。金圣叹却说：

> 无人处却写太公洒泪，有人处便写宋江大哭；冷眼看破，冷笔写成。普天下读书人慎勿谓《水浒》无皮里阳秋也。

下文宋江弟兄"分付大小庄客，早晚殷勤伏侍太公，休教饮食有缺"。这也是无深意的叙述。圣叹偏要说：

> 人亦有言，"养儿防老"。写宋江分付庄客伏侍太公，亦皮里阳秋之笔也。

这种穿凿的议论实在是文学的障碍。《水浒传》写宋江，并没有责备的意思。看他在三十五回写宋江冒险回家奔丧，在四十一回写宋江再冒险回家搬取老父，何必又在这里用曲笔写宋江的不孝呢？

又如五十三回写宋江破高唐州后，"先传下将令，休得伤害百姓，一面出榜安民，秋毫无犯"。这是照例的刻板文章，有何深意？圣叹偏要说：

> 如此言，所谓仁义之师也。今强盗而忽用仁义之师，是强盗之权术了。强盗之权术而又书之者，所以深叹当时之官军反不能然也。彼三家村学究不知作史笔法，而遽因此等语过许强盗真有仁义，不亦怪哉？

这种无中生有的主观见解，真正冤枉煞古人！圣叹常骂三家村学究不懂得"作史笔法"，却不知圣叹正为懂得作史笔法太多了，所以他的迂腐气比三家村学究的更可厌！

这部新本的《水浒》把圣叹的总评和夹评一齐删去，使读书的人直接去看《水浒传》，不必去看金圣叹脑子里悬想出来的《水浒》的"作史笔法"；使读书的人自己去研究《水浒》的文学，不必去管十七世纪八股选家的什么"背面铺粉法"和什么"横云断山法"！

二

　　我既不赞成金圣叹的《水浒》评，我主张让读书的人自己直接去研究《水浒传》的文字，我现在又拿什么话来做《水浒传》的新序呢？

　　我最恨中国史家说的什么"作史笔法"，但我却有点"历史癖"；我又最恨人家咬文嚼字的评文，但我却又有点"考据癖"！因为我不幸有点历史癖，故我无论研究什么东西，总喜欢研究他的历史。因为我又不幸有点考据癖，故我常常爱做一点半新不旧的考据。现在我有了这个机会替《水浒传》做一篇新序，我的两种老毛病——历史癖与考据癖——不知不觉的又发作了。

　　我想《水浒传》是一部奇书，在中国文学史占的地位比《左传》、《史记》还要重大的多；这部书很当得起一个阎若璩来替它做一番考证的工夫，很当得起一个王念孙来替它做一番训诂的工夫。我虽然够不上做这种大事业——只好让将来的学者去做——但我也想努一努力，替将来的"《水浒》专门家"开辟一个新方向，打开一条新道路。

　　简单一句话，我想替《水浒传》做一点历史的考据。

　　《水浒传》不是青天白日里从半空中掉下来的，《水浒传》乃是从南宋初年（西历十二世纪初年）到明朝中叶（十五世纪末年）这四百年的"梁山泊故事"的结晶——我先说这句武断的话丢在这里，以下的两万字便是这一句话的说明和引证。

　　我且先说元朝以前的水浒故事。

　　《宋史》二十二，徽宗宣和三年（西历 1121 年）的本纪说：

　　　　淮南盗宋江等犯淮阳军，遣将讨捕，又犯京东江北，入楚海州界。命知州张叔夜招降之。

又《宋史》三百五十一：

　　　　宋江寇京东，侯蒙上书言："江以三十六人横行齐、魏，官军数万无敢抗者，其才必过人。今清溪盗起，不若赦江，使讨方腊以自赎。"

又《宋史》三百五十三：

　　宋江起河朔，转略十郡，官军莫敢撄其锋。声言将至〔海州〕，张叔夜使间者觇所向，贼径趋海濒，劫巨舟十余，载卤获。于是募死士，得千人，设伏近城，而出轻兵距海诱之战，先匿壮卒海旁，伺兵合，举火焚其舟。贼闻之，皆无斗志。伏兵乘之，擒其副贼。江乃降。

　　这三条史料可以证明宋江等三十六人都是历史的人物，是北宋末年的大盗。"以三十六人横行齐、魏，官军数万无敢抗者"——看这些话可见宋江等在当时的威名。这种威名传播远近，留传在民间，越传越神奇，遂成一种"梁山泊神话"。我们看宋末遗民龚圣与作《宋江三十六人赞》的自序说：

　　宋江事见于街谈巷语，不足采著。虽有高如、李嵩辈传写，士大夫亦不见黜，余年少时壮其人，欲存之画赞，以未见信书载事实，不敢轻为。及异时见《东都事略》载侍郎侯蒙传，有书一篇，陈制贼之计云："宋江以三十六人横行河朔、京东，官军数万无敢抗者，其材必有过人。不若赦过招降，使讨方腊，以此自赎，或可平东南之乱。"余然后知江辈真有闻于时者。……（周密《癸辛杂识续集》上）

　　我们看这段话，可见（1）南宋民间有一种"宋江故事"流行于"街谈巷语"之中；（2）宋元之际已有高如、李嵩一班文人"传写"这种故事，使"士大夫亦不见黜"；（3）那种故事一定是一种"英雄传奇"，故龚圣与"少年时壮其人，欲存之画赞"。

　　这种故事的发生与流传久远，决非无因。大概有几种原因：（1）宋江等确有可以流传民间的事迹与威名；（2）南宋偏安，中原失陷在异族手里，故当时人有想望英雄的心理；（3）南宋政治腐败，奸臣暴政使百姓怨恨，北方在异族统治之下受的痛苦更深，故南北民间都养成一种痛恨恶政治恶官吏的心理，由这种心理上生出崇拜草泽英雄的心理。

　　这种流传民间的"宋江故事"便是《水浒传》的远祖。我们看《宣和遗事》便可看见一部缩影的"水浒故事"。《宣和遗事》记梁山泊好汉的事，共分六段：

　　（1）杨志、李进义（后来作卢俊义）、林冲、王雄（后来作杨雄）、花荣、柴进、张青、徐宁、李应、穆横、关胜、孙立等十二个押送"花石纲"的制使，结义为兄弟。后来杨志在颍州阻雪，缺少旅费，将一口宝刀出卖，遇着一个恶少，口角厮争。杨志杀了那人，判决配卫州军城。路上被李进义、林冲等十一人救出去，同上太行山落草。

（2）北京留守梁师宝差县尉马安国押送十万贯的金珠珍宝上京，为蔡太师上寿，路上被晁盖、吴加亮、刘唐、秦明、阮进、阮通、阮小七、燕青等八人用麻药醉倒，抢去生日礼物。

（3）"生辰纲"的案子，因酒桶上有"酒海花家"字样，追究到晁盖等八人，幸得郓城县押司宋江报信与晁盖等，使他们连夜逃走。这八人连结了杨志等十二人，同上梁山泊落草为寇。

（4）晁盖感激宋江的恩义，使刘唐带金钗去酬谢他。宋江把金钗交给娼妓阎婆惜收了，不料被阎婆惜得知来历，那妇人本与吴伟往来，现在更不避宋江。宋江怒起，杀了他们，题反诗在壁上，出门跑了。

（5）官兵来捉宋江，宋江躲在九天玄女庙里。官兵退后，香案上一声响亮，忽有一本天书，上写着三十六人姓名。这三十六人，除上文已见二十人之外，有杜千、张岑、索超、董平都已先上梁山泊了；宋江又带了朱全、雷横、李逵、戴宗、李海等人上山。那时晁盖已死，吴加亮与李进义为首领。宋江带了天书上山，吴加亮等遂共推宋江为首领。此外还有公孙胜、张顺、武松、呼延绰、鲁智深、史进、石秀等人，共成三十六员。（宋江为帅，不在天书内。）

（6）宋江等既满三十六人之数，"朝廷无其奈何"，只得出榜招安。后有张叔夜"招诱宋江和那三十六人归顺宋朝，各受武功大夫诰敕，分注诸路巡检使去也。因此三路之寇悉得平定，后遣宋江收方腊，有功，封节度使"。

《宣和遗事》一书，近人因书里的"惇"字缺笔作"惇"字，故定为宋时的刻本。这种考据法用在那"俗文讹字弥望皆是"的民间刻本上去，自然不很适用，不能算是充分的证据。但书中记宋徽宗、钦宗二帝被虏后的事，记载的非常详细，显然是种族之痛最深时的产物。书中采用的材料大都是南宋人的笔记和小说，采的诗也没有刘后村以后的诗。故我们可断定《宣和遗事》记的梁山泊三十六人的故事一定是南宋时代民间通行的小说。

周密（宋末人，元武宗时还在）的《癸辛杂识》载有龚圣与的三十六人赞。三十六人的姓名，大致与《宣和遗事》相同，只有吴加亮改作吴用，李进义改作卢俊义，阮进改为阮小二，李海改为李俊，王雄改为杨雄：这都与《水浒传》更接近了。此外周密记的，少了公孙胜、林冲、张岑、杜千四人，换上宋江、解珍、解宝、张横四人（《宣和遗事》有张横，又写作李横，但不在天书三十六人之数），也更与《水浒》接近了。

龚圣与的三十六人赞里全无事实，只在那些"绰号"的字面上做文章，故没有考据材料的价值。但他那篇自序却极有价值。序的上半——引见上文——可以证明宋元之际有李嵩、高如等人"传写"梁山泊故事，可见当时除《宣和遗事》之外一定还有许多更详细的水浒故事。序的下半很称赞宋江，说他"识性超卓，有过人者"；又说：

> 盗跖与江，与之"盗"名而不辞，躬履"盗"迹而不讳者也。岂若世之乱臣贼子畏影而自走，所为近在一身而其祸未尝不流四海？

这明明是说"奸人政客不如强盗"了！再看他那些赞的口气，都有希望草泽英雄出来重扶宋室的意思。如九文龙史进赞："龙数肖九，汝有九文；盍从东皇，驾五色云？"如小李广花荣赞："中心慕汉，夺马而归；汝能慕广，何忧数奇？"这都是当时宋遗民的故国之思的表现。又看周密的跋语：

> 此皆群盗之靡耳，圣与既各为之赞，又从而序论之，何哉？太史公序游侠而进奸雄，不免后世之讥。然其首著胜、广于列传，且为项羽作本纪，其意亦深矣。识者当能辨之。

这是老实希望当时的草泽英雄出来推翻异族政府的话。这便是元朝"水浒故事"所以非常发达的原因。后来长江南北各处的群雄起兵，不上二十年，遂把人类有历史以来最强横的民族的帝国打破，遂恢复汉族的中国。这里面虽有许多原因，但我们读了龚圣与、周密的议论，可以知道水浒故事的发达与传播也许是汉族光复的一个重要原因哩。

三

元朝水浒故事非常发达，这是万无可疑的事。元曲里的许多水浒戏便是铁证。但我们细细研究元曲里的水浒戏，又可以断定元朝的水浒故事决不是现在的《水浒传》；又可以断定那时代决不能产生现在的《水浒传》。

元朝戏曲里演述梁山泊好汉的故事的，也不知有多少种。依我们所知，至少有下列各种：

1 高文秀的　　　《黑旋风双献功》（《录鬼簿》作《双献头》）。

2 又　　　　　　《黑旋风乔教学》

3 又　　　　　　《黑旋风借尸还魂》

4 又　　　　　　《黑旋风斗鸡会》

5 又　　　　　　《黑旋风诗酒丽春园》

6 又　　　　　　《黑旋风穷风月》

7 又　　　　　　《黑旋风大闹牡丹园》

8 又　　　　　　《黑旋风敷演刘耍和》　（4）至（8）五种，《涵虚子》皆无
　　　　　　　　黑旋风三字，今据暖红室新刻的钟嗣成《录鬼簿》为准

9 杨显之的　　　《黑旋风乔断案》

10 康进之的　　　《梁山泊黑旋风负荆》。

11 又　　　　　　《黑旋风老收心》

12 红字李二的　　《板踏儿黑旋风》（《涵虚子》无下三字）

13 又　　　　　　《折担儿武松打虎》

14 又　　　　　　《病杨雄》

15 李文蔚的　　　《同乐院燕青博鱼》（《录鬼簿》上三字作"报冤台"，
　　　　　　　　博字作"扑"，今据《元曲选》）。

16 又　　　　　　《燕青射雁》

17 李致远的　　　《都孔目风雨还牢末》。

18 无名氏的　　　《争报恩三虎下山》。

19 又　　　　　　《张顺水里报怨》

　　以上关于梁山泊好汉的戏目十九种，是参考《元曲选》、《涵虚子》（《元曲选》卷首附录的）和《录鬼簿》（原书有序，年代为至顺元年，当西历一三三○年；又有题词，年代为至正庚子，当西历一三六○年）三部书辑成的。不幸这十九种中，只有那加◎的五种现在还保存在臧晋叔的《元曲选》里（下文详说），其余十四种现在都不传了。

　　但我们从这些戏名里，也就可以推知许多事实出来：第一，元人戏剧里的李逵（黑旋风）一定不是《水浒传》里的李逵。细看这个李逵，他居然能"乔教学"，能"乔断案"，能"穷风月"，能玩"诗酒丽春园"！这可见当时的李逵一定是一个很滑稽的脚色，略像莎士比亚戏剧里的佛斯大夫 （Falstaff） ——有时在战场上呕人，有时在脂粉队里使人笑死。至于"借尸还魂"，"敷演刘

耍和"，"大闹牡丹园"，"老收心"等等事，更是《水浒传》的李逵所没有的了。第二，元曲里的燕青，也不是后来《水浒传》的燕青："博鱼"和"射雁"，都不是《水浒传》里的事实。（《水浒》有燕青射鹊一事，或是受了"射雁"的暗示的。）第三，《水浒》只有病关索杨雄，并没有"病杨雄"的话，可见元曲的杨雄也和《水浒》的杨雄不同。

现在我们再看那五本保存的梁山泊戏，更可看出元曲的梁山泊好汉和《水浒传》的梁山泊好汉大不相同的地方了。我们先叙这五本戏的内容：

（1）《黑旋风双献功》。宋江的朋友孙孔目带了妻子郭念儿上泰安神州去烧香，因路上有强盗，故来问宋江借一个护臂的人。李逵自请要去，宋江就派他去。郭念儿和一个白衙内有奸，约好了在路上一家店里相会，各唱一句暗号，一同逃走了。孙孔目丢了妻子，到衙门里告状，不料反被监在牢里。李逵扮做庄家呆后生，买通牢子，进监送饭，用蒙汗药醉倒牢子，救出孙孔目；又扮做祇候，偷进衙门，杀了白衙内和郭念儿，带了两颗人头上山献功。

（2）《李逵负荆》。梁山泊附近一个杏花庄上，有一个卖酒的王林，他有一女名叫满堂娇。一日，有匪人宋刚和鲁智恩，假冒宋江和鲁智深的名字，到王林酒店里，抢去满堂娇。那日李逵酒醉了，也来王林家，问知此事，心头大怒，赶上梁山泊，和宋江、鲁智深大闹。后来他们三人立下军令状，下山到王林家，叫王林自己质对。王林才知道他女儿不是宋江们抢去的。李逵惭愧，负荆上山请罪，宋江令他下山把宋刚、鲁智恩捉来将功赎罪。

（3）《燕青博鱼》。梁山泊第十五个头领燕青因误了限期，被宋江杖责六十，气坏了两只眼睛，下山求医，遇着卷毛虎燕顺把两眼医好，两人结为弟兄。燕顺在家因为与哥哥燕和、嫂嫂王腊梅不和，一气跑了。燕和夫妻有一天在同乐院游春，恰好燕青因无钱使用，在那里博鱼。燕和爱燕青气力大，认他做兄弟，带回家同住。王腊梅与杨衙内有奸，被燕青撞破，杨衙内倚仗威势，反诬害燕和、燕青持刀杀人，把他们收在监里。燕青劫牢走出，追兵赶来，幸遇燕顺搭救，捉了奸夫淫妇，同上梁山泊。

（4）《还牢末》。史进、刘唐在东平府做都头。宋江派李逵下山请他们入伙，李逵在路上打死了人，捉到官，幸亏李孔目救护，定为误伤人命，免了死罪。李逵感恩，送了一对匾金环给李孔目。不料李孔目的妾萧娥与赵令史有奸，拿了金环到官出首，说李孔目私通强盗，问成死罪。刘唐与李孔目有旧仇，故极力虐待他，甚至于收受萧娥的银子，把李孔目吊死。李孔目死而复苏，恰好李逵赶到，用宋江的书信招安了刘唐、史进，救了李孔目，杀了奸夫淫妇，一同上山。

（5）《争报恩》。关胜、徐宁、花荣三个人先后下山打探军情。济州通判赵士谦带了家眷上任，因道路难行，把家眷留在权家店，自己先上任。他的正妻李千娇是很贤德的，他的妾王腊梅与丁都管有奸。这一天，关胜因无盘缠在权家店卖狗肉，因口角打倒丁都管，李千娇出来看，见关胜英雄，认他做兄弟。关胜走后，徐宁晚间也到权家店，在赵通判的家眷住屋的稍房里偷睡，撞破丁都管与王腊梅的奸情，被他们认做贼，幸得李千娇见徐宁英雄，认他做兄弟，放他走了。又一天晚间，李千娇在花园里烧香，恰好花荣躲在园里，听见李千娇烧第三炷香"愿天下好男子休遭罗网之灾"，花荣心里感动，向前相见。李千娇见他英雄，也认他做兄弟。不料此时丁都管与王腊梅走过门外，听见花荣说话，遂把赵通判喊来，赵通判推门进来，花荣拔刀逃出，砍伤他的臂膊。王腊梅咬定李千娇有奸，告到官衙，问成死罪。关胜，徐宁，花荣三人得信，赶下山来，劫了法场，救了李千娇，杀了奸夫淫妇，使赵通判夫妻和合。

我们研究这五本戏，可得两个大结论：

第一，元朝的梁山泊好汉都有一种很通行的"梁山泊故事"作共同的底本。我们可看这五本戏共同的梁山泊背景：

（1）《双献功》里的宋江说："某姓宋，名江，字公明，绰号及时雨者是也。幼年曾为郓城县把笔司吏，因带酒杀了阎婆惜，被告到官，脊杖六十，迭配江州牢城。因打此梁山经过，有我八拜交的哥哥晁盖知某有难，领喽罗下山，将解人打死，救某上山，就让某坐第二把交椅。哥哥晁盖三打祝家庄身亡，众兄弟拜某为首领。某聚三十六大伙，七十二小伙，半垓来喽罗。寨名水浒，泊号梁山；纵横河港一千条，四下方圆八百里；东连大海，西接济阳，南通钜野、金乡，北靠青、齐、兖、郓。……"

（2）《李逵负荆》里的宋江自白有"杏黄旗上七个字：替天行道救生民"的话。其余略同上。又王林也说："你山上头领都是替天行道的好汉……老汉在这里多亏了头领哥哥照顾老汉。"

（3）《燕青博鱼》里，宋江自白与《双献功》大略相同，但有"人号顺天呼保义"的话，又叙杀阎婆惜事也更详细：有"因带酒杀了阎婆惜，一脚踢翻烛台，延烧了官房"一事。又说"晁盖三打祝家庄，中箭身亡"。

（4）《还牢末》里，宋江自叙有"我平日度量宽洪，但有不得已的好汉，见了我时，便助他些钱物，因此天下人都叫我做及时雨宋公明"的话。其余与《双献功》略同，但无"三十六大伙，七十二小伙"的话。

(5)《争报恩》里，宋江自叙词："只因误杀阎婆惜，逃出郓城县，占下了八百里梁山泊，搭造起百十座水兵营。忠义堂上高搠杏黄旗一面，上写着'替天行道宋公明'。聚义的三十六个英雄汉，那一个不应天上恶魔星？"这一段只说三十六人，又有"应天上恶魔星"的话，与《宣和遗事》说的天书相同。

看这五条，可知元曲里的梁山泊大致相同，大概同是根据于一种人人皆知的"梁山泊故事"。这时代的"梁山泊故事"有可以推知的几点：（1）宋江的历史，小节细目虽互有详略的不同，但大纲已渐渐固定，成为人人皆知的故事。（2）《宣和遗事》的三十六人，到元朝渐渐变成了"三十六大伙，七十二小伙"，已加到百零八人了。（3）梁山泊的声势越传越张大，到元朝时便成了"纵横河港一千条，四下方圆八百里"的水浒了。（4）最重要的一点是元朝的梁山泊强盗渐渐变成了"仁义"的英雄了。元初龚圣与自序作赞的意思，有"将使一归于正，义勇不相戾，此诗人忠厚之心也"的话，那不过是希望的话。他称赞宋江等，只能说他们"名号既不僭侈，名称俨然，犹循故辙"；这是说他们老老实实的做"盗贼"，不敢称王称帝。龚圣与又说宋江等"与之盗名而不辞，躬履盗迹而不讳"。到了后来，梁山泊渐渐变成了"替天行道救生民"的忠义堂了！这一变非同小可。把"替天行道救生民"的招牌送给梁山泊，这是水浒故事的一大变化，既可表示元朝民间的心理，又暗中规定了后来《水浒传》的性质。

这是元曲里共同的梁山泊背景。

第二，元曲演梁山泊故事，虽有一个共同的背景，但这个共同之点只限于那粗枝大叶的梁山泊略史。此外，那些好汉的个人历史，性情，事业，当时还没有固定的本子，故当时的戏曲家可以自由想像，自由描写。上条写的是"同"，这条写的是"异"。我们看他们的"异"处，方才懂得当时文学家的创造力。懂得当时文学家创造力的薄弱，方才可以了解《水浒传》著者的创造力的伟大无比。

我们可先看元曲家创造出来的李逵。李逵在《宣和遗事》里并没有什么描写，后来不知怎样竟成了元曲里最时髦的一个脚色！上文记的十九种文曲里，竟有十二种是用黑旋风做主人翁的，《还牢末》一名《李山儿生死报恩人》，也可算是李逵的戏。高文秀一个人编了八本李逵的戏，可谓"黑旋风专门家"了！大概李逵这个"脚色"大半是高文秀的想象力创造出来的，正如 Falstaff 是莎士比亚创造出来的。高文秀写李逵的形状道：

　　我这里见客人将礼数迎，把我这两只手插定。哥也，他见我这威凛凛的身似碑亭，他可惯听我这莽壮声？唬他一个痴挣，唬得他荆棘律的胆战心惊！

又说：

　　你这茜红巾，腥衲袄，乾红褡膊，腿绷护膝，八答麻鞋，恰便似那烟薰的子路，黑染的金刚。休道是白日里，夜晚间揣摸着你呵，也不是个好人。

又写他的性情道：

　　我从来个路见不平，爱与人当道撅坑。我喝一声，骨都都海波腾！撼一撼，赤力力山岳崩！但恼着我黑脸的爹爹，和他做场的歹斗，翻过来落可便吊盘的煎饼！

但高文秀的《双献功》里的李逵，实在太精细了，不像那卤莽粗豪的黑汉。看他一见孙孔目的妻子便知他不是"儿女夫妻"；看他假扮庄家后生，送饭进监；看他偷下蒙汗药，麻倒牢子；看他假扮祗候，混进官衙：这岂是那卤莽粗疏的黑旋风吗？至于康进之的《李逵负荆》，写李逵醉时情状，竟是一个细腻风流的词人了！你听李逵唱：

　　饮兴难酬，醉魂依旧。寻村酒，恰问罢王留。王留道，兀那里人家有！可正是清明时候，却言风雨替花愁。和风渐起，暮雨初收。俺则见杨柳半藏沽酒市，桃花深映钓鱼舟。更和这碧粼粼春水波纹绉，有往来社燕，远近沙鸥。
　　（人道我梁山泊无有景致，俺打那厮的嘴。）
　　俺这里雾锁着青山秀，烟罩定绿杨洲。（那桃树上一个黄莺儿将那桃花瓣儿啖呵，啖呵，啖的下来，落在水中，——是好看也！我曾听的谁说来？我试想咱。……哦！想起来了也！俺学究哥哥道来。）他道是轻薄桃花逐水流。（俺绰起这桃花瓣儿来，我试看咱。好红红的桃花瓣儿！〔笑科〕你看我好黑指头也！）恰便是粉衬的这胭脂透！（可惜了你这瓣儿！俺放你趁那一般的瓣儿去！我与你赶，与你赶！贪赶桃花瓣儿。）早来到这草桥店垂杨的渡口。（不中，则怕误了俺哥哥的将令。我索回去也。……）待不吃呵，又被这酒旗儿将我来相迤逗。他，他，他舞东风在曲律杆头！

这一段，写的何尝不美？但这可是那杀人不眨眼的黑旋风的心理吗？

我们看高文秀与康进之的李逵，便可知道当时的戏曲家对于梁山泊好汉的性情人格的描写还没有到固定的时候，还在极自由的时代：你造你的李逵，他造他的李逵；你造一本李逵《乔教学》，他便造一本李逵《乔断案》；你形容李逵的精细机警，他描写李逵的细腻风流。这是人物描写一方面的互异处。

再看这些好汉的历史与事业。这十三本李逵戏的事实，上不依《宣和遗事》，下不合《水浒传》，上文已说过了。再看李文蔚写燕青是梁山泊第十五个头领，他占的地位很重要，《宣和遗事》说燕青是劫"生辰纲"的八人之一，他的位置自然应该不低。后来《水浒传》里把燕青派作卢俊义的家人，便完全不同了。燕青下山遇着燕顺弟兄，大概也是自由想象出来的事实。李文蔚写燕顺也比《水浒传》里的燕顺重要得多。最可怪的是《还牢末》里写的刘唐和史进两人。《水浒传》写史进最早，写他的为人也极可爱。《还牢末》写史进是东平府的一个都头，毫无可取的技能；写宋江招安史进乃在晁盖身死之后，也和《水浒》不同。刘唐在《宣和遗事》里是劫"生辰纲"的八人之一，与《水浒》相同。《还牢末》里的刘唐竟是一个挟私怨谋害好人的小人，还比不上《水浒传》的董超、薛霸！萧娥送了刘唐两锭银子，要他把李孔目吊死，刘唐答应了；萧娥走后，刘唐自言自语道：

> 要活的难，要死的可容易。那李孔目如今是我手里物事，搓的圆，捏的匾。拼得将他盆吊死了，一来，赚他几个银子；二来，也偿了我平生心愿。我且吃杯酒去，再来下手，不为迟哩。

这种写法，可见当时的戏曲家叙述梁山泊好汉的事迹，大可随意构造；并且可见这些文人对于梁山泊上人物都还没有一贯的，明白的见解。

以上我们研究元曲里的水浒戏，可得四条结论：

（1）元朝是"水浒故事"发达的时代。这八九十年中，产生了无数"水浒故事"。

（2）元朝的"水浒故事"的中心部分——宋江上山的历史，山寨的组织和性质——大致都相同。

（3）除了那一部分之外，元朝的水浒故事还正在自由创造的时代：各位好汉的历史可以自由捏造，他们的性情品格的描写也极自由。

（4）元朝文人对于梁山泊好汉的见解很浅薄平庸，他们描写人物的本领很薄弱。

从这四条上，我们又可得两条总结论：

（甲）元朝只有一个雏形的水浒故事和一些草创的水浒人物，但没有《水浒传》。

（乙）元朝文学家的文学技术，程度很幼稚，决不能产生我们现有的《水浒传》。

（附注）我从前也看错了元人的文学在中国文学史上的位置。近年我研究元代的文学，才知道元人的文学程度实在很幼稚，才知道元代只是白话文学的草创时代，决不是白话文学的成人时代。即如关汉卿、马致远两位最大的元代文豪，他们的文学技术与文学意境都脱不了"幼稚"的批评。故我近来深信《水浒》、《西游记》、《三国》都不是元代的产物。这是文学史上一大问题，此处不能细说，我将来别有专论。

四

以上是研究从南宋到元末的水浒故事。我们既然断定元朝还没有《水浒传》，也做不出《水浒传》，那么，《水浒传》究竟是什么时代的什么人做的呢？

《水浒传》究竟是谁做的？这个问题至今无人能够下一个确定的答案。明人郎瑛《七修类稿》说："《三国》、《宋江》二书乃杭人罗贯中所编。"但郎氏又说他曾见一本，上刻"钱塘施耐庵"作的。清人周亮工《书影》说："《水浒传》相传为洪武初越人罗贯中作，又传为元人施耐庵作。田叔禾《西湖游览志》又云，此书出宋人笔。近日金圣叹自七十回之后，断为罗贯中所续，极口诋罗，复伪为施序于前，此书遂为施有矣。"田叔禾即田汝成，是嘉靖五年的进士。他说《水浒传》是宋人做的，这话自然不值得一驳。郎瑛死于嘉靖末年，那时还无人断定《水浒》的作者是谁。周亮工生于万历四十年（1612），死于康熙十一年（1672），正与金圣叹同时。他说，《水浒》前七十回断为施耐庵的是从金圣叹起的；圣叹以前，或说施，或说罗，还没有人下一种断定。

圣叹删去七十回以后，断为罗贯中的，圣叹自说是根据"古本"。我们现在须先研究圣叹评本以前《水浒传》有些什么本子。

明人沈德符的《野获编》说："武定侯郭勋，在世宗朝，号好文多艺。今新安所刻《水浒传》善本，即其家所传，前有汪大函序，托名天都外臣者。"

周亮工《书影》又说："故老传闻，罗氏《水浒传》一百回，各以妖异语冠其首，嘉靖时，郭武定重刻其书，削其致语，独存本传。"据此，嘉靖郭本是《水浒传》的第一次"善本"，是有一百回的。

再看李贽的《忠义水浒传序》：

> 《水浒传》者，发愤之作也。……施罗二公身在元，心在宋，虽生元日，实愤宋事。是故愤二帝之北狩，则称大破辽以泄其愤；愤南渡之苟安，则称灭方腊以泄其愤。敢问泄愤者谁乎？则前日啸聚水浒之强人也，欲不谓之忠义，不可也。是故施罗二公传《水浒》，而复以忠义名其传焉。……宋公明者，身居水浒之中，心在朝廷之上，一意招安，专图报国，卒致于犯大难，成大功，服毒自缢，同死而不辞。……最后南征方腊，一百单八人者阵亡已过半矣。又智深坐化于六和，燕青涕泣而辞主，二童就计于混江。……（《焚书》卷三）

李贽是嘉靖、万历时代的人，与郭武定刻《水浒传》的时候相去很近，他这篇序说的《水浒传》一定是郭本《水浒》。我们看了这篇序，可以断定明代的《水浒传》是有一百回的；是有招安以后，"破辽"，"平方腊"，"宋江服毒自尽"，"鲁智深坐化"等事的；我们又可以知道明朝嘉靖、万历时代的人也不能断定《水浒传》是施耐庵做的，还是罗贯中做的。

到了金圣叹，他方才把前七十回定为施耐庵的《水浒》，又把七十回以后，招安平方腊等事，都定为罗贯中续做的《续水浒传》。圣叹批第七十回说："后世乃复削去此节，盛夸招安，务令罪归朝廷而功归强盗，甚且至于哀然以忠义二字冠其端，抑何其好犯上作乱至于如是之甚也！"据此可见明代所传的《忠义水浒传》是没有卢俊义的一梦的。圣叹断定《水浒》只有七十回，而骂罗贯中为狗尾续貂。他说："古本《水浒》如此，俗本妄肆改窜，真所谓愚而好自用也。"我们对于他这个断定，可有两种态度：（1）可信金圣叹确有一种古本；（2）不信他得有古本，并且疑心他自己假托古本，"妄肆窜改"，称真本为俗本，自己的改本为古本。

第一种假设——认金圣叹真有古本作校改的底子——自然是很难证实的。我的朋友钱玄同先生说："金圣叹实在喜欢乱改古书。近人刘世珩校刊关、王原本《西厢》，我拿来和金批本一对，竟变成两部书。……以此例彼，则《水浒》经老金批校，实在有点难信了。"钱先生希望得着一部明版的《水浒》，拿来考证《水浒》的真相。据我个人看来，即使我们得着一部明版《水浒》，至多也不过是嘉靖朝郭武定的一百回本，就是金圣叹指为"俗本"的，究竟我们还无从断定金圣叹有无"真古本"。但第二种假设——金圣叹假托古本，窜改原本——更不能充分成立。金圣叹若要窜改《水浒》，尽可自由删改，并没有假托古本的必要。他武断《西厢》的后四折为续作，并没有假托古本，又何必假托一部古本的《水浒传》呢？大概文学的技术进步时，后人对于前人的文章往往有不能满意的地方。元人做戏曲是匆匆忙忙的做了应戏台上之用的，故元曲实在多有太潦草，太疏忽的地方，难怪明人往往大加修饰，大加窜改。况且元曲刻本在当时本来极不完备：最下的本子仅有曲文，无有科白，如日本西京帝国大学影印的《元曲三十种》；稍好的本子虽有科白，但不完全，如"付末上见外云云了"，"且引俫上，外分付云云了"，如董授经君影印的《十段锦》；最完好的本子如臧晋叔的《元曲选》，大概都是已经明朝人大加补足修饰的了。此项曲本，既非"圣贤经传"，并且实有修改的必要，故我们可以断定现在所有的元曲，除了西京的三十种之外，没有一种不曾经明人修改的。《西厢》的改窜，并不起于金圣叹，到圣叹时《西厢》已不知修改了多少次了。周宪王、王世贞、徐渭都有改本，远在圣叹之前，这是我们知道的。比如李渔改《琵琶记》的《描容》一出，未必没有胜过原作的地方。我们现在看见刘刻的《西厢》原本与金评本不同，就疑心全是圣叹改了的，这未免太冤枉圣叹了。在明朝文人中，圣叹要算是最小心的人。他有武断的毛病，他又有错评的毛病。但他有一种长处，就是不敢抹杀原本。即以《西厢》而论，他不知道元人戏曲的见解远不如明末人的高超，故他武断后四出为后人续的。这是他的大错。但他终不因此就把后四出都删去了，这是他的谨慎处。他评《水浒传》也是如此。我在第一节已指出了他的武断和误解的毛病。但明朝人改小说戏曲向来没有假托古本的必要。况且圣叹引据古本不但用在百回本与七十回本之争，又用在无数字句小不同的地方。以圣叹的才气，改窜一两个字，改换一两句，何须假托什么古本？他改《左传》的句读，尚且不须依傍古人，何况《水浒传》呢？因此我们可以假定他确有一种七十回的《水浒》本子。

我对于"《水浒》是谁做的"这个问题，颇曾虚心研究，虽不能说有了最满意的解决，但我却有点意见，比较的可算是这个问题的一个可用的答案。我的答案是：

（1）金圣叹没有假托古本的必要。他用的底本大概是一种七十回的本子。

（2）明朝有三种《水浒传》：第一种是一百回本，第二种是七十回本，第三种又是一百回本。

（3）第一种一百回本是原本，七十回本是改本。后来又有人用七十回本来删改百回本的原本，遂成为一种新百回本。

（4）一百回本的原本是明初人做的，也许是罗贯中做的。罗贯中是元末明初的人，涵虚子记的元曲里有他的《龙虎风云会》杂剧。

（5）七十回本是明朝中叶的人重做的，也许是施耐庵做的。

（6）施耐庵不知是什么人，但决不是元朝人。也许是明朝文人的假名，并没有这个人。

这六条假设，我且一一解说如下：

（1）金圣叹没有假托古本的必要，上文已说过了，我们可以承认圣叹家藏的本子是一种七十回本。

（2）明朝有三种《水浒传》。第一种是《水浒》的原本，是一百回的。周亮工说："故老传闻，罗氏《水浒传》一百回，各以妖异语冠其首"，即是此本。第二种是七十回本，大概金圣叹的"贯华堂古本"即是此本。第三种是一百回本，是有招安以后"征四寇"等事的，亦名《忠义水浒传》。李贽的序可为证。周亮工又说，"嘉靖时，郭武定重刻其书，削其致语，独存本传"，当即是此本。（说见下条）

（3）第一种百回本是《水浒传》的原本。我细细研究元朝到明初的人做的关于梁山泊好汉的故事与戏曲，敢断定明朝初年决不能产生现有七十回本的《水浒传》。自从《宣和遗事》到周宪王，这二百多年中，至少有三十种关于梁山泊的书，其中保存到于今的，约有十种。照这十种左右的书看来，那时代文学的见解，意境，技术，没有一样不是在草创的时期的，没有一样不是在幼稚的时期的。且不论元人做的关于水浒的戏曲。周宪王死在明开国后七十年，他做杂剧该在建文、永乐的时代，总算"晚"了。但他的《豹子和尚自还俗》与《黑旋风仗义疏财》两种杂剧，固然远胜于元曲里的《还牢末》与《争报恩》等等水浒戏，但还是很缺乏超脱的意境和文学的技术。（这两种，现在董授经君刻的《杂剧十段锦》内。）故我觉得周亮工说的"故老传闻，罗氏《水浒传》一百回，各以妖异语冠其首"的话，大概是可以相信的。周氏又说，"嘉靖时，郭武定重刻其书，削其致语，独存本传。"大概这种一百回本的《水浒传》原本一定是很幼稚的。

但我们又可以知道《水浒传》的原本是有招安以后的事的。何以见得呢？

因为这种见解和宋元至明初的梁山泊故事最相接近。我们可举几个例。《宣和遗事》说："那三十六人归顺宋朝，各受武功大夫诰敕，分注诸路巡检使去也。因此三路之寇悉得平定。后遣宋江收方腊有功，封节度使。"元代宋遗民周密与龚圣与论宋江三十六人也都希望草泽英雄为国家出力。不但宋元人如此。明初周宪王的《黑旋风仗义疏财》杂剧（大概是改正元人的原本的），也说张叔夜出榜招安，宋江弟兄受了招安，做了巡检，随张叔夜征方腊，李逵生擒方腊。这戏中有一段很可注意：

（李撇古）今日闻得朝廷出榜招安，正欲上山报知众位首领自首出来替国家出力，为官受禄，不想途次遇见。不知两位哥哥怎生主意？

（李逵）俺山中快乐，风高放火，月黑杀人，论秤分金银，换套穿衣服；千自由，百自在，可不强似这小官受人的气！俺们怎肯受这招安也？

（李撇古）你两位哥哥差见了。……你这三十六个好汉都是有本事有胆量的，平日以忠义为主。何不因这机会出来首官，与官里出些气力，南征北讨，得了功劳，做个大官……不强似你在牛皮帐里每日杀人，又不安稳，那贼名儿几时脱得？

这虽是帝室贵族的话，但这种话与上文引的宋、元人的水浒见解是很一致的。因此我们可以知道《水浒》的百回本原本一定有招安以后的事（看下文论《征四寇》一段）。

这是第一种百回本，可叫做原百回本。我们又知道明朝嘉靖以后最通行的《水浒传》是《忠义水浒传》，也是一种有招安以后事的百回本。这是无可疑的。据周亮工说，这个百回本是郭武定删改那每回"各以妖异语冠其首"的原本而成的。这话大概可信。沈德符《野获编》称郭本为"水浒善本"，便是一证。这一种可叫做新百回本。

大概读者都可以承认这两种百回本是有的了。现在难解决的问题就是那七十回本的时代。

有人说，那七十回本是金圣叹假托的，其实并无此本。这一说，我已讨论过了，我以为金圣叹无假托古本的必要，他确有一种七十回本。

又有人说，近人沈子培曾见明刻的《水浒传》，和圣叹批本多不相同，可见现在的七十回本《水浒传》是圣叹窜改百回本而成的；若不是圣叹删改的，一定是明朝末年人删改的。依这一说，七十回本应该在新百回本之后。

这一说，我也不相信。我想《水浒传》被圣叹删改的小地方，大概不免。但我想圣叹在前七十回大概没有什么大窜改的地方。圣叹既然根据他的"古本"来删去了七十回以后的《水浒》，又根据"古本"来改正了许多地方（五十回以后更多）——他既然处处拿"古本"作根据，他必不会有了大窜改而不引据"古本"。况且那时代通行的《水浒传》是新百回本的《忠义水浒传》，若圣叹大改了前七十回，岂不容易被人看出？况且周亮工与圣叹同时，也只说"近日金圣叹自七十回之后断为罗贯中所续，极口诋罗"，并不说圣叹有大窜改之处。如此看来，可见圣叹对于新百回本的前七十回，除了他注明古本与俗本不同之处之外，大概没有什么大窜改的地方。

我且举一个证据。雁宕山樵的《水浒后传》是清初做的，那时圣叹评本还不曾很通行，故他依据的《水浒传》还是百回本的《忠义水浒传》。这书屡次提到"前传"的事，凡是七十回以前的事，没有一处不与圣叹评本相符。最明白的例如说燕青是天巧星，如说阮小七是天败星，位在第三十一，如说李俊在石碣天文上位次在二十六，如说史进位列天罡星数，都与圣叹评本毫无差异。（此书证据极多，我不能遍举了。）可见石碣天文以前的《忠义水浒传》与圣叹的七十回本没有大不同的地方。

我们虽不曾见《忠义水浒传》是什么样子的，但我们可以推知坊间现行的《续水浒传》——又名《征四寇》，不是《荡寇志》；《荡寇志》是道光年间人做的———定与原百回本和新百回本都有很重要的关系。这部《征四寇》确是一部古书，很可考出原百回本和《忠义水浒传》后面小半部是个什么样子。（1）李贽《忠义水浒传》序记的事实，如大破辽，灭方腊，宋江服毒，南征方腊时百八人阵亡过半，智深坐化于六和，燕青涕泣而辞主，二童就计于混江，都是《征四寇》里的事实。（2）《征四寇》里有李逵在寿张县坐衙断案一段事（第三回），当是根据元曲《黑旋风乔断案》的；又有李逵在刘太公庄上捉假宋江负荆请罪的事（第二回），是从元曲《李逵负荆》脱胎出来的；又有《燕青射雁》的事（第十七回），当是从元曲《燕青射雁》出来的；又有李逵在井里通到斗鸡村，遇着仙翁的事（二十五回），当是依据元曲《黑旋风斗鸡会》的。看这些事实，可见《征四寇》和元曲的《水浒》戏很接近。（3）最重要的是《征四寇》叙东京八十万禁军教头王庆遭高俅陷害，选配淮西，后来造反称王的事（二十九至三十一回）。这个王庆明明是《水浒传》今本里的王进。王庆是"四寇"之一；四寇是辽、田虎、王庆、方腊：《四寇》之名来源很早，《宣和遗事》说宋江等平定"三路之寇"，后来又收方腊，可见"四寇"

之说起于《宣和遗事》。但李贽作序时，只说"大破辽"与"灭方腊"两事；清初人做的《水浒后传》屡说"征服大辽，剿除方腊"，但无一次说到田虎、王庆的事。可见新百回本已无四寇，仅有二寇。我研究新百回本删去二寇的原因，忽然明白《征四寇》这部书乃是原百回本的下半部。《征四寇》现存四十九回，与圣叹说的三十回不合。我试删去征田虎及征王庆的二十回，恰存二十九回；第一回之前显然还有硬删去的一回；合起来恰是三十回。田虎一大段不知为什么删去，但我看王庆一段的删去明是因为王庆已变了王进，移在全书的第一回，故此一大段不能存在。这是《征四寇》为原百回本的剩余的第一证据。（4）《征四寇》每回之前有一首荒谬不通的诗，周亮工说的"各以妖异语冠其首"，大概即根本于此。这是第二证据。（5）《征四寇》的文学的技术和见解，确与元朝人的文学的技术和见解相像。更可断定这书是原百回本的一部分。若新百回本还是这样幼稚，决不能得晚明那班名士（如李贽，袁宏道等）那样钦佩。这是第三证据。

以上我主张：（1）新百回本的前七十回与今本七十回没有什么大不同的地方；（2）新百回本的后三十回确与原百回本的后半部大不同，可见新百回本确已经过一回大改窜了。新百回本是嘉靖时代刻的，郎瑛著书也在嘉靖年间，他已见有施罗两本。况且李贽在万历时作《水浒序》又混称"施、罗两公"。若七十回本出在明末，李贽决没有合称施罗的必要。因此我想嘉靖时初刻的新百回本已是两种本子合起来的：一种是七十回本，一种是原百回本的后半。因为这新百回本（《忠义水浒传》）是两种本子合起来的，故嘉靖以后人混称施罗二公，故金圣叹敢断定七十回以前为施本，七十回以后为罗本。

因此，我假定七十回本是嘉靖郭本以前的改本。大概明朝中叶时期，──当弘治正德的时候，──文学的见解与技术都有进步，故不满意于那幼稚的《水浒》百回原本。况且那时又是个人主义的文学发达的时代。李梦阳、康海、王九思、祝允明、唐寅一班人都是不满意于政府的，都是不满意于当时社会的。故我推想七十回本是弘治、正德时代的出产品。这书大概略本那原百回本，重新改做一番，删去招安以后的事；一切人物的描写，事实的叙述，大概都有许多更改原本之处。如王庆改为王进，移在全书之首，又写他始终不肯落草，便是一例。若原百回本果是像《征四寇》那样幼稚，这七十回本简直不是改本，竟可称是创作了。

这个七十回本是明朝第二种《水浒传》。我们推想此书初出时必定不能使多数读者领会，当时人大概以为这七十回本是一种不完全的本子，郭勋是一个贵族，又是一个奸臣，故更不喜欢这七十回本。因此，我猜想郭刻的百回的"《水浒》善本"大概是用这七十回本来修改原百回本的：七十回以前是依七十回本改的，七十回以后是嘉靖时人改的。这个新百回本是第三种《水浒》本子。

这第三种本子——新百回本——是合两种本子而成的，前七十回全采七十回本，后三十回大概也远胜原百回本的末五十回，所以能风行一世。但这两种本子的内容与技术是不同的，前七十回是有意重新改做的，后三十回是用原百回本的下半改了凑数的，故明眼的人都知道前七十回是一部，后三十回又是一部。不但上文说的李贽混称施、罗二公是一证据。还有清初的《水浒后传》的"读法"上说"前传之前七十回中，回目用大闹字者凡十"。现查《水浒传》的回目果有十次用"大闹"字，但都在四十五回以前。既在四十五回以前，何故说"前七十回"呢？这可见分两《水浒》为两部的，不止金圣叹一人了。

（4）如果百回本的原本是如周亮工说的那样幼稚，或是像《征四寇》那样幼稚，我们可以断定他是元末明初的著作。周亮工说罗贯中是洪武时代的人，大概罗贯中到明代初期还活着。前人既多说《水浒》是罗贯中做的，我们也不妨假定这百回本的原本是他做的。

（5）七十回本一定是明末中叶的人删改的，这一层我已在上文（3）条里说过了。嘉靖时郎瑛曾见有一本《水浒传》，是"钱塘施耐庵"做的。可惜郎瑛不曾说这一本是一百回，还是七十回。或者这一本七十回的即是郎瑛看见的施耐庵本。我想：若施本不是七十回本，何以圣叹不说百回本是施本而七十回本是罗本呢？

（6）我们虽然假定七十回本为施耐庵本，但究竟不知施耐庵是谁。据我的浅薄学问，元、明两朝没有可以考证施耐庵的材料。我可以断定的是：（一）施耐庵决不是宋、元两朝人。（二）他决不是明朝初年的人：因为这三个时代不会产出这七十回本的《水浒传》。（三）从文学进化的观点看起来，这部《水浒传》，这个施耐庵，应该产生在周宪王的杂剧与《金瓶梅》之间。——但是何以明朝的人都把施耐庵看作宋、元的人呢（田汝成、李贽、金圣叹、周亮工等人都如此）？这个问题极有研究的价值。清初出了一部《后水浒传》，是接着百回本做下去的（此书叙宋江服毒之后，剩下的三十几个水浒英雄，出来帮助宋军抵御金兵，但无成功；混江龙李俊同一班弟兄，渡海至暹逻国，创下李氏王朝）。这书是一个明末遗民雁宕山樵陈忱做的（据沈登瀛《南浔备志》；参看《荡寇记》前镜水湖边老渔的跋语），但他托名"古宋遗民"。我因此推想那七十回本《水浒传》的著者删去了原百回本招安以后的事，把《忠义水浒传》

变成了"纯粹草泽英雄的水浒传",一定有点深意,一定很触犯当时的忌讳,故不得不托名于别人。"施耐庵"大概是"乌有先生""亡是公"一流的人,是一个假托的名字。明朝文人受祸的最多。高启、杨基、张羽、徐贲、王行、孙蒉、王蒙都不得好死。弘治、正德之间,李梦阳四次下狱;康海、王敬夫、唐寅都废黜终身。我们看了这些事,便可明白《水浒传》著者所以必须用假名的缘故了。明朝一代的文学要算《水浒传》的理想最激烈,故这书的著者自己隐讳也最深。书中说的故事又是宋代的故事,又和许多宋、元的小说戏曲有关系,故当时的人或疑施耐庵为宋人,或疑为元人,却不知道宋、元时代决不能产生这样一部奇书。

我们既不能考出《水浒传》的著者究竟是谁,正不妨仍旧认"施耐庵"为七十本《水浒传》的著者,——但我们须要记得,"施耐庵"是明朝中叶一个文学大家的假名。

总结上文的研究,我们可把南宋到明朝中叶的《水浒》材料作一个渊源表如下:

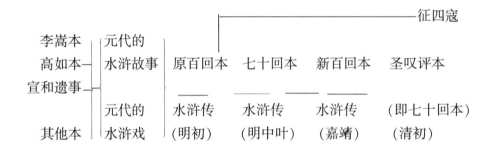

五

自从金圣叹把"施耐庵"的七十回本从《忠义水浒传》里重新分出来,到于今已近三百年了(圣叹自序在崇祯十四年)。这三百年中,七十回本居然成为《水浒传》的定本。平心而论,七十回本得享这点光荣,是很应该的。我们现在且替这七十回本做一个分析。

七十回本除"楔子"一回不计外,共分十大段:

第一段——第一至第十一回。这一大段只有杨志的历史("做到殿司制使官，因道君皇帝盖万岁山，差一般十个制使去太湖边搬运花石纲赴京交纳。不料洒家……失陷了花石纲，不能回京。"）是根据于《宣和遗事》的，其余都是创造出来的。这一大段先写八十万禁军教头王进被高俅赶走了。王进即是《征四寇》里的王庆，不在百八人之数；施耐庵把他从下半部直提到第一回来，又改名王进，可见他的著书用意。王进之后，接写一个可爱的少年史进，始终不肯落草，但终不能不上少华山去；又写鲁达为了仗义救人，犯下死罪，被逼作和尚，再被逼做强盗；又写林冲被高俅父子陷害，逼上梁山。林冲在《宣和遗事》里是押送"花石纲"的十二个制使之一；但在龚圣与的三十六人赞里却没有他的名字，元曲里也不提起他，大概元朝的水浒故事不见得把他当作重要人物。《水浒传》却极力描写林冲，风雪山神庙一段更是能感动人的好文章。林冲之后，接写杨志。杨志在困穷之中不肯落草，后来受官府冤屈，穷得出卖宝刀，以致犯罪受杖，送配大名府（卖刀也是《宣和遗事》中有的，但在颍州，《水浒传》改在京城，是有意的）。这一段连写五个不肯做强盗的好汉，他的命意自然是要把英雄落草的罪名归到贪官污吏身上去。故这第一段可算是《水浒传》的"开宗明义"的部分。

第二段——第十二至第二十一回。这一大段写"生辰纲"的始末，是《水浒传》全局的一大关键。《宣和遗事》也记有五花营堤上劫取生辰纲的事，也说是宋江报信，使晁盖等逃走；也说到刘唐送礼谢宋江，以致宋江杀阎婆惜。《水浒传》用这个旧轮廓，加上无数琐细节目，写得格外有趣味。这一段从雷横捉刘唐起，写七星聚义，写智取生辰纲，写杨志、鲁智深落草，写宋江私放晁盖，写林冲火并梁山泊，写刘唐送礼酬谢宋江，写宋江怒杀阎婆惜，直写到宋江投奔柴进避难，与武松结拜做兄弟。《水浒》里的中心人物——须知卢俊义、呼延灼、关胜等人不是《水浒》的中心人物——都在这里了。

第三段——第二十二回到第三十一回。这一大段可说是武松的传。涵虚子与《录鬼簿》都记有红字李二的《武松打虎》一本戏曲。红字李二是教坊刘耍和的女婿，刘耍和已被高文秀编入曲里，而《录鬼簿》说高文秀早死，可见红字李二的武松戏一定远在《录鬼簿》成书之前，——约在元朝的中叶。可见十四世纪初年已有一种武松打虎的故事。《水浒传》根据这种故事，加上新的创造的想象力，从打虎写到杀嫂，从杀嫂写到孟州道打蒋门神，从蒋门神写到鸳鸯楼、蜈蚣岭，便成了《水浒传》中最精采的一大部分。

第四段——第三十一回到第三十四回。这一小段是勉强插入的文章。《宣和遗事》有花荣和秦明等人，无法加入，故写清风山、清风寨、对影山等一段，把这一班人送上梁山泊去。

第五段——第三十五回到第四十一回。这一大段也是《水浒传》中很重要的文字，从宋江奔丧回家，选配江州起，写江州遇戴宗、李逵，写浔阳江宋江题反诗，写梁山泊好汉大闹江州，直写到宋江入伙后又偷回家中，遇着官兵追赶，躲在玄女庙里，得受三卷天书。江州一大段完全是《水浒传》的著者创造出来的。《宣和遗事》没有宋江到江州配所的话，元曲也只说他选配江州，路过梁山泊，被晁盖搭救上山。《水浒传》造出江州一大段，不但写李逵的性情品格，并且把宋江的野心大志都写出来。若没有这一段，宋江便真成了一个"虚名"了。天书一事，《宣和遗事》里也有，但那里的天书除了三十六人的姓名，只有诗四句："破国因山木，兵刀用水工；一朝充将领，海内耸威风。"《水浒传》不写天书的内容，又把这四句诗改作京师的童谣："耗国因家木，刀兵点水工。纵横三十六，播乱在山东。"（见三十八回）这不但可见《宣和遗事》和《水浒》的关系，又可见后来文学的见解和手段的进化。

第六段——第四十二回到第四十五回。这一段写公孙胜下山取母亲，引起李逵下山取母，又引起戴宗下山寻公孙胜，路上引出杨雄、石秀一段。《水浒传》到了大闹江州以后，便没有什么很精采的地方。这一段中写石秀的一节比较是要算很好的了。

第七段——第四十六回到第四十九回。这一段写宋江三打祝家庄。在元曲里，三打祝家庄是晁盖的事。

第八段——第五十回到第五十三回。写雷横、朱仝、柴进三个人的事。

第九段——第五十四回到五十九回。这一大段和第四段相象，也是插进去做一个结束的。《宣和遗事》有呼延灼、徐宁等人，《水浒传》前半部又把许多好汉分散在二龙山、少华山、桃花山等处了，故有这一大段，先写呼延灼征讨梁山泊，次请出一个徐宁，次写呼延灼兵败后逃到青州，慕容知府请他收服桃花山、二龙山、白虎山；次写少华山与芒砀山：遂把这五山的好汉一齐送上梁山泊去。

第十段——第五十九回到七十回。这一大段是七十回本《水浒传》的最后部分，先写晁盖打曾头市中箭身亡，次写卢俊义一段，次写关胜，次写破大名府，次写曾头市报仇，次写东平府收董平，东昌府收张清，最后写石碣天书作结。《宣和遗事》里，卢俊义是梁山泊上最初的第二名头领，《水浒传》前面不曾写他，把他留在最后，无法可以描写，故只好把擒史文恭的大功劳让给他，后来结起帐来，一百零八人中还有董平和张清没有加入，这两人又都是

《宣和遗事》里有名字的，故又加上东平、东昌两件事。算算还少一个，只好拉上一个兽医皇甫端！这真是《水浒传》的"强弩之末"了！

这是《水浒传》的大规模。我们拿历史的眼光来看这个大规模，可得两种感想。

第一，我们拿宋、元时代那些幼稚的梁山泊故事，来比较这部《水浒传》，我们不能不佩服"施耐庵"的大匠精神与大匠本领；我们不能不承认这四百年中白话文学的进步很可惊异！元以前的，我们现在且不谈。当元人的杂剧盛行时，许多戏曲家从各方面搜集编曲的材料，于是有高文秀等人采用民间盛行的梁山泊故事，各人随自己的眼光才力，发挥水浒的一方面，或创造一种人物，如高文秀的黑旋风，如李文蔚的燕青之类；有时几个文人各自发挥一个好汉的一片面，如高文秀发挥李逵的一片面，杨显之、康进之、红字李二又个个发挥李逵的一片面。但这些都是一个故事的自然演化，又都是散漫的，片面的，没有计划的，没有组织的发展。后来这类的材料越积越多了，不能不有一种贯通综合的总编，于是元末明初有《水浒传》百回之作。但这个草创的《水浒传》原本，如上节所说，是很浅陋幼稚的。这种浅陋幼稚的证据，我们还可以在《征四寇》里寻出许多。然而这个《水浒传》原本居然把三百年来的水浒故事贯通起来，用宋、元以来的梁山泊故事做一个大纲，把民间和戏台上的"三十六大伙，七十二小伙"的种种故事作一些子目，造成一部草创的大小说，总算是很难得的了。到了明朝中叶，"施耐庵"又用这个原百回本作底本，加上高超的新见解，加上四百年来逐渐成熟的文学技术，加上他自己的伟大创造力，把那草创的山寨推翻，把那些僵硬无生气的水浒人物一齐毁去；于是重兴水浒，再造梁山，画出十来个永不曾磨灭的英雄人物，造成一部永不曾磨灭的奇书。这部七十回的《水浒传》不但是集四百年水浒故事的大成，并且是中国白话文学完全成立的一个大纪元。这是我的第一个感想。

第二，施耐庵的《水浒传》是四百年文学进化的产儿，但《水浒传》的短处也就吃亏在这一点。倘使施耐庵当时能把那历史的梁山泊故事完全丢在脑背后，倘使他能忘了那"三十六大伙，七十二小伙"的故事，倘使他用全副精神来单写鲁智深、林冲、武松、宋江、李逵、石秀等七八个人，他这部书一定格外精采，一定格外有价值。可惜他终不能完全冲破那历史遗传的水浒轮廓，可惜他总舍不得那一百零八人。但是一个人的文学技能是有限的，决不能在一部书里创造一百零八个活人物。因此，他不能不东凑一段，西补一块，勉强把一百零八人"挤"上山去！闹江州以前，施耐庵确能放手创造；看他写武松一个人便占了全书七分之一，所以能有精采。到了宋江上山以后，全书已去七分之四，还有那四百年传下的"三打祝家庄"的故事没有写（明以前的水浒故事，都把三打祝家庄放在宋江上山之前），还有那故事相传坐第二把交椅的卢俊义和关胜、呼延灼、徐宁、燕青等人没有写。于是施耐庵不能不潦草了，不能不杂凑了，不能不敷衍了。最明显的例是写卢俊义的一大段。这一段硬把一个坐在家里享福的卢俊义拉上山去，已是很笨拙了；又写他信李固而疑燕青，听信了一个算命先生的妖言便去烧香解灾，竟成了一个糊涂汉了，还算得什么豪杰？至于吴用设的诡计，使卢俊义自己在壁上写下反诗，更是浅陋可笑。还有燕青在宋、元的水浒故事里本是一个很重要的人物，施耐庵在前六十回竟把他忘了，故不能不勉强把他捉来送给卢俊义做一个家人！此外如打大名府时，宋江忽然生背疽，于是又拉出一个安道全来；又如全书完了，又拉出一个皇甫端来，这种杂凑的写法，实在幼稚的很。推求这种缺点的原因，我们不能不承认施耐庵吃亏在于不敢抛弃那四百年遗传下来的水浒旧轮廓。这是很可惜的事。后来《金瓶梅》只写几个人，便能始终贯彻，没有一种敷衍杂凑的弊病了。

我这两种感想是从文学的技术上着想的。至于见解和理想一方面，我本不愿多说话，因为我主张让读者自己虚心去看《水浒传》，不必先怀着一些主观的成见。但我有一个根本观念，要想借《水浒传》作一个具体的例来说明，并想贡献给爱读《水浒传》的诸君，做我这篇长序的结论。

我承认金圣叹确是懂得《水浒》的第一大段，他评前十一回，都无大错。他在第一回批道：

> 为此书者之胸中，吾不知其有何等冤苦，而必设言一百八人，而又远托之于水涯。……今一百八人而有其人，殆不止于伯夷、太公居海避纣之志矣。

这个见解是不错的。但他在《读法》里又说：

> 大凡读书先要晓得作书之人是何等心胸。如《史记》须是太史公一肚皮宿怨发挥出来。……《水浒传》却不然。施耐庵本无一肚皮宿怨要发挥出来，只是饱暖无事，又值心闲，不免伸纸弄笔，寻个题目，写出自家许多锦心绣口。故其是非皆不谬于圣人。

这是很误人的见解。一面说他"不知其胸中有何等冤苦"，一面又说他"只是饱暖无事，又值心闲，不免伸纸弄笔"，这不是绝大的矛盾吗？一面说"不止于居海避纣之志"——老实说就是反抗政府——一面又说"其是非皆不谬于圣人"，这又不是绝大的矛盾吗？《水浒传》决不是"饱暖无事，又值心闲"的人做得出来的书。"饱暖无事，又值心闲"的人只能做诗钟，做八股，做死文章，——决不肯来做《水浒传》。圣叹最爱谈"作史笔法"，他却不幸没有历史的眼光，他不知道，《水浒》的故事乃是四百年来老百姓与文人发挥一肚皮宿怨的地方。宋、元人借这故事发挥他们的宿怨，故把一座强盗山寨变成替天行道的机关。明初人借他发挥宿怨，故写宋江等平四寇立大功之后反被政府陷害谋死。明朝中叶的人——所谓施耐庵——借他发挥他的一肚皮宿怨，故削去招安以后的事，做成一部纯粹反抗政府的书。

这部七十回的《水浒传》处处"褒"强盗，处处"贬"官府。这是看《水浒》的人，人人都能得着的感想。圣叹何以独不能得着这个普遍的感想呢？这又是历史上的关系了。圣叹生在流贼遍天下的时代，眼见张献忠、李自成一班强盗流毒全国，故他觉得强盗是不能提倡的，是应该"口诛笔伐"的。圣叹是一个绝顶聪明的人，故能赏识《水浒传》。但文学家金圣叹究竟被《春秋》笔法家金圣叹误了。他赏识《水浒传》的文学，但他误解了《水浒传》的用意。他不知道七十回本删去招安以后事正是格外反抗政府，他看错了，以为七十回本既不赞成招安，便是深恶宋江等一班人。所以他处处深求《水浒传》的"皮里阳秋"，处处把施耐庵恭维宋江之处都解作痛骂宋江。这是他的根本大错。

换句话说，金圣叹对于《水浒》的见解与做《荡寇志》的俞仲华对于《水浒》的见解是很相同的。俞仲华生当嘉庆、道光的时代，洪秀全虽未起来，盗贼已遍地皆是，故他认定"既是忠义便不做强盗，既做强盗必不算忠义"的宗旨，做成他的《续水浒传》——即《荡寇志》——要使"天下后世深明盗贼忠义之辨，丝毫不容假借"（看《荡寇志》诸序。俞仲华死于道光己酉，明年洪秀全起事）！俞仲华的父兄都经过匪乱，故他有"孰知罗贯中之害至于此极耶"的话。他极佩服圣叹，尊为"圣叹先生"，其实这都是因为遭际有相同处的缘故。

圣叹自序在崇祯十四年，正当流贼最猖獗的时候，故他的评本努力要证明《水浒传》"把宋江深恶痛绝，使人见之真有狗彘不食之恨"。但《水浒传》写的一班强盗确是可爱可敬，圣叹决不能使我们相信《水浒传》深恶痛绝鲁智深、武松、林冲一班人，故圣叹只能说"《水浒传》独恶宋江，亦是奸厥渠魁之意，其余便饶恕了"。好一个强辩的金圣叹！岂但"饶恕"，简直是崇拜！

圣叹又亲见明末的流贼伪降官兵，后复叛去，遂不可收拾。所以他对于《宋史》侯蒙请赦宋江使讨方腊的事，大不满意，故极力驳他，说他"一语有八失"。所以他又极力表彰那没有招安以后事的七十回本。其实这都是时代的影响。雁宕山樵当明亡之后，流贼已不成问题，当时的问题乃是国亡的原因和亡国遗民的惨痛等等问题，故雁宕山樵的《水浒后传》极力写宋南渡前后那班奸臣误国的罪状；写燕青冒险到金兵营里把青子黄柑献给道君皇帝；写王铁杖刺杀王黼、杨戬、梁师成三个奸臣；写燕青、李应等把高俅、蔡京、童贯等邀到营里，大开宴会，数说他们误国的罪恶，然后把他们杀了；写金兵掳掠平民，勒索赎金；写无耻奸民，装做金兵模样，帮助仇敌来敲吸同胞的脂髓，这更可见时代的影响了。

这种种不同的时代发生种种不同的文学见解，也发生种种不同的文学作物——这便是我要贡献给大家的一个根本的文学观念。《水浒传》上下七百年的历史便是这个观念的具体的例证。不懂得南宋的时代，便不懂得宋江等三十六人的故事何以发生。不懂得宋、元之际的时代，便不懂得水浒故事何以发达变化。不懂得元朝一代发生的那么多的水浒故事，便不懂得明初何以产生《水浒传》。不懂得元、明之际的文学史，便不懂得明初的《水浒传》何以那样幼稚。不读《明史》的《功臣传》，便不懂得明初的《水浒传》何以于固有的招安的事之外又加上宋江等有功被谗遭害和李俊、燕青见机远遁等事。不读《明史》的《文苑传》，不懂得明朝中叶的文学进化的程度，便不懂得七十回本《水浒传》的价值。不懂得明末流贼的大乱，便不懂得金圣叹的《水浒》见解何以那样迂腐。不懂得明末清初的历史，便不懂得雁宕山樵的《水浒后传》。不懂得嘉庆、道光间的遍地匪乱，便不懂得俞仲华的《荡寇志》。——这叫做历史进化的文学观念。

参考书举要：

《宣和遗事》　　（商务印书馆本）

《癸辛杂识续集》　周密　（在《稗海》中）

《元曲选》　臧晋叔　（商务影印本）

《录鬼簿》　钟继先

《杂剧十段锦》　（董康影印本）

《七修类稿》　郎瑛

《李氏焚书》　李贽

《茶香室丛钞，续钞，三钞》 俞樾

《小浮梅槛闲话》俞樾

《征四寇》

《水浒后传》

本文载 1921 年 12 月上海亚东图书馆初版《胡适文存》1 集卷 3，又收入 1942 年实业印书馆版《中国章回小说考证》。现据《胡适文存》本收录

《水浒传》后考

去年七月里，我做了一篇《水浒传考证》，提出了几个假定的结论：

(1) 元朝只有一个雏形的水浒故事和一些草创的水浒人物，但没有《水浒传》（亚东初版本页 10~28）。

(2) 元朝文学家的文学技术还在幼稚的时代，决不能产生我们现在有的《水浒传》（页 28~34）。

(3) 明朝初年有一部《水浒传》出现，这部书还是很幼稚的。我们叫他做"原百回本《水浒传》"（页 42~49）。

(4) 明朝中叶——约当弘治、正德的时代（西历 1500 上下）——另有一种《水浒传》出现。这部书止有七十回（连楔子七十一回），是用那"原百回本"来重新改造过的，大致与我们现有的金圣叹本相同。这一本，我们叫他做"七十回本《水浒传》"（页 45~52）。

(5) 到了明嘉靖朝，武定侯郭勋刻出一部定本《水浒传》来。这部书是有一百回的。前七十回全采"七十回本"，后三十回是删改"原百回本"后半的四五十回而成的。"原百回本"的后半有征田虎征王庆两大部分，郭本把这两部分都删去了。这个本子，我们叫他做"新百回本"，或叫做"郭本"（页 45~51）。

(6) 明朝最通行的《水浒传》，大概都是这个"新百回本"。后来李贽评点的《忠义水浒传》也是这个"郭本"。直到明末，金圣叹说他家贯华堂藏有七十回的古本《水浒传》，他用这个七十回本来校改"新百回本"，定前七十回为施耐庵做的，七十回以下为罗贯中续的。有些人不信金圣叹有七十回的古本，但我觉得他没有假托古本的必要，故我假定他有一种七十回本作底本。他虽有小删改的地方，但这个七十回本的大体必与那新百回本《忠义水浒传》的前七十回相差不远，因为我假设那新百回本的前七十回是全采那明朝中叶的七十回本的（页 35~52）。

(7) 我不信金圣叹说七十回以后为罗贯中所续的话。我假定原百回本为明初的出产品，罗贯中既是明初的人，也许他即是这原百回本的著者。但施耐庵大概是一个文人的假名，也许即是那七十回本的著者的假名（页 51~54）。

这是我十个月以前考证《水浒传》的几条假设的结论。我在这十个月之中先后收得许多关于《水浒》的新材料，有些可以纠正我的假设，有些可以证实我的结论。故我趁这部新式标点的《水浒》再版的机会，把这些新材料整理出个头绪来，作成这篇《后考》。

我去年做《考证》时，只曾见着几种七十回本的《水浒》，其余的版本我都不曾见着。现在我收到的《水浒》版本有下列的各种：

（1）李卓吾批点《忠义水浒传》百回本的第一回至第十回。此书为日本冈岛璞加训点之本，刻于享保十三年（西历1728），是用明刻本精刻的。此书仅刻成二十回，第十一回至第二十回刻于宝历九年，但更不易得。这十回是我的朋友青木正儿先生送我的。

（2）百回本《忠义水浒传》的日本译本。冈岛璞译，日本明治四十年东京共同出版株式会社印行，大正二年再版。明刻百回本《忠义水浒传》，现已不可得，日本内阁文库藏有一部，此外我竟不知道有第二本了。冈岛译本可以使我们考见《忠义水浒传》的内容，故可宝贵。

（3）百十五回本《忠义水浒传》。此本与《三国演义》合刻，每页分上下两截，上截为《水浒》，下截为《三国》，合称《英雄谱》。坊间今改称《汉宋奇书》。我买得两种，一种首页有"省城福文堂藏板"字样，我疑心这是福建刻本。此书原本是大字本，有铃木豹轩先生的藏本可参考；但我买到的两种都是翻刻的小本，里面的《三国志》已改用毛宗岗评本了。但卷首有熊飞的序，自述合刻《英雄谱》的理由，中有"东望而三经略之魄尚震，西望而两开府之魂未招；飞鸟尚自知时，嫠妇犹勤国恤"的话，可见初刻时大概在明崇祯末年。

（4）百二十四回本《水浒传》。首页刻"光绪己卯新镌，大道堂藏板"。有乾隆丙午年古杭枚简侯的序。后附有雁宕山樵的《水浒后传》，首页有"姑苏原板"的篆文图章。大概这书是在江苏刻的。《后传》版本颇佳，但那百二十四回的《前传》版本很坏。

此外，还有两种版本，我自己虽不曾见着，幸蒙青木正儿先生替我抄得回目与序例的：

（5）百十回本的《忠义水浒传》（日本京都帝国大学铃木豹轩先生藏），这也是一种《英雄谱》本，内容与百十五回本略同，合刻的《三国志》还是"李卓吾评本"。铃木先生藏的这一本上有原藏此书的中国商人的跋，有康熙十二年至十八年的年月，可见此书刻于明末或清初，大概即是百十五回本的底本。

（6）百二十回本《忠义水浒全书》（日本京都府立图书馆藏）。这是一种明刻本，有杨定见序，自称为"事卓吾先生"之人，大概这书刻于天启、崇祯年间。这书有"发凡"十一条，说明增加二十回的缘起。这书增加的二十回虽然也是记田虎、王庆两寇事的，但依回目看来，与上文（3）（4）（5）三种本子很有不同的地方。

我现在且把《水浒》各种本子综合的内容，分作六大部分，再把各本的有无详略分开注明：

第一部分：自张天师祈禳瘟疫，到梁山泊发现石碣天文——即今本《水浒传》七十一回的全部。

（1）百回本自第一回到七十一回，内容同，文字略有小差异，多一些骈句与韵语。七十一回无卢俊义的一梦。

（2）百二十回本自第一回到七十一回，与百回本同。也无卢俊义的梦。

（3）百十回本自第一回到六十一回，内容同，文字略有删节之处。回数虽有并省，事实并未删减。发现石碣后，也无卢俊义的梦。

（4）百十五回本自第一回至六十六回，内容同，文字与百十回本略同，回数比百十回本稍多，但事实相同。也无卢俊义的梦。

（5）百二十四回本自第一回至七十回，内容同，但文字删节太多了，有时竟不成文理。也无卢俊义的梦。

第二部分，自宋江、柴进等上东京看灯，到梁山泊全伙受招安——即今《征四寇》的第一回到十一回。

（1）百回本自第七十二回到八十二回，内容同。

（2）百二十回本自第七十二回到八十二回，内容同。

（3）百十回本自第六十二回到七十二回，内容同。

（4）百十五回本自第六十七回至七十七回，内容同。

（5）百二十四回本自第七十一回至八十一回，内容同。

第三部分，自宋江等奉诏征辽，到征辽凯旋时——即今《征四寇》的第十二回到十七回。

（1）百回本自第八十三回到九十回，比《征四寇》多两回，但事实略同。

（2）百二十回本自第八十三回到九十回，与百回本同，但第九十回改"双林渡燕青射雁"为"双林镇燕青遇故"。

（3）百十回本自第七十三回到八十回——内缺第七十五回——内容与《征四寇》同。

（4）百十五回本自第七十八回到八十三回，内容同《征四寇》。

（5）百二十四回本自第八十二回到九十回，回目加多，文字更简，但事实无大差异。

第四部分，自宋江奉诏征田虎，到宋江平了田虎回京——即今《征四寇》第十八回到二十八回。

（1）百回本，无。

（2）百二十回本自第九十一回到一百回。回目与《征四寇》全不同。事实有些相同的，例如琼英匹配张清，花和尚解脱缘缠井，乔道清作法，都是《征四寇》里有的事。也有许多事实大不同，例如此书有陈瓘的事，但《征四寇》不曾提起他。

（3）百十回本自第八十一回到九十一回，全同《征四寇》。

（4）百十五回本自第八十四回到九十四回，全同《征四寇》。

（5）百二十四回本自第九十一回到一百零一回，同《征四寇》。

第五部分，自追叙"高俅恩报柳世雄"起，到宋江讨平王庆回京——即今《征四寇》的第二十九回到四十回。

（1）百回本，无。

（2）百二十回本自第百零一回到百十回，回目与《征四寇》全不同。事实与人物有同有异，写王庆一生与各本大不同。

（3）百十回本自第九十二回到百零一回，事实全同《征四寇》，但回目减少两回。

（4）百十五回本自第九十五回到百零六回，回目与事实全同《征四寇》。

（5）百二十四回本自第百零二回到百十四回，回目多一回，事实全同《征四寇》。

第六部分，自宋江请征方腊，到宋江、李逵、吴用、花荣死后宋徽宗梦游梁山泊——即《征四寇》的第四十一回到四十九回。

（1）百回本自第九十回的下半到一百回，与《征四寇》相同。

（2）百二十回本自第百十回的下半到百二十回，与《征四寇》相同。

（3）百十回本自第百零一回的下半到百十回，与《征四寇》相同。

（4）百十五回本自第百零六回的下半到百十五回，与《征四寇》相同。

（5）百二十四回本自第百十四回的下半到百二十四回，与《征四寇》相同。

这个内容的分析之中，最可注意的约有几点：

第一，今本七十一回的《水浒传》，各本都有，并且内容相同。这一层可以证实我的假设："新百回本的前七十回与今本七十回没有什么大不同的地方。"

第二，《忠义水浒传》（新百回本）。第七十一回以后，果然没有田虎与王庆的两大部分。我在《考证》里（页 48）说新百回本已无四寇，仅有二寇，这个假设也有证明了。

第三，我在《考证》里（页 48）说："《征四寇》这部书乃是原百回本的下半部。《征四寇》现存四十九回，与圣叹说的三十回不合。我试删去征田虎及征王庆的二十回，恰存二十九回；第一回之前显然还有硬删去的一回，合起来恰是三十回。"这个推算现在得了无数证据，最重要的证据是百廿回本的发凡十一条中有一条说"郭武定本，即旧本，移置阎婆事甚善。其于寇中去王、田而加辽国，犹是小说家照应之法，不知大手笔者正不尔尔，如本内王进开章而不复收缴，此所以异诸小说而为小说之圣也欤！"这一条明说王、田两寇是删了，辽国一部分是添的。删王、田一层可以证实我的假设，添辽国一层可以纠正我的考证。原本是有王、田、方三寇（与宋江为四寇）而没有征辽一部分的。

第四，看上文引的百廿回本的发凡，可知新百回本有和原本《水浒传》不同的许多地方：（1）阎婆事曾经"移置"，（2）加入征辽一段，（3）删去田虎一段，（4）又删去王庆一段，（5）发凡又说，"古本有罗氏致语，相传灯花婆婆等事，既不可复见"。这又可印证周亮工《书影》说的"故老传闻，罗氏《水浒传》一百回，各以妖异语冠其首；嘉靖时郭武定重刻其书，削其致语，独存本传"的话是可信的。我去年误认《征四寇》每回前面的诗句即是周氏说的妖异语（页 48），那是错了（"致语"考见后）。罗氏原本的致语当刻百廿回本时已不可复见。但《书影》与百廿回本发凡说的话都可以帮助我的两个假设："原百回本是很幼稚的"，"原百回本与新百回本大不相同"。

第五，百廿回本的发凡又说："忠义者，事君处友之善物也。不忠不义，其人虽生，已朽；其言虽美，弗传。此一百八人者，忠义之聚于山林者也；此百廿回者，忠义之见于笔墨者也。失之于正史，求之于稗官；失之于衣冠，求之于草野。盖欲以动君子而使小人亦不得借以行其私。故李氏复加'忠义'二字，有以也夫！"这样看来，"忠义"二字是李贽加上去的了。但我们细看《忠义水浒传》的刻本与译本，再细看百廿回本的发凡，可以推知《忠义水浒传》是用郭武定本做底本的；虽另加"忠义"二字，虽加评点（评语甚短，又甚少），但这个本与郭本可算是一个本子。

第六，新百回本的内容我们现在既已知道了，我们从此就可以断定《征四寇》与其他各本的田虎、王庆两大段是原百回本留剩下来的。原百回本虽已不可见，但我们看这两大段便知《水浒传》的原本的见解与技术实在不高明。我且举例为证。百十五回本第九十五回写高俅要报答柳世雄的旧恩，唤提调官张斌曰：

> 此人是吾恩人，欲与一好差职，代我处置。

张斌禀曰：

> 只有一个，是十万禁军教头王庆，少四个月便出职。原日因六国差开使臣张来勒我朝廷枪手出试，斗敌胜负。做了六国赏罚文字，若胜便不来侵我国；若输与六国，那时每年纳六国岁币。这六国是九子国、都与国、龙驰国、菪泊国、野马国、新建国。却得王庆取了军令状，就金殿下与"六国强"比枪，被王庆刺死。止有四个月满，便升总管。太尉要报恩人，只要王庆肯让，便好。

这种鄙陋的见解，与今本《水浒》写八十万禁军教头王进一段相比，真有天地的悬隔了。我在《考证》里（页 48，又 55）说王进即是原本的王庆，我现在细看各本记王庆得罪高俅的一段，觉得我那个假设是不错的。即如今本《水浒》第一回写高俅被开封府尹逐出东京之后，来淮西临淮州投奔柳世权，后来大赦之后，柳世权写信把高俅荐给东京开生药铺的董将士。这个临淮州的柳世权即是原本的灵璧县的柳世雄。临淮旧治即在明朝的灵璧县；大概原本作灵璧县，"施耐庵"嫌他不古，故改为临淮州。"施耐庵"把王庆提前八十回，改为王进；又把灵璧县的柳世雄也提前八十回，改为临淮州的柳世权。王庆的事本无历史的根据，六国比武的话更鄙陋无据，故被全删了。田虎的事实也无历史的根据，故也被全删了。方腊是有历史的根据的，故方腊一大段仍保留不删。明朝的边患与宋朝略同，都在东北境上，故新百回本加入征辽一大段，以补那删去的王、田两寇。况且征辽班师时，鲁智深与宋江等同上五台山参拜智真长老，并不曾提及山西有乱事。原本说田虎之乱起于山西沁州，占据河北郡县，都在山西境内，离五台山很近。故田虎一大段的地理与事实都和征辽一大段不能并立。这大概也是田虎所以删去的一个原因。

第七，但百廿回本的发凡里还有一段话最可注意。他说：

> 古本有罗氏"致语"，相传"灯花婆婆"等事，既不可复见，乃后人有因四大寇之拘而酌损之者，有嫌一百廿回之繁而淘汰之者，皆失。

这几句话很重要，因为我们从此可以知道李贽评本以前已有一种百二十回本，是我们现在知道的百二十回本的祖宗。这种百二十回本大概是前九十回采用郭本，加入原本的王、田二寇，后十回仍用郭本，遂成百二十回了。大概前七十一回已经在改作时放大了，拉长了，故后来无论如何不能恢复百回之旧，郭本所以不能不删二寇，这也是一个原因；其余各本凡不删二寇的，无论如何删节，总不能不在百十回以外，也是为了这个缘故。

总结起来，我们可以说：

（1）前七十一回，自从郭武定本（新百回本）出来之后，便不曾经过大改动了。文字上的小修正是有的。例如郭本第一回之前有一篇很短的"引首"，专写宋朝开基以至嘉祐三年，底下才是第一回"张天师祈禳瘟疫，洪太尉误走妖魔"；今七十回本把"引首"并入第一回，合称"楔子"。照文字看来，这种归并与修改恐怕是郭本以后的事，也许是金圣叹做的，因为除了金圣叹本之外，没有别本是这样分合的。这是较大的修正。此外，郭本第七十一回发见石碣天文之后便是"梁山泊英雄排坐次"，坐次排定后即是大聚义的宣誓，宣誓后接写重阳大宴，宋江表示希望朝廷招安之意，武松、李逵都不满意，宋江愤怒杀李逵，经诸将力劝始赦了他。此下便是山下捉得莱州解灯上京的人，宋江因此想上东京游玩。各本都有莱州解灯人一段（《征四寇》误删此段），但都没有卢俊义的梦。只有七十回本是有这个梦的。这是最重要的异点。

（2）第二部分——自上东京看灯到招安——各本都有。这一大段之中，有黑旋风乔捉鬼，双献头，乔坐衙等事，都是元曲里很幼稚的故事，大概这些还是原百回本的遗留物。但这一大段里有"燕青月夜遇道君"一节，写的颇好。大概这一大段有潦草因袭的部分，也有用气力改作的部分。自从郭武定本出来之后，这一大段也就不会有什么大改动了。

（3）第三部分——征辽至凯旋——是郭武定本加入的。这一大段之中，写征辽的几次战事实在平常的很。五台山见智真长老的一节，我疑心是原百回本征田虎的末段，因为田虎在山西作乱，故乱平后鲁智深与宋江乘便往游五台山。郭武定本既删田虎的一大段，故把五台参禅的一节留下，作为征辽班师时的事。这一部分自从郭本加入以后，也就无人敢删去了。

（4）第四部分与第五部分——田虎与王庆两寇——是原百回本有的，郭本始删去至百二十回本又恢复回来；百十回本，百十五回本，百二十四回本也都恢复回来。这两部分的叙述实在没有文学的价值，但他们的侥幸存留下来也可使我们考见原百回的性质，可以给我们一种比较的材料。最可注意的一点是这两部分的文字有两种大不同的本子：一种是百二十回本，一种是百十回本，百十五回本，《征四寇》本，与百二十四回本。百二十回本是用原百回本的材料来重新做过的。何以知道是用原材料？因为这里面的事实如缘缠井一节，即是元曲《黑旋风斗鸡会》的故事，是一证；有许多人物——如琼英、邬梨、乔道清、龚端、段家——皆与各本相同，是二证。何以知是重新做过的呢？因为百二十回本写王庆的事实与各本都不同。各本的回目如下：

> 高俅恩报柳世雄，王庆被陷配淮西。
> 王庆遇龚十五郎，满村嫌黄达闹场。
> 王庆打死张太尉，夜走永州遇李杰。
> 快活林王庆使棒，段三娘招赘王庆。

百二十回本的回目如下：

> 谋坟地阴险产逆，踏春阳妖艳生奸。
> 王庆因奸吃官司，龚端被打师军犯。
> 张管营因妾弟丧身，范节级为表兄医脸。
> 段家庄重招新女婿，房山寨双并旧强人。

这里面第四回的回目虽不同，事实却相同；那前三回竟完全不同。大概百二十回本的编纂人也知道"高俅恩报柳世雄"一回的人物事实显然和王进一回的人物事实有重复的嫌疑，故他重造出一种王庆故事，把王庆写成一个坏强盗的样子。这是百二十回本重新做过的最大证据。此外还有一个证据：百回本的第九十回是"双林渡燕青射雁"（即《征四寇》的第十七回），百二十回本把这一件事分作两回，改九十回为"双林镇燕青遇故"，后面接入田虎、王庆的二十回，至百十回方才是"燕青双林渡射雁"。这种穿凿的痕迹更明显了。

百十回本，百十五回本，百二十四回本，《征四寇》本，这四种本子的田虎、王庆两部分好像是用原百回本的原文，虽不免有小改动，但改动的地方大概不多。

（5）第六部分——平方腊一段与卢俊义、宋江等被毒死一段——是郭武定本有的，后来各本也差不多全采郭本，不敢大改动。平方腊一段平常的很，大概是依据原百回本的。出征方腊之前的一段（百回本的第九十回）写宋江等破辽回京，李逵、燕青偷进城去游玩，在一家勾栏里听得一个人说书，说的是《三国志》关云长刮骨疗毒的故事。《三国志》的初次成书也是在明朝初年，这又可见《水浒》的改定必在《三国志》之后了。

平定方腊以后的一段，写鲁智深之死，写燕青之去，写宋江之死，写徽宗梦游梁山泊，都颇有文学意味，可算是《忠义水浒传》后三十回中最精彩的部分。这一段写宋江之死一节最好：

> 宋江自饮御酒之后，觉得心腹疼痛，想被下药在酒里，急令人打听……已知中了奸计，乃叹曰："我自幼学儒，长而通吏，不幸失身于罪人，并不曾行半点欺心之事。今日天子听信奸佞，赐我药酒。我死不争，只有李逵见在润州，他若闻知朝廷行此意，必去哨聚山林，把我等一世忠义坏了。"连夜差人往润州唤取李逵刻日到楚州。……李逵直到楚州拜见，宋江曰："……特请你来商议一件大事。"李逵曰："什么大事？"宋江曰："你且饮酒。"宋江请进后厅款待，李逵吃了半晌酒食。宋江曰："贤弟，我听得朝廷差人送药酒来赐与我吃。如死，却是怎的好？"李逵大叫："反了罢！"宋江曰："军马都没了，兄弟等又各分散，如何反得成？"李逵曰："我镇江有三千军马，哥哥楚州军马尽点起来，再上梁山泊，强在这里受气！"宋江曰："兄弟，你休怪我。前日朝廷差天使赐药酒与我服了。我死后恐你造反，坏了我忠义之名，因此请你来相见一面，酒中已与你慢药服了。回至润州必死。你死之后，可来楚州南门外蓼儿洼，和你阴魂相聚。"言讫，泪如雨下。李逵亦垂泪曰："生时服侍哥哥，死了也只是哥哥部下一个小鬼。"言毕，便觉身子有些沉重，洒泪拜别下船。回到润州，果然药发。李逵将死，吩咐从人："将我灵柩去楚州南门外蓼儿洼与哥哥一处埋葬。"从人不负其言，扶柩而往……葬于宋江墓侧。

这种见解明明是对于明初杀害功臣有感而发的。因为这是一种真的感慨，故那种幼稚的原本《水浒传》里也会有这样哀艳的文章。

大概《水浒》的末段是依据原百回本的旧本的，改动的地方很少。郭刻本的篇末有诗云：

> 由来义气包天地，只在人心方寸间。罡煞庙前秋日净，英魂常伴月光寒。

又诗云：

> 梁山寒日淡无辉，忠义堂深昼漏迟。孤冢有人荐蘋藻，六陵无泪湿冠衣。……

但《征四寇》本，百十五回本，百二十四回本，都没有这两首诗，都另有两首诗，大概是原本有的。其一首云：

> 莫把行藏怨老天，韩彭当日亦堪怜。一心报国摧锋日，百战擒辽破腊年。煞曜罡星今已矣，佞臣贼子尚依然！早知鸩毒埋黄壤，学取烟波泛钓船。

这里我圈出的五句，很可表现当日做书的人的感慨。最可注意的是这几种本子通篇没有批评，篇末却都有两条评语：

> 评："公明一腔忠义，宋家以鸩饮报之。昔人云，'高鸟尽，良弓藏；狡兔死，走狗烹。'千古名言！"
> 又评："阅此须阅《南华》'齐物'等篇，始浇胸中块垒。"

第一条评明是点出"学取烟波泛钓船"的意思。《水浒》末段写燕青辞主而去，李俊远走海外，都只是这个意思。燕青一段很有可研究之点，我先引百十五回本（百二十四回本与《征四寇》本皆同）这一段：

> 燕青来见卢俊义曰："小人蒙主人恩德，今日成名，就请主人回去，寻个僻静去处，以终天年。未知如何？"卢俊义曰："我今日功成名显，正当衣锦还乡封妻荫子之时，却寻个没结果！"燕青笑曰："小人此去，正有结

果。恐主人此去无结果。岂不闻韩信立十大功劳，只落得未央宫前斩首？"卢俊义不听，燕青又曰："今日不听，恐悔之晚矣。……"拜了四拜，收拾一担金银，竟不知投何处去。

燕青还有留别宋江的一封书，书中附诗一首：

> 情愿自将官诰纳，不求富贵不求荣。
> 身边自有君王赦，淡饭黄斋过此生。

那封书和那首诗都被郭本改了，改的诗是：

> 雁序分飞自可惊，纳还官诰不求荣。
> 身边自有君主赦，洒脱风尘过此生。

这样一改，虽然更"文"了，但结句还不如原文。那封信也是如此。大概原本虽然幼稚，有时颇有他的朴素的好处。我们拿百十五回本《征四寇》本，百二十四回本的末段和郭本的末段比较之后，就不能不认那三种本子为原文而郭本的末段为改本了。

　　以上所说，大概可以使我们知道原百回本与新百回本的内容了，又可以知道明朝末年那许多百十回以上的《水浒》本子所以发生的原故了。但我假设的那个明朝中叶的七十回本究竟有没有，这个问题却不会多得那些新材料的帮助。我们虽已能证实"郭本《水浒传》的前七十一回与金圣叹本大体相同"，但我们还不能确定：　（1）嘉靖朝的郭武定本以前，是否真有一个七十一回本，　（2）郭本的前七十一回是否真用一种七十回本来修改原百回本的。

　　我疑心这个本子虽然未必像金圣叹本那样高明，但原百回本与郭本之间，很像曾有一个七十回本。

　　我的疑心，除了去年我说的理由之外，还有三个新的根据：

　　（1）明人胡应麟（万历四年举人）的《庄岳委谈》卷下有一段云：杨用修（1488~1559）《词品》云："《瓮天脞语》载宋江潜至李师师家，题一词于壁云：天南地北，问乾坤何处可容狂客？借得山东烟水寨，来买凤城春色。翠袖围香，鲛绡笼玉，一笑千金值！神仙体态，薄幸如何销得？　想芦叶滩头，蓼花汀畔，皓月空凝碧。六六雁行连八九，只待金鸡消息。义胆包天，忠肝盖地，四海无人识。闲愁万种，醉乡一夜头白！小词盛于宋，而剧贼亦工如此。"案此即《水浒》词，杨谓《瓮天》，或有别据。第以江尝入洛，则太愦愦也。杨慎在《明史》里有"书无所不览"之称，又有"明世记诵之博，著作之富，推慎为第一"的荣誉。他引的这词，见于郭本《水浒传》的第七十二回。我们看他在《词品》里引《瓮天脞语》，好像他并不知道此词见于《水浒》。难道他不曾见着《水浒》吗？他是正德六年的状元，嘉靖三年谪戍到云南，以后他就没有离开云南、四川两省。郭本《水浒传》是嘉靖时刻的，刻时杨慎已谪戍了，故杨慎未见郭本是无可疑的。我疑心杨慎那时见的《水浒》是一种没有后三十回的七十回本，故此词不在内。他的时代与我去年猜的"弘治、正德之间"，也很相符。这是我的一个根据。

（2）我还可以举一个内证。七十回本的第四回写鲁智深大闹五台山之后，智真长老送他上东京大相国寺去，临别时，智真长老说：

> 我夜来看了，赠汝四句偈言，你可终身受用……遇林而起，遇山而富，遇州而迁，遇江而止。

第三句，《忠义水浒传》作"遇州而兴"，百十五回本与百二十四回本作"遇水而兴"。余三句各本皆同。这四句"终身受用"的偈言在那七十回本里自然不发生问题，因为鲁智深自从二龙山并上梁山见宋江之后，遂没有什么可记的事了。但郭本以后，鲁智深还有擒方腊的大功，这四句偈言遂不能"终身受用"了。所以后来五台山参禅一回又添出"逢夏而擒，遇腊而执，听潮而圆，见信而寂"四句，也是"终身受用"的！我因此疑心"遇林而起……遇江而止"四句是七十回本独有的，故不提到招安以后的事。后来嘉靖时郭刻本采用七十回本，也不曾删去。不然，这"终身受用"的偈言何以不提到七十一回以后的终身大事呢？我们看清初人做的《虎囊弹传奇》中《醉打山门》一句写智真长老的偈言便不用前四句而用后四句，可见从前也有人觉得前四句不够做鲁智深的终身偈语的。这也是我疑心嘉靖以前有一种七十回本的一个根据。

（3）但是最大的根据仍旧是前七十回与后三十回的内容。前七十回的见解与技术都远胜于后三十回。田虎、王庆两部分的幼稚，我们可以不必谈了。就单论《忠义水浒传》的后三十回吧。这三十回之中，我在上文已说过，只有末段最好，此外只有燕青月夜遇道君一段也还可读，其余的部分实在都平常的很。那特别加入的征辽一部分，既无历史的根据，又无出色的写法，实在没有什么价值。那因袭的方腊一部分更平凡了。这两部分还比不上前七十回中第四十六回以下的庸劣部分，更不消说那闹江州以前的精采部分了。很可注意的是李逵乔坐衙，双献头，燕青射雁等等自元曲遗传下来的几桩故事，都是七插八凑的硬拉进去的零碎小节，都是很幼稚的作品。更可注意的是柴进簪花入禁院时看见皇帝亲笔写的四大寇姓名：宋江、田虎、王庆、方腊。前七十回里从无一字提起田虎、王庆、方腊三人的事，此时忽然出现。这一层最可以使我们推想前七十一回是一种单独结构的本子，与那特别注重招安以后宋江等立功受诬害的原百回本完全是两种独立的作品。因此，我疑心嘉靖以前会有这个七十回本，这个本子是把原百回本前面的大半部完全拆毁了重做的，有一部分——王进的事——是取材于后半部王庆的事的。这部七十回本的《水浒传》在当时已能有代替那幼稚的原百回本的势力，故那有"灯花婆婆"一类的致语的原本很早就被打倒了。看百二十回本发凡，我们可以知道那有致语的古本早已"不可复见"。但嘉靖以前也许还有别种本子采用七十回的改本而保存原本后半部的，略如百十回本与百十五回本的样子。致嘉靖时，方才有那加辽国而删田虎、王庆的百回本出现。这个新百回本的前七十一回是全用这七十回本的，因为这七十回本改造的太好了，故后来的一切本子都不能不用他。又因原本的后半部还被保存着，而且后半部也有一点精采动人的地方，故这新百回本又把原本后半的一部分收入，删去王、田，加入辽国，凑成一百回。但我们要注意：辽国一段，至多不过八回（百十五回本只有六回），王、田二寇的两段却有二十回。何以减掉二十回，加入八回，郭本仍旧有一百回呢？这岂不明明指出那前七十一回是用原本的前五十几回来放大了重新做过的吗？因为原本的五十几回被这个无名的"施耐庵"拉长成七十一回了，郭刻本要守那百回的旧回数，故不能不删去田、王二寇；但删二十回又不是百回了，故不能不加入辽国的七八回。依我们的观察，前七十回的文章与后三十回的文章既不像一个人做的，我们就不能不假定那前七十一回原是嘉靖以前的一种单独作品，后来被郭刻本收入——或用他来改原本的前五十几回，这是我所以假定这个七十回本的最大理由。

　　我们现在可以修正我去年做的《水浒》渊源表（五四）如下：

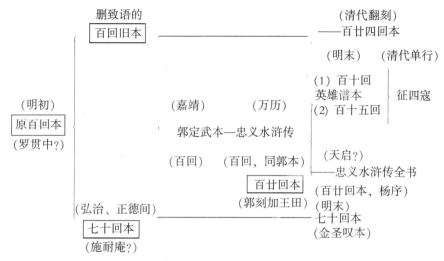

说明：四围加线的皆是我假设的本子。

以上是我的《水浒传后考》。这十个月以来发现的新材料居然证实了我的几个大胆的假设，这自然是我欢喜的。但我更欢喜的，是我假定的那些结论之中有几个误点现在有了新材料的帮助，居然都得着有价值的纠正。此外自然还不免有别的误点，我很希望国中与国外爱读《水浒》的人都肯随时指出我的错误，随时搜集关于《水浒》的新材料，帮助这个《水浒》问题的解决。我最感谢我的朋友青木正儿先生，他把我搜求《水浒》材料的事看作他自己的事一样；他对于《水浒》的热心，真使我十分感激。如果中国爱读《水浒》的人都能像青木先生那样热心，这个《水浒》问题不日就可以解决了！

青木先生又借给我第一卷第五期《艺文杂志》（明治四十三年四月），内有日本京都帝国大学狩野直喜先生的《水浒传与支那戏曲》一篇。狩野先生用的材料——从《宣和遗事》到元、明的戏曲——差不多完全与我用的材料相同。他的结论是："或者在大《水浒传》之前，恐怕还有许多小《水浒传》，渐渐积聚起来，后来成为像现在这种《水浒传》。……我们根据这种理由，一定要把现在的《水浒传》出现的时代移后。"这个结论也和我的《水浒传考证》的结论相同。这种不约而同的印证使我非常高兴。因为这种印证可以使我们格外觉悟：如果我们能打破遗传的成见，能放弃主观的我见，能处处尊重物观的证据，我们一定可以得到相同的结论。

我为了这部《水浒传》做了四五万字的考证，我知道一定有人笑我太不爱惜精神与时间了。但我自己觉得，我在《水浒传》上面花费了这点精力与日力是很值得的。我曾说过：

> 做学问的人当看自己性之所近，拣选所要做的学问；拣定之后，当存一
> 个"为真理而求真理"的态度。……学问是平等的。发明一个字的古义，与
> 发现一颗恒星，都是一大功绩。（《新潮》二卷一号，页56）

我这几篇小说考证里的结论也许都是错的，但我自信我这一点研究的态度
是决不会错的。

1921 年 6 月 11 日，作于北京钟鼓寺。

本文载 1921 年 12 月亚东图书馆初版《胡适文存》1 集卷 3，又收入 1942
年实业印书馆版《中国章回小说考证》。现据《胡适文存》本收录

《水浒》英雄的绰号

王利器

一　绰号意识着一个历史人物的全部政治意义

鲁迅先生在《五论"文人相轻"——明术》①一文里这样写道：

> 梁山泊上一百零八条好汉都有诨名，也是这一类（按指品题），不过着眼多在形体，"花和尚鲁智深"和"青面兽杨志"，或者才能，如"浪里白跳张顺"和"鼓上蚤时迁"等，并不能提挈这人的全般。

鲁迅先生所谓"提挈这人的全般"，从阶级斗争的角度去看，应该了解为，某一历史人物之所以有此"颠扑不破的诨名"，是和他这一个人的全部政治意义分不开的。绰号不管它是从形体、才能或其它方面去起的，它的意义都是意识着阶级面貌和斗争方向的。《水浒》的原始材料——《宣和遗事》所载宋江三十六人，也都全部有了绰号。我们更从宋代一些史料去看，当时其它一些农民革命的首领，如钟相称"弥天大圣"（见宋徐梦莘《三朝北盟会编》卷一百三十七），杨么称"大圣天王"（见宋李心传《建炎以来系年要录》卷六十四），郑广称"滚海蛟"（见宋岳珂《桯史》卷四），杨进号"没角牛"（见宋陈规《守城录》卷三），以及宋熊克《中兴小纪》卷三有"剧贼"丁进号"一箭"，又卷三十二载绍兴十五年（1145年）虔、梅及福建"剧盗"有号"管天下"、"五黑龙"、"满山红"之属。这一些农民革命的首领，有的光把绰号留传下来，真名真姓反被埋没。这是由于绰号被这样提出之后，表示了不可调和的斗争性，真真有如假李逵所说："若问我名字，吓碎你的心胆！老爷叫做'黑旋风'！"由是可见，《水浒》一百零八位英雄普遍地都有绰号，是有它的深广的历史意义和社会基础的。

　　《水浒》英雄的绰号，不管它着眼在什么，我们要探求它的原始意义及其标志的政治意义，这对于我们研究《水浒》来说，是具有一定的意义的。现在我想先把宋江、卢俊义这两个坐第一把交椅和第二把交椅首领的绰号单独提出来分说——因为这两个绰号："呼保义"就是民族解放斗争的旗帜，"玉麒麟"就是阶级斗争的旗帜，也就是《水浒》的两个主题。之后，再根据鲁迅先生的提法，加以扩充，把其余英雄的绰号，分成形体、性情、才能和武器各项，依照原来座次序数，就其能说者，排头地一一说去。

呼保义 《水浒》第十八回出"呼保义"之名，没有解释。宋周密《癸辛杂识续集》卷上引龚圣与《宋江三十六人赞》这样写道："不假称王，而呼保义，岂若狂草，专犯忌讳。"也没有明白的解说。不过，就龚赞全文去理解，"呼保义"一名决不触犯忌讳，这是可以肯定的。后来编《水浒》和水浒戏的，似乎已不知道"呼保义"的意义，才又不惮重复地编造出"及时雨"的绰号，《水浒》书中也是随时从"及时雨"之名加以渲染。事实上在梁山泊大聚义时，忠义堂前立的两面绣字红旗，还是一书"山东呼保义"，一书"河北玉麒麟"。由于"呼保义"的本义久已失传，于是后来编《水浒》的就胡乱加以解释，如明新安刻《忠义水浒传》一百回本、芥子园刻《李卓吾评忠义水浒传》一百回本、袁无涯刻《李氏藏本水浒全传》一百二十回本、郁郁堂刻《水浒四传全书》一百二十回本、贯华堂刊《水浒传》七十回本写梁山泊大聚义处有一段四六，中有两句说道："惟宋江呼群保义，把寨为头。休言啸聚山林，早已瞻依廊庙。"旧百回本如明天都外臣序本、容与堂本、四知馆本，这一段四六，全然不同；更无"呼群保义"之说。"呼群保义"之说，显然是和龚赞不同的。余季豫先生《宋江三十六人考实》[②]认为：

> 《宋史》卷一百六十九职官志："政和二年（1112 年）易武阶官以新名，以旧官右班殿值为保义郎。"宋江以此为号，尽言其武勇可为使臣云尔。（宋制自内殿承制至三班借职皆为使臣。）呼者自呼之简词，殆亦当时俗语。曰"呼保义"者，明其非真保义也。

余先生说呼就是自呼的简称，我们从《孤本元明杂剧》缺名《闹铜台》杂剧第四折白："安邦护国称保义，替天行道显忠良；一朝圣主招安去，永保华夷万载昌。"可以得到旁证。由于"呼保义"即是自呼为保义的意思，因之，又可径称宋江为"保义"。《水浒》第六十回写道："林冲为首，与众等请出'保义'宋公明在聚义厅上坐定。"元李文蔚《燕青博鱼》杂剧楔子："呀，则见我保保保义哥哥怒。""保义"之称，在当时也是很普通的，不必真作此官，宋曾慥《高斋漫录》道：

> 近年贵人仆隶，以仆射、司徒为卑小，则称保义，又或称大夫也。

这反映出当时社会一般向仕途发展的情况，确是如此。求仕之徒，认为保义、大夫很容易爬到。《三朝北盟会编》卷一百八十一有张保义，又卷二百四十六有军中子弟康保义，《挥麈录余话》卷二载"靖康间……有甄陶者，奔走公卿之前，以善干事，大夫多使令之号甄保义"。宋陆游《老学庵笔记》卷八载临安有西蜀费先生外甥寇保义卦肆，宋洪迈《夷坚志》甲卷十二有雷震田保义条，其人为巡辖递铺，又志卷九有张保义，三志辛卷八有马保义，宋西湖老人《繁胜录》记瓦市影戏有尚保义（原作仪），宋吴自牧《梦粱录》卷二十记小说讲经史有王保义，宋周密《武林旧事》卷四乾淳教坊乐部杂剧色有保义郎王喜，又卷六诸色伎艺人小说有徐保义、汪保义，影戏有尚保义，这些保义，都是如余先生所说"皆取其资地所能致者称之，不必真作此官"。宋庄季裕《鸡肋编》卷中写道：

> 金人南牧，上皇（宋徽宗赵佶）逊位，虏将及都城，乃与蔡攸一二近侍，微服乘花纲小舟东下，人皆莫知。至泗上，徒步于市中买鱼，酬价未谐，估人呼为"保仪"（当作义）。上皇顾攸笑曰："这汉毒也！"

这件事说明：宋徽宗赵佶他自以为身居万乘之尊，如今才被鱼贩子叫做"保义"，把他当作贵人的仆隶一般，他认为是挖苦他，所以他说，"这汉毒也"。《宋会要辑稿》第一百七十七册兵十二之二十六页写道：

> 宣和三年（1121年）十二月十九日，奉御笔："河北群贼自呼'赛保义'等，昨于大名府界往来作过。"

"赛保义"犹言近似保义，和宋江的自呼为"保义"，意义很相近。宋岳珂《金佗粹编》百氏昭忠录卷九杨幺事迹卷上，载杨幺之党有水寨小首领谢保义。明缺名《四贤记》传奇第二十六出《遭难》、第二十九出《诘问》，有造反的棒胡，自称"保义王"。由此看来，当时所谓盗贼，不少的人都要起个"保义"之名，它的意义究竟何在呢？《鸡肋编》卷中写道：

建炎后俚语，有见当时之事者，如"仕途捷径无过'贼'；上将奇谋只是招"。又云："欲得官，杀人放火受招安。"

宋张知甫《张氏可书》写道：

绍兴间，"盗贼"充斥。每招致，必以厚爵……故谚云："……若要官，杀人放火受招安。"

宋徐梦莘《三朝北盟会编》卷一百四十写道：

戚方诣张俊降……时人为之语曰："要高官，受招安；欲待富，须胡做。"

宋江以一百○八人横行河朔，大聚义后，宋江在重阳节作《满江红》一词有道："统豺虎，御边幅……心方足。"又在李师师家题壁一词也写道："六六雁行连八九，只待金鸡消息。义胆包天，忠肝盖地，四海无人识。"这忠义二字，正是在当时具体条件之下，历史发展的具体要求。《水浒》作者掌握了这具体的历史发展规律，所以才把宋江描写成一心一意"今日也要招安，明日也要招安"，"望天王降诏早招安"，以遂"中心平虏之愿"。宋江要招安，此心无它，只待金鸡报赦的消息，有机会为国出力而已，所以他自呼为"保义"。《水浒》为要突出地表现这一点，所以在征辽功成之后，大书特书："加宋江为保义郎。"（第九十回）据明抄《说郛》本《趋朝事实》的官品令载小使臣八阶，第三阶为保义郎。这是武职中最低品级的第三级。当时赵宋王朝曾明白规定以此官阶去赠赏忠义社及忠义军首领。《宋会要辑稿》第一百七十二册兵二之五○页写道：

靖康元年（1126 年）六月一日敕节文，劝募到乡民丁壮忠义社，各使推择为首领，自相团结，若及千人以上，与借授保义郎，八百人以上，借授承节郎，五百人以上，借授承信郎。

又第八十一册职官四十一之六页写道：

绍兴九年（1139 年）二月九日，监察御史三京淮北宣谕方庭实言："河南州郡文武官及土豪等，昨缘刘豫叛逆，自结山寨，不忘国恩之人，赦书内已令所在保明以闻。官员量行擢用，土豪优与推恩。欲乞给降敦武至保义郎空名官告各一道……令所属日下出给，许臣书填作借补官资，逐旋保奏，候得旨，换给正补副身。"

又第九十二册职官五十五之四十二页写道：

钦宗靖康元年（1126 年）五月十八日，尚书省言："昨降诏：'天下士民有能推其财谷赢余，以佐军兴者，各以名闻，等第推恩。'访闻忠义户民，多愿献纳储蓄，以助国用。如沂州沂水县民程渥献斛斗五千石，搬辇至京。已与补保义郎，仍不作进纳。"

宋江看到了接受招安是一条为国出力的途径，而保义郎又是朝廷起码要给的官阶，所以他才以此自呼，作为斗争的目的。这是《水浒》作者历史地给宋江安排的一条斗争道路。我们从《水浒》所写梁山泊的发展来看，头里宋江继晁盖为寨主，便改聚义厅为忠义堂。所谓忠义，也就是宋江在《满江红》一词所提出的肃清奸邪、扫平胡虏两条行动纲领。所以当朝廷降诏招安时，便立刻打出"顺天"、"护国"的旗帜。因之，元康进之"李逵负荆"杂剧第一折白、李文蔚《燕青博鱼》杂剧楔子白、李致远《还牢末》杂剧楔子白、缺名《黄花峪》杂剧第一折白、《大劫牢》杂剧头折白、《九宫八卦阵》杂剧头折白都把宋江的绰号称做"顺天呼保义"。我们不要以为宋江"顺天"之后，就可以干出一番"护国"的事业来。历史告诉我们，宋江刚刚把武装交出来，就立刻被叫去镇压另一支农民弟兄起义的武力——方腊。而且，要说"护国"吗，"平胡虏"吗，根本就和赵宋王朝的不抵抗主义相抵触。《水浒》作者掌握了这一历史阶段的历史发展的主要矛盾，为了更深刻地暴露统治剥削阶级的反动本质，所以把宋江一百〇八人写成了一个悲剧的结果，并以诗哀挽道：

莫把行藏怨老天，韩、彭当日亦堪怜。一心征腊摧锋日，百战擒辽破敌年。煞曜罡星今已矣，谗臣贼相尚依然！早知鸩毒埋黄壤，学取鸱夷泛钓船。

袁无涯刊本李卓吾也评道：

> 公明一腔忠义，宋家以饮鸩报之。昔人云："高鸟尽，良弓藏；狡兔死，走狗烹。"千古名言。

梁山泊的悲剧结果，正是反映了历史上的农民革命，在没有先进的无产阶级领导之下的必然命运。《水浒》所描写的宋江以一个"强盗"，而满怀"顺天"、"护国"、"平胡虏"的忠肝义胆，受招安，做保义，这是起码依据的条件。《水浒》的作者，为要体现这种志愿，所以才把宋朝许多忠义军的英雄人物和事迹，掺入一百〇八人之数，而且就以忠义军的忠义二字拿来加之于《水浒》。征辽一役，虽然纯属子虚，而《水浒》的作者历史地处理了这个题材，他完全是从"呼保义"这个绰号及其代表的当时社会人民的愿望与要求出发的。

玉麒麟 "玉麒麟"的绰号，《水浒》也没有解释，而卢俊义的上梁山及其坐了第二把交椅，自来就不令人心服。清蔡元放《水浒后传》读法第五条道：

> 卢俊义本是好好一个北京员外，安居乐业，即是本领武艺甚好，而山寨中兵多将广，尽可不必需此一人，及忽然平地生波，将他赚哄上山，要他入伙，弄得他家破人亡，受刑拷，犯患难，即他一身亦几乎死于非命，虽说罡煞数应聚会，然毕竟觉道不妥。

宋云彬先生《谈〈水浒传〉》③这样说：

> 《水浒传》作者为要凑齐"三十六天罡"之数，硬把玉麒麟卢俊义送上梁山，非常不自然。卢俊义是个员外，也是个大地主。地主固然可以和"强人"勾结，在某种条件下也未始不可以"落草"，但卢俊义的上梁山，完全是吴用摆布的计策，他本人没有一点英雄好汉的气概，为什么上了梁山以后，非请他坐第二把交椅不可？故事不近人情，写来自然不会真切，结果把卢俊义写得既不像个员外，也不像个落草英雄。不伦不类，一无是处。

从古及今《水浒》的读者，对于它有这些意见，是由于：（1）如今传本《水浒》的作者把卢俊义的原始材料弄走了样儿；（2）没有掌握"玉麒麟"的原始意义及其代表的政治意义。卢俊义的原始材料，按照《宣和遗事》元集是这样的：先是朱勔运"花石纲"时分，差着杨志、李进义、孙立十二人为指使，前往太湖等处，押人夫搬运花石。那十二人领了文字，结义为兄弟，誓有灾厄，各相救援。李进义等十名，运花石已到京城；只有杨志在颍州等候孙立不来，在彼处雪阻，旅途贫困，缺乏盘缠，未免将一口宝刀出卖，遇一个恶少后生要买宝刀，两个交口厮争，杨志杀了恶少，因此送配卫州军城。正行次撞着孙立，杨志把那卖刀杀人的事——说与孙立。孙立自思："杨志因我犯罪，当初结义之时，誓在厄难相救。"只得星夜奔归京师，报与李进义等知道杨志犯罪因由。这李进义同孙立商议，兄弟十一人同往黄河岸上，等待杨志过来，将防送军人杀了，同往太行山落草为"寇"去了。《宣和遗事》亨集出宋江三十六人姓名，宋江不在数内，第一名"智多星"吴加亮，第二名就是"玉麒麟"卢俊义（此从黄丕烈本）。由是可知，今本《水浒》的卢俊义，就是《遗事》的李进义；在以太行山为故事中心的《水浒》本子，李进义——即卢俊义是首先倡难，率领兄弟十一人同往太行山落草的。《宣和遗事》元集又载：晁盖、吴加亮八人在五花营劫了北京留守梁师宝为蔡太师上寿的十万贯珠宝，事后发作，晁盖不免邀约杨志等十二人共有二十个，结为兄弟，前往太行山梁山泊去落草为"寇"。后来晁盖死了，又是以次人吴加亮、李进义两人做落草强人首领。明张岱《琅嬛文集》卷五《水浒牌四十八人赞》赞杨志道："花石纲，生辰纲，予及汝偕亡。"这"花石纲"和"生辰纲"，正是当时被压迫的农民起来向统治阶级作你死我活的斗争的两大因素，李进义——即卢俊义既是因"花石纲"而落草为"寇"的首领，他当然有资格坐第二把交椅了。剩下来是关于"玉麒麟"的问题。《北堂书钞》卷一百三十一引《晋纪》云："建武元年，江宁县民虞迪垦地，得白玉麒麟玺以献，文曰'长寿万年'。"赵德麟《侯鲭录》卷八："东坡在黄冈，与张从惠吉老同一州。吉老妻，予从姑也。遇生日，请坡夫妇饮，适有新桃，食之见双仁，坡戏作献寿诗云：'终须跨个玉麒麟，方丈蓬莱走一巡，敢献些儿长寿物，蟠桃核里有双仁。'"则"玉麒麟"之为物，当与献寿有关，却与卢俊义的绰号无涉。马令《南唐书》卷二十二《归明传上·邵拙传》："著书埒韩、柳，有诗三百篇，尚书郎孙迈为之序，命曰《庐岳集》，曹郎赵庆以诗贻之云：'迈古文章金鸑鷟，出郡行止玉麒麟。'"耶律楚材《湛然居士文集》卷一《和李世荣见寄》："闲散玉麒麟，可得羁而系。"卷二《和裴子法见寄》："天上玉麒麟，英才可珍惜。"卷五《用盐政姚德宽韵》："乃祖开元柱石臣，云孙仿佛玉麒麟。"这些，都以"玉麒麟"比况轶群之才，和《水浒》第六十一回赞美卢俊义的《满庭芳》所说的"驰声誉北京城内，原是富豪门"，基本相似，但此尚非卢俊义取以作绰号之义。原来这个绰号，正是这一次被压迫阶级向压迫阶级作斗争的根本标识。"玉麒麟"乃是"花石纲"里的一个大石头，明抄本《说郛》宋蜀僧祖考（当作秀）《宣和石谱》有"玉麒麟"，宋王偁《东都事略》卷一百六《朱勔传》及宋张淏《艮岳记》引蜀僧祖秀《华阳宫记》记寿山艮岳的石头这样写道："独踞洲中者曰玉麒麟。"赵宋的统治阶级竭天下的人力物力在那里玩花儿石儿，被压在大石头底下透不过气来的人民才因此起来反抗，而且为首的就以"花石纲"的大石头起绰号，以资号召，这正是一次面对面的最尖锐的斗争。宋罗烨《醉翁谈录》卷甲一小说篇开头说公案有"石头孙立"——孙立就在这次斗争的数中，当即敷演"花石纲"与《水浒》英雄的故事，还是拿石头来做标题，也是表明了怎样触发这一次斗争的意义。后来，因为李进义的故事被《水浒》作者改走了样儿，"玉麒麟"的意义，也因而失传。明夏树芳"尝考古夙慧，遇赏心者辄下一筹，得其人二百六十有奇"，编为《玉麒麟》上下二卷，上卷起陶隐居止萧贯之，下卷起韦仲将止岳正所。夏氏拿"玉麒麟"来品题古代夙慧人物，正自不知"玉麒麟"乃是"花石纲"中的一个顽石，如此这般地歪曲了"玉麒麟"的意义，其间相去，何止十万八千里！

二　从形体来起的绰号

豹子头　林冲在《水浒》第七回出现的时候是被写为"生的豹头环眼，燕颔虎须，八尺长短身材"的。第四十八回又有一段四六写道："丈八蛇矛紧挺，霜花骏马频嘶，满山都唤'小张飞'，'豹子头'林冲便是。"又第七十八回梁山泊赋写道："林冲燕颔虎须，满寨称为翼德。"我们从《至治新刊全相平话三国志》卷上桃园结义找出是这样写张飞的："生得豹头环眼，燕颔虎须，身长九尺余。"元关汉卿《西蜀梦》杂剧第四折，张飞唱："俺哥哥丹凤之具，兄弟虎豹头中他人机彀，死的来不如个虾蟹泥鳅。"即以张飞为虎豹头。由是可见，林冲"豹子头"之名，即由张飞的豹头而来，是从他的形象去起的绰号。清人程穆衡的《水浒传注略》以为"豹群行，必有为之头者，如鹿之有麈，如羊之有羖"，那是不可靠的。《繁胜录》记瓦市杂班有江鱼头、兔儿头，乔相扑有鼋鱼头、鹤儿头、鸳（原误"驾"）鸯头；《武林旧事》卷四记乾淳教坊乐部杂剧色有燕子头宋兴、蚌蛤头宋定、蟮鱼头朱和、羔儿头高门显，又卷六记诸色技艺人，杂剧有猪儿头朱太，杂扮有江鱼头、兔儿头，乔相扑有鼋鱼头、鹤儿头、鸳鸯头，这些名字的起法，都和"豹子头"相似。《三朝北盟会编》卷一百三十二："张仲宝字子贤，有膂力，时人谓之'小张飞'。"这也是当时以"小张飞"为绰号的。《宋史》卷四百〇三《贾涉传》有张惠，当时称为"赛张飞"，起名与此相同。

花和尚 《水浒》第四回写道："智深把皂直裰褪膊下来，把两只袖子缠在腰里，露出脊背上花绣来。"第十七回写鲁智深对杨志道："为因三拳打死了镇关西，却去五台山净发为僧。人见洒家背上有花绣，都叫俺做'花和尚'鲁智深。"第二十七回又写道："因他脊梁上有花绣，江湖上都呼他做'花和尚'鲁智深。"这就是"花和尚"这个绰号起成的原因。宋李心传《建炎以来系年要录》卷五十二有刘花三和花郑贵，都是作"乱"之人。元钟继先《录鬼簿》卷上有花李郎，这几个花字，意义应该和"花和尚"的花字是一样的。明朱有燉《杂剧十段锦》壬集"豹子和尚自还俗"，又把"花和尚"叫做"豹子和尚"，这是因为豹皮作金钱花形，普通都叫做花豹，所以一提到豹子二字，便含有花字的意义在内。元陶宗仪《辍耕录》卷十七，《哨遍》："也学采东篱菊子，是个装呵元亮，豹子浮丘。"元明人戏剧小说中又常常有被称名为豹子妻、豹子媒人（即落花媒人）、豹子秀才、豹子令史、豹子尚书之类的人物，这些豹子字都可理解为花字。所谓花，就是花俚胡骚，或冒牌之意。《水浒》第五十七回有一首词写鲁智深道："天生一片杀人心。欺佛祖，喝观音，戒刀禅杖冷森森；不看经卷花和尚，酒肉沙门鲁智深。"第七十八回梁山泊赋写道："花和尚岂能参禅。"和尚本以参禅、看经、礼佛、吃素、戒杀等为本，今鲁智深件件都反其道而行之，所以叫做"花和尚"。由是可知，凡是一个人的绰号，在他所属的品类的大名之上加上一个花字或豹子字，都表示他是这一个品类的叛徒。

青面兽 杨志在《水浒》第十二回是这样出现的："头戴一顶范阳毡笠……面皮上老大一搭青记。"这是"青面兽"起名的来源。《五代史》卷十五"冯行袭传"："行袭魁岸雄壮，面有青志，当时目为'冯青面'。"杨志以面上一搭青记，因起名为"青面兽"，与此正同。《三朝北盟会编》卷一百三十四道："刘忠初聚兵于京东，号'花面兽'，其众皆戴白毡笠，又号'白毡笠'。"由是可见，塑造杨志这个典型人物，作者一定掺合了一些"花面兽"的具体内容，就连一顶毡笠，也从"花面兽"那里借来扣上了。

赤发鬼 尺八腿 《水浒》第十四回，在东溪村上，晁盖把灯照出刘唐一副真容："紫黑阔脸，鬓边一搭硃砂记，上面生一片黑黄毛。"这便是"赤发鬼"起名的来由。龚圣与赞又作"尺八腿"。《梦粱录》卷二十，角抵有赤毛朱超，《武林旧事》卷四，乾淳教坊乐部，杂剧色有丈八头周旺。这些绰号，都和刘唐的绰号相似。而且从这些绰号来看，更足证明施耐庵是与书会有关的。

九纹龙 《水浒》第二回："史太公又请高手匠人与他刺了这一身花绣，肩膊胸膛，总有九条龙，满县人口顺，都叫他做'九纹龙'史进。"明陆容《菽园杂记》卷十说："幼尝入神祠，见所塑部从有袒裸者，臂股皆以墨画花鸟云龙之状，初不喻其故。近于温台等处，见国初有为雕青事发充军者，因询问雕青之所以名，一耆老云：'此名刺花绣，即古所谓文身也。元时，豪侠子弟皆务为此，两臂股皆刺龙凤花草，以繁细者为胜。洪武中禁例严重，自此无敢犯者。'"据此，则施耐庵刻画《水浒》好几位英雄，都刺了一身花绣，自是当时习尚如此。《武林旧事》卷六《游手》条写道："以至顽徒如拦街虎、九条龙之徒，尤为市井之害，故尹京政，先弹压，必得精悍钩距长于才术者乃可。"由是可知，"顽徒""九条龙"，立场最稳，实是统治阶级的死对头。"九条龙"较之"九纹龙"，尤为口顺，因之，明末"流寇"首领郭大成，还是叫做"九条龙"。

病关索 《水浒》第四十四回写杨雄："因为他一身好武艺，面貌微黄，以此人都称他做'病关索'杨雄。""病关索"的病字，是从面黄得来，和"病尉迟"的起法是一样的。《宣和遗事》、龚赞都作"赛关索"。在宋代以关索起名的，相当普遍：《三朝北盟会编》卷七十七有李宝善角觝，都人号为小关索，又卷一百三十七有袁关索，宋范公称《过庭录》有汉上"贼"小关索，宋岳珂《金陀粹编》卷七有贾关索，《金史》八十《突合速传》有张关索，《梦粱录》卷三十，角觝有赛关索和女占赛关索，《武林旧事》卷六诸色技艺人角觝有张关索、赛关索、严关索和小关索。这些名字的起法，都有其社会根据和历史根据的。明万历乙巳（1605 年）闽建郑少坦联辉三垣馆刊本《新镌京本校正通俗演义按鉴三国志》卷九关索荆州认父一节，写关公长子关索"七岁时，元宵玩灯，闹中迷失，索员外拾去，养至九岁，送与班石洞花岳先生，学习武艺，因此兼三姓，取名花关索"。又写道："先过鲍家庄，遇鲍三娘；后过卢塘寨，遇王桃、王悦，皆与孩儿斗演武艺，比儿不过，完成夫妇。"末了写关公认关索后说道："吾有此子，如虎生翼矣。何愁汉室不兴乎？"小说家抬出关公来给关索作了这样高的评价，足见关索在民间传说中是一个了不起的人物。而关索与鲍三娘的故事，则被登载于清疏筤纂修《武康县志》卷二十四引《逸志》；关索与一鲍二王三妇的故事，又被登载于《古今图书集成》的明伦汇编闺媛典闺奇部引《蕲水县志》（误列入晋代）。明人地理书如程百二《方舆胜略》之类，载云贵一带的关索岭的，竟有三处之多；明清诗人，凡是到过云贵高原而以关索岭为题材的，更是数不胜数。《明史》卷三百九《流贼传》有"流寇"的首领关索（刘正国），又作姬关锁；其他一些明末史料中也多作关锁，还有作官琐的。就是关索岭，也有作关琐岭的。这是由于反动的统治阶级认为历史上被肯定的人物，不容许作"乱"犯"法"之徒去"玷污"它，所以在一些明季史料中，凡是提到"流寇"首领的绰号，不少把伍子胥写成伍子须、张飞写成张蜚，这些，都很好地说明了反动的统治阶级在农民革命英雄的绰号面前，表示了不可调协的而又是无耻与无能的阶级斗争。关索虽非真人真事，而通过民间艺人不断地创造与加工，竟发生如此有历史意义的影响，亚里士多德说："诗歌较历史更为哲学的，更为真实。"我们从关索的故事，得到了又一个强有力的例证。《清平山堂话本·西湖三塔记》说"似淮甸关索"，这个关索，正是《水浒》英雄杨雄其人，因为楚州——即宋人所谓淮甸区域的一部分，正是他们活动的范围。

火眼狻猊　《水浒》第四十四回写邓飞："为他双眼红赤，江湖上人都唤他做'火眼狻猊'。"狻猊即狮子，见《穆天子传》晋郭璞注。明董斯张《吹景集》卷五异兽条："临海人陆姓者，解其族人戍滇腾冲卫，三年而返，携一异兽皮来，道饥，出示观者，稍予之钱。甲子二月，至吾里。予取视，兽一头二身二尾八足，耳若豕，尾亦如之，头则虎，毛则兔。尾黑，毫细软类人发，头阔尺有六寸，身长倍头。陆云：'兽迅走，有绝力，出点苍山，日啖羊，积不可算。寮百方捕之，逸。乃以药毒羊，兽中饵始毙。寮亦不晓何物也。胡僧阿摩那者，乌思藏来，具多闻慧。寮以问僧，曰：是名火眼狻猊，西域间有之，出则其国兵。且笔数语云：火眼狻猊，曰万兽尊。博首唯一，牝牡各身，是食狮象，迅蹄狻云。饥喷烈焰，足兵尾火。出现世间，剑戟天下。有其殪之，可以弭祸。'"则火眼狻猊，不仅是万兽之尊，且一出现，则世间必有刀兵之事。邓飞绰号，义当如此。

锦豹子　金钱豹子　《水浒》第四十四回描写杨林："头圆耳大，鼻直口方，生得眉秀目疏，腰细膀阔。"这个锦字，刻画出杨林这一表人材出众，当和《三国演义》的锦马超的锦字起法是相似的。又第五十四回，汤隆的自我介绍："为是自家浑身有麻点，人都叫小人做'金钱豹子'。"《元典章》卷十六户部二载进呈豹子食例："金钱豹日支肉七斤；支净羊肉，遇夜。"又卷三十八兵部五载放皮货则例："元定折纳貂皮，旧例金钱豹皮一张折四十张。"则金钱豹子之名，元代必然通行。锦豹子和金钱豹子这两个绰号，和《宋史》卷三百四十三《元绛传》的"王豹子"起法正复相同。明末"流寇"首领有"金钱豹"柳天成。

一丈青 《宣和遗事》有一丈青李横，它书载一百八人都无李横其人。龚赞赞燕青道："平康巷陌，岂知汝名？太行春色，有一丈青。"则一丈青又是一个无名女英雄。《三朝北盟会编》卷一百三十八道："初间勃……至濠州遇张用，勃说用归朝廷，以马皋之妻一丈青嫁用为妻。初皋为郭仲荀所诛，勃周恤之，以为义女，既嫁用，遂为中军统领，有二认旗在马前，题曰：'关西贞烈女，护国马夫人。'"这两面认旗，在《水浒》第六十三回又变成女将一丈青了。由此可见，《水浒》作者是怎样把忠义人的一丈青捏合而为扈三娘的。《水浒》第四十八回描写扈三娘，只是说"雾鬓云环娇女将……天然美貌海棠花"，并无一些儿"一丈"的气氛。到了明人沈璟《义侠记》第三十三出白才有长妇人之说，明张岱《陶庵梦忆》卷七载扮《水浒戏》祈雨也有寻姣长妇人之说，陈洪绶《水浒酒筹》扈三娘叶子也有身长者饮之说，于是把扈三娘又刻画为身长一丈的形象了。明末"流寇"首领有"一丈青"，可惜我们不仅无法知道这位英雄的真名真姓，而且还无法知道这位英雄究竟是男子还是女子。

玉幡竿 《水浒》第四十四回，邓飞对戴宗说道："我这兄弟，姓孟名康，……因他长大白净，人都见他一身好肉体，起他一个绰号叫做'玉幡竿'孟康。"幡竿是比说其身体的长高，《水浒》第六回写大相国寺有"幡竿高峻接青云"。宋孔平仲《珩璜新论》引《五代史·晋安重荣传》，说成德军镇之牙署堂前有揭幡竿长数十尺。宋李诫《营造法式》卷三石石作制度有造幡竿颊之制，其颊即长一丈五尺。元周伯琦《近光集》，立秋日书事诗："铁刹标山影。"自注："上京西山上树铁幡竿高数十丈，以其下海中有龙，用梵家说，作此镇之。"元人《磋砂担》杂剧第三折："那怕他泼顽皮绰号'铁幡竿'。"又题目："'铁幡竿'图财致命贼。"由此可见，拿幡竿来起绰号，当时"盗贼"中大有人在，决不是施耐庵的自我作故。

花项虎 《水浒》第七十回载："花项虎龚旺，浑身上刺着虎斑，脖项上吞着虎头。"宋张齐贤《洛阳搢绅旧闻记》卷三，田太尉候神仙夜降条有拣停军人张花项，谓"俗以其项多雕篆，故目之为'花项虎'。"这两个绰号，起法正复相类。

险道神 《水浒》第六十八回写郁保四："身长一丈，腰阔数围。"第六十九回又有诗为证："身长唤做'险道神'，此是青州郁保四。""险道神"亦作"显道神"，元关汉卿《金线池》杂剧第一折："坑头上主烧埋的显道神。"《雍熙乐府》卷十七《梧叶儿》嘲女人身长云："身材大，膊项长。难匹配，怎成双？只道是巨无霸的女，原来是显道神的娘。我这里，细端详，还只怕你明年又长。"明末"流寇"首领有高加讨，绰号亦作"显道神"。

金毛犬　锦毛虎　《水浒》第六十回，段景住答宋江道："人见小弟赤发黄须，都呼小人为'金毛犬'。"金毛与锦毛虎之锦毛义同，《水浒》第三十二回赞燕顺诗道："赤发黄须双眼圆，臂长腰阔气冲天，江湖称作'锦毛虎'，好汉原来却姓燕。"宋吴曾《能改斋漫录》卷十一："冯当世早年薄游里巷……所至嗜利，西人目为金毛鼠，以其外文采而内实贪秽也。"然则金毛本来的意思是说其有文采了。《水浒》第一回写道："跳出一个吊睛白额锦毛大虫，唬的洪太尉三十六个牙齿捉对儿厮打，那心头一似十五个吊桶七上八落的响，浑身却如中风麻木，两腿一似斗败公鸡，口里连声叫苦。"这正写出这"锦毛虎"对于剥削统治阶级的作用的意义了。元李文蔚《燕青博鱼》杂剧第一折白："兄弟是燕顺，生的须发蓬松，只因性子粗糙，众人起他一个混名叫做'卷毛虎'。"这和《水浒》第九十三回，太湖小结义时，榆柳庄倪云的绰号相同了，当是另外一种传说。

三　从性情来起的绰号

霹雳火　《水浒》第三十四回写秦明："因他性格急躁，声若雷霆，以此人都呼他做'霹雳火'秦明。"宋人《道山清话》载黄山谷答曾纡戒服紫霞丹有云："如仆服之，殆是晴云之在川谷，安得霹雳火也。"元吴昌龄《风花雪月》杂剧第三折白："吾今宣召天上火，地下火……霹雳火。"元尚仲贤《柳毅传书》杂剧第一折："则为那霹雳火无情的丈夫。"（前白云："躁暴不仁。"）明陆容《菽园杂记摘钞》卷五，也说"术家有霹雳火之名"。霹雳火犹如今言雷火或电火，是说他的性子躁烈。

浪子　《水浒》第六十一回写燕青："不则一身好花绣，更兼吹的、弹的、唱的、舞的，拆白道字，顶真续麻，无有不能，无有不会；亦是说的诸路乡谈，省的诸行百艺的市语；更且一身本事无人比的，拿着一张川弩，只用三枝短箭，郊外落生，并不放空，箭到物落。晚间入城，少杀也有百十个虫蚁；若赛锦标社，那里利物，管取都是他的；亦且此人百伶百俐，道头知尾；本身姓燕，排行第一，官名单讳个青字，北京城里人口顺，都叫他做'浪子'燕青。"《三朝北盟会编》卷二百三十二道："韩之纯轻薄不顾士行之人也，平日以浪子自名，喜嬉游娼家，好为淫媟之语，又刺淫戏于身肤，酒酣则示人，人为之羞而不自羞也。"这个浪子的意义和《水浒》所说的很相近。《宋史》卷三百五十二《李邦彦传》和《宣和遗事》元集都说李邦彦叫浪子宰相,宋吴曾《能改斋漫录》卷十一又说洪觉范被人称做浪子和尚,则以浪子为名,当时也是很普遍的。《建炎以来系年要录》卷三十一、《宋史》卷四百五十三《忠义连万夫传》载"群贼"有"寇浪子"其人者,未知即《水浒》中的燕青否?

铁面孔目 《水浒》第四十四回写裴宣:"原是本府六案孔目出身,及好刀笔,为人忠直聪明,分毫不肯苟且,本处人都称他'铁面孔目'。"《宋史》卷三百十六《赵汴传》:"为殿中侍御史,弹劾不避权倖,声称凛然,京师目为铁面御史。"宋康与之《昨梦录》:"开封尹李伦号李铁面。"《夷坚志》丙十七:"三衢人王相善相人,不妄许与,士大夫目为王铁面。"宋庄季裕《鸡肋篇》卷下:"绍兴四年(1134 年)夏,韩世忠自镇江来朝,所领兵皆具装,以铜为面具,军中戏曰:'韩太尉铜脸,张太尉铁脸。'世谓无廉耻不畏人者为铁脸也。"则铁面即不畏人之意。《水浒》把裴宣掌赏罚,显然是受铁面御史的影响。

毛头星 《水浒》第五十七回有诗表证孔明道:"性刚智勇身形异,绰号'毛头'是孔明。"《宣和遗事》亨集说:"此星名毛头,又名彗星,俗呼为扫星。此妖星既出,不可禳谢,远则三载,近则今岁,主有刀兵出于东北坎方旺壬癸之地。"这可见当时的统治阶级是如何地害怕这位星君了。

独火星 《水浒》第三十二回写孔亮道:"因他性急,好与人厮闹,到处叫他做'独火星'孔亮。"《三朝北盟会编》卷一百四十一写道:"京西制置使有曹端者,自京城陷,聚众扰于京西,号为'曹火星'。""独火星"的起法,正如"曹火星"相似。火星也被统治阶级认为是灾星,《宋会要辑稿》第十八册礼十九之九页,有祀大火星事。

一枝花 《水浒》第六十二回写蔡庆:"生来爱戴一枝花,河北人顺口,都叫做'一枝花'蔡庆。"《建炎以来系年要录》卷三十及《三朝北盟会编》卷一百三十七有"贼""九朵花",《夷坚志》支乙四载有"三朵花",又载:"绍兴初,江淮'剧盗'张琦亦称'三朵花',意欲冒其名以惑众也。"则当时"盗贼"取这样一类的绰号,甚为普遍。《醉翁谈录》癸一说李亚仙旧名"一枝花",则"一枝花"之名,唐代已然有了。明末"流寇"首领有"一枝花"王千子。

四 从才能来起的绰号

大刀 《水浒》第六十三回写关胜："生的规模与祖上云长相似，使一口青龙偃月刀，人称为'大刀'关胜。"当时以大刀为名的，《宋史·忠义郑振传》有陈大刀，《三朝北盟会编》卷一百三十七有"群盗"苏大刀，《建炎以来系年要录》卷一百八十三有"凶贼"徐大刀，《三朝北盟会编》卷一百二十八有韩世忠的后军将李义叫做李大刀，又卷一百三十二有郭仲威叫做郭大刀，又卷二百三十有金将王大刀，《水浒》北京城的一个都监闻达也唤做闻大刀。明文秉《先拨志始》卷上载《东林点将录》、《乾嘉诗坛点将录》都作"大刀手"。

小李广 《水浒》第三十二回写花荣："百步穿杨神臂健，弓开秋月分明，雕翎箭发迸寒星。人称'小李广'，将种是花荣。"又第三十五回，吴用道："休言将军比李广，便是养由基，也不及神手。"宋王闢之《渑水燕谈录》卷九："陈尧咨善射，百发百中，世以为神，常自号'小由基'。"宋孔平仲《谈苑》卷四也说："陈尧咨尤精弧矢，自号'小由基'。""小由基"和"小李广"的起法正相同。

金枪手 《水浒》第五十六回说："徐宁在东京见做金枪班教师。"又第五十七回有《西江月》单道徐宁的模样："常随宝驾侍丹墀，神手徐宁无对。"龚赞作金枪班，也有"羽林侍卫"之说，原来《宋史》卷二百四十兵志一禁军上和卷二百四十一兵志二禁军下骑军殿前指挥使都有金枪班，原注又称为左右班枪手，《繁胜录》记二十四班有金枪班银枪班，由是可见，《水浒》和龚赞的说法都是有根据的。《水浒》第九十四回说："花荣与徐宁一副一正金枪手银枪手。"则花荣又有"银枪手"之称。

神行太保 《水浒》第三十六回，吴用举戴宗道："为他有道术，一日能行八百里，人都唤他做'神行太保'。"宋元以来笔记、小说多称武人和强人为太保，（官人与"贼"不争多！）还不是这个意思。《宋史》卷四百二十四《孙子秀传》："调吴县主簿，有妖人称水仙太保。"宋俞玉《书斋夜话》卷一："今之巫者，言神附其体……故南方俚俗，称巫为太保。"《元典章新集》刑部："江淮迤南，风俗酷祀淫祠，其庙祝师巫之徒，或呼太保，或呼总管，妄自尊大。"明姜准《歧海琐谈》卷七："巫称太保……此胡元名分不明之所致也。"明陆容《菽园杂记摘钞》卷二："师巫称太保……此皆胡元名分不明之旧习也，国初有禁。"这正和戴宗为他有道术，人都唤他做神行太保相同。《武林旧事》卷六诸色技艺人，烟火有陈太保，也是说他技巧神幻，像有道术的一般。

插翅虎　《水浒》第十三回写雷横："为他膂力过人，能跳二三丈阔涧，满县人都称他做'插翅虎'。"《说郛》本《五代新话·武略》篇写道："周韩大将军果有勇略，破嵇胡，胡惮其劲健，号为著翅人。太祖曰：'著翅之名，宁减飞将。'"雷横的绰号的起法，与此正复相似，明末"流寇"首领有"插翅虎"阎清宇。

立地太岁　汉王充《论衡·难岁》篇："工技之说，移徙抵太岁凶，负太岁亦凶。"因此，有太岁头上动不得土之说。当年太岁在某方，若是在那方去动土，就要立地遭受祸殃。立地言其致祸之速。宋陈鹄《耆旧续闻》卷四："开封府府吏冯元者，奸巧通结权贵，号为'立地京兆尹'。"《宋史》卷三百四十七《吴时传》："敏于文，人称为'立地书府'。"阮小二的绰号的起法，正与此相同。

船火儿　《水浒》第三十七回写张横："冲波如水怪，跃浪似飞鲸。恶水狂风都不惧，蛟龙见处魂惊……小孤山下住，'船火'号张横。"龚圣与赞道："太行好汉，三十有六，无此火儿，其数不足。"《宣和遗事》亨集作"火船工张岑"，《录鬼簿》卷上载红字李二剧目作"全火儿张弘"，《酌中志余》载《东林点将录》引一本作"船虎儿"，这些，都是不知火儿的意义而误。宋江休复《邻几杂志》载："江南一节使，召相者，命内子立群婢间，令辨之。相者云：'夫人额上，自有黄色。'群婢皆窃视，然后告之。柂工火儿杂立，使辨何者是柂人，云面上有水波纹，亦用此术。"《宋会要辑稿》第一百八十三册，后二三之三二页："每只用招梢四人，摇橹四枝，用火儿四名……若及七百料……每只合销梢工四人，摇橹四支，共用摇橹火儿四名……若是五百料以上船……每船一只，合销梢工三人，摇橹两枝，用火儿两名。"则火儿是摇橹船夫的名称。

活阎罗　宋人叫做"阎罗"的，颇为普遍，《宋史》卷三百一十六《包拯传》，包拯叫做"阎罗"，又卷三百九十《张大经传》，有个宦官董琏也叫做"阎罗"。《三朝北盟会编》卷二百二十一载啸聚颍上之李贵，云："李贵即俗所谓'李阎罗'者。"则当时"强人"自有号"阎罗"的，和阮小七的绰号，正复相同。明末"流寇"首领，有"活阎罗"马守应和"五阎王"丘正文。

两头蛇　**双尾蝎**　明郎瑛《七修类稿》卷二十七辩证类写道："世言有见

两头蛇者必死，自（孙）叔敖后，不闻有见之者。"元人戏曲，则多以两头蛇、双尾蝎相提并论。杨景贤《刘行首》杂剧第三折："他母亲狠似那双蚱蝎，心毒似两头蛇。"缺名《百花亭》杂剧第一折："他狠毒呵恰似两头蛇，乖劣呵浑如双尾蝎。"解珍、解宝这两位难兄难弟，以此为绰号，正表示对付阶级敌人就要狠要毒。《海底》第五编，一般应用诗句又作"双尾蝎解珍、单尾蝎解宝"，此盖误读《水浒》第四十九回包节级之言："你这两个畜生，今番我手里教你'两头蛇'做'一头蛇'，'双尾蝎'做'单尾蝎'。"不可为据。明末"流寇"首领，有"蝎子块"拓养坤（《豆棚闲话》第十一则"党都司死枭生首"作白广恩）和"黑蝎子"。

丑郡马 《水浒》第六十三回写宣赞："生的面如锅底，鼻孔朝天，卷发赤须，彪形八尺……先在王府曾做郡马，人呼为'丑郡马'。"郡马名色，亦见于元人戏曲中。元缺名《谢金吾》杂剧第一折："更打着个郡马的名色。"又第三折："但那杨景是一个郡马。"宋欧阳修《归田录》卷二："官制废久矣，今其名称讹谬者多，虽士大夫皆从俗，不以为怪。皇女为公主，其夫必拜附马都尉，故谓之附马。宗室女封郡主者，谓其夫为郡马，县主者为县马，不知何义也。"则宣赞号"丑郡马"，正是反映当时的社会制度。明抄本《录鬼簿》卷上，载元初杨显之剧目有《丑附马列金钱》，马廉"新校注"引"曹本作《丑附马射金钱》，孟本及《太和正音谱》均作《射金钱》"。施耐庵创造宣赞"丑郡马"的绰号，当由丑附马脱胎而来。

百胜将 宋曾巩《隆平集》卷二十，《妖寇区希范传》："区希范，环州人，尝举进士，试礼部。景祐五年（1038年）应募讨安化州蛮。诣登闻鼓院，进状求录用，下宜州勘会，知州冯伸己言其妄邀功赏，遂送全州编管。既而遁归，与其族百余人谋举兵，杀伸己以叛，乃杀牛建坛场祭天神，推白崖山酋蒙赶为帝……而自为神武定国令公桂牧，皆北向再拜，以为天命。又以……蒙杯为百胜将军。"则当下"盗贼"自有"百胜将军"之称。《宋会要辑稿》第一百九十四册方域一八之四页，泾原路："百胜寨，在府州府谷县（上五字疑有误），庆历年间修复。"则百胜即无敌不克之意。明田汝成《西湖游览志》卷十三："新安坊俗称新安桥，巷有千胜将军庙。"又卷十六："千胜将军庙，在新安坊，其神张亚夫者，巡子也，拜金吾大将军，立庙洛阳。宋南渡时，凡汴京有庙者，皆得建祀于杭，故建庙于此。元元统间毁，皇明洪武间僧广成重建。"则百胜当又从千胜之名而来。韩滔的绰号，即当是根据这些材料起来的。

圣水将军 《宋会要辑稿》第十九册礼二○上之十三页："绍圣四年

（1097 年）五月二十六日，太仆寺言，右教骏第二指挥妄传圣水出见，辄起庙宇，欲行止绝。诏太仆寺毁拆，仍命尚书礼部立法。"圣水，唐宋以来，民间多传之，如《宋会要辑稿》第二十册礼二十下，兴元府洋州西乡县湫池，同谷县鸡头山，梁泉县君子山，都有神水神祠，正以其有功于民也。单廷珪"圣水将军"之号，当起于此。

神算子　《水浒》第四十一回写蒋敬："精通书算，积万累千，丝毫不差……因此人都唤他做'神算子'。"按算子用以计算，即如今之算盘，宋罗大经《鹤林玉露》卷二，"五代史：'汉王章不喜文士，常语人曰：此辈与一把算子，未知颠倒，何益于国。'算子本俗语，欧公据其言书之，殊有古意，温公《通鉴》改作'授之握算，不知纵横'，不如欧史矣。"算盘有上桥下桥之分，故王章有未知颠倒之语。蒋敬精通书算，故以"神算子"为名。又宋元时算命亦用算子。《水浒》第六十一回："吴用取出一把铁算子来，排在桌上，算了一回，拿起算子桌上一拍，大叫一声：'怪哉！'"元佚名《盆儿鬼》杂剧楔子白："那先生（打卦先生）把算子又拨上几拨，说道：'只除离家千里之外，或者可躲。'"宋马永卿《懒真子录》卷五："傍有瞽卜，辄曰：'秀才，我与汝算命。'因与借地，卜者出算子约百余，布地上几长丈余，凡关两时，曰：'好笑，云云。'"宋陈善《扪虱新话》卷二："庆长举起算子一把，良久，笑云：'甚处去耶？'"此算命用算子之证。

丧门神　《水浒》第六十七回写鲍旭："平生只好杀人，世人把他比做'丧门神'。"《三朝北盟会编》卷一百十五引《遗史》："及金人犯境（长安）……转运副使桑景询……皆死。景询介直有守，尚气之人也。初，童贯用事时，州县官皆迎肩舆望尘而拜，唯景询不拜，议者多之。以其发摘奸吏，不受干请，时人号为'丧门神'。丧字借姓桑氏言之也。"则鲍旭的绰号正从这个忠义死国难人桑景询那里借用来的。清吴伟业《绥寇纪略》卷十二，疫："崇祯十六年（1643）春，京营巡捕军，夜宿碁盘街之西，更初定，一老人嘱曰：'夜半子分，有妇人悬素涕泣自西至东，勿令过，过者厄不浅，鸡鸣则免矣。吾乃土神，故以告也。'夜半，妇果至，军如所戒，不听前。五鼓，偶熟睡，妇折而东，旋返，蹴逻者醒之，曰：'我丧门神也，上帝命我行罚此方，若何听老人言阻我，灾首及汝。'言毕不见。逻者惧，奔归，告家人，言未终，仆地死。大疫乃作。"又见应棐臣《青燐屑》。从这迷信的传说，足可了解"丧门神"这个私名的概念。

飞天大圣　前"百胜将"条引《隆平集》载区希范起义事，希范又以区世庸为飞天神圣将军。《三朝北盟会编》卷一百三十七："钟相，鼎州武陵人，无他技能，善为诞谩，自号老爷，亦称'弥天大圣'，言有神与天通。"《建炎以来系年要录》卷六十四："鼎寇杨么，众益盛，僭号'大圣天王'，旗帜亦书此字，且用以纪年。"李衮"飞天大圣"的绰号，显然是受这些影响而来的。明末"流寇"首领有"飞天圣"，又有"飞天师"，不知即一人否？

通臂猿　《水浒》第四十一回写侯健："人见他黑瘦轻捷，因此唤他做'通臂猿'。"按照刘体仁《七颂堂识小录》："韦际飞致云言：'于池河驿见贡猿雌雄各一，抱一子，傍聚猕猴数十，掷跳喧阗。贡者言：猿恶人间哭泣声，闻则肠绝，故以是乱之。雌白而黑环其面，颈以下亦黑，若衣领。雄黑而白环其面，领绿亦白。与之枣栗，伺其引手接，则引远，猿必引臂及之，左长则右缩，信通臂也。"

跳涧虎　《建炎以来系年要录》卷一百六十二："韩世忠年十八，始隶军籍，挽强驰射，勇冠军中。其制兵器，凡今跳涧以习骑，洞贯以习射，狻猊之鍪，连锁之甲，斧之有掠阵，弓之有克敌，皆世忠遗法。"据此，则梁山马军小彪将陈达的绰号"跳涧虎"，和韩世忠的遗法是分不开的。《水浒》第四回有一段四六道："直截横冲，似中箭投崖虎豹；前奔后涌，如着枪跳涧豺狼。"这正写出"跳涧虎"的勇往直前。

白花蛇　宋孔平仲《谈苑》卷二："施、黔州，多白花蛇，螫人必死。县中板簿有退丁者，非蛇伤则虎杀之也。"元《通制条格》卷二十七，捕白花蛇："延祐元年（1314年）十月，中书省御史台呈，江北道廉访司申，罗田县白花蛇伤人害畜；如蒙贡余之外，许令击除，免致滋多，于民便益。都省议得：罗田县山谷生畜白花毒蛇，近因禁捕，以致滋多，伤人害畜；今后除每岁额贡依例办纳，余从民便。"杨春绰号"白花蛇"，正以其打倒阶级敌人，如白花蛇之螫人必死也。《水浒》第一回写道："抢出一条吊桶大小雪花也似蛇来，惊得洪太尉三魂荡荡，七魄悠悠。"这正写出这"白花蛇"对于剥削统治阶级的作用和意义了。

铁叫子　《三朝北盟会编》卷一百三十五："又用墨抹抢于眼下，如伶人杂剧之戏者，又口吹叫子。"宋沈括《梦溪笔谈》卷十三："世人以竹木牙骨之类为叫子，置人喉中吹之，能作人言，谓之颡化子。尝有病瘵者，为人所苦，烦冤无以自言，听讼者试取叫子令颡之，作声如傀儡子，粗能辨其一二，其冤获申。此亦可记也。"乐和以唱得好，人称之为"铁叫子"，岂不以他能唱出瘖哑一般的劳动人民内心的烦冤吗？

云里金刚 《建炎以来系年要录》卷二十二有卫士宋金刚，号有膂力。《繁胜录》记瓦市相扑有朱金刚。当时以"金刚"起名的，实不止宋万一人。明末"流寇"首领，有"雨里金刚"王命。

病大虫 母大虫 《五代史》卷九十五《翟璋传》："璋好勇多力，时目为'大虫'。"《宋史》卷二百七十三《姚内斌传》："内斌为庆州刺史……在郡十数年，西夏畏服，不敢犯塞，号内斌为'姚大虫'。"又卷二百七十七《卞衮传》："衮性惨毒，掊克严峻，专事捶楚，至有'大虫'之号。"又卷三百九十九《高登传》："豪民秦琥，武断乡曲，持吏短长，号'秦大虫'。"是当时以"大虫"起名，甚为普遍。而薛永之号"病大虫"，顾大嫂之号"母大虫"，尤与翟璋和姚内斌的异号相近。明沈德符《野获编》卷二十九："乙未（1595年）丙申（1596年）间，畿南霸州文安之间，忽有一健妇剽掠，浑名'母大虫'。"

旱地忽律 《唐书·张士贵传》："张士贵者，虢州卢氏人也，本名忽峍，善骑射，膂力过人。大业末，聚众为盗，攻剽城邑，远近患之，号为'忽峍贼'。"朱贵绰号，当起于此。《太平广记》卷四百六十四引《洽闻记》："扶南国出鳄鱼，大者二三丈，四足，似守宫状，常生吞人。扶南王命人捕此鱼，置于堑中，以罪人投之，若合死，鳄鱼乃食之，无罪者，嗅而不食。鳄鱼别号忽雷，熊能制之，握其嘴，至岸，裂擘食之。一名骨雷，秋化为虎，三爪，出南海思、雷州，临海英潘村多有之。"元陈孚《陈刚中诗集》卷二《安南即事》："鳄鱼明霹雳，蜃气吐浮屠。"原注："鳄鱼大者三四丈，四足，似守宫，黄色，修尾，口森锯齿，一名忽雷，其声如霹雳，鹿走崖上，闻其嗥吼，则怖而坠，多为鳄所啗。"明邝露《赤雅》卷下，忽雷："忽雷，鳄鱼也，居溪渚中，以尾钩人而食之。扶南王范寻有神术，常于大云山凿池畜鱼决狱，有罪者投之，尤罪，鱼勿食也，今其枯骨齿生，用作乐器，声极唇啾。经云：河有怪鱼，博名为鳄，其身已朽，其齿三作。"明朱谋㙔《骈雅》卷六，谓"忽雷，鳄也"。明方以智《通雅》卷四十七，以为"鳄鱼别号忽雷，一名骨雷"，俱本此为说。程氏《注略》以为忽律就是鳄鱼。按忽律字又作愵狖，《水浒》第二十三回："你那人吃了愵狖心、豹子胆、狮子腿，胆倒包着身躯。"忽律、愵狖、忽雷、骨雷，音都相近。《酌中志馀》载《东林点将录》引一本作"旱地葱"，疑误。

笑面虎 宋庞元英《谈薮》："王公衮字吉老，宣子尚书之弟。先墓在会稽西山，为掌墓人奚泗所发，公衮诉之郡，杖之而已。公衮愤甚。奚泗受杖，诣公衮谢罪，公衮呼前，劳以酒，拔剑斩之，持其首诣郡。宣子时为侍郎，奏乞以己官赎罪。诏给舍集议，中书舍人张孝祥议曰云云，诏赦之。犹镌一秩。当时，公衮孝名闻天下，永嘉王十朋以诗美之。公衮性甚和平，居常若嬉笑，人谓之'笑面虎'。"朱富的绰号，当本于此。

石将军 《宋会要辑稿》第十九册，礼二十上之十四页："政和元年（1111 年）正月九日，诏开封府毁神祠一千三十八区……五通、石将军、妲己庙，以淫祠废。仍禁军民擅立大小祠庙。"则石将军为当时军民敬事之神，《水浒》给石勇起个异名叫做"石将军"，其义本此。

小尉迟 宋江少虞《皇朝类苑》卷五十五："呼延赞作破阵刀，降魔杵，铁鞭，幞头两旁有刃，皆重数十斤。乘乌骓马，绯抹颏。慕尉迟鄂公之为人，自称'小尉迟'。"《隆平集》卷十七《呼延赞传》，亦有"自谓慕尉迟敬德"之语。按《水浒》既称呼延灼为国初名将呼延赞之后，又以呼延赞的绰号，加之孙新，足征施耐庵之博学。

菜园子 《水浒》第二十七回，张青对武松道："小人姓张名青，原是此间光明寺种菜园子……小人因好结识江湖上好汉，人都叫小人做'菜园子'张青。"宋吴曾《能改斋漫录》卷十八，园子得道："臧道论郎中知洪州日，有老兵为园子，能致非时果菜。"宋龚明之《中吴纪闻》卷六，朱氏盛衰："朱勔死，又窜其家于海岛，前日之受诰身者，尽褫之。当时有谑词云：'做园子，得数载，栽培得那花木，就中堪爱。特将一个保义酬劳，反做了今日殃害。诏书下来索金带，这官诰看看毁坏。放牙笏，便担屎担，却依旧种菜。'"据此，则张青之绰号"菜园子"，正和卢俊义之绰号"玉麒麟"一样，都是和反对"花石纲"分不开的。

母夜叉 宋人以夜叉起名的很普遍。《三朝北盟会编》卷四十四引《幼老春秋》，有王德号"夜叉"。又卷一百四十一载并汾泽潞晋绛怀卫河阳等数州山寨首领，有"马夜叉"。宋李心传《建炎以来系年要录》卷一百二十九："时有酋豪号'青面夜叉'者，恃众扰边。"又引《李显忠行述》释之云："夜叉者，金冠铁面，似夜叉鬼物，故号夜叉。"宋庄季裕《鸡肋编》卷中："王德勇悍而丑，军中目为'王夜叉'……时文士济南王治……人亦呼之为'王夜叉'，以比阴狱牛头夜叉也。"《宋史》卷四百四十八《忠义邵云传》有"胡夜叉"。孙二娘"母夜叉"之名，和这些正相类似。金圣叹据佛藏，改"夜叉"作"药叉"，以为正言当如此，不知宋人正自作"夜叉"耳。《酌中志余》卷上载《东林点将录》作"母药叉",是用金圣叹本。

活闪婆 《水浒》第六十五回,王定六看着张顺便拜道:"小人姓王,排行第六;因为走跳得快,人都唤小人做'活闪婆'王定六。"又六十九回有首诗写王定六:"蚱蜢头尖光眼目,鹭鸶瘦腿全无肉,路遥行走疾如飞,扬子江边王定六。"活闪即霍闪,明袁无涯本《水浒忠义一百八人籍贯出身》:"霍闪婆王定六,霍亦作活。"唐顾云《天威》诗:"金蛇飞状霍闪过,白日倒挂银绳长。"《夷坚癸志》卷五,神游西湖条写道:"一急脚走报云:'速去,速去!'俄而霹雳霍闪,震动天地。"元佚名《货郎旦》杂剧第四折:"我只见霍霍闪闪电光星烂。"活闪婆即道教所谓电母。明都邛《三馀赘笔》:"俗呼雷电为雷公电母,然亦有所本,易曰:'震为雷,离为电。'震长男,阳也,而雷出天之阳气,故俗云雷公。离为中女,阴也,而电出地之阴气,故俗云电母。"王定六绰号"活闪婆",正言其走跳得快,如电光一闪也。

白日鼠 宋刘跂《暇日记》:"浙江贼号曰'白日鬼',多在舟舡作祸,被中人见诞谩者,指为'白日鬼'。"《武林旧事》卷六,游手:"又有卖买物货,以伪易真,至以纸为衣,铜铅为金银,土木为香药,变换如神,谓之'白日贼'。"《西湖游览志余》卷二十五:"宋时临安,四方辐辏,浩穰之区,游手游食,奸黠繁盛……至以纸为衣,以铜铅为银,以土木为香药,变换如神,谓之白日鬼。"据此,则施耐庵给白胜起个绰号叫做"白日鼠",正是就地取材为说。又以旧有鼠窃狗偷之说,故改"白日贼"为"白日鼠"。

鼓上蚤(鼓上蝥) 《周礼》地官鼓人:"凡军旅夜鼓鼜。"郑玄注:"鼜,夜戒守鼓也。"又夏官掌固:"夜三鼜以号戒。"郑玄注:"杜子春云:'鼜读为造次之造,谓击鼓行夜戒守也。'"《说文解字》壹部:"鼜,夜戒守鼓也。《礼》:'昏鼓四通为大鼓(《周礼》鼓人注,'《礼》'作'《司马法》','大鼓'作'大鼜'),夜半三通为戒晨,旦明五通为发明。'读若戚。"按据此,则所谓鼜鼓即更鼓,乃夜戒守之用,本来是拿来防"盗贼"的。上鼜犹言上更,言已起更戒严,时迁乃于是时大做其飞檐走壁、跳篱骗马的勾当,故称为"鼓上鼜",正如当时有闲阶级之以"三更""半夜"起混名一样。《宋会要辑稿》二十二册,礼二十四之二十一页:"太常言,准诏议定明堂文德殿致斋日警场,于礼可否? 伏以警场,古之鼓鼜(千历切),所谓夜戒守鼓也。近世以来,王者师行吉行,皆有此制。"《资治通鉴》卷四十七,"班超议曰:'可须夜鼓声而发。'"宋胡三省注:"夜鼓声,鼓鼜之声也。"又卷一百九十七:"其夕上闻严鼓声。"注引《司马法》曰："昏鼓四通为大鼕。"则鼓鼕宋元时犹有此语，此正时迁起名"鼓上蚤"的根据。蚤即鼕的借字；蚤即本杜子春读若，流俗相传，失去了原始原义，遂从蚤字比附加上虫旁作蝱耳。字又作皁，亦是借音。

五　从军器来起的绰号

黑旋风　小旋风　《水浒》第三十八回有一段四六文字赞说李逵，只说了铁牛儿，没有说黑旋风。旋风是当时一种金国炮名，《三朝北盟会编》卷六十六："金人攻东水门，矢石飞注如雨，或以磨磐及磚碌绊之，为旋风炮，王师以缆结网承之，杀其势。"宋石茂良《避戎夜话》卷上："其（金人）炮有七梢、五梢、三梢、两梢、独梢、旋风、虎蹲等炮。"又宋佚名《两朝纲目备要》卷十五："去年（1214 年）塔坦围燕京。是春……惟真定之兵四万合保涿援兵一万至旋风寨，与塔兵战，凡二日，粮绝而败。"所谓旋风寨，当就是如今说炮台的意思。明茅元仪《武备志》卷一百一十一，军资乘："旋风炮，打填壕人及团队人马。"则明代此炮犹名旋风。张岱《水浒牌四十八人赞》赞黑旋风李逵道："面如铁，性如火。"从捏合的技巧来说，颇能掌握旋风的本质。因之，所谓黑，是就其形象而言；所谓小，是就其威力而言；这样，就把李逵和柴进的绰号统一起来了。要不然，说李逵因性急（第四十三回），他是没头神（第三十九回），好似一阵风一般，所以叫做"黑旋风"。那么，柴进和李逵，就其性情来说，根本就没有一点相似之处，更不能说这是某种程度上的大小之分而已。不过，话虽如此，我们还要问：（1）李逵、柴进为什么要用外国武器来起绰号？（2）这种金国炮又为什么要起个旋风的名字？关于第一个问题，鲁迅先生早已给我们解答了。《华盖集》里《补白一》说：

现在的强弱之分固然在有无枪炮，但尤其是在拿枪炮的人。假使这国民是卑怯的，即纵有枪炮，也只能杀戮无枪炮者，倘敌手也有，胜败便在不可知之数了。这时候才见真强弱。

我们弓箭是能自己制造的，然而败于金，败于元，败于清。记得宋人的一部杂记（指《张氏可书》）里记有市井间之谐谑，将金人和宋人的事物来比较。譬如问金人有箭，宋有什么？则答道："有锁子甲。"又问金有四太子，宋有何人？则答道："有岳少保。"临末问，金人有狼牙棒（打人脑袋的武器），宋有什么？却答道："有天灵盖！"

自宋以来，我们终于只有天灵盖而已……

我们的革命英雄他们深知道这一点，假如我们终于只有天灵盖而已，我们还闹什么反侵略反压迫？我们必须占有敌人这种武器，反转来向敌人开火。下面张清又取统治压迫阶级占有的特种武器来起绰号，也是这个道理。至于这种炮为什么要起这样一个名字？原来这又是金人取来威胁他的死敌辽人的。《说郛》本宋王易《重编燕北录》："戎主及契丹庶等，如见旋风时，便合眼用鞭子空中打四十九下，口道'神不翅'七声，——汉语瑰风也，以禳厌。"又叶隆礼《辽志》岁时杂记："契丹人见旋风，合眼用鞭望空打四十九下，口中道：'坤（神）不刻（翅通）'七声。"按宋王安石《破冢》诗："旋风时出地中尘。"宋李璧注："俗云：'旋风，鬼所为也。'"由于辽人敬畏旋风，见旋风时，例合眼禳祷，因而金人就把这种炮叫做旋风，企图假借神道余威，好让敌人合着眼来受死。由是可见，李逵、柴进这两个绰号，势必与他们反侵略的斗争是分不开的。历史告诉我们，李逵、柴进也确是当时的民族英雄。李逵事实，已略见余季豫先生《宋江三十六人考略》。余先生又谓史进即史斌，我也怀疑柴进即绍兴时的武功大夫柴斌。（《宣和遗事》说："三十六人归顺后，各受武功大夫。"）由是可见，这两位民族英雄当初起的绰号是从当时"即以其人之道还治其人之身"的同仇敌忾的心理出发的。敌人有旋风炮吗？那有什么稀奇，我们还有活的、各式各样的旋风呢！明人《淫奔记》杂剧第一折净白："自幼不通经史，长成学就飘蓬，自号'钻天行者'，人称'扫地旋风'。"这是受《水浒》的影响而起的绰号。明末"流寇"首领有"黑旋风"。

没羽箭 《宋史》兵志十一说："淳熙九年（1182 年）湖北、京西造纳无羽箭，上曰：'箭不用羽，可谓精巧，其屋藏之。'"无羽箭也就是没羽箭。这件事情告诉我们：没羽箭是当时劳动人民创造的奇迹，赵宋统治阶级把这种武器"屋藏"起来，不拿去对付当时最凶暴的民族敌人，这是多么令人痛心的事情呀！《水浒》英雄张清起了这样一个绰号，表示劳动人民的创造，一定要为广大的人民及其民族服务的，而不是徒供统治阶级赏其"精巧"，失去了它存在的价值。因之，张清在征辽一役之中大显身手，打得那番官也负疼叫道："这蛮子直这般利害！"这是对当时无能的赵宋统治政权又一次无情的讽刺。张岱《水浒牌四十八人赞》赞张清云："唐琦石，忠于宋。满地皆是，人不能用。"按《建炎以来系年要录》卷三十："建炎三年（1129 年）十有二月戊戌，金人陷越州……亲事官唐琦袖石击巴哩巴，不中。"唐琦，《宋史》卷四百四十八忠义三有传。则施耐庵以没羽箭为石子，从京西无羽箭及唐琦石看来，都不是随便粗制滥造，而是有高度的思想性的。

混江龙　《中兴小纪》卷十三引李龟年《记杨么本末》："车船者，置人于前后踏车，进退皆可。其名大德山、小德山、望三州及浑江龙之类……浑江龙则为龙首，每水斗，杨么多自乘此。"浑江龙即混江龙。这件事情告诉我们：《水浒》从其一些江湖上活动的情况来说，作者是有意识地把当时另一支以杨么为首的农民革命军的故事作为素材来处理的。由是可见，《水浒》是一部有代表性的反映一个历史阶段的反压迫反侵略的历史小说，它的题材，是以南北两宋为断限的。若谓《水浒》只局限于宣和的三五年中宋江这一伙的故事，那就失去《水浒》的普遍意义和代表意义了。《元史》卷一百四十三《泰不华传》："黄河决，奉诏以珪玉白马致祭河神，竣事，上言'淮安以东，河入海处，宜依宋置撩清夫，用辊江龙铁扫撼荡沙泥，随潮入海。'朝廷从其言。"辊江龙虽为宋人治河利器，以其不如杨么之浑江龙，对于革命意义，尤为关切，故不取以为说。又清阮葵生《茶馀客话》卷五："神木厂所积大木多永乐时旧物，木各有名，刻字为记，其最大者，曰……混江龙等名，朽烂弃掷，对面人立，尚不相见。"给大木起名为"混江龙"，又见明徐充《暖姝由笔》，这当是受了《水浒》的影响。明末"流寇"首领有"混江龙"。

轰天雷　《金史·赤盏合喜传》："哀宗正大九年（1232年），元兵薄京师……攻城之具，有大炮名震天雷者，铁罐盛药，以火点之，炮起火发，其声如雷，闻百里外。所蓺围半亩之上，火点著金甲铁皆透。"凌振绰号，即本于此，亦犹李逵、柴进的绰号一样，乃是以侵略者之武器去反侵略也。

铁扇子　《三朝北盟会编》卷二百五："由是守陴弓弩皆不发，王进出入以铁扇为蔽，呵喝如常，人皆寒心悚惧。"由是可知铁扇子是有蔽护作用的。宋江从事公而忘家的革命运动，同时又被称为孝义黑三郎，得其弟宋清之力一定很多，《水浒》第二十二回，张三挑唆阎婆去厅上披头散发来告道："宋江实是宋清隐藏在家，不令出官。"这就是一个证见。可惜如今传下来的《水浒》这一方面的描写是很不够的，因而没有对铁扇子的作用进行有血有肉、入情入理的发挥，《水浒后传》赞宋清像道："顺亲传弟悌，愧煞守钱奴。"这十个字可作"铁扇子"的注脚。《水浒传注略》卷上："扇子以铁为之，乃无用之物。"非是。

六 《水浒》英雄绰号的影响

明末清初查继佐《罪惟录》传三十一王嘉胤高迎祥传论：

> 自施耐庵作《水浒传》，罗贯中续成之，笔□贻祸者三而未已也：一则万历末年，徐鸿儒以郓城人倡白莲教，巢于梁家楼，直欲亲见梁山泊故事；一则天启中，《点将录》以天罡星彷彿分署李三才等三十六人，以地煞星分署雇大章等七十二人，逆魏与崔，借以尽残善类；一则崇祯中"流贼"初起，□为指名，亦辄如传中各立浑号，如托天王、一丈青等，□勇出相作梁山泊好汉，其为数十倍于天罡地煞不止。前七年为《水浒》第一演义而元气全渐，后十七年为《水浒》第三演义而国命随尽……耐庵、贯中之笔，良可畏也。

查氏所举三事，以梁家楼一事，与本文范围无关，姑且不论，论其他二事。（明以后所受《水浒》英雄绰号的影响，已见拙著《水浒与农民革命》一文。《乾嘉诗坛点将录》与《东林点将录》性质完全不同，绝无斗争性可言，也不备论）陈悰《天启宫词》原注道：

> 或有用《水浒传》罡煞星名配东林诸人以供谈谑之资，如托塔天王则李三才也，及时雨则叶向高也。崔呈秀得之，名曰《点将录》，佳纸细书，与《天鉴录》、《同志录》同付魏忠贤。忠贤乘间以达御览，上不解托塔天王为何语，忠贤详述东西移塔事，意欲使上知东林强暴有如此徒，所当翦也。上倾听啧啧，若憾不同时者。忠贤计阻，匿其书，逡巡而退。

这种伎俩，正如鲁迅先生在《华盖集》里《补白二》所说："中国老例，凡要排斥异己的时候，常给对手起一个浑名，——或谓之'绰号'。"何况这是"笔挟风霜"的给对手起的全部"强盗"的绰号。由于明末是一个历史动荡的时期，内而阶级矛盾，外而民族矛盾，一天深化一天，也正如鲁迅先生所谓是一个有"水浒气"的社会④。这时，不管是有正义感的知识分子，抑或是造反的"强盗"，不管自称以抑或是被称以《水浒》英雄的绰号，这都标识着他们斗争的方向及其全部政治意义。东林从政党斗争中得到了血的教训，知道此路不通，于是有些人就走上了"秀才造反"的道路，很快地与"流寇"合了流。《琅嬛文集》卷三与李砚翁书说道：

> 东林之中，其庸庸碌碌者不必置论，如……闯贼首辅之项煜……以致窜入东林，乃欲俱奉之以君子，则吾臂可断，决不敢徇情也。东林之尤可丑者，时敏之降闯贼曰："吾东林时敏也。"以冀大用。

这些在文化战线上与反动势力作斗争的有正义感的知识分子，最初是被称以《水浒》英雄的绰号，结果是一个一个地"逼上梁山"，很自然地与革命武装会了师。地主阶级的代言人张岱，在这些问题上他受了很大的限制性，他当然不懂得为什么"闯贼"首辅窜入了东林、东林党人要投降"闯贼"了。

七 结论

作为提挈一个人全般的绰号，从阶级立场去看，是包括一个历史人物的全部政治意义的。由是可见，《水浒》英雄全部都有绰号，是有它的历史意义和社会基础作为依据条件的。这些绰号之被以后的农民革命英雄不断地采用与模拟，并不是偶然的。他们有时还直接采用《水浒》英雄的名字，也是属于这一类型⑤，这正如《水浒》英雄他们之采用李广、张飞、关索、尉迟为绰号一样。马克思在《拿破仑第三政变记》第一章分析在那次革命中，召唤过去的亡灵来为自己效力，向其借用名称、战斗口号……来演出世界历史的新场面时这样写道：

> 在那些革命中，唤起已死的人物，其目的是在于赞美新的斗争，而不在于仿效旧的斗争；其目的是在于称扬想象中的既定的任务，而不在于回避这些任务的现实上的解决，其目的在于再度找到革命的精神，而不在于使它的幽灵重新起来行走。

这一原理，对于了解《水浒》英雄之采用这种绰号形式，有非常重要的意义。《水浒》以及后来的农民革命英雄，他们的目的，正是"在于再度找到革命的精神"，以便对新的统治秩序或外来的武装侵略作斗争，于是"小李广"、"小张飞"、"病关索"、"病尉迟"之名便接二连三地取起来了。

原载《新建设》1954 年 4~5 月号

---

① 鲁迅：《且介亭杂文二集》。

② 见《辅仁学志》第 8 卷第 2 期。

③ 见《文艺月报》1953 年 3 月号。

④ 鲁迅：《且介亭杂文二集·叶紫作〈丰收〉序》。

⑤ 见《〈水浒〉与农民革命》。

西游记玄奘弟子故事之演变

陈寅恪

印度人为最富于玄想之民族，世界之神话故事多起源于天竺，今日治民俗学者皆知之矣。自佛教流传中土后，印度神话故事亦随之输入。观近年发现之敦煌卷子中，如维摩诘经文殊问疾品演义诸书，益知宋代说经，与近世弹词章回体小说等，多出于一源，而佛教经典之体裁与后来小说文学，盖有直接关系。此为昔日吾国之治文学史者，所未尝留意者也。

僧佑出三藏记集九贤愚经记云：

> 河西沙门释昙学威德等凡有八僧，结志游方，远寻经典，于于阗大寺遇般遮于瑟之会。般遮于瑟者，汉言五年一切大众集也。三藏诸学各弘法宝，说经讲律依业而教。学等八僧随缘分听，于是竞习胡音，析以汉义。精思通译，各书所闻。还至高昌，乃集为一部。

据此，则贤愚经者，本当时昙学等八僧听讲之笔记也。今检其内容，乃一杂集印度故事之书。以此推之，可知当日中央亚细亚说经，例引故事以阐经义。此风盖导源于天竺，后渐及于东方。故今大藏中法句譬喻经等之体制，实印度人解释佛典之正宗。此土释经著述，如天台诸祖之书，则已支那化，固与印度释经之著作有异也。夫说经多引故事，而故事一经演讲，不得不随其说者听者本身之程度及环境，而生变易，故有原为一故事，而歧为二者，亦有原为二故事，而混为一者。又在同一事之中，亦可以甲人代乙人，或在同一人之身，亦可易丙事为丁事。若能溯其本源，析其成分，则可以窥见时代之风气，批评作者之技能，于治小说文学史者傥亦一助欤？

鸠摩罗什译大庄严经论三第壹五故事，难陀王说偈言：

> 昔者顶生王。将从诸军众。并象马七宝。悉到于天上。罗摩造草桥。得至楞伽城。吾今欲升天，无有诸梯隥。次诣楞伽城。又复无津梁。

寅恪案，此所言乃二故事，　一为顶生王升天因缘，见于康僧会译六度集经肆第肆拾故事、谒槃经圣行品、中阿含经壹壹王相应品四洲经、元魏吉迦夜昙曜共译之付法藏因缘传壹、鸠摩罗什译仁王般若波罗蜜经下卷、不空译仁王护国般若波罗蜜经护国品、法炬译顶生王故事经、昙无谶译文陀竭王经、施护译顶生王因缘经及贤愚经壹叁等。梵文 Divyāvadāna 第壹柒篇亦载之，盖印度最流行故事之一也。兹节录贤愚经壹叁顶生王缘品第陆肆之文如下：

　　（顶生王）意中复念，欲升忉利，即与群众蹈虚登上。时有五百仙人住在须弥山腹，王之象马屎尿下落，污仙人身。诸仙相问，何缘有此？中有智者告众人言，吾闻顶生欲上三十三天，必是象马失此不净。仙人忿恨，便结神咒，令顶生王及其人众悉住不转。王复知之，即立誓愿，若我有福，斯诸仙人悉皆当来，承供所为。王德弘博，能有感致，五百仙人尽到王边，扶轮御马，共至天上。未至之顷，遥睹天城，名曰快见，其色皦白，高显殊特。此快见城有千二百门，诸天惶怖，悉闭诸门，着三重铁关。顶生兵众直趣不疑，王即取贝吹之，张弓扣弹，千二百门一时皆开。帝释寻出，与共相见，因请入宫，与共分坐。天帝人王貌类一种，其初见者，不能分别，唯以眼眴迟疾知其异耳。王于天上受五欲乐，尽三十六帝，末后帝释是大迦叶。时阿修罗王兴军上天，与帝释斗。帝释不如。顶生复出，吹贝扣弓，阿修罗王即时崩坠。顶生自念，我力如是，无有等者。今与帝释共坐何为？不如害之，独霸为快。恶心已生，寻即堕落，当本殿前，委顿欲死。诸人来问，若后世问顶生王云何命终，何以报之？王对之曰，若有此问，便可答之，顶生王者由贪而死。统领四域四十亿岁，七日雨宝，及在二天，而无厌足，故致坠落。

　　此闹天宫之故事也。

　　又印度最著名之纪事诗罗摩延传第陆编，工巧猿名 Nala 者，造桥渡海，直抵楞伽。此猿猴故事也。盖此二故事本不相关涉，殆因讲说大庄严经论时，此二故事适相连接，讲说者有意或无意之间，并合闹天宫故事与猿猴故事为一，遂成猿猴闹天宫故事。其实印度猿猴之故事虽多，猿猴而闹天宫，则未之闻。支那亦有猿猴故事，然以吾国昔时社会心理，君臣之伦，神兽之界，分别至严。若绝无依藉，恐未必能联想及之。此西游记孙行者大闹天宫故事之起原也。

　　又义净译根本说一切有部毗奈耶杂事叁佛制苾刍发不应长缘略云：

时具寿牛卧在憍闪毗国，住水林山出光王园内猪坎窟中。后于异时，其出光王于春阳月，林木皆茂，鹅雁鸳鸯鹦鹉舍利孔雀诸鸟，在处哀鸣，遍诸林苑。时出光王命掌园人曰，汝今可于水林山处，周遍芳园，皆可修治。除众瓦砾，多安净水，置守卫人。我欲暂住园中游戏。彼人敬诺，一依王教。既修营已，还白王知。时彼王即便将诸内官以为侍从，往诣芳园。游戏既疲，偃卧而睡。时彼内人，性爱花果，于芳园里随处追求。时牛卧苾刍须发皆长，上衣破碎，下裙垢恶，于一树下跏趺而坐。宫人遥见，各并惊惶，唱言：有鬼！有鬼！苾刍即往入坎窟中。王闻声已，即便睡觉，拔剑走趁。问宫人曰，鬼在问处？答曰，走入猪坎窟中。时王闻已，行至窟所，执剑而问，汝是何物？答言，大王！我是沙门。王曰，是何沙门？答曰，释迦子。问言汝得阿罗汉果耶？答言不得。汝得不还，一来，预流果耶？答言不得。且置斯事，汝得初定，乃至四定？答亦不得。王闻是已，转更瞋怒，告大臣曰，此是凡人，犯我宫女，可将大蚁填满窟中，蜇螫其身。时有旧住天神近窟边者，闻斯语已，便作是念：此善沙门，来依附我，实无所犯，少欲自居。非法恶王，横加伤害。我今宜可作救济缘。即自变身为一大猪，从窟走出。王见猪已，告大臣曰，可将马来，并持弓箭。臣即授与，其猪遂走，急出花园。王随后逐。时彼苾刍，急持衣钵，疾行而去。

西游记猪八戒高家庄招亲故事，必非全出中国人臆撰，而印度又无猪豕招亲之故事，观此上述故事，则知居猪坎窟中，须松蓬长，衣裙破垢，惊犯宫女者，牛卧苾刍也。变为大猪，从窟走出，代受伤害者，则窟边旧住之天神也。牛卧苾刍虽非猪身，而居猪坎窟中，天神又变为猪以代之，出光王因持弓乘马以逐之，可知此故事中之出光王，即以牛卧苾刍为猪。此故事复经后来之讲说，憍闪毗国之憍，以音相同之故，变为高家庄之高。惊犯宫女，以事相类似之故，变为招亲。辗转代易，宾主淆混，指牛卧为猪精，尤觉可笑。然故事文学之演变，其意义往往由严正而趋于滑稽，由教训而变为讥讽，故观其与前此原文之相异，即知其为后来作者之改良。此西游记猪八戒高家庄招亲故事之起原也。

又慈恩法师传壹云：

莫贺延碛长八百余里，古曰沙河。上无飞鸟，下无走兽，复无水草。是时顾影，唯一心但念观音菩萨及般若心经。初法师在蜀，见一病人身疮臭秽，衣服破污，愍将向寺，施与衣服饮食之直。病者惭愧，乃授法师此经。因常诵习。至沙河间，逢诸恶鬼，奇状异类，绕人前后，虽念观音，不能令去，及诵此经，发声皆散。在危获济，实所凭焉。

此传所载，世人习知（胡适教授西游记考证亦引之），即西游记流沙河沙和尚故事之起原也。

据此三者之起原，可以推得故事演变之公例焉。

一曰：仅就一故事之内容，而稍变易之，其事实成分殊简单，其演变程序为纵贯式。如原有玄奘度沙河逢诸恶鬼之旧说，略加傅会，遂成流沙河沙和尚故事之例是也。

二曰：虽仅就一故事之内容变易之，而其事实成分不似前者之简单，但其演变程序尚为纵贯式。如牛卧苾刍之惊犯宫女，天神之化为大猪。此二人二事，虽互有关系，然其人其事，固有分别，乃接合之，使为一人一事，遂成猪八戒高家庄招亲故事之例是也。

三曰：有二故事，其内容本绝无关涉，以偶然之机会，混合为一。其事实成分，因之而复杂。其演变程序，则为横通式。如顶生王升天争帝释之位，与工巧猿助罗摩造桥渡海，本为各自分别之二故事，而混合为一。遂成孙行者大闹天宫故事之例是也。

又就故事中主人之构造成分言之，第叁例之范围，不限于一故事，故其取用材料至广。第贰例之范围，虽限于一故事，但在一故事中之材料，其本属于甲者，犹可取而附诸乙，故其取材尚不甚狭。第壹例之范围则甚小，其取材亦因而限制，此故事中原有之此人此事，虽稍加变易，仍演为此人此事。今西游记中玄奘弟子三人，其法宝神通各有等级。其高下之分别，乃其故事构成时，取材范围之广狭所使然。观于上述此三故事之起原，可以为证也。

寅恪讲授佛教翻译文学，以西游记玄奘弟子三人，其故事适各为一类，可以阐发演变之公例，因考其起原，并略究其流别，以求教于世之治民俗学者。

原载1930年8月《历史语言研究所集刊》第二本第二分

西游记的演化

郑振铎

一　当前的难题

说起《西游记》小说来，便立刻会有几个难解决的纠纷，出现在我们之前。这并不是作者的问题。今本最伟大的一部《西游记》小说的作者，早已知道为明人吴承恩而非元代道士邱处机了。也不是什么探求这部小说中所包含的哲理与潜伏的真意；那些《真诠》、《新说》、《原旨》、《正旨》以及《证道书》等以《易》、以《大学》、以仙道来解释《西游记》的书都是戴上了一副着色眼镜，在大白天说梦话的。撇清了那些问题于外，却另有几个问题在着。

最大的一个问题，便是，吴承恩本的《西游记》是创作的呢，还是将旧本加以放大的？易言之，即吴承恩的地位，到底是一位曹雪芹呢，还是一位罗贯中？他的《西游记》，到底是一部《红楼梦》似的创作呢，还是一部《三国志演义》似的"改作"？这是一个很重要的问题，值得仔细的加以讨论。

鲁迅先生以为吴承恩的《西游记》是有所本的，他说道：

> 又有一百回本《西游记》盖出于四十一回本《西游记传》之后，而今特盛行。①

———《中国小说史略》第十七篇

又道：

> 《西游记》全书次第，与杨致和作四十一回本殆相等。……惟杨致和本虽

---

① 编者按：杨致和本《西游记传》实系四十个目。因翻刻本误增一目，遂成"四十一回"。本书下文引全书回目，亦为四十回。

大体已立，而文词荒率，仅能成书；吴则通才，敏慧淹雅，其所取材，颇极广泛……讽刺揶揄，则取当时世态，加以铺张描写，几乎改观。

——同上

　　但也有人以为杨致和本是一个妄人删割吴承恩的《西游记》，勉强缩小篇幅的。到底这两说是哪一说对呢？假如没有更强更确的证据出来，这场笔墨官司是一辈子打不完的。

　　我们且等待着看，有没有机会去解决这个重要的问题。

　　这是其一。

　　其次，问题虽然较小，却很少有人拈出过。想不到那末大的一个罅漏，居然会没有什么人发现，而任他逃出读者们的"注意"之外。原来近三百余年来盛传的种种异本之吴承恩的《西游记》，无论是《新说》，或《证道书》，或其他，其第九回：

　　　陈光蕊赴任逢灾　　江流僧复仇报本

第十回：

　　　老龙王拙计犯天条　　魏丞相遗书托冥吏

的开场白若干语，几乎完全是雷同的。第九回的开场白是：

　　　话表陕西大国长安城，乃历代帝王建都之地，自周、秦、汉以来，三川花似锦，八水绕城流，真个是名胜之邦。彼时是大唐太宗皇帝登基，改元贞观。已登极十三年，岁在己巳。

第十回的开场白是：

　　　此单表陕西大国长安城，乃历代帝王建都之地，自周、秦、汉以来，三川花似锦，八水绕城流，三十六条花柳巷，七十二座管弦楼。华夷图上看，天下最为头，真是个奇胜之方。今却是大唐太宗文皇帝登基，改元龙集贞观。此时已登极十三年，岁在己巳。

以上二段文字，皆据张书绅《新说西游记》。为什么紧接着的两回，《西游记》的作者乃这样不惮烦的钞上如此相同的文字呢？吴承恩是决不会笨到这样的。

这不是一个谜么？要解得这个谜，却须连带解决《西游记》的整个"演化"问题。

所以以上两个问题，原来也只是一个。

二 新证据的发见

说来很觉得有趣，在去年之前，我们对于以上的两个问题，还没有法子窥测得什么端倪。我们相信，鲁迅先生所见到的吴承恩的《西游记》，不过是《真诠》、《新说》一类的清刊本——这有一个证据，他在《中国小说史略》上说："第九回记玄奘父母遇难及玄奘复仇之事，亦非事实，杨本皆无有，吴所加也。"其实吴氏的《西游记》原无今本的"第九回"（其说详下）。亚东图书馆的标点本，所用的底本便是《新说》。但最流行的一本却是《真诠》。《真诠》其实最靠不住，乱改、乱删的地方极多，远不如《证道书》及《新说》的可靠。吴氏原本所有的许多作为烘托形容之用的歌曲，几有十之三四被删去。这是最可慨惜的！ 吴氏的许多韵语，出之于孙行者、唐三藏或诸妖魔的口中者，乃是那么的有风趣。不知悟一子为何硬了心肠，乱加斫除！

除了《新说》、《真诠》本的吴书之外，他们所见到的明人著作，也只有杨致和的四十一回本《西游记传》。

在好久的不知有吴氏原本。无论他著的"黑暗时代"之后，却忽然的于一年之间，乃连续发见了好几部《西游记》的著作，使我们顿时眼界大开，对于这部小说的研究，自信可以暂时告一个结果，还不足以偿"埋头"之苦而若考古学家之掘获古代帝王坟似的欣然自得么？

三年以前，我在上海，已知道日本村口书店有明版《西游记》二种待估的消息。为了索值过高，决非我们教书匠力之所及，虽然天天燃烧着想读到什么的愿望，却只得冷了心肠，不作此想。去年，在时局混乱的情形中，听说这二书已为北平图书馆购得了，这使我们如何的高兴！连忙坐了公共汽车进城，得以第一次获睹数年来念念不忘的两部书。

土黄色的细绫锦套，一望而知为日本式的装潢。凡五套，四套是吴本《西游记》，其他一套却是从未见之记载的一部异本：

鼎锲全相唐三藏西游传（第一卷末，又题作《唐三藏西游释厄传》）

| 羊城冲怀 | 朱鼎臣 | 编辑 |
| 书林莲台 | 刘承茂① | 绣梓 |

这一部《西游传》分甲、乙、丙、丁……等十集，凡十卷，但只有四本，篇幅不及吴本《西游记》四分之一，每页分为上下二层，上图下文。就其版式及纸张看来，当是明代嘉隆间闽南书肆的刻本。其时代最迟似不能后于万历初元。说她是一部孤本，大约不会错。在她出现以前，我们从来不知道有此书。羊城人朱鼎臣固然是一位陌生的作家；即"书林莲台刘承茂"也似是不见经传的一个闽南书肆主人。有了这部书的出现，我们才可以明白，杨致和的《西游记传》是"我道不孤"，才可以知道，杨本四十一回的《西游记传》和朱鼎臣十卷本的《西游传》究竟是什么性质的东西。

但那四套的明刊吴本《西游记》，也并不是什么凡品。明刊小说，惟《西游记》为最罕见。清初刊的《西游真诠》，卷首曾附有插图二百幅（但后来刊本皆已去之），刻工极为精致。就插图的内容看来，确不是《西游真诠》所有。（因插图第九回是袁守诚妙算无私曲，并无陈光蕊赴任逢灾的一回。）《真诠》大约是利用了明末的这副图版而"张冠李戴"了的。（这插图本当是天启、崇祯间苏或杭的一个刻本，似即为《李卓吾批评西游记》的插图吧？）三年前，上海中国书店在某书封皮的背面，发见明刻本《西游记》一页，诧为奇遇。后此页由赵菱云先生送给了我。这一页万历写刻本《西游记》的发现，便是这四大套明刻吴本全书发现的先声。这吴本的《西游记》全书，首有秣陵陈元之序，序末题"时壬辰夏端四日也"，盖即万历二十年（公元 1592 年）所刊。刊地为金陵，刊者为金陵书贾世德堂唐氏。陈序云：

> 唐光禄既购是书，奇之。益俾好事者为之订校，校其卷目梓之。凡二十卷，数十万言有余。

是此书亦尝经唐光禄"秩其卷目"，未必全为原本之式样的了。但今所见《西游记》，则当以此书为最古。插图也很精，与罗懋登的《三宝太监下西洋记》略同式。万历间金陵刊本的插图，殆都是这种式样的。

今存的明刻本吴氏《西游记》，尚有：

---

①编者按："刘承茂"宜作"刘永茂"。

（一）鼎锲京本全像西游记　日本内阁文库藏，题"闽建书林杨闽斋梓"，上图下文，全为闽南书坊的款式。亦为二十卷，亦有陈元之序，而序末年月，已改为"癸卯夏"，盖即万历三十一年，去世德堂本的刊行已十一年。（似即据世德堂为底子，故以京本相号召。闽南书肆，凡翻刻南京、北京书，皆冠以京本二字，以示来源，有别杜撰。其风殆始于南宋。）

（二）唐僧西游记　日本帝国图书馆藏，似亦万历间刊本，而从世德堂本出者。惜未详为何人所刊。

（三）李卓吾先生批评西游记　日本内阁文库藏。亦同世德堂本。卷首插图，凡一百叶二百幅。有题"刘君裕刻"者；当为启、祯间刻本。（以上三本见孙楷第的《日本东京所见中国小说书目提要》，北平图书馆出版）其面目都是和世德堂本不殊的。在世德堂本之前，有无更早的刊本，却不可知，世德堂本题"华阳洞天主人校"，此华阳洞天主人，似即陈序中所谓唐光禄。

陈序很重要，惟关于作者则游移其辞：

……《西游》一书，不知其何人所为。或曰：出今天潢何侯王之国。或曰：出八公之徒。或曰：出王自制。余览其意，近跐跐滑稽之雄，尨言漫衍之为也。旧有序，余读一过，亦不著其姓氏作者之名。

彼时，似不知此书出于吴承恩手。惟既有"出今天潢何侯王之国"语，则吴氏或尝为"八公之徒"欤？嘉、隆间的文人们，出入于藩王之府，而为他们著书立说者不少概见，吴氏殆亦其一人。惜所云"旧序"，世德堂本未刊入，今绝不可得见，未能一窥其究竟。

世德堂本，粗视之与今坊本无异，但有一点与今坊本大不相同，即今坊本有第九回：

陈光蕊赴任逢灾　　江流僧复仇报本

的一大段"陈玄奘出身"事，而世德堂本则无之，其第九回便是：

袁守诚妙算无私曲　　老龙王拙计犯天条

恰相当于今坊本第十回的开始。十回以下，文字全同今坊本，惟回目略殊：

	世德堂本	《证道书》《新说》《真诠》诸坊本
第九回	袁守诚妙算无私曲 老龙王拙计犯天条	陈光蕊赴任逢灾 江流僧复仇报本
第十回	二将军宫门镇鬼 唐太宗地府还魂	老龙王拙计犯天条 魏丞相遗书托冥吏
第十一回	还受生唐王遵善果 度孤魂萧瑀正空门	游地府太宗还魂 进瓜果刘全续配

从第十二回起，则诸本回目皆全同，没有什么可注意的。到底这"陈光蕊"故事是吴本所原有而世德堂本删去的呢，还是吴本原无，而为清代诸本所妄加的呢？这且待下文再详之。

正当此两部不平常的明刻本《西游记》及《西游传》出现的时候，一个更重大的消息也为我们所喧传着。原来，在北平图书馆善本室所庋藏的许多传抄本《永乐大典》中，有一本第一万三千一百三十九卷的，是送字韵的一部分。在许多"梦"的条文中，有一条是：

> 魏征梦斩泾河龙。

引书标题作"西游记"，文字全是白话，其为小说无疑。谁能猜想得到，残存的《永乐大典》的一册之中，竟会有《西游记》小说的残文存在呢！在吴承恩之前，果有一部古本的《西游记》小说！鲁迅先生的论点是很强固的被证实了。这一条，虽不过一千二百余字，却是如何的重要，如何的足令中国小说研究者雀跃不已！

我们虽不曾再发见第二条《西游记》残文，但此《永乐大典》本《西游记》之为吴承恩本的祖源，却是无可疑的。就此一条的文字看来，古本《西游记》小说，其骨干与内容是不会和吴承恩本相差得多少的。孙楷第先生曾钞得此条见寄。为了见到的人太少，特将全文转录于下：

> 梦斩泾河龙（《西游记》）长安城西南上，有一条河，唤作泾河。贞观十三年，河边有两个渔翁，一个唤张梢，一个唤李定。张梢与李定道："长安西门里，有个卦铺，唤神言山人。我每日与那先生鲤鱼一尾，他便指教下网方位。依随着一日下一日着。"李定曰："我来日也问先生则个。"这二个正说之间，怎想水里有个巡水夜叉，听得二人所言。"我报与龙王去。"龙王

正唤做泾河龙。此时正在水晶宫正面而坐。忽然夜叉来到言曰："岸边有二人都是渔翁。说西门里有一卖卦先生，能知河中之事。若依着他筹，打尽河中水族。"龙王闻之大怒。扮作白衣秀士，入城中。见一道布额，写道："神翁袁守成于斯讲命。"老龙见之，就对先生坐了。乃作百端磨问，难道先生，问何日下雨。先生曰："来日辰时布云，午时升雷，未时下雨，申时雨足。"老龙问下多少。先生曰："下三尺三寸四十八点。"龙笑道："未必都由你说。"先生曰："来日不下雨，到了时，甘罚五十两银。"龙道："好，如此来日却得厮见。"辞退，直回到水晶宫。须臾，一个黄巾力士言曰："玉帝圣旨道：'你是八河都总泾河龙。教来日辰时布云，午时升雷，未时下雨，申时雨足。'"力士随去。老龙言不想都应着先生谬说。到了时辰，少下些雨，便是向先生要了罚钱。次日，申时布云，酉时降雨二尺。第三日，老龙又变为秀士，入长安卦铺。向先生道："你卦不灵，快把五十两银来。"先生曰："我本筹算无差。却被你改了天条，错下了雨也。你本非人，自是夜来降雨的龙。瞒得众人瞒不得我。"老龙当时大怒，对先生变出真相。霎时间，黄河摧两岸，华岳振三峰，威雄惊万里，风雨喷长空。那时走尽众人，唯有袁守成巍然不动。老龙欲向前伤先生。先生曰："吾不惧死。你违了天条，刻减了甘雨，你命在须臾。剐龙台上难免一刀。"龙乃大惊悔过。复变为秀士，跪下告先生道："果如此呵，却望先生与我说明因由。"守成曰："来日你死，乃是当今唐丞相魏征来日午时断你。"龙曰："先生救咱！"守成曰："你若要不死，除非见得唐王，与魏丞相行说，劝救时节，或可免灾。"老龙感谢，拜辞先生回也。玉帝差魏征斩龙。天色已晚，唐王宫中睡思半酣，神魂出殿，步月闲行。只见西南上有一片黑云落地，降下一个老龙，当前跪拜。唐王惊怖曰："为何？"龙曰："只因夜来错降芒雨，违了天条，臣该死也。我王是真龙，臣是假龙。真龙必可救假龙。"唐王曰："吾怎救你？"龙曰："臣罪正该丞相魏征来日午时断罪。"唐王曰："事若干魏征，须救你无事。"龙拜谢去了。天子觉来，却是一梦。次日，设朝，宣尉迟敬德总管上殿曰："夜来朕得一梦，梦见泾河龙来告寡人道：'因错行了雨违了天条，该丞相魏征断罪。'朕许救之。朕欲今日于后宫里宣丞相与朕下棋一日，须直到晚乃出，此龙必可免灾。"敬德曰："所言是矣。"乃宣魏征至。帝曰："召卿无事，朕欲与卿下棋一日。"唐王故迟延下着。将近午，忽然魏相闭目笼睛，寂然不动。至未时，却醒。帝曰："卿为何？"魏征曰："臣暗风疾发，陛下恕臣不敬之罪。"又对帝下棋。未至三着，听得长安市上百姓喧闹异常。帝问何为。近臣所奏：千步廊南，十字街头，云端吊下一只龙头来，因此百姓喧闹。帝问魏征曰："怎生来？"魏征曰："陛下不问，臣不敢言。泾河龙违天获罪，奉玉帝圣旨令臣斩之。臣若不从，臣罪与龙无异矣。臣适来合眼一霎，斩了此龙。"正唤作魏征梦斩泾河龙。唐皇曰："本欲救之，岂期有此！"遂罢棋。

这部古本《西游记》，就此条残文看来，必定也是分则、分段的，而每则却各有一个六七个字的"回目"，正像古本《三国志演义》一样，条文的题目：《梦斩泾河龙》，或为原文所有，或为《永乐大典》编者所代拟，今不可知。但文中插入：

  玉帝差魏征斩龙

一句，与上下文俱不衔接，却显然是原来的一个"回目"。此条似当是合两个"回目"的两则而成的。第一个"回目"也许是已被《永乐大典》编者所删去而代之以：

  梦斩泾河龙

的一个总题目了。文末有"正唤作魏征梦斩泾河龙"一语，也正是古代"说话人"每喜于一个重要节目处提醒听众的惯技。

  古本《西游记》的文字古拙粗率，大类《元刊全相平话五种》和罗贯中的《三国志演义》。其喜用"之、乎、者、也"的文言的习气，也正相同。当是元代中叶（或至迟是元末）的作品。元道士邱处机写作《西游记》的传说，虽不过是一个谎话，而元人写作的古本《西游记》，却不料竟实有其书！在这异书奇本陆续的发见的时候，论述中国小说的历史，实在不是一件易事。

三 吴承恩的《西游记》的地位

  有了上面许多新的发现，我们对于《西游记》的研究，似可更进一步而接近于真实的和正确的结论了。反对鲁迅先生的那一个主张，因了《永乐大典》本《西游记》的出现，已不攻而自破。就那段《永乐大典》本《西游记》的残文仔细研究一下，便可以知道，吴承恩本《西游记》第九回"袁守诚妙算无私曲，老龙王拙计犯天条"的一大段故事，全是根据此条"残文"放大了的。内容几乎无甚增改。只不过将张梢、李定的两个渔翁，改作"一个是渔翁，名唤张梢，一个是樵子，名唤李定"，而因此便无端生出一大段的"渔樵问答"的情节来。其余像"辰时布云"云云，"下三尺三寸四十八点"云云，也都是完全相同的。如果此古本《西游记》再有下几条"残文"在《永乐大典》中发现，其内容想来当也不会和吴本《西游记》相差得很远的。

所以，吴承恩之为罗贯中、冯犹龙一流的人物，殆无可疑。吴氏的《西游记》，其非《红楼梦》、《金瓶梅》，而只不过是《三国志演义》和《新列国志》，也是无可疑的事实。惟那么古拙的《西游记》，被吴承恩改造得那么神骏丰腴，逸趣横生，几乎另成了一部新作，其功力的壮健，文采的秀丽，言谈的幽默，却确远在罗氏改作《三国志演义》，冯氏改作《列国志传》以上。只要把《永乐大典》本的那条残文和吴氏改本第九回一对读，我们便知道吴氏的润饰的功力是如何的艰巨。

吴氏本《西游记》的八十一难，与古本或不尽同。吴氏写作《西游记》的真意，虽不见得像《证道书》、《新说》、《真诠》、《原旨》诸家之所云，但其受有当时（嘉靖到万历）思想界三教混淆的影响，却是很明白的事实。其对于佛与仙的并容、同尊，正和屠隆的《昙花》、《修文》，汪廷讷的《长生》、《同升》相同。其不大明了佛教的真实的教义，也和屠、汪诸人无异。我们观于吴氏《西游记》第九十八回中所开列的不伦不类的三藏目录，便知他对于佛学实在是所知甚浅的。其必以九九八十一难为"数尽"，为"功成行满"者，也全是书生们的阴阳数理的观念的表现。陈元之的序道：

> 旧有序……其序以为孙，狲也。以为心之神。马，马也，以为意之驰。八戒，其所戒八也，以为肝气之木。沙，流沙，以为肾气之水。三藏，藏神，藏声，藏气之三藏，以为郛郭之主。魔，魔也，以为口耳鼻舌身意恐怖颠倒幻想之障。故魔以心生，亦以心摄。是故摄心以摄魔；摄魔以还理；还理以归之太初，即心无可摄，此其以为道之成耳。

假如所谓"旧序"，确是吴氏所自为，则陈氏所称"此其书直寓言者哉"，或很可信。作者殆是以古本《西游记》为骨架，而用他自己（或他那一个时代）的混淆佛道的思想，讽刺幽默的态度，为其肉与血，灵与魂的了。

《西游记》之能成为今本的式样，吴氏确是一位"造物主"。他的地位，实远在罗贯中、冯梦龙之上。吴氏以他的思想与灵魂，贯串到整部的《西游记》之中。而他的技术，又是那么纯熟、高超；他的风度又是那么幽默可喜。我们于孙行者、猪八戒乃至群魔的言谈、行动里，可找出多少的明代士大夫的见解与风度来！

吴氏书的地位，其殆为诸改作小说的最高峰乎？

但于古本《西游记》外，吴氏是否别有取材呢？吴氏是以见收于《永乐大典》中的那部古本为骨架的呢，还是别有他本介于吴氏书与那部古本之间？

鲁迅先生未见《永乐大典》本，但他相信《西游记》里的那部齐云、杨致和编的《新刻唐三藏西游全传》为吴氏书的祖本。如果他的话可信，则在古本与吴氏书之间是别有一部杨氏书介于其间的了。

那部杨氏本《西游记》，就其版式看来，无可疑的乃是万历间闽南书坊余象斗们所刻的书。嘉庆版的一本《西游记》不过照式翻印而已，正如嘉庆间书坊的照式翻印明代闽建余氏版之《两晋演义》一样。（关于《西游记》的年代将别有一文论之。）假如编《西游记》或作杨本的是一个"妄人"的话，这"妄人"却决不会在"清代中叶"的。杨致和至迟当是余象斗们同时生的人物。

有人曾举一例，以证明"鲁迅先生误信此书，为吴本之前的祖本"之错误。他说："此本第十八回（收猪八戒）［按杨本实无回数，第十八回数字为杜撰。此段实见嘉庆本卷二第二十四页。］收了八戒之后，'唐僧上马加鞭，师徒上山顶而去。话分两头，又听下回分解。'这下面紧接一诗：'道路已难行……你问那相识，他知西去路。'下面紧接云：'行者闻言冷笑，那禅师化作金光，径上鸟窠而去。'这里最可看出此本乃是删节吴承恩的详本，而误把前面会见鸟窠禅师的一段全删去了，所以有尾无头，不成文理。这是此本删吴本的铁证。"

但此"铁证"实在不足以折服鲁迅先生之心。我且再找一个"铁证"出来吧。在嘉庆版《西游记传》卷一第一页，正论到：

> 故地辟于丑；当丑会终，寅会初，天气下降，地气上升，一派正合，群物皆生。

下面却紧接云：

> 玉帝垂赐恩慈曰："下方之物，乃上天精华所生，不足为异。"那猴在山中夜宿石崖，朝游峰洞。

中间花果山的一块仙石产生石猴以及石猴生后，金光焰焰烛天，玉帝命千里眼、顺风耳开南天门观看的一段事，都不见了。这难道也是杨致和删去的么？他虽是"妄人"，却不会妄诞不通至此！"说破不值一文钱"；原来那些"铁证"，乃是嘉庆翻刻本所造成的。余氏的原刊本，流传下来时偶然缺失了半页或一二页，翻刻本以无他本可补，便把上下文联结起来刻了。这还不够明白么？前几年在上海受古书店曾见一部旧钞本的杨致和本《西游记传》，此两段文字俱在，并未"失落"。（不是"删去!"）惜以价昂未收，今不知何在。否则，大可钞在这里，以证明所谓"铁证"实在是不成其为"证"也。

在这里，我可以妄加断定一下了：鲁迅先生所说的吴氏书有祖本的话是可靠的。不过吴氏所本的，未必是杨致和的四十一回本《西游记传》，而当是《永乐大典》本。

自从我们见到了朱鼎臣本《西游记》，这立刻明白她和杨氏书是同一类的著作！他们很可能全都是本于吴承恩本《西游记》而写的。或可以说，全都是吴氏书的删本。因了朱本的出现，增强了我们说杨本是"删本"的主张。为什么呢？这有种种的证据。（那些"铁证"却不足为据!）

现在且先将朱本和杨本的"回目"对照的列表于下：

朱鼎臣本	杨致和本
卷之一:大道育生源流出	卷之一:猴王得仙赐姓
石猴投师参众仙	
石猴修道听讲经法	悟空得仙传道
祖师秘传悟空道	
卷之二:悟空炼兵偷器械	猴王勒宝勾簿
仙奏石猴扰乱三界	
孙悟空拜授仙禄	玉帝降旨招安
玉皇遣将征悟空	
孙悟空玉封齐天大圣	
乱蟠桃大圣偷丹	大圣搅乱胜会
反天宫诸神捉怪	
卷之三:观音赴会问原因	
小圣施威降大圣	真君收捉猴王
大仙助法收大圣	
八卦炉中逃大圣	
如来收压齐天圣	佛祖压倒大圣
五行山下定心猿	
我佛造经传极乐	
观音奉旨往长安	观音路降众妖
卷之四:唐太宗诏开南省	
陈光蕊及第成婚	
刘洪谋死陈光蕊	
小龙王救醒陈光蕊	

朱鼎臣本	杨致和本
殷小姐思夫生子	
江流和尚思报本	
小姐嘱儿寻殷相	
殷丞相为婿报仇	
卷之五：袁守诚妙算无私曲	
老龙王拙计犯天条	
太宗诏魏征救蛟龙	
魏征弈棋斩蛟龙	魏征梦斩老龙
二将军宫门镇鬼	唐太宗阴司脱罪
唐太宗地府还魂	
卷之六：还受生唐王遵善果	卷之二：刘全进瓜还魂
刘全舍死进瓜果	
刘全夫妇回阳世	
度孤魂萧瑀正空门	
玄奘秉诚建大会	
观音显像化金蝉	
唐太宗描写观音像	唐三藏起程往西天
三藏起程陷虎穴	唐三藏被难得救
双叉岭伯钦留僧	
卷之七：五行山心猿归正	唐三藏收伏孙行者
孙悟空灭除六贼	
观音显圣赐紧箍	
三藏授法降行者	
蛇盘山诸神暗佑	唐三藏收伏龙马
孙行者降伏火龙	
卷之八：观音收伏黑妖	观音收伏黑妖
三藏收伏猪八戒	唐三藏收伏猪八戒
唐三藏被妖捉获	唐三藏被妖捉获
卷之九：孙行者收妖救师	卷之三：孙悟空收妖救师
唐僧收伏沙悟净	唐僧收伏沙悟净
猪八戒思淫被难	猪八戒思淫被难
孙行者五庄观内偷果	孙行者五庄观内偷果
唐三藏逐去孙行者	唐三藏逐去孙行者

朱鼎臣本	杨致和本
唐三藏师徒被难	唐三藏师徒被难
猪八戒请行者救师	猪八戒请行者救师
孙悟空收妖救师	孙悟空收妖救师
唐三藏师徒被妖捉	唐三藏师徒被妖捉
孙行者收伏妖魔	孙行者收伏妖魔
卷之十：唐三藏收妖过黑河	唐三藏梦鬼诉冤
观音老君收伏妖魔	卷之四：孙行者收伏青狮精
	唐三藏收妖过黑河
	唐三藏收妖过通天河
观音老君收伏妖魔	观音老君收伏妖魔
孙行者被弭猿紊乱	昴日星官收蝎精
	孙行者被猕猴紊乱
	显圣师弥勒佛收妖
三藏过朱紫狮驼二国	三藏过朱紫狮驼二国
三藏历尽诸难已满	三藏历尽诸难已满
三藏见佛求经	三藏见佛求经
唐三藏取经团圆	唐三藏取经团圆

　　这一个目录已足够表现朱本和杨本是什么性质的东西。朱本虽未写明刻于何时，但观其版式确为隆、万间之物。——其出现也许还在世德堂本《西游记》之前。杨本亦未详知其刊刻年月，但杨致和若为余象斗的同辈，则其书也当为万历二十年左右之物。我意，朱、杨二本，当皆出于吴氏《西游记》。而朱本的出现，则似在杨本之前。何以言之？

　　朱鼎臣之删节吴氏书为《西游释厄传》，当无无疑。其书章次凌杂，到处显出朱氏之草草斧削的痕迹。朱本第一卷到第三卷，叙述孙悟空出身始末者，离吴氏书的本来面尚不甚远，亦多录吴氏书中的许多诗词。其第四卷，凡八则，皆写陈光蕊事，则为吴氏书所未有，而由朱氏自行加入者。其所本，当为吴昌龄的《西游记杂剧》[1]。盖二者之间，同点极多。因此卷为朱氏所自写，遂通体无一诗词，与前后文竟若二书，不同一格。其第五卷到第八卷，从"袁守

_____

　　[1]编者按：元钟嗣成《录鬼簿》著录有吴昌龄《西天取经》（"老回回东楼叫佛，唐三藏西天取经"），而《西游记杂剧》则系明人杨景贤撰，这里及下文的"吴昌龄"当作"杨景贤"。所以朱鼎臣所据，未必是此剧。

诚妙算无私曲"到"唐三藏被妖捉获",他的作风又开始与一到三卷相同。吴氏书的诗词也被保存了不少。最可注意的是,第五卷的"袁守诚妙算无私曲"一则,其内容及诗词,殆与吴氏书面目无大异:

袁守诚妙算无私曲

　　却说大国长安城外泾河岸边,有两个贤人,一个是渔翁名唤张梢,一个是樵子名唤李定。他两个都是登科的进士,能识字的山人。一日在长安城里卖了肩上柴,货了篮中鱼,同入酒馆之中吃了半酣,顺泾河岸徐步而回。……张梢道:"但只是你山青不如我水秀,有一《蝶恋花》词为证……"李定道:"你的水秀不如我的山青,也有个《蝶恋花》词为证……"渔翁道:"你山青不如我水秀受用些好物,有一《鹧鸪天》为证……"樵夫道:"你水秀不如我山青受用些好物,亦有《鹧鸪天》为证……"渔翁道:"你山中不如我水上生意快活,有一《西江月》为证……"樵夫道:"你水上还不如我山中的生意,亦有《西江月》为证……"渔翁道:"这都是我两个生意赡身的勾当。你却没有我闲时节的好处,又没有我急时节妙处,有诗为证……"樵夫道:"你那闲时,又不如我的闲时好也。亦有诗为证……"张梢道:"李定,我两个真是微吟可相狎,不须板共金樽。"二人行到那分路去处,躬身作别。张梢道:"李兄,保重,途中上山仔细看虎。假若有些凶险,正是:明日街头少故人。"李定闻言大怒道:"你这厮恁赖!好朋友也替得生死,你怎么咒我。我若遇虎遭害,你必遇浪翻江。"张梢道:"我永世不得翻江。"李定道:"天有不测风云,人有旦夕祸福,你怎么就保得无事!"张梢道:"李兄,你须这等说,你还捉摸不定,不若我的生意有捉摸,定不遭此等事。"李定道:"你那水面上营生极凶险,有甚么捉摸?"张梢道:"你是不晓得,这长安城里西门街上有一个卖卦的先生。我每日送他一尾金色鲤鱼,他就与我袖传一课,百下百着。今日我又去买卦,他教我在泾河湾头东边下网,西岸抛钩,定获大鱼。满载鱼虾而归。明日入城来卖钱沽酒,再与老兄相叙。"二人从此叙别。正是路边说话,草里有人。原来这泾河水府,有一个巡水的夜叉,听见了百下百着之言,急转水晶宫,慌忙报与龙王……

这里的张梢、李定，一为渔夫，一为樵子，正和吴氏书同，而与《永乐大典》本的作"两个渔翁"者有异。其所咏《蝶恋花》词以下诸词，也都是吴氏书所有，而《永乐大典》本所无者。此文假如不是从吴氏书删节而来的，则世间而果有此"声音笑貌"全同的二人的作品，实可谓为奇迹！这当是朱鼎臣本《释厄传》非《永乐大典》本和吴氏本《西游记》的中间物的一个"铁证"吧。

更有可注意者，即从第二卷的"乱蟠桃大圣偷丹，反天宫诸神捉怪"一则起，到第六卷的"双叉岭伯钦留僧"一则止，其文字都袭之于吴氏书（除第四卷外）的，仅中插一部分自撰的标题耳。从第七卷以后，方才有些大刀阔斧的杜撰的气象。标题始不再袭用吴氏原题，然内容尚还吻合，诗词间或见收。从第九卷"孙行者收妖救师"起，朱氏便更显出他的手忙足乱的痕迹来了。已到了第八卷了，还只把吴氏书删改了前二十回。如果照这样下去，后八十回的文字，将用多少的篇页去容纳呢？但他的预定却只要写到十卷为止。于是吴氏书五分之四的材料，便被胡乱的塞到那最后的两卷书里去。有的情节全被删去不用；有的则不过只提起了一二语。这样的草草率率的结局，当是他自己开头写作时所绝对想不到的吧。第十卷的"三藏历尽诸难已满"一则最为可笑。在这短短的快要结束的一段文字中，你看他竟把比丘国、白鹿白狐、陷𡏋空洞、九头狮子、月中白兔、寇梁诸事全部包纳在内。在吴氏书中，这是第七十八回到第九十七回的浩浩荡荡的二十回文字呢！ 九头狮子的事，吴氏书从第八十七回"凤仙郡冒天止雨"写到第九十回"师狮授受同归一"一共是四回。而朱本却只有一百三十九个字：

> 到了天竺国凤仙郡，安歇暴沙亭，忽被豹头山虎口洞一妖把行者三人兵器摄去。行者虽神通广大，无了金棒，亦无措手。正在踌躇，忽见妙严宫太乙救苦天尊，叫声："悟空，我救你也！"行者急忙哀告："万乞老仙一救！"天尊走至洞口，高叫："金狮速现真形。"那妖听得主公喝，慌忙现出原形，乃是九头狮子。被天尊骑于胯下，取出三件兵器，付还行者兄弟，天尊跨狮升天。①

这种"节略"，诚可谓无可再简，无可再略的了。

但最后一则"唐三藏取经团圆"，关于通天河老鼋的一难，朱氏本却仍不

---

①编者按：这段引文所据实为杨本。朱本相应的一段共一百二十五字，且多脱误，结尾四句朱本仅作"被天尊骑于胯下，师徒拜谢"。

能不为一叙，此益可见其粘着吴氏书的胶性，实甚强大。

通体观来，朱氏书之删节吴氏《西游记》是愈后愈删得多，愈后愈删得大胆的；正像一个孩子初学字帖，开始不得不守规则，不能不影照红本；渐熟悉，则便要自己乱涂乱抹一顿了，虽然涂抹得是东歪西倒，不成字体。

至于杨致和本，则较朱本略为整齐；所叙事实更近于吴氏书。吴氏书之所有，杨本皆应有尽有。但其大部分，则皆有钞朱氏本的删节之文的痕迹。其前半部，为了求全书整齐划一起见，篇幅较朱本更简，但其后半部，却反增加出一部分已被朱本删去的吴氏书的内容节目来。由此可见：当杨致和立志写作他的《唐三藏西游传》的时候，他的棹子上，似是摊放着两部《西游记》：吴氏书与朱氏书的。这两部繁简不同的书，使他斟酌、参考、袭取而成为另一部新的《西游记传》。

杨氏的书，确是想比朱氏书更近于吴承恩的原本。所以朱本第四卷的关于陈光蕊事者，便被他全部删去；只在卷二"刘全进瓜还魂"一则里，用百余字提起江流儿的故事；正和吴氏书之以一歌叙述玄奘的身世者相同。其后，第三卷的"唐三藏梦鬼诉冤"，第四卷的"孙行者收伏青狮精"、"唐三藏收妖过通天河"、"显圣师弥勒佛收妖"各则，都是朱本所无而杨本则依据了吴氏原书加入的。大约，杨本的第一、二卷，和朱本不同者颇多，标目也大不相同；这二卷的文字只有比朱本简略。到了第三卷，他便信笔直钞朱本的第九卷、第十卷了。除了加入了一部分故事以外，像下文，是朱氏书里的一则：

唐三藏逐去孙行者

却说那镇元大仙扯住行者道："你的本事，我也知道。但拿在我手，你也难走。好好还我树来！"行者道："你这老先生真个小气。只是要活树，何难之有。无故讨这等热闹！你放我师父兄弟，我还你树来。"大仙道："你若活得此树，我就放你师父兄弟，我还与你结为兄弟。"就把师徒三人放了。行者说："镇元老仙，你好生与我看顾师父，待我求个仙方，就来。"话讫，遂纵一筋斗，直至洛伽山观音菩萨座前，参拜已毕，菩萨问："唐僧行至何处？"行者道："行至万寿山，弟子不识是镇元大仙，毁伤他的人参果木，被他羁住，不能前进。"菩萨骂道："你这泼猴！他那人参果乃是天开地辟的灵根，镇元子乃地仙之祖，你怎么毁伤他的？"行者道："弟子与他说过，只要医好其树，他放我师徒前去。望菩萨发个慈悲，早救唐僧往西天。"菩萨道："我净瓶里的甘露，可活仙树灵苗。我给些甘露与你，你把去放在树下，将树扶起，自然茂盛。"行者得了甘露，回转观中，叫大仙师父同进后园医树，把甘露放在树下，一手扶起树来。只见顿然茂丽，余果尚存。大仙甚喜，回转法堂，复令童子去摘十颗来献唐僧，复安排蔬酒，与行者结为兄弟。次日天明又行。

杨本的同一节文字，便是全钞朱本的——其中只有几个字的差异。其他第三、四卷中，文字雷同者也几在十之九以上，连标目也是全袭之于朱本。

这都显然可见杨本是较晚于朱本。为了较晚出，故遂较为齐整；不像朱本那么样的头太大，脚太细小。

杨本最后一段"唐三藏取经团圆"，根据于吴氏原本，屡提起："路走十万八千，难八十次，还有一难未满"；或"路走十万八千，灾逢八十一回"；故其间，遂较朱本多容纳了一部分故事，以足八十一难之数。杨氏对于八十一难的数字的神秘的解念或竟和吴氏有同感吧。

这样，《西游记》的源流，是颇可以明了的了。最早的一部今日《西游记》的祖本，无疑的是《永乐大典》本。吴承恩的《西游记》给这"古本"以更伟大、更光荣的改造。后来明、清诸本，皆纷纷以吴氏此书为依归。或加删改，却总不能逃出其范围以外。故吴本的地位，在一切《西游记》小说中无疑的是最为重要——自然也无疑的是最为伟大。

总结了上文，其诸本的来历，可列一表如下：

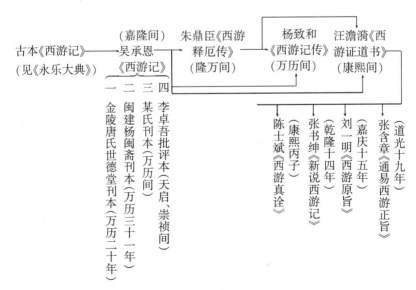

古本《西游记》（见《永乐大典》）→吴承恩（嘉隆间）《西游记》

一 金陵唐氏世德堂刊本（万历二十年）
二 闽建杨闽斋刊本（万历三十一年）
三 某氏刊本（万历间）
四 李卓吾批评本（天启、崇祯间）

朱鼎臣《西游释厄传》（隆万间）

杨致和《西游记传》（万历间）

汪澹漪《西游证道书》（康熙间）

陈士斌《西游真诠》（康熙丙子）
张书绅《新说西游记》（乾隆十四年）
刘一明《西游原旨》（嘉庆十五年）
张含章《通易西游正旨》（道光十九年）

四　陈光蕊故事的插入

由此可知，陈光蕊故事的插入，当始于朱鼎臣本《西游传》。吴承恩的原本，乃至《永乐大典》的"古本"，当都无此故事。陈玄奘的身世，吴氏原本仅于第十一回以一篇古歌叙述之：

你道他是谁人？

灵通本讳号金蝉，只为无心听佛讲，转托尘凡苦受磨，降生世俗遭罗网。投胎落地就逢凶，未出之前临恶党。父是海州陈状元，外公总管当朝长。出身命犯落江星，顺水随波逐浪泱。海岛金山有大缘，迁安和尚将他养。年方十八认亲娘，特赴京都求外长。总管开山调大军，洪州剿寇诛凶党。状元光蕊脱天罗，子父相逢堪贺奖。复谒当今受主恩，灵烟阁上贤名响。恩官不受愿为僧，洪福沙门将道访。小字江流古佛儿，法名唤做陈玄奘。（见世德堂本卷三，十二页）

到了朱鼎臣删改吴本的时候，他似见到戏剧中的陈光蕊的故事，而颇以吴本不详为憾，故便自显身手，编了一卷八则的洋洋大文加入。

在明代，吴氏原本的势力极大，朱本见者似不多，故世德堂本以下诸刊本，都不注意到朱本此段文字的添加。连以朱本为删改之底子的杨致和本也竟受吴氏原本的影响，删去此段故事不载，仅以数语述及玄奘，硬交代了过去。

但到了清初，情形便不同了。汪澹漪刻他的《西游证道书》的时候，他似也见到了朱鼎臣的那部《释厄传》，为求全计，便把这段文字也钞刻了上去。他的理由是：

俗本删去此一回，致唐僧家世履历不明，而九十九回历难簿子上，劈头却又载遭贬、出胎、抛江、报冤四难，令阅者茫然不解其故。及得大略堂《释厄传》古本读之，备载陈光蕊赴官遇难始末，始补刻此一回。

——《证道书》第九回评

所谓大略堂《释厄传》当即朱鼎臣本的异刻，或明、清间的一部朱书的翻刻。张书绅承袭《证道书》之意见，也补刻了此回。他说道：

刊本《西游》，每以此卷特幻，且又非取经之正传，竟全然删去。初不知本末始终，正是《西游》的大纲，取经之正旨，如何去得。假若去了，不惟有果无花，少头没尾，即朝王遇偶的彩楼，留僧的寇洪皆无着落。

——《新说西游记》第九回评

他们的意见，都确有可取处。吴氏原书第九十九回，历数唐僧途中所遇的八十一难：

> 蒙差揭谛皈依旨，谨记唐僧难数清：
> 金蝉遭贬第一难，出胎几杀第二难，
> 满月抛江第三难，寻亲报冤第四难。

为何此后的七十七难吴本皆历历详载，独此四难并不叙述一下呢？吴本第九十三回里，提起抛打绣球事：

> 三藏立于道旁对行者道："他这里人物衣冠，宫室器用，言语谈吐，也与我大唐一般。我想着我俗家先母，也是抛打绣球，遇旧姻缘，结成了夫妇。此处亦有此等风俗！"

第九十四回里又从行者口中提起此事：

> 行者陪笑道："师父说，先母也是抛打绣球遇旧缘，成其夫妇。似有慕古之意，老孙才引你去。"

但抛打绣球事，在此二回之前，一字未曾说起，此时突如其来，颇可诧怪。难道吴氏原本果有此一段故事，而为世德堂所脱落？这也很有可能。惟今所见吴氏书，未有更早于世德堂本者，故不知其真相究为如何。

然《证道书》诸刊本中的陈光蕊故事却是无疑的从朱鼎臣本转贩而来的。为了保存原来面目，故《证道书》第九第十的两回，其开场的若干言，遂致雷同。《新说》亦然。悟一子的《真诠》便比较的聪明了，他的第十回的开场数语，却改成为：

且不题光蕊尽职，玄奘修行。却说长安城外，泾河岸边，有个贤人，一个是渔翁，名唤张梢，一个是樵子，名唤李定。

如此，便泯灭了吴本和朱本重叠雷同的痕迹，使读者看不出二本的不相谐合之处来，且也不易寻出此故事的插入的线索。

此故事既被插入，而原本的一百回又不易变动，汪澹漪便以原本的第九回到第十一回的三回，归并成第十回到第十一回的两回。悟一子、张书绅诸本，也皆从之。

五 《西游记》故事如何集合的?

不仅陈光蕊的故事，在《西游记》中为独立的一部分，《西游记》的组织实是像一条蚯蚓似的，每一节皆可独立，即斫去其一节一环，仍可以生存。所谓八十一难，在其间，至少总有四十多个独立的故事可以寻到。

但大的分割点，则可看出三个来，这三大部分，本来都是独立存在的:

第一，孙行者闹天宫

第二，唐太宗入冥记

第三，唐三藏西游记

假若吴氏原本果有陈光蕊的故事，则其所集合的故事的"单元"，不止是三个而是四个的了。

孙行者闹天宫的一部分，为《西游记》中最活跃、最动人的热闹节目，但其来历却最不分明，且也最为复杂。孙悟空的本身似便是印度猴中之强的哈奴曼（Hanuman）的化身。哈奴曼见于印度大史诗《拉马耶那》（Ramayana）里，而印度剧叙到拉马的故事的，也多及哈奴曼。他是一个助人的聪明多能的猴子: 会飞行空中，会作戏剧（至今还有一部分相传为他作的剧本残文存在）。在印度，他是和拉马同一为人所熟知的。什么时候哈奴曼的事迹输入中国? 是否有可能把哈奴曼变成为孙悟空? 我们不能确知。唯宋刊《三藏取经诗话》里，已有猴行者。这猴行者是一位白衣秀才，他自报履历道: "我不是别人，我是花果山紫云洞八万四千铜头铁额猕猴王。我今来助和尚取经。此去百万程，途经三十六国，多有祸难之处。"他会做诗，尝到处留题，最早的一诗是初伏事法师时做的:

百万程途向那边，今来佐助大师前，

一心祝愿逢真教，同往西天鸡足山。

此孙悟空之助三藏法师的往西天取经，还不是逼像哈奴曼之助拉马征魔么？所谓"八万四千铜头铁额猕猴王"，其身份也大略相类。惟闹天宫的故事，《诗话》里不曾提到，只在"入王母池之处第十一"一则中，说起：

行者道："我八百岁时到此中偷桃吃了，至今二万七千岁不曾来也。"法师曰："愿今日蟠桃结实，可偷三五个吃。"猴行者曰："我因八百岁时，偷吃十颗，被王母捉下，左肋判八百，右肋判三千铁棒，配在花果山、紫云洞，至今肋下尚痛。我今定是不敢偷吃也。"

这当是孙悟空偷桃故事的一个最早的式样。至于大闹天宫，或是采用了哈奴曼的大闹魔宫的故事吧。又二郎神的捉悟空，正是脱胎于吴昌龄《西游记》第四剧猪八戒被捉的事实。

在吴氏《西游记杂剧》里，孙行者的来历是：

一自开天辟地，两仪便有吾身。曾教三界费精神。四方神道怕，五岳鬼兵嗔！……九天难捕我，十万总魔君。小圣弟兄姊妹五人，大姊离山老母，二妹巫枝祇圣母，大兄齐天大圣，小兄通天大圣，三弟耍耍三郎，喜时攀藤揽葛，怒时搅海翻江。金鼎国女子我为妻，玉皇殿琼浆咱得饮，我盗了太上老君炼就金丹，九转炼得铜筋铁骨火眼金晴！……我偷得王母仙桃百颗，仙衣一套，与夫人穿着。

——《西游记》第三剧第一折

这里的孙行者便俨然是魔王拉瓦那（Ravana）的转变了。从隋、唐间无名氏的《补江总白猿传》起，到宋人话本《陈从善梅岭失妻》止。白猿便总是反串着魔王拉瓦那的。《白猿传》所叙的白猿盗去欧阳纥妻，陈从善话本所叙的申公盗去张如春，都和孙行者盗去金鼎国王女，魔王拉瓦那盗去拉马之妻赛泰（Sita）相类。大有可能，《拉马耶那》的故事传述到中国的时候，助人者的猴子和盗妻者的魔王便混淆在一处而成为一人的了。《梅岭失妻记话本》云：

> 且说那梅岭之北，有一洞，名曰申阳洞。洞中有一怪，号曰白申公，乃
> 猢狲精也。弟兄三人，一个是通天大圣，一个是弥天大圣，一个是齐天大
> 圣，小妹便是泗州圣母。这齐天大圣，神能广大，变化多端，能降各洞山
> 魈，管领诸山猛兽，兴妖作法，摄偷可意佳人，啸月吟风，醉饮非凡美酒。
> 与天地齐休，日月同长。

他还能差使山神，幻化山店。后来的孙行者是免不了有些白申公或白猿的影子
的。吴昌龄还说他偷盗金鼎国王女为妻，《西游记》小说，却把这重要的情节
删去了，只是着力的写闹天宫的事。小说里的孙行者遂与白猿相离得较远了。

闹天宫的来历，于华光天王的故事，二郎神的故事，鬼子母揭钵的故事，
大约都有所取材的吧。

吴承恩以孙行者功成行满时，被封为斗战胜佛。这颇附会得可笑。斗战胜
佛见于《佛名经》，如何会是齐大大圣的封号？这可见吴氏的佛教知识实在是
不很渊博，他只是望文生义的附会着。

第二部分所叙的唐太宗入冥的故事，其来历也是极早的。在敦煌发见的写
本中，有残本的《唐太宗入冥记》在着。其所叙和《西游记》差不了多少。吴
昌龄《西游记杂剧》并无太宗入冥事。而《永乐大典》本《西游记》既叙及魏
征斩龙，则其后之紧接的叙到太宗入冥是当然的事。这样，"唐太宗入冥记"
之加入《西游记》，也当是元代时候的所为了。这故事在《西游记》中并不重
要，但到了后来地方戏里，《刘全进瓜》等节目便很为听众所欢迎的了。

在内阁大库的破书堆里，新近由北平图书馆的清理而发现了不少被遗忘了
的怪书。在其中，有一部《冥司语录》，是元、明间的刊本，叙述魏文帝曹丕
身入冥间与冥司相问答的事。佛教徒是如何的善于利用帝王的故事以宣传其教
义！太宗入冥的被宣传，当亦其同流。

第三部分是《西游记》的主干，篇幅最长，内容最繁赜。如果仔细的考查
其来历，其结果，或不止成为一巨册。孙行者闹天宫的故事，只有七回。唐太
宗入冥的故事，只有四回。从第十三回以后，便都是"西游"的正文了。所谓
八十一难，除首四难外，其余都是西游途程中的经历。但所谓八十一难云云，
也只是夸诞之辞；实际上并没有八十一则的故事；有好几个难，都只是一个故
事自身的变幻。

且看从第五难以下的七十七个难的内容：

（一）出城逢虎，折从落坑的第五、六难是一件事；

（二）双叉岭上的第七难是一件事（伯钦留僧）；

（三）两界山头的第八难是一件事（收孙行者）；

（四）陡涧换马的第九难是一件事（收龙马）；

（五）夜被火烧，失却袈裟的第十、十一难是一件事（黑风山）；

（六）收降八戒的第十二难是一件事；

（七）黄风怪阻，请求灵吉的第十三、十四难是一件事；

（八）流沙难渡，收得沙僧的第十五、十六难是一件事；

（九）四圣显化的第十七难是一件事（试禅心）；

（一〇）五庄观中，难活人参的第十八、十九难是一件事；

（一一）贬退心猿的第二十难是一件事（尸魔）；

（一二）黑松林失散，宝象国捎书，金銮殿变虎的第二一──二三难是一件事（黄袍怪）；

（一三）平顶山逢魔，莲花洞高悬的第二四、二五难是一件事（金角大王、银角大王）；

（一四）乌鸡国救主的第二六难是一件事（青毛狮）；

（一五）被魔化身，号山逢怪，风摄圣僧，心猿遭害，请圣降妖的第二七──三一难，是一件事（红孩儿）；

（一六）黑河沉没的第三二难是一件事（鼍精）；

（一七）搬运车迟，大赌输赢，祛道兴僧的第三三──三五难是一件事（虎力大仙等）；

（一八）路逢大水，身落天河，鱼篮现身的第三六──三八难是一件事（金鱼精）；

（一九）金�山遇怪，普天神难伏，问佛根源的第三九──四一难是一件事（老君青牛）；

（二〇）吃水遭毒，西梁国留婚的第四二、四三难是一件事（女人国）；

（二一）琵琶洞受苦的第四四难是一件事（蝎子精）；

（二二）再贬心猿，难辨猕猴的第四五、四六难是一件事（猕猴）；

（二三）路阻火焰山，求取芭蕉扇，收缚魔王的第四七──四九难是一件事（火焰山）；

（二四）赛城扫塔，取宝救僧的五〇、五一难是一件事（九头鸟）；

（二五）棘林吟咏的第五二难是一件事（荆棘岭）；

（二六）小雷音遇难，诸天神遭困的第五三、五四难是一件事（黄眉童

儿）;

（二七）稀柿衕秽阻的第五五难是一件事;

（二八）朱紫国行医，拯救疲癃，降妖取后的第五六—五八难是一件事（金毛犼）;

（二九）七情迷没的第五九难是一件事（蜘蛛精）;

（三〇）多言遭伤，路阻狮驼，怪分三色，城里遇灾，请佛收魔的第六〇——六四难是一件事（狮象、大鹏）;

（三一）比丘救子，辨认真邪的第六五、六六难是一件事（寿星之鹿与白面狐狸）;

（三二）松林救怪，僧房卧病，无底洞遭困的第六七—六九难是一件事（耗子精）;

（三三）灭法国难行的第七〇难是一件事;

（三四）隐雾山遇魔的第七一难是一件事（豹子精）;

（三五）凤仙郡求雨的第七二难是一件事;

（三六）失落兵器，会庆钉钯，竹节山遭难的第七三—七五难是一件事（黄狮精与九头狮子）;

（三七）玄英洞受苦，赶捉犀牛的第七六、七七难是一件事（犀牛怪）;

（三八）天竺招婚的第七八难是一件事（玉兔）;

（三九）铜台府监禁的第七九难是一件事（寇洪）;

（四〇）凌云渡脱胎的第八〇难是一件事;

（四一）通天河老鼋作祟的最后一难（第八十一难）是一件事。

虽说是八十一个难，却只有四十一个故事。这四十一个故事便构成五色迷人的一部西行历险图。其中亦有情节雷同的。但大体上都有变化，都很生动，很有趣，亦且富于诙谐。魔王皆通人情，随事随时发隽语。其真价殆尤在于此种插科打诨处。

最早的一部宋人的有关《西游记》的作品《唐三藏取经诗话》（即《三藏取经记》），所记玄奘西行的历险，精采固远不如吴氏书，其所记历险也殊少惊心动魄的力量。除残佚者外，今存的节目是：

行程遇猴行者处第二
入大梵天王处第三
入香山寺第四

过狮子林及树人国第五

过长坑大蛇岭处第六

入九龙池处第七

"遇深沙神处第八"（此则原缺一页标题失去）

入鬼子母国处第九

经过女人国处第十

入王母池之处第十一

入沉香国处第十二

入波罗国处第十三

入优钵罗国处第十四

天竺国度海之处第十五

转至香林寺受心经第十六

到陕西王长者妻杀儿处第十三（三应作七）

和吴氏书异同处极多；不仅吴承恩未及见此书，即《永乐大典》本《西游记》的作者恐怕所依据的，也未必便是此本。

吴昌龄的杂剧，便和吴氏书渐渐相近了。《西游剧》凡六卷。第一卷叙玄奘身世；第二卷叙玄奘动身西行，写得异常的郑重；"木叉售马"一折，和吴氏小说收伏龙马事同；"华光署保"一折，则为吴氏小说所无。第三卷的上半叙的是：

神佛降孙　　收孙演咒

可以说孙行者卷，但其下半卷则入杂事。在行者除妖一折里写的是：

（一）收沙和尚　　（二）灭黄风山银额将军

其"鬼母皈依"一则，则叙红孩儿事。此皆吴氏小说所有。惟鬼母揭钵事，则小说所无。盖小说以红孩儿为铁扇公主、牛魔王子，故遂不及鬼母事。其第四卷则为猪八戒卷，全叙八戒事；其出现的所在名裴山庄，不名高老庄。以二郎神为收伏八戒者，亦与小说略异。第五卷所叙述的是：

（一）过女人国　　（二）过火焰山遇铁扇公主

其第六卷第一折所叙"贫婆心印"一折，全是禅语，亦为小说所无。第二折即入参佛取经事。孙行者、沙和尚、猪八戒即在西天圆寂，不回东土。此与小说大异。送唐三藏东归（第三折）者别为佛座下弟子成基等四人。最后的一折"三藏朝元"，则和小说略同。

吴氏此剧，为戏台的习惯所限制，故所写的故事最少；不仅不及吴承恩的小说十之一二；亦且不如《诗话》的变化多端。

剧中第一卷陈光蕊的故事，是吴氏所独有的。在他之前，"西游"故事中未见有此者。《焚香室丛钞》（卷十七）引宋周密《齐东野语》所述某郡摔江行遇盗，其子为僧报仇事，以为《西游演义》述玄奘事，似本此。但徐渭《南词叙录》所载宋、元戏文名目中，已有

陈光蕊江流和尚

戏文一本，则宋、元间陈光蕊事的流传，似已甚盛。吴昌龄殆以其为世俗所熟知，故采入剧中欤？明人传奇，亦有《江流记》一本，惜不传。

原载郑振铎《佝偻集》据《郑振铎全集》收入

《金瓶梅》的著作时代及其社会背景

吴　晗

要知道《金瓶梅》这部书的社会背景，我们不能不先考定它的产生时代。同时，要考定它的产生时代，我们不能不把一切关于《金瓶梅》的附会传说肃清，还它一个本来面目。

《金瓶梅》是一部现实主义作品，所集中描写的是作者所处时代的市井社会的侈靡淫荡的生活。它的细致生动的白描技术和汪洋恣肆的气势，在未有刻本以前，即已为当时的文人学士所叹赏惊诧。但因为作者敢对于性生活作无忌惮的大胆的叙述，便使社会上一般假道学先生感觉到逼胁而予以摈斥，甚至怕把它刻板行世会有堕落地狱的危险，但终之不能不佩服它的艺术的成就。另一方面一般神经过敏的人又自作聪明地替它解脱，以为这书是"别有寄托"，替它捏造成一串可歌可泣悲壮凄烈的故事。

无论批评者的观点怎样，《金瓶梅》的作者，三百年来却都一致公认为王世贞而无异辞。他们的根据是：

（1）沈德符的话：说这书是嘉靖中某大名士做的。这一位某先生，经过几度的附会，就被指实为王世贞。

（2）因为书中所写的蔡京父子，相当于当时的严嵩父子。王家和严家有仇，所以王世贞写这部书的目的是（甲）报仇，（乙）讽刺。

（3）是据本书的艺术和才气立论的。他们先有了一个"苦孝说"的主观之见，以为像这样的作品非王世贞不能写。

现在我们不管这些理由是否合理，且把他们所乐道的故事审查一下，看是王世贞作的不是。

一　《金瓶梅》的故事

《金瓶梅》的作者虽然已被一般道学家肯定为王世贞（他们以为这样一来，会使读者饶恕它的"猥亵"描写），但是他为什么要写这书？书中的对象是谁？

却众说纷纭，把它归纳起来不外是：

甲、复仇说　对象（1）严世蕃

　　　　　　　（2）唐顺之

乙、讽刺说　对象——严氏父子

为什么《金瓶梅》会和唐顺之发生关系呢？这里面又包含着另外一个故事——《清明上河图》的故事。

（一）　清明上河图和唐荆川

《寒花盦随笔》：

"世传《金瓶梅》一书为王弇州（世贞）先生手笔，用以讥严世蕃者。书中西门庆即世蕃之化身，世蕃亦名庆，西门亦名庆，世蕃号东楼，此书即以西门对之。""或谓此书为一孝子所作，所以复其父仇者。盖孝子所识一巨公实杀孝子父，图报累累皆不济。后忽侦知巨公观书时必以指染沫，翻其书叶。孝子乃以三年之力，经营此书。书成黏毒药于纸角，觇巨公外出时，使人持书叫卖于市曰天下第一奇书，巨公于车中闻之，即索观，车行及其第，书已观讫，啧啧叹赏，呼卖者问其值，卖者竟不见，巨公顿悟为所算，急自营救已不及，毒发遂死。"今按二说皆是，孝子即凤洲（世贞号）也，巨公为唐荆川（顺之），凤洲之父怀死于严氏，实荆川赞之也。姚平仲《纲鉴絜要》载杀巡抚王怀事，注谓"怀有古画，严嵩索之，怀不与，易以摹本。有识画者为辨其赝。嵩怒，诬以失误军机杀之"。但未记识画人姓名，有知其事者谓识画人即荆川，古画者《清明上河图》也。

凤洲既抱终天之恨，誓有以报荆川，数遣人往刺之，荆川防护甚备。一夜，读书静室，有客自后握其发将加刃，荆川曰："余不逃死，然须留遗书嘱家人。"其人立以俟，荆川书数行，笔头脱落，以管就烛，佯为治笔，管即毒弩，火热机发，镞贯刺客喉而毙。凤洲大失望！

后遇于朝房，荆川曰："不见凤洲久，必有所著。"答以《金瓶梅》，实凤洲无所撰，姑以诳语应耳。荆川索之急，凤洲归，广召梓工，旋撰旋刊，以毒水濡墨刷印，奉之荆川。荆川阅书甚急，墨浓纸黏，卒不可揭，乃屡以纸润口津揭书，书尽毒发而死。

或传此书为毒死东楼者。不知东楼自正法，毒死者实荆川也。彼谓以三年之力成书，及巨公索观于车中云云，又传闻异词耳。

这是说王忬进赝画于严嵩，为唐顺之识破，致陷忬于法。世贞图报仇，进《金瓶梅》毒死顺之。刘廷玑的《在园杂志》也提到此事，不过把《清明上河图》换成《辋川真迹》，把识画人换成汤裱褙，并且说明顺之先和王忬有宿怨。他说：

> 明太仓王思质（忬）家藏右丞所写《辋川真迹》，严世蕃闻而索之。思质爱惜世宝，予以抚本。世蕃之裱工汤姓者，向在思质门下，曾识此图，因于世蕃前陈其真赝，世蕃衔之而未发也。会思质总督蓟辽军务，武进唐应德顺之以兵部郎官奉命巡边，严嵩筋之内阁，微有不满思质之言，应德领之。至思质军，欲行军中驰道，思质以己兼兵部堂衔难之，应德怫然，遂参思质军政废弛，虚縻国帑，累累数千言。先以稿呈世蕃，世蕃从中主持之，逮思质至京弃市。

到了清人的《缺名笔记》又把这故事变动一下：

> 《金瓶梅》为旧说部中四大奇书之一，相传出王世贞手，为报复严氏之《督亢图》。或谓系唐荆川事。荆川任江右巡抚时有所周纳，狱成，罹大辟以死。其子百计求报，而不得间。会荆川解职归，偏阅奇书，渐叹观止。乃急草此书，渍砒于纸以进，盖审知荆川读书时必逐叶用纸黏舌，以次披览也。荆川得书后，览一夜而毕，蓦觉舌木强涩，镜之黑矣。心知被毒；呼其子曰："人将谋我，我死，非至亲不得入吾室。"逾时遂卒。
>
> 旋有白衣冠者呼天抢地以至，蒲伏于其子之前，谓曾受大恩于荆川，愿及未盖棺前一亲其颜色。鉴其诚许之入，伏尸而哭，哭已再拜而出。及殓则一臂不知所往，始悟来者即著书之人，因其父受缳首之辱，进鸩不足，更残其支体以为报也。

（二）汤裱褙

识画人在另一传说中，又变成非大儒名臣的当时著名装潢家汤裱褙。这一说最早的要算沈德符的《野获编》，他和世贞同一时代，他的祖、父又都和王家世交，所以后人都偏重这一说。《野获编补遗》卷二《伪画致祸》：

> 严分宜（嵩）势炽时，以诸珍宝盈溢，遂及书画古董雅事。时鄢懋卿以

总辖使江淮，胡宗宪赵文华以督兵使吴越，各承奉意旨，搜取古玩，不遗余力。时传闻有《清明上河图》手卷，宋张择端画，在故相王文恪（鏊）胄君家，其家巨万，难以阿堵动。乃托苏人汤臣者往图之，汤以善装潢知名，客严门下，亦与娄江王思质中丞往还，乃说王购之。王时镇蓟门，即命汤善价求市，既不可得，遂嘱苏人黄彪摹真本应命，黄亦画家高手也。

严氏既得此卷，珍为异宝，用以为诸画压卷，置酒会诸贵人赏玩之。有妒王中丞者知其事，直发为赝本。严世蕃大惭怒，顿恨中丞，谓有意绐之，祸本自此成。或云即汤姓怨弈州伯仲自露始末，不知然否？

这一说是《清明上河图》本非王忬家物，由汤裱褙托王忬想法不成功，才用摹本代替，末了还是汤裱褙自发其覆。顾公燮《消夏闲记摘抄》作《金瓶梅缘起王凤洲报父仇》一则即根据此说加详，不过又把王鏊家藏一节改成王忬家藏，把严氏致败之由，附会为世蕃病足，把《金瓶梅》的著作目的改为讥刺严氏了：

太仓王忬家藏《清明上河图》，化工之笔也。严世蕃强索之，忬不忍舍，乃觅名手摹赝者以献。先是忬巡抚两浙，遇裱工汤姓流落不偶，携之归，装潢书画，旋荐之世蕃。当献画时，汤在侧谓世蕃曰："此图某所目睹，是卷非真者，试观麻雀小脚而踏二瓦角，即此便知其伪矣。"世蕃恚甚，而亦鄙汤之为人，不复重用。

会俺答入寇大同，忬方总督蓟辽，鄢懋卿嗾御史方辂劾忬御边无术，遂见杀。后范长白公允临作《一捧雪》传奇，改名为莫怀古，盖戒人勿怀古董也。

忬子凤洲（世贞）痛父冤死，图报无由。一日偶谒世蕃，世蕃问坊间有好看小说否？答曰有，又问何名，仓卒之间，凤洲见金瓶中供梅，遂以《金瓶梅》答之，但字迹漫灭，容钞正送览。退而构思数日，借《水浒传》西门庆故事为蓝本，缘世蕃居西门，乳名庆，暗讥其闺门淫放，而世蕃不知，观之大悦。把玩不置。

相传世蕃最喜修脚，凤洲重赂修工，乘世蕃专心阅书，故意微伤脚迹，阴擦烂药，后渐溃腐，不能入直，独其父嵩在阁，年衰迟钝，票本批拟，不称上旨，宠日以衰。御史邹应龙等乘机劾奏，以至于败。

徐树丕的《识小录》又以为汤裱褙之证画为伪，系受贿不及之故，把张择端的时代由宋升至唐代，画的内容也改为汴人掷骰：

> 汤裱褙善鉴古，人以古玩赂严世蕃必先赂之，世蕃令辨其真伪，其得赂者必曰真也。吴中一都御史偶得唐张择端《清明上河图》临本馈世蕃而赂不及汤。汤直言其伪，世蕃大怒，后御史竟陷大辟。而汤则先以诬谮遣戍矣。

> 余闻之先人曰《清明上河图》皆寸马豆人，中有四人樗蒲，五子皆六而一犹旋转，其人张口呼六，汤裱褙曰："汴人呼六当撮口，而今张口是采闽音也。"以是识其伪。此与东坡所说略同，疑好事者伪为之。近有《一捧雪》传奇亦此类也，特甚世蕃之恶耳。

（三）况叔祺及其他

梁章钜《浪迹丛谈》记此事引王襄《广汇》之说，即本《识小录》所载，所异的是不把识画人的名字标出，他又以为，王忬之致祸是由于一诗一画：

> 王襄《广汇》："严世蕃常索古画于王忬，云值千金，忬有临幅绝类真者以献。乃有精于识画者往来忬家有所求，世贞斥之。其人知忬所献画非真迹也，密以语世蕃。会大同有虏警，巡按方辂劾忬失机，世蕃遂告嵩票本论死。"

> 又孙之骒《二申野录注》："后世蕃受刑，弇州兄弟赎得其一体，熟而荐之父灵，大恸，两人对食，毕而后已。诗画贻祸，一至于此，又有小人交构其间，酿成尤烈也。"

按所云诗者谓杨椒山（继盛）死，弇州以诗吊之，刑部员外郎况叔祺录以示嵩，所云画者即《清明上河图》也。

综合以上诸说，归纳起来是：

(1)《金瓶梅》为王世贞作，用意 （甲）讥刺严氏；（乙）作对严氏复仇的《督亢图》；（丙）对荆川复仇。

(2) 唐荆川潜杀王忬，忬子世贞作《金瓶梅》，荆川于车中阅之中毒卒。

(3) 世贞先行刺荆川不遂，后荆川向其索书，遂撰《金瓶梅》以毒之。

(4) 唐王结怨之由是荆川识《清明上河图》为伪，以致王忬被刑。

(5)《金瓶梅》为某孝子报父仇作，荆川因以被毒。

(6) 汤裱褙识王忬所献《辋川真迹》为伪，唐顺之行边与王忬忤，两事交攻，王忬以死。

（7）《清明上河图》为王螯家物，世蕃门客汤臣求之不遂，托王忬想法也不成功，王忬只得拿摹本应命，汤裱褙又自发其覆，遂肇大祸。

（8）严世蕃强索《清明上河图》于王忬，忬以赝本献，为旧所提携汤姓者识破。

（9）世蕃向世贞索小说，世贞撰《金瓶梅》以讥其闺门淫放，而世蕃不知。

（10）世贞赂修工烂世蕃脚，不能入直，严氏因败。

（11）王忬献画于世蕃，而贿不及汤裱褙，因被指为伪，致陷大辟。

（12）王忬致祸之由为《清明上河图》及世贞吊杨继盛诗触怒严氏。

以上一些五花八门的故事，看起来似乎很多，其实包含着两个有联系的故事——《清明上河图》和《金瓶梅》。

二 王忬的被杀与《清明上河图》

按《明史》卷二〇四《王忬传》“嘉靖三十六年（1557 年）部臣言蓟镇额兵多缺宜察补。乃遣郎中唐顺之往核。还奏额兵九万有奇，今惟五万七千，又皆羸老，忬与……等俱宜按治。……三十八年二月把都儿辛爱数部屯会州挟朵颜为乡导……由潘家口入渡滦河……京师大震。御史王渐方辂遂劾忬及……罪，帝大怒……切责忬令停俸自效。至五月辂复劾忬失策者三，可罪者四，遂命逮忬及……下诏狱……明年冬竟死西市。忬才本通敏，其骤拜都御史及屡更督抚也，皆帝特简，所建请无不从。为总督数以败闻，由是渐失宠。既有言不练主兵者帝益大恚，谓忬怠事负我。嵩雅不悦忬，而忬子世贞复用口语积失欢于嵩子世蕃，严氏客又数以世贞家琐事构于嵩父子，杨继盛之死，世贞又经纪其丧，嵩父子大恨，滦河变闻，遂得行其计。”

当事急时，世贞“与弟世懋日蒲伏嵩门涕泣求贷，嵩阴持忬狱，而时为漫语以宽之。两人又日囚服跽道旁遮诸贵人舆搏颡乞救，诸贵人畏嵩，不敢言”。[①]

王忬死后，一般人有说他“死非其罪”的，也有人说他是“于法应诛”的，他的功罪我们姑且不管，要之，他之死于严氏父子之手，却是一件不可否认的事实。

---

① 《明史》卷 287《王世贞传》。

我们要判断以上所记述的故事是否可靠，第一我们先要研求王忬和严氏父子结仇的因素，关于这一点最好拿王世贞自己的话来说明。

《弇州山人四部稿》卷一二三《上太傅李公书》：

> ……至于严氏所以切齿于先人者有三：其一乙卯冬仲芳兄（杨继盛）且论报，世贞不自揣，托所知向严氏解救不遂，已见其嫂代死疏辞懑，少为笔削。就义之后，躬视含殓，经纪其丧。为奸人某某（按即指况叔祺）文饰以媚严氏。先人闻报，弹指唾骂，亦为所诃。其二杨某为严氏报仇曲杀沈炼，奸罪万状，先人以比壤之故，心不能平，闲有指斥。渠误谓青琐之押，先人预力，必欲报之而后已。其三严氏与今元老相公（徐阶）方水火，时先人偶辱见收葭莩之末。渠复大疑有所弃就，奸人从中构牢不可解。以故练兵一事，于拟票内一则曰大不如前，一则曰一卒不练，所以阴夺先帝（嘉靖帝）之心而中伤先人者深矣。预报贼耗则曰王某恐吓朝廷，多费军饷。虏贼既退，则曰将士欲战，王某不肯。兹谤既腾，虽使曾参为子，慈母有不投杼者哉！

以上三个原因（1）关于杨继盛；（2）关于沈炼；（3）关于徐阶。都看不出有什么书画肇祸之说。试再到旁的地方找去，《明史》卷二八七《王世贞传》说：

> 奸人阎姓者犯法，匿锦衣都督陆炳家，世贞搜得之。炳介严嵩以请，不许。杨继盛下吏，时进汤药。其妻讼夫冤，为代草。既死，复棺殓之。嵩大恨。吏部两拟提学，皆不用。用为青州兵备副使。父忬以滦河失事，嵩构之论死。

沈德符《野获编》卷八《严相处王弇州》：

> 王弇州为曹郎，故与分宜父子善。然第因乃翁思质（忬）方总督蓟辽，姑示密以防其伎，而心甚薄之。每与严世蕃宴饮，辄出恶谑侮之，已不能堪。会王弟敬美继登第，分宜呼诸孙切责以"不克负荷"诃诮之，世蕃益恨望，日谮于父前，分宜遂欲以长史处之，赖徐华亭（阶）力救得免，弇州德之入骨。后分宜因唐荆川阅边之疏讥切思质，再入鄢剑泉（懋卿）之赞决，遂置思质重辟。

这是说王忏之得祸，是由于世贞之不肯趋奉严氏，和谯毒世蕃，可用以和《明史》相印证。所谓恶谑，丁元荐《西山日记》曾载有一则：

> 王元美先生善谑，一日与分宜胄子饮，客不任酒，胄子即举杯虐之，至淋漓巾帻。先生以巨觥代客报世蕃，世蕃辞以伤风不胜杯杓，先生杂以诙谐曰："爹居相位，怎说出伤风？"旁观者快之。

也和《清明上河图》之说渺不相涉。

现在我们来推究《清明上河图》的内容和它的流传经过，考察它为什么会和王家发生关系，衍成如此一连串故事的由来。

《清明上河图》到底是一幅怎样的画呢？李东阳《怀麓堂集》卷九题《清明上河图》一诗描写得很清楚详细：

> 宋家汴都全盛时，四方玉帛梯航随，清明上河俗所尚，顷城士女携童儿。城中万屋翚甍起，百货千商集成蚁，花棚柳市围春风，雾阁云窗粲朝绮。芳原细草飞轻尘，驰者若飚行若云，红桥影落浪花里，掉舵撇篷俱有神。笙声在楼游在野，亦有驱牛种田者，眼中苦乐各有情，纵使丹青未堪写！翰林画史张择端，研硃吮墨镂心肝，细穷毫发伙千万，直与造化争雕镌。图成进入缉熙殿，御笔题签标卷面，天津一夜杜鹃啼，倏忽春光几回变。朔风卷地天雨沙，此图此景复谁家？家藏私印屡易主，赢得风流后代夸。姓名不入《宣和谱》，翰墨流传借吾祖，独从忧乐感兴衰，空吊环州一抔土！丰亨豫大纷彼徒，当时谁进流民图？乾坤颣仰意不极，世事荣枯无代无！

钱谦益《牧斋初学集》卷八五《记清明上河图卷》：

> 嘉禾谭梁生携《清明上河图》过长安邸中，云此张择端真本也。……此卷向在李长沙家，流传吴中，卒为袁州所钩致，袁州籍没后已归御府，今何自复流传人间？书之以求正于博雅君子。天启二年壬戌五月晦日。

按长沙即李东阳，袁州即严嵩。据此可知这图的收藏经过是：

(1) 李东阳家藏；

(2) 流传吴中；

（3）归严氏；

（4）籍没入御府。

一百年中流离南北，换了四个主人，可惜不知道在吴中的收藏家是谁。推测当分宜籍没时，宫中必有簿录，因此翻出《胜朝遗事》所收的文嘉《钤山堂书画记》，果然有详细的记载，在《名画部》宋有：

张择端《清明上河图》。

图藏宜兴徐文靖（徐溥）家，后归西涯李氏（东阳），李归陈湖陆氏，陆氏子负官缗，质于昆山顾氏，有人以一千二百金得之。然所画皆舟车城郭桥梁市廛之景，亦宋之寻常画耳，无高古气也。

按田艺蘅《留青日札》严嵩条记嘉靖四十四年八月抄没清单有：

石刻法帖三百五十八册轴，古今名画刻丝纳纱纸金绣手卷册共三千二百零一轴。内有……宋张择端《清明上河图》……乃苏州陆氏物，以千二百金购之，才得其赝本，卒破数十家。其祸皆成于王彪汤九张四辈，可谓尤物害民。

这一条记载极关重要，它所告诉我们的是：

（1）《清明上河图》乃苏州陆氏物。

（2）其人以千二百金问购，才得赝本，卒破数十家。

（3）诸家记载中之汤裱褙或汤生行九，其同恶为严氏鹰犬者有王彪张四诸人。

考陈湖距吴县三十里，属苏州。田氏所记的苏州陆氏当即为文氏所记之陈湖陆氏无疑。第二点所指明的也和文氏所记吻合。由苏州陆氏的渊源，据《钤山堂书画记》："陆氏子负官缗，质于昆山顾氏。"两书所说相同，当属可信。所谓昆山顾氏，考《昆新两县合志》卷二〇《顾梦圭传》：

顾懋宏字靖甫，初名寿，一字茂俭，潜孙，梦圭子。十三补诸生，才高气豪，以口过被祸下狱，事白而家壁立。依从父梦羽蕲州官舍，用蕲籍再为诸生。寻东还，游太学，举万历戊子乡荐。授休宁教谕，迁南国子学录，终莒州知州。自劾免。筑室东郊外，植梅数十株吟啸以老。

按梦圭为嘉靖癸未（1523 年）进士，官至江西布政使。他家世代做官，为昆山大族。其子懋宏十三补诸生。嘉靖四十一年（1562 年）五月严嵩事败下狱，四十四年三月严世蕃伏诛，严氏当国时代恰和懋宏世代相当，由此可知传中所谓"以口过被祸下狱，事白而家壁立"一段隐约的记载，即指《清明上河图》事，和文田两家所记相合。

这样，这图的沿革可列成下表：

（一）宜兴徐氏；

（二）西涯李氏；

（三）陈湖陆氏；

（四）昆山顾氏；

（五）袁州严氏；

（六）内府。

在上引的史料中，最可注意的是《钤山堂书画记》。因为文嘉家和王世贞家是世交，他本人也是世贞好友之一。他在嘉靖四十四年（1565 年）应何宾涯之召检阅籍没入官的严氏书画，到隆庆二年（1568 年）整理所记录成功这一卷书。时世贞适新起用由河南按察副使擢浙江布政使司左参政分守湖州。假如王氏果和此图有关系，并有如此悲惨的故事包含在内，他决不应故没不言！

在以上所引证的《清明上河图》的经历过程中，很显明安插不下王忬或王世贞的一个位置。那末，这图到底是怎样才和王家在传说中发生关系的呢？按《弇州山人四部稿续稿》卷一六八《清明上河图》别本跋：

张择端《清明上河图》有真赝本，余均获寓目。真本人物舟车桥道宫室皆细于发，而绝老劲有力，初落墨相家，寻籍入天府为穆庙所爱，饰以丹青。

赝本乃吴人黄彪造，或云得择端藁本加删润，然与真本殊不相类，而亦自工致可念，所乏腕指间力耳，今在家弟（世懋）所。此卷以为择端藁本，似未见择端本者。其所云于禁烟光景亦不似，第笔势遒逸惊人，虽小纤率，要非近代人所能办，盖与择端同时画院祗候，各图汴河之胜，而有甲乙者也。吾乡好事人遂定为真藁本，而谒彭孔嘉小楷，李文正公记，文征仲苏书，吴文定公跋，其张著杨准二跋，则寿承休承以小行代之，岂惟出蓝！而最后王禄之陆子傅题字尤清楚。陆于逗漏处，毫发贬驳殆尽，然不能断其非择端笔也。使画家有黄长睿那得尔？

其第二跋云：

> 按择端在宣政间不甚著，陶九畴纂《圆绘宝鉴》，搜括殆尽，而亦不载其人。昔人谓逊功帝以丹青自负，诸祇候有所画，皆取上旨裁定。画成进御，或少增损。上时时草创下诸祇候补景设色，皆称御笔，以故不得自显见。然是时马贲周曾郭思郭信之流，亦不致泯然如择端也。而《清明上河》一图，历四百年而大显，至劳权相出死力构，再损千金之值而后得，嘻！亦已甚矣。择端他图余见之殊不称，附笔于此。

可知此图确有真赝本，其赝本之一确曾为世贞爱弟世懋所藏，这图确曾有一段悲惨的故事，"至劳权相出死构，再损千金之值而后得"。这两跋都成于万历三年（1575 年）以后，所记的是上文所举的昆山顾氏的事，和王家毫不相干。这一悲剧的主人公是顾懋宏，构祸的是汤九或汤裱褙，权相是严氏父子。

由以上的论证，我们知道一切关于王家和《清明上河图》的记载，都是任意捏造，牵强附会。无论他所说的是《辋川真迹》，是《清明上河图》，是黄彪的临本，是王鏊家藏本，或是王忬所藏的，都是无中生有。事实的根据一去，当然唐顺之或汤裱褙甚至第三人的行潜或指证的传说，都一起跟着不存在了。

但是，像沈德符、顾公燮、刘廷玑、梁章钜等人，在当时都是很有名望的学者，沈德符和王世贞是同一时代的人，为什么他们都会得捕风捉影，因讹承讹呢？

这原因据我的推测，以为是：

（1）是看不清《四部稿》两跋的原意，误会所谓"权相出死力构"是指他的家事，因此而附会成一串故事。

（2）是信任《野获编》作者的时代和他与王家的世交关系，以为他所说的话一定可靠，而靡然风从，群相应和。

（3）是故事本身的悲壮动人，同情被害人的遭遇，辗转传述，甚或替它装头补尾，虽悖"求真之谛"亦所不惜。

次之因为照例每个不幸的故事中，都有一位丑角在场，汤裱褙是当时的名装潢家，和王严两家都有来往，所以顺手把他拉入作一点缀。

识画人的另一传说是唐顺之，因为他曾有疏参王忬的事迹，王忬之死多少他应负一点责任。到了范允临的时候，似乎又因为唐顺之到底是一代大儒，不好任意得罪，所以在他的剧本——《一捧雪》传奇中仍旧替回了汤裱褙。几百年来，这剧本到处上演，剧情的凄烈悲壮，深深地感动了千万的人，于是汤裱褙便永远留在这剧本中做一位挨骂的该死丑角。

三　《金瓶梅》非王世贞所作

最早提到《金瓶梅》的，是袁宏道的《觞政》：

> 凡《六经》《语》《孟》所言饮式，皆酒经也。其下则汝阳王《甘露经酒谱》……为内典。……传奇则《水浒传》《金瓶梅》为逸典……①

袁宏道写此文时《金瓶梅》尚未有刻本，已极见重于文人，拿它和《水浒》并列了。可惜袁宏道只给了我们一个艺术价值的暗示，而没提出它的著者和其他事情。稍后沈德符的《野获编》卷二五《金瓶梅》所说的就详细多了，沈德符说：

> 袁中郎《觞政》以《金瓶梅》配《水浒传》为外典，予恨未得见。丙午（1606 年）遇中郎京邸，问曾有全帙否？曰第睹数卷甚奇快，今惟麻城刘延白承禧家有全本，盖从其妻家徐文贞录得者。又三年小修（袁中道，宏道弟）上公车，已携有其书，因与借抄挈归。吴友冯犹龙见之惊喜，怂恿书坊以重价购刻。马仲良时榷吴关，亦劝予应梓人之求，可以疗饥。予曰："此等书必遂有人板行，但一刻则家传户到，坏人心术，他日阎罗究诘始祸，何辞置对？吾岂以刀锥博泥犁哉！"仲良大以为然，遂固箧之。未几时而吴中悬之国门矣。然原本实少五十三回至五十七回。遍觅不得。有陋儒补以入刻，无论肤浅鄙俚，时作吴语，即前后血脉，亦绝不贯串，一见知其赝作矣。
>
> 闻此为嘉靖间大名士手笔，指斥时事，如蔡京父子则指分宜，林灵素则指陶仲文，朱勔则指陆炳，其他各有所属云。

关于有刻本前后的情形，和书中所影射的人物，他都讲到了，单单我们所认为最重要的著者，他却只含糊地说了"嘉靖间大名士"了事，这六个字的含

---

① 《袁中郎全集》卷 14，十之《掌故》。

义是:

(1) 作者是嘉靖时人;

(2) 作者是大名士;

(3) 《金瓶梅》是嘉靖时的作品。

几条嘉靖时代若干大名士都可适用的规限,更不妙的是他指这书是"指斥时事"的,平常无缘无故的人要指斥时事干什么呢?所以顾公燮等人便因这一线索推断是王世贞的作品,牵连滋蔓,造成上述一些故事。康熙乙亥(1696年)刻的《金瓶梅》谢颐作的序便说:

> 《金瓶梅》一书传为凤洲门人之作也。或云即出凤洲手。然洋洋洒洒一百回内,其细针密线,每令观者望洋而叹。

到了《寒花盦随笔》《缺名笔记》一些人的时代,便索性把或字去掉。一直到近人蒋瑞藻《小说考证》还认定是弇州之作而不疑:

> 《金瓶梅》之出于王世贞手不疑也。景倩距弇州时代不远,当知其详。乃断名士二字了之,岂以其诲淫故为贤者讳欤![1]

其实一切关于《金瓶梅》的故事,都只是故事而已,都不可信。应该根据真实史料,把一切荒谬无理的传说,一起踢开,还给《金瓶梅》以一个原来的面目。

第一我们要解决一个问题,要先抓住它的要害点,关于《清明上河图》在上文已经证明和王家无关。次之就是这一切故事的焦点——作《金瓶梅》的缘起和《金瓶梅》的对象严世蕃或唐荆川之被毒或被刺。因为这书据说是作者来毒严氏或唐氏的,如两人并未被毒或无被毒之可能时,这一说当然不攻自破。

甲、严世蕃是正法死的,并未被毒,这一点《寒花盦随笔》的作者倒能辨别清楚。顾公燮便不高明了,他以为王忬死后世贞还去谒见世蕃,世蕃索阅小说,因作《金瓶梅》以讽刺之。其实王忬被刑在嘉靖三十九年(1560年)十月初一日,殁后世贞兄弟即扶枢返里,十一月二十七日到家,自后世贞即屏居里门,到隆庆二年(1568年)始起为河南按察副使。另一方面严嵩于四十一年五

---

[1]《啸亭续录》卷2。

月罢相，世蕃也随即被刑。王忬死后世贞方痛恨严氏父子之不暇，何能靦颜往谒贼父之仇？而且世贞于父死后即返里屏居，中间无一日停滞，南北相隔，又何能与世蕃相见？即使可能，世蕃已被放逐，不久即死，亦何能见？如说此书之目的专在讽刺，则严氏既倒，公论已明，亦何所用其讽刺？且《四部稿》中不乏抨责严氏之作，亦何庸写此洋洋百万言之大作以事此无谓之讽刺？

再次顾氏说严氏之败是由世贞贿修工烂世蕃脚使不能入直致然的，此说亦属无稽，据《明史》卷三〇八《严嵩传》所言：

> 嵩虽警敏，能先意揣帝指，然帝所下手诏语多不可晓，惟世蕃一览了然。答语无不中。及嵩妻欧阳氏死，世蕃当护丧归，嵩请留侍京邸，帝许之，然自是不得入直所代嵩票拟，而日纵淫乐于家。嵩受诏多不能答，遣使持问世蕃，值其方耽女乐，不以时答，中使相继促嵩，嵩不得已自为之，往往失旨。所进青词又多假手他人不能工，以是积失帝欢。

则世蕃之不能入直是因母丧，嵩之败是因世蕃之不代票拟，也和王世贞根本无关。

乙、关于唐顺之，按《明史》："顺之出为淮扬巡抚，兵败力疾过焦山，三十九年春卒。"王忬死在是年十月，顺之比王忬早死半年，世贞何能预写《金瓶梅》报仇？世贞以先一年冬从山东弃官省父于京狱，时顺之已出官淮扬，二人何能相见于朝房？顺之比王忬早死半年，世贞又安能遣人行刺于顺之死后？

第二，"嘉靖间大名士"是一句空洞的话，假使可以把它牵就为王世贞，那末，又为什么不能把它归到曾著有杂剧四种的天都外臣汪道昆？为什么不是以杂剧和文采著名的屠赤水王百谷或张凤翼？那时的名士很多，又为什么不是所谓前七子广五子后五子续五子以及其他的山人墨客？我们有什么反证说他们不是"嘉靖间大名士"？

第三，再退一步承认王世贞有作《金瓶梅》的可能（自然，他不是不能做）。但是问题是他是江苏太仓人，并且是土著，有什么保证可以断定他不"时作吴语"？《金瓶梅》用的是山东的方言，王世贞虽曾在山东做过三年官（1557—1559 年），但是能有证据说他在这三年中，曾学会了甚至和土著一样地使用当地的方言吗？假使不能，又有什么根据使他变成《金瓶梅》的作者呢！

前人中也曾有人断定王世贞绝不是《金瓶梅》的作者，清礼亲王昭梿就是其中的一个，他说：

《金瓶梅》其淫亵不待言。至叙宋代事，除《水浒》所有外，俱不能得其要领。以宋明二代官名羼杂其间，最属可笑。是人尚未见商辂《宋元通鉴》者，不论宋元正史！弇州山人何至谫陋若是，必为赝作无疑也。[1]

作小说虽不一定要事事根据史实，不过假如是一个史学名家作的小说，纵使下笔十分不经意，也不至于荒谬到如昭梿所讥。王世贞在当时学者中堪称博雅，时人多以有史识史才许之，他自身亦以此自负。且毕生从事著述，卷帙甚富，多为后来修史及研究明代掌故者所取材。假使是他作的，真的如昭梿所说："何至谫陋若是！"不过昭梿以为《金瓶梅》是赝作，这却错了。因为以《金瓶梅》为王世贞作的都是后来一般的传说，在《金瓶梅》的本文中除掉应用历史上的背景来描写当时的市井社会奢侈放纵的生活以外，也丝毫找不出有作者的什么本身的暗示存在着。作者既未冒王世贞的名字，来增高他著述的声价，说他是赝作，岂非无的放矢。

四 《金瓶梅》是万历中期的作品

小说在过去时代是不登大雅之堂的，尤其是"猥亵"的作品。因此小说的作者姓名往往因不敢署名，而致埋没不彰。更有若干小说家不但不敢署名，并且还故意淆乱书中史实，极力避免含有时代性的叙述，使人不能捉摸这一作品的著作时代。《金瓶梅》就是这样的一个作品。

但是，一个作家要故意避免含有时代性的记述，虽不是不可能，却也不是一件容易的事。因为他不能离开他的时代，不能离开他的现实生活，他是那时候的现代人，无论他如何避免，在对话中，在一件平凡事情的叙述中，多少总不能不带有那时代的意识。即使他所叙述的是假托古代的题材，无意中也不能不流露出那时代的现实生活。我们要从这些作者所不经意的疏略处，找出他原来所处的时代，把作品和时代关联起来。

常常又有原作者的疏忽为一个同情他的后代人所删削遮掩，这位同情者的用意自然是匡正作者，这举动同样不为我们所欢迎。这一事实可以拿《金瓶梅》来做一例证。

———————

[1]《小说考证》二，96页。

假如我们不能得到一个比改订本更早的本子的时候，也许我们要被作者和删节者瞒过，永远不能知道他们所不愿意告诉我们的事情。

幸而，最近我们得到一个较早的《金瓶梅词话》刻本，在这本子中我们知道许多从前人所不知道的事。这些事都明显地刻有时代的痕迹。因此我们不但可以断定这部书的著作时代，并且可以明白这部书产生的时代背景，和为什么这样一部名著却包含有那样多的描写性生活部分的原因。

（一） 太仆寺马价银

《金瓶梅词话》本第七回页九之十有这样一段对话：

> 张四道："我见此人有些行止欠端，在外眠花宿柳，又里虚外实，少人家债负，只怕坑陷了你！"
>
> 妇人道："四舅，你老人家，又差矣！他就外边胡行乱走，奴妇人家只管得三层门内，管不得那许多三层门外的事，莫不成日跟着他走不成！常言道：世上钱财倘来物，那是长贫久富家。紧着起来，朝廷爷一时没有钱使，还问太仆寺支马价银子来使。休说买卖人家，谁肯把钱放在家里！各人裙带上衣食，老人家倒不消这样费心。"

在崇祯本《金瓶梅》（第七回第十页）和康熙乙亥本第一奇书（第七回第九页）中，孟三儿的答话便删节成：

> 妇人道："四舅，你老人家又差矣！他少年人就外边做些风流勾当，也是常事。奴妇人家，那里管得许多。若说虚实，常言道，世上钱财倘来物，那是长贫久富家。况姻缘事皆前生分定，你老人家倒不消这样费心。"

天衣无缝，使人看不出有删节的痕迹。

朝廷向太仆寺借银子用，这是明代中叶以后的事，《明史》卷九二《兵志》《马政》：

> 成化二年以南土不产马，改征银。四年始建太仆寺常盈库，贮备用马价。……隆庆二年提督四夷馆太常少卿武金言，种马之设，专为孳生备用，备用马既别买，则种马可递省。今备用马已足三万，宜令每马折银三十两解太仆种马尽卖输兵部，一马十两，则直隶山东河南十二万匹，可得银百二十

万，且收草豆银二十四万。御史谢廷杰谓祖制所定，关军机，不可废。兵部是廷杰言。而是时内帑乏，方分使括天下遗赋，穆宗可金奏，下部议。部请养卖各半，从之。太仆之有银也自成化始，然止三万余两。及种马卖，银日增。是时通贡互市，所贮亦无几。及张居正作辅，力主尽卖之议。……又国家有兴作赏赍，往往借支太仆银，太仆帑益耗。十五年寺卿罗应鹤请禁支借。二十四年诏太仆给陕西赏功银，寺臣言先年库积四百余万，自东西二役兴，仅余四之一。朝鲜用兵，百万之积俱空。今所存者止十余万。况本寺寄养马岁额二万匹，今岁取折色，则马之派征甚少，而东征调兑尤多，卒然有警，马与银俱竭，何以应之！　章下部，未能有所厘革也。崇祯初核户兵工三部借支太仆马价至一千三百余万。

由此可知太仆寺之贮马价银是从成化四年（1468 年）起，但为数极微。到隆庆二年（1568 年）百年后定例卖种马之半，藏银始多。到万历元年（1573 年）张居正作首相尽卖种马，藏银始达四百余万两。又据《明史》卷七九《食货志》三《仓库》：

太仆，则马价银归之。……隆庆中……数取光禄太仆银，工部尚书朱衡极谏不听。……至神宗万历六年……久之，太仓光禄太仆银括取几尽，边赏首功向发内库者亦取之太仆矣。

则隆庆时虽曾借支太仆银，尚以非例为朝臣所谏诤。到了张居正死后（1582 年）神宗始无忌惮地向太仆支借，其内库所蓄，则靳不肯出。《明史》卷二一三张居正传载居正当国时：

太仓粟充盈可支十年。互市饶马，乃减太仆种马，而令民以价纳，太仆金亦积四百余万。

在居正当国时，综核名实，令出法行，所以国富民安，号称小康，即内廷有需索，亦往往为言官所谏止，如《明史》卷二二九《王用汲传》说：

万历六年……上言……陛下……欲取太仓光禄，则台臣科臣又言之，陛下悉见嘉纳，或遂停止，或不为例。

其用途专充互市抚赏，《明史》卷二二二《方逢时传》说：

> 万历五年召理戎政。……言……财货之费，有市本有抚赏，计三镇岁费二十七万，较之向时户部客饷七十余万，太仆马价十数万，十才二三耳。

到了居正死后，朝政大变，太仆马价内廷日夜借支，宫监佞幸，为所欲为，专以货利导帝，《明史》卷二三五《孟一脉传》说：

> 居正死，起故官。疏陈五事：言……数年以来，御用不给，今日取之光禄，明日取之太仆，浮梁之磁，南海之珠，玩好之奇，器用之巧，日新月异……锱铢取之，泥沙用之。

不到十年功夫，太仆积银已空；《明史》卷二三三《何选传》：

> 光禄太仆之帑，括取几空。

但还搜括不已，恣意赏赐，如《明史》卷二三三《张贞观传》所记：

> 三王并封制下……采办珠玉珍宝费至三十六万有奇，又取太仆银十万充赏。

中年内外库藏俱竭，力靳内库银不发，且视太仆为内廷正供，廷臣请发款充军费，反被谯责。万历三十年时：

> 国用不支，边储告匮……乞发内库银百万及太仆马价五十万以济边储，复忤旨切责。①

万历时代借支太仆寺马价银的情形，朱国桢《涌幢小品》卷二说得很具体：

> 太仆寺马价隆庆年间积一千余万，万历年间节次兵饷借去九百五十三

---

① 《明史》卷 220《赵世卿传》。

万。又大礼大婚光禄寺借去三十八万两。零星宴赏之借不与焉。至四十二年老库仅存八万两。每年岁入九十八万余两，随收随放支，各边年例之用尚不足，且有边功不时之赏，其空虚乃尔，真可寒心。

明神宗贪财好货，至为御史所讥笑，如《明史》卷二三四《雒于仁传》所载四箴，其一即为戒贪财：

> 十七年……献四箴。……传索帑金，括取币帛，甚且掠问宦官，有献则已，无则谴怒，李沂之疮痍未干，而张鲸之赇贿复入，此其病在贪财也。

再就嘉靖隆庆两朝内廷向外库借支情况作一比较，《明史》卷二〇六《郑一鹏传》：

> 嘉靖初……宫中用度日侈，数倍天顺时，一鹏言：今岁灾用诎，往往借支太仓。

《明史》卷二一四《刘体乾传》：

> 嘉靖二十三年……上奏曰：又闻光禄库金自嘉靖改元至十五年，积至八十万，自二十一年以后，供亿日增，余藏顿尽。……隆庆初进南京户部尚书，……召改北部，诏取太仓银三十万两……是时内供已多，数下部取太仓银。

据此可知嘉隆时代的借支处只是光禄和太仓，因为那时太仆寺尚未存有大宗马价银，所以无借支的可能。到隆庆中叶虽曾借支数次，却不如万历十年以后的频数。穆宗享国不到六年（1567—1572年），朱衡以隆庆二年九月任工部尚书，刘体乾以隆庆三年二月任户部尚书，刘氏任北尚书后才疏谏取太仓银而不及太仆，则朱衡之谏借支太仆银自必更在三年二月以后。由此可知在短短的两三年内，即使借支太仆，其次数决不甚多，且新例行未久，其借支数目亦不能过大。到了张居正当国，励行节俭，足国富民，在这十年中帑藏充盈，无借支之必要，且神宗慑于张氏之威凌，亦无借支之可能。由此可知《词话》中所指"朝廷爷还问太仆寺借马价银子来使"必为万历十年以后的事。

《金瓶梅词话》的本文包含有万历十年以后的史实，则其著作的最早时期必在万历十年以后。

（二） 佛教的盛衰和小令

《金瓶梅》中关于佛教流行的叙述极多，全书充满因果报应的气味。如丧事则延僧作醮追荐（第八回，第六十二回），平时则许愿听经宣卷（第三十九回，第五十一回，第七十四回，第一百回），布施修寺（第五十七回，第八十八回），胡僧游方（第四十九回），而归结于地狱天堂，西门庆遗孤且入佛门清修。这不是一件偶然的事实，假如作者所处的时代佛教并不流行，或遭压迫，在他的著作中决不能无中生有捏造出这一个佛教流行的社会。

明代自开国以来，对佛道二教，初无歧视，后来因为政治关系，对喇嘛教僧稍予优待，天顺成化间喇嘛教颇占优势，佛教徒假借余光，其地位在道教之上。到了嘉靖时代，陶仲文、邵元节、王金等得势，世宗天天在西苑玄修作醮，求延年永命，一般方士偶献一二秘方，便承宠遇。诸宫僚翰林九卿长入直者往往以青词称意，不次大拜。天下靡然风从，献灵芝、白鹿、白鹊、丹砂，无虚日。朝臣亦天天在讲符瑞，报祥异，甚至征伐大政，必以告玄。在皇帝修养或作法事时，非时上奏的且得殊罚。道士遍都下，其领袖贵者封侯伯，位上卿，次亦绾牙牌，跻朝列，再次亦凌视士人，作威福。一面则焚佛牙，毁佛骨，逐僧侣，没庙产，熔佛像，佛教在世宗朝算是销声匿迹，倒尽了霉。

到隆万时，道教失势了，道士们或贬或逐，佛教徒又承渥宠，到处造庙塑佛，皇帝且有替身出家的和尚，其煊赫比拟王公（明列帝俱有替身僧，不过到万历时代替身僧的声势，则为前所未有）。《野获编》卷二七《释教盛衰》条：

> 武宗极喜佛教，自列西番僧，呗唱无异。至托名大庆法王，铸印赐诰命。世宗留心斋醮，置竺乾氏不谈。初年用工部侍郎赵璜言，刮正德所铸佛镀金一千三百两。晚年用真人陶仲文等议，至焚佛骨万二千斤。逮至今上，与两宫圣母首建慈寿万寿诸寺，俱在京师，穷丽冠海内。至度僧为替身出家，大开经厂，颁赐天下名刹殆遍。去焚佛骨时未二十年也。

由此可知武宗时为佛教得势时代，嘉靖时则完全为道教化的时代，到了万历时代佛教又得势了。《金瓶梅》书中虽然也有关于道教的记载，如六十二回的潘道士解禳，六十五回的吴道士迎殡，六十七回的黄真人荐亡，但以全书论，仍是以佛教因果轮回天堂地狱的思想作骨干。假如这书著成于嘉靖时代，决不会偏重佛教到这个地步！

再从时代的习尚去观察，《野获编》卷二五《时尚小令》：

> 元人小令行于燕赵，后浸淫日盛。自宣正至成宏后，中原又行《锁南枝》《傍妆台》《山坡羊》之属，李崆峒先生初自庆阳徙居汴梁，闻之以为可继国风之后。何大复继至，亦酷爱之。今所传《泥捏人》及《鞋打卦》《熬髼髻》三阕为三牌名之冠，故不虚也。自兹以后，又有《耍孩儿》《驻云飞》《醉太平》诸曲，然不如三曲之盛。嘉隆间乃兴《闹五更》《寄生草》《罗江怨》《哭皇天》《干荷叶》《粉红莲》《桐城歌》《银纽丝》之属，自两淮以至江南，渐与词曲相远，不过写淫媟情态，略具抑扬而已。比年以来又有《打枣竿》《桂枝儿》二曲。其腔调约略相似，则不问南北，不问男女，不问老幼良贱，人人习之，亦人人喜听之，以至刊布成帙，举世传诵，沁人心腑。其谱不知从何来，真可骇叹！又《山坡羊》者，李何二公所喜，今南北词俱有此名，但北方惟盛爱数落《山坡羊》，其曲自宣大辽东三镇传来。今京师妓女惯以此充弦索北调，其语秽亵鄙浅，并桑濮之音亦离去已远，而羁人游婿嗜之独深，丙夜开樽，争先招致。

《金瓶梅词话》中所载小令极多，约计不下六十种。内中最流行的是《山坡羊》，综计书中所载在二十次以上（见第一、八、三十三、四十五、五十、五十九、六十一、七十四、八十九、九十一诸回）；次为《寄生草》（见第八、八十二、八十三诸回）；《驻云飞》（见第十一、四十四诸回）；《锁南枝》（见第四十四、六十一诸回）；《耍孩儿》（见第三十九、四十四诸回）；《醉太平》（见第五十二回）；《傍妆台》（见第四十四回）；《闹五更》（见第七十三回）；《罗江怨》（见第六十一回），其他如《绵搭絮》、《落梅风》、《朝天子》、《折桂令》、《梁州序》、《画眉序》、《锦堂月》、《新水令》、《桂枝香》、《柳摇金》、《一江风》、《三台令》、《货郎儿》、《水仙子》、《荼蘼香》、《集贤宾》、《一见娇羞》、《端正好》、《宜春令》、《六娘子》……散列书中，和沈氏所记恰合。在另一方面，沈氏所记万历中年最流行的《打枣竿》、《挂枝儿》二曲，却又不见于《词话》。《野获编》书成于万历三十四年丙午（1606年），由此可见《词话》是万历三十四年以前的作品，《词话》作者比《野获编》的作者时代略早，所以他不能记载到沈德符时代所流行的小曲。

（三） 太监、皇庄、皇木及其他

太监的得势用事，和明代相终始。其中只有一朝是例外，这一朝代便是嘉靖朝。从正德宠任刘瑾谷大用等八虎，坏乱朝政以后，世宗即位，力惩其敝，严抑宦侍，不使干政作恶。嘉靖九年（1530 年）革镇守内臣。十七年（1538 年）从武定侯郭勋请复设，在云贵两广四川福建湖广江西浙江大同等处各派内臣一人镇守，到十八年四月以彗星示变撤回。在内廷更防微极严，不使和朝士交通，内官因之奉法安分，不敢恣肆。根基不厚的大珰，有的为了轮值到请皇帝吃一顿饭而破家荡产，无法诉苦。在有明一代中嘉靖朝算是宦官最倒霉失意的时期。反之在万历朝则从初年冯保张宏张鲸等柄用起，一贯地柄国作威，政府所有设施，须先请命于大珰，初年高拱任首相，且因不附冯保而被逐。张居正在万历初期的新设施，新改革，所以能贯彻实行，是因为在内廷有冯保和他合作。到张居正死后，宦官无所顾惮，权势更盛，派镇守，采皇木，领皇庄，榷商税，采矿税。地方官吏降为为宦寺的属下，承其色笑，一拂其意，缇骑立至。内臣得参奏当地督抚，在事实上几成地方最高长官。在天启以前，万历朝可说是宦官最得势的时代。

《词话》中有许多关于宦官的记载，如清河一地就有看皇庄的薛太监，管砖厂的刘太监，花子虚的家庭出于内臣，王招宣家与太监缔姻。其中最可看出当时情形的是第三十一回西门庆宴客一段：

> 说话中间，忽报刘公公薛公公来了。慌的西门庆穿上衣，仪门迎接。二位内相坐四人轿，穿过肩蟒，缨枪队喝道而至。西门庆先让至大厅上，拜见叙礼，接茶。落后周守备荆都监夏提刑等武官，都是锦绣服，藤棍大扇，军牢喝道，僚椽跟随，须臾都到了门口，黑压压的许多伺候，里面鼓乐喧天，笙箫迭奏。上坐递酒之时，刘薛二内相相见。厅正面设十二张卓席，都是幨拴锦带，花插金瓶，桌上摆著簇盘定胜，地下铺着锦裀绣球。
>
> 西门庆先把盏让坐次，刘薛二内相再三让逊："还有列位大人！"周守备道："二位老太监齿德俱尊。常言三岁内宫，居于王公之上，这个自然首坐，何消泛讲。"彼此逊让了一回。薛内相道："刘哥，既是列位不首，难为东家，咱坐了罢。"
>
> 于是罗圈唱了个喏，打了恭，刘内相居左；薛内相居右，每人膝下放一条手巾，两个小厮在傍打扇，就坐下了。其次者才是周守备，荆都监众人。

一个管造砖和一个看皇庄的内使，声势便煊赫到如此，在宴会时座次在地方军政长官之上，这正是宦官极得势时代的情景，也正是万历时代的情景。

皇庄之设立，前在天顺景泰时代已见其端，正德时代达极盛期。世宗即位，裁抑恩幸，以戚里佞幸得侯者著令不许继世。中惟景王就国，拨赐庄田极多。《明史》卷七七《食货志》一说：

> 世宗初命给事中夏言等清核皇庄田，言极言皇庄为厉于民。自是正德以来投献侵牟之地，颇有给还民者。而宦戚辈复中挠之。户部尚书孙交造皇庄新册，额减于旧，帝命核先年顷亩数以闻，改称官地，不复名皇庄。诏所司征银解部。

由此可知嘉靖时代无皇庄之名，只称官地。《食货志》一又记：

> 神宗赉予过侈，求无不获。潞王寿阳公主恩最渥，而福王分封，括河南山东湖广田为王庄，至四万顷，群臣力争，乃减其半。王府官及诸阉丈地征税，旁午于道，扈养厮役，廪食以万计，渔敛惨毒不忍闻，驾帖捕民，格杀庄佃，所在骚然。

由此可知《词话》中的管皇庄太监，必然指的是万历时代的事情。因为假如把《词话》的时代放在嘉靖时的话，那就不应称为管皇庄，应该称为管官地的才对。

所谓皇木，也是明代一桩特别的恶政，《词话》第三十四回有刘百户盗皇木的记载：

> 西门庆告诉：刘太监的兄弟刘百户因在河下管芦苇场，撰了几两银子。新买了一所庄子。在五里店拿皇木盖房。……

明代内廷兴大工，派官往各处采大木，这木就叫皇木。这事在嘉靖万历两朝特别多，为民害极酷。《明史》卷八二《食货志》六说：

> 嘉靖元年革神木千户所及卫卒。二十年宗庙灾，遣工部侍郎潘鉴副都御史戴金于湖广四川采办大木。
>
> 二十六年复遣工部侍郎刘伯跃采于川湖贵州。湖广一省费至三百三十九万余两。又遣官核诸处遗留大木，郡县有司以迟误大工，逮治褫黜非一，并河州县尤苦之。

> 万历中三殿工兴，采楠杉诸木于湖广四川贵州，费银九百三十余万两，征诸民间，较嘉靖年费更倍。而采鹰平条桥诸木于南直浙江者，商人逋直至二十五万。科臣劾督运官迟延侵冒，不报。虚糜乾没，公私交困焉。

按万历十一年慈宁宫灾，二十四年乾清坤宁二宫灾，《词话》中所记皇木，当即指此而言。

《词话》第二十八回有女番子这样一个特别名词。

> 经济道："你老人家是个女番子，且是倒会的放刁……"

所谓番子，《明史》《刑法志》三说：

> 东厂之属无专官，掌刑千户一，理刑百户一，亦谓之贴刑，皆卫官。其隶役悉取给于卫。最轻黠猾巧者乃拨充之。役长曰档头，帽上锐，衣青素褂褶系小条，白皮靴，专主伺察。其下番子数人为干事，京师亡命诓财挟仇视干事者为窟穴，得一阴事，由之以密白于档头，档头视其事大小，先予之金。事曰起数，金曰买起数。既得事，帅番子至所犯家左右坐曰打桩，番子即突入执讯之，无有左证符牒，贿如数，径去。少不如意，榜治之名曰干醉酒，亦曰搬罾儿，痛楚十倍官刑。且授意使牵有力者，有力予多金，即无事，或靳不予，予不足，立闻上，下镇抚司狱，立死矣。

番子之刺探官民阴事为非作恶如此，所以在当时口语中就称平常人的放刁挟诈者为番子，并以施之女性。据《明史》在万历初年冯保以司礼监兼厂事，建厂东上北门之北曰内厂，而以初建者为外厂，声势煊赫一时，至兴王大臣狱，欲族高拱。但在嘉靖时代，则以世宗驭中官严，不敢恣，厂权且不及锦衣卫，番子之不敢放肆自属必然。由这一个特别名词的被广义地应用的情况说，《词话》的著作时代亦不能在万历以前。

（四）古刻本的发见

两年以前《金瓶梅》的最早刻本，我们所能见到的是康熙三十四年（乙亥，一六九五年）皋鹤草堂刻本张竹坡批点《第一奇书金瓶梅》，和崇祯本《新刻绣像金瓶梅》。在这两个本子中没有什么材料可以使我们知道这书最早刊行的年代。

最近北平图书馆得到了一部刊有万历丁巳序文的《金瓶梅词话》，这本子不但在内容方面和后来的本子有若干处不同，并且在东吴弄珠客的序上也明显地载明是万历四十五年（丁巳，1617 年）冬季所刻。在欣欣子的序中并具有作者的笔名兰陵笑笑生（也许便是作序的欣欣子罢）。这本子可以说是现存的《金瓶梅》最早的刊本。其内容最和原本相近，从它和后来的本子不相同处及被删改处比较的结果，使我们能得到这样的结论，断定它的最早开始写作的时代不能在万历十年以前，退一步说，也不能过隆庆二年。

但万历丁巳本并不是《金瓶梅》第一次的刻本，在这刻本以前，已经有过几个苏州或杭州的刻本行世，在刻本以前并且已有抄本行世。因为在袁宏道的《觞政》中，他已把《金瓶梅》列为逸典，在沈德符的《野获编》中他已告诉我们在万历三十四年（丙午，1606 年）袁宏道已见过几卷，麻城刘氏且藏有全本。到万历三十七年袁中道从北京得到一个抄本，沈德符又向他借抄一本。不久苏州就有刻本，这刻本才是《金瓶梅》的第一个本子。

袁宏道的《觞政》在万历三十四年以前已写成，由此可以断定《金瓶梅》最晚的著作时代当在万历三十年以前。退一步说，也决不能后于万历三十四年。

综结上文所论，《金瓶梅》的成书时代大约是在万历十年到三十年这二十年（1582—1602 年）中。退一步说，最早也不能过隆庆二年，最晚也不能后于万历三十四年（1568—1606 年）。

（五）《金瓶梅》的社会背景

《金瓶梅》是一部现实主义小说，它所写的是万历中年的社会情形。它抓住社会的一角，以批判的笔法，暴露当时新兴的结合官僚势力的商人阶级的丑恶生活。透过西门庆的个人生活，由一个破落户而土豪、乡绅而官僚的逐步发展，通过西门庆的社会联系，告诉了我们当时封建统治阶级的丑恶面貌，和这个阶级的必然没落。在《金瓶梅》书中没有说到那时代的农民生活，但在它的描写市民生活时，却已充分地告诉我们那时农村经济的衰颓和崩溃的必然前景。当时土地集中的情形，万历初年有的大地主拥田到七万顷，粮至二万石①。据万历六年全国田数七百一万三千九百七十六顷计算，这一个大地主的田数就占全国田数的百分之一。又如皇庄，嘉靖初年达数十所，占地至三万七千多

———————

① 张居正：《张文忠公集·书牍》六《答应天巡抚宋阳山论均粮足民》。

顷。夏言描写皇庄破坏农业生产的情形说：

> 皇庄既立，则有管理之太监，有奏带之旗校，有跟随之名目，每处动至三四十人。……擅作威福，肆行武断。……起盖房屋，架搭桥梁，擅立关隘，出给票帖，私刻关防。凡民间撑架舟车，牧放牛马，采捕鱼虾菱芡菰蒲之属，靡不括取。而邻近土地，则展转移筑封堆，包打界至，见亩征银。本土豪猾之民，投为庄头，拨置生事，帮助为恶，多方培克，获利不赀。输之官闱者曾无十之一二，而私入囊橐者盖不啻十八九矣。是以小民脂膏，吮剥无余，由是人民逃窜而户口消耗，里分减并而粮差愈难。卒致莘穀之上，生理寡遂，间阎之间，贫苦到首，道路嗟怨，邑里萧条。
>
> 公私庄田，跨庄逾邑，小民恒产，岁朘月削，产业既失，税粮犹存，徭役苦于并充，粮草苦于重出，饥寒愁苦，日益无聊，展转流亡，靡所底止。以致强梁者起而为盗贼，柔善者转死于沟壑。其巧黠者或投存势家庄头家人名目，恣其势以转为善良之害，或匿入海户陵户勇士校尉等籍，脱免徭役，以重困敦本之人。凡所以蹙民命脉，竭民膏血者，百孔千疮，不能枚举。①

虽然说的是嘉靖前期的情况，但是也完全适用于万历时代，而且应该肯定，万历时代的破坏情形只有比嘉靖时代更严重。据《明史》景王潞王福王等传：景恭王于"嘉靖四十年（1562 年）之国……多请庄田……其他土田湖陂侵入者数万顷"。潞王"居京邸，王店王庄遍畿内……居藩多请赡田食盐无不应……田多至四万顷"。福王之国时，"诏赐庄田四万顷……中州腴土不足，取山东湖广田益之"，尺寸皆夺之民间，"伴读承奉诸官假履亩为名，乘传出入，河南北齐楚间所至骚动"。潞王是明穆宗第四子，万历十七年之藩；福王是明神宗爱子，万历四十二年就藩。三王的王庄多至十数万顷，加上宫廷直属的皇庄和外戚功臣的庄田，超经济的剥削，造成人民逃窜，户口消耗，道路嗟怨，邑里萧条，强梁者起而为"盗贼"，柔善者转死于沟壑的崩溃局面。

除皇庄以外，当时农民还得摊派商税，如毕自严所说山西情形：

> 榷税一节，病民滋甚。山右僻在西隅，行商寥寥。所有额派税银四万二

---

① 《桂洲文集》卷 13《奉敕勘报皇庄及功臣国戚田土疏》。

千五百两，铺垫等银五千七百余两，皆分派于各州府。于是斗粟半菽有税，沽酒市脂有税，尺布寸丝有税，羸特驽卫有税，既非天降而地出，真是头会而箕敛。①

明末侯朝宗描写明代后期农民的被剥削情况说：

> 明之百姓，税加之，兵加之，刑加之，役加之，水旱灾祲加之，官吏之渔食加之，豪强之吞并加之，是百姓一而所以加之者七也。于是百姓之富者争出金钱而入学校，百姓之黠者争营巢窟而充吏胥，是加者七而因而诡之者二也。即以赋役之一端言之；百姓方苦其穷极而无告而学校则除矣，吏胥则除矣……天下之学校吏胥渐多而百姓渐少……彼百姓之无可奈何者，不死于沟壑即相率而为盗贼耳，安得而不乱哉。②

农民的生活如此。另一面，由于倭寇的肃清，商业和手工业的发达，海外贸易的扩展，国内市场的扩大，计亩征银的一条鞭赋税制度的实行，货币地租逐渐发展，高利贷和商业资本更加活跃，农产品商品化的过程加快了。商人阶级兴起了。从亲王勋爵到官僚士大夫都经营商业，如"楚王宗室错处市廛，经纪贸易与市民无异。通衢诸绸帛店俱系宗室。间有三吴人携负至彼开铺者，亦必借王府名色"。③ 如翊国公郭勋京师店舍多至千余区④。如庆云伯周瑛于河西务设肆邀商贾，虐市民，亏国课。周寿奉使多挟商艘⑤。如吴中官僚集团的开设囤房债典百货之肆，黄省曾《吴风录》说：

> 自刘氏毛氏创起利端，为鼓铸囤房，王氏债典，而大村名镇必张开百货之肆，以榷管其利，而村镇之负担者俱困。由是累金百万。至今吴中搢绅仕夫，多以货殖为急，若京师官店六郭开行债典兴贩屠酤，其术倍克于齐民。

---

① 《石隐园藏稿》卷5《嵩祝陛辞疏》。
② 《壮悔堂文集·正百姓》。
③ 包汝楫：《南中纪闻》。
④ 《明史》卷130《郭英传》。
⑤ 《明史》卷300《周能传》。

嘉靖初年夏言疏中所提到的"见亩征银"，和顾炎武所亲见的西北农民被高利贷剥削的情况：

> 日见凤翔之民，举债于权要，每银一两，偿米四石，此尚能支持岁月乎！①

商人阶级因为海外和内地贸易的关系，他们手中存有巨额的银货，他们一方面利用农民要求银货纳税的需要，高价将其售出，一方面又和政府官吏勾结，把商品卖给政府，收回大宗的银货，如此循环剥削，资本积累的过程，商人阶级壮大了，他们日渐成为社会上的新兴力量，成为农民阶级新的吸血虫。

西门庆所处的就是这样一个时代，他代表他所属的那个新兴阶级，利用政治的和经济的势力，加紧地剥削着无告的农民。

在生活方面，因此就表现出两个绝对悬殊的阶级，一个是荒淫无耻的专务享乐的上层阶级，上自皇帝，下至市侩，莫不穷奢极欲，荒淫无度。就过去的历史事实说："皇帝家天下"，天下的财富即是皇帝私人的财富，所以皇帝私人不应再有财富。可是在这个时代，连皇帝也殖私产了，金花银所入全充内帑，不足则更肆搜括。太仓太仆寺所藏本供国用，到这时也拼命借支，藏于内府，拥宝货作富翁。日夜希冀求长生，得以永保富贵。和他的大臣官吏上下一致地讲秘法，肆昏淫，明穆宗谭纶张居正这一些享乐主义者的死在醇酒妇人手中，和明神宗的几十年不接见朝臣，深居宫中的腐烂生活正足以象征这个时代。社会上的有闲阶级，更承风导流，夜以继日，妓女、小唱、优伶、赌博、酗酒，成为日常生活，笙歌软舞，穷极奢华。在这集团下面的农民，却在另一尖端，过着饥饿困穷的生活。他们受着十几重的剥削，不能不在水平线下生活着，流离转徙，一遭意外，便只能卖儿鬻女。在他们面前只有两条道路：一条是转死沟壑，一条是揭竿起义。

西门庆的时代，西门庆这一阶级人的生活，我们可以拿两种地方记载来说明。《博平县志》卷四《人道》六《民风解》。

> ……至正德嘉靖间而古风渐渺，而犹存什一于千百焉。……乡社村保

---

① 《亭林文集》卷 3《病起与蓟门当事书》。

中无酒肆，亦无游民。……畏刑罚，怯官府，窃铁攘鸡之讼，不见于公庭。……由嘉靖中叶以抵于今流风愈趋愈下，惯习骄吝，互尚荒佚，以欢宴放饮为豁达，以珍味艳色为盛礼。其流至于市井贩鬻厮隶走卒，亦多缨帽绌鞋，纱裙细袴，酒庐茶肆，异调新声，泊泊浸淫，靡焉勿振。甚至娇声充溢于乡曲，别号下延于乞丐。……逐末游食，相率成风。

截然地把嘉靖中叶前后分成两个时代。崇祯七年刻《郓城县志》卷七《风俗》：

> 郓地……称易治。迩来竞尚奢靡，齐民而士人之服，士人而大夫之官，饮食器用及婚丧游宴，尽改旧意。贫者亦捶牛击鲜，合殓群祀，与富者斗豪华，至倒囊不计焉。若赋役施济，则毫厘动心。里中无老少，辄习浮薄，见敦厚俭朴者窘且笑之。逐末营利，填街溢巷，货杂水陆，淫巧恣异，而重侠少年复聚党招呼，动以百数，椎击健讼，武断雄行。胥隶之徒亦华侈相高，日用服食，拟于市宦。

所描写的"市井贩鬻""逐末营利"商业发展情形和社会风气的变化，及其生活，不恰就是《金瓶梅》时代的社会背景吗？

我们且看西门庆和税关官吏勾结的情形：

> 西门庆叫陈经济后边讨五十两银子来，令书童写了一封书，使了印色，差一名节级，明日早起身，一同去下与你钞关上钱老爹，叫他过税之时，青目一二。（第五十八回）

> 西门庆听见家中卸货，吃了几盅酒，约掌灯以后就来家。韩伙计等着见了，在厅上坐的，悉把前后往回事，说了一遍。西门庆因问钱老爹书下了，也见些分上不曾？韩道国道："全是钱老爹这封书，十车货少使了许多税钱，小人把缎箱两箱并一箱，三停只报两停，都当茶叶马牙香，柜上税过来了。通共十大车，只纳了三十两五钱钞银子，老爹接了报单，也没差巡捕拦下来查点，就把车喝过来了。"

> 西门庆听言，满口欢喜，因说："到明日少不得重重买一份礼，谢那钱老爹。"（第五十九回）

和地方官吏勾结，把持内廷进奉的情形：

应伯爵领了李三来见西门庆。……李三道："今有朝廷东京行下文书，天下十三省，每省要万两银子的古器，咱这东平府，坐派著二万两，批文在巡按处，还未下来。如今大街上张二官府破二百两银子，干这宗批要做，都看有一万两银子寻。……"西门庆听了说道："批文在那里？"李三道："还在巡按上边，没发下来呢。"西门庆道："不打紧，我这差人写封书，封些礼，问宋松原讨将来就是了。"李三道："老爹若讨去，不可迟滞，自古兵贵神速，先下米的先吃饭，诚恐迟了，行到府里，乞别人家干的去了。"西门庆笑道："不怕他，设使就行到府里，我也还教宋松原拿回去就是，胡府尹我也认的。"（第七十八回）

当时商人进纳内廷钱粮的内幕：

李三黄四商量向西门庆再借银子，应伯爵道："你如今还得多少才勾？"黄四道："李三哥他不知道，只要靠着问那内臣借一般，也是五分行利。不如这里借着，衙门中势力儿，就是上下使用也省些。如今找着，再得出五十个银子来，把一千两合用，就是每月也好认利钱。"

应伯爵听了，低了低头儿，说道："不打紧……管情就替你说成了。找出了五百两银子来，共捣一千两文书，一个月满破认他五十两银子，那里不去了，只当你包了一个月老婆了。常言道秀才取添无真，进钱粮之时，香里头多上些木头，蜡里头多挽些柏油，那里查帐去！不图打点，只图混水，借着他这名声儿，才好行事。"（第四十五回）

西门庆不但勾结官吏，偷税漏税，营私舞弊，并且一般商人还借他作护符，赚内廷的钱！

在另一方面，另一阶级的人，却不能不卖儿鬻女。《词话》第三十七回：

冯妈妈道："爹既是许了，你拜谢拜谢儿。南首赵嫂儿家有个十三岁的孩子，我明日领来与你看，也是一个小人家的亲养孩儿来，他老子是个巡捕的军，因倒死了马，少桩头银子，怕守备那里打，把孩子卖了，只要四两银子，教爹替你买下吧！"

这样的一个时代，这样的一个社会，农民的忍耐终有不能抑止的一天。不到三十年，火山口便爆发了！张献忠李自成的大起义，正是这个时代这个社会的必然发展。

这样的一个时代，这样的一个社会，才会产生《金瓶梅》这样的一部作品。

原载《文学季刊》第 1 卷，第 1 期，1934 年 1 月，后收入《读史札记》

三言二拍源流考

孙楷第

　　昔余读鲁迅先生《小说史略》，始知有所谓《三言》及《拍案惊奇》者。闻高阆仙师有《醒世恒言》，因即假观，以一周读完，甚善之。嗣又为师范大学购得《拍案惊奇》一部，于是冯凌著书，粗得浏览，而《通言》终未得寓目。一九二九年，因奉中国大辞典编纂处之命编辑小说书目，识马隅卿先生，尽读平妖堂藏书，则中有所谓《通言》者焉。马先生为斯学专家，收藏极富，于《三言》、《二拍》之学尤为研究有素。余工作之暇，辄就款谈，聆其议论，有所启发，默而识之，因得细心校理，识其途径。三〇年夏，调查既竟，爰即旧稿加以排比，读书有得，兼附鄙见，撰为解题。成"宋元小说部"一卷，"明清小说部"上二卷。苒苒至今，未及刊布。值馆刊编辑向余索稿甚急，猝无以应，因节取《三言》、《二拍》部分塞责，别出篇题，即为此文。其中板刻及诸本同异，皆夙昔闻之马先生相与讲求讨论者，此所谓《三言》、《二拍》学仍当属之先生，余不得掠美也。生平师友至善，拳拳服膺，校稿既竟，志其缘起如此。

导　　言

　　《都城纪胜》、《梦粱录》记宋朝说话人四家：一小说，即银字儿，二说经，三讲史书，四合生商谜。说经专限于佛书，合生商谜其性质与小说、讲史稍异。就此四家言之，若置说经及合生商谜不论，其为今之通俗演义所祖述者，仅小说、讲史二家而已。讲史书，讲说《通鉴》、汉唐历代书史文传兴废争战之事，专门有说三分，说《五代史》。银字儿色目有烟粉、灵怪、传奇、说公案、说铁骑儿。准是而言，则后来小说诸体多备于银字儿。历史小说如《三国演义》、《隋唐演义》诸书直接出于讲史，余皆银字儿之苗裔也。《都城纪胜》谓讲史者"最畏小说人，盖小说者能以一朝一代故事，顷刻间提破"。今以意揣之，演述史书，理非一时所能尽。银字儿所说当为闾里见闻，古今奇迹，事系于一人，顷刻之间，可具首尾，较之演说数十百年之事者为更易于聚来人而新耳目，故为讲史者所忌。此二者一说史鉴，一杂说古今事；一则动费时日，一则一次了了，至多不过十数次而止。此其别也。然则，说话人话本如烟粉、灵怪、公案等初皆短言。鸿篇巨制，唯讲史一种为然。其后文人辈起，逞其才华，《水浒》记朴刀杆棒事属公案，《西游》记神仙妖异属灵怪，《金瓶梅》记男女情事属烟粉，而皆驰骋文藻多至百回，性质为银字儿，体制为讲史，始突破宋人家法而为一朝新制。自兹而后，作者日繁，虽言非一科，词有长短多寡不同，要皆从心所欲，自为文章，除极少数人外已不仅知银字儿与讲史体制之别。夫列朝制作，递有变迁，不相沿袭，无（论？）制度文艺皆然。况在小说，其始不过说话人之所揣摩，书会编纂，风尚所同自少变例；及其入文人之手，随其才力所及自由施展，自无墨守古宪之理。以是言之，固不得泥古非今，挟拘墟之见，如经生所为，高谈门户，校论短长也。然百家六艺，咸有宗祧。吾辈读书，贵能知其源流，辨其体例。在吾国小说，其古今体制不同如此，疏而明之，是亦不可以已乎？讲史一科，历代所传，皆乏高致，是以古今瑰丽之作，若遗貌取神，胥当系之于银字儿而为其徒属。宋市井说话之银字儿，如《梦粱录》等书所记，已为特盛。高宗内禅，居德寿宫，说话人多于御前应制。演史为张氏、宋氏、陈氏；说经为陆妙慧、妙静；小说为史惠英。皆女流也（元杨维桢东维子集卷六送朱女士桂英演史序）。于时高宗后吴氏尤爱神怪幻诞等书（张端义《贵耳集》上），故宋代灵怪小说最发达。下逮元明，词话演唱，此风未泯，话本之流传亦夥。而文人好事，复有造作，于是银字儿之流益以曼衍。即就现存种数论之，亦足以分讲史及其他长篇小说之席矣。其见于载籍者：元周密《志雅堂杂抄》记所借北本小说灵怪内，有《四和香》、《豪侠张义传》、《洛阳古今记事》等数种，今皆无传。明晁瑮《宝文堂目》子杂类有《小说数十》种，其为《京本通俗小说》、《清平山堂》及《三言》所已收者，不及半数。钱曾《也是园书目》卷十录宋人词话十六种，现存者亦只八种。然则宋元明短篇小说，今之湮没者多矣。吾辈生今日，所见宋明短篇小说总集，除缪荃孙所刊景元本《京本通俗小说》残存七种，明洪楩清平山堂嘉靖间所刊六十家小说残存二十七种外；其在明季，唯冯梦龙《三言》，及凌蒙初初二刻《拍案惊奇》所收短篇小说最多，其在小说史上之地位亦至重要。请得略而言之。吾国小说至明代而臻于极盛之域，长篇如《三国演义》、《水浒传》皆有最后完本。《金瓶梅》、《西游记》则出嘉隆间名士之手。四者号为奇书，雄视百代，而莫不与文人有关。若短篇小说，则自宋迄明似始终不为世人注意，其与文人发生密切关系，自冯凌二氏始。冯氏《三言》，汇集宋元旧作,兼附自著,实为汇刻总集性质。凌氏《二拍》,则纯为自著总集。二人者,生当明季,并有文名,其趣味嗜好同,其书为当时人所重视亦同。而冯氏于此尤为独造孤诣。犹龙子以一代逸才,多藏宋元话本,识其源流,习其口语,故所造作摹绘声色,得其神似,足以摩宋人之垒而与之抗衡,不仅才子操觚染翰,足为通俗文生色而已。以二人名誉之高,足以移转一世之耳目,故书出即盛行,作者继起,争相仿效,遂开李渔一派之短篇小说,其遗泽至于清初而未斩。此关于一时之风气者一。《古今小说》及《通言》、《恒言》所收,多至一百二十种,宋元旧种亦搜括略尽。凌氏《二拍》亦八十种。自来通俗小说总集,篇帙无如是者。今者宋元小说,流传至少,欲研究中国短篇小说自不得不以《三言》、《二拍》为基础。此关于短篇小说史料者二。综斯二端,则《三言》、《二拍》在小说史上地位之重要,自不难想见。日本盐谷温氏目为宝库,诚非过誉也。书在当时,刻本已多。其后选辑本出,或割裂原书,别为标目,又或袭其名称而与本人无涉。时至今日明刻旧本存者无几,又非如四部之书各家有详细记载可以援引;欲述其板刻源流,已匪易事。今以《三言》、《二拍》为主,并择其有关系者著于篇。至诸书篇目,马隅卿先生、郑振铎氏及日本盐谷温氏并有调查及专门论文,学者可于本文求之,本不必赘附。唯今欲于《三言》、《二拍》为一贯之叙述故并录入,以便观览。博雅君子,或无讥焉。

三　　言

《三言》者,一为《喻世明言》,二为《警世通言》,三为《醒世恒言》。如斯名称在明季已流行,至今日益为研究小说者之时髦名词。然冯氏藏古今小说一百二十种,先后刊行,其第一刻即名《古今小说》。逮重刻增补本古今小说出,题《喻世明言》,世遂与《警世通言》、《醒世恒言》并称。《三言》之名著而《古今小说》之名反致隐晦。殆如李渔著书本名《十二楼》品目为《觉世名言》,其后书肆重刊,辄以品目名书,《十二楼》之名反晦也。今兹所记,从《古今小说》起,其《明言》以下三言以次述之。

全像古今小说　四十卷四十篇

明天许斋精刊本

此书唯日本内阁文库及前田侯家尊经阁各藏一部,此土未见传本。封面识语:“小说如《三国志》、《水浒传》称巨观矣,其有一人一事可资谈笑者,犹杂剧之于传奇，不可偏废也。本斋购得古今名人演义一百二十种，先以三之一为初刻云。天许斋藏板。"卷首序略称："南宋供奉局有说话人。泥马倦勤，以太上享天下之养，仁寿（疑当作德寿）清暇，喜阅话本。于是内珰辈广求先代奇迹及间里新闻、倩人敷演进御，以怡天颜。然一览辄置，卒多浮沉内庭，其传布民间者，什不一二耳。然如《玩江楼》、《双鱼坠记》等类，又皆鄙俚浅薄、齿牙弗馨焉。皇明文治既郁，靡流不波，即演义一斑，往往有远过宋人者。而或以为恨乏唐人风致，谬矣。唐人选言，入于文心，宋人通俗，谐于里耳。天下之文心少而里耳多，则小说之资于选言者少，而资于通俗者多。茂苑野史氏家藏古今通俗小说甚富，因贾人之请，抽其可以嘉惠里耳者，凡四十种，畀为一刻。余顾而乐之，因索笔而弁其首。"（以上节录序文）后署"绿天馆主人题"。茂苑野史当即冯梦龙氏，绿天馆主人不知何人。而序文议论宏通，谅非别人所能，或亦冯氏所作也。书四十篇可考知为旧本者约十九篇。其余二十一篇，今尚未发见其与他书之关系。然大部分当为明人及冯氏撰著。凡此杂收古今，与《古今小说》之名相符。书成不知何时，而泰昌刻冯增补《平妖传》有天许斋批点（张无咎序平妖传谓传于泰昌改元之年，日本内阁文库有明嘉会堂刊本，内封面题《新平妖传》，疑即泰昌年刊），此亦为天许斋刊，则书成当在泰昌天启之际矣。

《古今小说》目录

卷　一　蒋兴哥重会珍珠衫

　　　　《情史》卷十六云：小说有《珍珠衫记》。

卷　二　陈御史巧勘金钗钿

卷　三　新桥市韩五卖春情

卷　四　闲云庵阮三偿冤债

　　　　《雨窗集》收，题作《戒指儿记》。

卷　五　穷马周遭际卖 䭔 媪

卷　六　葛令公生遣弄珠儿

卷　七　羊角哀舍命全交（一本作《羊角哀一死战荆轲》）

　　　　《欹枕集》收。晁瑮《宝文堂目》子杂类作《羊角哀鬼战荆轲》。

按：元明旧剧有《羊角哀鬼战荆轲》，见《也是园书目》。

卷　八　吴保安弃家赎友

卷　九　裴晋公义还原配

卷　十　滕大尹鬼断家私

卷十一　赵伯升茶肆遇仁宗

《宝文堂目》子杂类作《赵旭遇仁宗传》。按：明无名氏传奇有《珠衲记》，谱此事。

卷十二　众名姬春风吊柳七

卷十三　张道陵七试赵升

卷十四　陈希夷四辞朝命

卷十五　史弘肇龙虎君臣会

　　　　《宝文堂目》子杂类作《史弘肇传》。

卷十六　范巨卿鸡黍死生交

　　　　《欹枕集》收，题作《死生交范张鸡黍》《宝文堂目》子杂类作《范张鸡黍死生交》。按：元宫大用有《死生交范张鸡黍》剧。

卷十七　单符郎全州佳偶

卷十八　杨八老越国奇逢

卷十九　杨谦之客舫遇侠僧

卷二十　陈从善梅岭失浑家

　　　　《清平山堂话本》收，题《陈巡检梅岭失妻记》，《宝文堂目》子杂类作《陈巡检海岭失妻》。按：宋元南戏有《陈巡检梅岭失妻》（《永乐大典》作《陈巡检妻遇白猿精》），见徐渭《南词叙录》。

卷二十一　临安里钱婆留发迹

卷二十二　木绵庵郑虎臣报冤

卷二十三　张舜美元宵得丽女

　　　　　熊龙峰刊四种收，题作《张生彩鸾灯传》，《宝文堂目》作《彩鸾灯记》。

卷二十四　杨思温燕山逢故人

　　　　《宝文堂目》子杂类有《燕山逢故人郑意娘传》，未知即此本否？按：元沈和有《郑玉娥燕山逢故人》杂剧，见《太和正音谱》。

卷二十五　晏平仲二桃杀三士

　　　　　《宝文堂目》子杂类作《齐晏子二桃杀三学士》。

卷二十六　沈小官一鸟害七命

　　　　　《宝文堂目》子杂类有《沈鸟儿画眉记》，疑即此本。

卷二十七　金玉奴棒打薄情郎

卷二十八　李秀卿义结黄贞女

話本結末云：有好事者得此事編成唱本說唱，其名曰《販香記》。

卷二十九　月明和尚度柳翠

田汝成《西湖游覽志余》卷二十引平話有《柳翠》云，或近世擬作。按：元李壽卿有《度柳翠》劇。

卷三十　明悟禪師趕五戒

《清平山堂話本》收，題作《五戒禪師私紅蓮記》。《寶文堂目》子雜類作《五戒禪師私紅蓮》。按田汝成《西湖游覺志余》卷二十引平話有《紅蓮》：或近世擬作。《金瓶梅》七十二回亦載姑子彈唱五戒禪師覓紅蓮事。

卷三十一　閙陰司司馬貌斷獄

卷三十二　游酆都胡母迪吟詩

卷三十三　張古老種瓜娶文女

《寶文堂書目》、《也是園書目》俱作《種瓜張老》。

卷三十四　李公子救蛇獲稱心

《欹枕集》收，題作《李元吳江救朱蛇》。《寶文堂書目》子雜類著錄本題與《欹枕集》同。

卷三十五　簡帖僧巧騙皇甫妻

《清平山堂話本》收，題作《簡帖和尚》，注云亦名《胡姑姑》，又名《錯下書》。《寶文堂書目》、《也是園目》俱作《簡帖和尚》。

卷三十六　宋四公大閙禁魂張

《寶文堂書目》著錄作《趙正侯興》。

卷三十七　梁武帝累修成佛

卷三十八　任孝子烈性為神

《寶文堂書目》子雜類作《任珪五顆頭》。按《正音譜》古今無名氏劇有《任貴五顆頭》。

卷三十九　汪信之一死救全家

卷四十　　沈小霞相會出師表

喻世明言　二十四卷二十四篇（重刻增補古今小說）

衍慶堂刊本

書亦日本內閣文庫藏一部，此土無傳本。題"可一居士評，墨浪主人較"，均不知何人。按《恒言》有隴西可一居士序，與此可一居士當是一人。其隴西或指地域，或为族望，亦不可知。序同《古今小说》。封面识语云："绿天馆主人初刻《古今小说》□十种，见者佇为奇观，闻者争为击节，而流传未广，阁置可惜。今板归本坊，重加校定，刊误补遗，题曰'《喻世明言》'，取其明白显易，可以开□人心相劝于善，未必非此道之一助也。艺林衍庆堂谨识。"栏外横题"重刊增补《古今小说》"。然全书仅二十四篇，所收《古今小说》二十一种，其余三篇则一篇见于《警世通言》（二十三卷之《假神仙大闹华光庙》与《通言》二十七卷重），二篇见于《醒世恒言》（一卷之《张廷秀逃生救父》与《恒言》二十卷重，五卷之《白玉娘忍苦成夫》与《恒言》十九卷重），与重刻增补之名不符。按衍庆堂本《警世通言》四十篇中，即有《古今小说》四篇（详见下文），书亦题二刻增补。疑是板归衍庆堂时已有缺坏，其《古今小说》仅得二十五篇，《通言》亦缺四篇。因割裂原书，勉强分配，《通言》收《古今小说》四篇，已得四十篇，《古今小说》只剩二十一篇，遂不避重复以《通言》、《恒言》文配补，然亦仅得二十四篇，是为今之《喻世明言》也。

《喻世明言》目录

卷 十八　李公子救蛇获称心（《古今小说》卷三十四）

卷 十九　汪信之一死救全家（《古今小说》卷三十九）

卷 二十　史弘肇龙虎君臣会（《古今小说》卷十五）

卷二十一　吴保安弃家赎友（《古今小说》卷八）

卷二十二　陈从善梅岭失浑家（《古今小说》卷二十）

卷二十三　假神仙大闹华光庙（《警世通言》卷二十七）

卷二十四　杨八老越国奇逢（《古今小说》卷十八）

别本喻世明言

马隅卿藏本

此本残存卷四至卷六三卷，不知其板刻源流。卷四为《蒋兴哥重会珍珠衫》（衍庆堂本同），卷五为《范巨卿鸡黍死生交》（衍庆堂本无），卷六为《新桥市韩五卖春情》（衍庆堂本同）。但即此残本考之，知与衍庆堂重刻增补本非一本矣。

警世通言

此书今所知见者，有兼善堂、三桂堂、衍庆堂三本，分识如下；

三桂堂王振华刊本《警世通言》四十卷四十篇

孔德图书馆藏本　马隅卿藏本

题"可一主人评，无碍居士较"，封面识语"平平阁主人"，阁字缺坏。末署"三桂堂谨识"。有豫章无碍居士序。此三桂堂本今所见者，均缺第三十七卷以下四卷（目录三十七卷以下剜去），仅得三十六卷三十六篇。日本《舶载书目》著录之四十卷本，虽载其全目，其本至今未发见。然今所见本虽缺四卷，其轶文仍可于他本得之：如三十七卷之《万秀娘仇报山亭儿》，三十八卷之《蒋淑贞刎颈鸳鸯会》，兼善堂本及衍庆堂二刻增补本均有之(《鸳鸯会》亦见《清平山堂》)。三十九卷之《福禄寿三星度世》亦见于兼善堂本。所余唯第四十卷之《叶法师符石镇妖》，今未见其文耳。

金陵兼善堂本《警世通言》四十卷四十篇

日本蓬左文库藏本，即盐谷温所称尾州本，此土未见。

题"可一主人评，无碍居士较"，封面识语："兹刻出自平平阁主人手授"云云，末署"金陵兼善堂谨识"。有豫章无碍居士序。据目录，则篇目次第与三桂堂本无大差异（目录次第与正文所题不尽同），唯以三桂堂二十四卷之

《卓文君慧眼识相如》一篇，作为本书六卷《俞仲举题诗遇上皇》之入话；别出《玉堂春落难逢夫》一篇，为二十四卷。第四十卷为《旌阳宫铁树镇妖》，此为不同。余同三桂堂本。

三桂堂本兼善堂本《警世通言》目录（二本目今合为一表，以便观览）

	三桂堂本	兼善堂本
卷 一	俞伯牙摔琴谢知音	同
卷 二	庄子休鼓盆成大道	同
卷 三	王安石三难苏学士	同
卷 四	拗相公饮恨半山堂	同

《京本通俗小说》第十四卷收，题作《拗相公》。

卷 五	吕大郎还金完骨肉	同
卷 六	俞仲举题诗遇上皇	同（入话为卓文君奔相如事）
卷 七	陈可常端阳仙化	同

《京本通俗小说》第十一卷收，题作《菩萨蛮》。

卷 八	崔待诏生死冤家	同

正文题下注云："宋人小说题作《碾玉观音》。"《京本通俗小说》第十卷收，题与此注相同。《宝文堂书目》子杂类作《玉观音》。

卷 九	李谪仙醉草吓蛮书	同
卷 十	钱舍人题诗燕子楼	同
卷十一	苏知县罗衫再合	同

正文结云"至今闾里说《苏知县报冤》唱本"，知出于词话。

卷十二	范鳅儿双镜重圆	同

原名《双镜重圆》。《京本通俗小说》第十六卷收，题作《冯玉梅团圆》。《也是园目》题同。《宝文堂书目》作《冯玉梅记》。

卷十三	三现身包龙图断冤	同

文甚质古，各家未见著录。《醉翁谈录小说开辟》篇引小说有《三现身》，疑即此篇。

卷十四	一窟鬼癞道人除怪	同

正文题下注云："宋人小说旧名《西山一窟鬼》。"《京本通俗小说》第十二卷收，题与注同。

卷十五	金令史美婢酬秀童	同
卷十六	张主管志诚脱奇祸	同（正文作《小夫人金钱赠年少》）

《京本通俗小说》第十三卷收，题作《志诚张主管》。

卷十七　钝秀才一朝交泰　　　同

卷十八　老门生三世报恩　　　同

冯梦龙序《三报恩》传奇云："余向作《老门生》小说，政谓少不足矜而老未可慢。"当即此本。

卷十九　崔衙内白鹞招妖　　　同

正文题下注云："古本作《定山三怪》。又名《新罗白鹞》。"《京本通俗小说》有此本，题作《定山三怪》，见缪跋。

卷二十　计押番金鳗产祸　　　同

正文题下注云："旧名《金鳗记》。"《宝文堂书目》题同。按押番宋职官有之，疑亦出自宋本。

卷二十一　赵太祖千里送京娘　　同

卷二十二　宋小官团圆破毡笠　　同

卷二十三　乐小舍拼生觅喜顺　　同

正文标题"喜顺"作"偶"，下注云："一名《喜顺和乐记》。"《情史》七载此事，云"事见小说"，似亦曾单行。

卷二十四　卓文君慧眼识相如　玉堂春落难寻夫（正文注："与旧刻《王公子奋志记》不同。"）

正文作《卓文君巨眼奔相如》。《宝文堂书目》《清平山堂话本》俱题作《风月瑞仙亭》。

卷二十五　桂员外途穷忏悔　　　同

卷二十六　唐解元出奇玩世　　　同

卷二十七　假神仙大闹华光庙　　同

卷二十八　白娘子永镇雷峰塔　　同

田汝成《西湖游览志余》卷二十引平话有《雷峰塔》，云或近世拟作，然所云三班殿直，确是宋朝武职，坊巷桥道宫观亦皆实有，与《梦粱录》诸书合，则亦有所承受，不尽出时人捏造也。

卷二十九　宿香亭张浩遇莺莺　　同

《宝文堂目》作《宿香亭记》，《青琐高议》曾载此事。

卷三十　　金明池吴清逢爱爱　　同

卷三十一　赵春儿重旺曹家庄　　同

卷三十二　杜十娘怒沉百宝箱　　同

卷三十三　乔彦杰一妾破家　　同

　　　　　　《雨窗集》收，题作《错认尸》。

卷三十四　王娇鸾百年长恨　　同

卷三十五　况太守断死孩儿　　同

卷三十六　赵知县火烧皂角林　　同（正文作《皂角林大王假形》）

卷三十七　万秀娘仇报山亭儿（以下四篇据《舶载书目补》）　　同

　　　　正文结云："话名只唤做《山亭儿》，亦名《十条龙》《陶铁僧孝义尹宗事迹》。"《宝文堂书目》、《也是园书目》俱作《山亭儿》。篇首云："话说山东襄阳府唐时唤做山南东道。"按宋襄阳府本襄州，唐属山南东道，节度使治之。宋属京西南路镇号仍为山南东道节度使。此云山东襄阳府，"山东"二字定误。玩其语意，似当为宋人作也。

卷三十八　蒋淑贞刎颈鸳鸯会　　同

　　　　　　《宝文堂书目》、《清平山堂》俱作《刎颈鸳鸯会》。《清平山堂》题云"一名《三送命》，一名《冤报冤》。"

卷三十九　福禄寿三星度世　　　同

卷四十　叶法师符石镇妖　　　《旌阳宫铁树镇妖》

衍庆堂二刻增补本警世通言　四十卷四十篇

旅大市图书馆藏本

题"可一居士评，墨浪主人较"，封面有"二刻增补"字样。识语"阁"字不误。末署"艺林衍庆堂谨识"，有豫章无碍居士序。据马隅卿先生调查所得，以与三桂堂本比勘，则此本删去三桂堂本四篇（一、《乐小舍拼生觅喜顺》；二、《卓文君慧眼识相如》归并于六卷《俞仲举题诗遇上皇》篇，作为六卷之入话；三、《假神仙大闹华光庙》；四、《白娘子永镇雷峰塔》，加入《古今小说》四篇）。（卷十九之《范巨卿鸡黍死生交》、卷二十之《单符郎全州佳偶》、卷二十九之《晏平仲二桃杀三士》、卷三十之《李秀卿义结黄贞女》皆从《古今小说》选出。）卷四十为《旌阳宫铁树镇妖》，与三桂堂本不同，而与兼善堂本一致。其余三十五篇，虽目同三桂堂本，而自七卷以下，除三十九卷外其次序完全颠倒。按衍庆堂本之《喻世明言》既增改天许斋之《古今小说》，衍庆堂本之二刻增补本《警世通言》又颇异三桂堂及兼善堂本，唯《醒世恒言》与他本无大出入耳。

衍庆堂二刻增补《警世通言》目录

卷　一　俞伯牙摔琴谢知音

卷　二　庄子休鼓盆成大道

卷　三　王安石三难苏学士

卷　四　拗相公饮恨半山堂

卷　五　吕大郎还金完骨肉

卷　六　俞仲举题诗遇上皇（入话为卓文君奔相如事）

　　　　以上六篇次第与三桂堂本兼善堂本同。

卷　七　苏知县罗衫再合

卷　八　范鳅儿双镜重圆

卷　九　三现身包龙图断冤

卷　十　一窟鬼癞道人除怪（正文题下原注："宋人小说旧名《西山一窟鬼》。"）

卷十一　金令史美婢酬秀童

卷十二　张主管志诚脱奇祸（正文题作《小夫人金钱赠年少》）

卷十三　钝秀才一朝交泰

卷十四　老门生三世报恩

卷十五　崔衙内白鹞招妖（正文题下原注："古本作《定山三怪》又云《新罗白鹞》。"）

卷十六　计押番金鳗产祸（正文题下原注："旧名《金鳗记》。"）

卷十七　赵太祖千里送京娘

卷十八　宋小官团圆破毡笠

　　　　以上卷七至卷十八，三桂堂本及兼善堂本次为卷十一至卷二十二。

卷十九　范巨卿鸡黍死生交

　　　　上《古今小说》卷十六。

卷二十　单符郎全州佳偶

　　　　上《古今小说》卷十七。

卷二十一　桂员外途穷忏悔

　　　　　上三桂堂本、兼善堂本卷二十五。

卷二十二　唐解元出奇玩世（正文题作《唐解元一笑姻缘》）

　　　　　上三桂堂本、兼善堂本卷二十六。

卷二十三　万秀娘仇报山亭儿

　　　　　上三桂堂本、兼善堂本卷三十七。

卷二十四　蒋淑贞刎颈鸳鸯会

上三桂堂本、兼善堂本卷三十八。

卷二十五　赵春儿重旺曹家庄

卷二十六　杜十娘怒沉百宝箱

卷二十七　乔彦杰一妾破家

卷二十八　王娇鸾百年长恨

　　　　　以上卷二十五至卷二十八，三桂堂本及兼善堂本次为卷三十一至卷三十四。

卷二十九　晏平仲二桃杀三士（有目无书）

　　　　　上《古今小说》卷二十五

卷三十　　李秀卿义结黄贞女（有目无书）

　　　　　上《古今小说》卷二十八。

卷三十一　陈可常端阳仙化

卷二十二　崔待诏生死冤家（正文题下原注："宋人小说题作《碾玉观音》。"）

卷三十三　李谪仙醉草吓蛮书

卷三十四　钱舍人题诗燕子楼

　　　　　以上卷三十一至卷三十四，三桂堂本及兼善堂本次为卷七至卷十。

卷三十五　宿香亭张浩遇莺莺

　　　　　上三桂堂本、兼善堂本卷二十九。

卷三十六　金明池吴清逢爱爱

　　　　　上三桂堂本、兼善堂本卷三十。

卷三十七　赵知县火烧皂角林

　　　　　上三桂堂本、兼善堂本卷三十六。

卷三十八　况太守路断死孩儿

　　　　　上三桂堂本、兼善堂本卷三十五。

卷三十九　福禄寿三星度世（有目无书）

　　　　　上三桂堂本、兼善堂本卷三十九。

卷四十　　旌阳宫铁树镇妖（有目无书）

　　　　　上卷第篇名与兼善堂本同，三桂堂本目为《叶法师符石镇妖》。

此三本评者皆题"可一主人"（衍庆堂"主人"作"居士"稍异）。较者则三桂堂本、兼善堂本题"无碍居士"，衍庆堂本题"墨浪主人"。其封面题识及序文皆无不同。题识云："自昔博洽鸿儒兼采稗官野史，而通俗演义一种，尤便于下里之耳目。奈射利者专取淫词，大伤雅道，本坊耻之。兹刻出自平平阁主人手授，非警世劝俗之语不敢滥入，庶几木铎老人之遗意，或亦士君子所不弃也。"（封面题识后署名，因板刻而不同。）叙称"陇西君海内畸士，与余相过于栖霞山房，倾盖莫逆，各叙旅况，因出新刻数卷佐酒，且曰：尚未成书，子盍先为我命名！余阅之，大抵如僧家因果说法度世之语，譬如村醪市脯，所济者众，遂名之曰《警世通言》，而怂恿其成"。后署"时天启甲子（四年）腊月豫章无碍居士题"。三本书皆四十篇。可考知为旧本者约十八篇。其余二十二篇未详。观其文质不同，繁简有异，似仍非一人一时所著。约言之则称宋者或出旧本，语明者当属近制，或竟为冯氏著作。至《老门生三世报恩》篇为《墨憨斋》作，则冯氏自言之矣。

醒世恒言

此书今所知见者，有叶敬池、衍庆堂二本，亦分述之：

叶敬池刊本《醒世恒言》四十卷四十篇

日本内阁文库藏本　旅大市图书馆藏本

题"可一居士评，墨浪主人较"，卷首有陇西可一居士序。有图。正文半页十行，行二十字。封面无题识，中央大书醒世恒言，右上题云"绘像古今小说"，左下署"金阊叶敬池梓"（按叶敬池明季书贾，《新列国志》及《石点头》皆经其梓行）。据日本长泽规矩也氏校勘此本卷二十三《金海陵纵欲亡身》篇所载海陵与阇懒唱和诗有四首，比衍庆堂本多二首。

衍庆堂本醒世恒言四十卷四十篇

通行本

题"可一居士评，墨浪主人较"，有陇西可一居士序。无图。半叶十二行，行二十二字。封面有题识。此衍庆堂本亦有二本：其一卷二十三为《金海陵纵欲亡身》，如孔德图书馆所藏即为此本。其一将《金海陵》篇删去，析第二十卷《张廷秀逃生救父》为上下二卷，分入卷二十及卷二十一两卷中，而以原第二十一卷之《张淑儿巧智脱杨生》补入第二十三卷。今所见者多是此本也。（又见坊刻小字本卷二十三为《金海陵》篇尚未改，因残缺无从勘其文字。）

二本皆题"可一居士评，墨浪主人较"。衍庆堂本封面识语云："本坊重价购求古今通俗演义一百三十种，初刻为《喻世明言》，二刻为《警世通言》，海内均奉为邺架珍玩矣。兹三刻为《醒世恒言》，种种典实，事事奇观，总取木铎醒世之意，并前刻共成完璧云。艺林衍庆堂谨识。"叙略云："六经国史而外，凡著述皆小说也。而尚理或病于艰深，修词或伤于藻绘，则不足以触里耳而振恒心。此《醒世恒言》四十种所以继《明言》、《通言》而刻也。明者，取其可以导愚也。通者，取其可以适俗也。恒则习之而不厌，传之而可久。三刻殊名，其义一耳。"后署"天启丁卯（七年）中秋陇西可一居士题于白下之栖霞山房"。全书四十篇（删《金海陵》篇者只三十九篇），其中八篇似原有单行本。余三十二篇未见他书著录。

《醒世恒言》目录（叶敬池本、衍庆堂本同）

卷　一　两县令竞义婚孤女

卷　二　三孝廉让产立高名

卷　三　卖油郎独占花魁

　　　　　《情史》五引云："小说有。"

卷　四　灌园叟晚逢仙女

卷　五　大树坡义虎送亲

卷　六　小水湾天狐贻书

卷　七　钱秀才错占凤凰俦

　　　　　《情史》二引云："小说有《错占凤凰俦》。"

卷　八　乔太守乱点鸳鸯谱

　　　　　《情史》二引云："小说载此事。"

卷　九　陈多寿生死夫妻

卷　十　刘小官雌雄兄弟

卷十一　苏小妹三难新郎

卷十二　佛印师四调琴娘

卷十三　勘皮靴单证二郎神

　　　　　《宝文堂书目》作《勘靴儿》。

卷十四　闹樊楼多情周胜仙

卷十五　赫大卿遗恨鸳鸯绦

卷十六　陆五汉硬留合锦鞋（正文《合锦鞋》作《合色鞋》）

　　　　　《宝文堂书目》作《合色鞋儿》。

卷十七　张孝廉陈留认舅

卷十八　施润泽滩阙遇友

卷十九　白玉娘忍苦成夫

卷二十　张廷秀逃生救父

卷二十一　张淑儿巧智脱杨生

卷二十二　吕纯阳飞剑斩黄龙（正文"纯阳"作"洞宾"）

卷二十三　金海陵纵欲亡身

　　　　　《京本通俗小说》收二卷本，题《金主亮荒淫》，见缪跋。

卷二十四　隋炀帝逸游召谴

卷二十五　独孤生归途闹梦

卷二十六　薛录事鱼服证仙

卷二十七　李玉英狱中讼冤

卷二十八　吴衙内邻舟赴约

卷二十九　卢太学诗酒傲王侯

卷　三　十　李汧公穷邸遇侠客

卷三十一　郑节使立功神臂弓

　　　　　《醉翁谈录》《小说开辟》篇有《红白蜘蛛》，《宝文堂目》有

　　　　　《红白蜘蛛记》。

卷三十二　黄秀才徼灵玉马坠

卷三十三　十五贯戏言成巧祸

　　　　　正文题下原注云："宋本作《错斩崔宁》。"《京本通俗小说》

　　　　　第十五卷收，题与注同。《宝文堂书目》、《也是园目》亦作

　　　　　《错斩崔宁》。

卷三十四　一文钱小隙造奇冤

卷三十五　徐老仆义愤成家

卷三十六　蔡瑞虹忍辱报仇

卷三十七　杜子春三入长安

卷三十八　李道人独步云门

卷三十九　汪大尹火焚宝莲寺

卷四十　　马当神风送滕王阁

按冯梦龙纂辑《三言》，《苏州府志》《艺文志》不载。唯叶敬池刊《新列国志》封面识语云："墨憨斋向（当作曩）纂《新平妖传》及《明言》、《通言》、《恒言》诸刻，脍炙人口。"即空观主人序初刻《拍案惊奇》云："独龙子犹氏所辑《喻世》等诸言，颇有雅道。"又姑苏笑花主人序《今古奇观》云："墨憨斋主人增补《平妖》，穷工极变，至所纂《喻世》、《警世》、《醒世》三言，极摹人情世态之歧"云云。皆以为冯梦龙作。而绿天馆主人序《古今小说》称"茂苑野史氏家藏古今通俗小说甚富，因贾人之请，抽其可以嘉惠里耳

者，凡四十种，界为一刻。"日本盐谷温氏谓茂苑野史即冯梦龙氏。则此《三言》为冯氏编次，无可疑也。唯冯氏纂辑诸小说，第一刻实为《古今小说》，诸家序皆云《三言》，不及此书，殊不可解。此或因语言便利，竟以《三言》统之，而初刻之《古今小说》遂不幸为世人忽略。但衍庆堂本《喻世明言》别题"重刻增补《古今小说》"，已明承认其底本为《古今小说》，叶敬池本《恒言》亦题"绘像古今小说"。是则告朔饩羊，犹存旧制，不难窥知其消息也。然而《古今小说》与《三言》之关系问题，究不能因此等摹略之解释而使人满意。吾人于此，应更为深刻之探索，而一思及《喻世明言》称谓及其卷数问题：即"《喻世明言》"之称是否为衍庆堂主人所赐予，二十四卷本《喻世明言》之外是否尚有四十卷本《喻世明言》之可能也。今之衍庆堂本《喻世明言》（重刻增补《古今小说》），实比《古今小说》原书少十九篇。如上所述，凌蒙初、叶敬池等并有冯氏辑《三言》之语，此数人皆与冯氏同时，而濛初为冯氏社友，敬池常为冯氏刻书，与冯氏之关系尤深，其于冯氏纂辑《古今小说》事必知之甚悉，即《喻世明言》之非冯氏原书，亦必不待今日学者之校勘而始证明；以同志合作交往素密之人，置冯氏手自编次之全书不论，而第取坊间随意刊落残阙不完之《喻世明言》称之：此事之不可解者一。更以《今古奇观》考之，《今古奇观》一书为选辑《三言》、《二拍》而成者，姑苏笑花主人序谓"墨憨斋纂《喻世》、《警世》、《醒世》三言，即空观主人有《拍案惊奇》两刻，合之共二百种，抱瓮老人选刻四十种"云云。按今之《三言》，以衍庆堂本《明言》、兼善堂本《通言》、叶敬池本《恒言》论之，删其重复不过一百零一种，若以衍庆堂一家刊《三言》而论，删其重复亦不过一百零二种，合之凌氏两刻，仅得一百八十一种或一百八十二种，与序二百种之言不符。以是言之，则序所谓《喻世明言》者断非今之二十四卷本。而自《今古奇观》篇目考之，其所选辑颇有溢出于今之《喻世明言》之外而为《古今小说》所有者（如第十二卷《羊角哀舍命全交》，第十三卷《沈小霞相会出师表》，第三十二卷《金玉奴棒打薄情郎》，皆二十四卷本《喻世明言》所无，而《古今小说》有之）；其笑花主人序之前半，语意亦全袭绿天馆主人《古今小说》序；则所谓《喻世明言》者即是《古今小说》，其事甚明。所据者为完整之《古今小说》，而以至不完整之《喻世明言》当之，以同时同里之人，记事属文，颠倒至此：此事之不可解者二。持是二端，颇疑《古今小说》与《喻世明言》本为一书异名，今之衍庆堂本《明言》，如系初印刷时即因板不全而苟且装订，而非经过若干时后板已缺坏为后人勉强分配者，则衍庆堂二十四卷《明言》之外当有同

《古今小说》之四十卷本，题为"喻世明言"（小说同书异名乃至平常之事，如笠翁《十二楼》出不久，即改题《觉世名言》是）。凌濛初、叶敬池等所称道者指此，抱瓮老人、笑花主人所引所据，亦皆是此本。《喻世明言》之称，当先于《通言》、《恒言》而稍后于天许斋刊《古今小说》后若干时，作始者固非衍庆堂主人也。（《喻世明言》余未得目睹，其封面题识或用旧文而改署堂名亦未可知，如《通言》有兼善堂、衍庆堂、三桂堂三本，其封面题识文字皆同，唯署名不同，此固可能之事也。）余为此说，固不免臆测，然按之情理，似应如此；但无征不信，倘最近数年间能有四十卷本《喻世明言》出现（马氏平妖堂即藏有别本《明言》，惜是残本，不能知其全书篇目），庶可澄余说之不谬耳。（《今古今小说》天许斋本，明板。《喻世明言》衍庆堂本，明板。《通言》则兼善堂与衍庆堂二刻增补本，疑亦明板，以此二本刻工咸有刘素明字样，与明本《古今小说》刻工同也。三桂堂本系覆本。《恒言》叶敬池本，明板；衍庆堂本，清板。衍庆堂本《明言》、《通言》，与兼善堂本《通言》，叶敬池本《恒言》，行款皆同，唯衍庆堂本《恒言》与叶敬池本《恒言》行款不同。以衍庆堂本所印《明言》、《通言》皆非足本证之，其购得《古今小说》及《通言》板片，似尚在叶敬池刊《恒言》之后。《恒言》明板，衍庆堂或终未到手。所云购得《古今小说》一百二十种之语，非事实，以其《恒言》乃重刻，非后印也。）冯梦龙选刻古今通俗小说一百二十种，初刻为《古今小说》，再刻为《警世通言》，三刻为《醒世恒言》。若二十四卷本之《喻世明言》实为不完之书，且所收无出以上三书之外者，可不必注意。吾人今日研究冯氏纂集小说，自当以《古今小说》及《通言》（《通言》不取衍庆堂本）、《恒言》为主。三书所收，共一百二十种，其可考知为旧本者，则《古今小说》十九种，《通言》十八种，《恒言》以旧本在初二刻中收罗殆尽，仅得八种。三刻可考者共四十五种，约占全部三分之一而强。其余诸篇中，容亦有旧本存在，今不可考。三书所演故事，往往见于《情史》。《情史》署"江南詹詹外史评辑"，有冯梦龙序，世亦谓冯氏所作，其与通俗小说之关系颇可注意。考《情史》有明言见小说者：如卷十六《珍珠衫》条结云："小说有《珍珠衫记》，姓名俱未的。"（《古今小说》有《蒋兴哥重会珍珠衫》）卷七《乐和》条，结云："事见小说。"（《通言》有《乐小舍拼生觅喜顺》）卷五《史凤》条附录云："小说有《卖油郎》"云云。（《恒言》有《卖油郎独占花魁》）卷二《吴江钱生》条附录云："小说有《错占凤凰俦》，沈伯明为作传奇。"（按即《望湖亭》）。《恒言》有《钱秀才错占凤凰俦》）同上《昆山民》条附录云："小说载此事，病者为刘璞"云云。（《恒言》有《乔太守乱点鸳鸯谱》）就其口气论之，似冯氏著书时已有此话本，故特为注出，否则詹詹外史纵属假托，亦可云龙子犹有某某小说，（如卷十三《冯爱生》条"龙子犹《爱生传》"云云，卷二十二《万生条》"龙子犹《万生传》"云云。）不必故为如是狡猾也。有不注见小说者：如卷十八《张灏》条，颇与《古今小说》之《陈御史巧勘金钗钿》相似。卷四《裴晋公》条（出《太平广记》一六七引《玉堂闲话》），《古今小说》之《裴晋公义还原配》演之。卷二《单飞英》条，《古今小说》之《单符郎全州佳偶》演之。同上《绍兴士人》条，《古今小说》之《金玉奴棒打薄情郎》演之。卷十九《张果老》（果字疑衍）条（出《太平广记》十六引《续玄怪录》），《古今小说》之《张古老种瓜娶文女》演之。（此篇见《也是园目》。）卷四《沈小霞妾》条，《古今小说》之《沈小霞相会出师表》演之。又卷一《金三妻》条，《通言》之宋《小官团圆破毡笠》演之。卷二《玉堂春》条，《通言》（兼善堂本）之《玉堂春落难逢夫》演之。卷五《唐寅》条，《通言》之《唐解元出奇玩世》演之。卷十《金明池当炉女》条（出《夷坚志》），《通言》之《金明池吴清逢爱爱》演之。卷四《娄江妓》条，《通言》之《赵春儿重旺曹家庄》演之。卷十四《杜十娘》条，《通言》之《杜十娘怒沉百宝箱》演之。卷十六《周廷章条》，《通言》之《王娇鸾百年长恨》演之。卷十二《勤自励》条（出《太平广记》四二八引《广异记》），《恒言》之《大树坡义虎送亲》演之。卷十《陈寿》条，《恒言》之《陈多寿生死夫妻》演之。卷二《刘奇》条，《恒言》之《刘小官雌雄兄弟》演之。卷十《草市吴女》条（出《夷坚志》），《恒言》之《闹樊楼多情周胜仙》演之。卷十八《赫应祥》条，《恒言》之《赫大卿遗恨鸳鸯绦》演之。同上《张荩》条，《恒言》之《陆五汉硬留合色鞋》演之。卷二《程万里》条（出《辍耕录》），《恒言》之《白玉娘忍苦成夫》演之。卷十七《金废帝海陵》条，《恒言》之《金海陵纵欲亡身》演之。（此篇《京本通俗小说》已收。）卷九《黄损》条，《恒言》之《黄秀才徼灵玉马坠》演之。又《智囊补》一书亦冯氏作。卷十《僧寺求子》条与《恒言》之《汪大尹火烧宝莲寺》所演全同。同上《临海令》条与《恒言》之《陆五汉》篇事亦相类。卷四《沈小霞》妾条，与《情史》文同，而《古今小说》演之（见前）。皆不云见小说。疑此等或皆冯氏所演，其诸经《情史》注明见小说者，当另论之。然犹龙子本长小说，所增补《平妖传》、《列国志》等，均为青出于蓝，其文思魄力，殆为独步当时。凡此诸篇，纵非冯氏所作，亦必大部分经其润色增益，而冯氏得心应手之作，亦当于此三集求之。总之，宋元明通俗小说及冯氏作品，均赖此三集而保存，诚可谓文苑之英华、小说之宝库者也。

二　拍

《二拍》者，一者《初刻拍案惊奇》，二者《二刻拍案惊奇》，共八十卷八十篇，皆凌濛初撰。书名《拍案惊奇》，略称《二拍》，颇有语病，似不如径称为"二奇"反为彼善于此。但约定俗成，不可改易，且与后来之《二奇合传》混淆。今姑仍之。

初刻拍案惊奇

明尚友堂刊四十卷原本，封面题金阊安少云梓行。卷首有序，与通行本同。有凡例五则，为通行本所无。（日本日光晃山慈眼堂藏。此土未见此原本。）日本内阁文库藏明季刊三十六卷本清初消闲居刊本原书未见（覆本三十六卷）　通行大字三十六卷本（尚友堂本、松鹤斋本、文秀堂本）坊刊小字十八卷本（三十六篇）　坊刊小字二十三回本（实二十六回）。

卷首序略云："宋元时有小说家一种，多采闾巷新事为宫闱谈资，语多俚近，意存劝讽，虽非博雅之派，要亦小道可观。近世承平日久，民佚志淫，一二轻薄恶少，初学拈笔，便思污蔑世界，广摭诬造，非荒诞不足法，则亵秽不忍闻，得罪名教，种业来世，莫此为甚。而且纸为之贵，无翼飞，不胫走，有识者为世道忧之。以功令厉禁，宜其然也。独龙子犹氏所辑《喻世》等诸书，颇存雅道，时著良规，（一破今时陋习，而宋、元旧种，亦被搜括殆尽。肆中人见其行世颇捷，意余当别有秘本图书而衡之，不知一二遗者，比其沟中之断芜，略不足陈已。）（马隅卿云"一破今时陋习"至"不足陈已"五十余字坊本之尤劣者多删去，以"龙子犹氏所辑《喻世》等言颇存雅道时著良规"与下文"复（实是因字）取古今来杂碎事"句衔结，遂若此序为冯梦龙而作，代述其作书始末者。然鲁迅所据，殆即此本，因怀疑《初拍》文字不类冯氏。其所以刊落之由，则因旧序草书，不能辨识，因删去之也。）因取古今来杂碎事可新听睹佐谈谐者，演而畅之，得若干卷"云云。末署"即空观主人题于浮樽"。即空观主人，王静安《宋元戏曲考》定为明乌程凌濛初。近经马隅卿先生详细考订，遂为定论。濛初字玄房（湖州志避清讳作元房），号初成（四库提要作稚成），乌程人，生于万历八年，崇祯四年始以副贡授官，历任上海县丞，徐州判等职。崇祯十七年卒，年六十五。按濛初崇祯壬申（五年）《二刻拍案惊奇》小引称："丁卯之秋，事附肤落毛，失诸正鹄，迟回白门，偶戏取古今所闻一二奇局可纪者，演而成说，聊舒胸中磊块。……同侪过从者，索阅一篇竟，必拍案曰：奇哉所闻乎！为书贾所侦，因以梓传请，遂为钞撮成编，得四十种。"似初刻成书在天启七年，然尚友堂原本《初刻拍案惊奇》凡例后署"崇祯戊辰初冬即空观主人识"。纪年与《二刻》序不（合）。盖濛初编是书开始于天启七年秋而成书在崇祯元年冬。《二刻》序追述五年前事，故摹略不清。《初刻》凡例作于书杀青之时，故所记独得其实也。

尚友堂原本《初刻拍案惊奇》目录

《宝文堂书目》作《合同文字记》，《清平山堂》题同。此所演尤与元曲为近，盖即旧本而加以修改者也。

二刻拍案惊奇

三十九卷三十九篇附《宋公明闹元宵》杂剧一卷

明精刊本

日本内阁文库藏此书，完全无缺。我国北京图书馆所藏则缺卷十三至卷三十。首壬申（崇祯五年）冬日睡乡居士序。又濛初自撰小引，称"贾人一试之而效，谋再试之。……乃先是所罗而未及付之于墨，其为柏梁余材，武昌剩竹，颇亦不少，意不能恝，聊复缀为四十则"云。后署"崇祯壬申冬日题于玉光斋中"。内容除杂剧外，实得三十九篇。

《二刻拍案惊奇》目录

按初二刻《拍案惊奇》均为濛初自著之书，与冯梦龙氏选辑众本者不同。何以见之？《初刻》自序盛称龙子犹氏所辑《喻世》等诸言，以为颇存雅道，一破今时陋习，如宋元旧种，亦被搜括殆尽。此外偶有所遗亦比沟中断芜，略不足陈。及叙自书，则云："取古今来杂碎事可新听睹佐谈谐者，演而畅之。"《二刻》自序，亦谓"偶戏取古今所闻一二奇局可纪者，演而成说"。又太息于所著小说本支言俚说，不足供酱瓿，而翼飞竖走；其呕血琢研之作，反不见知。此明谓自著。一也。《二刻》睡乡居士序称濛初"出绪余以为传奇，又降而为演义……其所掇撫大都真切可据。"与濛初说合。二也。更以所见本书观之（《初刻》及《今古奇观》所选），其文笔前后一致，显与《三言》有别。三也。凡诸家书目及旧选本所载，见于冯书者多，见于凌书者绝少（仅《初拍》三十三卷《包龙图智赚合同文》篇及二十一卷之入话与《清平山堂》略同，然三十三卷似本元曲改作），以此益知凌氏书之为创作而非选辑。此与《三言》性质之不同者也。其用事之可考者：卷三《刘东山夸技顺城门》，本宋幼清《九籥集》。卷五《感神明张德容遇虎》，本《集异记》（《太平广记》四百二十八引）。卷八《乌将军一饭必酬》，见《情史》十八《邵御史》条。卷九《宣徽院仕女秋千会》，本李昌祺《秋千会记》（《剪灯余话》）。卷十一《恶船家计赚假尸银》，本《夷坚志补》卷五《湖州姜客》条。卷十二《陶家翁大雨留宾》，本祝允明《九朝野记》。卷十四《酒谋财于郊肆恶》，本沈瓒《近事丛残》卷一《冤鬼报官》条，乃万历间事。卷十七《西山观设箓度亡魂》，本唐刘肃《大唐新语》卷四，断案者为李杰；宋郑克《折狱龟鉴》亦载之。卷十八《丹客半黍九还》，本王象晋《丹客记》（《剪桐载笔》）；《智囊补》卷二十七《丹客》条所记略同。卷十九《李公佐巧解梦中言》，本李公佐《谢小娥传》（《太平广记》四百九十一引）。卷二十《李克让竟达空函》演刘元普事，本《阴德传》（《太平广记》一百十七引）。卷二十一《袁尚宝》（忠彻《明史》有传）《相术动名卿》，见清初精刊本《太上感应篇图说》土集。卷二十二《钱多处白丁横带》，本《南楚新闻》（《太平广记》四百九十九引）。卷二十三《大姊魂游完宿愿》，本瞿佑《金凤钗记》（《剪灯新话》）。卷二十四《盐官邑老魔魅色》，本《续艳异编》卷十二《大士诛邪记》。卷二十五《赵司户千里遗音》，见《西湖游览志余》卷十六，《情史》卷二《赵判院》条亦载之。卷二十七《顾阿秀喜舍檀那物》，本瞿佑《芙蓉屏记》（《剪灯新话》）。卷二十九《通闺闼坚心灯火》，见《情史》二《张幼谦》条，明无名氏《石榴花》传奇亦演之。卷三十《王大使威行部下》演李生冤报事，本《宣室志》（《太平广记》一百二十五引）。卷三十二《乔兑换胡子宣淫》，本明邵景詹《觅灯因话》卷二《卧法师入定录》。卷三十三《张员外义抚螟蛉子》本元无名氏《合同文字》剧。卷三十四《闻人生野战翠浮庵》则与明末人《撮合圆》传奇所演同。卷三十五《诉穷汉暂掌别人钱》入话及本文，全袭元曲《冤家债主》、《看钱奴》两剧。卷三十六《东廊僧怠招魔》本《集异记》（《太平广记》三百六十五引）。《二拍》如卷二《小道人一着饶天下》，事见《夷坚志补》卷十九《蔡州小道人》条。卷十二《硬勘案大儒争闲气》演朱熹勘台州妓《严蕊》事，其事多见宋人记载，而周密《齐东野语》卷二十所记尤详。《夷坚支庚》卷十《吴淑姬严蕊》条亦载之。卷十四《赵县君乔送黄柑》，事见《夷坚志补》卷八《李将仕》条。卷十五《韩侍郎婢作夫人》，事见《不可录》，乃弘治时太仓吏员顾某事。卷二十九《赠芝麻识破假形》，明刘仲达《鸿书》卷九十一引《广艳异编》：浙人蒋常悦一马姓女，狐即幻作女往就之。久之病甚。友人卢金赠芝麻二升，属以贻狐女，果见原形。狐亦贻草三束，一愈蒋病；一撒马氏屋上，其女即生癞；一以治癞。竟娶马女为妇，乃天顺间事。卷三十《瘗遗骸王玉英配夫》，事见明王同轨《耳谈类增》卷二十三《王玉英》条。卷三十四《任君用恣乐深闺》，本《夷坚支乙集》卷五《杨戬馆客》条。卷三十七《叠居奇程客得助》，本蔡羽《辽阳海神传》，乃正德时徽商程某事。此诸篇出处，乃余一九三〇年考得者，时尚未读《二拍》原书也。又如卷三《权学士权认远乡姑》，本叶宪祖《丹桂钿盒》杂剧。卷五《襄敏公元宵失子》入话，本《夷坚志补》卷八《真珠族姬》条，正传本岳珂《桯史》卷一。卷六《李将军错认舅》，本《剪灯新话》卷三《翠翠传》。卷七《吕使君情媾宦家妻》，本《夷坚支戊》卷九《董汉州孙女》条。卷八《沈将仕三千买笑钱》，本《夷坚志补》卷八《王朝议》条。卷九《莽儿郎惊散新莺燕》，本叶宪祖《素梅玉蟾》杂剧。卷十《赵五虎合计挑家衅》，本《齐东野语》卷二十《莫氏别室子》条。卷十一《满少卿饥附饱飏》，本《夷坚志补》卷十一《满少卿》条。卷十六《迟取券毛烈赖原钱》，本《夷坚甲志》卷十九《毛烈阴狱》条。卷二十《贾廉访赝行府牒》，本《夷坚志补》卷二十四《贾廉访》条。卷二十二《痴公子狠使噪脾钱》，本《觅灯因话》卷一《姚公子传》。卷二十七《伪汉裔夺妾山中》，本《耳谈类增》卷三十二《汪太公归婢》条。卷三十二《张福娘一心守贞》，本《夷坚志补》卷十《朱天锡》条。卷三十三《杨抽马甘受杖》，本《夷坚丙志》卷三《杨抽马》条。卷三十六《王渔翁抢镜崇三宝》，本《夷坚支戊》卷九《嘉州江中镜》条。此诸篇出处，乃余一九三一年赴日本观书回国后二十年间所陆续考得者。方余在日本观书时，以有辽东之变，归心甚急，且闻上海商务印书馆影印是书及《古今小说》行将出版；于是书未细读，故不能一一详考。然前后所考，亦十得七八矣。然则如凌氏著书，亦不免有所依傍，非如《水浒传》、《红楼梦》作者有深刻之经验，磅礴郁塞，发为文章，如前人所谓“惊心动魄，一字千金”者也。唯在吾国小说，论其性质，本有二种：一以人丽于事，一以事附于人。人丽于事者，重在事之描写，于故事中人物之个性不甚注意（其性情人格，虽有种种色类，要不难于同一时代同一环境中求得之），其所写一以故事之趣味为主。如宋明诸短篇小说，皆是此种。事附于人者，则于铺陈故事之外，尤专心致志为个性之描写。此在短篇中不多见，长篇名著，往往如此。此二者其用意不同，成就亦异，要皆为一代艺文，极人情世态之变，其在小说史中地位孰高孰下，亦难遽言。唯如第一种之以故事趣味为主者，其裁篇较易，其取材稍难；事系于篇，说非一事，罗辑取盈，自不得不于古今记载中求之。以是摭拾旧闻，自宋时京瓦说唱即已难免，后来作家如冯梦龙所著亦多有所本（余别有考）。要其得力处在于选择话题，借一事而构设意象；往往本事在原书中不过数十百字，记叙琐闻，了无意趣，在小说则清谈娓娓，文逾数千，抒情写景，如在耳目；化神奇于臭腐，易阴惨为阳舒，其功力实亦等于造作。自非才思富赡，洞达人情，鲜能语此，不得与稗贩者比也。鲁迅先生《小说史略》评此书，谓其“叙述平板，引证贫辛”。所谕甚是。余谓凌氏《二拍》，多是蹇拙之翻译。间有可观者，亦仅能清通明顺而已。以视《三言》，不免有逊色。然前后二集，取材颇富，四十年来，研究白话短篇小说者多称“三言二拍”，其书亦不可废也。

别本二刻拍案惊奇 三十四卷三十四篇

法国巴黎国家图书馆藏本

此本唯巴黎国家图书馆藏一部，他处未见传本。以郑振铎氏所录目录观之，第一卷至第十卷皆《二刻拍案惊奇》所有，篇题偶有改动。如卷二《江爱娘神护做夫人》，《顾提辖圣恩超主政》，《二拍》为十五卷，题云：《韩侍郎婢作夫人》，《顾提控搽居郎署》。其事见《不可录》。顾本太仓吏员，故有"提控"之称。此作提辖，显系误字。不知原书即如此，或是郑氏移录之误也。卷三《男美人拾箭得婚》，《女秀才移花接木》，在《二拍》为十七卷，题云：《同窗友认假作真》，《女秀才移花接木》。别本改上联，有意求工，反为拙对。余二十四卷，今无考。以意揣之，殆是后人凑合之本，即袭其名，欲以属之凌氏，未必凌氏著书，于《二拍》之外别有此本也。然难考其源流。今附于《二拍》之后。（宋陈善《扪虱新话》谓东坡集多羼入他人著作，书肆逐时增添改换，以求速售，而官不之禁。即欧公集亦有续添之文，然则改换求速售殆书肆常习，在小说则尤难免也）

别本《二刻拍案惊奇》目录

卷 一	满少卿饥附饱飏	焦文姬生仇死报	（《二拍》卷十二）
卷 二	江爱娘神护做夫人	顾提辖圣恩超主政	（《二拍》卷十五）
卷 三	男美人拾箭得婚	女秀才移花接木	（《二拍》卷十七）
卷 四	甄监生浪吞秘药	春花婢误泄风情	（《二拍》卷十八）
卷 五	迟取券毛烈赖原钱	失还魂牙僧索剩命	（《二拍》卷十六）
卷 六	李将军错认舅	刘氏女诡从夫	（《二拍》卷六）
卷 七	吕使君情媾宦家妻	吴太守义配儒门女	（《二拍》卷七）
卷 八	沈将仕三千买笑钱	王朝议一夜迷魂阵	（《二拍》卷八）
卷 九	莽男儿惊散新莺燕	偋梅香认合玉蟾蜍	（《二拍》卷九）
卷 十	赵五虎合计挑家衅	莫大郎立地散神奸	（《二拍》卷十）
卷十一	不苟存心终不苟	淫奔受辱悔淫奔	
卷十二	李侍讲无心还宝物	王指挥有意救恩人	
卷十三	恤孤仗义反遭殃	好色行凶终有报	
卷十四	延名师误子丧妻	设奸谋败名殒命	
卷十五	昵淫朋痴儿荡产	仗义仆败子回头	
卷十六	耽风情店妇宣淫	全孝义孤儿完节	
卷十七	贪淫妇图欢偏受死	烈侠士就戮转超生	
卷十八	老衲识书生于未遇	忠臣保危主而令终	
卷十九	卖富差贫夫妇拆散	寻亲行孝父子团圆	
卷二十	死殉夫一时义重	生尽节千古名香	
卷二十一	奸淫汉杀李移桃	神明官进尸断鬼	
卷二十二	任金刚假官劫库银	张铜梁伪锧诛大盗	

（附记）此外尚有《三刻拍案惊奇》一书，一名《型世奇观》，共八卷三十回，题梦觉道人编辑。日本亨保十二年（当吾国雍正五年）《舶载书目》曾著录此书。自来未见传本。去岁马隅卿先生始于厂肆收得一部。郑振铎氏所藏《幻影》，题梦觉道人、西湖浪子同辑。其书残存第一回至第七回。核其文与《三刻拍案惊奇》全同。疑是一书。书名《幻影》者，是原本《三刻拍案惊奇》乃后来改题也。梦觉道人有《鸳鸯合》传奇，见清黄文旸《曲海目》，在清传奇中。而明祁彪佳《远山堂曲品》有王国柱之《鸳簪》，入能品。疑梦觉道人即王国柱，乃由明入清者。（《三刻拍案惊奇》前载癸未年序，无年号，癸未疑即崇祯十六年。《幻影》题梦觉道人、西湖浪子同辑。西湖浪子与《西湖佳话》所署同。《佳话》乃清康熙时书也。）《三刻拍案惊奇》之称，似续凌濛初书，然实与凌氏无关。今附著于此。

选辑本

今古奇观　四十卷四十篇

通行本

题"姑苏抱瓮老人辑，笑花主人阅"。首姑苏笑花主人序，不记年月，然当在明季（序皇明二字提行）。鲁迅先生以为成于崇祯时，近是。序前半即取《古今小说》序意为之，其述选辑之由，则谓冯氏《三言》及凌氏《拍案》两刻"合之共二百种。卷帙浩繁，观览难周。且罗辑取盈，安得事事皆奇？故抱瓮老人选刻四十卷，名为《古今奇观》。"（原文如此，盖书本名《古今奇观》

也。）又谓"忠孝节烈善恶果报无非恒言常理，以其不多见，则相与惊而道之。则夫动人以至奇者，乃训人以至常者也"云云。自此书辗转流行，原书二百卷，遂渐不为世人所知。今以所辑观之，其选择标准，亦可得其梗概：一曰著果报；二曰明劝惩；三曰情节新奇；四曰故典琐闻，可资谈助。而大致归于人情世故，如序所云。故于宋元灵怪小说，悉屏而不取，即公案之涉灵怪者亦去之（中唯《羊角哀舍命全交》及《灌园叟晚逢仙女》二卷事涉灵怪），然宋人小说亦有曲尽人情者，今亦未见选录。而述古呆板之作，如《羊角哀》、《俞伯牙》等诸篇，皆羼入其间，未见其为撷英抉华也。故以此选本论之，则宋元旧本悉被摈弃，与冯氏辑《古今小说》之旨大相违异。唯明人精密之作，则多数收入，在吾等未得见凌冯书之前，犹借此本以窥知明代短篇小说内容及其作风，斯则不无可取。全书四十卷，收《古今小说》八篇，收《警世通言》十篇，收《醒世恒言》十一篇，收《初刻拍案惊奇》八篇，收《二刻拍案惊奇》三篇。（凡《初》、《二拍》以俪语标目者，此书皆取其一句，亦有改题者；即《通言》《恒言》目，其文字亦偶有变动）

《今古奇观》目录

卷　一　三孝廉让产立高名（《恒言》卷二）

卷　二　两县令竞义婚孤女（《恒言》卷一）

卷　三　滕大尹鬼断家私（《古今小说》卷十）

卷　四　裴晋公义还原配（《古今小说》卷九）

卷　五　杜十娘怒沉百宝箱（《通言》卷三十二）

卷　六　李谪仙醉草吓蛮书（《通言》卷九）

卷　七　卖油郎独占花魁（《恒言》卷三）

卷　八　灌园叟晚逢仙女（《恒言》卷四）

卷　九　转运汉巧遇洞庭红（《初拍》卷一）

卷　十　看财奴刁买冤家主（《初拍》卷三十五）

卷十一　吴保安弃家赎友（《古今小说》卷八）

卷十二　羊角哀舍命全交（《古今小说》卷七）

卷十三　沈小霞相会出师表（《古今小说》卷四十）

卷十四　宋金郎团圆破毡笠（《通言》卷二十二）

卷十五　卢太学诗酒傲公侯（《恒言》卷二十九）

卷十六　李汧公穷邸遇侠客（《恒言》卷三十）

卷十七　苏小妹三难新郎（《恒言》卷十）

觉世雅言　八卷

法国巴黎国家图书馆藏明刊本

此据郑振铎氏调查所录，他处今亦未见传本。书凡八卷，第二卷、第四卷出《古今小说》，第六卷出《警世通言》（兼善堂本、衍庆堂本），第一卷、第五卷、第七卷、第八卷出《醒世恒言》。第三卷出《初刻拍案惊奇》。郑氏疑此本为《古今小说》前身，乃《三言》之祖。按明人屡言《三言》，不及此种。观其所收即杂采《三言》及《初刻拍案惊奇》文，卷三《夸妙术丹客提金》且袭《今古奇观》篇名，则为后来选辑本无疑。其绿天馆主人序即是《警世通言》豫章无碍居士序，自"所得未知孰赝而孰真也"以上全同，唯"陇西茂苑野史"以下六十二字不同，而语意连属则较《通言》所载为胜。今所传《警世通言》俱非原本，颇疑此序乃《警世通言》原序，他本结尾俱经改过（或名称既定后剜改亦未可知），而此本乃首尾俱保存原文，一字未易。但其取《通言》序是实，非《古今小说》及《三言》之外，更有《觉世雅言》一书也。

《觉世雅言》目录

卷一　张淑儿巧智脱杨生（《恒言》卷二十一）

卷二　陈御史巧勘金钗钿（《古今小说》卷二）

卷三　夸妙术丹客提金（《今古奇观》卷三十九）

卷四　杨八老越国奇逢（《古今小说》卷十八）

卷五　白玉娘忍苦成夫（《恒言》卷十九）

卷六　旌阳宫铁树镇妖（《通言》卷四十）

卷七　吕洞宾飞剑斩黄龙（《恒言》卷二十二）

卷八　黄秀才徼灵玉马（《恒言》卷三十二）

删定二奇合传　十六卷四十回

咸丰辛酉刊大字本　光绪戊寅刊小本

不知撰人。以书选《今古奇观》及《拍案惊奇》，故以二奇名书。大字本首咸丰辛酉元旦芸香馆居士序。序称"抱瓮老人之选《今古奇观》主于醒世，而有涉海淫者，则所宜摈。或委曲以成其志而先不免于失身者，皆可弗录。其先师厘正是书而未果，己踵而成之。书经再订，旧题可不袭。不袭而其所谓奇者终不可易，故命曰《二奇合传》"云。观其所叙，用意已属陈腐，至谓"即空观主人著书二百种，抱瓮老人删存四十种，《今古奇观》与《拍案惊奇》本为一书"，则直同呓语。其书四十回，为《今古奇观》已选者二十六回，取《今古奇观》选余之初刻《拍案惊奇》十二回。第三十四回《曾孝廉解开兄弟劫》、第三十六回《毛尚书小妹换大姊》未知所出，所演故事，与《聊斋志异》《曾友于》、《姊妹易嫁》二篇同，而观其文字晓畅，仍不失明人丰度，似并非出于《聊斋》，而《聊斋》所记转系撷拾当时传闻，有如此文所述者。按此书所辑不出《初拍》及《今古奇观》之外。《初拍》吾国所传本皆不全。近年，日本发现《初拍》原本，无《二奇合传》所选《曾孝廉》、《毛尚书》篇。或《二奇合传》所据是《初拍》别本，亦未可知。

《二奇合传》目录

第一回　刘刺史大德回天（《今古奇观》卷十八）

第三十四回　曾孝廉解开兄弟劫

第三十五回　乌将军一饭报千金（《初拍》卷八）

第三十六回　毛尚书小妹换大姊

第三十七回　宋金郎贤阃矢坚贞（《今古奇观》卷十四）

第三十八回　陈秀才内助全产业（《初拍》卷十五）

第三十九回　陆惠娘弃邪归正（《初拍》卷十六）

第四十回　　俞伯牙痛友焚琴（《今古奇观》卷十九）

续今古奇观

《小说史略》引三十卷本未见　石印本六卷三十回

不著撰人。中二十九篇全收《今古奇观》选余之《初刻拍案惊奇》二十九篇（《今古奇观》收《初拍》七篇）。唯二十七回为《娱目醒心编》卷九文。鲁迅先生云：同治七年江苏巡抚丁日昌禁小说，《拍案惊奇》亦在禁中，盖即禁书后书贾所为（按丁目：《今古奇观》亦在禁列，唯系抽禁，较宽）。此书剽窃旧本，改题名目，实不足云选本。今附诸书之后，其目录不列举。

凡书非目睹及非中国所有者，其板刻篇目，咸据各家记载。引用各条，文中不及一一注明，今列举姓名及著作于下，并致谢意。

明代之通俗短篇小说（日本盐谷温撰　见《改造杂志》现代支那号　马隅卿译，附考证，见《孔德月刊》第一第二两期）

关于明代小说三言（日本盐谷温撰　见《斯文杂志》第八编第五号至第七号　汪馥泉译）

宋明小说传流表（日本盐谷温撰）

巴黎国家图书馆中之中国小说戏曲（郑振铎撰　见《小说月报》第十八卷第十一号）

大连满铁图书馆所藏中国小说戏曲（马隅卿撰　见《图书馆学季刊》第二卷第四期）

京本通俗小说与清平山堂（日本长泽规矩也撰　见《东洋学报》十七卷二号　马隅卿译，附考证见《AC》第一期至第三期）

幻影（郑振铎撰　见《小说月报》第二十卷第四号）

警世通言三种（日本辛岛骁撰　见《斯文杂志》九编一号　汪馥泉译）

明刊四十卷本拍案惊奇及水浒志传评林完本出现（日本丰田穰撰　见《斯文杂志》第二十三编第六号）

参考书目

　　日本内阁文库汉籍书目

　　宝文堂书目（北京图书馆藏抄本）

一九三一年

收入孙楷第《沧州集》卷二

三言二拍流传表

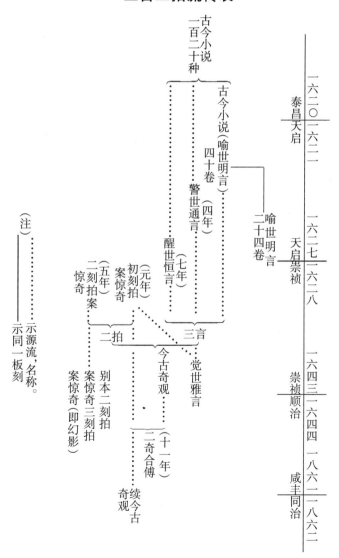

《三言》序的作者问题

陆树崙

　　冯梦龙编纂的《三言》——《古今小说》（《喻世明言》)、《警世通言》、《醒世恒言》)，卷首各有一篇序言，理论价值很高，是研究中国古典小说理论的重要资料。由于作者没有署真实姓名，究竟出自何人之手，至今尚无结论。一些研究者在论述冯梦龙的小说主张时，虽是将其作为冯梦龙的文章加以引用，其实，他们并未掌握可资说明其作者是冯梦龙的材料，只是一种推测而已。这种使用上的混乱情况，实有澄清的必要。

　　要弄明白《三言》序的作者，关键在于考述清楚三篇序的署名，即《古今小说序》的绿天馆主人、《警世通言序》的无碍居士、《醒世恒言序》的可一居士是否是冯梦龙的化名问题。

　　前几年，袁行云同志在《冯梦龙〈三言〉新证》（见《社会科学战线》一九八〇年第一期）里，特地用了一节文字，论证《三言》的评校者和作序者，作出绿天馆主人、无碍居士和可一居士都是冯梦龙化名的结论。这个探讨无疑是很有意义的。不过，读了这节文字之后，觉得袁行云同志的论证尚不足说明其结论。现将个人之管见，陈述于此，以质于方家。

　　袁行云同志指出，明两截版《小说》《传奇》合刻本中，六篇白话小说，曾被冯梦龙收入《警世通言》和《醒世恒言》。《小说》本句旁有圈点，如果《警世通言》和《醒世恒言》里相应作品的句旁也有圈点，而且一致的话，则《三言》的评校者很可能就是冯梦龙。并进一步说：

　　　　就评点《三言》而言，冯梦龙沿用《小说》本圈点，换个另外的人就可能不注意，不肯用《小说》本圈点，或竟没有见过《小说》本。《三言》评点者真要由几个人分别担任，不可能在利用《小说》本圈点上采取一致的做法。

以后发现《警世通言》第一卷《俞伯牙摔琴谢知音》、《醒世恒言》第十一卷

《苏小妹三难新郎》这两篇，一些旁圈点，与《小说》本"完全相同"，"就通篇来看这两卷沿用《小说》圈点，可以说是一目了然"。于是作出结论：

> 《三言》的评校者和作序者可一居士、无碍居士、墨浪主人、绿天馆主人，都是冯梦龙的化名。

我手头只有台湾世界书局影印的兼善堂本《警世通言》和叶敬池本《醒世恒言》，而明两截版《小说》《传奇》合刻本，却未见过，无从比勘。然仅就袁行云同志所引录的两段文字，与影印本对核，则发现句旁圈点使用情况，并不像袁行云同志所说，"完全相同"。如袁行云同志引录的《俞伯牙摔琴谢知音》第一个见圈点句子："恩德相结者谓之知己，腹心相照者谓之知心，声气相求者谓之知音，总来叫做知己。"句旁加的均是"点"，而兼善堂影印本"知己"、"知心"、"知音"旁和末六字"总来叫做知己"旁，加的均是"圈"。又如袁行云同志所引录的："……就船中与子期顶礼八拜，伯牙年长为兄，子期为弟，今后兄弟相称，生死不负。拜罢，复命取暖酒再酌，子期让伯牙上坐，伯牙从其言。换了杯箸，子期下席，兄弟相称，彼此谈心叙话。"与兼善堂影印本比核，不同之处，不单单在"船"下增一"舱"字，"就船舱下"四字加点，而且"子期'旁不着点；"顶礼八拜"，其"顶""八拜"三字着圈，不是着点；"礼"字，既不着点，也不着圈；"让伯牙上坐"五字和"下席"两字均着圈，不是无圈点。二者之间在圈点运用上颇多差异，怎么可以作出"其余着圈，着点，或不着圈点处，完全相同"的结论呢？袁行云同志以所谓"圈点相同"为根据，来说明《三言》评校者和序作者是冯梦龙，这个结论不能成立，是不言而喻的。这是一。

其二，即使承认《俞伯牙摔琴谢知音》与《贫贱相交》之间，在句旁圈点上有所沿用，也不能断定这沿用者就是冯梦龙。因这里存在着两种可能：一是编纂者沿用，另一是评点者沿用。在无其他任何旁证的情况下，不考虑有第一种可能性存在，而断定沿用的只能是评点者，那是缺少客观态度的。再退一步说，即使句旁圈点是评点者沿用，这里还存在着两种可能：一是评点者即编纂者冯梦龙，一是另外的人，袁行云同志说，换个另外的人就可能不注意，不肯用《小说》本圈点，或竟没有见过《小说》者。为什么？袁行云同志没有申述理由。而事实上，并不排除有这种可能。因《三言》的评点工作是在冯梦龙手稿付梓之前进行的。如果评点者是另外的人，这个人一定与冯梦龙过从甚是相得，见过冯梦龙所采录的《小说》本，在评点时沿用其圈点，并不是绝对不可能。故不加任何说明，便断定评点者不可能是另外的人，也不够客观和实事求是。

其三，袁行云同志说："《三言》的评点者真要是由几个人分别担任，不可能在利用《小说》本圈点上采取一致的做法。"这假设似乎有道理，其实这假设的前提是不存在的。因袁行云同志所列举的例子，是《通言》和《恒言》，而《通言》和《恒言》，据现存的版本，其评点者同为可一居士（或谓可一主人），只是一个人，不存在"几个人分别担任"的问题。

所以我说，袁行云同志的论证，还不足以说明绿天馆主人、无碍居士和可一居士就是冯梦龙的化名。不过，也不能因此就否定绿天馆主人、无碍居士和可一居士是冯梦龙化名的结论。根据以下种种情况的分析，绿天馆主人、无碍居士和可一居士确是冯梦龙所用的化名。

第一，从绿天馆主人《古今小说序》、无碍居士《警世通言序》和可一居士《醒世恒言序》的内容来考察。这三篇《序》所阐述的问题，既各有侧重点，又互有相同处。《古今小说序》概述了中国古典小说发展的历程；《警世通言序》记述了通俗小说的真赝关系问题；《醒世恒言序》交代了《三言》命名的宗旨，又无一不在为了强调通俗小说的社会作用。

《古今小说序》：

> 天下之文心少而里耳多，则小说之资于选言者少，而资于通俗者多。试令说话人当场描写，可喜可愕，可悲可涕，可歌可泣，可歌可舞。再欲捉刀，再欲下拜，再欲决脰，再欲捐金。怯者勇，淫者贞，薄者敦，顽钝者汗下。虽日诵《孝经》、《论语》，其感人未必如是之捷且深也。噫！不通俗而能之乎？

《警世通言序》：

> 而通俗演义一种，遂足以佐经书史传之穷。……里中儿代庖而创其指，不呼痛。或怪之。曰："吾顷从玄妙观听说《三国志》来。关云长刮骨疗毒，且谈笑自若，我何痛为？"夫能使里中儿顿有刮骨疗毒之勇，推此说孝而孝，说忠而忠，说节义而节义。触性性通，导情情出。

《醒世恒言序》：

> 则兹刻者，虽与《康衢》、《击壤》之歌并传不朽可矣。……以《明言》、《通言》、《恒言》为六经国史之辅，不亦可乎？

这表明三篇《序》有着内在的联系，体现了一个完整的小说观。又如介绍茂苑野史家藏小说情况及选择付梓原则的文字，《古今小说序》与《警世通言序》在行文上，如出一辙。

> 茂苑野史氏，家藏古今通俗小说甚富。因贾人之请，抽其可以嘉惠里耳者，凡四十种，畀为一刻……（《古今小说序》）
> 陇西茂苑野史氏，家藏小说甚富。有意矫正风化，均择其事而理不赝，即事赝而理未尝不真者，授之贾人，凡若干种。①（《警世通言序》）

当然这也不是偶然巧合。因此，我认为这三篇《序》当是一人手笔。又据《醒世恒言序》关于《三言》命名宗旨的阐述以及行文语气，可以看出，这是编纂者"自叙"。故这三篇《序》署名虽然各不相同，其实则出编纂者冯梦龙一人之手。

第二，天许斋本《古今小说》，总目下署"绿天馆主人评次"。所谓"评次"，当是"评点""编次"的省称。"编次"在明末多与编辑、编纂同用。如吴炳的传奇，均署"粲花斋主人编次"。冯梦龙是《古今小说》的编纂者，已有定论。这位天许斋本《古今小说》又署绿天馆主人是其评点和编次者，则不是已点明绿天馆主人即冯梦龙吗？又绿天馆主人《古今小说序》有"皇明文治既郁，靡流不波"之语，而冯梦龙《太平广记钞序》中也称说："皇明文治大兴，博雅辈出，稗官野史，悉传梨登架。"意义与语气全同。故这也可作绿天馆主人即冯梦龙的佐证。

第三，《警世通言序》末，有印章两枚。经方家鉴别，一为"无碍居士"，一为"公鱼父"。"父"即"甫"，故可知无碍居士曾以"公鱼"为字。按：古代鱼龙常相连用，并表示境遇的枯荣变迁。据《三秦记》记载："河津一名龙门。桃花浪起，鱼跃而上，跃过者为龙，否则皆点额而还。"这就是通常所说的"鱼龙化"。又《晋书·郭璞传》记："傲岸荣悴之际，颉颃龙鱼之间。"以表示郭璞之为人和境遇。冯梦龙原是个未能跃上龙门的饱学之士，编纂《三言》时，声望甚高，与名人逸士时相过从，然因言得罪，闲居乡里，落魄不得志，其际遇，颇有点与郭璞相似，处在鱼龙之间。冯梦龙曾以"犹龙"为字，再取"公鱼"为字，以表示当时的境况和心情，乃在情理之中。诚然，这个论断尚少旁证，但在还未得到反证材料的情况下，由此而认为无碍居士即冯梦龙化名，也不能说是没有道理.

第四，《警世通言》第九卷《李谪仙醉草吓蛮书》有条眉批：

> 旧小说谓太白为贺家婢出。得此证之。

又第十九卷《崔衙内白鹞招妖》眉批：

> 宋人小说，□说赏劳□使费，动是若干两、若干贯。何其多也？盖小说是进御者。恐启官家裁省之端，是以务从广大。观者不可不知。

其"得此证之"，"恐启官家裁省之端，是以务从……"，完全是编纂者口吻。则评者可一主人即编纂者冯梦龙之化名可知。又"小说是进御者"之说，与《古今小说序》所谓"仁寿清暇，喜阅评话。命内珰日进一帙"云云，完全印合。则评者可一主人与绿天馆主人当是一人，即同为冯梦龙化名。

第五，《三言》中有些作品，其故事复见冯梦龙同时编纂的《古今谭概》、《太平广记钞》、《智囊》、《情史》，其间评语，颇多相同之处。现根据两方面情况加以介绍。

其一，评语的行文、语气和内容相同。如爽快之人，常比之于李逵。《醒世恒言》第五卷《大树坡义虎送亲》关于勤自励为人，眉批道：

> 勤自励□爽快，是《水浒传》李大哥一流人。

《情史》卷十九《洞庭龙女》，有关钱塘君之为人，眉批道：

> 此五人则《水浒传》李大哥也。快绝快绝。

又如称赞有治世之才者，常用化有事为无事一类的话。《醒世恒言》第八卷《乔太守乱点鸳鸯谱》，关于乔太守判案，眉批道：

善做官者，只是化有事为无事。

《太平广记钞》卷二十八《李勣》条眉批道：

有才者，有事化无事，无才者，小事弄做大事。

《智囊》卷三《龚遂》条批道：

古之良吏，化有事为无事，化大事为小事……

对作品里一些富有戏剧性的情节，也常常批云："好一出传奇"、"绝好一出杂剧"。不一一列举了。

其二，故事情节相关处，其批语常常一模一样。这种现象很多，今略举数例于下。

《古今小说》第二十八卷《李秀卿义结黄贞女》有眉批云：

（黄善说）确是真正女道学，可敬，可敬。

《情史》卷二《王善聪》则，也是李英与黄（王）善聪的故事。其批云：

善聪真正女道学。

又第八卷《吴保安弃家赎友》，即《太平广记钞》卷二十八《吴保安》。《吴保安弃家赎友》有眉批云：

无交而求，求之而反喜，此喜谁人解得。

《吴保安》也有眉批云：

人以事求我，而反感之，此意谁人解得！

文字上虽有所不同，而意思则是一样的。

《警世通言》第二十三卷《乐小舍拼生觅偶》，有两条眉批：

一对多情种，非得潮神撮合，且为情死矣。全是潮王弄奇。

《情史》卷七《乐红》则，也是乐小舍与顺娘故事。其后评和侧批云：

> 一对多情，若非得潮神撮合，且为情死矣。全是潮王弄奇。

与《通言》眉批比较，仅有两字之差。

《醒世恒言》第二十八卷《吴衙内邻舟赴约》其故事与《情史》卷三《江情》同。其眉批云：

> 若是一偷而去，各自开船，太平无话，二人良缘终阻，行止俟云。风息再开，天所以玉成美事也。

这与《情史》后评之间，只有一字之差，一为"风息"，一为"风便"，没有意思上的出入。

又第三十七卷《杜子春三入长春》， 即《太平广记钞》卷六杜子春故事。《醒世恒言》有眉批道：

> □的名教，全仗钱财。

《太平广记钞》也有眉批道：

> 名教虽尊，非钱不圆。

意思完全一样。

从以上所列举的事例来看，《三言》与《古今谭概》、《太平广记钞》、《智囊》、《情史》之间，在故事相似或相应之处，其评语颇多一致的情况。这决非偶然巧合。究其出现这种情况的原因，不外乎两种可能：一是抄袭，另一是出自一人手笔。

据现有材料可知：《古今小说》刊行于天启二、三年间，《警世通言》刊于天启四年，《古今谭概》约在这同时，《太平广记钞》、《智囊》在天启六年，《醒世恒言》在天启七年，《情史》约与之同时。如是抄袭，则抄袭者便是冯梦龙和可一居士。冯梦龙编纂刊行《古今谭概》、《太平广记钞》、《智囊》和《情史》时，公开抄袭友人批在自己著作上的评语，那是难以理解的。

可一居士作为冯梦龙的朋友，竟然抄袭冯梦龙其他著作上的评语，并且是批在冯梦龙的《醒世恒言》之上，也同样是难以理解的。这是一。其二，《三言》与《古今谭概》、《太平广记钞》、《智囊》、《情史》，或编纂刊行于同一时间，或相隔不久。在时间上，相互抄袭，实属不可能，除非抄袭者案头有被抄袭者的手稿，冯梦龙已能看到绿天馆主人评《喻世明言》和可一居士评《警世通言》的手稿。而可一居士评《醒世恒言》时，要看冯梦龙《太平广记钞》等著作的手稿，就不大可能了。其三，《古今小说》第十八卷《杨八老越国奇逢》，其本事与《古今谭概》卷三十六《一日得二贵子》、《情史》卷二《杨公》相同。按，《杨八老越国奇逢》上有条眉批：

> 杨公以髡囚异物，一朝而得二贵子、两夫人，以朱幡千钟养焉。出死地，登九天。其离而合，疏而亲，贱而荣，岂非天数为之哉！

而这条批语与《一日得二贵子》与《杨公》之结束语，可说完全相同：

> 而翁以髡跣跳战之卒，且为累囚，一日而得二贵子、两夫人，以朱幡千钟养焉。其离而合，疏而亲，贱而荣，岂非天数为之哉！

如是抄袭，从《古今小说》与《古今谭概》、《情史》的编纂时间上分析，只能是冯梦龙编纂《古今谭概》和《情史》时相继抄袭，把《杨八老越国奇逢》的眉批，并写进《一日得二贵子》和《杨公》的正文。但是《古今谭概》的《一日得二贵子》和《情史》的《杨公》，文字完全相同，都是辑自他书，不是冯梦龙自己撰写。同时，《杨八老越国奇逢》与杨公一日得二贵子、二夫人故事比较，可以看出，前者是据后者敷演而成。这就完全排除了抄袭的可能，只有这样一种情况了：冯梦龙编纂《古今小说》根据杨公一日得二贵子、二夫人故事，改写成白话小说《杨八老越国奇逢》时，除铺叙故事丰富情节外，还因几句带评论性质的结束语，不合小说体制，而改作批评，初置天头，作为眉批。而编纂《古今谭概》和《情史》时，则是收录原文，未加任何润色。从杨公一日得二贵子、二夫人的结束语，成了《杨八老越国奇逢》的眉批，还说明《古今小说》的编纂者与眉批者同为一人。从这两方面的情况，我认为足以说明抄袭的可能是不存在的。因此，《三言》与《古今谭概》、《太平广记钞》、《智囊》和《情史》在互见故事上的评语，有不少相同的情况，只能是出自一人手笔的关系。这个人就是这些著作的编纂者冯梦龙。

我们也应知道，冯梦龙把同一内容的故事，辑入几种专集时，其评语亦常常相沿袭用。如《古今谭概》卷三《爱痴》："尾生与女子期于梁，女子不来，水至不去，抱梁柱而死。"冯梦龙评道：

> 万世情痴之祖。

这则尾生故事亦见于《情史》卷七，其评语亦为"万世情痴之祖"，与《古今谭概》评语一丝不差。

又如《太平广记钞》卷五《张老》篇，有眉批四条：

> 天生仙偶，岂带凡心。
> 毕竟仙家之情，胜于俗家数倍。
> 仙中梁孟也。李伯时有张果老福字图。
> 特字取钱，正未必得。

这篇《张老》即《情史》卷十九《张果老》，这四条眉批也一一袭用，只有个别字不同。

冯梦龙编纂《古今谭概》、《太平广记钞》和《情史》时，其复见故事上，评语既然常常相袭用，则《三言》里一些复见于《古今谭概》、《太平广记钞》、《智囊》、《情史》的故事，冯梦龙批上同样评语，也就不难理解了。

综合以上五个方面的考证，我认为《三言》的叙者、评者和编者同为一人，即绿天馆主人、无碍居士和可一居士均为冯梦龙化名。

不过，这里还有个需待解决的问题。因为可一居士以"陇西"为望，无碍居士又以"豫章"为望，如果冯姓与"陇西"、"豫章"没有望（或是族望、或是郡望）的关系，则可一居士、无碍居士是冯梦龙化名的论断就难以成立。相反，考证出来，"陇西"、"豫章"均可以作为冯姓之望，则就可以进一步证实可一居士、无碍居士是冯梦龙化名的论断是符合真实的。关于这个问题，袁行云同志也有过考述：

> 冯梦龙又一字"子犹"。《说文解字》卷一〇上："犹，陇西谓犬子为犹。"这一条道出"子犹"和"陇西"的关系。冯梦龙正是从"子犹"这个

字而想到"陇西",所以在"可一居士"前加上"陇西"二字。犬子,即犬之子,是小兽名:《尔雅·释兽》:"犹,如麂,善登木。"豫,也是小兽。"人将大行,豫在人前,待人不得,又来迎候,如此往还,至于终日,斯乃豫之所以未定也,故称'犹豫'"(《文选李善注》卷之十三嵇康《养生论》注引《汉书·高后记》颜师古注)。冯梦龙正是从"犹"想到"豫",从"豫"想到了"豫章"。而在"无碍居士"前加上"豫章"二字。这足以证明"陇西可一居士"和"豫章无碍居士"确是冯梦龙,这种做法真可谓"狡狯"。

袁行云同志如此诠释冯梦龙与"陇西"、"豫章"的关系,似失之于牵强附会,难以令人苟同。

"陇西"、"豫章"在这里是作为望使用的。既然作为望,就不会随便乱用,无论在何种情况下,总不会由某一字而联想到另一字,凑合成地名,当做望来使用。这是一。其二,《说文解字》卷一〇上,确实有"陇西谓犬子为犹"的解释。问题在于冯梦龙的"子犹"为字,是否出自这句释文。我说不可能。犹为犬子,则"子犹"就不好解释了。难道可以理解成小犬之子或"如犬之子"吗?其三,忽而根据《说文解字》说"犹是小犬",忽而根据《尔雅》说"犹是小兽,如麂,善登木",则"犹"究竟是小犬,还是如麂的小兽?如果为了说明与"陇西"的关系,便说"犹是小犬",为了说明与"豫章"的关系,又说"犹"是麂似的小兽,恐怕不能说是科学的方法。因此,我认为冯梦龙的"子犹"为字,另有出处。

据《广雅·释言》:"子,似也。"又《水经注·江水注》:"犹,兽名,似猴而短足。好游岩树,一腾百步,或三百丈,顺往倒退,乘空若飞。""子犹"应出于此。冯梦龙取"子犹"为字,如取"犹龙"为字一样,是在激励自己治学,应如龙乘云,似犹腾空,进退往返,变化莫测。正因"子犹"含有这层意思,故以"子犹"为学(字)者,并不乏其人。如冯梦龙同时代的高弘图,也是以"子犹"为字,其意亦与冯梦龙相同。袁行云同志从冯梦龙一字"子犹"这一点,来求证冯梦龙与"陇西"、"豫章"的关系,那只能是牵强附会,无法真正解决问题。

"陇西"、"豫章"既作为望来使用,正确的方法,也只能从望上来探讨冯姓与"陇西"、"豫章"有无关系。《元和姓纂》之类的典籍,也的确如袁行云同志所说,找不出冯姓与"陇西"、"豫章"有什么关系。不过,梁元帝萧绎《藩难未静述怀》一诗中,却有"襟出河南贾,威寄陇西冯"之句。揣度萧绎全诗，"河南贾"、"陇西冯"用的是汉代故实。所谓"河南贾"，指贾谊。据其《治安策》，贾谊曾建议削弱诸王势力，以巩固中央集权。"陇西冯"，不是指冯奉世父子，便是指冯异。据冯奉世本传，其父子先后任陇西太守达数十年之久。"威扼西域"，"为世使表"，久居威隆望重。冯异，也曾用兵陇西，先后领北地太守、安定太守、天水太守事，功绝边境，封征西大将军。冯奉世父子和冯异，都非陇西人（冯奉世上党潞县人，其子野王居杜城，参居长乐，冯异父城人），但是久居陇西，威隆望重，已足以为族之望了。

萧绎诗虽是用典，但其意则在喻今，所谓"威寄陇西冯"，实是指绥靖藩难尚需倚重名臣冯道根。冯道根为梁之开国功臣，其本传称他是"抚人留爱，守边难犯"，为威振陇西冯异所不及。曾因功封豫宁县开国伯，食邑之百户。按，豫宁，唐改名武宁，明属南昌府，为豫章治所。豫章治所的故地，曾为冯姓封邑。则冯姓完全可以用豫章为望。没有什么"狡狯"之处。

冯姓既可以"陇西"、"豫章"为望，则可一居士以"陇西"为望，无碍居士以"豫章"为望，便在说明可一居士、无碍居士的本名都姓冯，这就更加证实可一居士、无碍居士是冯梦龙的化名，无庸置疑。

袁行云同志还认为墨浪主人也是冯梦龙的化名。其理由是：

> 《三言》诸书均不书著撰人姓名，《古今小说》原刊本仅署"绿天馆主人评次"，是冯梦龙有意将著撰人姓名避开。但后出的"喻世明言"（衍庆堂刊二十四卷本）又改题"可一居士评、墨浪主人校"。《明言》刊行是经过冯梦龙的，如果"绿天馆主人"不是冯梦龙，谁能这样恣意改换评次者（在本书几相当编著者）的姓名？"墨浪主人"在《恒言》是"校者"，忽而又出现于《明言》，亦作"校者"，与"可一主人"并夺去"绿天馆主人"的地位。凡此亦仅能证明皆冯氏自行改换。冯梦龙别号"墨憨斋"，此"墨浪主人"，当是他的又一化名。

据《三言》现存版本，衍庆堂刻《三言》，均署"可一居士评，墨浪主人校"。所刻是《明言》，题"重刻增补古今小说"，凡二十四篇，见《古今小说》者二十一篇，见《警世通言》者一篇，见《醒世恒言》者二篇。所刻之《通言》，有两种，一为二十四篇，见《古今小说》者一篇，见《警世通言》者二十三篇。另一种题《二刻增补警世通言》，凡四十篇，见《古今小说》者四篇，余均见《警世通言》。所刻之《恒言》，也有两种：一为三十九篇本，一为四十篇本。很显然，衍庆堂所刻之《三言》是在《三言》刊行之后，时间是比较晚的。此时，《三言》散佚现象已很严重。刻《明言》时，即使杂凑《通言》、《恒言》的作品，犹不能成集，直到第二次刊刻《恒言》时，才获得一个四十回完整的本子。总计其数，只有九十七篇。可是，衍庆堂在《恒言》扉页上所附的《识语》，犹称重价求得古今通俗小说演义一百二十种，"初刻为《喻世明言》，二刻为《警世通言》，海内均奉为邺架玩珍矣。兹之刻《醒世恒言》，种种典实，事事奇观，总取木铎醒世之意，并前刻共成完璧云"，大言不惭地自称所刻之《三言》是为原刻。衍庆堂作伪行径，可谓既卑且劣矣！于《明言》署"可一居士评，墨浪主人校"，《通言》署"可一居士评，墨浪主人校"，无非求其与《恒言》统一，是作伪的需要，足见其态度不严肃，任意弄虚作假。现在我们虽然没有材料可以证明衍庆堂刊行《三言》的确切时间，是在冯梦龙生前还是死后，但是未通过冯梦龙则是可以肯定的，不然，不会出现拼拼凑凑犹不够其数的现象，书坊妄改作伪原是司空见惯的，不能不辨。袁行云同志说它是冯梦龙"自行改校"，乃是没有根据的，以此证明墨浪主人也是冯梦龙，自然不能成为定论。我认为墨浪主人，即搜辑《西湖佳话》的"古吴墨浪子"，编辑《海烈妇百炼真传》的"三吴墨浪仙主人"。其真实姓名无考。《海烈妇百炼真传》所述的内容，是发生于清康熙元年的实事。由此推断，其人当活动于明末清初，校《恒言》时，还很年轻。与冯梦龙可说是忘年之交。也许正因为他与冯梦龙有一段过从的关系，故在编辑《海烈妇百炼真传》时，尽管冯梦龙已死多年，犹于序末用"墨憨"印章，假借冯梦龙之名。

以上考述，如有疏漏和臆断之处，谨请读者补正。

1983 年 5 月

原载《中华文史论丛》第36辑，1985年第4期

---

① 此序言转引自郑振铎《中国文学研究·明清二代的平话集》，郑先生未注出处，似为三桂堂本《警世通言序》。所引这段文字，与兼善堂本《警世通言序》不同。兼善堂本是："陇西君海内时士，与余相遇于栖霞山房，倾盖莫逆，各叙旅况。因出其新刻数卷佐酒，且曰：'尚未成书，子盍先为我命名。'余阅之，大抵如僧家因果说法度世之语，譬如村醪市脯，所济者众。遂名曰《警世通言》。而从臾其成。"这里说《通言》四十篇不是一次付梓，乃与事实不符，疑为伪作，故不以此文为是。

冯梦龙之生卒年

王重民

冯梦龙生卒年近人始有考定，然言人人殊未有定论，容肇祖先生撰《明冯梦龙的生平及其著述》一文，（《岭南学报》第二卷第二期）谓隆武二年梦龙或在日本，不知何所依据，余因试再考定。

沈自晋《南词新谱》凡例续纪云："甲申冬杪子犹送安抚祁公至江城，即谆谆以修谱促予。予唯唯。越春初，子犹为苕溪武林游，道经垂虹，言别、（按沈自南重定新谱序云："岁乙酉之孟春，冯子犹龙氏过垂虹，造吾伯氏君善之庐。"即指此事，则弘光元年正月，冯有苕溪、武林之游。）杯酒盘桓，连宵话榻，丙夜不知倦也，别时与予为十旬之约，不意鼙鼓动地。（按《吴江县志》卷五十八旧事记顺治二年五月二十日后，传大兵渡江南下，六月初嘉兴兵备道吴某督兵守七里湾，陈兵至三里桥，军容甚盛，初八日兵俱撤去，初九日贝勒王统大兵入浙，过溪，溪之耆老携茶盒迎馈，无赖子驾船白日剽掠无忌，此为弘光元年五、六月间事。）逃窜经年，想望故人，鳞鸿杳绝，迨至山头，友人为余言、冯先生已骑箕尾去矣，予大惊愕。"既知冯、沈最后晤面在弘光元年（一六四五）正月，五、六月以后，逃难不相闻问，自五、六月，"逃窜经年"，始得"冯先生骑箕尾"之信，则梦龙必卒于弘光元年五、六月至隆武二年五、六月之间矣。凡例续纪又云："重修词谱之役，□于乙酉仲春（弘光元年二月）而烽火须臾，狂奔未有宁趾，丙戌夏（隆武二年夏）始得侨寓山居。""山居"殆即所谓"迨至山头"也。所记年月均甚明晰，今所待解决者，即梦龙卒年应为弘光之秋冬抑为隆武之春夏也。

又梦龙有《甲申纪事》十四卷自序署"七一老人草莽臣冯梦龙述"，卷内《绅志略》署"七一老人"，《甲申纪闻》署"七一老臣"，又《中兴实录》亦署"七一老臣"。按是书盖刻成于崇祯十七年，梦龙时年七十一岁也，又有《中兴伟略》一卷自引有："闽中南安郑伯芝龙同诸故老元勋朱公继祚黄公道周等，恭迓唐王监国，固守闽广一隅"之语，则应纂成于弘光元年闰六月以后，肇祖先生称引盐谷温所见正保三年和刻本《中兴伟略》，引署："七十二老臣冯梦龙恭撰"者正可证明《伟略》成于弘光元年,时梦龙已七十有二矣,次年夏,沈自晋始闻其讣,然则谓梦龙卒于隆武二年春夏间谅无大误也。

由此上推,梦龙应生于万历三年(一五七五)。

原载《中华文史论丛》第33辑,1985年第1期

明代的时曲

郑振铎

所谓时曲，指的便是民间的诗歌而言。凡非出于文人学士的创作，凡"不登大雅之堂"的小调，明人皆谥之曰"时曲"。故在时曲的一个名称之下，往往有最珍异的珠宝蕴藏在那里。冯梦龙尝搜集、刊印，乃至摹拟《挂枝儿》时曲。凌濛初在《南音三籁》所附的《论曲杂札》里，也极口恭维着流行于民间的时曲，以为有胜于陈陈相因，毫无生气的文人的散曲。连正宗派的王伯良见了他们也不能不为之心折：

> 小曲《挂枝儿》，即《打枣竿》，是北人长技，南人每不能及。昨毛允遂贻我吴中新刻一帙。中如《喷嚏》、《枕头》等曲，皆吴人所拟。即韵稍出入，然措意俊妙，虽北人无以加之。故知人情原不相违也。
>
> ——王伯良《曲律》卷四

这里所渭"吴中新刻一帙"，大约指的便是冯生《挂枝儿》。所谓《枕头》，今惜不得见。《喷嚏》一首，今尚存，确是妙曲：

> 对妆台忽然间打个喷嚏。
> 想是有情哥思量我寄个信儿。
> 难道他思量我刚刚一次？
> 自从别了你，
> 日日泪珠垂。
> 似我这等把你思量也，
> 想你的喷嚏常似雨。

《挂枝儿》的冯氏刊本，觅之已久而未得。惟明刊《浮白山人七种》里，有《挂枝儿》在着，又清初板的《万锦清音》里也附有《挂枝儿》数十首；大约便都是从冯氏的本子出来的吧。往年泰东书局出版《挂枝儿》、《夹竹桃》合刊，每首皆附有无聊的批语，殊为可厌。华通书局版的《挂枝儿》，所录凡四十首，无批语，比较的读得顺适些，如今此书并不难得。

在陈所闻的《南宫词纪》卷六里，录有汴省时曲（《锁南枝》）二首，其中的一首写得很生动！

> 傻俊角，我的哥，
> 和块黄泥儿捏咱两个。
> 捏一个儿你，捏一个儿我。
> 捏的来一以活托，捏的来同床上歇卧。
> 将泥人儿挣碎，着水儿重和过。
> 再捏一个你，再捏一个我。
> 哥哥身上也有妹妹，妹妹身上也有哥哥。

又同书同卷里录有孙百川的嘲妓《黄莺儿》二十九首，又亡名氏同题五首，气息却极为恶劣；都是就很可怜的无告人的缺点而加以嘲弄的。我不忍举出什么来。《浮白山人七种》中的《黄莺儿》一种，也便是孙氏诸人所作的嘲妓的总集。相传徐文长也作有嘲妓《黄莺儿》若干首，已佚。

明刊本（约万历时所刻）《摘锦奇音》里，也载有时兴各处讥妓《耍孩儿》歌数十首，自临清姐儿，扬州姐儿以至襄阳、汴梁、云南、广东、潭城等的妓女都曾被讥嘲到。大约明人对于妓女的嘲笑的时曲，是很流行的，也许便流行于妓院之中，以供嘲谑之资。

在万历间闽建书林叶志元刊行的《新刻京板青阳时调词林一枝》里载有新增《楚歌罗江怨》、《时尚急催玉》、《时尚闹五更哭皇天》及《劈破玉歌》四种，共凡一百余曲，其中尽有极隽妙的民间抒情歌曲在着。

> 青山在，绿水在，冤家不在；
> 风常来，雨常来，情书不来；
> 灾不害，病再不害，相思常害。
> 春去愁不去，
> 花开闷未开！
> 倚定着门儿，手托着腮儿。

我想我的人儿。

泪珠儿汪汪滴，

满了东洋海，

满了东洋海！

———《时尚急催玉》

为冤家泪珠儿落了千千万，

穿一串寄与我的心肝。

穿他恰是纷纷乱，

哭也由他哭，

穿时穿不成！

泪眼儿枯干，

泪眼儿枯干；

乖！你心下还不忖，

你心下还不忖！

———《劈破玉歌》

  万历板的《玉谷调簧》（书林廷礼梓行）也有所谓"时兴妙曲"、"海内妙曲"几种；在《时尚古人劈破玉歌》里，大部分是咏古传奇，和古人的事迹的，无甚意义。但像娘骂女、女问卦等，也还写得不坏。

  沈德符的《顾曲杂言》有一段关于时曲的很重要的记载（虽然他对于时曲并不是一位欣赏家）：

  元人小令，行于燕、赵。后浸淫日盛。自宣、正至化、治后，中原又行《锁南枝》、《傍妆台》、《山坡羊》之属。李崆峒先生初自庆阳徙居汴梁，闻之，以为可继国风之后。何大复继至，亦酷爱之。今所传"泥捏人"及"鞋打卦"、"熬髑髻"三阕，为三牌名之冠，故不虚也。自兹以后，又有《耍孩儿》、《驻云飞》、《醉太平》诸曲，然不如三曲之盛。嘉、隆间，乃兴《闹五更》、《寄生草》、《罗江怨》、《哭皇天》、《干荷叶》、《粉红莲》、《桐城歌》、《银绞丝》之属，自两淮以至江南，渐与词曲相远。不过写淫媟情态，略具抑扬而已。比年以来，又有《打枣竿》、《挂枝儿》二曲，其腔调约略相似。则不问南北，不问男女，不问老幼良贱，人人习之，亦人人喜听之，以至刊布成帙，举世传诵，沁人心腑。其谱不知从何来，真可骇叹！

这位"道学先生"的这一席话，把明代时曲流行的情形，说得总算是有头有绪的了。《傍妆台》，嘉靖时最流行。李开先尝作了百首，王九思也和之百首，今有刊本传于世。（李氏原刊本，未见，今有崇祯张宗孟刊《王渼陂全集》本。）《驻云飞》、《耍孩儿》等，《盛世新声》、《词林摘艳》、《雍熙乐府》诸散曲总集中多载之。成化间，金台鲁氏尝刊行单本时曲不少，每本约十五六页，共约一二百首。民国二十一年春间，北平图书馆曾以高价购得鲁氏在成化七年所刊的《驻云飞》、《赛驻云飞》、《赛赛驻云飞》等四种，可算是见存的最早之单刊本的时曲集了。

原载《文学杂志》1卷2期，1933年5月

图书在版编目（CIP）数据

20 世纪中国文学研究论文选. 明代卷/张燕瑾，赵敏俐丛书主编；雍繁星选编.
—北京：社会科学文献出版社，2010.1
ISBN 978-7-5097-1166-8

Ⅰ.①2… Ⅱ.①张… ②赵…③雍… Ⅲ.①古典文学–文学研究–中国–明代–文集
Ⅳ.①I206-53

中国版本图书馆 CIP 数据核字（2009）第 201341 号

20 世纪中国文学研究论文选·明代卷

丛书主编 / 张燕瑾 赵敏俐
选　　编 / 雍繁星

出 版 人 / 谢寿光
总 编 辑 / 邹东涛
出 版 者 / 社会科学文献出版社
地　　址 / 北京市西城区北三环中路甲 29 号院 3 号楼华龙大厦
邮政编码 / 100029
网　　址 / http://www.ssap.com.cn
网站支持 / （010）59367077
责任部门 / 人文科学图书事业部　（010）59367215
电子信箱 / bianjibu@ ssap.cn
项目经理 / 宋月华
责任编辑 / 薛　义
责任校对 / 李去寒　杨丽丽
责任印制 / 岳　阳　郭　妍　吴　波

总 经 销 / 社会科学文献出版社发行部
　　　　　（010）59367080　59367097
经　　销 / 各地书店
读者服务 / 读者服务中心（010）59367028
排　　版 / 北京春晓伟业
印　　刷 / 三河市文通印刷包装有限公司

开　　本 / 787mm × 1092mm　1 / 16
印　　张 / 27
字　　数 / 479 千字
版　　次 / 2010 年 1 月第 1 版
印　　次 / 2010 年 1 月第 1 次印刷

书　　号 / ISBN　978-7-5097-1166-8
定　　价 / 1680.00 元(共十卷)